수인

2

수인

The Prisoner

2
—
불꽃 속으로

황석영 자전

문학동네

차례

방랑

1956~66

내가 대인관계에서나 사물에 대해서나 어딘지 건성인 것 같기도 하고 비켜서서 무심한 듯한 태도를 보이는 버릇은 어디에서부터 시작되었을까. 손오공이 구레나룻 털을 한 움큼 뜯어서 훅 불면 똑같이 생긴 원숭이들이 사방에 나타나는 것처럼 나는 나를 만들어서 남에게 보여줄 수가 있었다. 나는 어려서 주로 혼자 중얼거리며 놀았고 여러 인물로 분장한 모습들을 거울 속에서 만나는 게 재미있었다. 이런저런 책들을 탐독하며 그것을 말하지 않고 몰래 간직했다. 집에는 어머니 큰누나 작은누나 그리고 어린 남동생이 있을 뿐이어서 그 누구와도 말이 통할 것 같지 않아 혼자만의 시간을 즐기게 되었다.

피난 시절에는 까도 까도 속을 알 수 없는 뺀질이라며 '서울내기 다 마내기'라고 경상도 아이들이 놀려먹었고, 중학생 때 상급생인 신우석이가 눈을 반짝이며 "너는 날 못 속인다. 너는 십일면관음이야" 하던 말도 생각난다. 하지만 나는 양파도 십일면관음도 아니고, 서로 진심으로 소통할 수 없다는 것을 알게 된 겁쟁이였다. 그러므로 내가 남에게 보이려고 하는 모습은 그가 원하는 것을 미리 알아서 만들어낸 모습이었다. 또는 그가 원하는 것과 정반대의 것을 만들어내어 놀라게 하기도 했다. 이를테면 스스로 상처받지 않으려고 방어하는 것이다.

나는 어느 날 학교에서 아버지가 돌아가셨다는 통보를 받는다. 조퇴를 하고 혼자 전차를 타고 오는데 한강 다리를 건너다가 울음이 나왔다. 아버지가 가엾었기 때문이다. 그는 전쟁 후 살림을 모두 회복해놓지는 못했지만 우리 형제가 학교에 다닐 만큼은 준비를 해놓았다. 전쟁통에도 식구를 먹여 살리노라고 늘상 노심초사하던 그는 남모르게 지쳐버린 게 분명했다. 나는 그날 중학교 운동장에서 보았던 아버지 눈 속의 가득했던 물기를 기억한다. 자기 연민과 식구들에 대한 책임감이 불안하게 엇갈리는 그런 순간이었으리라.

그런 것을 알고 있던 내가 막상 상가가 되어버린 집에 도착했을 때는 속없는 철딱서니로 돌아갈 작정을 한다. 슬픔 같은 감정의 표현이니, 어머니를 비롯한 누나들, 여자들의 애도하는 정서에 동조하기가 번거롭고 귀찮고 쑥스러웠다. 동네 아주머니와 몇 안 되는 친척들이 모여서 음식도 준비하고 상복도 짓고 있었다. 나는 상주가 되어 삼베 바지저고리에 두루마기와 굴건까지 썼고 대나무 지팡이를 짚었다. 안방에 입관된 아버지의 관이 놓이고 병풍을 쳤는데 조문하러 오는 손님들을 내가 그 앞에 앉아서 맞아야 한다는 것이었다. 그러나 잠깐 사이에 좀이 쑤셔서 나는 뒤란에 나가 사촌 아이들과 함께 전이나 고기붙이를 주워먹으며 지분거리고 놀았다. 현관 앞길에까지 나가서 두루마기 소매에 넣어 내간 떡을 동네 아이들에게 나누어주고 웃고 떠들며 이야기했다. 상복만 아니라면 그야말로 잔칫집 도련님이 된 셈이었다. 어머니는 그 일이 섭섭하고 어처구니가 없었던지 두고두고 얘기했다. 그러나 그녀는 아버지의 그때 좌절감을 잘 몰랐을 것이다. 그리고 나의 초상집 분위기에 대한 심리적 저항감에 대해서도 이해할 수 없었겠지.

서울에서 명문이라는 중학교 교실에서 내가 처음 느꼈던 것은 '변두리'적인 자의식이었다. 모아놓은 녀석들을 보니 모두 서울 시내의 그 럴싸한 학교에서 공부도 나보다 더 잘하고 집도 훨씬 부자고 똘망똘망하고 반지르르하게 잘생긴 놈들이었다. 첫 학기를 지나자마자 기가 죽어버렸는데 성적을 보니 나는 중간쯤의 보이지도 않는 평범한 녀석들 틈에 묻혀버렸다. 재담꾼이 되기 시작한 것도 이 무렵부터다. 아이들을 웃기기 시작했고 재미있는 익살을 만들어내려고 거울을 보며 연습을 하기도 했다. 내가 결석한 이튿날 학교에 가면 녀석들이 한마디씩했다. "어제 네가 없으니까 교실이 썰렁하더라."

그렇지만 교실의 광대는 언제나 위험하다. 자기를 끊임없이 계발해서 더욱 새로운 익살거리를 만들어내지 않으면 어느 틈에 급전직하 시시한 놈으로 전락할지 모르기 때문이다. 너그럽게 웃어는 주지만 익살꾼은 집단에서 주요한 배역은 아니다. 그의 외로움은 수시로 무시당한다.

거웃이 자라나고 목소리가 변하면서 나는 사내가 되기를 열망했다. 내가 사나이를 꿈꾸었다는 것은 내가 홀어머니의 자식이 아니라 스스로 아버지가 되겠다는 소망이기도 했다. 자기를 겉으로 드러내지는 않지만 상대에 따라서는 몇 마디의 말이나 단어 몇 개로 돌려서 얘기해도 통할 수 있는 내면이 단단한 남자 어른.

전후의 정신없던 복구 시기가 어느 정도 정리되면서 출판이 활발하게 진행되었고 전집류에서 문고본에 이르기까지 책들이 쏟아져나오기 시작했다. 야시장의 서가에 꽂힌 대여 도서를 보던 때를 지나 이제는 책을 골라 사모으며 읽기 시작했다. 세계문학전집도 여러 종류가 나왔고 인문사회과학 서적도 중구난방이기는 했지만 동서양의 고전들이 출판되었다. 잡지도 이것저것 사보기 시작했다.

연말연시가 되면 문방구에서 두툼한 일기장을 팔았는데 매 페이지의 아래쪽에 그날의 격언이 치기만만하게 실려 있었다. 나는 그것을 사서 일기는 쓰지 않고 짤막하게 단상을 적어놓거나 시를 썼다. 그러나 절대로 남에게 보여주지는 않았다. 당시에는 학교에서 1인 1기 교육이라고 하여 특별활동시간에 반 편성을 따로 했는데 문학이라든가 글 쓰는 취미를 가진 애들이 들어가는 문예반에는 가입하지 않고 수영 수구반에 들어갔다. 고등학교 때도 문예반에는 근처에도 가지 않고 등산반에 들었다. 왠지 아끼는 것일수록 일정한 거리가 필요하다고 생각했다. 무엇보다도 달이나 꽃을 보며 원고지 잡고 펜을 들어 포즈를 취하는 것 같은 문예반은 목덜미가 근질거려서 도저히 근처에 가고 싶은 생각이 들질 않았다. 이것은 나중에 세상 밖으로 뛰쳐나가면서 글쓰기와 사는 일이 일치되었으면 하는 열망으로 발전했다.

내가 원래부터 반제도적인 기질을 가지고 있었던 것은 아니다. 나는 초등학교 6학년의 입시반에서부터 중학 삼 년 동안 매달 월말시험을 치르고 석차 경쟁을 하는 것을 되풀이하고 있었다. 거기다 머리는 박박 깎았고 일제 때부터의 교복에 교모를 쓰고 아침 등교시간마다 상급생 규율반과 훈육 주임의 선도를 받아야 했다. 매주 월요일에는 학도호국단에 군대식으로 편성되어 사열식을 했다.

석차가 형편없이 떨어졌던 중학 2학년 때의 어느 월말고사 뒤에 어머니는 나를 다시 학교로 쫓아냈다. "네가 어느 정도나 못했는지 아무런 자각이 없구나."

어머니는 내게 당장 학교로 돌아가서 월말 성적표를 보고 전체 석차 삼십 등까지의 아이들 점수와 이름을 적어오라고 했다. 이미 주위는 컴컴해진 저녁때였다. 배도 고프고 한 시간 가까이 차를 타고 왔는지라 방바닥에 활개를 펴고 잠깐이라도 눕고 싶을 정도로 피곤했다. 다시 학교로 돌아가려면 전차나 버스를 갈아타야만 했다. 학교에 도착하니 철제 교문은 잠겨 있었고 수위실의 불은 켜져 있었지만 상이용사 수위 아저씨는 어디로 순찰이라도 돌러 갔는지 보이지 않았다. 나는 컴컴하게 불이 꺼진 채 무슨 괴물처럼 서 있는 삼층 벽돌 건물을 올려다보았다. 학교 앞의 구멍가게로 다시 나와서 성냥 한 갑을 샀다. 성냥살 생각을 하고도 왜 그때 초를 한 토막 살 생각은 못했는지 그날 기억을 할 때마다 아쉬웠다.

담을 넘어갈 만한 마땅한 방법을 찾지 못해 서성이다가 수영장 쪽의 담장에 손수레가 기대어져 있는 걸 보고는 그것을 타고 간신히 담을 타넘었다. 시멘트 바닥에 넘어지면서 떨어졌는데 두 손을 잘못 짚어서 손바닥이 까졌다. 까진 상처를 혀로 핥아내면서 수영장을 지나 철문을 밀어보니 슬그머니 열리는 게 아닌가. 드디어 중학교 건물의 본관 교무실 앞에 이르러 길게 붙여놓은 성적표 앞에 가서 섰다. 등사로 찍은 이름과 점수와 석차가 길게 이어져 있었고 아마 내 이름은 저기다란 종이의 행렬 끝자락쯤에 있으리라고 생각했다. 왜 어느 녀석 하나 학교 당국의 저러한 쓸데없는 짓에 대해 그저 떼어내거나 찢어버리는 작은 저항조차 감행하지 못했던 것일까.

나는 연필과 종이를 꺼내들고 먼저 성냥을 그어 불을 켜서 상단 첫 줄에 있는 아이의 이름과 점수를 확인했다. 그리고 어둠 속에서 비뚤비뚤 간신히 적고는 다시 성냥을 켜고 다음 녀석을 확인했다. 몇 번 손가락 끝까지 타들어가도록 이름을 기억하고 쓰기를 되풀이하다가 요령이 생겨서 성냥 한 개비에 두 놈은 기억할 수가 있게 되었다.

"거 누구냐?" 등뒤에서 외치는 소리가 들리더니 손전등을 든 수위 아저씨가 절뚝이며 다가왔다. 그는 손전등을 내 전신에 비추어 보고 앞에 붙은 성적표도 보더니 물었다. "너 여기서 뭘 하는 거냐?" 빈 교사의 어둠 속에서 불빛이 켜졌다 꺼졌다 하여 막상 확인해보니 학생놈 하나가 복도에 서 있었다면 해괴한 생각이 들 법했다.

"석차하구 점수 적어요. 어머니가 적어오라구 해서요." 그는 손전등으로 내가 손에 쥐고 있던 종이쪽지와 가슴팍의 명찰을 번갈아 확인해보더니 한숨을 내쉬었다. "야, 느이 어머니 대단하시구나. 지금이 도대체 몇신데……"

입시를 거쳐서 고등학교에 들어간 뒤에 우리는 이사를 했다. 혼자가 된 어머니는 여러 가지 사업도 벌이고 장사도 하면서 아버지가 남겨놓은 약간의 재산을 유지하려고 애썼다. 아마도 어머니는 새로 집도 짓고 신흥 동네로 가서 시장의 점포 몇 채를 사서 세도 받고 스스로 장사도 할 생각이었던 모양이다. 어머니는 날마다 밤늦게까지 엎드려 집의 평면도를 그려보고는 했다. 언덕 위에 땅을 장만해서 새집을 지었는데 방이 다섯 개나 되었다. 명문 여고를 나온 누나들은 다시 명문 대학에 진학을 했고 거의 아르바이트를 하며 제힘으로 학교를 다녔다.

어머니는 그 무렵에 사기 비슷한 일을 당한 것 같다. 시장 개설은 늦어졌고 나중에 개설이 되어서도 입주자가 별로 없었다. 점포들을 내놓았지만 사려는 사람은 나서질 않았다.

어쨌든 새집으로 들어간 뒤에 우리는 제각기 방을 하나씩 쓰게 되었는데, 현관에서 왼편으로 돌아가서 복도의 맨 끝에 있는 조용하고 후미진 방이 내 차지가 되었다. 그 시절에 책을 많이 읽었다. 19세기와 20세기의 서구 고전들을 다시 찾아서 읽었다. 그리고 소설의 형태를 갖추어 글을 쓰기 시작했다. 대학노트에 볼펜으로 글을 썼는데 어느 날은 온밤을 꼬박 새우는 때도 있었다. 처음에는 학교 갈 걱정에 창문이 훤하게 밝아오기 시작하면 일단 걷어치우고 잠을 잤지만 나중에는 익숙해져서 그냥 꼴딱 밤을 새우고 학교에 갔다. 그러면 등교해서 오전 수업 내내 줄곧 졸다가 깨다가를 되풀이하기 마련이었다. 어머니는 뒤늦게 눈치를 채고는 밤중에 느닷없이 내 방문을 열고 들어와 노트를 검사해보았다. 그러고는 글 쓰던 것을 빼앗더니 내가 보는 앞에서 노트에 불을 붙였다. 나는 거의 가슴이 터질 것 같은 느낌으로 활활 타오르는 노트를 내려다보았다. 일찍 과부가 되어 네 명의 자식을 데리고 생업을 감당해야 했던 어머니의 장남에 대한 기대와 집착이 나의 반항심에 불을 지른 것이다.

나중에는 교과서는 아예 빼놓고 내가 읽고 싶은 책들만 가방에 넣어

가지고 학교에 갔다. 수업시간에도 책상 밑에 책을 펼쳐놓고 읽곤 했다. 학년말이 되어 성적은 엉망이었지만 내가 최초로 썼던 소설이 학생문예지에 입선되었고, 연이어서 어느 대학의 문예작품 모집에 당선되었다. 이제는 아무개가 소설을 쓴다는 사실이 학교에 모두 알려지게 되었다. 그러나 어머니는 이런 일에 대해서 칭찬은커녕 전보다 더욱 내가 하고 싶어하는 창작을 못하게 했다.

"너희 큰외삼촌 봐라. 의지박약한 위인이 의술이라도 있었으니 이런 난세에 살아남을 수 있었다. 글이나 쓰는 건 어릴 적에 잠깐 취미로 하다 마는 거야. 이러다간 룸펜 노릇이나 하며 가족들 속을 썩이다가 술로 몸을 망칠 거다."

내가 처음 썼던 소설이 「팔자령」이라는 단편이었는데 우리집에서 일하다가 떠난 태금이 누나 이야기였다. 이어서 쓴 소설은 「출옥하는 날」이었다. 이건 우리 동네에 살던 누군가의 형 이야기였는데 작은 잘못으로 소년원에 갔던 아이가 석방되어 집에 돌아오는 과정을 내 얘기처럼 썼다. 그 외에도 길고 짧은 단편소설과 단상들을 노트로 몇 권씩 써두곤 했다.

앞에서 말했듯이 나는 중학교 때엔 수영수구반에 들었는데 여름마다 샛강에서 마포강에 이르기까지 물가에서 살다시피 했던 실력을 충분히 발휘할 수가 있었다. 전국대회에 나가서 자유형 백 미터와 이백 미터에서 우승하고 기록도 냈다. 학교에 수영장이 있었지만 수구를 맘껏 연습할 정식 규격이 아니라서 주로 한강에 나가 연습을 했다. 수구 연습을 할 때면 강 중심에 전세 낸 나룻배를 띄워놓고 강을 건너다니며 두세 시간씩 물위에 떠 있어야 했다. 어느 결에 온몸이 물개처럼 새까맣게 그을었고 얼굴도 가무잡잡해져서 별명이 '깜상'이었다.

문예반 아이들은 거의 계집애처럼 온순하고 조용한 편이었고 성격도 나보다 침착하고 어른스러워 보였다. 대개의 체육반 아이들이 그랬지만 특히 수영수구반에는 불량기 있는 녀석들을 모두 모아놓은 것만 같았다. 나는 문예반 아이들보다는 같은 팀이었던 수구팀의 아이들과 더 친했다. 여름 합숙을 천연 풀이 있는 안양과 광나루에서 했고 나중에는 만리포에도 갔는데 물론 코치 선생이 있긴 했지만 집을 떠나 또래의 친구들끼리 한 열흘씩 함께 지내는 기간은 해방과도 같았다. 성장기에 운동을 열심히 했던 탓에 나는 이후 건강한 체질을 유지하게 된 듯싶다.

고등학교에 올라가서는 등산반에 들었다. 당시의 각 학교 등산반에서는 일제시대 등산 선배들의 전통에 따라서 장단기의 산행 트레킹과 더불어 무엇보다도 암벽과 빙벽 등반을 위주로 훈련을 시키고 있었다.

이 무렵에 서로 전혀 다른 성격의 두 소년을 알게 된다. 우리 학교 정문 오른쪽에 언덕이 있었는데 이 언덕을 '꾀꼬리 동산'이라고 불렀다. 이른봄에서 초여름까지 그야말로 황금빛 꾀꼬리가 동산의 나뭇가지 사이로 날아다니며 명랑하고 아름답게 노래했다. 5월의 점심시간에는 교실에서 도시락을 들고 나와 아카시아가 흐드러지게 핀 동산의 벤치에서 점심을 먹는 아이들이 많았다. 점심을 먹고 나서는 그대로 눌러앉아 책을 읽었다.

내게로 어떤 동급생 아이가 다가오더니 알은체를 했다. "무슨 책을 읽고 있니?" 나는 카뮈의 수필집인 『결혼』을 읽고 있었다. "이 작가는 사람이 싫은 모양이지?" 그애도 책을 읽었다는 듯 불쑥 말했고, 좀 엉뚱했지만 나는 금방 알아들었다. "요즈음 다 그래. 사르트르의 단편들도 그 모양이야."

그는 릴케의 산문집인 『말테의 수기』를 갖고 있었다. "서양 사람들은 모두들 저 혼자서만 사는 거 같더라."

그애가 안종길이다. 나중에 종길이가 자기와 친한 광길이란 아이를 내게 소개했는데 키는 작고 어린 녀석이 벌써 얼굴에 주름투성이여서 어른처럼 보였다. 중학교 때부터 문예반이었던 둘은 시를 써서 교지와 교내 신문에 발표를 하고 있었다. 그는 내게 왜 문예반에 들지 않느냐고 물었고, 나는 그냥 심심할 것 같아서, 라고 심드렁하게 대꾸했다.

광길이는 문예반에도 들고 실속 있게 교내의 영자신문 편집을 거들고 있었다. 종길이는 형이 신문기자였는데 그래서인지 세상 돌아가는 것에 대해서도 아는 게 많았다. 자유당 정권의 독재와 야당 탄압에 관한 이야기도 했고 전에 대통령 후보로 나왔던 조봉암의 사형 집행과 조병옥 박사의 민주당 얘기도 했다. 〈비 내리는 호남선〉의 노래 주인공이 되어버렸던 신익희의 돌연사에 대해서도 얘기했다.

그애들은 나와 마찬가지로 부모들이 식민지시대에 고등교육을 받았지만 지금은 서울 변두리의 가난한 동네에서 살고 있었다. 나는 종길이 광길이와 자주 만나지는 않았지만 가끔씩 책을 서로 바꿔 보거나 하굣길에 도서관에 들러 책을 대출받으러 갈 때 동행을 했다.

또 한 친구는 등산반에서 만난 택이다. 등산반에서는 토요일 오후에 상급생들이 암벽 등반의 기초 훈련을 신입 회원들에게 시켰다. 제일 처음 데리고 가는 코스가 인왕산의 비탈 암벽을 타고 오르는 곳이었다. 비스듬하게 경사진 바위 전면을 오르다가 경사가 차츰 가파르게 변하면서 거의 직벽이 되는데 거기서 두 절벽이 갈라진 짧은 침니를 지나자마자 잠깐의 오버행이 나온다. 그 튀어나온 부분을 넘어서야만 정상으로 오르는 비교적 순탄한 크랙으로 닿을 수가 있었다.

처음 훈련을 받는 신입생들은 인왕산의 전면 슬로프를 오르고 나서 침니 코스에 당도하자마자 기가 콱 죽어버린다. 선배들은 일부러 자일을 느슨하게 늦추어놓고 두 다리와 팔을 벌려 암벽에 대고 밀면서 발발 떨고 있는 신입생이 제풀에 지쳐서 드디어 절벽 아래로 줄줄 미끄러져내릴 무렵에야 천천히 밧줄을 당겨 올려주는 시늉을 했다. 세 번을 오르지 못하고 미끄러지면 그날 산행은 기합으로 끝내고 다음주에 다시 올라야 했다.

귓갓길에 한 학년 위인 택이가 나를 불러세워서 동행하게 되었다. '돼지'라는 별명의 그는 앞이마가 튀어나왔고 입술이 두툼한 것이 별명처럼 심술궂은 산돼지 비슷한 인상이었다. 그의 아버지는 건설업자여서 늘 지방에 체류하는 때가 많았고 나중에는 새어머니가 들어와서 배다른 동생까지 낳았다. 훈련 첫날에 그는 나를 데리고 서울역 앞의 허름한 자기 집 근처에 있는 선술집으로 데려갔다. 우리는 거기서 막걸리 두어 주전자를 함께 마셨다. 나는 택이가 나처럼 문학에 관심이 많다는 걸 눈치챘다. 그도 역시 시를 끄적거리고 있었던 모양이다.

"야, 그 「출옥하는 날」은 누구 경험이냐?" 그가 물었다. "동네 형한테서 들은 얘기요." 택이는 고개를 끄덕이더니 다시 말했다. "너 등산반에 오길 잘했다." 나는 대꾸 않고 그냥 그를 바라보기만 했는데 택이는 다시 덧붙였다. "집이나 학교가 다 엉망이니까, 그래두 산이 좋지."

택이와 나는 한 학년 차이가 있었지만 별로 말은 많이 나누지 않았어도 깊은 사이가 되었다. 우리는 주말마다 서울 인근의 산으로 암벽등반을 다니기 시작했다. 학교를 벗어나서 또래들과 함께 산속에서 텐트를 치고 밤을 지내는 일은 정말로 숨통이 터지는 느낌이었다. 숲 사이로 새어드는 달빛이며 텐트 위로 떨어지는 밤비 소리를 들으며 잠들지 못한 날도 있었고, 새벽에 추위에 떨며 일어나 모닥불을 피우고 밥을 짓기 시작하면 구름이 숲 위로 서서히 올라가 바위 봉우리를 감싸다가 흩어지곤 했다. 어느 때에는 바위 봉우리에서 발아래 펼쳐진 구름바다를 내려다보며 하마터면 몸을 날려 뛰어내릴 뻔했던 적도 있었다.

한번은 산악 선배들이 알면 호된 기합을 받았을 테지만, 눈이 강산같이 내린 겨울 달밤에 선인봉 전면을 붙은 적도 있었다. 그야말로 요술처럼 바위의 크랙과 홀드가 모두 자세히 보였다. 맨손으로 바위를 잡는데도 어쩐지 차갑지 않았고 바람도 포근했다. 달은 선인봉 위에 높다랗게 떠 있었다. 눈 덮인 숲은 하얀 요를 깔아놓은 것 같았다. 그리고 그와 나는 자일이나 하켄 같은 장비 없이 맨몸으로 암벽에 붙기도 했는데 이 역시 산을 아는 선배들에게 걸리면 그야말로 혼이 날 일이었다.

어느 점심시간에 꾀꼬리 동산에서 도시락을 까먹고 앉았는데 택이가 다른 상급생을 데리고 나타났다. 그는 김성진이라는 녀석이었다. 성진이는 물들인 미군 작업복 바지를 교복 대신 입고 있어서 옆으로 불쑥 튀어나온 호주머니가 눈에 띄었다. 그는 택이가 나를 소개하자 거침없이 말했다. "저 눈매 봐라. 차암 말 안 듣게 생겼네." 나는 그냥 웃기만 했고 그가 다시 덧붙였다. "산에는 왜 올라다니고 지랄들이냐. 거기 올라가면 누가 뭘 준대?"

한 학년 위인 택이와 성진이는 이미 저희들 동아리를 만들어놓고 있었다. 책을 부지런히 찾아서 읽고 몰래 글을 쓰거나 토론을 하거나 학과와는 상관이 없는 공부들을 했다.

성진이는 그림을 그렸는데 드로잉 실력이 출중해서 고등학교 초반기에 각종 미술전에서 특상을 수상했고 국전에도 입선해서 화제가 되었다. 그는 언제나 크고 작은 스케치북을 가지고 다녔다. 어디서나 틈이 나면 그는 앞에 있는 사람이든 거리든 풍경이든 그렸다. 그는 중학교 때의 미술 선생을 좋아했는데 이중섭과 또래였다. 성진이는 그 최아무개 선생에 대해서 말할 때면 '인상파'라고 하지 않고 '인생파'라고 했다. 최선생은 얼마 뒤에 밤늦게 술에 취해 자하문 밖 고갯길을 넘어가다가 버스에 치여 돌아갔다. 성진이는 다른 면에서는 대단히 새롭고 빠른데도 아방가르드는 질색이었다. 아마도 솜씨에 자신이 있었던 게다. 그의 아버지는 오래전에 집을 나가서 딴집살림을 하고 있었다. 어머니 혼자 살림을 꾸려나가노라고 집안은 어려웠다. 위로 둘 있는 형들도 남의 집 가정교사로 나가서 학교를 다녔으므로 성진이는 어쩔 수 없이 어린 누이동생과 잔소리와 짜증만 남은 어머니와 함께 살았다.

그 시절의 친구들이 모두들 조숙하고 생각이 깊은 편이었지만 모범생과는 거리가 멀었다. 그렇다고 깡패 같은 부류는 아니었지만 기성세대의 눈으로 보면 불량학생 그 자체였다. 택이는 동네가 그래서였겠지만 이미 중학생 때 집 부근의 사창가를 '졸업'했고, 아는 여자가 플라스틱 대야를 옆에 끼고 목욕탕에 가는 걸 보면 먼저 그 집에 가서 기다렸다가 첫 탕을 뛰어야 직성이 풀린다고 했다.

나는 성진이와 함께 하굣길에 광화문에서 종로에 이르기까지 듬성듬성 있었던 외서 서점에 들른 적이 있었다. 성진이는 진열대와 책꽂이에서 일본판 화집들이며 문고본들을 뽑아 펼쳐보았다. 책들 중에서도 화집은 종이 질이며 원색 화보들 때문에 책값이 매우 비쌌다. 성진이는 책 도둑질을 하려고 서점을 돌아다니고 있었다.

그는 책을 한꺼번에 두어 권 뽑아서 한 권은 슬쩍 가방 가운데로 넣고 나머지만 다시 책장에 꽂는 것이었다. 주인이 다른 손님 때문에 한눈을 팔고 있으면 얼른 눈에 띄지 않는 진열대의 책들을 한꺼번에 두세 권씩 겹쳐서 가방 가운데 칸에 쓸어넣었다. 그는 내 가방에도 책을 꽂아주었다. 나는 도무지 가슴이 터져버릴 것처럼 불안해서 얼른 서점 바깥으로 뛰쳐나가고 싶었지만 성진이는 오히려 느긋하게 주인이 앉아 있는 안쪽으로 다가가서 다른 책들을 열심히 펼쳐보다가 인사까지 하고 천천히 나서는 것이었다.

택이와 성진이는 나중에 차례로 나의 가출의 동반자가 된다. 어머니는 늙어서도 그들의 이름을 잊지 않고 있다가 우연히 사진에 나온 그들을 보더니 대뜸 욕부터 했다. "나쁜 녀석들! 이놈들 요즈음 밥은 먹구 사니?"

상급반 아이들과 돌아다니다 가끔씩 문예반의 광길이나 종길이를 만나면 그애들은 너무나 착하고 얌전해서 심심할 정도였다. 그래도 광길이는 부지런히 나를 찾아다녔고 그 덕분에 종길이와도 자주 만나서 책 읽은 얘기를 나누곤 했다. 그 무렵에 우리는 유일한 월간 시사전문지였던 『사상계』를 보고 있었는데 필화 사건으로 구속되었던 함석헌 노인에 대해서도 의견을 나누었다.

*

1960년 4월 11일, 왼쪽 눈에 최루탄이 박힌 처참한 모습으로 마산 앞바다에서 낚시꾼에 의해 발견된 김주열 학생의 주검이 세상을 발칵 뒤집어놓았다. 이승만 정권의 부정선거에 항의하는 '마산 데모 사건'에 참가한 후 행방불명되었던 그는 나보다 한 살 아래인 17세였다. 그는 죽기 하루 전인 3월 14일에 마산상업고등학교에 입학했다. 이 사건은 그 무렵 신문에서 연일 떠들고 있어서 전 국민과 대학생은 물론 중고등학생들까지 거의 알고 있었다. 이로 인해 이승만 정권의 부정선거에 항의하며 민주적 절차에 의한 정권교체를 요구하는 학생들의 시위가 확산된다. 4월 18일에 고대생들의 시위를 정권 비호 세력인 '대한반공청년단'이라는 깡패들이 습격하자, 다음날 삼만 명의 학생들이 거리로 쏟아져나온다. 그날 학교에서 멀지 않은 경무대로 몰려온 시위대들은 경복궁 돌담 옆을 지나 적선동에서 저지당했다가 효자동 전차 종점 앞에까지 진출하고 있었다.

4월 19일. 그날은 오전 내내 졸다 깨다 하며 3교시 수업이 끝났을 것이다. 쉬는 시간에 상급생 두 명이 들어오더니 비장한 얼굴로 말했다. "지금 선배 대학생들과 우리 고등학생들이 서울 중심가의 곳곳에서 시위를 하고 있습니다. 지금 중앙청 앞에서 경무대를 향하고 있다는데 우리도 동참을 해야겠습니다. 점심시간이 끝나면 모두 교문 앞으로 집결합시다."

그러고는 넷째 시간인 화학 수업이 시작되어 얼른 끝나기만 기다리는데 가까운 곳에서 총소리가 들려오기 시작했다. 처음에는 한두 방씩

딱총 소리처럼 들리더니 이윽고 연발 사격을 하는지 타타타타 하는 소리가 들려왔다. 누군가가 나가자, 나가자, 다급하게 외치기도 했는데 화학 선생은 그 학기에 처음 부임한 젊은 총각 선생이었다. 아직도 대학생처럼 보이는 그는 당황해서 어쩔 줄을 몰라하면서 연신 흐르는 땀을 손수건으로 닦아냈다. "수업은 마쳐야 합니다. 세상에서 어떤 일이 일어나도 학생은 공부를 해야 합니다."

아이들은 그의 만류에도 불구하고 처음에는 한두 사람씩 뒷문으로 나가더니 드디어 우르르 절반 이상이 복도로 나와버렸다. 무슨 시위에 가담할 생각이 있어서가 아니라 저 요란한 총성이 무엇보다도 궁금했고 아까 상급생이 들어와 일러주던 말에 조금은 동요되었던 탓도 있었다.

밖으로 나가니 많은 학생들이 벌써 교문 쪽으로 밀려나가고 있었다. 언덕길을 내려가자 철물로 장식된 교문이 굳게 닫혀 있었고 선생님들이 그 앞에 버티고 서 있었다. "모두 올라가. 교실로 들어가란 말이야."

상급생들과 대학 교복 차림의 선배들이 한편으로는 우리를 다른 한편으로는 선생님들을 설득하는 중이었다. "지금 경무대 앞에서는 학우들이 피를 흘리며 쓰러지고 있습니다. 저들은 비무장의 무고한 시민과 학생들에게 총을 쏘고 있습니다. 그냥 보고만 있을 수는 없습니다."

그들은 교문을 지키고 있는 선생님들에게 문을 열고 비켜달라고 사정했지만 훈육 주임을 비롯한 선생들은 움직이지 않았다. "우리는 학생을 보호할 의무가 있는 교직원들이다. 저 밖을 내다봐."

교문 앞에는 철봉으로 엮은 바리케이드로 길이 막혀 있었고 지프차 한 대와 순경 몇 사람이 와서 대기하고 있었다. 그렇지만 몇몇 학생들은 교문과는 멀리 떨어진 곳의 벽돌 담장을 넘어서 거리로 나갔다.

우리는 그렇게 웅성대며 점심시간을 보냈고 수업이 없는 채로 교실에 들어가 대기하고 있었다. 드디어 오후 두어시경이 되어서 다른 날보다 몇 시간 일찍 하교하게 되었다. 선생님들이 모두 나와서 효자동쪽으로 나가는 길은 막아서고 적선동으로 해서 광화문으로 나가는 길로 가도록 했다. 우리는 자연스럽게 하굣길의 방향이 같은 아이들끼리 삼삼오오 짝이 되었는데 광길이가 나를 발견하고 뛰어왔다. 옆에는 종길이도 있었다. 당시 종길이는 서대문 방향에 살았고 광길이는 마포에 살았을 것이다.

"잘되었다. 우리 데모하는 거 구경 좀 해볼까?" 진심이었는지 모르지만 광길이가 말하자 나도 맞장구를 쳤다. "그래 시내가 어떤지 좀 보고 가자." "나쁜 놈들, 이제는 사람들에게 버젓이 총을 쏘다니……" 말수가 적고 얌전하던 종길이가 분이 나서 말했다.

적선동의 좁은 전찻길에서 밀렸던 학생들이 골목 곳곳에 보였고 광화문까지 나오자 거리는 온통 시위대가 점령해버렸다. 일반 시민들에서부터 대학생 고등학생 그리고 거리의 신문팔이나 구두닦이 소년들에 이르기까지 인도는 물론 차도까지 온통 사람으로 뒤덮여 있었다. 그때쯤 이미 서울 시내의 관공서와 파출소, 그리고 작은 경무대로 불리던 서대문의 이기붕의 집 등은 분노한 시위대의 공격을 받아 불타고 있었다. 중앙청 왼편의 지금 정부청사 자리에는 기마경찰대가 있었으며, 지금은 공원 녹지가 되어버린 오른편 앞쪽에 경기도청이 있었고 그 아래쯤에 반공청년단의 회관 건물이 있었을 것이다. 반공회관이 검은 연기를 올리며 타고 있고 도로 한복판에서는 지프차와 트럭이 넘어진 채로 불타고 있었다. 국회가 있던 부민관도 시위대가 점령해버렸고 맞은편의 서울신문사도 화염에 싸여 있었다.

우리는 자연스럽게 차도로 나와서 인파 속을 헤치며 돌아다녔다. 가끔씩 지프차나 스리쿼터를 빼앗아 탄 시위대의 차량이 피 묻은 태극기를 휘날리며 질주했다. 지프와 군용차를 개조한 깡통 모양의 시발택시는 흰 가운을 입은 의대생들이 응급차로 징발하고 있었다. 그중에는 시신을 몇 구나 싣고 다니며 호소하는 차량도 있었고 가벼운 부상을 입은 젊은이들은 피투성이가 되어 붕대를 맨 채로 구호를 외치고 있었다.

갑자기 와아, 하는 함성이 시청 방향에서 들렸고 우리는 사람들에 휩쓸려 그쪽으로 뛰어갔다. 시청 앞 덕수궁 돌담 쪽에 파출소가 있었는데 시위대는 자연스럽게 그쪽으로 돌을 던지기 시작했다. 그곳은 자유당이 국회를 뒤집어엎을 때마다 무술경관들이 상주하던 곳이었다. 시위대가 점점 죄어가자 총성이 들리기 시작했다. 그날 시청 앞에서의 총격은 두 방향에서 동시에 시작되었는데, 덕수궁 쪽과 광장 건너편 소공동 경남극장 모퉁이에 있던 특무대 서울 분실의 옥상에서도 무차별 사격을 했다.

총성이 울리자 사람들이 상반신을 숙이며 사방으로 흩어져 뛰기 시작했다. 우리도 뛰는데 갑자기 광길이가 넘어진 종길이를 붙잡아 일으키는 게 보였다. 나도 돌아서서 종길이의 팔을 잡았고 광길이는 뒤에서 그를 일으켜 올렸다. 그때 종길이의 머리가 뒤로 툭 꺾이면서 피가 한꺼번에 광길이의 가슴 위로 쏟아져내렸다. 광길이가 종길이의 모자로 피가 쏟아지는 뒤통수를 막고 외쳤다. "차를 불러!"

나는 한산해진 길 가운데로 나가 달려오는 지프차를 향해 두 팔을 저었다. 그들은 요란한 브레이크 소리를 내며 멈추더니 손짓을 했다. "빨리 부상자를 실어라."

광길이와 나는 축 늘어진 종길이를 맞들어 지프차의 뒷자리에 얹고는 올라탔다. 내 교복 앞자락에도 피가 홍건히 젖어들었다. 지프차는 속력을 내어 서울역 앞에 있던 세브란스 대학병원으로 올라갔고 군대식 담가(들것)를 든 대학생들이 종길이를 얹어서 데리고 가더니 금방 되돌아나왔다. 광길이가 그들에게 물었다. "왜 치료를 하지 않는 거예요?" "보면 모르니?" 그들은 이미 다리가 뻣뻣해진 종길이를 턱짓으로 가리키며 말했다.

우리는 그들과 함께 시체를 늘어놓은 복도 쪽에 가서 쭈그리고 앉았다. 그러고는 갑작스런 충격과 친구를 잃은 슬픔에 휩싸여 서로 위로할 말을 찾지 못한 채 멀찍이 떨어져 앉아 주먹으로 눈물을 훔쳐낼 뿐이었다.

그로부터 며칠 사이에 역사는 재빠르게 진행되었다. 서울을 비롯해서 전국 도시에 비상계엄령이 내렸고 시위는 외곽에서 밤새도록 진행되었으며 어느 곳에서는 시민들이 빼앗은 무기로 전투경찰들과 총격전을 벌였다. 부정선거로 인해 정부의 각료들이 줄줄이 사임하고 이기붕이 사임했으며 대학교수단이 시위에 나서자 전 서울시의 시민들이 밤새도록 곳곳에서 시위를 계속했다. 이승만이 하야 성명을 냈고, 이기붕 일가가 이승만의 양아들로 입적시켰던 아들 이강석을 앞세워 모두 자살했다. 그리고 이승만은 대통령 자리를 내놓고는 한 달쯤 지나 하와이로 망명했다. 그날 서울시청 앞에서의 종길이의 죽음과 시민들의 시위는 내 일생에 큰 영향을 주었다.

긴 휴교 기간에 우리는 종길이의 유고시편들을 추리기 시작했다. 나중에 그의 유고시집 『봄·밤·별』이 편집되어 나왔다. 그림쟁이 성진이가 표지를 그렸는데 지금도 잊히지 않는다. 표지 그림에 대한 그의 자청 해설은 이러했다. "이 뼈처럼 마른 손은 죽은 시인의 것이다. 그 위에 일그러진 달은 이미지와 이상의 세계, 그걸 잡으려고 뻗친 거야."

여름방학이 되자 대학생들 사이에서 일제시대처럼 농촌봉사활동이 풍조가 되었는데 고등학생들은 '무전여행'을 떠나는 게 유행이었다. 그러나 역시 어려운 시절이라 각 지역마다 자기 사는 언저리나 돌아다니는 정도였지 전국을 휘돌아다니는 애들은 별로 많지 않았다.

내가 광길이에게 무전여행을 떠나자고 제안하자 그는 한술 더 떠서 코스를 학교 동급생, 선배 또는 졸업생들이 사는 지방을 따라서 짜면 편리할 거라고 말했다.

여행을 떠나겠다고 어머니에게 말했을 때, 뜻밖에도 순순히 허락하면서 필요한 것이 있으면 함께 준비하자는 그녀의 반응에 깜짝 놀랐다. 물론 그녀가 허락하지 않아도 그냥 떠날 작정이었지만, 비상금까지 챙겨줄 줄은 생각조차 못했다.

떠나기 전날 밤에 광길이가 집으로 와서 함께 잤다. 전날 하늘이 잔뜩 찌푸려 있더니 과연 장마철답게 새벽부터 비가 추적추적 내리기 시작했다. 나는 지금도 먼길을 떠나려면 늘 전날 밤잠을 설치기 일쑤다. 그날도 새벽에 빗소리에 잠이 깨어 뒤척이다가 일어나 화장실에 가려는데 부엌 쪽 마루에서 쿵쿵거리는 소리가 들렸다. 살그머니 문을 열고 들여다보니 어머니가 부엌 마루에 앉아 뭔가 쇠절구에 찧고 있었다.

어머니가 새벽부터 일어나 만들어준 미숫가루와 인절미를 가방에 챙겨넣고 광길이와 나는 이른 아침에 집을 나섰다. 물론 기차는 철도원들의 눈을 피해서 공짜로 탈 생각이었다. 노량진 간이역은 역사만 빼놓고는 어디나 휑한 길가여서 표 없이 올라타기가 좋았다. 피난길의 며칠씩 걸리는 여행보다는 그래도 나았지만 지방으로 가는 교통수단은 열차가 거의 유일한 것이었다.

우리는 경부선 완행열차에 올랐다. 기차는 작은 간이역들에도 빠짐없이 섰고 출발도 느릿느릿했다. 통로와 객차 사이의 승강구에도 비틈없이 승객들이 몰려섰고 어떤 사람은 객차 안의 물건을 얹는 선반 위에 올라가 걸터앉기도 했다. 우리는 승강구의 층계 아래위에 차례로 걸터앉았다.

우리 말고도 무전여행 차림의 대학생 고등학생들이 많이 보였다. 우리는 지나치는 철도 연변의 풍경들을 놓칠세라 바라보았다. 너른 들판이며 강의 철교들이며 먼 산을 등진 작은 마을의 초가집들이며 일하는 농부들과 논둑길을 달리는 벌거벗은 아이들, 그리고 소도시 주변의 찌그러진 판잣집들과 아직도 전쟁 때 파괴된 채로 곳곳에 남아 있는 공장의 페허들이 보였다.

그래도 목적지가 있어야 하니까 광길이와 나는 우선 서쪽으로는 백제의 유적지들을 돌아보고 호남으로 내려가 광길이네 순창 시골에 들를 작정이었다. 그리고 근처 남원에는 방학으로 내려가 있을 그림쟁이 성진이가 할머니 댁에 머물고 있다는 소식이었다. 더욱 남쪽으로 내려가 목포에서 배를 타고 제주도를 거쳐서 부산으로 되돌아올 작정이었고 동쪽으로는 신라의 유적지인 경주를 거쳐서 다시 경부선을 따라 서울로 되돌아오는 것으로 여정을 짜두었다. 이를테면 대단히 학구적인 역사적 탐방인 셈이었다.

하루종일 걸려서 저녁 무렵에야 대전에 도착했고 우리는 기차가 역 구내로 들어가기 전에 서행하는 기차에서 얼른 뛰어내렸다. 오후부터 내리던 비는 아직도 줄기차게 내리고 있어서 우리는 군용 판초우의를 꺼내어 걸쳤다. 머리 위에는 학생모를 썼는데 비에 젖어들자 오랫동안 배었던 땀냄새가 지독하게 풍겼다.

공주로 나가는 지방도로에는 차도 별로 없어 보였다. 첫날 밤을 어디서 보내야 할지 몰랐다. 광길이와 나는 어느 길가의 비어 있는 농가 툇마루에 걸터앉아 비상식량으로 어머니가 만들어준 인절미를 먹었다. 사방에서 개구리와 맹꽁이가 울었고 비는 지붕 처마 아래로 내민 우리의 하반신을 사정없이 적셨다.

그날 밤 우리는 운좋게 한 농부의 집에서 하룻밤 묵어갈 수 있었다. 저녁 끼니때가 지난 시간이라 농부의 아내는 남은 보리밥에 열무김치와 새우젓을 내왔고, 우리가 없는 반찬에 물 말아서 맛있게 먹는 것을 곁에 앉아 지켜보던 농부는 연신 말을 시켰다. "저 거시기 이박사는 머하러 하와이로 갔다? 기냥 여그서 사는 거시 나을 텐디. 허긴 그려, 생때겉은 젊은것덜이 많이 죽었는디 워찌 한국서 살겄어."

이후 이발소나 시장 국수 좌판 같은 데서 아저씨나 노인들을 만나면 으레껏 당대의 정치 얘기가 훈계조나 비판적으로 흘러나왔는데, 그들은 아마도 젊은 학생인 우리의 정견을 묻는 것이었을 테지만 시골 사람들이나 마찬가지로 신문을 샅샅이 훑어보지 않던 우리로서도 딱 부러진 견해가 있을 리 없었다. 당시에는 아마도 농촌에 배운 사람이 별로 없던 때라서였는지 고등학생 정도만 되어도 못 배운 자기들보다는 세상 돌아가는 것을 좀더 잘 알지 않을까 기대했던 듯싶다.

무슨 열성으로 그렇게 고적지를 찾아다녔는지 모르겠다. 아마 국토를 샅샅이 알아버리겠다는 듯한 열성이었을 것이다. 무너져가는 백제의 돌탑 아래 주저앉아 쉴 적에 지나가는 바람 소리가 어찌나 쓸쓸하고 고즈넉하던지 광길이와 나는 서로 말을 시키지 않고 두어 시간쯤 풀밭에 앉아 있었다.

공주를 거쳐서 부여로 넘어가 낙화암에도 올라가보았고 지금도 타버린 군량이 나온다는 싸움터도 돌아다녀보았다. 이어서 논산으로 향했는데, 관촉사의 은진미륵을 왜 그렇게 보자고 했는지 지금 생각해도 알 수 없다. 광길이는 수첩에 깨알같이 써둔 '견학' 대상 목록에 작대기를 찍 긋지 않고는 직성이 풀리질 않았다. 나중에 택이와 우석이의 방랑담을 들었을 때 우리가 얼마나 답답한 모범생의 여행을 했었는지 후회가 될 정도였다.

하루는 광길이와 내가 어두워지기 시작한 국도를 따라서 걷는데 지나가는 차량은 거의 없고, 이차선의 비포장 국도 양옆에는 포플러가 거꾸로 박아놓은 빗자루처럼 줄지어 서 있었다. 그렇게 오십 리 길을 걸었다. 윗옷은 그래도 우비 때문에 젖지 않았지만 아랫도리는 속옷까지 젖어버렸다. 광길이의 낡은 군화는 그날 드디어 뒤축이 떨어져나갔다. 그는 절뚝거리면서 걸었다. 국도변의 가난하고 작은 마을을 지나칠 때면 그 어슴푸레한 호롱불 빛을 따라 걸어들어가 아무데나 짚더미

위에라도 쓰러져버리고 싶었다.

걷고 또 걸어서 드디어 전주에 도착했다. 그곳에는 광길이네 작은아버지가 살고 있어서 그 집에서 잤다. 전주역에서 가끔씩 들고 나는 기차의 기적 소리가 어찌나 처량하던지 잠들지 못하고 벽을 향하여 멀뚱히 눈뜨고 누워 있었다. 김 빠지는 소리와 피스톤이 천천히 움직이는 소리, 그것은 너무도 낯익어서 날이 밝으면 여의도 비행장의 프로펠러 소리까지 들려올 것만 같았다.

광길이와 나는 남원에 들러서 성진이를 일행에 넣기로 했다. 광길이가 미리 엽서를 보내어 우리가 간다는 것을 알렸기 때문에 성진이는 시골 할머니 집에서 목을 길게 빼고 기다리고 있었다. 그는 간단한 수채화 물감과 크고 작은 스케치북을 달랑 챙겨들고 우리를 따라나섰다. 나는 어딘지 답답하고 고지식한 광길이와 다니다가 펄펄 뛰는 그림쟁이 성진이를 만나자 갑자기 온 세상이 단조로운 흑백에서 어지러운 원색으로 변한 듯한 느낌이었다.

광길이네 시골 순창에는 방학중에 본가를 찾은 사촌 형제들이 올망졸망 모여 있었다. 광길이네 아버지가 그 집 큰아들이었는데 그는 일찍 고향을 떠난 뒤 전쟁 후에 다시는 내려가지 않았다고 한다. 그는 훨씬 뒤에도 직업을 갖지 않은 채 가난한 아내의 뒷바라지에 기대어 세상 출입을 하지 않았는데 이제 와서 생각해보니 역사적 상처가 있었던 게 아니었나 싶다. 왜냐하면 그 댁에서 본 실성한 둘째 작은아버지가 생각나기 때문이다. 그는 도사처럼 수염과 머리를 길게 기르고 한복 바지저고리 차림으로 들로 산으로 쏘다녔다. 광길이 아버지처럼 일본서 공부했다는데 '머리가 너무 좋아서 돌아버렸다'고 했다. 밤에 나타나면 정신이 온전한 그의 착한 아내나 형수가 밥을 챙겨주었고, 밥을 먹으면 다시 나가서 아무데서나 잠들었다. 그는 전쟁 때에 산사람(빨치산)이었다고도 하며 그를 살리려고 할아버지가 재산을 많이 없앴다고도 했다. 우리에게 다가와 갑자기 볼과 머리를 쓰다듬는 바람에 깜짝 놀랐던 적도 있다.

광길이 할아버지는 수십여 명 식구의 가장이었는데 언제나 바깥사랑채의 구석진 방에 앉아서 낡은 한서를 뒤적이고 있었다. 그러나 새로운 것에 대한 호기심이 많아서 우리에게 이것저것 바깥세상의 일을 물었고 내가 쓴 단편소설을 읽어달라고 해서 광길이와 함께 앉아서 호롱불 밑에서 읽어드렸다. 그는 끝까지 듣고 나서 "좋은 글이란 역시 쉽고 간소해야 한다"고 말했다.

하루는 셋이서 집에 있는 투망을 가지고 섬진강 상류인 너른 개천으로 나갔다. 물이 대개는 무릎 높이에 지나지 않았지만 깊은 곳은 한 길이 넘는 곳이 많았다. 우리 중에서 광길이만 투망을 던질 줄 알았는데 그나마 여름방학에 이곳에 올 때나 한두 번 해본 솜씨라 신통칠 않았다. 광길이가 몇 번이나 서툴게 시도하자 눈썰미 있는 성진이가 달라고 하더니 대번에 허공에 큰 원을 만들어 멀찍이 던졌다. 그물을 걷어내니 손바닥만한 은어 서너 마리가 흰 뱃바닥을 뒤집으며 펄떡거리고 있었다. 성진이의 투망 솜씨는 점점 익숙해졌다. 얼마 안 가서 양동이에 은어, 모래무지 따위의 물고기들이 담겼고, 우리는 부근 밭에 가서 깻잎을 따다가 준비해온 마늘과 된장 고추장을 곁들여 즉석에서 은어회를 쳐 먹었다. 은어는 머리와 꼬리만 잘라내고는 그대로 내장을 씻어내고 장에 찍어 먹었다.

성진이가 불평을 하여 광길이가 마을 어귀의 구멍가게에서 소주를 사와서 우리는 제법 취하도록 마셨다. 그리고 시냇물 속에 첨버덩 뛰어들거나 기슭을 따라 모래밭을 벌거숭이로 뛰어다녔다. 이때 삼삼오오 무리를 지은 사람들이 개울 건너편으로 몇 차례인가 지나갔는데 이날이 바로 4·19 이후 7월 말의 민의원 참의원 선거날이었다. 동네 사람들은 물론이고 이웃 마을 사람들까지 뉘 집 자식들인지 마빡에 피도 안 마른 놈들이 대낮부터 술 취해서 발가벗고 소동을 벌이더라는 말이 돌았다. 이 일은 광길이네 셋째 작은아버지 귀에 들어갔고 할아버지에게까지 보고가 올라갔다.

우리가 길고 무더운 여름날 오후를 잘 보내고 저녁 먹을 무렵에 슬슬 돌아오니 아니나 다를까 아까부터 할아버지가 찾는다고 아낙네들이 기어들어가는 목소리로 말했다. 우리는 광길이와 함께 사랑 툇마루에 가서 꿇어앉아 할아버지에게 호된 야단을 맞았다.

저녁 먹고 마당에 나가 앉아 멍석 위에서 노닥거리는데 작은아버지가 어디서 막걸리 닷 되들이 한 병을 들고 와서 넌지시 건네주며 일렀다. "술 먹고 잡으면 집에서 묵어야제. 촌에서는 넘덜 눈이 있응게. 글고 술은 조은 음석잉께 담엘랑 옷덜 입고 묵어라잉."

밤늦게까지 다시 막걸리 몇 사발씩을 마시고 모두들 평상과 멍석에 흩어져 누워서 별을 보며 해롱거리고 노래도 부르다가 잠들었을 것이다. 그러나 밤기운이 싸늘하기도 했지만 도무지 모기 때문에 잠을 잘 수가 없었다. 우리는 새벽녘에 할아버지 방으로 기어들어가 모기장을 들치고 윗목에 널브러져서 다시 잠들었다.

아침에 깨어나니 성진이의 얼굴이 가관이었다. 모기에 물린 자리가 부어올라서 눈두덩과 콧등이 온통 펑퍼짐했다. 모두들 저게 누구냐며 배를 잡고 웃었다.

며칠 후에 우리는 떠들썩한 시골 사람들과 돼지와 닭 그리고 생선 비린내가 진동하는 온갖 바구니와 함지들에 뒤섞여 세월없이 느리게 가는 목포행 열차에 몸을 실었다. 성진이는 노트 절반만한 스케치북을 한 손 위에 올려놓고 그런 정경들을 스케치했다. 우리는 모두 바다에 반했다. 연락선 부둣가의 음식 좌판에서 우리는 소주 몇 잔에 어패류 회와 구이로 요기도 했다.

목포에서 배를 타고 제주해협을 건널 때는 풍랑이 어찌나 거세던지 승객들 거의가 뱃멀미로 정신이 없었다. 선복 아래가 삼등실의 너른 강당 같은 공간이었는데 사람들은 건어물처럼 널브러져서 이리저리로 굴러다녔다. 이등이나 일등실이래야 갑판 위의 선원들 쓰는 공간에 붙어 있었는데 거기도 다다미 깔린 방에 몇 사람씩 널브러져 있었다. 우리 셋은 멀미는커녕 어찌나 소화가 잘되는지 한밤중이 되자 배가 고파서 못 견딜 지경이었다. 성진이와 나는 기우뚱거리는 배를 이리저리 잘도 돌아다니면서 뱃멀미에 얼이 나간 사람들이 챙기지 못한 것들을 걷어왔다. 소주에 빵에 누가 베고 있던 것인지 금이 간 수박도 안아왔다. 그리고 밤바다의 파도를 넘어 동틀녘에 저 먼 어둠 속에서 갑자기 나타난 세모꼴의 한라산과 마주하게 된다. 제주는 통째로 한라산이다. 눈에 뻔히 보이는데도 가까운 거리가 아니었는지 해가 뜨고도 한참이나 지나서야, 그러니까 아침을 먹은 뒤의 시각쯤 되어서 배가 서부두 포구로 들어갔다.

지금은 벌써 오래전에 방파제와 부두 건설이 되어 지형 자체가 변해 버렸지만 예전에는 선창에서 서부두 쪽으로 개천처럼 바닷물이 들어오고 축대가 쌓여 있었다. 가운데에는 중국 피난민들이 타고 들어와서 버려졌다는 낡은 정크선이 반쯤 기울어진 채 파도에 흔들리고 있었다. 제주도의 민물은 거대한 정수시설인 한라산의 화산석으로 스며든 다음에 모두 해변에서 지하수로 솟아나기 마련이어서 아침부터 물 긷는 여자들과 설거지나 빨래를 하는 여자들이 해변의 민물이 흘러내리는 곳에 모여 있었다. 어느 물 긷는 소녀가 너무 예뻐서 성진이와 나는 두고두고 얘기했다.

전국이 다 그랬지만 지방으로 내려올수록 전후의 모습이 그대로 방치된 채로 남아 있었고 그나마 제때 끼니를 찾아 밥술을 먹는 이들은 도심지의 월급쟁이나 장사꾼들 정도였다. 농부들도 제 땅 가진 이들 외에는 소작농이 많아서 광길이네 시골에서도 매해 봄이면 부황이 드는 농가가 많더라고 했다.

제주도에는 전쟁 때 내려와서 아직 나가지 못한 피난민도 많았고 불과 몇 년 전까지 한라산에서 공비 토벌이 있었다고 했다. 나중에 1980년대에 가서야 나는 4·3사건에 대한 여러 가지 자료를 보고 목격담도 듣게 되면서, 전쟁 전에 이미 봉기와 양민학살의 참상이 있었고 그것이 뭍에서의 전쟁이 끝나던 1953년 무렵까지 계속되었다는 것도 알게 된다.

지금도 잊히지 않는 것은 관음정에서 만난 어느 여고생이다. 우리는 한라산에 오르겠다고 고집하는 광길이 녀석 때문에 관음사의 정자 있는 곳까지 하루종일 걸어갔다. 한낮에 메마르고 황량한 허허벌판의 완만한 비탈길을 올라가는데 나는 그게 그냥 평지인 줄로만 알았더니 해발 천 미터가 넘는 곳이었다. 도중에 하도 목이 말라서 수박밭 옆을 지나다가 전쟁 때처럼 원두막 아래 가마니에 앉아 다리쉬임을 하면서 우리는 수박 한 개를 사 먹었다. 그것이 잘못되었던지 아니면 더위를 먹었는지 나는 배탈이 나서 관음정에 이르러서는 아예 뻗어버리고 말았다. 광길이는 그렇다 치고 꾀쟁이인 성진이까지 웬일로 다른 사람들을 따라 백록담을 보련다고 올라가는 바람에 나 혼자 남았다. 얼마쯤 지났을까. 갑자기 하늘이 금방 어두컴컴해지더니 안개인지 비인지 모를 는개가 짙게 뿌려대기 시작했다. 내가 맥을 놓고 정자의 흙투성이 마룻바닥에 주저앉아 있는데, 누군가 는개 속에서 규칙적인 걸음걸이로 나타나 정자를 향해 걸어왔다. 키도 나보다 더 크고 어깨까지 벌어진 사람이 등에 배낭을 지고 군용 야전 파카에 달린 모자를 머리 위로 깊숙이 내려쓰고 정자에 들어섰다. 그는 방금 산에서 내려오는 모양이었다.

"여기서 혼자 뭘 해요?" 처음에는 남자인 줄 알았는데 목소리가 여자여서 나는 속으로 조금 놀랐다. 일행을 기다린다고 말했더니 그녀가 어디 아프냐고 되물었고 나는 배탈이 난 것 같다고 말했다. 여기는 물밖에 좋은 게 없으니 많이 마시라고 그녀가 말했다. 그녀는 우리보다 겨우 한 학년 위였다. "서울서 큰일 치렀지요?" "예, 친구가 죽었어요. 총 맞고……" "이담에 역사책에 나온다는 건 다 헛소리예요. 사람들이 기억하려고 노력을 해야지요."

나는 그게 무슨 말인지 알 수 없었지만 매우 깊은 인상을 받았다. 그녀는 마치 어른처럼 성숙해 보였다. 산에 자주 다니냐고 물으니 일주일에 한 번씩 한라산엘 오른다고 그녀는 말했다. 우리는 다시 산 얘기에서 바다 얘기로 자연스럽게 옮겨갔다. 그녀는 전에 저희네 식구들이 중산간에서 살다가 사변 나고 동네가 없어져서 지금은 시내에 나가 산다고 말했다. 그녀는 배낭을 메고 다시 반대편 방향으로 사라져버렸다. 겪은 사람은 어리숙하지 않다더니 그녀는 그때 이미 어른이었던 것이다. 그녀는 아마도 사라진 식구들이나 친척들의 얘기까지 하고 싶었을지도 모른다. 나중에야 제주도 토박이들은 누구나 직접 아니면 적어도 한 다리 건너쯤의 아픔을 지니고 살았다는 걸 알게 되었다.

날이 더욱 어두워져서야 산에 올라갔던 일행들이 투덕투덕 군홧발 소리를 내면서 몰려 내려왔다. 우리는 거기서 또 시내까지 가려면 깊은 밤에나 도착할 모양이었다.

다시 연락선 타고 부산을 거쳐서 경주에 갔을 때 우리 같은 학생 무전여행자가 인근 사방에서 모여들어 역이나 관청 같은 데서는 골치를 앓고 있었다. 밥 한 끼 제대로 얻어먹을 데가 없었다. 경주는 전 국토가 파괴되어 마땅히 갈 데가 없던 당시에 수학여행지로 알려져 있어서 그야말로 사방에 짝지어 다니는 것들이 학생 여행자들이었다. 우리 일행은 저녁나절에 남산 자락의 소나무숲에 앉아 노을을 구경했다. 논밭에 아무렇게나 서 있는 천년 넘은 탑과 봉긋한 무덤들 위로 어제와 같은 해가 저물고 있었다.

문경새재를 걸어서 넘어보자고 광길이가 우겨서 성진이와 나는 투덜대면서 열차에서 내렸다. 우리는 문경 어름에서 들밥을 얻어먹었다. 논두렁길을 가는데 먼 곳의 우람한 느티나무 아래 모여앉았던 농부들이 우리를 손짓하여 불렀다. 때마침 식사중이었다. 보리 섞인 밥에 호박, 가지, 콩나물, 열무김치, 된장에 풋고추 등속이었지만 반주로 내준 막걸리가 사이다보다도 시원했다. 뒤에 군대 가서 야전훈련중에 들밥을 다시 얻어먹어본 적이 있지만 1970년대의 근대화 시기를 지나면서 이것도 없어져버렸다.

집에 돌아오자 나는 이제 다시는 소년이 아닌 것 같은 느낌이 들었다. 그리고 다시는 규율과 점수로 통제되는 학교로 돌아갈 수 없을 것 같았다.

*

산에도 다녔지만 우리는 그 무렵에 명동에 있는 고전음악실을 드나들기 시작했다. 바로 그 앞에 전쟁과 분단의 시작인 1950년대의 문단 선배들이 드나들던 '돌체'가 있었고 중국대사관 뒤편 사보이호텔 골목쯤에 '동화'가 있었다. 나중에 에스에스로 바뀌었지만 우리는 나치 친위대의 이니셜과 같다고 이전 이름만 불렀다.

동급생 친구로는 광길이와 4·19 때 죽은 종길이 정도하고나 친했을까, 나는 주로 한 학년 위의 택이나 성진이, 우석이 등과 어울렸다. '동화'에서는 다른 학교 친구들과도 한두 해는 서로 맞먹으며 친구로 지내게 되었는데 서로가 겉으로 내색하지는 않았지만 하여튼 문예 취향이었던 것 같다. 우리는 교복을 벗어던지고 작업복이나 점퍼 따위를 걸치고는 대폿집에도 갔고 당연히 어른들 틈에 앉아 담배도 피웠다.

겨울이 지나자마자 나는 청천벽력 같은 통고를 받는다. 새 학년이 시작되기 전의 봄방학 즈음에 각자에게 성적과 석차를 가르쳐주고 학부모에게 통보하게 되어 있었다. 담임은 나와 몇몇 아이들에게는 따로 면담을 갖자고 했다. 내 순서가 되어 지도부실에 들어갔더니 그가 보통 때와는 달리 진지한 얼굴을 하고 있었다. "너 지난번 중간고사 빠졌디? 결석일수가 얼마나 되는디 알아?"

나는 그냥 침묵하고 서 있었다.

1960년 그해 2학기 들어서 툭하면 학교에 가지 않았다. 그렇다고 내가 지능을 연마하는 것에서 멀어졌다고는 생각하지 않았다. 학교를 빠지는 날에는 미도파 부근에 있는 중앙도서관에 자주 갔었다. 어쨌든 담임은 내게 낙제를 선고했다.

그의 별명은 '미친개'였다. 내가 보기에 그는 좌절한 수재였다. 이북 사투리가 남아 있는 것으로 보아 그의 원래 고향은 평안도였던 것 같다. 그는 우리 학교 동문 선배였는데 생물학을 전공했고 유전학을 더 공부하고 싶었다고 한다. 그는 학습시키는 방법도 독특해서 먼저 교과서에 나오는 단원을 거의 한 시간 내내 설명하고는 끝내기 전에 불쑥 책에 나오지도 않는 자연현상에 대해서 질문한다. 이를테면 응용을 하라는 얘기였다.

그는 육각으로 깎은 몽둥이를 출석부 옆에 끼고 다녔는데 그 귀퉁이에는 '어머님 사랑'이라고 붓글씨로 쓰여 있었다. 질문을 하고 나서 학생들이 교과서를 들춰보거나 노트를 뒤적이면 사정없이 모두 집어서 창밖으로 던져버린다. 그러고는 여지없이 머리 한복판을 그 '어머님 사랑' 몽둥이로 내려치는 것이다. 바른 대답이 나올 때까지 몽둥이세례는 계속된다.

추운 겨울철이면 아이들은 난로 위에다 알루미늄 도시락을 얹어서 데워 먹곤 했는데, 수업을 받다보면 어느새 난로가 벌겋게 달아올라서 아랫부분의 도시락들은 밥이 타기 시작한다. 그러면 아래쪽 도시락 임자들은 선생이야 지껄이건 말건 신경이 온통 도시락에 가 있다. 선생이 칠판에 뭔가 쓰노라고 등을 돌리기만 하면 하나둘씩 난로 앞으로 나가서 아래편의 자기 도시락을 빼어 위에다 얹느라 분주하다. 그러면 다시 다른 녀석들이 기어나가서 아래에 깔린 제 도시락을 위로 올린다.

그날도 여지없이 밥 타는 냄새에다 아이들이 오락가락하는 통에 학습 분위기가 부산스러워졌는데, 갑자기 '미친개'가 돌아서서 얼굴을 잔뜩 찌푸리고 서 있다가 그야말로 미친 듯이 난로 앞으로 돌진해 내려왔다. 그는 몽둥이로 도시락들을 후려치기 시작했고 몽둥이에 맞은 도시락들이 좌우 앞뒤로 떨어지고 엎어졌다. 아이들은 몽둥이찜질을 받더라도 점심을 굶을 수는 없어서 머리를 들이밀며 몰려들어 제각기 도시락을 구원해갔다. 그는 주변에게 흩어진 밥이며 반찬들을 치우라고 이르고 아무 일도 없다는 듯 수업을 계속했다. 어수선하던 수업시간이 끝나자 그는 출석부를 끼고 나가려다가 다시 교탁 앞에 돌아와 섰다. "거 벤또 엎어진 놈들 나오라우."

아, 또 대가리에 혹이 몇 개나 돋을지. 아이들은 주눅이 들어서 고개를 처박고 앞으로 나갔는데 그가 안주머니에서 지갑을 꺼내더니 차례로 돈을 나누어주었다. "매점 가서 우동 사 먹으라."

그가 마흔이 가까워질 때까지 장가를 가지 않고 있어서 아이들은 모두 그의 괴팍한 성격 탓일 거라고, 어느 아가씨가 저 광기를 받아주겠냐고 수군거렸다.

그가 담임이 되었던 첫날부터 나와는 악연이 있었다. 나를 다른 아이와 착각하고 큰 아이들만 앉는 맨 뒷자리의 복도 쪽 구석자리에 배정했는데 거기는 그야말로 교실에서 사각지대나 다름없었다. 나중에 내가 중키에다 다른 이름이라는 것도 밝혀졌지만 그는 귀찮았는지 아무데나 앉으라고 말했다. 내가 몇몇 학생잡지와 교우지에 소설을 발표한 적이 있다는 것을 알았던지, 그가 노골적인 적의와 냉소를 드러냈다. 그는 나를 어떤 점에서 오해하고 있는 눈치였다. "나는 거 무슨 글 쓴네 하구 책 끼구 다니는 것덜 꼴 보기 싫두만. 거저 연애질이나 하라문 모를까 어디 쓸데가 있나 말야."

사실 문예반에도 들지 않은 나로서도 듣기가 거북한 노골적인 언사였다. 아마도 그는 인문교양에 대한 열등감 내지는 자신만의 경험에서 비롯된 일종의 편견을 지니고 있던 게 틀림없었다.

한번은 그가 수업시간에 역시 몽둥이를 들고 예의 그 무차별 질문을 퍼부으며 뒷자리에까지 다가왔다. 그는 내 책상 위에서 교과서 아래 감춰놓고 보던 '세계전후문학전집'을 발견했다. 그것은 당시에 우리 친구들 사이에서는 얘깃거리가 많던 출판물이었다. 나는 마침 다자이 오사무의 「사양斜陽」을 읽고 있던 참이었다. 내가 그의 자살과 데카당을 비판했더니 성진이가 내게 쪽지를 보낸 적도 있었다. '웃기지 말구 다자이 무덤에 가서 풀이나 매어줘라.' 나도 쪽지로 답신을 보냈다. '객사하는 놈들은 무덤을 원치 않는다.'

그는 나를 교무실로 따라오라고 했다. 누구나 선생님에게 걸려서 교무실까지 끌려가는 것은 중벌로 여겼다. 그도 그럴 것이 머리통 큰 놈이 여러 선생님들이 모여 있는 교무실에 가서 얼굴이 팔리고 '공매'도 조금씩 더 맞고 하는 게 사나이 체면에 치명적이라고 생각했기 때문이다. 그는 교무실에 가서 자기 자리 옆에 꿇어앉게 하고는 노트 한 장을 죽 찢어주며 독후감을 쓰라고 했다. 나는 속으로 절대로 쓰지 않으리라 맘먹고 점심시간이 다 끝나갈 때까지 꼼짝 않고 앉아 있었다. 그가 들여다보고는 왜 안 썼느냐고 묻기에, 나는 아직 안 읽어서 무슨 내용인지 모른다고 대답했다. 그도 나의 비틀린 심사를 짐작했을 것이다. 마침 문예반 담당인 국어 선생이 지나치자 그가 불러세웠다. "거저 애들 공부두 안 하게 문예반 같은 거는 왜 만들어놓구 기래?"

국어 선생이 나를 보더니 알은체를 했다. "얜 문예반 아닌데. 당신 반 아니야?"

담임은 내가 문예반이 아니라는 데 약간 놀란 듯했다. 그런 일이 있고 나서 나는 그와 날마다 종례시간에 마주치는 것도 거북했다.

어른이 된 지금도 나는 상대방이 오해를 하면 즉시 해명을 하거나 정면으로 대들지 않고 소통을 피해버리는 성미다. 그래서 끝내 오해가 풀리지 않은 채 세월이 흘러 상대방에게 왜곡된 인상으로 남아도 억울함을 해결할 도리가 없다. 재담꾼으로 알려진 내가 사실은 수줍고 내향적인 사람이라는 것을 남들이 알 도리가 없듯이 말이다. 앞에서도 밝혔지만 재담은 상처를 받지 않으려는 일종의 자기방어였다. 미리 선수를 친다고나 할까. 먼저 이쪽에서 떠들썩하면 대개 상대방은 내가 무슨 생각을 하고 있는지 놓치기 마련이므로.

한 학년 유급이니 부모님을 모시고 오라는 '미친개'의 말에 나는 뒤통수를 맞은 듯 멍해졌다. 머릿속이 텅 빈 듯 아무 생각도 나지 않았다. 한 번도 열등생이 되어본 적이 없었고 잠깐 학과 공부를 게을리할 적에도 언제나 나 스스로는 우수한 학생이라는 잠재의식 속에서 살았기 때문이다. 나는 마치 완성되기도 전에 움직이는 작업대에서 떨어져 나온 불량품처럼 한순간에 전락한 느낌이었다. 앞으로 내가 걷게 될 거친 들판과 그늘진 뒷골목이 벌써 눈앞에 그려졌다.

학교를 나와 허청대는 걸음으로 길을 걷다가 나는 더욱 참담한 기분이 되었다. 한 무리의 여학생들이 재깔거리며 열을 지어 이동중이었는데 나는 그들의 행렬과 반대 방향으로 지나쳐가면서 도저히 고개를 들 수가 없었다. 나는 이제 저들과는 다른 길을 걷게 될 것이었다.

학교를 그만두고 몇 년이 지나 버스 안에서 담임과 부딪친 적이 있었다. 그는 데이트중인 듯했다. 그의 옆에 얌전하게 파마머리를 하고 주름치마에 카디건을 걸친 젊은 아가씨가 앉아 있었다. 그는 나와 눈이 마주쳤지만 모른 척 피했고 나는 다시 마주치면 인사를 할 생각으로 덤덤하게 그를 바라보았다. 그는 아가씨와 짧게 말을 주고받거나 창밖을 보면서 끝내 내 눈길을 피했다. 내가 계속 바라보자 그의 얼굴이 차츰 붉어졌다. 나는 몇 년 뒤에 그가 자살했다는 소식을 들었고, 그와의 인연은 내게 끝내 개운치 않은 기억으로 남았다.

사람은 누구나 자기 경험의 테두리 안에서 삶에 대한 편견을 갖기 마련이며 나도 남들과 마찬가지로 편견에 사로잡힐 때가 있다. 그래서 나의 편견이 누군가에게 잊지 못할 상처를 주었을까 두렵기도 하다.

새 학년이 되어 친구들은 모두 3학년으로 올라갔는데 나는 하급반 교실로 다시 내려가야 했다. 그때의 굴욕감과 좌절감은 동네에서 버스를 타면서부터 시작되었고 학교에 가서도 얼굴에 뭔가 흉측한 것이 묻었거나 마치 몹쓸 병에라도 걸린 듯한 느낌이었다. 그 몇 달 동안의 악몽은 이후 내 사춘기를 크게 지배했다.

5월이었다. 영등포를 떠나 상도동으로 집 짓고 이사를 했던 무렵인데 5월 16일에 군사 쿠데타가 일어났다. 내 나이 열아홉 살이었다. 이때부터 나에게 중요한 변화가 올 적마다 5월을 전후해서 일어나는 바람에 나 스스로나 친구들이 내 일종의 출분을 '5월 위기설'로 명명하게 된다.

쿠데타가 일어나기 한 달쯤 전에 삼각지에 사는 어머니의 오촌 당숙이 식구들과 함께 하룻밤을 묵어간 일이 있었다. 그들은 독실한 기독교 가정이었고 무슨 복음파 교회에 다녔는데 큰일이 있을 거라고 한강을 넘어와서 밤을 지내야 한다며 우리집을 찾았었다. 4·19 이후 일 년도 못 되는 민주당 정권 시절은 전쟁 직후라 지금보다도 기득권 세력의 힘이 막강할 때였고, 처음 해보는 민주주의라 날마다 시위에 혼란스런 나날이었다. 사람들 사이에서는 "두고 봐라, 이제 큰 난리가 난다"라고 수군수군 소문이 퍼지고 있었다.

드디어 그날 우리 동네에서 가까운 한강교 언저리에서 밤새껏 총성이 울리더니 새벽부터 라디오 방송이 정변을 알렸다. 나는 그 무렵까지 학교에 나갔으므로 그날도 버스를 타고 등굣길에 시내를 지나갔다. 곳곳에 탱크가 서 있었고 무장한 군인들이 요소의 건물이나 가로를 지키고 있었다. 광길이와 나는 점심시간에 꾀꼬리 동산에 앉아서 시국 얘기를 했다. 일반 시민들은 뭔지 모르고 차라리 잘되었다, 무능한 민주당이 잘도 넘어갔다고 하지만, 총칼로 권력을 잡으면 앞으로도 국민을 그것으로 억누를 거라고 서로 말했다. 당시에 택이는 이미 지난겨울 무렵부터 학교를 때려치웠고 성진이와 상득이 등도 휴학계를 내고 사라졌다.

쿠데타가 있은 지 한 일주일쯤 지나서였을 것이다. 자주 가던 명동의 '동화'에서 택이를 만났는데, 그는 작업복 차림으로 목덜미에 땀냄새가 지독한 수건을 두르고 나타났다. 그 무렵에 대외원조로 짓기 시작한 명동의 유네스코회관 기초공사장에 일하러 다닌다고 했다. 그는 내게 내일 산으로 들어갈 거라며, 보아둔 데가 있다고 했다. "멀지 않은 곳인데, 근사한 동굴이 있어. 책 싸들고 들어가서 실컷 읽고, 그리고 뭣 좀 써볼까 해."

나는 낙제한 뒤로 차라리 학교를 때려치우고 싶은 맘이 굴뚝같았지만 어머니 때문에 차마 결단을 내리지 못하고 있다가 택이의 말에 마음이 흔들렸다. "나두 따라갈래. 안 그래도 더는 더러워서 학교에 못 다니겠어." 막상 그렇게 결심하고 나니 어쩐지 후련했다.

밤늦게 집에 들어가 잠든 것처럼 불을 끄고 새벽이 될 때까지 기다렸다가 마당으로 나가 창고에서 배낭이며 취사도구 등을 챙겨놓고 부엌으로 들어가 쌀이며 반찬 등속을 꾸려냈다. 그러고는 가지고 갈 책들을 골라냈는데 책만으로도 배낭은 보통 때보다 두어 배는 더 무거웠다.

집을 나서기 전에 어머니에게 남길 편지를 썼다. 이런 상태로는 도저히 학교에 다닐 자신이 없다, 마음을 가라앉히러 어디 절간에라도 다녀올 생각이니 걱정하지 말라는 짧은 내용이었다. 편지를 접어서 눈에 잘 띄도록 겉면에 '어머님께'라고 써서 책상 위에 얹어두고, 아직 어둑어둑한 새벽녘에 배낭을 지고 집을 나섰다. 책갈피에 끼워두었던 비상금이 어느 정도 있었고, 시계를 차고 나왔으니 급하면 팔아치울 수 있어서 잘하면 석 달은 버틸 수 있을 것 같았다.

훗날 어머니는 아버지가 돌아가신 후 가장 힘들었던 때가 그 무렵이었다고 했다. "너는 애두 어른두 아닌 나이였어. 네 누나들 걱정은 별로 없었다. 사내들은 사춘기가 되면 아버지를 필요로 한다더구나."

택이가 보아두었다는 곳은 수유리 화계사 뒤편 골짜기였다. 그곳은 거세게 흘러내려오는 맑은 계곡물 옆으로 오솔길이 있을 뿐 인적이 드물었다. 우리는 화계사 대웅전 뒤편 등성이로 올라가 다른 쪽 계곡이 나오는 마지막 언덕 위에 이르렀다. 언덕 위에는 몇 덩어리의 큰 바위가 겹쳐 있었고 위에 올라앉으니 북한산과 도봉산의 연봉이 한눈에 보이고 짙푸른 솔밭이 내려다보였으며 화계사의 기와지붕도 보였다.

바위 옆은 가파른 비탈이었는데 조심조심 내려가니까 간신히 발을 내디딜 만한 곳이 있었고 허리를 숙이고 앞으로 처마처럼 내민 바위 아래를 돌아들어가니 제법 널찍한 마당이 나왔다. 마당 안쪽의 바위 아래 공간이 있었다. 바위가 서로 둘러싼 것이 고인돌의 안쪽처럼 아늑해 보였다. 나는 이때의 경험으로 이듬해 『사상계』의 신인상을 받은 「입석 부근」을 썼다. 소년기의 끝자락, 그 여름에 감행했던 비밀 본부에서의 생활이 작가로서의 출발점이 된 셈이다.

단군신화의 곰도 쑥과 마늘만 씹으며 백 날을 견뎠다는데 우리도 석 달 열흘은 견뎌내야 한다며 하나가 자리를 떠도 돌아오든 말든 남은 사람은 그냥 머물러 있었다. 그와 내가 번갈아 외출을 했는데 나보다는 택이의 외출이 몇 차례 더 많았고 바깥 체류 기간도 사나흘씩 되고

방랑 45

는 했다. 눈치를 보니 아마도 그는 그 무렵에 연애를 하고 있는 것 같았다.

나는 동굴에서 혼자 지내며 참선을 배웠다. 때마침 화계사 쪽에서 젊은 스님이 올라왔다가 좌선하는 방식을 가르쳐주었다. 허리와 척추를 세우려면 결가부좌를 어떻게 해야 하는지, 궁둥이 꼬리뼈에 방석이나 부드러운 천을 받치면 편리하다든가, 시선은 무릎 아래 세 뼘 전방을 보는 듯 마는 듯 눈은 반개하라든가, 앉아 있는 몸이 내가 아니요 나의 집이거니 보라는 것, 다른 누구이거나 남이 아닌 내가 호흡하고 있다는 것.

동굴 위의 바위에 올라앉아서 결가부좌하고 있으면 처음에는 주변에서 밤새 소리나 소나무숲 사이를 지나는 바람 소리까지 들려오지만, 차츰 호흡이 깊어지면서 아무 소리도 들리지 않고 몸이 내 껍질처럼 느껴지고 눈구멍 안쪽의 자아가 외계를 내다보고 있는 게 확연해진다. 시간이 지나가면 이쪽이 무릎 부근 저만치에 놓여 있는 저쪽 돌멩이나 다름없어진다. 나는 나중에 나이들어 감옥 독방에서 오 년을 보내면서 곧잘 참선으로 버텼는데 시간에서 빠져나오는 데는 이만한 것이 없다.

여름방학이 가까워질 때까지 택이와 나는 화계사 뒷산 능선의 동굴에서 지냈다. 양식이 떨어지면 차마 집으로 돌아가지는 못하고 집이 부자인 상득이나 민이를 불러내거나 그들 집으로 쳐들어가기도 했다. 또는 지방에서 올라와 혼자 자취를 하는 친구의 자취방으로 가서 양식을 탈취해오기도 했다. 우리는 그런 짓을 전쟁 시기에 쓰던 말로 '보급투쟁'이라고 했는데 나보다는 택이가 더 적극적이었다. 그 서너 달 동안에 나는 잘 있다는 식으로 몇 줄 적은 엽서를 두 번인가 어머니에게 보냈다. 어머니는 그뒤 몇 년 동안, 특히 베트남 전쟁터에서 돌아올 때까지 나를 기다리는 데 이골이 났을 것이다. 나중에는 그 간절함이 전달되었는지 지방이나 어디로 떠돌아다니다가 집에 불쑥 들어가면 내가 올 것을 알고 있는 사람처럼 특별한 음식을 한두 가지씩 해놓고 나를 기다리고 있었다. 내가 의아해하면 어머니는 이렇게 말했다. "네가 올 때쯤이면 꿈에 꼭 느이 아부지가 보이더구나."

그때 그녀는 아직 사십대였다. 돌이켜보면 그녀는 아직 젊고 예뻤다. 그 나이에 재가도 하지 않고 혼자 자식을 넷이나 대학까지 가르쳤으니 보통 아낙네는 아니었다. 어머니가 살아 계셨다면 나는 방북을 감행할 수 없었을지도 모른다. 그보다 어머니를 모시고 있던 전처 홍희윤과 아이들을 떠나는 일 자체가 불가능했을 것이다.

내가 결혼한 몇 년 뒤에 어머니는 무슨 생각에서였는지 며느리에게 자신의 낡은 노트들을 보자기에 싸서 내주었다. 나는 어머니의 기록을 통해 비로소 어머니도 누군가의 여자였고 아내였던 사실을 뒤늦게 발견한다. 어머니가 아버지와 결혼하여 만주에 살던 때에 아버지는 결핵에 걸려 공기 좋은 곳에 가서 요양을 했던 적이 있었다. 어머니는 친정에 갔다가 일본 유학을 하고 돌아와 황해도 부근 농촌에서 야학을 하고 있던 '그 남자'를 찾아간다. 기록에는 간략히 거기서 두 주일을 체류했다고만 언급되어 있지만(무려 두 주일이나!) 내가 태어나기 전의 일이라 어쩐지 마음에 걸렸다. 아내도 "혹시 이분이 당신 아버지 아니에요?" 하고 농담처럼 물었고, 나는 그냥 웃으며 "설마…… 어머니도 젊어서부터 소설을 쓰고 싶으셨던 모양이지. 이게 그 초고가 아닐까?" 하고 대꾸했다. 아버지를 먼저 떠나보내고 긴긴 밤을 혼자 보내며 잠이 오지 않을 때마다 그녀는 기록을 했으리라. 그렇다고는 해도 전쟁 나기 한두 해쯤 전이던가, 어머니를 따라 창경원에 가서 그 남자와 시간을 보냈던 내 기억은 어쩔 것인가. 멜로드라마처럼 기록된 어머니의 과거는 그렇다 치고, 창경원에서 남자가 나에게 "아가야, 아저씨 따라가서 살까?"라거나 "아저씨가 너희 집에 갈까?" 했다는데, 어머니는 정말 소설을 쓰고 싶었던 걸까? 어쨌든 두 사람은 나를 데리고 창경원에서 만나 무슨 얘기를 나눴던 걸까.

어머니는 만주에서의 호강을 무심코 자랑하다가도 자신의 인생은 처녀 적에 만주로 떠나면서 끝났던 거나 다름없다고 말한 적도 있다. 그녀의 나에 대한 과도한 집착은 그 반작용이었을지도 모른다. 감옥에 누워서 잠 안 오는 밤에 문득 어머니에게 불효를 저질렀던 젊은 날을 떠올리노라니 뒤늦은 후회로 마음이 저렸다.

*

하루는 나 혼자 굴을 지키고 있다가 이른 아침에 미아리 종점까지 나가서 성진이에게 전화를 했다. '동화'에 전화를 했는데 그는 거처를 옮겼다고 했다. 전화번호를 알려주어 그리로 했더니 잔뜩 잠이 묻은 목소리로 성진이가 전화를 받았다. 그는 친구 화실에서 작업중이라고 했다. 그가 전화로 불러준 대로 적은 쪽지를 들고 찾아갔는데 부근에 목조 이층의 적산가옥은 그 집밖에 없어서 멀리서도 보일 정도였다. 아래층은 담뱃가게 겸 구멍가게와 미용실이 붙어 있었다. 좁다란 계단을 올라가는데 벌써 성진이의 노랫소리가 들려왔다. 아침밥 먹기 전에 체조 대신 그가 하는 짓이었다. 나무 문짝에는 주먹 쥔 손가락 틈에 엄지를 끼워서 내민 엿 먹이는 형상의 그림이 압정에 꽂혀 있고 그 아래 영어로 'OUT'이라고 쓰여 있었다.

거실로 쓰던 곳과 방을 모두 터버린 제법 넓은 공간이었는데 사방에 물감이며 깡통에 캔버스들이 널려 있고 군용 목침대와 베니어판으로 대충 엮은 탁자가 한가운데 놓여 있었다. 성진이는 그 베니어판 위에서 잤는지 아직도 침낭이 흐트러진 채였고 주인인 듯한 친구는 방으로 쓰던 공간에서 취사중이었다. 성진이가 주인을 내게 소개했다. 그가 장무였다. 홍콩 무협영화의 자막에 나올 것 같은 특이한 이름이었다. 그가 이름을 대고 나서 내가 입속으로 되뇌는 걸 놓치지 않고 덧붙였다. "무성할 무茂 자요."

그는 우리 두 사람보다 키가 훨씬 컸고 깡말랐다. 머리는 스포츠머리에 손가락에서부터 팔과 다리가 흐느적하게 길었다. 성진이는 학교를 쉬고 있는 사이에 공모전에 낼 그림을 몇 점 그려볼 양으로 그의 화실에 얹혀 지내는 눈치였다. 무는 나보다 두 살이 많았는데 나는 보통 밖에서 알게 된 친구들과는 두세 살까지 그냥 형이라고 부르지 않고 말을 놓아버리곤 했다. 성진이나 나나 고등학교를 때려치운 탓에 머리를 기르고 있어서 처음에는 모두들 저희 동년배인 대학생으로 보았다. 무는 개인전 준비중이었다. 그는 바닥에다 캔버스를 깔아놓고 짧은 반바지만 입은 채 땀과 물감투성이가 되어 그림을 그렸다. 무가 바닥에 깔아놓은 그의 그림을 내려다보는 내게 말했다. "언어가 훨씬 편할 거야." 내가 대꾸했다. "색깔이 더 낫지. 소리는 더더욱 그렇고."

그의 그림은 물론 추상이었다. 물감이 번진 형상 가운데 우리네 단청에 나오는 원색의 조합이 조금씩 몰려 있는 꼴이었다. 나는 무의 반짝이는 눈빛과 돌려서 내뱉는 말솜씨로 미루어 재간꾼이 틀림없다고 판단했고, 그를 보자마자 좋아하게 되었다.

무가 물었다. "어때, 동굴생활은 견딜 만하냐?"

"이제 슬슬 내려와야지." 나의 대답에 무가 턱짓을 하면서 자기를 따라오라는 시늉을 했다. 그는 나를 끌고 이층의 막다른 곳에 있는 작은 사다리를 딛고 올라갔다. 천장 위의 널판자를 들어올리니까 바로 지붕 밑이 되었는데 안에는 잡동사니가 이리저리 쌓여 있었다. 무가 고개를 숙이고 안으로 들어갔고 나도 들어가보았다. 가장자리는 거의 엎드려야 할 높이였지만 가운데는 천장이 위로 솟아올라 머리만 숙이면 걸어다닐 만했다. 창문 대신에 나무 칸살을 댄 환기구가 뚫려 있었다. "아마 창고로 썼나봐. 그전에 이층이 다방 하던 자리거든. 너 여기 와서 작업해라."

먼지가 꽤 쌓였고 잡동사니가 많지만 한쪽으로 치워놓으면 제법 방 하나만한 공간은 나올 것 같았다. 나는 응낙의 뜻으로 말했다. "괜찮은데 한여름엔 찌겠는걸."

"뭘 그래, 빨가벗구 하면 되지. 느이는 만년필에 종이만 몇 장 있으면 되잖아. 내가 앉은뱅이책상두 만들어주께."

나는 일단 동굴에 있는 짐들을 꾸려가지고 집에 들어갔다가 나올 작정이었다. 그날 셋이서 밤늦게까지 소주를 마셨다. 무는 나처럼 홀어머니의 맏아들이었다. 그리고 부모들이 월남해 내려왔고 아버지가 먼저 세상을 뜬 것까지 처지가 똑같았다. 그의 집도 어머니가 늙어감에 따라 우물이 차츰 마르듯이 가진 것들을 까먹고 있을 터였다. 그맘때에는 같은 또래끼리 말 몇 마디만 해보면 서로를 짐작할 수 있는 법이다.

다음날 성진이와 함께 수유리로 갔더니 동굴은 여전히 비어 있었다. 나는 간단히 메모를 남겨두고 짐을 챙겨서 일단 집으로 들어갔다. 돌아가니 누나들은 성실하게 대학에 잘 다니고 있었고 어머니는 겉으로는 당당하고 냉정한 것처럼 보였지만 기가 많이 죽어 있었다. 그녀는 내가 무엇을 하든 반대하지 않겠다는 태도를 취했다. 나는 글을 좀 써보겠다고 일방적으로 통보하고는 친구네 간다며 짐을 꾸려가지고 다시 나왔다. 집을 나서는데 언덕 중간쯤까지 내려간 나를 어머니가 불렀다. 나는 일단 가방과 책 짐을 내려놓고 비탈을 다시 올라갔다. 어머니가 내게 뭔가 내밀었다. "나두 이거 어디서 얻었다. 그리고 이건…… 술 먹지 말구 맛난 거 사 먹으렴."

어머니는 내게 약간의 돈과 무엇인지 포장된 길쭉한 갑을 내밀었다. 나는 아무렇게나 윗주머니에 쑤셔넣고는 돌아섰는데 나중에 보니 만년필이었다. 얻기는 무슨, 어머니가 신중하게 골랐을 것이다. 우리 어머니 물건 사는 꼼꼼한 솜씨는 알아준다니까. 나는 울컥하여 하마터면 눈물이 날 뻔했다. 어머니는 마치 온 식구가 지긋지긋해하는 낚시 취미에 빠진 남편에게 명품 낚싯대를 사 바치는 아내의 심정이었을 것이다. 내심으로는 소설 따위는 쓰지 말았으면 하면서도 살살 구슬려 달래자는 심정이었을까.

장무네 화실 위 다락에 올라가 청소를 하고 비닐 장판을 두어 평쯤 사다가 깔았다. 약속대로 무가 합판을 잘라서 앉은뱅이책상을 만들어주었는데 어찌나 탄탄하고 높이도 적당했는지 나는 나중에 귀가할 때 집필 전용으로 그것을 들고 갔다.

과연 한여름이 되자 지붕 밑은 그야말로 찜통 속처럼 되었다. 그래서 낮에는 아래층 무의 화실 옆에 붙은 방에서 책을 읽거나 빈둥거렸다. 대신 취사 준비는 언제나 내 차례였다. 나는 해가 진 저녁부터 다락에 올라가 새벽이 될 때까지 일할 수 있었다.

성진이는 계획대로 공모전에 출품을 했고 무도 개인전 준비가 거의 끝나가고 있었다. 나는 단편을 두어 편쯤 구상해놓고 끄적거리다가 집어치우기를 되풀이하고 있었다. 우리는 주말이 되면 주로 무가 주머니를 털어서 소주 몇 병 사가지고 뒷산에 올라 마시면서 삶에 관한 각자의 계획에 대하여 서로 주고받았다.

성진이는 공모전에 입선이 되었는데 자기로서는 제법 기대를 했었는지 양에 차지는 않는 것 같았다. 무가 웃으면서 말했다. "너희들 내가 같이 놀아는 주지만 겨우 고삐리 신세도 못 면했잖아. 그만하면 잘했지 뭘 그래."

지금 돌이켜보면 우리는 그야말로 햇병아리 감도 아니었다. 그런데도 이미 세상살이에 넌더리가 나버린 어른처럼 세속의 삶에 지겨워했다. 앞길이 험난할 것은 당연한 노릇이었다. 미래에 정해진 일은 아무것도 없었고 돈을 벌 능력이나 가능성도 없고 이제 겨우 약간의 재간을 터득하고 있는 중이었다.

무가 없을 때 성진이와 나 둘이서만 화실에 남아 있었다. 장맛비가 며칠째 계속해서 내렸다. 창가에 서서 바깥을 말없이 내다보던 성진이가 불쑥 말했다. "나 떠날 거다."

"무슨 소리야 지금?" "서울에서 꺼진다 이거야." 성진이가 다시 내게 말했다. "우리 시골 내려가자. 할머니 집은 말구 내 아는 데가 있어."

그의 얘기에 의하면 남원 할머니 집에 들르긴 하겠지만 정작 갈 곳은 실상사 부근 마을이라고 했다. 산막이 있는데 혼자 사는 친척 아저씨가 거기서 벌도 치고 농사를 지으면서 산다는 것이다. 거기 가서 일단 농사일을 도와주며 지내다가 달리 살아갈 길을 찾겠다는 거였다. 이따위 식으로는 살고 싶지 않다고 했다. 나는 성진이와 헤어지기가 싫어서 얼른 동의했다. 그러니 이제 돈을 마련할 일만 남았다. "그럼 일단 우리집으로 가자." 나는 기회를 보아 현금이나 돈 될 만한 물건이라도 들고 나올 생각으로 말했다.

무에게는 우리 결정을 다 말하지는 않고 성진이네 시골로 거처를 옮기겠다고만 얘기했다. 무는 나이 두 살 더 먹은 것이 한참 어른이라도 된 것처럼 말했다. "그렇게 살기가 쉽지는 않을걸? 그래도 한번들 해보시지. 내년쯤에 돌아올 수 있다면 꽤 성공한 계획이겠지."

무와 작별하고 나와서 집으로 향했다. 느닷없이 나타난 내가 성진이까지 달고 들어가니 누나들은 내가 미워서 눈길도 주지 않았고, 어머니는 말없이 밥상을 차려주었다.

우리는 초저녁부터 구석진 내 방에 틀어박혀 각자 책을 뒤적이며 조용히 기다렸다. 열두시가 넘어서 성진이는 기다리다 지쳤는지 잠이 들었고 나는 안방의 동정을 살폈다. 누나들 방은 현관 쪽 거실 공간이 있는 마루방에 잇달아 있던 두 개의 방 중 오른편에 있었다. 다른 하나는 어머니가 반찬값이라도 보탠다고 대학생 두 명을 하숙생으로 들여놓고 있었다. 나는 누나들 소지품은 건드릴 생각이 없었다. 모든 원망이 어머니에게 돌아갈 테니까.

새벽 네시쯤이 제일 좋다고 생각했다. 우선 통금이 풀리는 시간이고 어머니가 가장 깊이 잠들어 있을 무렵이었다. 먼 곳에서 차임벨 울리는 소리가 들려왔고 나는 십오 분쯤 기다렸다가 마루를 건너 부엌 앞 찬방을 지나 안방 문을 살그머니 열었다. 장롱의 이불 없는 선반 아래 맨 첫째 서랍이 목표였다. 나는 어머니가 각종 공과금의 영수증이나 계약서 따위를 그곳에 넣는다는 걸 알고 있었고 거기에 투박하게 엇갈린 잠금쇠가 달린 그녀의 오래된 구식 핸드백이 있었다. 어머니는 등을 돌리고 돌아누워 있었다. 그 옆에 가만히 누워서 기다렸다가 장롱을 당겼더니 슬그머니 열렸다. 서랍을 당기고 더듬어 핸드백을 꺼냈다. 장롱 문을 밀어 닫고 나오려다가 경대 옆에 놓인 제니스 라디오를 보았다. 손잡이를 잡아 들어올리는데 한쪽 어깨가 휘청 기울어질 정도로 제법 무거웠다.

방으로 돌아오니 성진이는 정신없이 잠에 빠져 있었다. 나는 그를 흔들어 깨웠다. 성진이가 가늘게 억지로 눈을 뜨고 나를 올려다보았다. 나는 얼른 가지고 나온 핸드백 안에서 지폐 뭉치를 꺼내 절반만 호주머니에 밀어넣고 나머지는 핸드백 안에 다시 넣었다. 그리고 그것을 눈에 잘 띄도록 책상 한복판에 얌전히 놓았다.

성진이는 내가 안방에서 들고 나온 제니스 라디오를 보고는 혀를 쑥 내밀어 보였다. 라디오 얘기가 나왔으니 말이지만 그것은 우리집의 유일한 문화용품이었다. 당시만 해도 텔레비전은 아직 없었고 전축 따위도 1970년대가 넘어서야 장롱이나 가구 비슷한 꼴로 혼수품이 되어 등장했다. 더구나 그것은 라디오 시대의 마지막 첨단 제품으로 미군 PX를 통해서 흘러나왔다. 뚜껑을 열면 전 세계 각 지역의 방송 채널이 모두 표시되어 있었다. 누나들이나 어머니는 〈청실홍실〉이니 〈어느 하늘 아래서〉 〈현해탄은 알고 있다〉 같은 당시의 라디오 연속극을 즐겨 들었다.

가족들 몰래 집을 빠져나온 우리는 시내로 들어가서 우선 허름한 여인숙에 들어가 모자라는 잠을 자기로 했다. 한잠 늘어지게 자고 일어나자마자 남대문시장으로 나가서 라디오부터 팔아치우고 국밥으로 저녁을 때웠다.

그날 늦은 밤에 우리는 서울역 대합실에서 전라선 야간열차를 기다리고 있었다. 못된 짓을 저지르고 나면 차츰 더 걷잡을 수 없게 된다더니 나는 그야말로 수렁에 푹 빠져버리고 말았다. 높은 천장에 까마득하게 매달린 불빛도 희미했고 기다리는 시골 사람들의 모습도 한결같이 우중충했다. 웬 음침한 얼굴의 중늙은이 여인이 다가서더니 억지로 웃는 것같이 입만 옆으로 찢으며 말을 걸었다. "학상들, 어디 가슈?"

"남원요." 나는 그녀가 기차 노선을 묻는 줄 알고 그냥 무심코 대답했다. "열한시 반꺼정 한참 남았구먼. 놀다 가지." 영문을 모르던 나와는 달리 성진이는 그게 무슨 소린지 대뜸 알아듣는 눈치였다.

"이쁜 애들 있어요?" "그러엄, 다 첨 나온 애들이여." 성진이가 나를 힐끗 돌아보더니 말했다. "암만해두 널 졸업시켜야겠다."

그 말에 나는 퍼뜩 제정신이 들었다. 택이가 늘 하던 소리였기 때문이다. 딱지를 떼야 한다는 소리가 아닌가. 성진이가 자기 짐을 들면서 앞장을 섰고 눈치를 챈 펨푸 여인이 얼른 따라붙었다. "긴 밤 잘 거유?" "아뇨 잠깐…… 야, 따라와."

서울역 광장에서 그대로 한길을 건너 국제회관 한식당 있는 길로 올라가면 양쪽으로 비좁은 골목길이 사방으로 뚫려 있었다. 전후에 번성한 사창가는 종로 3가와 도동, 양동, 그리고 청량리와 용산, 영등포 등 역전 부근에 자리를 잡았는데 그런 사정은 전국의 도시마다 비슷했다.

　여인은 시멘트 블록으로 아무렇게나 지은 이층 건물로 우리를 데려 갔다. 그녀가 이층에 들어서자 입구에 섰던 포주인 듯한 남자가 우리의 아래위를 훑어보았다. 나는 고개를 들지도 못하고 성진이의 옆에 바짝 붙어 서 있었다.

　가운데 복도가 있고 양쪽으로 방문이 줄지어 있었다. 속옷 바람의 여자들이 슬리퍼를 직직 끌면서 복도를 오고갔다. 포주가 내게 어느 방을 지정해주었고 성진이가 한참이나 나와 함께 앉아 있다가 나갔다. 방에는 붉은 캐시밀론 이불 한 채, 때에 전 베개 둘, 그리고 베니어판에 벽지를 바른 벽 위로 작은 구멍이 뚫렸고 그 가운데 삼십 촉짜리 전구가 매달려 있었다. 옆방과 이쪽 방을 동시에 밝히기 위한 것이었다. 문 바로 위쪽에 선반이 있고 그 위에 내 신발을 얹어두었다. 문 맞은편에 작은 창이 있었는데 그래도 이 건물은 운이 좋은 편이라 앞을 막아선 건물이 없었다. 언덕 아래로 아래편 판잣집의 지붕들이 보이고 그 너머로 거리의 불빛들이 내려다보였다.

　문이 열리면서 여자가 들어섰다. 나는 얼른 자세를 고치며 벽 쪽으로 물러나 앉았다. 여자는 남자처럼 어깨가 떡 벌어진 건장한 체격이었고 짧은 머리에 칼자국 같은 상처가 뺨에 깊숙이 패어 있었다. 그녀에게서 술냄새가 풍겼다. "머야, 첨 왔어?" 여자가 풋, 하며 웃더니 캐시밀론 이불 위에 그대로 드러누웠다. 그녀가 속치마를 위로 휙 젖히

56

는데 아무것도 입지 않았다. "얼른 해, 시간 없어." 내가 그대로 쪼그려앉아 있으니까 그녀가 내게 달려들더니 목을 껴안고 당겼다. "일루와, 내가 가르쳐주께."

"자, 잠깐만요. 불 좀 끄구요." 나는 손을 뻗쳐서 벽구멍 속의 전등을 껐다. 옆방에서 키득거리는 소리가 들리더니 여자 목소리가 들려왔다. "왜 어둡게 불은 끄구 지랄이야. 언니야, 그 꼬마 초짜란다." "알어, 이년아!" 이쪽도 쿡쿡 웃더니 대뜸 내 속옷을 벗겨내렸다. "떨지말구. 그냥 올라오면 되는 거야."

얼결에 나도 모르게 달아올랐다가는 금세 끝이 났다. 여자는 나를 밀쳐내더니 뒤도 돌아보지 않고 나가버렸다. 나는 불 꺼진 방에 혼자 누워서 숨이 고르게 변해가는 걸 느끼고 있었다. 뭐야, 아무것두 아니잖아. 내 안에서 자라나고 번성했던 무엇인가 거대한 것들이 눈사태처럼 일시에 무너져내리는 것만 같았다. 그리고 술에서 깰 때처럼 지겨운 구역질과 자기혐오감이 들었다. 해맑은 이마, 쏘는 듯한 눈빛, 원피스 자락 아래로 보이던 계집아이들의 무릎, 버스 안에서 차창으로 들어온 햇빛이 앞에 선 여학생의 뺨 위를 스치고 지날 때마다 뽀얗게 보이던 솜털들, 이른 아침에 눈부시게 흰 칼라를 달고 등교하는 여학생들의 나풀대는 단발머리와 목덜미, 발목까지 올라온 흰 양말과 날렵한 종아리들…… 저 햇살 아래로 멀어져가는 흰 양말들……

남원 인월리 부근의 산골짜기에는 성진이의 이종형뻘 되는 이가 살고 있었는데 그이 또한 기인이었다. 낡은 법률서적 여러 권이 책상 앞에 꽂혀 있는 것으로 보아 고시공부로 세월깨나 죽이다가 생각을 바꾼 것이 틀림없어 보였다. 장가도 들지 않고 혼자서 흙벽돌을 찍어 산막을 짓고 처음에는 벌통을 서너 통 분양해 들어와서는 삼십 통으로 늘렸다고 했다. 닭도 백여 마리에 젖을 내는 염소도 다섯 마리, 밭이 이천 평이나 되었지만 일손이 없어서 절반을 관리하는 데도 쩔쩔매고 있었다. 그는 집 뒤의 산자락을 손가락질하면서, 저 야산 전부가 개간할 수 있는 자기네 땅인데 삼만여 평 된다고 했다. 사람들이 노력하지 않아서 그렇지 과수원으로 개간만 한다면 금덩어리라는 거였다.

그의 설명을 들으면서도 성진이나 나는 그저 무덤덤했다. 마음 깊은 곳에서는 그래서 뭘 할 건데, 하며 되묻고 있었다. 나와 성진이는 이튿날부터 버려두었던 나머지 밭을 일구었다. 처음 해보는 일이라 오백여 평의 땅을 뒤집어엎는 일도 보통 노역이 아니었다. 둘이서 며칠 동안 삽으로 파헤쳤다는 것이 고작 이백 평 남짓 되었다. 짐짓 모른 체하고 있던 형이 아랫동네에 내려가 삯을 주고 소를 빌려다가 나머지 부분을 갈아엎었다. 우리는 거기다가 겨울 김장배추와 무 등속을 파종했다. 한여름의 중간에 겨울 김장 작물을 심는 것이 당연한 일이건만 어쩐지 세월을 앞당겨 사는 것 같아 서운했다.

성진이를 따라 남원으로 내려갔던 나는 그곳에서 서리 내린 뒤 늦가을걷이를 하고 김장을 담그는 철까지 버티지 못하고 지리산의 단풍이 절정을 이룰 무렵에 서울로 돌아왔다. 성진이는 아마 그해 겨울을 넘기고 봄에 나타났을 것이다.

이번에도 역시 누나들은 나를 정면으로 비난하지는 않았지만 말을 걸지 않는 것으로 적대감을 표현했다. 어머니는 여느 때처럼 조용히 지켜보기만 했다. 연말이 되어 눈이 강산같이 내린 날에 어머니는 평소

입에 대지도 못하는 소주를 몇 잔 마시고는 내 방문을 두드렸다. 처음에는 냉정한 표정이었다. "그래, 나는 이젠 네가 글을 쓰든 이담에 무엇이 되든 상관하지 않겠다. 하지만 고등학교 중퇴를 해가지고는 공장에두 못 들어가는 세상이야. 너 학교를 다닐 생각이냐, 말 생각이냐?"

"혼자 공부하죠 뭐."

어머니의 자제하던 표정이 대번에 흐트러지면서 울음을 터뜨렸다. "나는 네 돌아가신 아버지하구 약속했다. 널 어떻게 해서든지 대학교까지는 마치게 하고 사람 구실을 할 수 있도록 키워놓겠다구 말이다. 이 나쁜 놈아, 너만 혼자서 맘대루 세상을 살겠다는 게냐? 그럼 아예 나가서 들오질 말든지."

나도 돌아앉아서 울었다. 어머니의 말이 가슴 아프게 이해가 되었지만 나는 이미 회복할 수 없을 정도로 제도교육의 울타리 밖으로 밀려나버렸고, 다시는 돌아가지 못할 거라고 생각했다. 나는 너무나 오랫동안 규칙적인 등하굣길에서 벗어나 있었다. 무엇인가 나를 성장시키는 것이 세상 속에 있을 것이라고 믿고 싶었다. 그러나 어머니의 다음과 같은 말에 나는 무너져버리고 만다.

"나는 너 때문에 산다. 밤에 잠들면서 이대루 깨나지 말구 그냥 죽었으면 싶을 때가 한두 번이 아니야. 아침에 일어나면 네가 남들처럼 교복 입고 학교에 가는 모습을 언제나 볼까 하구 산다."

이듬해 봄에 복학을 했지만 두 달도 못 되어서 그만두었고, 다시 다른 학교로 가서도 아이들의 텃세를 고분고분 견디지 못하고 싸움질하고는 그만두고 또 옮겨가기를 되풀이하면서 고등학교를 무려 세 군데나 전전하게 된다. 내가 무슨 뒷골목 깡패는 아니었지만 그렇다고 무력하게 규율이나 폭력을 받아들일 수는 없었다. 당연히 저항하거나 맞서 싸웠고 그러다보니 나도 깨지고 상대편들도 부러지거나 터지거나 하기 마련이었다.

우리 세대는 모두가 일제 식민지 교육의 희생자들이었다. 그런 상태는 해방 이후 그리고 유신과 군사독재시대까지 계속되었으며 그 폐해는 지금도 깊숙한 상처로 제도교육 속에 뚜렷이 남아 있다. 서구 사회처럼 독서와 인문적 자율성이 교육의 기본이었다면 나는 좀더 포괄적이고 체계 있는 교양인으로 성장했을지도 모른다.

여름방학 덕분에 그런 고행의 연속이 일단락되었다. 어머니에게나 나에게나 무슨 전환점이 없었다면 당시의 어둡고 막막하던 전망은 아예 닫혀버리고 말았을 것이다. 나는 그 무렵에 예전부터 끄적여놓았던 단편소설 「입석 부근」을 마무리짓기로 했다. 노트에 써놓았던 것을 두어 번 옮겨적으며 여러 부분을 고쳤다. 당시에 가장 어려운 관문이라던 『사상계』 신인상에 응모할 생각이었다.

사실은 고2때 내 작품이 기성 문단에 등장한 적이 있었다. 여기저기 여러 공모에 당선되었던 고등학교 1학년 때 교내 문학상에 냈던 단편소설이 있었다. 「부활 이전」이라는 작품이었는데 예수가 십자가에 매달리기 전 이틀 동안의 일을 가롯 유다의 시선을 빌려서 서술한 형식이었다. 유다가 주인공인 셈이었다. 당시에는 유다와 베드로가 둘 다 로마에 대한 유대인의 저항 비밀결사였던 열심당원이었다는 사실은 모르고 썼지만 유다의 자유의지를 제법 심각하게 주장하고 있었다. 지금 생각해도 조숙한 관점이었는데, 이것을 누군가가 그대로 베껴서 지방 신문사 신춘문예에 당선되었다. 그 도시가 고향이던 친구가 우연히 보고는 신문사에 편지를 하는 바람에 당선이 취소되었고, 원작자가 고등학생이라는 사실이 알려진 터였다.

작품을 마무리하여 『사상계』 잡지사에 우송하고 나니 어느 틈엔가 무덥고 지루하던 여름이 훌쩍 가버렸다.

어느 날 성진이와 '동화'에 앉아 있는데 우석이가 학교에 갔다 오는지 아니면 가정교사 아르바이트를 하고 오는 길이었는지 가방을 들고 낡은 교복 차림으로 들어섰다. 나를 만나자마자 그의 입에서는 대뜸 욕부터 나왔다. "이 나쁜 놈아, 너 또 학교 때려치웠지? 택이 같은 놈은 즈이 아부지가 관심이 없어서 학교도 안 보내준다지만 넌 느이 어머니가 불쌍하지두 않냐?"

우석은 언젠가 우연히 어머니를 한번 만나본 뒤로는 절대로 내 편을 들지 않았다. 그는 설교를 한참 늘어놓고는 비닐가방의 지퍼를 열고 뭔가 끄집어냈다. "내가 오늘 이걸 빌려왔지."

그가 꺼내든 것은 머리 깎는 바리캉이었다. 요즈음이야 전동식으로 스위치를 누르기만 하면 면도기처럼 날이 돌아가지만, 그것은 그야말로 이발소에서 가위를 쓰듯이 양 손가락으로 톱날을 움직여서 깎는 수동식이었다.

"뭘 할려구?" 내가 움츠리며 묻자 우석이는 손아귀에 쥐고 몇 번 찰칵거려보더니 말했다. "너 머리 깎아줄라구 그런다."

성진이가 우리들의 등을 밀어서 주방으로 몰려들어갔다. 주방장과 얘기하고 섰던 사장 할머니가 놀란 눈을 홉뜨며 우리를 바라보았다. "얘들이 여기가 어디라구 들어와?" "수영이 학교 나간다구 그래서 머리 깎아줄라구요." 성진이가 그렇게 얘기하자 사장 할머니는 새침한 표정으로 고개를 끄덕였다. "거 잘하는 일이다. 아주 바싹 깎아버려!"

그렇게 해서 우석이가 주방 구석에 오리의자를 놓고 나를 앉히고는 머리를 깎았다. 그는 남의 머리를 깎아보기는 처음이라 솜씨가 형편없어서 자꾸만 생머리카락을 뜯곤 했다. 아이들 말로 고삐리가 이발소에 가면 아무리 삭발이라도 바싹 깎는 건 흉하다고 생각해서 대개 "이부로 해줘요" 하는데, 그러면 이발사는 바리캉에다 덧날을 끼워 깎았다. 그런데 생짜로 바싹 깎아놓은 머리는 좀처럼 자라지 않았고 오랫동안 귀 옆이 허전하게 비어 있었다.

잔뜩 흐린 11월 어느 오후였다. 첫눈이라도 내릴 것만 같은 날이었는데 그날도 나는 사복에다 스님들이 쓰는 털실로 뜬 모자를 눌러쓰고 '동화'의 구석자리에 틀어박혀 있었다. 오후 다섯시쯤이었을 것이다. 가판 신문이 거리에 깔리는 무렵에 상득이와 인상이 등 몇이 '동화'의 문을 밀치고 들어서더니 구석에 쭈그려앉은 내게 밝은 낯으로 손을 흔들어 보였다. 저것들이 오늘따라 왜 저러나 하는데, "너 이거 봤니?" 하고 상득이가 신문을 흔들어 보이며 말했다. 내 단편소설 「입석 부근」이 『사상계』 신인상에 입선되었다는 기사가 나와 있었다. 세 사람이 뽑혔는데 서정인의 「후송」이 당선작이었고 나는 입선이었다. 그날 상득이가 우리들을 데리고 길 건너 미도파 옆에 있던 중국집 이층에 올라가서 배갈을 샀다.

이튿날 종로에 있던 사상계사로 찾아갔는데 편집실 사람들은 내가 들어서서 주뼛거릴 때까지 아무도 말을 걸지 않았다. 그때 맞은편에 앉았던 사내가 나를 보더니 말했다. "뭡니까……?"

"저어, 연락받고 왔는데요." 내 이름을 대니까 그는 나를 멀뚱히 쳐다보다가 큰 소리로 말했다. "뭐야, 까까머리 학생이잖아. 정말이야 이거? 형이 써준 거 아냐?"

그가 나중에 가까워진 선배 소설가 한남철이다. 그는 처음 만났을 때 내 얼굴이 중학생처럼 어려 보여서 정말 놀랐다고 했다. 그가 나를 앉으라고 하고는 몇 마디 물은 뒤에 편집자들을 소개하고 나서 사장인 장준하에게 데려갔다. 그는 가운데로 가르마를 탄 머리를 하얀 손가락으로 연신 쓸어올렸고, 손을 내밀더니 십대 소년인 내 손을 잡고 흔들며 뜻밖이라는 듯 말했다. "이번 작품들이 모두 수준이 높다고 하던데, 학생을 보니 더 놀랍습니다."

집에 돌아가니 어머니는 처음으로 기뻐하는 표정을 보였다. 밤에 누나들이 제 방으로 돌아간 뒤에 어머니가 나를 안방으로 불렀다. "내가 눈이 나빠졌는가보다. 이거 좀 읽어줄래?"

그녀는 평소에는 자잘한 글씨의 일본 문고본을 잘도 읽더니 잡지에 나온 내 소설을 내밀며 그렇게 말했다. 나는 모처럼 어머니와 마주앉아 「입석 부근」을 읽기 시작했다. 읽으면서 스스로 좀 지루하다고 생각했다. 그녀의 눈치를 보니 열심히 듣고 있었다. 마지막까지 낭독을 끝내고 나니 제법 밤이 깊었다. 어머니가 연탄불 뚜껑 위에 얹어두었던 군고구마를 가져왔고, 둘이서 입김을 후후 불면서 먹었다. 뒷날에 어머니가 누나들에게 이렇게 말했다고 한다. "나는 처음부터 그애가 글을 쓰겠다는 걸 반대한 적은 없었다. 그렇다고 어릴 적에 일기를 써보라고 하고 책도 사다주고 했던 건 이담에 글을 써서 먹고살라는 얘긴 아니었다. 그저 책하구 친한 사람으로 자랐으면 했지."

큰누나는 이렇게도 말했다. "어머니는 당신 발등을 찍으신 거야."

나중에 어른이 되어 전업작가로 살아가면서 몹시 어려웠던 시절이 있었는데, 그때는 나도 작가라는 직업이 천업이라고 자조한 적이 있다. 이제는 천업이라기보다 천직이라고 수수하게 생각하기로 했다. 그래도 소설가라는 것이 '선비'가 아니라 원래 저잣거리의 이야기꾼처럼 '시정배'여야 한다는 생각에는 변함이 없다.

*

나는 변두리의 어느 공업고교 야간부를 몇 달 다니고 졸업을 했고 대학엘 갔다. 남들보다 두 해나 늦은 셈이었다. 큰누나는 곧 결혼을 했는데, 매형은 가난하지만 성실한 수재였다. 어머니는 어른 남자가 없던 집안에 그가 드나들자 매우 든든해하는 것 같았다. 아우와 나도 매형이라 부르지 않고 큰형님이라고 했는데 지금도 그 호칭은 변하지 않았다. 그는 어머니 대신 '동화'라든가 친구 집으로 나를 찾으러 다녔고 내게 어려운 일이 있을 적마다 나타나서는 가형 노릇을 했다. 유신 시절에 내가 잠깐씩 구속을 당해도 찾아다녔고 겁도 없이 정보부에까지 찾아왔다. 그가 나를 설득해서 학교를 다니게 만들었고 대학에 가는 것을 도왔다.

당시에야 명문 대학 몇몇 학교 빼고는 어디나 비슷해서 그야말로 피난 시절의 흔적이 그대로 남아 있었다. 어떤 점에서는 책 읽고 혼자 공부하기는 지금보다 훨씬 형편이 나았다. 물론 출석을 부른다거나 하는 일은 거의 없었고 학교를 한동안 빠져도 리포트를 충실하게 내면 학점을 주었다. 어떤 녀석은 지방에 있는 집안의 사업을 도우면서 내려가 있다가 학기말에나 올라와서 노트 정리하여 시험만 치르기도 했다. 진학하기 전에도 문학 책만을 본 것이 아니라 주변 친구들과 경쟁하듯이 인문사회 전반에 걸친 독서를 해왔기 때문에 철학과의 기본적인 강의가 새로울 것은 없었다. 오히려 나라가 분단되어 있어서 학문의 폭이 좁고 편식을 한다는 느낌이 확연해졌다.

4·19 이후 5·16 이전까지 자유스런 공간이 일 년쯤 지속되었는데 그 무렵에 몇 가지 책들이 나왔고 라이트 밀스의 『들어라 양키들아』도 그런 책들 중의 하나였다. 처음에는 시인 김수영이 몇 대목을 잡지에 번역 발표하고 나서 곧 출판되었다. 우리가 그 무렵에 읽은 밀스의 쿠바혁명과 미국의 대외정책에 관한 비판은 충격 그 자체였다. 갑자기 얼음물이 얼굴에 뿌려지는 것처럼 정신이 번쩍 들었다고나 할까. 월간지 『사상계』가 군사정권에 대하여 날카로운 비판을 해대기 시작한 것도 그 무렵이었다.

몇 해 전부터 청구권 문제에 관한 김종필 중앙정보부장과 오히라 외상의 비밀 메모 내용이 알려지면서 한일회담에 대한 반대가 학원과 사회 각계에 퍼져나가기 시작했다. 징용 징병은 물론이요 국가 및 개인이 식민지 기간에 입은 피해의 보상이 일괄적으로, 일본측은 '독립축하금' 명목으로 막연하게, 한국측은 무상 보상금이라 해놓고 필리핀 보상금의 절반쯤인 삼억 달러로 타결이 된다는 것이었다. 이른바 표현은 '한일 국교 정상화'라고 해놓았지만 그야말로 동북아에서 냉전의 마지막 고리를 맺어두려는 미국의 끈질긴 종용과 조정에 의한 것이었다. 타결 이후 즉시 월남 파병이 실시된 것으로 미루어 미국의 강력한 영향력을 짐작할 수 있었다. 아니, 박정희가 윤보선을 꺾고 대통령에 당선되자마자 미 국무장관 러스크가 방한하여 한일회담을 공개적으로 촉구하기까지 한다. 3월경부터 '대일굴욕외교반대 범국민투쟁위원회'가 결성되어 정치권에서 학원가, 종교계 등 전 사회로 반대 시위가 이어지더니 4·19 4주년 기념일을 기점으로 시위가 전국적으로 확산되었다. 그래도 지금보다는 대학의 인문적 지성의 역할이 존중되던 순진한 시절이었다. 그중에서도 반공 후진국가의 대학치고는 제법 자유분방한 분위기였던 서울대 문리대에 다니던 상득이와 인상이, 우석이, 국정이 등은 선배 조동일과 김윤수 등이 주동이던 '민족문화운동'을 거들고 있었다.

1960년대의 초창기 문화운동은 당시 식민지 종주국이던 일본의 영향력이 미국의 안내로 한반도에 다시 들어오고 남한의 주도 세력 거의 전부가 친일분자라는 민족적 위기감에서 시작되었다. 내가 유독 '문화운동'이라고 표현하는 것은 돌이켜볼 때에 사회운동의 여러 길과 실천 중에서 전쟁 이후 '문예'를 방법으로 선택한 최초의 사례였기 때문이다. 1964년에 있은 서울대 문리대의 민족적 민주주의 장례식 등은 비전투적이었지만 알 만한 학생들 간에는 널리 화제가 되었을 정도로 강력한 것이었다. 그들은 5월 말에 단식을 시작했고 그것은 6월에 절정을 이룬 학생 시위의 도화선이 되었다.

그때 나는 여러 학교 연합 시위대의 틈에 끼어 국회의사당이던 시청 앞의 부민관 계단 아래 연좌하고 있었다. 시위대는 정부를 규탄하는 성명서를 읽고 일부가 "청와대로 가자!"는 절규와 함께 광화문 쪽으로 밀려가기 시작했다. 저지선은 처음에 조선일보와 국제극장 사이에 있었는데 학생과 시민들까지 가세한 시위대가 밀어붙이자 광화문 네거리로 밀렸고 최루탄이 발사되기 시작했다. 시위대는 보도블록을 엎어 깨어 던지면서 광화문 네거리를 돌파했다. 지금은 광화문이 새로 섰지만 당시 일제 총독부 건물이던 중앙청이 정면에 서 있던 그 길은 이중삼중의 철조망과 바리케이드가 쳐져 있었고 전투복 차림에 최루탄 발사기와 곤봉을 소지한 경찰 병력이 빽빽하게 늘어서 있었다. 맨 뒤쪽에는 그들이 타고 왔던 군용 트럭이 마치 마지막 방어벽처럼 일렬로 줄지어 있었다.

시민들은 최루탄이 날아오면 얼른 집어 던지기도 하면서 돌팔매를 날리며 전면으로, 그리고 좌우 측방으로 돌파를 시도했다. 나는 우측의 돌파를 시도한 시위대 무리에 끼어 있었는데 드디어 그쪽이 뚫리면서 거대한 시위대의 무리가 중앙청 오른쪽에 돌출해 있는 경기도청의 뒷마당(지금은 공원 부지)으로 진입해버렸다. 시위대가 마당에서부터 유리창을 깨면서 진입하자 직원들이 모두들 피해 달아나고 시위대는 끊임없이 도청 건물을 지나 진압 경찰의 배후로 몰려나갔다. 저지선이 일시에 무너지기 시작했다. 전면에서 정체중이던 시위대가 철조망을 치우고 바리케이드를 들어내면서 파도처럼 밀려들었다. 저지선은 황급히 철수해서 청와대 쪽의 적선동으로 들어서는 비좁은 경복궁 뒷담 길만 사수하고 있었다. 좁은 길목에 최루탄 가스가 가득차 있었다. 밀고 밀리는 일이 되풀이되다가 시위대의 일부가 군용 트럭을 몰고 시내의 각 방항으로 달려나가기 시작했다. 그들은 4·19 때처럼 시내의 곳곳에다 시위를 퍼뜨리려는 것처럼 보였다. 나중에 알려진 바에 의하면 서투른 운전 때문에 차량들은 전복되기도 했고 남의 집이나 가게를 들이박고 멈추기도 했다. 우리는 차에 타고 단식중인 문리대 앞에서 구호를 외치며 차량 행진을 하고 나서 서울 시내를 돌아다녔다. 학생과 시민들이 화물칸에서 운전석의 지붕을 두드리며 어디로 가자고 아우성을 치면 차는 그쪽 방향으로 내달렸다. "천천히!" "정지!" 모두들 목소리를 합쳐서 외치면 차가 그대로 움직였고 개중에는 운전사가 도중에 내려버려서 화물칸에 탄 사람이나 행인들 중에서 면허증이 있건 없건 누구 운전할 줄 아느냐고 외치곤 했다. 그러면 꼭 한두 사람은 군대에서 해봤다며 나서기 마련이었다. 그렇게 돌아다니다 용산역쯤에서 차가 고장이었는지 기름이 떨어졌는지 멈춰버렸다. 이미 날도 어두워졌고 시위하던 사람들도 배고프고 지쳐서 모두 흩어졌는데 전차가 운행 정지중이라 한강 인도교를 걸어서 건너야 했다.

다리를 거의 건너 입구에 이르렀는데 앞에 바리케이드가 보이고 헌병과 경찰들이 비좁은 출구만 남기고 자동차와 행인을 검문중이었다. 시민증을 보여달라는 말에 내가 학생이라고 말하자 그들은 대뜸 저쪽에 서라고 말했다. 나와 몇 사람이 그쪽에 서니 그들은 우리에게 앉았다 일어섰다를 몇 번 시킨 뒤에 바로 근처에 있는 파출소로 데리고 들어갔다. 그들은 가방이며 소지품을 검사하고 굴욕외교 반대 성명서가 찍힌 유인물도 찾아냈다.

"너희들 지금 차량 데모하고 오는 길이지?" 우리 일행은 당당하게 그렇다고 대답했고, 경찰들은 보통 때는 통금만 위반해도 귀싸대기 올려붙이고 말을 시작하더니 웬일인지 점잖게 대했다. 노량진 본서에서 차량이 와서 우리 세 사람을 데려갔고 우리는 그제야 '비상계엄령'이 선포되었다는 것을 알았다. 밤늦게까지 조사를 받고 진술서에 지장까지 누르고 유치장에 입감되었는데 그로부터 이틀 뒤에 이십 일 구류 처분을 받았다. 당시에는 시위는 모두 구류 정도였던 그야말로 쌍방이 서로 어수룩하던 시절이었다.

여기에서 나는 내 초기 소설 「객지」의 배경이 되었던 세계로 나를 안내한 '대위'라는 별명의 노동자를 만나게 된다. 처음에 유치장에 들어가니 절도죄로 잡혀온 소년 두 명과 거의 걸인처럼 보이는 주정뱅이 늙은이 하나가 있었다. 늙은이는 이튿날 나가버리고 두 소년과 셋이서 남아 있었는데 저녁에 누군가가 입감시키는 순경과 큰 소리로 말다툼을 하면서 들어왔다.

"소지품 다 내놔요." "좆밖에 가진 게 없는데 뭘 내놔?" "이건 뭐야?" "보면 몰라, 담배하구 성냥."

순경이 사내의 호주머니에 손을 넣으려고 하자 사내가 순경의 팔을 비틀어서 그의 등뒤로 꼬아 올렸다. "이거 다 내 돈 주구 산 거라구." "어어, 이 손 못 놔?" 다른 순경이 달려들고 밀치고 하다가 잠시 목소리가 잦아들더니 사내가 담배에 불을 붙여 물고 유치장 쪽으로 다가왔다. "그래 맡겨두고 펴라 이거지? 그렇다면 할 수 없지." 철창이 열리고 그가 들어서며 나를 한번 힐끗 보고는 소년들에게 말했다. "애들아, 거 담요 좀 갖다 깔아라."

소년들은 눈치가 빨라서 얼른 윗목에 쌓아둔 담요를 뺑끼통 반대편 안쪽에 깔았다. 나는 철창 옆이 상석인 줄 알았더니 그거야 불빛에 책 읽으려는 내게나 그렇고 저들에게는 담당 순경이 잘 안 보이는 구석자리가 상석인 듯했다. 그는 담배를 맛있게 빨면서 비스듬하게 옆으로 눕더니 내게 말을 걸었다. "형씨 인사합시다. 머 사람두 많지 않은데 민주적으루다 지내지. 나 장이라구 하오."

내가 머리를 숙여 보이며 인사를 하자 그가 다시 물었다. "보아허니 학생 같은데 어찌 들어오셨나?" "데모하다가……" "저런 쳐죽일 놈들! 아직두 쪽바리 세상이라니까. 자, 이거나 주욱 빨아." 장씨가 내게 피우던 담배를 내밀었다. 실은 아까부터 그 구수한 냄새에 목구멍이 간질거리던 터였다.

갑자기 며칠 만에 담배를 피우니까 현기증이 나면서 감방 용어대로 '홍콩' 가는 기분이 되었다. 나도 그에게 어떻게 들어왔느냐고 물었다.

"십장이 전표 장난하길래 몇 대 쥐어팼지."

그는 당시에 한창 시작되고 있던 제2한강교 공사장에서 일하던 일용노동자였다. 그때의 관급공사판은 거의가 '와이로(뇌물)'를 써서 명색뿐인 입찰로 이권을 따낸 하청이었는데 일제시대의 노가다판 구조 그대로였다. 나중에 1970년대에 광산 취재를 하면서도 똑같은 꼴을 보게 된다. 그는 그런 우울한 얘기는 한달음에 끝내버리고 연이어 자신의 삶에 대해서 우스갯소리를 섞어가며 얘기를 꺼냈다.

그는 해병대 중사로 제대한 사람이었다. 그래서 사실은 갈매기(계급장) 세 마리에 지나지 않았는데 공사판에서 그가 의기도 있고 아는 게 많다고 동료 인부들이 진급을 시켜줘서 '대위'로 만들어줬다. 전국의 공사판은 당시만 해도 손가락으로 꼽을 만큼 뻔해서 십장이나 기술자들은 서로가 알음알이로 이름을 대면 대번에 파악이 되었다. 대위는 일손이 시원시원하고 함바집의 신용이 쌓여서 모두들 고참 일꾼으로 알아주었다. 나이는 서른셋, 어깨가 딱 벌어진 건장한 체격이었지만 키가 커서 오히려 말라 보였다. 곱슬머리에 불그레하게 그을린 얼굴이며 턱밑에 아무렇게나 자란 수염에 씨익 웃는 얼굴이 말 타고 먼길을 달려온 서부영화의 버트 랭커스터처럼 보였다.

대위 장씨와 나는 잡범이나 경범자들이 들고 나고 하는 유치장의 이십여 일을 함께 나란히 누워 자고 집에서 큰형님이 들여준 사식비로 '벤또' 밥도 나누어 먹는 동안에 형제처럼 정이 들었다. 그와 나는 밤에 잠이 오지 않으면 엎드려서 여러 가지 세상살이 얘기를 나누었다.

물론 그에게는 부모 형제와 처자식이 있었다. 대위는 그맘때 대부분의 자작농이 그러했듯이 겨우 굶주림이나 면할 정도의 땅마지기를 가진 농사꾼 집안 아들이었다. 중학교를 간신히 나온 뒤에 집에서 농사일을 거들다가 직업군인으로 나간 것은 군대 가면 입혀주고 먹여주고 최소한의 기술이라도 배울 수 있어서였다. 형이 장가를 들게 될 것이고 누이동생은 미장원에 취직을 했다니까 자신도 식구들의 짐이 되고 싶지 않았다. 해병대가 군기가 좀 세다고는 하지만 '기면 기고 아니면 절대로 아닌' 그의 성격에도 맞는 편이었다. 내친김에 정말 상사, 준위, 대위까지 가보지 그랬냐고 내가 말하자, 그는 시무룩해져서 잠시 말이 없더니 감방 창살을 연신 발로 차며 외쳤다. "근무자, 여기 좀 봅시다."

잠에 취한 듯한 얼굴로 눈꺼풀을 부비면서 순경이 다가왔다. "근무자 좋아하네, 씨팔." "어 난 또 누구라구. 우리 부처님 같은 박순경님 아니신가……" "알랑방구 뀌지 말구 빨리 말해. 원하는 게 뭐야, 씨팔." "응, 그 내 소지품 중에 지갑하구 담배…… 불 붙여서 한 대만 주라."

순경은 씨부렁거리면서도 그동안 대위와 대판 싸우기도 하고 화해하기도 하면서 서로간에 인간적인 이해가 생긴 모양이었다. 이를테면 감방에서 말하는 왈왈구찌가 대위인 셈이다. 박순경이 상의 호주머니에서 담배를 꺼내어 아예 두 대를 물더니 지포 라이터로 동시에 불을 붙여서는 창살 사이로 들이밀었다.

"야 근데 그 지갑 좀 갖다달라니까." 대위의 재촉에 순경은 짜증을 냈다. "줄수록 양양이라구 되게 귀찮게 구네 개새끼." "너 이 새끼 머리 가마에 쇠똥두 안 떨어진 새끼가 형님보구 뭐라구?" "아 지갑은 왜 달래? 그거 규정 위반이잖아?"

대위가 진지하게 사정조로 나오는 것은 나도 그때 처음 보았다. "박순경님, 지갑에 내 옛날 애인 사진 있다. 애가 보여달라구 해서 그래. 옛 생각두 나구 말야."

"알았어." 순순하게 대꾸하더니 순경이 그의 지갑을 찾아가지고 돌아왔다. "다 보구 나면 창살 밖으로 내놔. 다시 제자리에 넣어놔야 해."

박순경이 중얼거리며 돌아가자 대위는 안쪽 깊숙한 곳에서 사진 한장을 꺼냈다. 우리는 담배를 태우며 사진 감상을 했다. 그 옛날 악극단 무대장치처럼 달이 희부융하니 떠 있고 앞에는 무슨 난간인지 계단인지 나뭇가지가 늘어진 가운데, 위에는 한복 저고리에 예전에 유행하던 비로드 몽당치마 아래로 발목까지 올라오는 흰 양말을 신고 양갈래 머리를 땋은 소녀가 방긋 웃으며 서 있었다. 사진 아래편에 휘갈긴 하얀 글씨로 '추억은 영원히!'라고 적혀 있었다. 사진은 적당히 누렇게 퇴색되어 있었다.

"와 이쁜데요. 이분이 옛날 애인이라구요? 지금은 어떻게 됐는데?" 나의 너스레에 대위가 핀잔을 주었다. "그렇게 천박하게 결말에 성급해서 무슨 소설을 짓는다구 그러냐? 자네 생각은 어떠한고?" "첫사랑은 비극으루 끝난다던데……" "첫사랑 아난 마. 어떻게 됐는고 하니 우리 마누라가 되었다. 그래서 신세 조진 사나이다."

결말이 싱거워서 나는 좀 김이 샜다. 좌우지간 어째서 견딜 만한 직업군인을 그만두었느냐 물으니, 대답이 이 여자 때문이었다는 것이다. 여자 말에 고향에 전답이 좀 있는데 오빠가 대대적으로 양계장을 한다면서, 일손이 부족하다니 가서 도와주면서 고향 땅을 빌려서라도 병아리 분양받아 우리도 대대적인 양계장을 하자, 하는 얘기에 그리되었다나.

그 무렵엔 유엔의 운크라다, 미국 에이아이디에, 차관이며 원조가 많이 들어와서 '익수표' 밀기루나 분유, 옥수수 가루 등속을 학교에서 배급 주기도 했다. 이게 한국 농촌의 자생력을 망쳐놓았다고 주장하는 이들도 많다. 그러나 어쨌든 수백 년 이래 하던 버릇대로 벼 심고 보리 심고 하던 농사로는 겨우 목에 풀칠이나 할 형편이라 그때부터 갖가지 영농의 방도가 유행했다. 메추리가 보약이라는 소문이 돌고 갑자기 농가마다 메추리 사육을 했다가 망하기도 하고 흑염소 좋다더라 하고는 또 퍼지더니 그래도 그건 조금 오래갔다. 원조로 들어온 종자나 가축들 중에 레그혼이라고 흰 닭이 있는데 알을 잘 낳고 빨리 성장한다고 농가는 물론 서울 변두리에서도 너도 나도 키워서 토종닭의 씨가 마르게 되었다. 요크셔인지, 허연 털에 살집을 그대로 드러내놓은 어마어마하게 큰 돼지가 오종종한 몸집에 맛도 좋은 토종 흑돼지를 몰아낸 것도 같은 시기다. 대위 역시 해병대에서 제대하여 아내와 함께 처남네 양계장 일을 도와주며 레그혼을 분양받아 양계장을 벌여놓았다. 그러나 얼마 안 가서 전염병으로 매형네와 자신의 양계장이 거덜이 나버렸다는 것이다.

 대위는 그뒤로 세 해째 혼자 떠돌며 살아왔다. 한강교 공사가 제법 안정된 일판이라 도시에서의 체류가 좀 늘어났지만 여느 때 같았으면 진달래 피는 봄이 오자마자 떠났을 것이다. 일 년에 두 번 추석과 설에만 집에 간다. 지방에 내려가면 각 도와 시에서 진행하는 공사가 있는데 대개는 간척지 공사나 저수지 제방 공사, 관용 건물을 올리는 건축 공사판이 있기 마련이었다. 일거리가 괜찮으면 여름을 넘겨 가을까지도 있지만 대개는 장마 전에 떠난다. 아니면 보리 베는 철이 좋아서 노임이 적지만 밥이나 얻어먹으며 농가에 얹히기도 한다. 땡볕 내리쬐는 한여름에는 해수욕장을 찾아간다. 손쉬운 일감으로 폐활량기라고 입으로 세게 불면 표지 막대가 위로 올라가게 되어 있어서 누가 센가 하며 서로 불어젖히는 일종의 심심풀이 놀이기구가 있는데, 이걸 빌려서 모래사장에 세워두고 푼돈을 번다. 더우면 바다에 들어가 헤엄치고 모래밭에 쳐둔 텐트에서 한여름을 피서객으로 보낸다. 아니면 냉차 또는 아이스크림 장수를 하는데 이런 것들도 모두 제 손으로 제조할 수 있어야 한다. 그리고 해류가 바뀌고 선선한 바람이 불어오기 시작하면 동해안으로 간다. 속초에서부터 오징어떼가 동해안을 따라서 서서히 남하하기 시작한다. 이때에는 우비와 장화와 낚시 물레 등속을 돈 주고 세내어 배를 탄다. 자기가 밤새껏 잡은 만큼 선장과 선주에게 비율로 떼어주고 나면 나머지는 제 몫이다.

 오징어는 밤에 집어등 불빛을 보고 몰려들기 때문에 밤 작업을 해야 한다. 오징어 어군을 따라서 불빛을 휘황하게 밝힌 오징어잡이 배들이 함께 출항하여 먼바다까지 나가면 시커먼 밤바다의 수평선은 불야성처럼 훤해져 하늘이 온통 부옇다. 물레를 돌리면 낚시에 꿰인 오징어들이 인광으로 희게 반짝이면서 올라온다. 연신 한 손으로 펄떡거리는 오징어를 떼어내어 바구니에 집어던지며 다른 한 손으로는 물레를 돌린다. 새벽녘에 먼동이 터오면 캄캄한 어둠이 저멀리 수평선에서부터 금이 가면서 위와 아래로 일직선으로 쫘악 갈라진다. 그리고 붉고 노란 띠가 층층으로 번져가기 시작한다.

오징어떼를 따라서 강릉, 삼척 지나 울산까지 내려오면 가을이 깊어져 있다. 이제는 다시 농촌으로 들어가 가을 추수를 거든다. 황금들판에서 들밥에 막걸리 마시고 논두렁에 누워 곤한 낮잠 한숨 때리면 세상에 부러울 것이 없단다. 그리고 겨울에는 다시 도시로 돌아온다. 쪽방을 한 칸 얻고 거리 모퉁이나 버스 종점이나 동네 시장 어귀에 자리를 잡고 드럼통과 손수레 세내어 군고구마 장수로 나선다. 아니면 돈을 좀더 보태어 포장마차를 하든지. 그것도 아니면 이번처럼 괜찮은 공사판을 만나 함바에서 겨울을 난다.

나는 대위의 얘기에 가슴이 두근거렸다. 산다는 게 별로 두렵거나 고생스러운 것도 아니고 하늘 위로 날아가는 철새처럼 자유롭게 느껴졌다. 살아 있음이란, 그 자체로 생생한 기쁨이다. 고해 같은 세상살이도 오롯이 자기 자신의 삶의 일부분이다. 목마르고 굶주린 자의 식사처럼 맛있고 매순간이 소중한 그런 삶이 어디에 있는가.

나는 대위를 따라나서기로 마음먹었다. 내가 사흘쯤 먼저 풀려나왔는데 구류의 사형인 이십 일짜리를 먹었으니 앞서거니 뒤서거니 했던 셈이다. 나와보니 신록은 이제 완연히 짙은 초록색이었고 번성한 여름의 한복판이었다. 학교는 휴교령 이래 그대로 방학에 들어가 있었다.

그맘때에는 작은누나도 시집을 가버려서 집에는 어머니와 나와 중학교 다니던 아우까지 세 식구뿐이었다. 어머니는 가산을 모두 정리하여 흑석동의 시장에 점포를 사서 식료품점을 낸 상태였다. 나와 아우는 물건을 들이고 내는 일이나 밤늦게 어머니가 피곤에 지쳐 잠들면 점포의 나무 문짝을 닫는 일을 거들었다. 가게에 딸린 좁다란 방에서는 어머니와 아우가 자고 나는 취사공간의 옆에 있는 사다리로 올라가 지붕밑 다락을 사용했다.

어느 날 내가 주섬주섬 짐을 꾸리니까 눈치를 챈 아우가 어머니에게 귀뜸을 했다. 어머니는 이제는 완전히 단련이 되어서 별로 걱정스런 빛도 보이지 않았다. "왜 어디 갈라구?"

"예, 절에 가서 책두 좀 보구 글을 쓸라구요."

어머니도 더이상 뭐라고 하지 않았다. 그야말로 시장 한복판이라 날마다 장사하는 소리와 온갖 소음으로 조용한 때가 없었다. 어린 아우는 내가 집을 나가버리기도 하고 거의 죽었다 살아나기도 하고 베트남으로 가버리기도 하면서 어머니가 노심초사하는 바로 그 곁에 남아서 성장했다. 훗날 그는 나와 말다툼이라도 하게 되면 같은 소리를 몇 번이나 되풀이했다. 내가 형 때문에 얼마나 피해를 받았고 형 그늘에 치였는지 아느냐고. 형 때문에 어머니는 나에게 신경쓸 겨를이 없었다고. 나는 십대 때 정말 힘들었다고. 형은 아무것도 모른다고. 나는 외로웠고 형만 생각하는 어머니가 야속했다고.

내가 배낭에 짐을 꾸려서 새벽차를 타려고 아직 널판자 덧문이 닫힌 가게를 나설 때, 어머니는 시장 모퉁이에까지 나를 따라왔다. "어디든

가면 편지 좀 해라." 그러고는 지폐 몇 장 접어서 내게 내밀었다.

나는 지난 몇 년 동안 여러 번 탔던 그 완행열차를 이번에는 대위와 함께 탔다. 요즘은 한 시간이면 가는 거리를 완행열차를 타고 몇 시간이 걸려서 오후 네다섯시쯤에야 천안에 도착했다. 우리는 천안역에서부터 시내를 향해 걸어갔다. 나는 그의 동네가 보이는 변두리 시장 모퉁이에서 푸줏간을 발견하고 들어가 돼지고기 한 근을 샀다. 그는 나를 말리지 않았고 부근 노점상에서 수북이 쌓아놓고 팔던 센베이나 눈깔사탕 같은 허드레 과자를 한 봉지 사들었다. 그야말로 초라한 귀향이었다.

그의 집은 오래된 적산가옥이었는데 골목 안쪽에 있는 대문이 아마 주인이 사는 안집으로 드나드는 문인 듯했고, 바깥 큰길가 쪽으로 세를 든 사람들이 살고 있었다. 영등포 집 앞에 가죽나무가 서 있었듯이 여기엔 엉뚱하게도 가로수인 플라타너스가 입구인 대문 옆에 바짝 대어져 서 있었다. 집에 들어서기도 전에 초등학교 2, 3학년쯤 되어 보이는 계집아이가 러닝 바람에 어린아이를 등에 업고 문가에서 서성거리다가 대위를 향해 달려왔다. "아부지!"

"응 잘 있었냐, 느이 엄만?" 대위는 계집아이의 등에서 늘어져 잠든 아기를 뽑아올려 안았다. "엄마 리아카 끌구 장사 나갔어." "어이구 이놈, 코 흘린 거 봐라." 대위가 엄지 검지로 아기의 코 아래 번져 있는 누런 콧물을 훔쳐내어 땅에다 털고는 나무에다 대고 쓱쓱 문질렀다.

그의 아내는 여름날 고즈넉한 땅거미가 깔리기 시작한 일곱시쯤에 나타났는데 리어카 바퀴의 삐걱이는 소리를 알아챈 계집아이가 환한 얼굴이 되어 낮게 외쳤다. "아아, 엄마다!" 아낙네가 대문에 들어서며 계집아이의 이름을 부르고, 대위는 아기를 안은 채 밖으로 나가다가 바로 판자문 앞에서 부딪친다.

"어? 언제 왔어요?" 아낙네가 아기를 받아안고 대위는 그녀가 끌고 들어온 리어카에서 함지며 팔다 남은 야채 등속을 내려놓고 리어카를 거꾸로 벽에 기대어 세웠다. 내가 쭈볏대며 인사를 하자, 대위의 아내는 뜻밖의 손님에도 싫은 내색 없이 서둘러 저녁밥을 안치고 상을 차려냈다.

이튿날 대위의 아내는 장사하러 나가지 않았다. 아침부터 밥을 짓고 비린 것 한 가지라도 밥상에 올린다고 꽁치도 사다 굽고 했다. 우리는 군청에 나가서 충청남도에서 제일 큰 관급공사가 어디서 벌어지고 있는지 알아보았는데, 현재로서는 신탄진에서 시작한 '신탄진 연초공장' 건립 공사가 제일 큰 공사판이었다.

이튿날도 대위의 아내는 장사를 나가지 않고 길 떠나는 우리를 배웅했다. 이른 새벽에 밭에 가서 야채를 떼어오거나 역전 큰 시장에 가서 싱싱한 생선들을 받아와야만 변두리 시장에서 팔아넘길 수 있다는데 이틀이나 장사를 폐한 것이다. 그래도 얼마간은 끼니 걱정은 안 할 테지. 대위가 몇 달 동안 도시 공사장을 전전하며 푼푼이 모아두었던 돈을 아내에게 주었을 테니까. 나는 어림짐작으로 생각했다. 그녀는 아기를 딸애에게 맡기고는 기차역 앞에까지 대위를 따라왔다. 이제 집을 나가면 또 언제나 돌아오게 될지 피차 모르기 때문인지 서로 다투거나 하지는 않았어도 나누는 말이 별로 없었다.

"어여 들어가. 우리 기차 탈 테니까." 나는 면발치에서 그들의 실랑이를 바라보기만 했다. 대위는 아내를 달래고 그녀는 치맛귀로 눈물을 찍어내다가 돌아섰다. 역 구내로 들어가 플랫폼에서 담배 한 대를 붙여 물더니 대위는 한숨 섞어서 길게 연기를 뿜어냈다.

신탄진 공사장에 찾아갔더니 마사토 허허벌판 위에 건물 골조가 올라가기 시작했고 아래편에 공사장 함바가 있었다. 원래 함바와 십장은 겸해서는 안 되었지만 당시의 변두리 공사판은 모두 고참 십장들이 함바 운영권까지 따고 들어가서 고용도 저희 마음대로였다. 함바 사무소는 날림으로 지어진 창고 같은 블록집들 앞에 쳐놓은 군용 천막이었다. 식당과 매점도 겸하고 있어서 베니어판으로 짠 식탁과 긴 나무의자들이 놓여 있고, 소주며 과자와 담배, 비누 등속의 생활필수품이 선반에 진열돼 있었다.

그가 들어서니 매점 앞에 책상과 편안한 비닐의자를 놓고 앉았던 뚱뚱한 사내가 먼저 말을 걸었다. "야 대위야, 니가 여긴 웬일이냐?" "어허, 우리 두꺼비 형님이 여기 계시네. 지난번 다리 공사판 다 끝났나. 거기서 재미 좀 봤죠, 형님?" "재미가 다 뭐야, 하다 말았는데. 딴 놈이 국회의원 되면 그날루 하던 공사 끝이라구. 너 어디서 오냐?" "제2한강교. 도시서 여름 나기 싫어서 경치 좋은 데루 찾아왔지. 하여튼 오랜만이우. 나두 전표나 좀 벌어볼까 하구 왔수다." "그런 소리 마라, 여기두 꽉 찼어. 이제부터 장마에 태풍에 가을까지 노임 안 나올 날짜만 남았다구."

대위가 내 등을 꾹 찌르며 말했다. "야 인사해라, 우리 형님이다. 여긴 우리 애들 삼촌이라구요." 내가 인사를 했더니 그는 내 아래위를 찬찬히 훑어보았다. "자네 처남?"

"우리 두 사람 함바 방이나 정해주슈." 사내는 고개를 갸웃거렸다. "글쎄 자네야 고참 노가다니까 뭔 일이든 할 수 있겠지. 헌데 이 친구는…… 일 첨이지?" 나는 얼결에 네, 하고 대답해버렸다. "그러니까 온 하루 전표로 쳐줄 수는 없구. 반날짜리 떼어주께."

"어어 이러지 맙시다. 이 친구 덩치를 보슈. 애나 여자들두 아니구 시방 전쟁터에 갖다놔두 훈장 깜이오." "그럼 이렇게 하지. 여기가 보름 간조니까 첫번 간조 때까지만 반날 받구, 일하는 거 봐서 그담부터 온날루 하지. 싫으면 자네 혼자 일하구."

대위는 나를 바라보면서 고개를 끄덕여 보이고는 말했다. "좋시다. 그럼 오늘 저녁부터 가리하는 거유." "그래, 밥때 잘 지켜. 늦으면 그야말루 국물두 없으니까. 둘이 삼호 방에 들어가."

구멍이 숭숭 뚫린 시멘트 벽돌로 지은 단칸방은 위에 푸대 종이를 대충 발랐는데 어떤 이들은 제 잠자리에 군용 담요를 깔아두었거나 박스를 펴서 전선줄 싸는 고무테이프로 붙여두기도 했다. 삼호 방에 들어가니 우리를 포함해서 일곱 명이었고, 막 일을 끝낸 후 씻거나 빨래를 하노라고 들락날락하던 노동자들이 불평을 했다. "이거 뭐 하필이면 우리 방에만 사람을 넣는 거야. 다섯 명 있는 방이 팔호 집도 있든데."

"객지 나와 피차 고생하는데 신세 좀 집시다. 나 이 동네서 대위라구 합니다. 성이 장씨요, 잘 부탁합니다."

창가에 자리잡고 앉았던 나이든 노동자가 말했다. "보아허니 고참인 것 같은데 잘 지내봅시다. 요즘엔 촌에서 처음 나오는 농사꾼들이 많아요. 그런 이들 물정 어두워서 골치라니까. 일루 오슈." 나이든 노동자는 바람이 잘 통하는 창가 아래 자기 자리 옆의 담요를 밀어내며 대위의 잠자리를 허락해주었다.

나는 어쩔 바를 몰라 두리번거리고 섰는데 다시 대위가 밀어낸 담요를 다시 더 안쪽으로 밀어냈다. "너 여기다 짐 내려놔라."

우리가 앉아서 몇 사람과 통성명을 하는 동안에 그 자리의 임자가 빨래를 마치고 들어섰다. 당연히 그는 눈이 휘둥그레지더니 성질을 벌컥 냈다. "뭐야, 이거. 굴러온 돌이 박힌 돌 뺀다더니 여긴 앞뒤 순서두 없나?"

"안마 큰소리치지 말구 잘 때 코나 좀 골지 마라." 나이든 노동자가 그의 자리를 밀어낸 이유가 그때 판명되었다. 대위는 능숙하게 나왔다. "이봐, 나두 함바 밥 십여 년 먹었는데 뭘 이런 일로 성질내구 그래? 방 옮길 테면 내가 두꺼비 형한테 얘기해주께."

청년은 대번에 기가 꺾였다. 감옥에서나 합숙소에서 방을 옮겨봤자 다시 자리다툼과 서열 싸움을 해야 하는 법이다. 그리고 그는 십장과도 가까운 사이라고 은근히 내세우고 있잖은가. 연신 구시렁거리면서도 그는 벽 쪽에 제 자리를 다시 잡았다.

공책에 작대기 긋고 밥 한 끼 먹었는데 고봉밥에 뭇국에다 두부에 호박나물도 있고 김치도 그만하면 울긋불긋한 것이 먹을 만했다. 대위와 나는 수건을 꺼내어 목에 걸고 칫솔과 비누를 양손에 들고 신탄진 철교 아래 강변으로 씻으러 나갔다. 대위가 말했다. "여기선 첨부터 대차게 나가야 한다구. 며칠 지나면 다 그렁저렁 좋은 사람들이지. 생각해봐, 제힘으로 일해서 먹구살겠다는 놈들인데 나쁜 놈들이 있겠냐구. 나쁜 놈들이야 저 한양 번듯한 빌딩들 속에 다 있지."

다음날부터 해 뜨기가 무섭게 밥 한술 뜨고 곧장 일이 시작되었다.

당시에는 변변한 장비가 별로 없어서 거의 모든 일을 인력으로 해야만 했다. 차량도 군용을 불하받은 것들이고 굴착기나 기중기는커녕 불도저도 고급 장비에 들어가는 축이었다. 건물 골조의 외벽에 사다리나 지지대 겸하여 올리는 건조물을 건축용어로 아시바라 했는데 이것도 요즘처럼 쇠파이프 조립이 아니라 한 뼘 굵기의 나무기둥을 새끼줄로 엮은 것이었다. 거기에 반네루를 얹고 발 디딜 각목을 박아서 이동하고 오르는 데 썼다.

이런 공사판에서 초짜가 제일 먼저 하게 되는 일은 시멘트 반죽이나 벽돌을 들통에 담아 지고 오르는 일이었다. 나무로 만든 들통에 시멘트 반죽이나 벽돌을 가득 짊어지고 휘청이는 반네루를 오르내리다보면 금방이라도 허리가 꺾이거나 장딴지가 터져나갈 것만 같았다. 나는 어깨에 마포를 겹쳐서 대고 군용 탄띠로 만든 멜빵을 메고 한 손으로는 들통 밑뚜껑에 달린 줄을 당겨쥐고서 비틀거리며 필사적으로 오르내렸다. 앞뒤로 쉴새없이 다른 일꾼들이 오르고 있어서 멈칫거리거나 쉴 수가 없었다. 위에서는 벽을 올리는 미장이들이 재촉을 해대고 아래에서는 반죽이 굳는다고 투덜댔다. 그래도 그것은 좀 나은 일거리였는데 나중에 철근을 나르는 일은 더욱 위험하고 힘들었다. 손과 발이며 등이 온통 물집과 상처투성이가 되었다.

대위는 워낙 일손이 능숙해서 얼마 안 되어 대우가 좋은 목공부로 옮겨갔다. 내가 온날 전표를 받게 된 지 보름쯤 되었을 때 대위가 나를 목공부로 데려가더니 데모도 아래 보조로 붙여주었다. 초짜에겐 그야말로 특혜나 다름없었는데, 내게는 목재를 나르거나 지시받은 대로 나무를 자르는 등의 잔일거리가 주어졌다.

예상대로 오다가다 하던 장마가 본격적으로 시작되어 우리는 다시 겨우 몇 장 모은 전표로 밥값을 까나가면서 함바에서 옥신각신했다. 하루종일 비가 오는 날이면 하는 일 없이 입만 궁금해져서 국수를 사다 끓여먹거나 술 내기 화투를 치면서 시간을 죽였다. 우리 방에서는 그런 일이 없었지만 다른 방에서는 전표를 걸고 노름도 하는 눈치였다.

장마가 끝나면서 불볕더위가 시작되었다. 건자재의 재고가 떨어지는 때도 있었고 한여름이라 공사는 봄가을처럼 활발하게 진행되지 못했다. 우리는 함바 빚이 늘어갔다. 모두들 '입이 무섭다'고들 말했다. 살아 있는 한 먹어야 하고 먹은 것들이 빚이 되어 쫓아오면 우리는 허우적거리며 온몸을 움직여 달아나야만 했다.

그 무렵의 신탄진 강은 아름다웠다. 우리는 저녁마다 그곳으로 씻으러 가서 어두워지기 시작한 강변의 숲과 거울처럼 잔잔해진 수면 위로 가끔씩 이곳저곳에서 물고기들이 튀어오르는 물소리와 작은 파문들이 일어나는 것을 바라보곤 했다. 물속에 텀벙대며 들어가기가 아까운 순간이었다.

어느 날 점심을 먹고 그늘에 앉아서 담배 한 대를 태우다 말고 대위가 나를 툭 치면서 저리로 가자고 이끌었다. "야, 우리 여기서 발르자."

이 공사장에서 달아나자는 소리였다. 사실 두어 달은 쎄빠지게 일해야 장마 때와 한여름철 공사의 지체 때문에 밀린 빚 까고 겨우 차비나 손에 쥐고 떠날 판이었다.

"나야 뭐 괜찮지만 형님이 뒤탈 없겠어요? 다른 데 기도 호가 날 텐데." 내가 그렇게 염려했지만 사정을 모르는 소리였다. "내 대충 두꺼비 십장한테 일러두었어. 자재 분실로 처리를 할 거야."

그의 말에 의하면 십장들은 평소에 믿을 만한 일꾼들을 보아두었다가 시멘트나 철근 같은 건자재를 빼돌리고는 떠나는 놈에게 분실 책임을 씌운다고 했다. 함바 빚이 있는 노무자에게는 누이 좋고 매부 좋은 격이다.

대위와 나는 오후 휴식시간에 서로 눈짓으로 일터를 빠져나와 우리 방으로 가서 짐을 싸두었다. 그러고는 잠자리에 쓰던 담요만 방에 남겨두고 짐들은 함바 뒤의 풀숲에 던져두었다. 그래도 저녁은 먹고 떠나야 하니까 남들보다 먼저 천막 식당에 들어가 앉았는데 두꺼비가 대위를 슬쩍 불렀다. 둘이서 무슨 얘기를 하는지 한참이나 쑥덕거렸다.

찬물에 더운밥 말아서 짜디짠 간고등어조림과 열무김치로 저녁을 근사하게 먹고 담배까지 한 대 태웠다. 이제 방안의 담요를 걷어다 떠나야 할 판인데 대위가 강변에 나가서 소주나 한잔하자고 했다. 그는 무언가 시간을 기다리는 눈치였다.

강 건너 농부들이 사는 마을의 불빛들이 일찌감치 하나둘 꺼지기 시작할 즈음이었다. 대위는 나를 데리고 함바를 멀찍이 돌아서 공사장 쪽으로 가더니 너른 공터 뒤편에 있는 자재창고 쪽으로 접근했다. 경비가 기다리고 있다가 손전등으로 비춰 보고는 문을 열어주자 우리는 안으로 들어가 시멘트 포대를 날라다 리어카에 실었다. 그대로 앞뒤에서 끌고 밀며 함바 뒤편 언덕으로 올라가서 미리 던져두었던 우리 짐을 얹고는 나 혼자 방으로 가서 담요 두 장을 챙겨왔다. 모두들 곤한 잠에 푹 빠져 있었다. 제각기 코 고는 소리며 이 가는 소리가 요란했다.

시멘트 포대를 가득 실은 리어카는 돌을 실었을 때처럼 무거웠다. 대위가 앞에서 끌고 내가 뒤에서 밀며 모래밭을 지나서 강변의 한길로 나서자 스리쿼터 한 대가 서 있었고 그 아래서 두꺼비가 담배를 태우며 기다리고 있었다. 우리는 다시 포대를 차의 화물칸에 옮겨 실었다. 다 싣고 나자 대위가 말했다. "리어카는 여기다 두고 가우." 두꺼비는 그냥 고개만 끄덕였다. "차비나 해라." 그가 대위의 뒷주머니에 돈 몇 푼을 찔러주었다.

대위와 나는 강을 따라서 밤길을 걷기 시작했다. 사방에서 개구리와 맹꽁이 우는 소리가 요란하더니 빗방울이 떨어지기 시작했다. 여기서부터 미호천을 따라 청주까지 가던 길은 훨씬 나중인 1970년대에 발표한 단편소설 「삼포 가는 길」의 배경이 되었다. 이것은 근대화 바람에 내몰린 사람들이 꿈꾸었던 추억과 상상 속의 공동체린 이제는 지상의 아무데도 없음을 확인시켜주는 황량한 이야기다. 여기서 부랑 노동자 영달, 감옥에서 나와 공사장을 전전하는 정씨, 그리고 빚더미만 남은 작부생활을 청산하고 고향을 향하여 달아나는 '본명이 이점례'라는 백화 세 사람은 그들이 찾아가 안식할 곳은 더이상 존재하지 않는다는 사실을 깨닫기 전까지 '아주 잠깐' 따뜻한 연대감을 확인한다. 마지막에 그들의 꿈이 환멸로 변하면서 이제는 사라져버린 '그곳'으로 각자 불확실한 어둠을 향하여 떠나간다.

주위는 별도 없이 캄캄했다. 대위와 나는 철교를 건너고 서평리에서부터 강변을 따라 나란히 뻗어나간 들길을 걸었다. 군화 틈으로 빗물이 새어들었는지 발바닥이 양말과 함께 철썩 달라붙었다. 가끔씩 저멀리 화물열차가 기적을 울리면서 지나갔다. 마을의 불빛들도 꺼져가고 밤새 소리도 들리지 않았다. 바로 지척에 흘러가는 여울물 소리만 요란하게 들려왔다. 나는 지금도 이 부근 마을의 예쁜 이름들을 기억하고 있다. 섬뜸, 달여울, 다락골, 그리고 강내면, 샘골 등등……

우리는 길이 북쪽으로 휘어지며 강변과 멀찍이 헤어지는 어름에서 징검다리를 건넜다. 강을 건너 안쪽으로 올라가서 마을이 보이길래 무조건 찾아들었는데 개구리 소리만 요란할 뿐 불도 모두 꺼져서 사람이 살지 않는 마을 같았다. 우리는 마을 어귀에 나중에는 새마을회관 자리가 되었을 법한 헛간이 있는 것을 발견하고 판자문을 열고 안으로 기어들어갔다. 아마도 공동 품앗이나 울력 때에 농기구며 작업도구, 농작물 등속을 간수하는 곳 같았는데 가마니도 몇 장이나 둘둘 말려서 벽에 세워져 있고 뜯어진 비료 푸대도 있었다. 대위와 나는 가마니를 한 장씩 마른 땅바닥에 깔고 누웠다. 그냥 서까래에 짚 이엉만 올린 지붕에서 비가 새어 가끔씩 얼굴에 떨어지기도 했다. 우리는 빗소리를 들으며 뒤척일 뿐 잠을 이루지 못했다.

"웬 사람들이여?" 누군가가 판자문을 열고 안을 들여다보며 외쳤다. 내가 먼저 벌떡 일어났다. 벌써 날이 밝은 지 한참이나 되었던 모양이다. 농부는 무엇을 찾으러 왔던지 고개를 비죽이 내밀고 둘러보던 참이었다.

"길 가다 비가 와서요." 내가 그렇게 멋없이 중얼거리는데 대위가 일어나 나잇살이나 먹어 뵈는 농부에게 인사를 꾸뻑 했다. "동네에 인사가 아닙니다 이거. 한밤중이라 그냥 들어와서 쉬었구먼요."

"아아 괜찮어유." 그가 농기구 등속을 챙겨가지고 나가다 우리에게 말을 걸었다. "아침을 자셔얄 텐디."

대위는 뒤통수에 손을 얹고 허허, 하며 웃기만 했다. "여기는 주막도 없는디, 하야튼 따라와봐유." 농부는 우리를 데리고 마을길로 올라가 수양버드나무가 섰는 우물가 앞집으로 들어갔다. 마당도 널찍하고 일자집 방들 앞의 기다란 마루도 번듯했다.

"여기 좀 앉으슈." 그는 부엌의 아내에게 뭔가 이르고 돌아와 우리에게 이것저것 묻기 시작했다. 대위가 우리는 공사장 따라서 일 다닌다고 얘기했고 부근에 무슨 공사 벌어진 곳이 없느냐고 묻기도 했다.

그 농가에서 아침을 얻어먹게 되었는데 미호천 맑은 물에서 아낙네들이 건져올린 올갱이에 푸성귀 넣고 된장 풀어 끓인 국이 얼마나 맛있던지 염치 불고하고 두 그릇이나 비웠다. 고추장찌개며 가지나물과 호박나물은 그 댁 아낙의 얌전하던 모습처럼 깔끔했다. 중학교 학생인 듯한 소년이 무릎 꿇고 우리 앞에 단정히 앉아 겸상에 아침밥을 같이 먹었다.

아침을 얻어먹고 나서 대위는 충북도청에 들러서 공사판이 어디에 벌어져 있는지 알아보겠다고 했다. 계절이 가을이라면 이런 중농의 집에서 한철 추수라도 거들면서 그 올갱이국을 원 없이 먹고 싶었다. 청주 시내까지 외길 철도가 있고 열차가 운행하고 있었지만 우리는 수십 리를 다시 걸어서 중심가로 들어갔다. 무심천 건너 우암산 아래 자락이 중심가인 셈이었다. 대위가 도청에 들어가서 알아보고 나오더니 올해에 충북에는 큰 공사가 없고 전북에 간척지 공사판이 크게 벌어져 있다고 했다.

대위와 나는 시장 모퉁이에서 그럴듯한 선술집을 발견하고 점심 요기나 하려고 찾아들었다. 아주머니가 연탄불 위에 민물새우찌개를 끓이고 있어서 막걸리 한 주전자를 시키고 시원한 새우찌개를 안주로 을씨년스러운 날궂이 풀이를 했다. 나무탁자에 긴 나무의자를 놓았고,

한길 쪽으로는 유리문이 달린 전형적인 소도시 주막집이었다. 문득 우리 등뒤에서 문이 벌컥 열리더니 속치마 차림의 여자가 고무신을 찍찍 끌고 밖으로 나가서는 하수도에다 대고 왝왝 토악질을 해댔다.

"저 주리헐 년, 술 좀 작작 처먹으라니까." 주막 여편네는 우리에게 들으라는 듯이 혼잣말로 중얼거렸다. "으이그, 빨리 내보내구 얌전하구 어린 년으루 바꿔야지 못살아, 못살아."

다시 되돌아 방으로 들어가면서 작부가 우리를 곁눈으로 힐끗 보았지만 별 볼 일 없다는 무심한 태도였다. 한눈에 떠돌이 노동자임을 알아본 것일까. 이런 기억과 잔상들이 나중에 포항의 부대 근처 마을과 어우러져 「삼포 가는 길」의 '백화'를 만들어낸다.

이미 한 해 전부터 부안에서 간척공사가 시작된 터였다. 이를테면 지금은 말썽거리가 되어버린 새만금 간척공사의 할아버지뻘쯤 되는 공사였다. 그때는 온 국민이 봄마다 보릿고개를 겪고 식량이 모자라던 형편이라 하구를 막아 갯벌을 기름진 옥토로 만든다던 소리는 그럴듯했다.

대위와 나는 기차로 김제까지 가서 시외버스로 바꿔 타고 동진강과 계화도 간척공사장 사무실이 있다는 돈지 읍내로 갔다. 과연 공사가 한창이었다. 이때의 경험들 역시 내가 제대하고 나서 쓴 중편소설 「객지」에 그대로 녹아들어 있다. 물론 소설에서처럼 노동자들의 본격적이고 조직적인 쟁의와 농성은 없었지만 그 비슷한 일은 일어났다. 지방 공사장에서는 용역에 의하여 조직깡패 비슷한 녀석들을 고용해서 노무자들을 관리하기 마련이었는데 이들과 일반 노동자 사이에 싸움이 일어났던 것이다. 이런 형편은 나중에 보니 광산도 마찬가지였다.

워낙 공사판이 커서 함바의 규모나 식사는 신탄진보다 훨씬 나았지만 일은 매우 고되었다. 그래도 신탄진의 경험 때문인지 나는 어지간한 노동에는 지치지 않았고 하룻밤 자고 나면 새 힘이 솟았다. 우리는 흙과 돌을 나르는 단순한 노동으로 하루를 시작해 저녁에 별 보며 하루를 마쳤다.

나는 거의 도시에서 자란 서울내기였다. 부모들 역시 근대적 교육을 받은 도회지 사람이었다. 내가 어렸을 때 영등포에서 자라면서 어머니가 은근히 노동자의 아이들과의 구별성을 심어주려고 애썼던 것은 그런 이들의 생활을 먼발치에서만 보고 가졌던 편견이었을 것이고, 다른 하나는 스스로 몰락했다거나 뿌리를 뽑혔다거나 하는 생각을 떨쳐버리기 위해서였을 것이다. 당시 나는 스물두 살이었고, 고되게 일하는 삶의 생생함을 배우기 시작하기에 좋은 나이였다. 그것은 도회지와 마을로부터 멀리 떨어진 벽지에서 우리네 산하의 아름다움과 함께 자신을 다시 발견해가는 과정이었을 것이다.

동진강 주변의 드넓은 갈대숲과 개펄에 하얗게 널린 철새의 무리들은 자유롭게 하늘과 바다와 들판 위를 날아가고 또 날아내렸다. 이제 날씨는 완연한 가을이었다. 날일조에서 제방 끝에 나아가 등태를 짊어지거나 삽질을 하다가 허리를 펴면 어느새 하늘과 바다가 갈라진 수평선에 노을이 가득찼고 철새와 갈매기가 아득하게 먼 하늘 속에서 울며 날아왔다. 나는 낯설었던 사람들을 내 가슴 깊숙이 끌어안았다.

어느 날 대위와 나는 몇 달 만에 처음으로 우리가 도착했던 돈지 읍내엘 나갔다. 우리는 조만간 이곳을 뜰 예정이었다. 나는 여기 와서 처음으로 엽서 한 장을 써서 우체통에다 집어넣었다.

추석을 앞두고 우리는 간척공사장을 떠났다. 빚 갚고 몇 푼의 노잣돈도 손에 쥐게 되자 대위는 우물쭈물하더니 천안 집에 들렀다가 다시 일거리를 찾아 나오자고 말했다. 나는 그가 유치장에서 호기 있게 애기할 적엔 전국 각지를 그야말로 무른 메주 밟듯 하면서 돌아다니는 줄 알았더니, 돈이 조금이라도 생기면 집으로 돌아갔다가 다시 길에 나선다는 것을 알게 되었다. 나는 일단 전주에서 대전까지 동행하기로 하고 그와 함께 야간열차를 탔다. 우리는 이른 아침에 대전역에서 내려 부근 설렁탕집에서 아침을 먹은 뒤 헤어졌다. 대위가 자기 집에 들러서 쉬어가겠느냐고 했지만, 나는 그럴 바엔 집으로 돌아가는 게 낫겠다며 남쪽으로 계속 내려가보겠노라고 했다.

*

대위가 천안행 열차를 타고 먼저 떠난 뒤에 나는 대전에서 한밤중까지 기다렸다가 무전여행하던 때처럼 야간 완행열차를 공짜로 탔다. 타고 보니 경부선이었고 그대로 승강구 통로에 쭈그리고 앉아 잠이 들었다. 날이 밝았는데 대구는 도회지라서 역을 빠져나갈 엄두를 내지 못하고 그대로 내친김에 삼량진까지 갈 작정을 했다. 돌이켜보면 경상도 지방은 나와 인연이 많았으면서도 주로 고생을 했던 기억만 많이 남아 있다. 어려서는 대구에서 피난살이를 했고 방랑 시절에는 경남 쪽으로 돌아다녔으며 군대 가서도 주로 이 부근에서 근무를 했다.

삼량진에서 경전선으로 갈아타고 마산 방면으로 우회할 생각을 했는데 당시에 종점이 진주였던 것 같다. 내가 그쪽 방향을 선택한 것은 대위의 영향이 컸다. 그의 방랑 얘기중에 내 마음을 끌었던 것이 계절이 바뀔 때마다 생업이 달라지는 낭만적인 풍경 묘사였다. 이맘때에 농촌으로 찾아가면 먹을 것도 많고 인심도 후할 것 같았다.

추석은 한 열흘쯤 남아 있었다. 이미 밝혔듯이 나는 어느 공업고등학교 야간부를 몇 달 다니고 졸업했는데 동창생 중의 한 녀석의 집이 함안 부근 농촌이었던 것이 생각났다. 주소는 몰랐지만 칠북이란 마을의 초등학교를 나왔다는 얘기를 들었던 터였다. 찾아가서 허탕을 치면 마산으로 되돌아나올 작정을 했다. 마산에서 내려 시외버스를 타고 낙동강 쪽으로 북상했다. 면사무소 앞에 있는 초등학교에 찾아갔는데 늙수그레한 여선생이 친절하게 가르쳐주었다. 터덜터덜 걸어서 그의 집이 있는 마을에 찾아갔을 때는 해가 기울어가는 늦은 오후였다. 내 예상대로 그는 아직 입대 전이었고 집에서 아버지의 농사일을 거들고 있었다. 마당에서 장작을 패고 있던 그는 내가 가까이 다가설 때까지 모르고 있다가 뒤에 가서 툭 치자 깜짝 놀라서 뒤돌아보았다.

"아니 이기 누꼬?" 그는 나보다 키가 작고 약한 몸집이었는데 얼굴도 그을고 제법 건장하게 보였다. 그리 친한 사이는 아니어서 말도 몇마디 주고받은 기억이 없었다. 그래도 시골에까지 찾아온 내가 반가운 눈치였다. 나는 그냥 그맘때의 풍속대로 무전여행중이라고 말했고 그는 내게 정말 속이 없다고 나무랐다. 지금 얼마나 살기가 힘든데 팔자가 좋다고도 말했다. 그러나 저녁 밥상 앞에서 그의 아버지는 나를 정말로 반겼다.

"그렇지 않아도 내사 일꾼을 부를까 하던 참인데 잘되었고마." 추석을 전후해서 벼베기가 어중간하여 날짜를 놓치고 있었다는 것이다. 다 벨 필요는 없고 삼분의 일만 추수하고 나머지는 이삭이 가을 햇볕에 잘 마를 때까지 두었다가 벨 참이라고 했다. 전 같으면 아들의 친구로 찾아온 이를 농사일에 동원하는 게 야박하게 여겨졌을 텐데 농사꾼이 식객에게 노동을 요구하는 것은 당연하게 보였다. 대위를 따라 노동판을 전전하며 나도 이제는 세상살이를 혼자서 헤쳐나갈 정도로 의젓해졌다고나 할까. 예전에 밥술깨나 먹는다는 집에서도 경난經難이라 하여 집안의 아이들이 청소년이 되면 세상 구경을 시킨다고 먼 타향으로 여행을 떠나보냈다지 않는가.

이튿날 날이 밝자마자 잘 갈아둔 낫을 들고 친구와 나, 그의 아버지, 마을 남자 두 사람, 그렇게 다섯이서 논벌로 나갔다. 그야말로 황금벌판이 눈앞에 펼쳐져 바람에 물결치고 있었다. 허리를 굽혀 한 손으로 볏단을 움켜쥐고 비스듬하게 낫으로 베어냈다. 적당한 묶음이 되면 논고랑에 뉘어놓곤 했다. 그런데 막상 일을 하다보니 공사판 일과는 사뭇 달라서 농사일에 전혀 경험이 없는 나는 자꾸만 뒤로 처졌다. 친구와 다른 이들은 낫질에 능숙하여 벌써 저만치 나아가는데 나는 몇 번 베고는 허리가 아파서 잠시 섰다가 다시 굽히곤 했다. 나중에 요령이 생겨서 쭈그리고 오리걸음으로 훑어나가는 식으로 베어냈다.

가을 농촌 인심은 역시 풍족해서 그의 어머니와 여동생이 새참을 내왔다. 참을 먹고 나서 점심때가 금방 찾아왔는데도 배가 너무 고팠다. 점심 광주리가 나왔는데 일을 함께 한 다른 이웃 남자들 가족까지 죄다 나와 들밥을 나눴다.

일이 사흘 만에 끝나자 친구 녀석은 아버지 눈치가 보였는지 어디

놀러가자고 나를 끌어냈다. 근처 무릉산이라는 곳에 제법 풍치 있는 절이 있다고 하여 따라가보니 그저 평범한 산사였다. 주변은 논밭이고 우리나라 어디에나 있음직한 산자락 아래 작은 언덕을 등지고 장춘사라는 절이 있었다. 경내를 이리저리 둘러본 다음 절 아랫마을 어귀에 있는 주막에 걸터앉아서 또 막걸리를 마셨다. 술이 어지간히 올랐는데 누군가 들어오더니 친구 녀석과 알은체를 했다. 얼굴이 하얗고 샌님처럼 얌전해 뵈는, 웅이라는 친구였다. 한잔 들라고 했더니 내일 절에 공사가 있어서 일꾼들 먹일 술을 사러 왔다고 했다.

추석을 사나흘 앞두고 나는 친구 녀석의 집에서 떠나기로 했다. 우선 그의 아버지와 어머니가 일절 나에게 말을 걸어오지 않았고 밥상 앞에서도 녀석까지 고개를 숙이고 묵묵히 밥을 떠먹기만 하는 것이 아무래도 눈치가 보였다. 떠나려 할 때 그의 아버지가 내다보더니 내 배낭 속에 챙겨넣었던 군용 텐트를 가리키며 그걸 주고 갈 수 없겠냐고 물었다. 아마도 나뭇짐이나 곡물 등속을 덮어놓는 데 쓰려는 것 같았다. 말없이 텐트를 꺼내 주었더니 배낭이 푹 쓰러질 정도로 텅 비어버렸다.

녀석은 문 앞으로 열 걸음 남짓 따라 나오는 시늉이더니 우물쭈물 말했다. "멀리 몬 나간다. 마 집에 드가뿌라."

나는 그냥 손을 저어 보이고는 돌아섰다. 살림이 팍팍해서 그렇겠지, 하면서도 그 집 아버지와 아들이 목소리는 시원시원하게 큰데 작은 이해관계에 철저한 것이 못내 마음에 걸렸다.

나는 다시 마산 쪽으로 나와 정처도 없이 진주로 향했다. 하루종일 진주 시내의 이곳저곳을 돌아다니다 남강의 지류인 천변에 있던 허름한 여인숙에서 묵었다. 다음날 다시 시내를 배회하다가 전봇대에 붙은 구인광고를 보게 되었다. '빵'이라고 크게 쓴 글씨가 눈에 띄었다. 일꾼을 구하는데 급료에다 숙식을 제공한다는 내용이었다. 나는 그길로 빵집을 찾아갔다. 당시만 해도 옛 성읍이던 진주 시내가 빤해서 남강 주위의 다리를 건너 오가면 거의가 걸어서 닿을 만한 거리였다. 옥봉 쪽이든가 상봉 방향이든가 하여튼 기억이 가물가물한데 주택가를 벗어난 시장 가까운 곳의 골목 안에 그 집이 있었다. 판자문에 조그맣게 '중앙제빵'이라고 쓴 정사각형의 나무 간판이 붙어 있었다.

문을 밀고 들어가니 막바로 제빵 작업장이었는데 석탄으로 불을 때는 아궁이와 대형 철제 오븐과 가마솥이 두 개 나란히 붙어 있었고, 앞쪽은 채광이 잘되는 일본식 주택의 격자 유리문이 연이어 달렸으며 바깥으로 안마당이 보였다. 아궁이에서 좀 떨어져서 두꺼운 널판자로 짜맞춘 조리대가 있고 그 위에 반죽이 얹혀 있었다. 바닥은 시멘트였는데 곳곳마다 온통 밀가루와 물이 번져서 질척거렸다.

내가 문을 열고 들어섰을 때 여자처럼 타월을 머리에 둘러쓴 남자와 아주머니 두 사람이 작업을 하고 있었다. 커다란 밀가루 반죽 덩어리를 치대고 있던 남자가 기웃거리는 나를 발견하고 크게 외쳤다. "와? 빵 띠갈라 카나?" "아뇨, 사람을 구한다구 그래서……" "서울말 뽀대나네. 니 서울서 왔드나?" "예." "안에 드가바라."

주뼛거리며 작업장을 지나 격자 유리문을 열고 안마당으로 들어섰다. 머리에 수건을 쓰고 몸뻬 차림에 앞치마를 두른 뚱뚱한 아주머니가 수도 앞에서 함지에 뭔가를 씻고 있었다. 일일이 조리로 팥을 일어서 다른 함지에 옮겨담는 동작을 반복하면서 그녀는 오히려 내 말을 기다리는 듯 올려다보기만 했다.

"일할 사람을 구한다구 그래서요.""학생인갑다?""예, 휴학중인데요.""우짜노, 마 앞번에 사람을 썼다 아이가." 그녀는 여전히 나를 빤히 바라보고 있었다. 나는 희미하게 "아, 예······" 중얼거리고는 잠시 섰다가 다시 꾸벅 인사를 하고 돌아섰다. 유리문 앞에 다다랐을 때 뒤에서 그녀의 목소리가 들렸다. "학생아, 나 좀 보그래이." 그녀는 수돗가 앞의 마루에 가서 걸터앉았다. 내가 다시 앞에 가서 서자, "말씨 보이께네 타관서 왔는갑네. 어데 사노?""예, 서울서 왔습니다.""부모님들 다 계시고?" 호구조사가 시작되었다. 나는 홀어머니와 동생 누나들이 있다. 학비 부담을 덜어드리려고 휴학했다. 군대 갔다가 와서 복학하면 된다. 입대 전에 세상 구경하러 친구 집에 왔다가 일거리를 찾게 되었다. 한 육 개월은 충분히 일할 수 있다 등등의 사연을 주저리로 엮어냈다.

그녀는 한숨을 포옥 쉬더니 자기네도 맏아들이 지금 군에 입대했다고 말했다. 며칠 전에 이미 젊은이 하나를 채용했지만 어차피 일손은 지금도 부족하니까 함께 고생해보자는 거였다. 웃으면 눈이 거의 감길 듯하고, 실례의 말씀이지만 건빵 비슷하게 네모난 얼굴의 중앙제빵 여사장님, 아직 살아 계실지. 그녀는 나에게 안으로 들어가자면서 유리문 쪽으로 내 등을 밀었다.

"보소, 이 학생 일 시킬라꼬예." 그녀의 말에 나는 그제야 반죽에 열중하고 있던 타월 뒤집어쓴 아저씨가 그녀의 남편임을 알았다. 그녀는 마당 건너편 담장에 바짝 붙어서 지은 별채로 나를 데려가서는 창호지 바른 미닫이를 열어 보였다. 책상 하나 있고 벽에 붙어서 군용 목침대가 놓였는데 선참자가 차지했는지 담요가 얌전하게 개어져 있었다. 새로 도배한 벽이 깨끗해 보였다.

"이 방을 박군하고 노나 쓰면 될 끼다." 방 옆은 창고였다. 밀가루와 분유 포대가 빼곡히 쌓였고 깡통 쇼트닝이며 낡은 조리기구들이 선반에 정리되어 있었다.

그날은 밀가루 포대를 나른다든가 물통이 비기 전에 수돗가에 나가 양동이로 물을 긷는다든지 오븐에서 나온 빵을 적당히 식혀서 나무상자에 가지런히 넣는다거나 하는 잔일을 도왔다. 일하는 도중에 거래처로 배달을 나갔던 박군이 자전거에 높다랗게 실려 있던 빈 나무상자를 작업장 구석에 쌓아놓고 자전거는 앞마당에 끌어다 세워두고 들어왔다. 그는 나를 힐끔힐끔 쳐다보았다. 아마도 자기 없는 사이에 나타난 내가 마음에 걸리는 모양이었다. 아저씨가 호쾌한 목소리로 말했다. "인사들 해라. 여기는 박군이고…… 니는 성이 머라 카노?" "황입니다."

저녁 무렵이 되자 아낙네 둘은 돌아가고 박군과 내가 남아서 작업장 청소를 했다. 박군은 마당에서 고무호스로 물을 끌어다 시멘트 바닥에 번진 밀가루며 발자국들을 말끔히 지워나갔다. 그리고 조리도구와 함지 등속도 깨끗이 씻어두었다. 우리는 아직은 서로 서먹한 채로 방으로 돌아갔다. 박군은 이 근처 사천에서 왔다고 했다. 그도 군대 가기 전에 적당한 일거리가 없어서 빈둥거리다가 이 집을 찾아왔다는 것이다. 사장 아줌마는 사람이 좋고 수완도 있어서 학교 급식도 여러 군데를 맡았고 형편이 어려운 보육원도 돕고 있다느니, 원래 제빵 기술은 아저씨가 일제 때 부산에서 배웠다는데 제대로 된 큰 제과점을 내는 것이 그의 꿈이라느니, 하지만 지금은 지방에서 재료도 변변히 구할 수 없어서 우유식빵을 조금씩 구워내는데 아직 '인식들이 없어서' 인기가 별로라고 그는 말했다. 이 집에서 내는 물건 중에서 제일 인기가 좋은 것은 역시 속에 팥을 넣은 앙꼬빵이었다.

저녁은 주인아저씨와 한 밥상에서 박군과 함께 먹었다. 주인 내외는 우리를 군대 나간 자기네 아들 같다며 식구처럼 대했다. 나는 아저씨를 도와서 반죽을 하거나 박군과 교대로 배달을 나가기도 했다. 처음에는 빵 상자를 몇 개만 올려놓아도 비틀거렸고 시내 지리를 몰라 헤매기도 했다. 밤에 근처 초등학교 운동장에 빈 나무상자를 잔뜩 쌓은 자전거를 끌고 나가 연습을 하기도 했다.

두어 달 지나서 박군과 나는 아저씨를 일에서 해방시켜드릴 수가 있었다. 아저씨는 강력분 중력분 밀가루와 물, 이스트 가루, 소금, 설탕, 그리고 쇼트닝과 분유를 섞는 기초 배합만을 해주고 손을 뗀다. 그러면 우리가 반시간쯤 반죽하고 나서 따뜻한 오븐에 넣어 부풀리기를 한다음 가스 빼기 반죽을 다시 하는데, 이런 식으로 세 차례를 하다보면 얼굴과 이마에 땀이 흥건해졌다.

사장 아주머니의 일도 우리가 맡았다. 팥을 삶아 으깨어 껍질을 체에 거르고 앙금을 앉혀서 설탕을 섞어 약한 불에 뭉근해질 때까지 오래 끓이면 빵에 넣을 팥소가 완성된다. 크림은 계란 노른자에 설탕과 미제 깡통 마가린을 조금 넣고 오랫동안 걸쭉해질 때까지 휘저어준다. 한겨울이 되자 앙꼬빵이나 크림빵보다는 역시 찐빵과 만두가 잘 나간다고 해서 우리도 그걸 만들자고 했건만 주인 내외는 일손이 너무 많이 든다고 겨울에는 한가하게 한철 쉬는 것도 괜찮지 않겠냐고 오히려 우리를 달랬다.

바람은 좀 불었지만 봄기운이 완연한 3월 초의 일요일에 나는 박군과 함께 촉석루 쪽으로 산보를 나갔다. 우리가 성내를 한 바퀴 돌아서 언덕을 내려오는데 맞은편에서 누군가 걸어오다가 내게 다가와서 담뱃불을 빌렸다. 무심코 담배를 내밀었는데 그가 불을 붙이더니 담배를 돌려주다가 나에게 말을 걸었다. "그전에 칠원 장춘사 놀러온 일 있지요?"

내가 물끄러미 바라보자 그는 먼저 칠북 사는 동창 녀석의 이름을 댔다. 아, 그러고 보니 장춘사 마당에서도 보았고 절 아랫동네 주점에서도 본 적이 있었다. 바로 웅이라는 젊은이였다.

웅이는 진주가 집이었다. 어려서부터 독실한 불교 신자였던 그의 어머니가 절에 불공을 드리고 낳은 아들이었는데, 원래 약하게 태어나 잔병치레가 많았던 그를 스님에게 맡겨 절에서 키우도록 했다. 그래서 그는 어려서는 동승 노릇을 하며 절집에서 자랐다. 웅이는 대학엘 가려고 재수중이라 장춘사에서 입시 준비를 하고 있었다. 박군은 그와 데면데면하게 지냈지만 어쩐지 나하고는 친해졌다. 웅이는 내가 소설을 쓴다는 걸 알고는 용기를 내어 자기가 남몰래 끄적인 시를 내게 보여주었다. 시는 역시 그 나이 또래답게 감상적인 연애시였지만 자연을 노래한 시편들은 절집의 영향이 있어서인지 맑고 성숙했다. 나는 좋은 시라고 칭찬을 해주었는데 입에 발린 말은 아니었다.

웅이는 집에 다니러 올 때마다 중앙제빵으로 나를 찾아오곤 하여 주인 내외도 그를 알게 되었다. 빤한 소도시라 뉘 집 아들인지를 알게 되자, 사장 아주머니가 말을 전해줄라 치면 이랬다. "황군아, 제중당 한의사 집 아아가 왔다 카더라."

내가 장춘사로 웅이를 만나러 간 것은 점심 싸가지고 봄소풍이나 가자는 박군의 청에 의한 것이었다. 그때가 마침 사월 초파일 전이라 절에서는 시주 받고 이름을 적어 절집의 곳곳에 걸어놓을 등을 만드느라고 아낙네들이 모여 부산을 떨었다. 절 마당을 벗어나 지붕이 내려다뵈는 뒷산 언덕바지 풀밭에 나가 앉아 셋이서 점심도 먹고 새참으로 준비한 막걸리도 나누어 마셨다. 우리는 돗자리 깔고 앉아 놀다가 술김에 잠이 들었는데 몸이 오슬거려서 내가 먼저 깨어났다.

바로 그때였다. 뒤늦은 새 한 마리 깃을 찾아 흐느적흐느적 여유만만하게 빈 하늘을 날아 지나가고 해는 막 저물어 박명이 깔리기 직전, 주위가 고즈넉한데 방향이 바뀌기 시작한 소슬한 바람만이 솔잎을 헤적이며 불어오는, 하루중 내가 가장 좋아하는 때, 그때에 일어나 앉아서 물끄러미 저무는 산자락과 들판을 바라보다가 나는 마음을 정한다. '속세를 떠나 출가하자.'

돌아오면서 박군에게는 말하지 않고 웅이에게만 며칠 후에 다시 오겠다고 얘기해두었다. 며칠 후 작업장에서 주인아저씨와 단둘이 있게 되었을 때 입산수도하겠다는 뜻을 밝혔더니 아저씨는 단순하고 호인스런 자기 성격대로 적극 찬성이었다. "좋지러. 나도 처자식만 없었다모 진즉 깎았을 낀데. 세상 이꼴 저꼴 안 보고 을매나 좋겠노."

사장 아주머니에게는 그냥 집에 들어간다고 말해달라 하고 나는 짐을 꾸렸다. 내가 떠난다고 하자 아주머니는 금방 눈시울이 빨개져서 차부 근방에까지 따라왔다. 내 손에 돈을 쥐여주면서 그녀는 말했다. "우짜든지 몸이 건강해야 쓴다. 이거는 느이 어무이 맛난 거 사다드리라."

*

　장춘사에서 만난 대현 스님은 그 절의 주지였는데 눈빛이 날카롭고 얼굴이 흰 중년의 수도승이었다. 그 외에 젊은 객승 두엇이 더 있었지만 뚜렷이 기억에 남은 게 없다. 대현 스님은 웅이의 소개로 절에 머물게 된 나를 찬찬히 관찰하고 있는 듯했다. 나는 누가 시키지 않아도 틈이 나면 보살 할머니를 도와 불쏘시개로 쓸 마른나무의 잔가지 치기를 하러 지게를 지고 산에 올라가 한 짐 그득히 짊어지고 내려오곤 했다. 마침 채소를 돌볼 철이라 절 텃밭에 나가 앉아 김매고 거름 주고 저녁 무렵에는 스님 방에 불려가 얘기를 나누었다. 어째서인지 평생을 돌아보면 나는 윗사람들에게 사랑을 많이 받은 편이었다. 나는 무슨 권모가 있다거나 잘 보이려고 애쓰는 쪽이기보다는 성격이 직선적이고 밝은데다 오히려 버릇없고 거침없는 편이었다. 이러한 꾸밈없는 성격이 오히려 어른들에게는 부담이 없었는지도 모르겠다.

　하루는 스님 방에 들어갔더니 다리를 주물러달라고 했다. 다리를 주물러드리는데 스님이 말을 꺼냈다. "나는 일제 때 먹고살 길이 없어 어린 나이에 중이 되었다. 제일 어려운 것은 전쟁 때에 서로 잘 알던 이들이 죽고 죽던 꼴을 보는 일이었다. 나도 머잖아 이 절을 떠나 선방으로 찾아들 모양인데, 자네 내게 하고 싶은 말이 없는가?"

　아마도 웅이가 출가할 뜻이 있는 내 속내를 대현 스님에게 전했던 모양이었다. 나는 서두르지 않고 대답했다. "오래전부터 마음 닦는 공부를 하고 싶었습니다." "대답이 신통치는 않지만 자네가 원한다면 내 도와줄 수도 있다." "도와주십시오."

그는 동래 범어사로 찾아가라면서 조실이던 하동산 큰스님 앞으로 서찰 한 통을 써주었다. 그는 범어사의 원주 광덕 스님이 자신의 도반이니 그이를 먼저 뵈라고 일렀다.

나는 웅이의 배웅을 받으면서 함안 장춘사를 떠나 부산 동래로 향했다. 그 무렵에는 부산시 외곽의 동래 언저리는 온천 부근만 번화했을 뿐 주위는 온통 들판과 솔밭이었다.

시외버스에서 내리는데 승복 차림의 소년이 먼저 내렸다. 그는 이목구비가 뚜렷하고 수려하게 생긴 미소년이었다. 나는 그의 뒤를 따라서 걷고 있었다. 그가 나를 돌아보더니 물었다. "범어사에 가세요?" "예, 스님은 거기 계시나요?" "네…… 그런데 무슨 일로 가세요?"

나는 잠시 망설이다가 대답했다. "출가하려구요." 소년 승려는 별로 놀라지 않았다. "많이들 오십니다. 그렇지만 받아들이는 분은 그리 많지 않습니다." "왜 그렇죠?" 소년승은 당연하게 말했다. "인연이 없어서요."

우리는 드디어 금정산으로 오르는 솔숲 사이에 들어섰다. 일주문을 지나고 범어사 사찰 경내에 들어서자 소년 스님은 자세를 가다듬고 대웅전을 향하여 합장배례했다. 머뭇거리는 나에게 그가 일러주었다. "저기 가서 만나실 분을 신청하십시오."

나는 그에게 목례를 하고 사무실처럼 보이는 곳으로 가서 기웃거렸다. 회색 승복을 입었지만 머리를 기른 남자가 의자에 앉아 있었다. 광덕 스님을 뵈러 왔다고 하자, 어디서 왔냐고 물었다. 함안 장춘사의 대현 스님이 보내서 왔다고 대답하니, 이번에는 안쪽에서 젊은 스님이 내다보고는 자기를 따라오란다. 그가 접견실로 보이는 방안에 나를 남겨두고 간 후 얼마쯤 기다리니 키가 후리후리하고 마른 중년의 스님이 들어섰다. 첫눈에도 그는 지식인풍의 칼칼한 인상이었는데 눈매가 부드럽고 웃음을 머금은 듯한 얼굴이었다.

"나를 찾아오셨다구?"

그가 고광덕 스님이다. 하동산 큰스님의 제자이면서 한국대학생불교연합회를 이끌었고 나중에 『불광』이라는 불교잡지의 발행인도 했다. 그는 세월이 오래 흐른 뒤에 내가 감옥에서 석방된 이듬해 입적했다. 그동안 그에 관한 소식은 간간이 듣고 있었지만 그 시절 이후 굳이 찾아가 만나거나 수소문했던 적은 없다.

광덕 스님 얘기가 나와서 말인데, 외가가 모두 기독교 집안이던 어머니는 불교 쪽 얘기가 나오면 광덕 스님의 예를 들곤 했다. 종교란 서로 가는 길이 조금씩 다를 뿐 결국은 모두 사람을 위해서 있다는 것이 그녀의 지론이었다.

나는 대현에게서 받은 서찰을 그에게 내밀었다. 그는 잠잠히 앉았다가 서두를 뗐다. "출가를 원한다고 아무나 받아주지는 않아요. 이 서찰은 갖고 있다가 큰스님 뵈올 때 직접 드리시오."

내 기억에는 그가 한 번도 어려운 설법을 하거나 관념적인 이야기를 입에 올리는 것을 보지 못했다. 그건 다른 선원의 스님들도 마찬가지였는데 물론 신도들에게는 책자에 나오는 대로 그 비슷한 이야기들을 많이 했다.

신도들이나 손님이 오면 묵는 방에 안내되었다. 저녁 밥때가 되어 행자승들이 차례로 들여다보고 가더니 공양을 맡은 이가 들어와 밥상을 놓고 내 앞에 합장을 하며 앉았다. "왜 출가하려고 해요?" "글쎄요,

저도 모르겠네요." 나는 짐짓 건성으로 대답했다. 그의 태도에서, 밥 주면서 초짜를 한번 건드려보자는 느낌을 받았던 것이다.

"자아를 찾기를 원합니까?" 이거야말로 책깨나 읽은 소크라테스 시늉이 아닌가. "갈 데가 없어서 왔습니다." 그건 진심이었다. 나는 대답을 해놓고 나서 말하는 법에 대해서 잠시 생각했다. 이건 우리 친구들끼리 은연중에 약속한 것처럼 '돌려서 말하기'와는 다른 방법으로 하는 말이다. 단순하게 진실을 표현하기는 대단히 어렵다. 그러나 진실이야말로 복잡하지 않다.

밥상을 물리니 곧 취침시간이었다. 새벽에 예불 소리가 들렸지만 나는 일어나지 않았다. 누군가 와서 일어나라고 깨워서야 못 이기는 척 일어나 세수하고 들여준 아침 밥상을 끌어다 먹었다.

광덕이 따로 조용한 곳에 있는 동산 스님의 처소로 나를 데려갔다. 그는 밖에 서서 나에게 발이 쳐진 마루를 가리키며 들어가보라고 일렀다. 동승이 나와서 합장하고는 발을 쳐들며 내게 들어오라고 했다. 나는 마루 끝에 앉았고 동승이 미닫이를 열었다. 방 안쪽에 동산 스님이 앉아 있었다. 그가 누군가. 경허, 용성, 전강처럼 큰스님이다. 나는 행자가 나에게 했던 것을 배워서 삼배를 올렸다. 그리고 서신을 올렸다. 어린아이처럼 곱게 늙은 스님은 슬쩍 보고는 편지를 밀어놓고 내게 물었다. "그래 이 집에 있으면 얼마나 있을라고 그러는고……?"

나는 대답도 못하고 그냥 고개 숙여 묵묵히 앉았을 뿐이었다. 노승도 침묵. 다시 질하고 나오기 전에 한말씀 올렸다. "갈 데가 없으면 쭉 있겠습니다."

그것이 아마도 면접의 방식이었던 것 같다. 밖으로 나오니 광덕이 내게 물었다. "스님께서 뭐라십디까?" "이 집에 있으면 얼마나 있겠냐고 그러시든데요." 광덕은 더이상 묻지도 않고 내 대답은 듣지도 않았다. 결국은 있으라는 말이 아니었던가. 나는 다시 객방으로 돌아갔고 하룻밤을 더 묵었다.

아침밥을 먹은 뒤에 다시 다른 스님이 찾아오더니 짐 갖고 밖으로 나오란다. 그는 아무 설명도 없이 부지런히 앞장서서 걸어갔고 나도 수걱수걱 가방 들고 따라갔다. 그는 돌계단을 내려가 경내로 들어오는 소나무 우거진 길 위에 세워놓더니 나에게 일렀다. "여기서 기다리면 어떤 스님이 와서 데려갈 거요. 그이를 따라가세요."

나는 한참이나 기다리다가 돌계단에 쭈그리고 앉았다. 새들이 높다란 나무 위에서 이 가지 저 가지로 날아다니며 요란하게 우짖었다. 어디선가 가깝게, 놀러온 듯한 젊은이들의 목소리가 들렸고 여자의 웃음소리도 들렸다. 어느 젊은이가 투명한 테너 음성으로 노래를 부르기 시작했다.

내 놀던 옛 동산에 오늘 와 다시 서니
산천의구란 말 옛 시인의 허사로고
예 섰던 그 큰 소나무 버혀지고 없고녀

범어사 소나무숲에서 듣던 그 노랫소리는 이후 내가 소설에서 몇 번 묘사를 해보았던 대목이다. 늘 범상하게 들어넘기던 노랫말이 부처님 법문처럼 가슴을 찔렀다. 돌계단으로 웬 중년 스님 하나가 바랑을 짊어지고 머리에 밀짚모 쓴 차림새로 슬슬 내려왔다. 그가 나를 내려다보았고 나도 주춤거리며 일어나 가방을 집어들었다.

"광덕 스님 아시는 분인가?" 그의 말에 나는 얼른 그렇다고 대답했다. "따라오슈. 참 무슨 생각으루 당신을 내게 붙여주었는가 모르겠네."

그의 법명도 잊어버렸다. 그러나 이제 와 생각해보면 그도 녹록지 않은 선승이었음이 틀림없다.

"댁에를 보낼 데가 없다구 나더러 데려가라는데 우리 절은 코딱지만한 암자요. 형편이 어려워서 오래 데리고 있을 수는 없어요."

시외버스에 흔들리며 울산 방향으로 몇 시간을 달렸다. 버스에서 내려 바닷가를 따라가는 오솔길을 수십 리나 걸어가 당도한 곳은 서너 칸짜리 법당 건물 한 채에 거처할 방까지 딸린 오막살이 암자였다. 그래도 들여다보니 불상은 한 분 모셔놓았고 법당 옆에 부엌과 방이 붙어 있었다. 방바닥에는 몇 년이나 묵었는지 모를 거친 멍석이 깔려 있었다. 바위 절벽이 지척이라 암벽을 때리는 세찬 파도 소리에 처음에는 귀가 멍멍할 지경이었다.

나를 데려간 스님은 절을 오래 비워두었으니 대청소를 해야 한다며 법당 걸레질부터 시켰다. 초등학교 시절에 청소하던 기억대로 걸레를 마루에 대고 엎드려 오락가락하면서 먼지를 닦아냈다. 스님은 계속 아궁이에 불을 때라, 밥을 해라 시키더니 바랑에서 알루미늄 도시락을 끄집어냈다. 아마도 범어사 주방에서나 얻어왔을 성싶은 고구마순 나물, 김치, 무짠지 등속이 도시락 안에 가득 들어 있었다. 한밤중에 촛불을 켜고 밥 한 그릇씩 퍼놓고 꿀맛 같은 저녁밥을 먹었다.

단칸방인 줄 알았더니 부처님 모셔놓은 법당 마루를 지나자 왼편에 길쭉하고 비좁은 변소 같은 토방이 하나 딸려 있었다. 바닥에 그냥 흙을 바른 방인데 오래되어 꺼풀이 일어난 멍석 한 장이 깔려 있었다. 파도 소리에 잠을 못 이루고 눈을 붙이는 둥 마는 둥 하고 있었는데 문이 벌컥 열리면서 호통 소리가 들려왔다. "이런 밥버러지 같은 놈을 보았나. 부처님께 귀의하겠다는 놈이 예불시간도 모르고 처자빠져 자느냐!" 이런 놈은 맞아야 한다며 스님은 누워 있던 나에게 발길질을 했다. 나는 벌떡 일어났고 손을 휘저어 연신 막으면서 법당을 지나 마당으로 도망을 쳤다.

"허, 저놈 봐라. 당장 나가거라!" 그는 기다렸다는 듯 방안에 있던 내 옷가지와 가방을 사정없이 마당으로 내던졌다. 나는 허둥지둥 신발을 신고 가방을 집어들고 막상 어둠 속에서 어디로 가야 할지를 몰라 서성거리고 있었다. 스님은 알은체 않고 곧바로 법당에 앉아 목탁을 때리며 예불을 올리기 시작했다.

한참이나 서 있다가 나는 길을 더듬어 바닷가 오솔길을 되짚어 나오기 시작했다. 비틀대며 걷는 사이에 먼동이 텄다. 저절로 눈물이 솟더니 뺨을 타고 흘러내리기 시작했다. "개놈으 새끼, 땡초 같은 중놈이……"

옛 선사들 얘기에 남의 절에 심부름을 갔다가 공연한 매를 맞은 젊은 중이 스승에게 하소연하자 "그들이 너를 위해 열심히 애쓴 것을 너는 아직도 모르느냐"고 꾸중만 들었다는 얘기도 있다. 나는 나중에 행자가 되고 나서야 새로 찾아온 출가 희망자를 이렇게 사방으로 헛바퀴 돌리는 일이 일종의 통과의례라는 것을 알게 되었다.

걷다가 타다가 하면서 겨우 범어사 입구 제자리로 돌아오니 이미 끼니때가 넘은 저녁 무렵이었다. 입구의 가게에 걸터앉아 빵과 음료수로 허기를 채우고 기진맥진하여 산문에 들어서니 누구 하나 알은체하는 이가 없었다. 대웅전 앞 텅 빈 마당에 사람의 자취가 없는데 자세히 살피니 저쪽 요사채 툇마루에 낯익은 소년 스님이 앉아 있었다. 그는 내가 범어사를 찾아올 때 버스에서 내려 십여 리 길을 함께 걸어오며 이야기를 나눈 미소년이었다. 속세로 치면 고등학교 1학년생쯤이나 되어 보였다. 지금쯤은 한 소식 하고 큰스님이 되어 있을지.

나는 마루에 가서 그의 곁에 털썩 주저앉았다. 그는 내가 멀리까지 다녀온 것을 몰랐던 모양이다. 사나운 스님에게 내쫓겨 되돌아왔다는 내 얘기를 듣고는 빙긋이 웃었다. "경내에 들려면 저어 일주문에서부터 여기까지 문이 셋이지요?"

나는 어쩐지 대뜸 그 말을 이해했다. "스님은 어떻게 해서 출가를 했나요?" 물었더니 소년이 아무렇지도 않게 대답했다. "밥 먹을 데가 없어서 찾아왔지요."

그날 밤은 다시 객방을 찾아가 새우잠을 잤다. 아침부터 객을 담당한 스님이 툴툴거리며 이리저리 알아보러 다니더니 밥 먹고 다시 돌계단 아래 나가서 기다리고 있으라 했다. 나는 하는 수 없이 어제처럼 기다리고 있는데 그날따라 어떻게 된 일인지 출입하는 스님들이 한두 사람이 아니었다. 내가 빤히 바라보면 그들도 빤히 보고는 그냥 지나쳤다. 그렇다고 내 쪽에서 먼저 "저를 찾으십니까?" 할 수도 없는 노릇이었다.

점심때도 그냥 지나가버리고 밥도 쫄쫄 굶은 채로 이제나저제나 하며 기다리다가 황혼 무렵이 되었다. 그러나 아무도 내다보기는커녕 출입하는 스님들도 말 붙이는 이가 하나도 없었다. 초여름이지만 밥때를 넘기자 어둑어둑해졌는데 웬 늙수그레한 스님이 더듬더듬 계단을 내려오다가 문득 나를 발견하고는 놀라서 크게 헛기침을 했다. "큼큼, 아이고 깜짝 놀랐네, 게 누고?"

내가 말없이 인사만 했더니 스님이 잠시 섰다가 이랬다. "이 절 원주가 내보고 중질 갈키라고 당부한 중생이 아이가. 따라오니라 나무관세음보살……" 스님은 휘적휘적 앞서서 걸었다.

다시 스님과 함께 십리 길 신작로를 걸어나와 야간 시외버스를 타고 부산 시내로 들어섰다. 스님은 아무 말도 없이 인파를 뚫고 그냥 앞장서서 걷는데 늙은이가 어찌나 걸음이 빠른지 그의 옷자락만 바라보며 놓치지 않으려고 빠르게 걷다보니 처음엔 그곳이 부산진역 광장인지도 몰랐다. 대합실에 들어서고 나서야 역인 줄 알고는 두리번거리며 사방을 둘러보았다.

스님이 먼저 빈 의자에 가서 털썩 앉더니 제 옆자리를 손바닥으로 때리며 앉아보라는 시늉을 했다. 나도 궁둥이를 안으로 깊숙이 들이밀며 털썩 주저앉았다. 그제야 점심 저녁을 모두 굶은 허기와 목마름이 한꺼번에 몰려왔다.

"저기 매점에 가서 음료수라도 쫌 사온나, 돈 있제?" 아 예, 어쩌구 입속말로 중얼거리며 얼른 달려가서 사이다 두 병을 사가지고 돌아왔다. 그에게 한 병 내밀고 나도 한 모금 마시는데 빈속에 찌르르한 탄산음료가 들어가니 속이 더 쓰린 것 같았다. 스님은 사이다 몇 모금을 아주 달게 마시고는 숨을 돌린 모양이다. "니 머할라꼬 중이 될라 카나. 저 바라, 중생들이 얼매나 많노. 다 제가끔 살게 돼 있는 기라."

나는 이럴 때 스님에게 무슨 대꾸를 하는 것이 손해라는 걸 아는지라 그냥 땅바닥만 내려다보았다.

"마 때리치아고 집에 가뿌라." 스님은 사이다를 반쯤 마시고는 일어나 빈 의자 위에다 놓았다. "내 가서 표 사올란다. 여 꼼짝 말고 있그라이." 그러고는 인파 속으로 휘적휘적 걸어갔다.

그런데 한번 간 중은 다시 돌아올 줄을 몰랐다. 한 시간 가까이 지나서야 의심이 더럭 생겨났다. 나는 얼른 일어나 매표구에 여러 갈래로 열 지어 서 있는 사람들의 사이를 비집고 다니며 혹시 어디에 중의 도포 자락이 보이지 않는가 살폈다. 그러나 난데없는 수십 명의 휴가병들만 모여 있을 뿐이었다. 다른 방향의 대합실에도 가보았지만 스님은 어느 곳에도 보이지 않았다.

나는 그야말로 끈 떨어진 호리병 꼬락서니가 되어 대합실 나무의자로 돌아왔다. 그제야 기차시간에 대려고 부지런히 뛰어가거나 누구와 만났는지 서로 웃으며 반가워하는 사람들을 물끄러미 바라보기 시작했다. 누구에게나 기다리는 사람들과 목적지가 있는데 나는 방금 그런 따위들을 모조리 잃어버렸다. 어디로 가야 하나. 어디 가서 스님의 암자를 찾는단 말인가. 이제 또다시 밥도 안 주는 범어사로 찾아가 문 앞에서 하염없이 누군가를 기다려야 하나. 정말 다 때려치우고 집으로 돌아갈까.

우선 무엇보다도 뭔가 먹어야겠다고 생각했다. 광장을 가로질러 길 건너편의 식당 골목으로 가서 국밥 한 그릇을 사 먹었다. 국물까지 남김없이 비우고 나자 이제는 슬슬 눈꺼풀이 내려오면서 졸리기 시작했다.

다시 역 광장으로 나왔지만 정처 없는 발길이었다. 늙은 너구리 같은 중이 나를 떼어놓으려고 처음부터 작정을 하고 있었다는 생각이 들자 광덕 스님에게까지 원망의 마음이 일어났다. 땡초들이 아주 날 골탕 먹이기로 작당을 한 게 아닌가.

누군가 얼굴을 가까이 들이밀며 나직하게 속삭였다. "놀다 가이소." 주름이 조글조글한 아줌마가 웃는 얼굴로 서 있었다.

"노는 건 둘째 치고 졸려 죽겠시다. 어디 잠잘 방에나 데려다주쇼."
"조용하고 깨끗한 하숙이 있심더." 역시 사창가 골목이 역에서 멀지 않았다. 취객들과 군복쟁이들이 이리저리 복잡하게 이어진 골목의 곳곳에 보였다. 여자들은 거의 속옷 바람이었다. 뚜쟁이 아줌마는 나를 어느 빈방에 데려다놓고 돈을 미리 받았다. "신발은 안에 들여노소."

비닐 장판 위에 캐시밀론 이불 한 채와 더러운 베개가 놓여 있었다. 나는 문의 걸쇠를 안으로 걸고 자리에 누웠다. 바로 좌우의 방에서 키득거리는 소리며 신음 소리가 들리는 것이 동시에 일판을 벌이는 모양이었다. 나는 몇 번이나 엎치락뒤치락하며 못내 잠을 이룰 수가 없었다. 통금이 해제된 새벽 네시가 넘어서야 이 지옥 같은 동네도 제법 조용해졌다. 겨우 잠이 들었다가 요란한 라디오 음악 소리에 잠이 깼는데 거의 아홉시가 다 되어 있었다.

나는 골목을 빠져나와 큰길로 나섰고 방향도 모르고 걷다보니 국제시장 어귀에 이르렀다. 순대국밥 한 그릇 사 먹고 다시 걷다가 이발소를 보자 문득 어떤 생각이 스쳤다. 이른 시간이라 손님이 한 사람도 보이지 않았고 주인아저씨는 신문에 코를 박고 있고 면도사 아가씨만 반겼다.

내가 의자에 가서 앉으니 주인이 물었다. "우찌 깎을랍니꺼?" "박박 밀어주세요." "박박…… 배코로 치라꼬요?" "하여튼 바리캉으루 확 밀어버려요." "후회할 낀데…… 군대 나갑니꺼?"

나는 설명하기 귀찮아서 그렇다고 고개를 끄덕였다. "아, 그라믄 깎는 게 낫소. 마음도 정리가 되고." 그는 훈련소 이발병들이 신병들 괴롭히려고 바리캉을 머리카락에 물린 채로 잡아뜯는다는 얘기를 늘어놓기 시작했다. 머리 한복판을 이발기가 쳐올라가자 제법 길었던 머리털이 얼굴로 흐트러져내렸다. 머리를 스님처럼 박박 밀고 면도까지 말짱하게 하고 나서니 한결 시원하기는 했지만 인상이 별로 좋아 보일 것 같지는 않았다.

시외버스 타고 십여 리 길을 걸어서 범어사 일주문을 지나 경내로 들어갔다. 처음 찾아오던 날처럼 접견실로 찾아가니 먼젓번 당직 서던 그 스님이 내다보고 밖으로 나왔다.

"오늘은 광덕 스님을 꼭 뵈어야 하겠습니다." "어제 그 스님하구 같이 안 갔어요?" "역에서 저를 남겨놓고 어디로 사라졌습니다."

저희끼리 한통속이라고 편을 든다. "그럴 리가 있나. 광덕 스님은 안 계시구요. 하여튼 이번에는 단단히 의논을 합시다." 오늘 모임이 있어서 범어사 말사와 암자의 주지 스님들이 들어오실 모양이니 그중에 누군가를 붙잡고 늘어져서 따라가라는 얘기였다.

그날은 돌계단 아래에서 기다리지 않고 아예 접견실에서 기다렸다. 아침부터 스님들이 하나둘씩 나타나더니 점심 공양이 끝나고 한참 지나서야 모임이 파하여 몰려나왔다. 나를 딱하게 생각했던지, 그것도 아마 광덕 스님의 꾀였겠지만 당직 스님이 나를 데리고 어느 체격이 건장한 스님에게로 갔다. 그는 방금 신을 꿰고 섬돌에서 몸을 일으키던 순간이었다.

"스님, 이 사람 좀 데려가세요. 원주 스님이 당부하셨는데요." "뭐 시라, 내는 그런 얘기 못 들었는데." 저희끼리 한쪽으로 가서 한참이나 속삭이더니 당직 스님이 나에게 손짓을 하며 나직하게 말했다. "어서 따라가요. 스님이 쫓아내두 그냥 거기 붙어 있으슈."

남방에 모직 바지 차림이었지만 머리는 완전 삭발이라 전보다는 스님들 보기에 나았던 모양이다. 내가 그의 두어 걸음 뒤에 따라가는데도 그는 몇 번 돌아보았을 뿐 아무런 말이 없었다.

당도한 곳은 수련과 계율이 엄격하기로 소문난 선원인 해운대의 '금강원'이었다. 젊고 패기 찬 젊은 승려들이 용맹정진하고 있었고 행자들 중에도 빠릿빠릿한 이들은 이곳 과정을 거쳐서 해인사로 가서 계를 받는다고 했다. 나는 그런 사정들을 나중에야 듣고서 알았다. 범어사에서 가깝고 경내가 조용하고 엄숙한 것이 어쩐지 긴장이 되었다. 주지인 원장 스님은 나를 마당에 세워두고 어느 스님을 불러서 말했다. "저 옷부터 좀 갈아입히라. 새로 온 행자니라." 드디어 거처가 정해지는 순간이었다.

나는 요사채의 행자들 방에 들어가 회색 바지저고리로 갈아입었다. 그날부터 다른 행자와 함께 경내와 마당 전체를 청소하는 직임이 주어졌다. 행자들을 단속하고 공양이며 제반 생활을 맡아보는 스님이 나를 불러다가 면접을 했다. 그는 주의사항을 전달하고는 시민증이 있느냐면서 이름을 물었고 내가 속명을 댔다. 그가 몇 가지 기록을 하다가 말했다. "수영 행자라 부르면 되겠구먼. 닦을 수修 길 영永." 내 이름의 한 자만 바꾼 꼴이었다. 그는 그렇게 적어두었다. 나는 어쩐지 글자를 바꾼 나의 행자명이 마음에 들었다.

목련에서부터 시작하여 개나리 진달래 그리고 불두화와 등꽃까지 피고 지니 어느덧 초여름에 접어들었다. 나는 텃밭에 남새 농사를 짓는 일에 재미를 붙였다. 그리고 하루 세끼의 공양의식에 참례하여 육신을 살리는 일들을 배워나갔다. 새벽부터 일어나 법당부터 시작하여 온 경내의 마루와 방을 걸레질하고, 마당과 일주문까지의 주위를 대빗자루로 깨끗이 쓸어내는 동안에 날이 밝아왔다. 낙엽이 떨어지는 가을과 눈 내리는 겨울철이 가장 힘들었다. 그래도 소복이 내린 함박눈의 눈밭 사이로 그 누군가가 걸어올 오솔길을 깨끗이 쓸어내고 나면 마음이 차분하고 겸손하게 가라앉았다. 나는 동안거에 들어간 스님들의 옷가지도 솔선하여 걷어다가 세탁했다. 스님들은 모두 목기로 만든 자신의 발우를 보자기에 싸서 대중방 선반에 올려두고 있었는데 공양 때에는 그것들을 펼쳐놓고 모두 벽을 등지고 일렬로 늘어앉는다. 제일 먼저 물을 받아 그릇을 씻고 밥과 국과 찬을 자기 먹을 만큼만 덜어내어 각자의 목기에 담아 공양한다. 국은 언제나 채소 된장국이고 찬은 나물 두 가지에 김치다. 행사가 있거나 특별한 날에는 참기름 냄새가 나는 전붙이나 튀김도 나온다. 식사를 끝내면 남은 음식물을 모두 제 뱃속으로 버린 다음에 물을 받아서 남겨둔 김치쪽을 젓가락으로 집어서 밥풀이며 음식 찌꺼기들을 말끔히 닦아내고 그 물을 마신다. 그리고 다시 맑은 물을 받아 헹구어 마신 다음에 마른 수건으로 물기를 깨끗이 닦아서 보자기에 싼다.

아직은 주방일은 내게 차례가 오지 않았다. 청소와 잔심부름이 내가 할 일들이었다. 몇 달이 지나면서부터 스님들은 내게 시내로 나가는 심부름을 시키기 시작했다. 우편물을 부치는 일에서부터 신도 집에 가서 전갈을 주고 받아오기 또는 신도들의 기도나 법회가 있을 적마다 여러 가지 물품을 사오는 일도 했다. 스님을 따라 나갈 때도 있었고 혼자 다녀오는 때도 많았다. 심부름을 갈 때면 스님들은 필요한 돈 이외에 내 용돈을 얼마씩 더 얹어주곤 했다.

그런 생활이 육 개월가량 되었을 때였다. 그날도 심부름할 일이 생겨서 오랜만에 부산 중심가로 나갔다. 일을 끝내고 보니 아직도 저녁까지는 많은 시간이 남은 정오 무렵이었다. 나는 골목에 있는 허름한 중국집으로 들어가서 짜장면을 시켰다. 아직은 행자였지만 승복 차림으로 앉아 짜장면 한 그릇을 후딱 해치우고 밖으로 나왔다. 그래도 시간 여유가 있는지라 두리번거리며 전봇대나 빈 담벽마다 붙어 있는 영화관의 포스터들을 훑어보다가 드디어 하나를 선택했다. 〈오케스트라의 소녀〉라는 흑백영화였는데 실직한 트롬본 연주자인 아버지와 함께 사는 어린 소녀가 주인공이었다. 소녀는 청아한 소프라노 가수 지망자였는데 해고당한 아버지의 친구 연주자들을 끌어모아 교향악단을 만들어 유명한 스토코프스키가 지휘를 맡도록 한다는 내용이었다. 마지막 장면에 소녀가 노래를 하고 지휘자가 열정적인 동작으로 머리카락을 날리며 지휘봉을 휘두르던 것이 생각난다.

인파에 밀려서 극장 밖으로 나오는데 누군가 내 등을 끌어당겨 돌려세웠다. "너 수영이 아니냐?" 얼른 돌아보니 아뿔싸, 큰매형의 친구였다. 상업대학을 나와 은행에 다닌다는 사람이었는데 가끔 우리집에 놀러오곤 했다. 나는 얼른 고개만 숙여 보이고는 그대로 달아나려 했지만 그가 내 한쪽 손목을 그러쥐고는 연이어 물었다. "지금 어디 있니? 느이 집에서 어머니와 매형이 얼마나 찾고 있는 줄 알아?"

나는 얼른 둘러댄다고 이렇게 말했다. "진주에 있어요." "진주?" 내가 손목을 뿌리치고 인파 속으로 달아나자 그는 더이상 나를 따라오지 않았다. 나는 잠깐 어머니 생각을 했다가는 한숨 한번 깊이 내쉬고 털어버렸다. 그러고는 엉뚱하게 진주라고 대답하기를 잘했다고 스스로 안심했다. 어리석게도 지난 추석 무렵에 진주에서 엽서 한 장을 집으로 보낸 일을 까맣게 잊고 있었던 것이다.

그로부터 한 달포쯤 지난 아침이었다. 나는 언제나 그랬듯이 마당에 떨어지기 시작한 낙엽을 대빗자루로 쓸고 있었다. 스님 한 분이 내 등 뒤로 다가와 가만히 말했다. "저어 밖에 누군가 잘 아는 이가 찾아왔대요. 나가서 만나봐요."

나는 고개를 몇 번 갸우뚱해보고는 내키지 않는 걸음으로 절 밖으로 나갔다. 길 양편에 소나무가 높다랗게 서 있고 일주문을 나서면 솔숲이 이어진 길 끝에 절 앞 상가가 나왔다. 지금처럼 혼잡하게 술집이며 식당을 사찰 인근에 버젓하게 벌여놓지는 않았지만, 기념품 가게라고 하여 목탁이니 지팡이니 부채니 각종 조잡한 솜씨의 수공예품과 절이며 산 이름이 새겨진 수건 등속을 팔았다. 일주문에서 곧게 뻗어나간 길이 삼거리와 만나게 되어 있던 그 맞은편 상가 앞에 어디서 많이 본 듯한 이가 서 있었다. 그 모습은 마치 봄날의 아지랑이 저편, 또는 가랑비 내리는 날 유리창 너머로 내다보다가 아는 사람에게서 느끼던 그 흐릿한 낯익음이었다.

어머니는 모직 한복 위에 카디건을 걸친 차림이었다. 나는 잠깐 멈추었다가 빠른 걸음이 되었다. 어머니가 상가 앞에서 마주 뛰어왔다. 영화에서처럼 극적으로 부둥켜안지는 않았지만 그녀는 내 옆으로 다가서며 어깨를 한 팔로 감싸안고 말했다. "집에 가자!"

나는 상가 앞을 지나쳐서 그대로 어머니와 함께 한길로 내려갔다.

"널 찾느라구 경상남도 땅을 보름이나 헤맸단다. 너 이젠 나하구 집으로 갈 거지?"

나는 그제야 눈물범벅이 되며 대답했다. "예, 집으로 가요."

버스를 타러 한길을 따라 내려가는데 누군가 우리의 뒤를 줄곧 따라오는 것 같았다. 돌아보니 뜻밖에도 장춘사의 웅이가 어머니와 동행이었던 것이다.

"니가 여긴 웬일이냐?" 내가 물었더니 웅이는 빙그레 웃기만 하고 어머니가 말했다. "저 학생이 없었으면 널 찾을 엄두도 못 냈을 거다."

큰형님의 친구가 와서 부산에서 나를 만났다는 얘기를 하면서 진주 근방에 있다더라는 말을 전했을 때, 어머니는 대번에 진주에서 보냈던 내 엽서를 떠올렸다. 내가 주소를 자세히 쓰지는 않고 번지만을 적었지만 어머니는 '중앙제빵'을 용케 찾아냈다.

사장 아주머니는 나를 잊지 않고 있었다. 내가 떠난 뒤에 남편으로부터 내가 출가한다는 말을 전해듣고 나의 모친을 떠올리며 안타깝게 생각했다고 한다. 그녀는 어머니에게 제중당 한의원 아들 얘기를 해주면서 자기가 직접 제중당에 가서 웅이가 있다는 함안의 절 이름을 알아왔다.

어머니는 장춘사로 웅이를 찾아갔다. 역시 내가 부산 동래의 범어사로 갔다는 말을 들었고 그애를 데리고 나를 찾아나선 것이다. 처음에 웅이를 시켜서 절에 가서 알아보게 했더니 스님들은 서로 모른 체하면서 어느 절에 있는지 가르쳐주지를 않더란다. 스님이 되겠다며 찾아와 잠깐 머문 적은 있지만 지금 어느 절로 누구를 따라갔는지는 모른다는 것이었다.

웅이와 어머니는 부산 인근의 절을 뒤지며 다녔다. 그러다가 어느 스님에게서 '행자가 되어 있다면 아마도 범어사 부근에 있을 것'이라는 귀띔을 받았다. 어머니는 단단히 결심을 하고서 다시 범어사로 찾아가 접견실에서 눈물바람을 하며 아들의 행방을 물었다. 드디어 광덕 스님이 나타났다. "이미 부처님 자식이 되려고 들어온 사람을 왜 찾으십니까?" 그의 첫마디였다. 어머니는 다시 눈물을 보이며 하소한다. 나는 남편을 일찍 보낸 홀어미인데 그것이 하나밖에 없는 자식이다. 그리고 나는 부모 때부터 기독교인이다. 예수님이나 부처님이나 가르침은 조금 다를지 몰라도 세상사를 가엾게 여기는 일은 같을 것이다. 더구나 내 자식은 가출했고 한 번도 어미의 의사를 물은 적도 없다고 절절히 얘기했다.

광덕 스님은 묵묵히 듣고 앉았더니 내가 집에서 가출했다는 얘기를 듣자 고개를 끄덕였다. 그러곤 조용히 말했다. "그러면 이렇게 하십시다. 한번 만나는 보십시오. 만나보고 그 사람이 어머니를 따라가면 어머니 자식이고, 다시 우리 절로 돌아온다면 부처님 자식이니 그뒤에는 다시 찾지 마시기 바랍니다."

물론 이런 사정은 나중에 들어서 알게 되었는데, 차라리 절로 다시 돌아갈걸, 하는 후회도 있었지만 내가 시정으로 돌아와 글쟁이가 되어버린 결말은 그야말로 팔자소관이 아니겠는가.

어머니는 우선 나를 데리고 국제시장으로 가서 사복을 사서 입혔다. 아마도 승복을 그대로 입혀두었다가는 내가 다시 절집으로 돌아갈까 염려했던 듯싶다. 부산진역 앞에서 우리는 점심을 먹으러 한식당에 들어갔는데 내가 비빔밥을 시키자 웅이 학생에게 한턱을 내야 한다며 어머니가 불고기를 시켰다. 절에 있을 때는 어쩌다 밖에 나오면 냄새만 맡아도 느끼하더니 불판 가녘으로 흘러내린 육수가 너무나 맛있어서 웅이와 다투어가며 먹던 기억이 난다.

밤 기차를 타고 서울로 올라오다가 곤하게 잠든 어머니의 전 같지 않은 얼굴을 보고 마음이 아팠다. 나는 승강구에 나가 담배 한 대를 피워물고 가끔씩 철로의 연결점에 쇠바퀴가 걸리는 규칙적인 소리를 듣고 있었다. 철로를 달리면서 쇠바퀴가 걸리는 소리는 '타카다 타, 타카다 타……' 하는 소리의 연속이다. 철교를 지날 때는 밑이 터져서 그런지 소리가 '왈그랑 탕, 왈그랑 탕' 하면서 귀가 멍멍할 정도로 요란해지고 눈앞에서는 서로 격자로 어긋난 철근들이 바람 소리와 함께 획획 스쳐지나간다. 그러다가 철교는 금방 끝나버리고 다시 땅 위를 달리게 된다. 그 소리의 변화는 너무도 뚜렷하다. 왈그랑 탕, 왈그랑 탕, 왈그랑 탕…… 타카다 타, 타카다 타, 타카다 타……

마치 내가 철교 아래로 뛰어내린 뒤처럼 그것은 죽음을 닮았거나, 아니면 전생과 후생을 가르는 것만 같았다.

*

　나는 다시 흑석동 시장의 그 다락방으로 돌아왔다. 내 방으로 돌아
온 뒤에 나는 한동안 죽은듯이 잠만 자다가 작품을 쓰기 시작했다. 훗
날 군에서 제대한 후 불태워 사라지고 없는 몇몇 작품 외에 살아남은
것은 잃어버린 사랑을 찾아 떠도는 밤무대 악사의 이야기인 「가화假花」
인데 나중에 옛 책상 서랍을 정리하다 뒤늦게 발견해서 발표했다. 내가
산사에서 행자 노릇을 하던 때나 흑석동 점포 다락방에서 자기 존재에
관한 답답한 의문을 지닌 채 거의 자폐증에 걸린 듯이 글만 써대던 시
기에도 세상은 숨가쁘게 돌아가고 있었다. 한일회담 반대 시위가 계속
되었음에도 협정은 조인되었고 한국군의 월남 파병안이 가결되어 이미
맹호부대 제1진이 베트남에 상륙했다.

　가게 뒤편에 있던 취사공간 위의 다락에서 생활하는 동안 나는 몇
차례 생과 사의 경계를 오갔다. 다락방 위로 오르는 사다리 옆에 연탄
아궁이가 있어서 주의하지 않으면 가끔씩 새어나온 연탄가스가 내 방
에 스며들었다. 그해 겨울, 가스 중독으로 나는 거의 죽을 뻔했다. 의
식은 없었지만 꿈결에 다락의 뚜껑을 열고 아래에다 대고 오줌을 누었
다. 중독된 뒤에도 오줌을 싸면 산다고 했던가. 어머니가 그 소리를 듣
고 새벽에 잠이 깨어 나를 아래로 끌어내렸다. 나는 이틀 동안을 인사
불성으로 헤매면서 김칫국도 마시고 여러 가지 약을 지어다 먹고는 천
천히 회복되었다.

　어쩐지 그 일이 있고 난 뒤로 나는 한강변에라도 나가면 그냥 흘러
내려가는 강물에 떠서 어디론가 사라져버리고 싶은 충동을 느꼈다. 거

리를 지나가는 자동차며 사람들이 모두 무성영화에 나오는 그림처럼 비현실적인 헛것으로 보였다. 달려 지나가는 차량의 소음마저도 아득하게 먼 곳에서 들려오는 듯했다.

어느 밤에 시내에 나갔다 돌아오는 길에 또다시 문득 사라지고 싶다는 생각이 들었다. 아마 버스에서 내린 곳이 남영동 부근이었을 것이다. 근처의 약국에 들어가 세코날을 몇 알 사고 다시 한 정거장 못 가서 또 사면서 용산역 부근까지 가는 동안에 제법 많이 모을 수 있었다. 한강 다리를 건너면 노량진 고갯마루 초입에 버스에서 내린 퇴근객들이 들를 만한 선술집이 있었다. 차가운 강바람을 쐬었던 나는 한기라도 달래려고 선술집에 들어가 두부김치 한 접시에 소주 한 병을 시켜서 아껴가며 천천히 마셨다. 아마 두어 병은 마셨을 것이다. 사실 이 시간에 마셨던 술이 나중에 나를 살렸던 셈이었다. 비틀거리며 집으로 돌아간 나는 무슨 술을 그렇게 늦게까지 마시고 오느냐고 나무라는 어머니의 말을 뒤로하고 다락방으로 올라가 잠자리에 쓰러졌다. 술에 취해서 약 먹는 것을 깜박 잊고 잠이 들어버린 것이다.

어디선가 처절하게 들려오는 비명소리에 깨어 일어난 것은 아마 새벽 두어시경이었을 것이다. 나는 그 소리의 정체를 알고 있었다. 시장 주변을 떠도는 미친 여자가 있었는데 그녀의 잠자리는 시장 안 공중변소였다. 점포에 사는 시장 사람들은 집에 화장실이 따로 없어서 공중변소를 이용했다. 아침에 공중변소에 가면 줄을 서야만 차례대로 일을 볼 수가 있었고 문 앞에서 동동거리거나 재촉하는 소리가 싫어서 나는 한밤중이나 새벽에 남보다 먼저 일을 보러 가고는 했다.

비명소리는 한겨울 추운 날에 그녀가 추위를 참을 수 없어서 본능적으로 울부짖는 소리였다. 결국 그녀는 그해 겨울이 다 가기 전에 공중변소에서 얼어 죽는다. 새벽에 변소를 다녀온 아우의 말에 의하면 청소부가 그녀를 가마니로 덮어서 리어카에 실어내갔다고 했다. 가마니 밑으로 빨간 맨발이 나와 있더라고 아우는 말했다.

미친 여자 비명소리에 깨어 일어나서 문득 내가 약을 사모은 기억이 났다. 형광등은 켜진 채로 지잉, 하는 소리를 내고 있었다. 나는 책상머리에 앉아 어머니께 남기는 편지를 쓴 다음 고리짝을 뒤져서 깨끗한 속옷으로 갈아입었다. 그리고 외출할 때처럼 겉옷도 입고 양말까지 신었다. 그래, 먼길을 떠나는 거다. 나는 서른 개가 넘는 알약을 입안에 털어넣고 물을 마셨다. 불을 끄고 누웠지만 죽는다는 실감이 들지 않았다.

아침에 등교할 시간이 되어 중학생이던 아우가 책과 책가방을 챙기러 다락 위로 올라오는 바람에 나는 다시 고비를 넘긴다.

"엄마, 형이 이상해요."

나는 앰뷸런스에 실려 영등포시립병원 응급실로 갔다. 의사는 내 눈꺼풀을 까보더니 아무 말도 없이 응급조치를 취하고 산소통을 갖다놓고 입과 코에 산소를 흡입시켰다. 큰누나가 임상기록을 넘겨다보니 다른 것은 모두 '미정'인데 심장만 '파서블'이라고 적었더란다. 의사의 진단에 의하면 약 먹은 시간이 나를 살렸다고 했다.

나는 나흘 동안 의식 없는 채로 누워 있었는데 사흘째 가서야 움직이기 시작하더니 몸부림을 치더라고 했다. 한번 몸부림을 치면 어디서 그런 힘이 솟는지 온 식구가 달려들어 누르고 손발을 잡고 있어야 했다. 내가 깨어난 것은 닷새째 되는 날 오후였다. 안정권에 들었다고 생각한 의사가 퇴원 허락을 하여 어머니는 나를 일단 조용한 주택가에 있는 큰누나네 셋집으로 옮겼다.

큰형님과 누나가 함께 교직에 종사하고 있어서 그들은 출근중이었고 내가 고요하게 잠만 자는 것을 보고 어머니도 장을 보러 잠깐 외출중인 때였다. 나는 벽 쪽에 누워 있었는데 눈을 뜨자 아무것도 보이지 않고 무엇인가 부연 빛이 오른쪽에 보였다. 본능적으로 그곳이 툭 터진 곳이고 내가 그쪽 방향으로 나아가야만 할 것 같았다. 나는 벽을 짚고 천천히 일어섰다. 그러고는 벽에 두 손을 댄 채로 돌아나가기 시작했다. 부연 빛 앞에 섰는데 처음에는 그냥 짙은 안개 속에 섰을 때처럼 아무것도 보이지 않았다. 그것은 크고 넓은 유리창 앞이었다.

부연 안개 속에서 차츰 선이 드러나기 시작했다. 부옇게 보이던 빛이 점점 연노랑으로 변하더니 한참 뒤에는 더욱 짙어져서 진노랑이 되었다. 집도 땅도 앙상한 겨울나무 가지들도 모두 진노랑 속에 파묻힌 채로 어렴풋이 선을 드러내고 있었다. 나는 오랫동안 세상의 색깔이 변해가는 모습을 응시했다. 그것은 초등학교 때 여름방학을 앞두고 학교에서 학질 예방약이라고 나누어주던 키니네를 먹은 뒤와 같았는데 그 정도가 더욱 심했다. 나는 색깔이 차츰 나뉘며 각각의 색으로 돌아갈 즈음에야 간밤에 눈이 왔고 하늘은 쾌청하게 맑고 푸르다는 걸 알았다. 그 진노랑은 현실의 색이 아니었다.

아무 일도 일어나지 않은 것처럼 전과 같은 일상이 다시 시작되었다. 나는 여전히 맹렬히 독서중인 친구들을 가끔 만나 흰소리나 하며 지냈다. 남도를 방랑하던 일이며 죽을 뻔했던 얘기들은 아예 입 밖에 꺼내지도 않았다.

간혹 무의 소식을 듣거나 시내의 찻집에서 부딪친 적이 있었다. 군대 나가기 전에, 그러니까 내가 남도를 돌아다니다 돌아온 직후인지 아니면 그뒤에 자살을 시도했다가 살아난 뒤였는지 분명치는 않은데 그로부터 인상적인 엽서 한 장을 받은 적이 있었다.

취생몽사하듯이 사는 것에 낙 없이 지내고 있던 때여서 밖으로 나돌거나 집에 있을 때는 언제나 오후 늦게까지 다락 위에서 내려오지 않고 이불 뒤집어쓰고 잠이나 잤다. 잠수함처럼 아래에서 위로 들어올리는 나무판자가 유일한 출입구였는데 그게 열리면서 어머니의 머리가 올라왔다.

"얘, 얼마 전에 예쁜 그림엽서가 왔더구나."

엽서에는 수채화 한 폭이 그려져 있었다. 푸른 바다와 소나무숲과 구름이며 수평선이 보였다. 그 위에 문장 한 줄이 보였다. '가우디아무스 이기뚜르에 맞추어 봄날 같은 靑春을 祭 지내고 있네. 아름다운 가포 해변에서…… 茂.'

무는 그로부터 한 해 전에 결핵이 악화되어 만리동 고개에 있던 천주교 병원에서 치료를 받았다. 성진이와 내가 방문했더니 몰라보게 깡마른 모습으로 환자복을 입고 복도로 나와서는 먼저 담배부터 한 대 달라고 했다. 우리는 병원 접수실 앞을 빠져나와 로비 앞의 계단에서 함께 담배를 피웠다. 하도 멀쩡하게 굴어서 우리는 그가 곧 퇴원해서 나올 줄 알았다. 그는 가끔씩 신촌 근방까지 진출해서 술도 마신다는 소문이더니 드디어 악화되어 마산요양원으로 내려갔다는 소식이 들렸다.

내게는 그가 남긴 내 초상이 있었다. 문고판만한 크기의 스케치북에 내 옆얼굴을 그린 것이었는데 광대뼈와 제법 강인해 보이는 턱이 강조된 듯한 그림이었다. 나는 그가 스케치북에서 뜯어준 그대로 흑석동 가게 다락의 베니어판 벽 위에 압정으로 꽂아두었다. 제대하고 돌아와 책 정리를 할 적에도 어느 책갈피엔가 남아 있더니 그뒤 낡은 책들을 버릴 때 함께 사라져버렸다.

나는 답장을 하기 전에 그의 집이 우리집에서 멀지 않다는 사실을 깨달았다. 그래서 생각난 김에 그냥 동네 산책 나가는 기분으로 슬슬 나가서 솜틀집 옆에 있던, 식당이나 하면 꼭 알맞을 것 같은 무늬 집을 찾아갔다. 밖으로 점포식 유리문이 연이어 달려 있었는데 그때는 판자로 된 덧문으로 가려져 있었고 쪽문만 열려 있었다. 여보세요, 하면서 문짝을 한참이나 두드리고 나서야 안에서 기척이 들리더니 내 어머니와 비슷해 뵈는 아주머니가 나왔다.

"저는 무 친굽니다. 제게 편지가 왔길래…… 잘 있는지 궁금해서요."

부인의 까칠해 뵈는 얼굴이 아래로 수그러지더니 입을 막으며 중얼거렸다. "걔 세상 떠났는데……"

"아…… 그렇군요……" 내가 뒷걸음치며 대충 인사를 하고 돌아서는데 무의 어머니가 나를 불렀다. "학생…… 그 편지 있으면 내게 좀 보여줘요."

나는 뒷주머니에서 엽서를 꺼내어 내밀었다. 그녀는 여전히 입을 막고 선 채로 엽서를 들여다보았다.

"그냥 보관하십시오." 내가 그랬더니 그녀는 황급하게 손을 내저으며 얼른 돌려주었다. "아니, 친구가 보관해야지."

무의 어머니도 홀어머니라는 걸 나는 알고 있었다. 내 어머니와 인상이며 분위기가 어찌나 비슷하던지, 아마 그녀도 북의 개화한 도시였던 평양 출신이 아닌가 싶었다. 그녀도 어쩌면 맏아들인 무가 화가가 되려는 게 탐탁지 않았을 것이다. 그녀도 나의 어머니처럼 가산의 마지막까지 털어서 장사나 식당을 하려고 그 점포 자리를 얻지 않았을까.

나는 차마 엽서를 그녀에게 돌려주지 못하고 한 손에 든 채 터덜터덜 걸음을 옮겼다. 베트남 전쟁터에 가서도 가끔씩 그의 편지 문장이 생각나곤 했다. 봄날 같은 청춘을 제 지내고 있다고.

그 무렵에 무슨 연애 비슷한 사건이라도 없었나 기억을 더듬어본다. 몇 번 있었던 것 같은데 자신의 문제에 너무 잡혀 있어서 깊숙이 빠져들지는 못했던 것 같다. 사춘기의 감수성이라는 것이 그맘때의 남녀가 모두 비슷하기 마련이라 나는 또래의 여자애들을 매우 어리게 생각했다. 그래도 마음 한켠에는 사랑하는 이가 하나쯤 있었으면 좋겠다는 생각이 있었고 어쩐지 늘 헛헛했다.

택이와 동굴에서 살며 암벽타기에 몰두했던 무렵일 것이다. '동화'에서 한 여자애를 알게 되었다. 몸집이 작고 목소리가 가냘프고 눈이 까맣고 큰 아이였는데 그애를 좋아하던 다른 녀석이 방울이라고 별명을 지어 부르던 것을 나중에 알았다.

그애의 아버지는 밑천 없는 작은 장사꾼으로 평생을 보냈는데 가족끼리의 사랑은 돈독했다. 오빠 하나가 유일한 형제였는데 오누이가 둘다 총명해서 명문 고교를 나왔다. 그녀는 집에 그럴 만한 돈도 없었지만 스스로 대학 가기를 포기했다. 시를 쓰다 말다 했다.

아마 처음 만났을 때 나온 얘기는 아니었을 테고 몇 번 만나고 나서였을 것이다. 그녀가 가출했던 얘기가 나왔다. 그녀는 동네 철공소에 다니던 선반공 소년을 꾀어서 북한강변의 외진 골짜기까지 달아났다. 놀랍게도 정사情死를 할 동반자가 필요했다던가. 그러고는 자신의 삭막하고 황폐한 젊음에 대해 짧게 줄여서 말했다. 초등학교 때의 폭행의 흔적이며 자신을 사춘기 내내 사로잡았던 가난한 대학생에 대해서 몇 마디 하면서 그녀는 덧붙였다. "여름방학 같은 때, 장마 지고 비 그치면 아침인지 저녁인지 잘 분간이 안 되는 그런 날이 있잖아. 누군가 놀려줄라구 애, 너 학교 안 가니? 그러면 정신없이 책가방 들고 나갔다가 깨닫고 되돌아오잖아. 내게는 요즈음이 매일 그런 날 같다. 감기약 먹고 자다 깨다 하는 것 같은 그런 나날." 그녀의 이야기는 계속됐다. 강변 모래밭에서 밤에는 추워서 선반공 소년과 꼭 끌어안고 자고 배고프면 인근 밭에 가서 옥수수 따다 구워먹고, 햇고구마 캐어다 날로 먹고. 소년이 어찌나 든든하게 보살펴주고 어찌나 순박한지 함께 죽자고는 못하겠더라고. 그래서 그냥 시시하게 돌아오고 말았다고.

나는 그녀의 화법에 내심 놀랐다. 그녀의 이야기는 어디까지가 사실이고 어디까지가 허구인지 종잡을 수가 없었다. 상당한 독서의 흔적이 엿보였고 제 또래의 여자아이들과는 사뭇 다른 성숙한 면이 있었다. 그렇게 '공중전'으로 말하는 여자애를 나는 처음 보았다. 그도 그럴 것이 그녀는 초등학생 몇 명 모아서 과외지도 하는 일로 용돈을 벌면서 혼자 틀어박혀 책만 읽고 있었다.

나는 그녀와 함께 밤을 보낼 기회가 몇 번 있었지만 오히려 아무 일도 일어나지 않았다. 진작에 궤도이탈을 하여 학교에서 쫓겨난 뒤에 조숙한 성진이 덕분에 '딱지'도 떼었는데 이상하게 그런 상황이 거북하고 자신이 혐오스럽게 느껴졌기 때문이었다. 대위와 함께 남도로 떠나기 전에 그녀와 밤을 보내게 되었을 때도 이번에는…… 하며 노력해보았지만 싱겁게도 성사되지 못했다.

그 무렵에는 확실히 나는 연애조차도 건성이었다. 나는 무엇엔가 헛것에 사로잡힌 것 같았다. 뭔가 애달캐달하는 몰입된 감정이 있어야 할 텐데 보면 시큰둥이고 안 보면 그냥 잊어버렸다. 상대도 내가 무엇엔가 딴것에 사로잡혀 있음을 직감적으로 알아차렸다. 뒷날 군대에 갔다 와서 얼핏 서울 거리 모퉁이에서 그녀를 만난 적이 있었지만 별로 반가워하지도 않고 스쳐 지나보내고는 나중에 후회했다.

1970년대에 전라도 해남으로 내려가던 때에 연재를 하던 신문사로 연락이 와서 잠깐 만나서 차를 한잔 나눈 기억이 있다. 다시 근년에 강연을 갔던 지방 도시에서 전화를 받은 적이 있었지만, 그녀 쪽에서 너무 늙어버려서 만나고 싶지는 않다고 사양하는 바람에 몇 분간 통화만 했다.

군대 나가기 전 몇 달 동안에 잠깐 누군가에게 열중했던 적이 있었지만 '애인'이라고 말할 만한 관계는 아니었다. 그런데도 전쟁터에 나갔을 때는 남들처럼 사진 한 장 지니지 못한 처지에 딴에는 사랑하는 사람이 있는 병사라고 생각했다. 쫄라이 전선에서 구정공세가 한창이던 때에 나는 몇 달이나 묵어서 들어온 편지를 받았는데, 그 편지에 의

하면 그녀는 이미 결혼을 해버린 뒤였다.

내가 느닷없이 해병대에 자원입대를 하게 되었을 무렵에는 어머니도 시장에서의 장사를 걷어치우고 대방동에 작은 전셋집을 얻어 이사를 갔다. 해방 직후 이북에서나 전쟁 때도 그랬듯이 어머니는 여러 가지 재주 중의 한 가지였던 옷 짓는 일을 다시 시작했다. 일 거들어줄 아주머니 몇을 두고 한복점을 낸 것이다.

어느 날 집에 들어갔더니 중학생이던 아우가 파출소에서 순경이 다녀갔다면서 소집장을 내밀어 보였다. 내가 두 번이나 신체검사 통지에 응하지 않았기 때문에 경찰서로 출두하라는 것이었고 응하지 않으면 검거한다는 식의 매우 위압적인 내용이었다. 그러고 보니 내가 밖에서 헤매고 다니던 기간에 신검 통지서가 몇 번이나 날아왔던 모양이었다.

나는 어디선가 세 번이나 신체검사에 응하지 않으면 육 개월 징역 살고 나서 강제 징집된다는 얘기를 들은 적이 있어서 사태가 곤란하게 되었다는 걸 알았다. 거리를 지나다가 해병대에서는 매달마다 기수별로 일정 인원의 자원자를 입대시킨다는 벽보를 보고는 그대로 해병대 사령부로 찾아가 입대원서를 내버렸다. 일사천리로 지능 테스트에서 체력검사와 신체검사까지 받고 나서 바로 그달에 입대 통지서가 나왔다.

1966년 8월, 나는 용산역에서 완행열차를 타고 다시 남도로 향하고 있었다. 새벽에 집을 나서면서 어머니가 만들어준 비상금 전대를 속옷 안에다 둘렀다. 어머니는 내가 어릴 적에 소풍 갈 때처럼 한밤중에 김밥을 만들어 내밀었고 그맘때에는 내게 절대로 눈물도 보이지 않았다. 물론 어두컴컴한 새벽의 용산역에는 아무도 나오지 않았다. 나는 그렇게 내 청춘의 전반기와 작별했다.

감옥 5

1995년 여름이 다가오면서 밖에서는 김정한, 박경리, 박두진, 고은, 백낙청, 신경림, 염무웅 등 문인들과 변형윤, 이돈명, 이효재, 한승헌 등 각계 인사들이 서명하여 김영삼 정부에 '황석영 석방 청원서'를 냈다. 8·15 광복절 오십 돌을 맞아서 사회 각계의 여론은 군사정부 이래 처음 등장한 민간정부가 통일과 민주화로 나아가는 화합의 계기를 삼기 위해서라도 이 기회에 대사면과 복권이라는 정치적 결단을 내려야 한다고 촉구했다. 이 무렵 민가협(민주화실천가족운동협의회)의 보고에 의하면 장기수를 포함한 '양심수'는 사백육십오 명이라고 했다. 그리고 8·15 이래 반공법, 국가보안법, 선거법, 노동관계법 같은 정치적 성격의 속박에서 복권되지 않은 사람은 일만여 명이 된다고 했다. 김영삼 정부는 사십사 년 수감으로 세계 최장기수였던 김선명 등 세 명과 전대협, 동의대 사건 관련자 등 학생 네 명을 석방했고, 김근태, 장기표, 김부겸 등 군사정부 시기에 고난을 받았던 사람들과 함께 몇몇 비리 정치인들과 현 정권에 밉보였던 박태준, 박철언 등의 정치인을 풀어주었다. 그런데 사면복권 명단에 현대의 정주영, 한화의 김승연, 동아건설의 최원석 등 재벌 회장들을 포함시키면서 노동운동가들을 제외한 것은 형평성에 어긋나는 편파적인 조치였다고 비난받을 만했다. 정부는 이번 조치가 국민화합의 차원에서 시행하는 것으로 '개전의 정'이 뚜렷한 인사에 한정했다고 밝혔다. 각 사회단체의 연락에 의하여 전국 32개 교도소에서 모든 정치범들은 '양심수 전원 석방과 국가보안법 철폐' 등을 요구하며 8월 7일부터 무기한 단식농성에 들어갔다. 단식은 열흘 동안 계속되었지만 물론 석방은 이루어지지 않았다.

내가 감옥에 갇힌 뒤 벌써 이 년 반이 되었다. 이것은 내가 이전에 겪어온 일상과는 전혀 다른 것이었다. 작가가 되고 나서 소설 쓰는 이외의 나날을 어떻게 보냈는지 나는 감옥 안에서 지난날을 되짚어보았는데, 늘 변화를 바라고 무슨 일을 벌이거나 안정되지 못한 조바심 속에서 살았다. 본격적으로 소설가로서 이름이 알려지면서부터 나는 문인 동료들과 더불어 군사독재체제와 맞서게 되었으며, 현실을 자기 글에 담아내려는 노력과 표현의 자유를 쟁취하기 위한 싸움을 동시에 해내야만 했다. 『장길산』이 열 권에 달하는 대하소설이기는 하지만 십 년씩이나 걸려서 가까스로 완성할 수밖에 없었던 것도 글쓰기와 현장활동을 병행하려던 탓이었다. 그러다보니 자연스레 현실에서 겪은 일이 소설의 한 장면으로 등장하거나 소설에서 그렸던 장면들이 현장에서 재현되기도 하는 식으로 어느 결에 글쓰기와 저항활동이 한몸이 되었다.

지나간 수십 년은 결국 거듭되는 위기 속에 있거나 그것을 극복하기 위한 힘겨운 시간의 연속이었다. 돌이켜보면 하루하루가 보편적인 일상은 아니었다. 그러한 나의 일상이 감옥에서 재편성당하는 동안 나는 나름대로 살아내기 위하여 재학습했다. 일상을 재편성, 재학습하는 장면은 이를테면 무협영화에 흔히 등장한다. 무술을 배우려는 풋내기 젊은이가 깊은 산으로 사부를 찾아가면 그는 쉽사리 무술을 가르쳐주지 않는다. 무술은커녕 절간의 스님들도 대번에 불법을 말해주지는 않는다. 우선 마당 쓸고 마루에 걸레질하는 청소를 시키거나 물을 긷고 밥하고 빨래하고 장작을 패는 살림살이부터 시킨다. 몇 년 동안 밭 매고 나무해오는 일이나 하다보면 젊은이는 언제 무술을 가르쳐주나 의심도 들고 역증도 나서 사부에게 항의한다. 그러다가 아직 제 밥도 못 찾아 먹을 놈이 벌써부터 무술 소리를 한다고 지팡이로 두들겨맞는다. 하여튼 몇 년이 지나서 상일꾼이 되어갈 즈음에야 동작 몇 가지를 가르쳐주고 그것이 숙달될 때쯤 다른 동작을 가르쳐주는 식이다. 이를테면 무술을 배우든 도를 닦든 일상을 재편성하는 일이 우선이다.

　감옥에서 이삼 년 차에 접어들면서 나의 옥중생활을 자성하게 된 것은 무엇보다도 건강을 해치는 것이 두려웠기 때문이며 보다 중요한 것은 '작가로서의 나'를 잘 관리해야겠다는 마음가짐 때문이었다. 나는 국가보안법 수감자로 독거수가 되어 일반수로부터 철저히 차단되어 있었고 거듭되는 단식투쟁과 항의로 격리를 자초한 면도 있었다. 그리고 차입되는 책의 목록을 확대하려고 싸우면서 책을 읽어야 한다고 생각했다. 그게 옥중 '민주인사'의 생활 방침이기도 했다. 그런데 나는 이 모든 행동 방식을 바꿔버리게 된다. 내가 감옥에서 배운 일상이란 물론 바깥세상의 소시민적인 그것과는 다른 치열한 일상이었다. 예를 들자면 나에게는 식생활 도구로 야채나 과일을 먹기 위한 칼이 필요한데 그것은 수감자에게 허락되지 않는 물품이다. 칼을 사용하려면 담당 교도관에게 청하여 그가 지켜보는 동안 얼른 사용하고 돌려주어야 한다. 그러니 불편함을 벗어나기 위해서는 칼을 만들 계획을 세워야 한다. 운동시간에 나가서 깡통이나 난로의 연통 쪼가리나 적당한 물건을 찾아다닌다. 영선반의 죄수들에게 부탁하여 물물교환을 하기도 한다. 깡통이 입수되면 그것을 잘라 신발 깔창에 숨겨서 내 독방에 들여온다. 교도관의 감시를 피하여 시멘트 벽에 며칠 동안 갈아서 칼날을 완성한다. 검방 때 걸리면 안 되니까 나의 비밀창고인 마룻장 아래에 넣든가 성경책 갈피에 끼워둔다. 열흘이 금방 흘러간다.

독방에서는 말할 상대가 없고 교도관과 나누는 말은 몇 마디에 끝난다. 그래서 말을 잊어버리기 시작하는데 가장 먼저 고유명사들이 사라진다. '안티고네'라는 이름이 생각이 안 나서 일주일이나 고심한 적도 있다. 나중에는 혼자 말하는 버릇이 생긴다. 자기 혼자 방귀를 뀌고는, 어이 구려! 하고 중얼거린다. 아침에 일어나면 자기에게 말을 건다. 아, 오늘은 청소 좀 해야겠다. 마룻바닥이 왜 이렇게 지저분해? 아이구, 더러워. 이렇게 하루종일 중얼거리게 된다. 도서실에서 국어사전을 빌려다 낱말들을 하나씩 짚으며 큰 소리로 읽기도 한다. 그러나 곧 감방에서의 독서가 올바른 독서가 아님을 깨닫게 된다. 책도 남들과의 소통 속에서 읽어야 제대로 소화가 될 테니까. 혼자 독방에서 읽은 책의 내용들은 관념의 기둥이 되어 벽 앞에 버티고 서 있다. 나는 위기를 느끼고 책 읽기를 그만둔다. 정치범이니 지식인이니 하는 자의식을 버리고 일반 범죄자들과 어울려 낄낄대며 규칙 위반을 하고 한통속이 되어 생활한다. 내가 작가로 살아남기 위해서는 일반수들과 부대끼며 함께 살아가는 일상의 디테일이 더욱 중요하다는 것을 눈치챘기 때문이다. 이러한 노력 때문인지 석방 이후 남들은 몇 년씩 독방 후유증에 시달린다는데 나는 한 달여 만에 벗어났다. 독방에서 책을 많이 읽고 나온 정치범들을 보면 관념적이거나 사상가연하거나 신비주의적 경향을 보이는 특징이 있는데, 그런 것들이 모두 감옥 후유증의 일종이다.

감옥 안에서 교도관을 도와 수인들의 일상을 거들어주고 청소도 하는 '소지'에 대해 나는 앞에서 썼다. 나는 낮에는 일을 하러 나가는 출역수들의 사동에 있었으므로 이층 독방에 혼자 남아 있었다. 아래층 고시반을 관리하는 소지가 두 사람이었고 관구계장은 그중 한 명을 내 전담 봉사원으로 붙여주었다. 평균 육 개월씩 잡아서 나와 함께 생활한 소지가 오 년 동안 십여 명쯤 된다. 나는 이 단순한 젊은이들과 매일의 끼니를 의논하며 살아가는 동안에 그들을 조카나 자식처럼 대하게 된 경우도 여럿이었다. 언젠가는 '소지열전'을 써보고 싶은 생각도 들 정도였다. 그들은 사동 안팎의 청소를 담당하고 하루 세 끼니의 배식을 하며, 감방에 갇혀 있는 수인들과 복도에서 수직하는 교도관들의 잔심부름을 도맡아 한다. 그리고 수인들의 방에서 일어나는 일거일동을 담당에게 알려주는 은밀한 임무도 맡는다. 그들은 대개가 이십대 초반의 젊은이들이라 내게는 거의 아들뻘이나 마찬가지였다. 구치소에서는 주로 교통사고자나 종교 문제로 병역을 거부한 젊은이들을 소지로 붙여주더니 교도소로 넘어온 뒤에는 죄명이 모두 '절도'였다. 한 번은 무궁화 두 개의 견장을 붙인 교감인 관구계장에게 그 이유를 물었다. 같은 죄수 신세로 그들의 수발을 받는 데 달리 불만이 있었던 것은 아니지만 궁금한 생각이 들어서였다. 어째서 내게 보내는 아이들은 모두가 절도냐고 했더니, 그는 여기서는 죄명에 귀천이 없다면서 그게 맘에 들지 않는다면 어떤 죄를 범하고 들어온 애들을 원하느냐고 오히려 내게 되물었다.

　—교통사고 내고 들어온 사람도 있고 병역 거부해서 들어온 애들이나 탈영병도 있잖소?

　내 판단으로는 그들이 일 년이나 육 개월짜리 단기징역을 살고 나가는 선량한 젊은이들이라 절도범보다 낫지 않겠나 싶었던 것이다. 그런데 계장의 대답은 의외로 간단했다.

　—모르시는 말씀입니다. 탈영병요? 오죽 게으르면 군대생활도 제대로 못 견디고 탈영을 했겠습니까. 교통사고범도 젊은 애들은 거의가 음주에 뺑소니에 인명사고인데 놀기만 좋아하는 게 얼마나 뺀질뺀질한데요. 그런데 절도는요, 도둑질 그거 부지런해야 먹고삽니다. 미리미리 털 집을 봐둬야죠, 시간 맞춰 현장 도착해 망봐야죠, 숨어서 기다려야죠, 직접 뒤지고 털어야지요, 무거운 짐 지고 도망가야죠, 장물아비 찾아서 처분해야죠…… 어디 한두 가집니까? 그애들 여기서는 참 순한 애들입니다. 배고파서 저질렀으니까. 부지런하고 순하고 아주 봉사원으로 맞춤하지요.

　나는 계장의 말에 입을 다물었다. 다분히 일리가 있는 소리였기 때문이다. 사실 절도는 그냥 '도둑놈'이라 하여 재소자들의 계급 서열 중에서 가장 아래였다. 그것은 교도관들이 화를 낼 때 수인들을 멸시하여 부르는 총칭이 '도둑놈들'인 것을 보면 알 수 있다. 맨 위가 깡패들을 부르는 '조폭'인데 이들은 점잖게 건달이라 불러주고, 사기꾼은 '접시'인데 면전에서는 경제사범이라고 불러준다. 우습게 취급받는 이들은 '물총'이라 불리는 강간범인데, 처음 신입으로 입방했을 때만 저지른 죄를 이실직고하라고 닦달하지만 절도범만큼 무시당하지는 않는다. 이들은 처지도 절도보다는 나아서 대개는 제 집과 가족이 있고 면회 오는 이도 있지만, 절도는 거의가 어려서 가출했거나 전과 3, 4범이라 일찌감치 내놓은 자식들이었다. 그래서 재소자들은 힘도 없고 배운것도 없고 재주라고는 남의 것을 훔치는 기술밖에 없는데 그나마 어설퍼서 걸려들어온 절도범들을 대놓고 무시했다.

건오는 문화재 절도로 들어왔다. 어머니가 일찍 돌아가시고 아버지가 재혼을 해서 계모 밑에서 구박을 받으며 자라다가 부산으로 가출을 했다. 중국집 배달 소년에서 시작하여 음식점을 전전하면서 경양식 기술을 익혔다. 부지런히 벌어 먹고살 만했는데 전에 같이 일하던 녀석이 절도로 몇 번 소년원이며 교도소를 들락거리더니 유명한 절집에 가서 금불상이니 탱화니 값진 것들을 털어왔다. 그래서 그 장물들을 건오의 자취방에 맡겨두었다. 일부는 친구 녀석이 가지고 있었는데 그 무렵에 같이 동거하던 술집에 나가는 여자친구가 돈이 궁해 몰래 금불상 하나를 내다가 골동품점에 팔려고 했다. 주인은 대번에 이것이 수배된 장물인 것을 알아보고 신고했다. 그래서 건오는 영문도 모르고 친구의 장물을 맡아두고 있다가 그들과 함께 일망타진되었다.

내가 건오를 잊지 못하는 것은 수차례의 단식을 했던 중에서 가장 길고 혹독했던 이십이 일간의 단식과 한 달 남짓한 복식을 치른 그 긴 긴 첫해의 겨울을 함께 보냈기 때문이다. 나는 그가 염불을 외우는 것이며 늘 손목에 염주를 차고 있는 것으로 보아 절집과 인연이 있었음을 눈치채고 있었다. 따라서 절집을 턴 것은 친구가 아니라 그 자신이었을지도 모른다는 생각이 들었다. 어쨌거나 그는 삭발한 머리통이 잘생기고 체격도 땅딸막해서 승복만 입혀놓으면 누구든지 저절로 합장배례를 올릴 것 같은 분위기였는데, 교도소 내의 불교행사에도 꼬박꼬박 참가하는 눈치였다.

그는 내가 단식하는 중에 된장국 그릇을 살그머니 식구통 안으로 들여놓고는 하다가 내가 호되게 야단을 치자 그만두었는데, 어떻게든 뭘 좀 먹게 하려고 애를 썼다. 단식을 끝내고 복식을 할 때 취사장에다 환자용 식단을 신청하면 미음과 죽을 환자의 상태에 따라 준비해주었는데 그냥 쌀을 대충 끓인 멀건 흰죽이었다. 건오는 이 흰죽을 받아놓고 취사장 아이들에게 납작보리를 얻어다 주전자에 푹 삶아 으깨어 관급된장을 조금 섞어서 흰죽과 함께 다시 끓여주었다.

긴 겨울이 끝나가는 2월 중순이 넘어가면 양지바른 곳에 이른 봄쑥이 고개를 내밀기 시작하는데, 건오와 나는 운동시간에 나가서 교도소의 기다란 담 밑에 돋아나기 시작한 여린 쑥을 뜯곤 했다. 한 시간쯤 뜯어 한두 줌이 되면 복도의 난로에 주전자를 얹어놓고 먼저 맛난 국물을 낸다. 멸치를 취사장에서 구하면 좋지만 없을 때는 마른오징어 다리를 전날 찬물에 담가두었다가 부드러워진 것을 팔팔 끓는 물에 넣고 우려내면 제법 구수한 맛국물이 된다. 여기에 된장 풀고 쑥국을 끓이는데, 향긋한 냄새가 온 사동 안에 진동한다.

건오가 석방되어 나갈 즈음에 혹시 아는 스님이나 절집이 없느냐고 내게 물었다. 과묵하고 조용하던 그가 상의해오기에 나도 진지하게 대꾸해주었다. 왜 그러냐니까 그는 입산해서 수행하고 싶다고 했다. 속으로는 혹시 이 녀석이 옛날에 그랬듯이 절에 가서 문화재를 훔치려는가 하는 의심도 들었지만, 그동안 곁에서 지켜본 바로는 스님이 되려는 게 진심인 듯이 보였다. 나는 평소에 잘 알고 지내던 원경 스님의 절집을 그에게 일러주었고 스님에게 편지로 그에 관한 당부도 해두었다.

일반수들은 나가기 사나흘 전쯤에 교도소 행정부서가 있는 모퉁이의 작은 울타리 안에 지은 일반 주택으로 옮겨가는데 이곳에 '만기방'이 몇 칸 있었다. 이를테면 나가서 민간인 생활을 하기 전에 감옥 안의 나쁜 기억들을 모두 털어버리고 새롭게 살기 위한 마음의 준비를 하는 장소였다. 건오가 만기방으로 옮기기 바로 전날 나와 마지막 점심을 함께 했다. 나는 그에게 무슨 남길 말이라도 있으면 해보라고 말했다. 건오가 진지하게 대답했다.

— 단식 같은 거 이젠 절대루 하지 마세요.

나는 그저 웃기만 하다가 자네 덕분에 쑥국의 맛을 알게 되었다고 했더니 건오는 저두요, 했다.

이듬해인가 면회 온 원경 스님에게 건오 소식을 물었더니 한 달쯤 절에 머물더니 신세 많이 졌다며 슬그머니 떠났다고 했다. 나는 원경에게 그 녀석이 스님이 될 소질은 있어 보이더냐고 물었다. 원경은 그 친구가 중이 될 준비는 다 되어 있는데 강력한 방해꾼이 있는 것 같더라고 했다. 우연히 녀석이 기거하던 방에서 옷가지 사이로 빠져나온 젊은 여자의 사진을 보았는데 오래 지니고 있었는지 네 귀퉁이가 둥글게 닳아 빠졌더라는 것이다.

'빠루'라는 별명의 젊은이도 물론 절도죄로 들어왔다. 별명처럼 그는 현장 노동자들이 빠루라고 부르는 연장을 주로 사용하던 도둑이었다. 크고 작은 슈퍼마켓이나 점포 부근에서 잠복하다 깊은 밤 인적이 끊기면 문의 자물쇠를 빠루로 단숨에 따버리고 들어가 가게의 금고를 들고 튀거나 현금과 귀중품을 걷어가지고 나온다. 내가 하룻밤에 최고 얼마까지 털어봤느냐고 물었더니, 금은방을 털었는데 귀금속과 시계 등속을 한 트렁크 훑어가지고 나왔다고 했다. 그래봤자 장물아비에게 넘기면 시가의 십 퍼센트 정도 받으면 많이 받는단다. 그래서 얼마나 받았냐고 다그쳤더니 천오백쯤 되더란다. 그렇게 번 돈을 모두 어떻게 했느냐고 물었다. 청량리 사창가에 불쌍한 애가 있어서 빼내주려고 포주에게 몸값을 냈다고 했다.

빠루는 원래 서해안 항구 출신이었는데 형이 어선을 소유한 선주였고 그는 다른 일꾼 두 사람과 함께 고기잡이를 했다. 새벽에 출항해서 밤까지 새워야 하는 고되고 궂은 일이었다. 노임을 잘 주지 않는데다가 형수와도 사이가 틀어져 뛰쳐나와 서울 구로동 마찌꼬바(철공소)에서 선반을 배웠다. 역시 노임은 박하고 희망도 없어 같이 합숙하던 빵잽이 출신을 따라 '밤일'에 나서게 되었다. 빠루로 절단하는 기술도 그에게서 배웠다. 그는 벌써 전과 3범이 되어 있었다. 이번에 용코로 걸려서 그가 받았던 형량 중 가장 무거운 삼 년 육 개월 징역형을 받았다.

재소자들에게 들으니 빠루가 몸집이 작고 왜소하다고 해서 얕잡아

보고 함부로 대했다가는 큰코다친다고 했다. 그한테 한번 찍혔다 하면 어떻게든 되갚음을 당한다는 것이다. 찍힌 자에게 온 서신을 일부러 분실한다든가, 배식 때면 건더기 없는 국물만 퍼준다든가, 창가에 걸어놓은 빨래를 운동 나간 사이에 걷어다 쓰레기통에 처박아버린다든가, 갖은 방법으로 속을 썩이고 상대방이 잘 지내자고 굽히고 들어와야만 그만둔다고 했다.

빠루가 잽싸고 영리해서 관구에서는 그를 주로 감방 동태 파악에 이용하려고 소지로 썼지만 그는 절대로 손쉽게 자기가 얻어낸 정보를 일러주지는 않았다. 그는 가끔씩 몇몇 사람에게 주의사항을 미리 전해주었는데 그러다보니 작은 권력이 생겼다. 그가 내 봉사원이 된 후로 내게 소내의 갖가지 소문들을 전해주기 시작했는데, 보안과장이나 소장과 직접 대면할 수 있는 내 옆에 있는 것 자체가 권력이 된다는 것을 처음에 나는 눈치채지 못했다. 빠루는 몇 달 동안 소지 일을 하다가 철공 기술이 있다고 외부 공장에 출역을 나가면서 나와 헤어졌다.

뒤이어 역시 절도로 들어온 순태라는 키 큰 아이가 배정됐는데 그의 특기는 숙박업체 털이였다. 내 방문이 닫혀서 들어가지 못하면 교도관을 부르기도 전에 그가 달려와서 숟가락 젓가락이나 난로 부지깽이 같은 쇠붙이로 어딘가를 걸어서 비틀면 대번에 열렸다. 어느 한가한 날에 그는 내 방문 앞에 앉아서 자신의 범행에 대해 묻는 대로 순순히 대답해주었다. 당시만 해도 중소기업에서는 지방에 직접 사람이 내려가 수금을 하곤 했는데 대개는 간부이거나 회사 사장이 직접 나서기 마련이었다. 순태는 지방의 어느 골목에 가면 그런 사람들이 묵어가는지 자세히 알고 있었다. 그는 여관에 투숙했다가 새벽 두어시경에 복도로 나와서 노리던 방의 문을 따고 들어가 현금을 훔쳤다.

그도 어려서 부모를 잃고 빠루처럼 형 밑에서 자랐다. 그의 형은 고속버스 운전기사였다고 한다. 그는 대전 역전 거리의 여관에서 새벽에 현금을 털어 나왔고 다른 도시로 이동하려고 대합실 의자에서 잠에 빠졌다가 검거되었다. 여관의 종업원 청년이 그의 얼굴을 기억하고 있었고 피해자와 역전 파출소 순경 등 세 사람이 동행하여 역내를 살펴보던 참이었다. 그 역시 재범이었다.

순태는 몇 달 동안 나와 점심을 함께 먹었는데 닭볶음탕을 매우 좋아했다. 일주일에 고기반찬이 두 번 나왔다. 구치소에서 나오던 쇠고깃국은 교도소의 차림표에서는 빠졌고 그 대신 돼지고기와 닭고기가 나왔는데 꽁치나 동태를 넣고 끓인 생선찌개도 나왔다. 고기반찬은 주로 점심때 나왔는데 순태가 취사장에서 타온 식통에서 닭고기를 잔뜩 건져 따로 두었다가 고춧가루와 고추장을 듬뿍 넣고 끓이면 얼큰한 닭볶음탕이 되었다. 내가 궁금해서 도대체 왜 취사장에서 우리 사동에만 이렇게 많이 주는 거냐 물었더니 다른 소지 젊은이가 웃으면서 이죽였다. 순태가 사동에 배식하기 전에 미리 국자를 식통 안에 깊숙이 넣어 휘휘 저어서는 위로 떠오르는 '왕건이'를 듬뿍 건져놓았다는 것이다. 그러면 사동의 수감자들에게는 멀건 국물에 닭고기 한두 토막이 겨우 돌아갈 것이었다. 내가 주의를 주었지만 순태는 닭볶음탕 먹는 재미로 징역을 산다고 대꾸했다. 곁들여 소주만 준다면 징역을 일 년 더 살고 나갈 용의가 있다고도 했다.

그는 구정날 저녁에 아래층 소지방에서 카드 노름을 하다가 당직 주임에게 걸려 징벌방으로 옮겼다가 소내 공장에 배치되었다. 카드는 운동시간이 없는 주말과 휴일에 각 방에서 성행했는데 두꺼운 보드지에 검정, 파랑, 빨강 등의 볼펜과 매직펜으로 정교하게 그린 것으로 누군가 물물교환으로 카드를 제작해주었을 것이다.

그뒤로도 석방될 때까지 세 명의 소지가 내게 배치되었는데 '막창'이란 별명의 의영이와 교통사고로 들어왔던 '딸코'와 카드깡으로 들어온 '색시' 등이었다. 의영이는 지방 소도시의 폭력배였다. 보스급은 아니고 한 지역에서 독불장군으로 그 깡다구가 알려진 아이였다. 그는 천성이 착하고 조용했지만 일단 화가 나면 걷잡을 수 없을 정도로 과감하고 무지막지해졌다. 녀석의 배에는 구렁이가 지나간 것 같은 상처가 있었는데 수십여 명이 어우러져 패싸움을 벌이다가 칼에 찔린 상처라고 했다. 그의 별명이 '막창'이 된 연유가 삐져나오는 창자를 찢은 속옷으로 감싸고도 쇠파이프를 휘두르며 싸웠다고 해서 얻은 것이었다. 시비가 벌어지면 그는 웃통을 벗어젖히고 칼자국을 드러내며 '나 막창인데' 하고 앞에 나섰고, 대개는 소문을 알고 있어서 그쯤에서 끝났다고 한다. 의영이는 시골 읍내가 도시화의 개발 바람을 맞으면서 외지의 폭력배와 투자자들에게 저항하는 동안 자연스럽게 그 지역의 깡패로 나서게 된 아이였다.

나는 막창 의영이와 함께 사동 사이에 있는 좁은 빈터에 채소를 가꾸었다. 나중에 텃밭 가꾸기 일은 시위로 들어온 광주 출신 학생 종호와 같이 하게 된다. 그 텃밭을 확보하기까지는 교도소 당국과 몇 차례의 힘겨운 협상을 거쳐야 했는데 그 전말은 종호 이야기와 함께 잠시 뒤로 미뤄두자.

봄이 되면 전담반의 총무 교사가 공주 장에 나가서 각종 씨앗과 모종을 사왔다. 의영이와 나는 텃밭 가꾸는 일에 흠뻑 빠졌고, 여름날 여린 열무청을 썰어넣고 고추장으로 비벼 먹거나 라면을 삶아 헹궈서 열무를 썰어넣고 비빔국수를 해 먹기도 했다. 간장과 된장으로 깻잎을 담가두었다가 겨우내 먹기도 했는데, 특히 가을에 걷은 배추를 갈무리하여 겨우내 쌈도 싸 먹고 무쳐 먹기도 했다. 속이 차고 잎이 큼직한 탐스러운 배추를 수십 포기 수확하여 신문지로 싸서 매점에서 플라스틱 음료 박스를 빌려다 차곡차곡 쌓아 어두운 계단 밑에 놓아두면 겨우내 싱싱했다.

보관해둔 배추는 싱싱한 푸성귀가 나오는 3월까지 먹어야만 했다. 배추 속잎을 관급 고추장에다 매점에서 산 참기름 몇 방울 떨어뜨려 만든 장으로 쌈을 싸서 먹으면 쌉싸름하고 고소한 풀냄새가 입맛을 돋우었다. 하루이틀은 맛있게 먹어대지만 며칠이 지나면 배추를 보기만 해도 목구멍에서 풀냄새가 올라오는 것만 같았다. 그래도 겨우내 떨어진 체력을 키우려면 상자 안에 가득찬 배추를 먹어치워야만 한다. 우물쭈물 겨울을 넘기고 나면 비타민 부족으로 잇몸이 들뜨고 이가 빠지는 수도 있기 때문이다(사실 그러한 노력에도 불구하고 이는 엉망이 되어버렸지만). 그래도 소지 젊은이와 다투어가며 눈을 맞추고 젓가락이 엇갈리기도 하면서 점심 한끼라도 누군가와 밥을 함께 먹을 수 있다는 것은 나 같은 독방 수감자에게는 크나큰 위안이며 즐거움이었다.

의영이는 만기가 되어 나가면서 이제는 과거를 씻어버리고 좋은 사

람과 어딘가 벽지로 들어가서 흑염소 기르고 농사지으며 조용히 살겠
다고 말했다. 아마 그도 나와 함께 텃밭을 가꾸던 나날이 좋았던 모양
이다.

'딸코'가 의영이 다음으로 내게 배치되었는데 그는 회사원으로 가족
이 있는 사십대 초반의 점잖은 친구였다. 다만 술을 좋아하던 것이 그
의 흠이었고 한번 마시면 동이 틀 때까지 마셨다고 한다. 그의 별명이
'딸코'가 된 것은 늘 고주망태로 코에 주독이 올라 빨갛게 되었기 때문
이다. 그 별명도 교도소 안에서 붙여준 게 아니라 사회에서 이미 갖고
있던 별명이었는데, 징역 초기에 구치소에서 담당 교도관이 '딸기코'
라고 별명을 붙인 것이 밖에서처럼 '딸코'로 줄어든 모양이었다. 그는
음주운전에 의한 인명사고로 들어왔다. 중앙선을 넘어간 그의 차를 피
하려고 마주 오던 차가 도로변의 가드레일을 치받고 넘어가 언덕 아래
로 굴러 논에 처박혔고 온 가족 세 명이 사망했다. 그는 교도소에서 천
주교를 믿기 시작하고 영세를 받았다. 딸코는 교통사고로는 비교적 긴
편인 삼 년 육 개월 형을 받았다. 내 징역이 삼분의 이를 넘겼을 즈음
에 그는 이미 만기였다. 그는 나의 배드민턴 상대가 되어 몇 개월 동안
운동을 함께 했다.

마지막으로 내 석방을 지켜보며 작별인사를 하던 아이가 '색시'다.
준식이라는 멀쩡한 이름 놔두고 누가 색시라고 부르기 시작했는지 모
르지만 초범인데다 나이도 어리고 순해서 아마도 기거하던 방에서 붙
은 별명이었을 것이다. 색시는 재래시장 안에서 봉제공장을 하는 형

집에서 더부살이를 했다. 그는 형 대신 수금도 다니고 물건을 납품하러 다니기도 하다가 은행 입금까지 대신하는 날도 많았다. 형과 형수가 퇴근하고 나면 공장에 남는 것은 그 아이 혼자였다. 공장에는 납품 다닐 때 쓰는 오토바이가 있었고 그것은 색시의 전용이었다. 밤이 되면 오토바이를 타는 배달원이나 점원 일을 하는 십대 아이들이 고가도로 아래 모여들곤 했다. 그들은 무리를 이루어 모두들 잠든 밤의 도시를 질주했다. 경찰차가 단속하러 나오기라도 하면 더욱 신이 났다. 가출하거나 노는 여자애들을 뒷자리에 태우고 강변을 달리면 세상은 온통 자유였다. 준식이는 아는 여자애들이 몇 명 있었다고 말했고 나는 그의 미소년 같은 얼굴을 바라보며 당연히 그럴 거라고 생각했다.

놀자니 자연히 돈이 필요했을 것이다. 그는 구좌를 트고 신용카드를 만들었다. 거래처에서 입금되는 돈의 일부를 자기 구좌로 빼돌리곤 했다. 몇 달이 못 가서 식구들에게 탄로가 났고 형수는 참지 못하고 그를 고발했다. 그런데 일단 교도소로 넘어온 뒤에 형이 찾아와 마음을 고쳐먹고 나오면 그에게 작은 가게를 차려주겠다고 약속했다며 그애는 색시처럼 입을 조금 비틀며 울음을 참았다.

석방되던 마지막 해 겨울에 눈 오는 날 색시 준식이와 함께 부쳐 먹은 김치전 맛은 잊을 수가 없다. 우리는 무기수인 영선반 작업반장에게 부탁해서 양철 프라이팬을 마련했다. 그것은 난로 연통을 길게 펴서 네모반듯하게 사방을 접어올린 것이었는데, 굵은 철사로 손잡이까지 만들어 달았다. 실내에서는 다른 재소자들 눈이 있으니까 독립사동인 만기방에 가서 연탄아궁이 불에다 부침개를 부쳤다. 머리 위로는 싸락눈이 풀풀 날리고 우리는 아궁이 앞에 쪼그리고 앉아서 마가린을

프라이팬에 녹여 밀가루 반죽에 김치를 썰어넣은 전을 부쳤다. 역시 김치부침개는 잘 익으면 가장자리가 아삭거리고 고소하고 제일 맛이 있다. 그걸 떼어먹다가 바라보니 준식이 눈에 눈물방울이 고였다가 톡 떨어졌다. 왜 그래, 뜨거워서 그러냐? 아니요. 그럼 뭣 땜에 그래? 어머니 생각나서요.

공주가 서울에서 제법 먼 곳이고 철도가 닿지 않는 외진 곳이었지만, 한 달에 한 번씩 장남 호준이를 데리고 전처 홍희윤이 찾아오는 이외에 동료, 선후배 문인들과 사회단체 인사들이 종종 면회를 왔다.

교도소에서 내가 면회를 하던 장소는 일반수들의 면회실이 아니라 이른바 정치범의 교화를 맡는 전담반 사무실이었고 때로는 보안과의 특별접견실에서 면회를 할 때도 있었다. 국제펜과 유엔 인권위 또는 국제앰네스티, 외국 언론인 등 외국인과 국내 주요 정치인이 올 때는 특별접견실에서 면회를 했지만 직계가족을 비롯해서 동료 문인들과 사회인사들이 오면 전담반 사무실에서 면회를 했다. 이른바 이러한 면회 모두가 '특별면회'의 형식이었는데 나는 원칙적으로 한 달에 한 번 직계가족 이외에는 법무부 허가 없는 일반 면회는 금지되어 있었다. 따라서 동료 문인들이 내게 면회를 오려면 여야를 막론하고 국회의원 하나를 교섭해서 동행하고 미리 교도소 당국에 통고를 해야만 가능했다.

나에게 가족 면회자로 등록된 사람은 장남 호준이와 딸 여정이, 그리고 그들의 엄마인 전처 홍희윤이었고, 미국에 체류하고 있어 면회를 할 수 없었던 김명수를 대신한 장인어른과 나의 큰누나와 매형이었다. 홍희윤과 호준이는 광주에 살았는데 한 달에 한 번씩 면회를 오면서 광주 사람들을 한둘씩 동행하여 왔다. 장인 김영중 선생도 두세 달 간격으로 면회를 왔는데 그때마다 품안에 뭔가 간식거리를 숨겨와서 내게 내밀어주곤 했다. 나중에 나는 참으로 그이에게 못된 사위가 된 셈인데, 감옥을 나온 뒤 당신의 딸과 한참 이혼소송이 진행되던 무렵에 병환으로 세상을 떠났고 나에게는 못내 안타까운 회한이 되었다.

그런데 전처 홍희윤이 아들을 따라서 함께 면회 오곤 하는 것을 알게 된 뉴욕의 김명수는 편지로 이를 문제삼으며 자꾸만 의심을 했고, 나중에는 전처와 헤어질 때 위자료로 주었던 『장길산』 인세까지 '저작권자의 아내로서' 권리를 주장하는 통에 징역살이가 그야말로 곱징역이 되었다. 혼자서 아이를 데리고 타국에서 살아가려니 그 어려움을 이해 못할 바가 아니었지만, 이혼한 지 십 년인데 언제까지 인세를 전처에게 줄 거냐, 누가 당신 아내냐며 원망하는 편지를 받고 나면 며칠씩 무력증에 휩싸였다. 나는 차라리 그녀가 아이를 데리고 귀국해주기를 바랐으나 그녀는 아이를 미국에서 교육시키고자 했다. 더 큰 이유로는 나를 따라 방북했었기에 들어오면 자신도 구속당할 경우 아이를 맡아줄 사람이 없다는 걸 내세웠는데, 사실 이런 경우 부부가 함께 구속당하는 예는 없어서 일정 기간 조사를 받고 나면 풀려날 거라고 알고 있었지만 귀국을 종용할 수도 없었다.

물리적 거리가 생기고 그 기간이 길어져서 부부간에 불신과 오해가 쌓이면 갈등의 골은 걷잡을 수없이 깊어진다. 김명수가 미국 체류를 위해 영주권을 신청하느라 무용학교에 등록했다는 얘기를 면회 온 장인 김영중 선생에게 들었을 때 편지에는 격려의 말을 늘어놓고 내심으로는 어쩐지 섭섭했다. 갈등이 정점에 달하면 규칙적으로 오가던 편지가 일정 기간 끊겼고 나는 염려 가득한 편지를 써서 우리에게 다가올 미래가 어둡지만은 않을 것이며 출옥하면 아빠 노릇 남편 노릇 잘할 테니 조금만 참고 견디자고 달래고는 했다. 김명수는 자기도 석방을 위해 얼마나 애쓰고 있는지를 설명하며 여러 저명인사들을 찾아다니랴 무용발표회 준비를 하랴 힘든데 앞으로 아이 교육을 위해서도 경제적 안정이 필요하니 『장길산』 인세에 대한 입장을 분명히 해달라고 요구했다. 무엇보다도 김명수에게 『장길산』 인세는 돈의 문제이기에 앞서 작가 아내로서 가져야 하는 권리이자 자존심이며 그것만이 자기 정체성을 확립시켜주는 상징인 듯싶었다.

사실 내가 구속될 줄 알면서도 뉴욕에 모자만 남겨두고 귀국할 수 있었던 것은 가족을 부양함에 있어서 경제적인 문제만큼은 큰 걱정이 없었기 때문이었다. 실제로 귀국 직전에 『장길산』의 남북합작 영화 계약이 체결되었고 내가 구속 수감된 후에 남측에서 받은 저작권료 이억원을 그녀의 친정에서 관리하면서 생활비로 송금해주고 있었다. 또한 『장길산』 이외의 인세 소득도 그 무렵 내 또래 일반 직장인에 비하면 적지 않은 금액이었다. 나는 이 년가량 시달리다가 결국 전처의 양보로 위자료 겸 호준, 여정의 양육비로 주었던 『장길산』 인세의 절반을 김명수에게 지급하도록 출판사에 조치한다. 이 과정에서 겪은 정신적 고통은 수형생활 도중 징벌방에 갇히는 것 이상으로 견디기 어려운 것이었다. 이 모든 일들은 결국 내가 석방된 후에 수년에 걸친 기나긴 이혼소송으로 이어진다. 이혼소송이라는 게 길면 길어질수록 서로에게 상처를 내기 위해 인생을 건 사람들처럼 한 치 양보 없이 뒤엉켜 오물 진흙탕에 뒹굴게 만들고, 그러다보면 남아 있던 가책이나 미안함, 상대방에 대한 연민의 정 따위는 싸그리 털어내게 하는 위력이 있다. 그러는 동안 다섯 살 때 헤어진 호섭이는 아빠의 부재 속에서 사춘기 반항기를 거치고 대학생이 되고 성년이 되었다. 늦은 밤 글을 쓰거나 홀로 깨어 있을 때 문득 녀석을 떠올리면 이십여 년 전 뉴욕 공항을 떠날 때 등뒤에서 아빠! 하고 부르던 높은 울음소리가 들리는 듯하다.

1995년 9월 22일, 노르웨이 출신 소설가이며 스웨덴펜클럽 회장인 유진 슐긴이 스웨덴 기자 한 사람을 데리고 공주교도소를 방문했다. 나는 변방의 이름 없는 작가 한 사람을 위해 먼길을 마다않고 찾아와준 그의 노고에 깊은 감명을 받았다. 국제펜에서 '세계투옥작가위원회'의 위원장도 겸한 유진 슐긴이 면회 신청을 한 것은 며칠 전이었지만 당국에서는 어떠한 예고도 없었고 그가 도착하고 나서야 특별접견실로 나를 데려가면서 누가 방문했는지를 알려주었다. 1993년에 내가 체포된 뒤에 전 유럽과 미국의 작가들에게 나의 사정이 알려졌고 마침 노르웨이펜클럽이 창립 100주년을 맞아 이백만 노르웨이 크로네를 기금으로 마련해 전 세계의 투옥 작가 일곱 명을 초청하는 심포지엄을 열기로 계획했다는 것이었다. 사우스 코리아의 황석영을 비롯해서 방글라데시, 타지크, 쿠바, 나이지리아, 터키, 예멘의 작가들이었는데 직접 심포지엄에 참석할 수 없는 작가들은 교도소를 방문해 인터뷰를 하기로 했다는 설명이었다. 면회실에는 한국측 외무부에서 따라온 젊은 외교관이 있었고 교도소장과 당시에 내 전담반 주임이던 박교위가 동석했다.

유진 슐긴은 나와 동갑이었는데 나에게 건강은 어떠냐고 묻기에 나는 하루에 한 시간 운동을 빠지지 않고 한다고 대답했다. 그때 곁에 있던 박교위가 한국 교도소의 정치범 처우가 좋다는 것을 알리려고 조급하게 끼어들었다. 황선생은 여기서 테니스도 친다고 말했고 유진 슐긴이 교도소에 테니스 코트가 있느냐고 되물었다. 나는 그맘때에 테니스를 몇 번 치긴 했어도 공이 오락가락하는 단조로움이 성미에 맞지 않고 손목과 팔꿈치에 통증이 생겨 그만두었지만 잠자코 있었다. 아무튼 나는 인터뷰를 하며 국가보안법과 남북관계와 정부에 대해 비판적인 말을 했을 것이다. 유진은 나중에 돌아가기 전에 한국 기자들과 대담을 하면서 '작가는 그 누구도 스파이가 될 수 없으며, 냉전시대의 유물인 국가보안법은 폐지되어야 한다'고 자기의 견해를 밝혔다.

오랜 세월이 흐른 뒤 2014년 런던 도서전에 한국이 주빈국이어서 참가했다가 영국펜과의 행사장에서 그를 만났고 이듬해인 2015년 나의 장편소설 『바리데기』의 노르웨이 번역본이 나와서 오슬로에 갔다가 그가 주최한 만찬에 초대되어 다시 만났다. 그는 내 나이였는데도 서양 사람이라 그런지 훨씬 노쇠해 보였다. 그는 코리아가 너무 멀고 분단된 형편이어서 당시에 교도소에서 나를 만나기 전에는 전쟁 포로 같은 작가를 만나게 될까 두려웠다고 말했다. 그렇지만 만나자마자 날마다 테니스를 친다고 해서 안심했다고 덧붙였다. 그게 수인들이 황토를 뿌리고 소금으로 다져서 만든 엉터리 코트였다거나 나는 몇 번 치지도 않았다고 변명하기는 멋쩍었다. 그냥 웃을 뿐이었지만 속으로는 그놈의 촉새 같은 박아무개 교위가 떠올랐다. 그는 첫 겨울의 그 혹독했던 우리들의 장기 단식투쟁을 방치했고 아무런 협상에도 응하지 않았으며 내 면전에서는 살랑거리고 돌아서면 소장에게 다른 보고를 했던 이였다.

  유진 슐긴이 방문하기 얼마 전에는 유엔 인권위원회 특별보고관 아비드 후세인도 공주로 면회를 왔다. 그는 자신의 보좌관과 함께 한국측 외교관의 안내를 받아 특별접견실에서 나를 기다리고 있었다. 교도소측에서는 교도소장과 전담반의 박교위가 참석했다. 후세인은 나의 옥내생활에 대해 물었고 무엇보다도 작가인 내게 집필권이 주어졌는지 먼저 확인했다. 교도소측은 집필권을 주었다고 말했지만 나는 까다로운 규제조항 때문에 집필을 포기한 상태라고 말했다. 앞서 밝혔듯이 집필 전에 법무부로부터 집필할 작품의 주제와 내용에 대해 허가를 받아야 하며 정해진 기일 안에 쓴 원고를 일주일마다 소내 위원회에 제출하여 허가받은 내용대로 쓰고 있는지 검열을 받아야 하고, 일정한 분량이 쌓이면 영치시켜야 한다는 것, 석방될 때도 원고를 반출하려면 다시 교도소 당국의 검열을 거쳐 최종적으로 법무부의 허가를 받아야 한다는 사실을 그대로 말했다. 후세인은 고개를 천천히 흔들어 보였다. 나는 그 외에 서신 검열과 반입이 금지된 도서 목록에 대해서도 간단히 사례를 들어가며 말했고 교도소측은 내가 분단된 국가의 국가보안법 위반 사범임을 강조했다. 나는 새로 수립된 민간정부에서 금지도서 목록을 폐지한다고 했으나 현재 교도소에서는 과거의 목록을 그대로 유지하고 있다고 말한 뒤에 더이상 내 경험을 시시콜콜 이야기하지 않았다. 일일이 예를 들자면 논쟁이 끝나지 않을 것을 잘 알기 때문이었다. 아비드 후세인은 나의 방북 경위와 독일이나 미국 등에서 인권단체들이 나의 망명을 도와주려고 했음에도 불구하고 뉴욕에 가족들을 남겨두고 혼자 귀국할 수밖에 없었던 사정을 듣고는 자기도 가족들과 뉴욕에 함께 살고 있다며 나의 가족 이산에 대하여 눈물을 보이며 염려해주었다. 그는 나를 면회한 뒤에 자신의 한국 방문에 대한 유엔 보고를 마치고 한국측 시민단체 인사들, 인권변호사 등과의 회견을 통하여 자신의 견해를 밝혔다. 그는 먼저 유엔 인권보고서 대상에 한국이 선정되었던 이유를 말했다.

"첫째, 우리는 한국이 상당한 경제 발전을 이루었고, 더 진전된 민주주의가 가능한 정도의 발전 단계에 이르렀다고 판단했다. 그래서 우리는 정부 지도자, 정부 관료뿐만 아니라 여론 형성층 및 정책 결정자들을 만나 '민주주의 진전 속도가 더 빠르지 못한 이유'에 대해 알아보려 했다. 둘째, 한국은 아시아에서 독일과 비슷한 입장에 처해 있다. 우리는 한국의 민주 세력이 독일의 경험을 배워 남북한 사이에 더 나은 통일 실현을 어떻게 가능하게 할 수 있을 것인지 알고 싶었다. 셋째로는, 한국으로부터 입수한 보고서의 일부 내용, 즉 한국의 안보와 관련해 대립이 있다는 느낌을 주는 학생 시위, 노동 불안정과 그 밖의 것들에 대해 우려했다. 따라서 우리는 한국의 이러한 면들을 조사하고, 의사 표현의 자유가 어떤 방식으로 지켜질 수 있는지를 알아보고자 했다. 왜냐하면, 의사 표현의 자유는 한국 민주주의의 완만한 변화와 이행을 가져올 것이기 때문이다."

그는 보고서에서 한국 정부가 국가보안법을 폐지해야 한다고 주장했는데, 그 이유가 무엇인가 하는 질문에 그는 이렇게 대답했다.

"우리가 느끼기에 한국의 민주주의에 대하여 발전적인 구상을 실현코자 노력하는 많은 사람들이 있다. 국가보안법은 문제가 많았던 1950년대 냉전기의 산물인 만큼 지금은 재고되어야 한다고 생각한다.

이 두 가지 변화의 관점에서 우리는 한국의 국가보안법이 대체될 절대적인 필요성을 느꼈다. 한국은 민주개혁과 권리라는 측면에서 태평양 지역의 주변 국가들 사이에 본보기가 될 수 있다. 따라서 만약 한국이 인권을 억압하지 않는 사회로서 본보기가 될 수 있다면 주변국들에 더 큰 영향력을 발휘할 수 있을 것이다. 국가보안법에 의해 체포된 사람들에 관해 들었을 때, 나는 괴로웠다. 이 문제를 갖고 한국 정부 관료들과 논의했을 때, 정부 관료들은 '한국이 여전히 안보 문제를 안고 있으며 인접 국가들의 무력에 의해 위협받고 있어 국보법을 폐지할 수 없다'고 말했다. 정부 대표들은 실용주의적 필요성 때문에 이 상황이 계속되어야 한다고 생각하고 있었다. 그러나 실용주의와 함께 도덕성을 가져야 하며, 이를 곰곰이 따져봐야 한다. 때문에 국민 일부의 의도를 의심하느니보다 국민들을 믿는다는 견지에서 한국 정부와 지각 있는 지도층은 위험을 감수할 필요가 있다."

유엔의 조사에 대한 한국 정부의 반응은 어떠했으며 의사 표현의 자유 증진을 위해 한국에서 추진할 수 있는 정책은 어떤 것이 있겠는가 하는 질문에 그는 다시 이렇게 덧붙였다.

"한국 정부의 고위층과 관료들의 반응은 호의적이었다. 그러면서도 한편으로는 경계심을 갖고 있었다. 정부는 안정과 변화라는 두 가지 노선을 갖게 마련이다. 안정을 지향하는 사람들은 보수 세력을 대변하고 변화를 지향하는 사람들은 매우 진보적인데 이들 두 세력 간의 갈등은 국가안보 문제에 대한 그들의 입장에도 반영된다. 의사 표현의 자유와 관련된 법에 관심을 가질 수 있도록 기존 법률을 계속 검토해야 한다. 민주주의 사회라면 의견의 불일치는 있을 수 있고 도저히 용납하기 어려운 입장도 받아들일 준비가 되어 있어야만 한다. 이것이 국민의 권리인 의사 표현의 자유가 보장되는 것이다."

세계 여러 나라 작가들이 서명한 황석영 석방 촉구 성명서가 한국 정부에 제출되고 작가회의에도 전달되었다는 소식을 시인 이시영이 면회 와서 알려주었다. 국적이 다양한 서명자가 여러 명이었고 이름을 알아보기가 쉽지 않았는데 한국 독자들에게도 친숙한 작가들 몇몇이 눈에 떠었다. 귄터 그라스, 오에 겐자부로, 토니 모리슨, 가브리엘 가르시아 마르케스, 네이딘 고디머, 아서 밀러, 레오폴 세다르 상고르, 마리오 바르가스 요사, 수전 손택, 토마스 폰 베게사크…… 고마운 이름들을 다 헤아릴 수가 없다.

감옥에서는 바깥세상처럼 봄 여름 가을 겨울의 사계절이 없고 추운 겨울과 춥지 않은 계절 둘로 나뉘는데, 매번 긴 겨울 나기가 여간 어려운 게 아니다. 감옥의 겨울은 10월부터 이듬해 3월까지의 육 개월이고 나머지는 그냥 춥지 않은 계절이다. 아마도 월동 준비가 시작되어 동절기 누비이불과 조끼며 보온 물통 따위가 지급되던 어느 날 독일의 조각가 요헨 힐트만 교수 부부가 면회를 왔다.

내가 전담반실에 들어서니 창가에 놓인 소파에 앉은 요헨 힐트만과 송현숙 부부가 반겼다. 처음에는 건강한가, 언제 무슨 일로 한국에 왔는가, 식구들은 잘 있나, 하는 식의 안부 인사를 주고받다가, 태연한 척하던 요헨이 먼저 눈물을 흘리기 시작하더니 울음을 참지 못하고 두 손으로 얼굴을 닦았고 송현숙과 나도 덩달아 감정이 격해져서 잠시 함께 눈물을 훔쳤다. 송현숙은 연신 울먹이며 요헨의 말을 내게 통역했다. 내가 입고 있던 푸른 수의와 가슴에 붙인 수인번호가 그를 참지 못하게 했다고 한다. 그는 나처럼 2차대전의 전후 세대여서 유년 시절부터 나치 수용소에 관한 많은 일화를 알고 있었고, 언젠가 내가 무심결에 그의 아들 한송이에게 마르크 지폐에 인쇄된 독일 국가주의 상징인 독수리 문장을 장난감 방패 위에 그려준 일로 격렬하게 화를 냈을 정도였다. 그는 예술대학 교수로서 소설가인 내가 입고 있는 푸른 수인복 때문에 잠시 감정이 격해졌던 모양이었다. 그의 아내 송현숙이 통역해주었다.

　—예술가는 그런 전쟁 포로 같은 옷을 입고 갇혀 있어서는 안 된대요.

　나는 내 이름이 교도소에서는 '1306번'이라고 말하면서 내 가슴에 붙은 헝겊 표지를 가리켜 보였고 오른쪽에 붙인 것은 사동과 방의 번호라고 설명해주었다.

　—독일은 얼결에 통일이 되었지만 동독과 서독의 인민이 마음이 통하기까지는 오래 걸릴 거래요. 아무튼 독일이 먼저 분단을 해결하게 되어서 황선생님에게 미안하시답니다.

　화가 송현숙이 국내에서 전시회를 갖게 되어 한국에 체류할 것이라고 그들은 말했다. 그들은 내가 구속되기 전 뉴욕에 체류하던 시기에 한국 방문을 하려다가 공항에서 입국이 거부되었던 경험을 내게 말해주었다. 요헨 힐트만 부부는 내가 방북하고 독일에 가서 오갈 데 없던 때에 나를 받아주었고 북해의 섬 마을 별장에서 내가 글을 쓰도록 도와준 사람들이었다. 이런 일이 알려지면서 한국대사관측에서 정보 영사가 위협하고 내 행적을 캐려고 학교로 찾아오기도 했다고 한다. 그에 대한 보복이었던지 부부가 함께 김포공항에서 입국이 거부되어 간단한 신문을 받고 이튿날 독일행 비행기에 태워져 추방당할 때까지 감옥 같은 비좁은 방에서 뜬눈으로 밤을 새웠다고 했다. 요헨은 그때도 엉엉 울었고 비행기 안에서까지 어린애처럼 울음을 그치지 않았다고 한다. 나는 이전에도 이토 나리히코 교수가 내 소개로 백낙청 교수와 고은 시인의 일본 초청을 위해 연락차 왔다가 그와 같은 경험을 했던 것을 들어서 알고 있었고 몇몇 해외동포들도 똑같은 식으로 추방되었던 사례를 알고 있었지만 특히 요헨 힐트만에게는 더욱 미안했다. 그들은 주한 독일대사관과 괴테 인스티투트를 통해 나와의 특별면회를 교섭했다고 말했다. 나중에 한국이 프랑크푸르트 도서전 주빈국이 되어 함부르크에 문학행사차 갔다가 그들 부부를 만났을 때 우리 세 사람 다 늙어 있어서 나는 어쩐지 좀 슬펐다. 우리가 이렇게 늙어가는 동안 세계는 거의 달라지지 않았고 여전히 전쟁중이었던 것이다.

그들이 면회를 다녀간 며칠 뒤에 그림엽서와 책이 들어왔다. 미국펜과 일본펜, 독일펜 등에서 나를 명예회원으로 추대해주었다는 소식과 국제앰네스티에서 나를 '특별히 주목할 수감자'로 지명하고 네덜란드의 회원들이 내게 보내는 서신을 전담하고 영국 회원들은 책자를 보내기로 했음을 알려주는 내용이었다. 그후 영국에서는 내가 석방되던 마지막 달까지 매달 신간 책자를 보내주었고 아마도 나를 서구식으로 '사회주의자'로 알았는지 『국제사회주의』라는 계간지를 보내주기도 했다. 나는 영어 공부 겸하여 그 책들을 사전을 찾아가며 읽다가 중도에 그만두었는데 그때 외국어 공부라도 좀 해둘 걸 그랬다고 나중에 후회가 되었다.

네덜란드에서는 각계각층의 시민들이 그림엽서를 보내오기 시작했는데 그중에 누군가 유치원과 관련이 있었는지 네덜란드 어린이들이 손으로 그린 그림엽서가 날아들기 시작했고 크리스마스 무렵에는 수백 장의 그림엽서가 쌓였다. 먹다 남긴 보리밥을 으깨어 그 엽서들을 시멘트 벽에다 붙여놓으니 내 삭막한 감방 안에는 여러 가지 색깔의 꽃들이 피어난 것 같았다. 나는 어린아이들의 손길이 지나간 크레파스나 색연필의 흔적들을 손으로 쓸어보며 가슴이 뜨거워지곤 했다. 나는 그중에서 용케도 유치원 원장인 듯한 사람의 편지를 찾아내고 아마도 나와 비슷한 세대의 여성인 듯한 이에게 감사 편지를 썼다. 내가 그렇게 짐작한 것은 그의 이름도 그랬고 건강을 보살피고 늘 좋은 생각을 하라는 짤막한 편지 말미에 비틀스의 노래 가사를 적어놓은 것 때문이기도 했다. 나중에 2000년대 초반쯤에 네덜란드에서 『한씨연대기』가 출판되어 행사차 암스테르담을 방문했을 때, 아마도 그때쯤이라면 당시의 어린이들이 청소년이 되어 있으리라 생각하며 네덜란드 앰네스티를 방문해서 뒤늦은 감사 인사만 전했다.

앞에서도 말했듯이 동료 문인들은 면회를 올 때 현역 국회의원과 동행해서 오곤 했는데, 문인들을 위해 바쁜 시간을 내어 지방 교도소를 찾는 쉬운 일이 아니었는데도 의원들은 기꺼이 동원을 당했다. 구치소에서는 김상현, 이기택 의원을 비롯한 중진 야당 의원들이며 여당 의원들도 몇 사람 면회를 온 적이 있었지만 일단 공주교도소로 넘어온 뒤에는 여당측은 눈치가 보였는지 거의 발길을 끊었고 김영삼 대통령을 따라 청와대로 들어간 몇몇은 안부 편지를 보내는 것에 그쳤다. 그러니 동료 문인들에게 동원된 국회의원들은 모두 민주당 의원들뿐이었다. 그중에서도 광주 전남을 지역구로 가진 의원들이 단골 안내역을 맡았다. 만만한 게 옛 친구들이라고 문인들은 이전에 출판인이었거나 진보적인 학자였던 이들을 불러냈는데 한학자이며 광주 시민단체의 좌장이었던 박석무와 학생운동으로 퇴학당한 뒤에 수년간 출판사를 운영했던 이해찬 등이 걸핏하면 하향길에 문인들을 차에 태우고 공주 교도소에 들렀다. 이해찬은 나중에 노무현 정부에서 국무총리까지 지냈지만 중견 문인들 사이에서는 나이가 제일 아래여서 툭하면 그를 불러냈던 모양이었다. 소설가라는 것을 구실로 여당 의원이었던 김홍신을 앞세우기도 하고 의원이 되기 전에 기자나 문인 활동을 했던 사람들을 끌어내어 면회의 안내자를 삼았다. 이런 관례를 모르고 일반 면회를 신청했던 사람들은 서울에서 먼길을 달려왔음에도 나를 만나지 못하고 돌아가기가 일쑤였다. 시민단체의 의장이나 사무총장들도 몇시간 항의하다가 돌아갔다. 명진 스님은 면회를 왔다가 거부당하자 홧김에 그랬는지 아니면 인상을 강렬하게 남기려고 그랬는지 수박을 삼십 통이나 차입했는데 하루에 한 통씩 찾아 먹는다 해도 한 달을 먹어야 할 판이었고 교도소의 작은 매점 냉장고에 보관해달라고 하기도 불가능한 노릇이었다. 나는 명진이 팔 년 동안 토굴 입구를 봉인한 채 면벽수도한 그야말로 도가 높은 스님인데, 그가 부처님 마음으로 들여보낸 수박이라고 떠벌리며 내가 있는 사동의 아래위층 전 감방에 한 통씩 돌려서 그날은 교도소에 난데없는 수박 파티가 벌어졌다. 덕분에 며칠 동안 같은 사동 재소자들에게, 도사님이 보내주신 수박 잘 먹었습니다, 하는 인사를 받았다.

박석무는 서울에서 광주 지역구로 주말마다 내려가는 처지여서 동료들 사이에 가장 맞춤한 공주교도소 동행자로 알려지게 되었다. 한번은 그가 김지하 시인을 데려왔는데 우리는 두 시간 가까이 김지하의 '생명사상'에 대한 장광설을 들어야 했다. 박석무도 옛날 고문 전적이나 보학이며 실학에 대한 이야기가 나오면 '박포말(거품)'이라는 그의 별명이 말해주듯 입가에 침이 고일 정도로 떠들어대는 위인인데, 그날 따라 김지하의 알쏭달쏭한 생명사상 구라에 입을 다물고 겸손하게 앉아 있었다. 하이젠베르크의 양자론이 어떻고, 기가 어떻고, 사람이 하늘이라는 동학의 말은 밥이 하늘이라고 수정되어야 한다는 둥, 끝날 것 같지 않은 그의 설교에 박석무나 나도 이따금 아, 옳지, 그래, 하면서 추임새나 넣어줄 뿐이었다.

울화통 치미는 일은 김지하가 돌아가고 나서 두 달 동안 면회가 금지되었다는 사실이다. 그가 서울에 돌아가자마자 조선일보 기자를 만나 술 한잔하면서 소설가 황석영과의 면회담을 자유분방하게 인터뷰 형식으로 떠들어버렸기 때문이었다. 기사에 실린 김지하의 말에 의하면 소설가 황석영은 매일 두 시간씩 운동장을 달린 탓인지 무척 건강해 보였고 큰 작품만 대여섯 편 구상중이며 감옥에서 별 어려움 없이 잘 지내더라는 식이었다. 신문에 그 기사가 나가자마자 법무부에서 득달같이 사실을 확인하려는 감사반이 내려왔고 교도소장은 나 때문에 전말서를 따로 작성해서 제출해야 했다. 그렇다고 해서 김지하 시인을 원망하지는 않았다. 대신 주위 사람들에게, 되도록 술 좀 작작 마시고 다시는 면회 오지 말고 석방되어 나가면 술 한잔 크게 살 준비나 하라고 전해두었다.

나는 기죽은 모습을 보이지 않으려고 누가 면회를 오면 일부러 우스 갯소리를 하고 흥겨운 술자리에서처럼 활기찬 목소리로 너스레를 떨 곤 했는데 그런 탓에 주위 동료들로부터 별로 동정을 받지 못했던 것 같다. 하나같이 황석영 면회 가봤더니 앞으로 한 십 년은 더 살아도 끄 떡없겠더라, 하는 식이었다고 한다. 그런데 김지하는 일찍이 유신시 대에 독재자 박정희의 미움을 받으며 옥살이를 했는데 온 세상이 그가 곧 죽게 될 것처럼 걱정을 해주었다. 그러더니 석방 후에는 감옥살이 후유증과 알코올중독으로 요양소 신세를 졌는데, 그가 한 육 개월만 보이지 않아도 모두들 그가 죽었을지 모른다느니, 정신이 온전치 않아 서 아무데나 쓰러져 있을지 모르니 황석영 네가 좀 찾아보라느니, 왜 가까운 친구를 곁에서 보살펴주지 못하느냐느니 안달을 했다. 그런데 나한테는 해도 너무들 하잖는가 말이다! 뭐 내 속내를 헤아려 동정해 주고 위로해주길 바란 것은 아니건만 곰곰 생각하면 뭔가 억울한 느낌 을 지울 수가 없었다. 나는 일찍이 청소년기에 학교에 가서 교실 분위 기가 침체돼 있으면 마치 내 탓인 것만 같아 광대짓을 하여 모두를 웃 게 만들어야 직성이 풀렸다. 그 시절부터 나의 운명은 정해졌던 것인 지도 모르겠다.

하루는 아마도 박석무가 데려왔을 텐데 문학평론가 염무웅과 연출 가 겸 안무가 채희완 교수가 면회를 왔다. 밖에는 공주사범대학교 교수 인 시인 조재훈이 들어오지 못한 다른 문인들과 함께 기다리는 중이라 고 했다. 아마 그 전날 공주에서 문화행사가 있었던 모양이었다. 염무

옹은 원래 공주에서 청소년기를 보냈으니 고향이나 다름없었고 조재훈 시인이 대학교 졸업반 때에 염무웅이 다니던 고등학교로 교생 실습을 나와서 두 사람은 평생 형제처럼 지내는 사이였다. 조재훈 교수는 공주교도소의 민간 운영위원으로 참여하고 있어서 국회의원 백 없이도 다른 방문자를 데리고 가끔 면회를 와주곤 했다. 아마도 전날 밤 서울에서 내려온 문인들에게 술을 낸 사람도 조시인이었을 것이다. 채희완은 밤새 한잠도 안 자고 그날 오후까지 계속 마시다가 염무웅을 따라왔다. 채희완은 나와 함께 1970~80년대에 전국 현장 문화운동조직을 관리하던 친구였다. 그는 연신 트림을 하면서 나에게 자꾸만 한잔 마시러 나가자고 졸라댔고 염무웅은 전담반 교도관들의 눈치를 보면서 미안해했다. 그들은 이제 나가면 나를 안주로 하여 전날과 마찬가지로 거하게 술을 마실 모양이었다. 내가 요즈음 술안주로 뭐가 좋으냐, 공주에는 어떤 술집이 있느냐 물었더니 채희완이 일단 어제는 청요리에 중국 백주를 마셨는데 금강의 민물고기가 좋다 하니 오늘은 소주에 메기 매운탕이나 잉어라든가 모래무지를 안주로 할 것이라고 더듬더듬 말하면서 약을 올렸다. 염무웅은 돌아가서 그의 성실한 성격대로 깔끔한 백지에 반듯한 글씨로 편지를 써 보냈다. 나의 건강을 염려하는 데서 시작하여 감옥에서 화난다고 함부로 단식하지 말라는 것이며, 이제 우리는 오십대 중반을 넘겼으니 옛날식으로는 중늙은이가 되었다고, 우리 이제 같이 늙어가자고, 어서 밖으로 나오라고, 진지하게 써서 보낸 편지였다.

  모두들 서울에서 두 시간 이상 걸리는 공주까지 왔다가 차가 끊기면 대개 하룻밤 묵어가기 마련이었고, 인근 대전이나 천안 등지의 문인들을 불러모아 술판을 벌이는 모양이었다. 아니면 때로는 일고여덟 명이 작정하고 일박 이일 일정으로 팀을 나누어 면회를 하고 갔다. 한번은 이해찬이 동행했을 텐데 광주항쟁 기록 『죽음을 넘어 시대의 어둠을 넘어』를 출판했다가 곤욕을 치른 출판인 나병식과 고은 시인이 왔다. 그들은 아마도 점심때부터 내내 마시다가 오후 세시가 넘어서 면회를 왔는데 남들 보기에는 멀쩡했지만 내 눈에는 제법 마신 티가 나는 걸음걸이와 말씨로 전담반 사무실에 들어섰다.

교도관이 우리에게 커피를 한 잔씩 돌리고 나자 고은 시인이 떠들썩하게 나를 포옹하고 싯귀도 읊조리고 하더니 코트 주머니에서 작은 박카스 병을 꺼냈다. 그러고는 마개를 열어 서슴지 않고 커피에 주욱 부어버렸다. 박카스란 숙취에 마시는 카페인 섞인 달달한 음료인데 그걸 커피에 부어버렸으니 이게 무슨 맛이 될지 나는 저절로 면상이 일그러졌다. 고은이 눈을 꿈쩍여 보이며 말했다. 좋은 거야 그거. 얼른 쭈욱 마셔. 그래서 한 모금 했더니 웬걸, 코냑 향이 입안에 가득찼다. 얼결에 단숨에 마셔버렸는데 하도 오랜만에 독주가 넘어가니 속이 뜨거워지고 취기가 온몸에 퍼져나가는 듯했다. 고시인이 다시 코트 주머니에서 또하나의 박카스 병을 꺼내 완전히 비워진 머그잔에 콸콸 따라주었다. 커피맛 좋지? 나는 갈색의 코냑을 여유만만하게 한 모금씩 마셨고 그들이 일어설 즈음엔 완전히 취기가 얼굴에 올라와 있었다. 그때의 전담반 교위는 이주희 주임이었는데 산전수전을 다 겪은 그는 대번에 눈치를 챘다.

─어라, 선생님들 범치기하셨네. 도깨비탕 드셨잖아요. 이제부터 두 분은 면회 금지입니다.

그들은 웃으며 손을 흔들고 철망이 쳐진 바깥길로 나갔고 나는 옥사

감방에 바로 돌아가지 못했다. 남들 보는 눈도 있으니 술이 어느 정도 깬 다음에 입방하라는 것이었다. 나를 데리러 온 잎사귀 세 개짜리 교사는 내 얼굴을 보고는 연신 이것 참 큰났네, 큰났어, 를 연발하며 세수를 하시라는 둥 냉수를 마시라는 둥 했지만 불콰해진 얼굴은 좀처럼 정상으로 돌아가지 않았다. 결국 출역 나갔던 다른 재소자들을 모두 입방시키고 식사 때가 되어서야 슬그머니 내 방으로 돌아갈 수 있었다.

평론가 김화영과 오생근이 왔을 때는 그들이 워낙 우울한 얼굴로 전담반 사무실에 들어오기에 내가 삼십 분이나 '옥살이의 즐거움'에 대하여 너스레를 떨었더니 '황아무개에게 면회 가면 위로해줄 생각 마라, 오히려 위문받고 나온다더라' 하는 후문이 전해졌다. 평소에 나하고는 생각이 좀 다른 친구들이었지만 이들 '문예반'은 내가 옥살이하는 동안 자기 신간이 나오면 짧은 문안 인사와 함께 책을 보내주었다.

어느 날 두어 달에 한 번씩 부지런히 찾아와서 바깥소식을 전해주던 시인 이시영이 와서는 이번 8·15에는 내가 틀림없이 석방될 것이라고 속삭였다. 나는 농반진반으로, 니가 그걸 어떻게 아느냐, 김영삼 대통령과 만나서 쐬주라도 한잔 먹었냐고 했더니 소설가 이문구가 확답을 받았다는 것이었다. 작가회의 회원 중에서 모 여성 시인이 대통령의 아들 김현철의 아내와 여고 동창생이라고 했다. 이문구가 여성 시인과 함께 김현철의 집을 방문했다. 비공식적으로 소설가 황석영의 석방 문제를 탄원하기 위해서였다. 당시에 김영삼 대통령의 아들 김현철이 '소통령'이라고 할 정도로 그늘에서 아버지를 보필하고 있다는 소문이 세상에 파다하게 돌았다. 내 석방 이야기를 꺼내면서 이문구는 말했다. 방북 사건에서 주범은 범민련 의장인 문익환 목사였고 대변인이었던 황석영은 종범이었다. 주범 문목사가 십 년 징역형을 받았다가 삼 년 육 개월을 살고 사면받았는데 종범인 황석영 소설가는 칠 년 징역형을 받고 삼년 육 개월째 감옥에 있다. 형평성으로 보더라도 황아무개는 진작 나왔어야 하지 않나. 그러자 김현철이 웃으며 여러 가지로 바빠서 사면 생각을 할 겨를이 없었다며 돌아오는 8·15 광복절에는 사면이 있을 테고 황선생도 이번에는 꼭 석방이 될 거라고 말했다는 것이다.

그 소식을 듣고 따져보니 이제 내 징역도 몇 달밖에 남지 않아서 나는 영치되었던 책이며 감옥에서나 요긴한 물건들을 학생들에게 나눠주며 마음이 들떴다. 그런데 김현철이 사면은커녕 얼마 후에 그 자신이 한보철강 사건으로 구속되어버렸다. 그동안 집권해왔던 다른 독재자들과는 달리 김영삼 대통령은 비록 자신의 아들이라도 문제를 일으키자 본보기로 삼겠다는 듯 감옥에 잡아넣었던 것이다. 그런 마당에무슨 정치범 사면을 기대할 수 있겠는가. 한껏 부풀었다가 꼼짝없이형량을 다 채워야 교도소 문을 나설 수 있으리라고 여겨지자 조금 실망했다. 나는 학생들에게 나눠주었던 물건들 중에서 사전과 깡통 뚜껑을 갈아 만든 손칼 등 몇 가지 물건은 돌려받기로 했다.

『난장이가 쏘아올린 작은 공』 연작소설 하나로 독자들에게 수십 년간 기억된 소설가 조세희는 면회를 와서 옛날 친구들 이야기를 했고 미국에서 쓸쓸히 임종한 극작가 전진호의 장례식에 갔던 얘기를 오랫동안 했다. 그리고 내가 나오면 문예 계간지를 함께 하자며 다짐했다. 독재에 붙어먹던 놈들 쓸어버리고 사람답게 사는 세상을 만들어야 한다며 그는 문득 생각이 났는지 담배를 꺼냈다. 조세희가 사무실 안의 교도관들에게는 눈길도 주지 않고 담배 한 대를 꺼내 내게 내밀었다. 나는 진심으로 담배를 피울 생각이 없었다. 징역 살면서 몇 해 동안이나 담배연기 근처에도 가지 않았기 때문이었다. 내가 고개를 흔들자 그는 내 맞은편에 앉아 담배에 불을 붙였다. 양놈들이 이걸 가지구 뭐 마약이라구 그런다냐? 세상 재미두 없는데 사람이 마약 한 가지쯤은 해야 되지 않겠어? 하고는 담배를 엄지와 검지로 꼬나들고 맛있게 피워댔다. 나는 그 모습을 보면서 흡연 욕구보다는 박탈된 내 자유의지가 그리웠다. 나는 일찌감치 몰래 담배 피우는 짓 따위는 하지 않으리라 결심함으로써 내 자존감을 지키려 애썼다. 마침 잘되었다고, 건강에 좋지도 않은 담배를 이 기회에 확실하게 끊어버리자고. 그러나 내 결심은 훗날 석방된 뒤 며칠 안 가서 깨지게 되어 있었다. 시인 이시영이 석방 축하주를 낸다고 하여 만났는데 일식집으로 데려가서는 복 지느러미를 태워 얹어주는 히레사케를 시켰고, 그가 뜨거운 히레사케를 마시면서 담배를 어찌나 맛있게 태우던지 무심결에 한 대 집어다 피워버린 것이다! 나는 잊어버렸지만 감옥에서 눈보라 치는 추운 날 떨고 앉았다가 복도를 거닐던 담당 근무자가 갑자기 머리가 돌아버리기라도 하여 식구통을 열고 내게, 뜨거운 히레사케 한잔하세요, 하고 내밀어줄 듯해서 환청이 다 들리더라는 얘기를 면회 온 이시영에게 말한 적이 있었다는 것이다. 내가 이시영의 담뱃갑에서 나도 모르게 두 대째를 빼어다가 맛있게 피우자 그가 잠깐 나갔다 돌아오더니 아예 담배 한 갑을 탁자 위에 던지며 말했다. 다들 죽고 없어진 뒤에 혼자 남아 심심하게 살지 말고, 까짓거 맘껏 피우고 적당히 살다 갑시다. 그래서 나는 속세로 나온 뒤에 다시 전과 다름없는 골초로 돌아갔고 이시영은 간이 나빠져서 담배를 끊었다.

같은 무렵 이해찬이 서울 인사동에서 모처럼 화가와 교수와 스님, 목사 등과 저녁을 먹다가 술판이 커지자 이왕 국회의원을 만난 김에 공주교도소로 황아무개 면회를 가보자고 논의가 되어 몰려왔다. 이들은 호기 있게 마이크로버스를 전세 내어 한밤중에 공주로 달려와서 하룻밤 자고는 이튿날 내게 면회를 왔는데 첫눈이 푸실푸실 내리고 있었다. 면회 규정이 특별면회라 할지라도 세 명을 넘을 수 없게 되어 있어서 이해찬 의원과 화가 여운과 원경 스님 세 사람만 들어오고 나머지 다섯 명은 혹시나 내 모습을 먼발치에서라도 볼 수 있을까 하여 행정구역과 계호구역을 가르는 철망 밖에서 기다리고 있었다.

이해찬이 왔다고 보안과장이 특별히 그를 만날 겸 우리 면회 자리에 나왔는데 그들은 한때 '웬수처럼' 싸우던 사이였다. 이해찬은 민청학련 사건으로 퇴학 맞았다가 박정희가 암살당한 10·26 이후에 복학을 하게 된다. 그러나 복학생 대표로 서울대학교 학생회를 뒤에서 움직이던 중에 1980년 광주항쟁이 일어나는데 그 5월에 내란과 계엄법 위반으로 다시 체포 수감된다. 그가 대전교도소에 있었을 때 관구계장이던 현재의 보안과장과 사사건건 대립했고 이십여 일에 걸친 이해찬의 단식은 옥내 정치범 전원에게 파급되었던 모양이다. 보안과장이 그때의 일을 떠올리며 '징글징글하고 독한 분'이라고 말했고 이해찬은 그를 가리키며, 충청도 사람이 순한 줄 알지만 절대로 속지 말아요, 얼마나 질긴 고무줄인지 알아요? 하고 내게 주의를 주었다.

면회가 끝날 때 나는 밖에 친구들이 기다리고 있다는 귀띔을 받았다. 계호자가 전담반의 잘 아는 교사라 눈을 꿈쩍하고는 사동 쪽으로 헤어져 가지 않고 이해찬과 여운, 원경 등을 따라서 철망으로 엮은 문까지 따라갔다. 철망 앞에는 몇 년 만에야 얼굴을 보게 된 친구들이 울레줄레 서 있었다. 이해찬 등이 문을 열고 나가서 바깥의 그들과 나란히 서서 나를 돌아보았다. 나는 저들의 면면을 보아 아마도 오늘 녀석들의 술자리가 제법 흥겨울 것임을 짐작했다. 더구나 밖에는 첫눈이 내리고 있지 않은가. 그들을 따라 나가 쌓인 회포를 풀고픈 마음에 안달이 났지만 겉으로는 의연한 척 최대한 쾌활하게 말했다.

—멀리 못 나간다. 술 너무 먹지 마라.

—아니 형님, 여기가 어디라구 멀리 못 나가? 징역 더 살아야 되겠군.

이해찬의 말에 일행은 일시에 큰 소리로 웃어댔다. 계호하던 교도관들은 얼른 입가에 손가락을 대고 쉬이, 조용들 하세요, 했고 그들은 연신 뒤를 돌아보며 눈발 속에 내다보이는 외벽 정문을 향해 몰려나갔다.

면회 온 사람들 이야기를 하다보니 운동장가에 대강당이 들어서면서 사라진 벽화 얘기를 하지 않을 수 없다. 공주교도소는 크게 두 블록으로 나뉘어 있었는데, 그 사이에 좌우로 철망을 친 울타리가 있고 가운데로 통로가 이어져 있었다. 통로의 끝에서 교도소의 행정건물들이 시작되고 그 너머에 다시 외벽으로 나가는 통로가 있으며 내벽을 통과하면 외벽에 교도소의 정문이 있었다. 외벽은 내벽을 둥글게 감싸고 있으며 담벽 위에 망루 초소가 있었다. 왼쪽 블록에는 교도소 내 공장 건물들이 있고 그 앞에 대운동장이 있었으며, 오른쪽 블록 생활공간에

네 채의 사동이 있는데 맨 끝 건물이 정치범과 강력범들의 특별사동이고 그 앞에 우리가 사용하는 소운동장이 있었다. 소운동장에는 조깅을 할 수 있는 트랙이 있으며 한쪽 편에 예의 테니스장이 있었다.

나는 처음에 그 운동장에 나갔다가 조폭들의 인사를 받았던 것인데 운동장에 들어서자마자 우락부락한 청년들의 인사를 받고 놀랐으며 긴 담장의 거대한 벽화를 보고 또 한번 놀랐던 것이다. 나는 벽화를 보자마자 그게 누구의 그림인지 어림짐작을 할 수가 있었다. 우선 교도소의 담벽에 벽화를 그린 행위 자체가 '민중미술적'이었다. 벽화는 농촌의 사계절을 그린 것인데 봄에 밭 갈고 씨 뿌리고, 여름에 김매고 들밥 먹고, 가을에 추수하고 농악에 맞춰 춤추고, 겨울에 설쇠고 윷놀이하고 팽이 치는, 그렇게도 많은 서사가 담긴 그림이었다. 아마 화가는 교도소 수인들의 단순한 정서에 맞추어 알기 쉽게 일과 놀이의 건강한 생활을 보여주고 싶었던 것 같았다. 그림은 내가 곁에서 겪어본 수인들의 고단하고 복잡한 정서에 별로 맞지 않았고 마치 교회의 장식화처럼 재미없는 선의의 교훈으로 가득차 보였다. 아마도 어느 마음씨 좋은 교도소장이 부임해와서 아무런 색깔도 없는 길고 긴 흰 담장이 서 있는 게 재소자의 품성 함양에 바람직하지 않겠다고 여겼던 것일까. 지난 정부의 문화정책에 비추어보더라도 이른바 '민중화'의 불온함을 경계하다보니 세상에 대한 비판적인 관점이 배제된 애매한 생활 찬가가 되었던 듯싶다. 나는 속으로 낄낄 웃었고 그 그림이 갇혀 있는 내 모습처럼 보였다.

공주대학교의 조재훈 시인이 공주교도소의 민간 운영위원으로 몇 번씩 문인들을 대동하고 면회를 다니다가 안 되겠던지 함께 재직하고 있던 김정헌 화가와 다른 국문과 교수와 더불어 면회를 왔다. 박정희 정권의 유신 말기에 김정헌은 오윤, 임옥상 등과 함께 '현실과 발언' 전에 참여하면서 알려졌는데, 나와 김용태가 조직한 민예총에 들었다가 분가해 나가서 '문화연대'를 만들었고 나중에 노무현 정부 때 문화예술위원장을 지낸다. 이명박 보수정부가 들어서면서 문화부 장관으로 취임한 배우 출신 유인촌이 임기도 끝나지 않은 김정헌과 미술평론가 김윤수 국립현대미술관장, 시인 황지우 한국예술종합학교 총장을 쫓아내려 했을 때 그는 셋 중에서 가장 격렬하게 저항했다. 나는 공주에서 내가 징역을 사는 줄 뻔히 알면서도 뒤늦게 면회를 온 그를 좀 놀려주려고 우스갯소리를 했다. 공주교도소에 벽화를 그리게 된 인연이 그가 공주대학 교수였기 때문임을 나는 미리 짐작하고 있었던 것이다.

—자네 그림 때문에 내가 꼽징역을 살구 있네. 날마다 똑같은 그림을 지겹게 보면서 금쪽같은 한 시간의 운동시간을 보낸단 말야.

그는 내가 그림을 가지고 놀릴 줄을 미리 각오했던 모양이었다.

—벽화 부탁을 받았는데 처음부터 이건 안 된다 저건 안 된다 어찌나 간섭이 많은지 간신히 그렸소. 그림을 그리고 있자면 옥방 창문으로 내다보는 애들이 또 참견이야. 아저씨, 그 처녀 치마 좀 더 짧게 그려주슈. 유방도 크게 그려주고요.

나는 덧붙였다.

—내용이 심심한 건 그렇다 치구 그림을 너무 못 그렸더라.

김정헌은 대번에 얼굴이 시뻘게졌고 나는 순간 내가 좀 실수했음을 알았다.

―그럼 신세가 나하구 똑같은 거야. 석방을 시켜줘야 할 텐데.

그렇게 얼버무리고 말았다. 어쨌든 그 벽화는 우리의 운동장과 함께 곧 없어질 운명이 되었다. 새로 온 교도소장이 법무부에 품신하여 소운 동장 터에 강당과 천주교, 불교, 기독교 신자를 위한 복합예배실을 짓기로 한 것이다. 그 무렵에 정치범은 나와 학생 하나와 노동운동을 하던 전도사 등 세 명뿐이었고 교도소 당국은 맨 처음에 우리부터 설득하려고 했다. 협상 끝에 교도소측은 세번째 네번째 사동 사이의 비교적 너른 공터에 탁구대를 놓아주고 배드민턴 용구 등을 구비해주기로 했으며, 무엇보다도 '시국사범'들이 채소를 기를 텃밭을 마련해주기로 한 것이 큰 성과였다. 내가 소지와 함께 채소를 가꾸게 된 그 텃밭이다.

그 무렵 집회 및 시위에 관한 법률을 위반한 학생들 다섯 명과 사회 단체 활동가 두 명이 한꺼번에 이감되어오는 바람에 정치범은 나까지 합쳐서 열 명이 되었다. 그들은 모두가 독거사동의 이층에 수감되었다. 하여튼 그들이 오기 전에 우리는 셋이서 오붓하게 지냈는데 전도사는 당시에 유행하던 무슨 급진적인 노동운동 조직원으로 활동하다가 들어왔고 학생은 전라도 광주 출신으로 동신전문대에 재학중이었다. 성은 잊었고 종호라는 이름만 기억에 남았다. 종호는 아버지가 중장비 기사인데 고등학교 때부터 아버지의 일터에 가보고 일찍 사회의식이 생겼다고 했다. 나가면 노동 현장에 들어가 밥벌이도 하여 집안 생계도 돕겠지만 노동운동도 열심히 하겠다고 말했다.

우리는 정해진 한 시간의 운동시간에는 탁구를 신나게 쳤고, 옥외에 머물 수 있는 시간을 점심시간 직전까지 연장해서 다시 한 시간 동안 농

사를 지었다. 거창하게 농사라고까지 할 수는 없었지만 그래도 우리에
게는 소중한 밭뙈기였다. 네번째 사동 건물 앞 빈터가 제법 넓었는데 볕
이 정면으로 드는 남향이었고 오솔길 아래로 언덕이 있어서 배수도 잘
되었다. 교도소에서 우리에게 밭을 내줄 때에 그냥 맨땅을 갈아보라고
한 것이 아니라 화단이 있던 곳을 밭으로 바꾸도록 했다. 주어진 도구는
삽과 호미와 물뿌리개 정도여서 기다란 밭을 일일이 갈아엎을 자신이
없었는데 영선반 고참 장기수들이 경운기를 몰고 와서 단숨에 갈아주
었다. 우리는 그럴듯한 밭이랑을 만들고 사이사이로 고랑을 만들었다.
채소를 기르면 '징역이 잘 깨진다'더니 그야말로 푸성귀가 쑥쑥 자라는
사이에 한 계절이 후딱 지나가버렸다. 우리는 운동이 끝난 뒤에 야외 수
도에서 물뿌리개에 물을 받아다 작은 싹 위에 뿌려주었고 작물이 제법
자라난 뒤에는 소내 온실 작업장에서 고무호스를 빌려다 물을 흠뻑 주
곤 했다. 우리는 몇 달 안 가서 점심때마다 싱싱한 상추, 케일, 쑥갓을
따서 쌈밥을 먹었고, 풋고추와 깻잎은 장을 찍어 먹거나 간장 고추장으
로 장아찌를 만들어 먹었다. 일반 출역수들도 공장 앞에 다들 텃밭을 일
구어놓고 있어서 여름이면 늘 싱싱한 채소를 먹고 있었다. 날마다 물 주
고 길러서 거두어 먹는 재미는 그야말로 징역을 잊게 만들었다.

종호와 나는 텃밭에서 처음 씨를 뿌리던 날 갑자기 등뒤에서 고함소
리가 들려와서 화들짝 놀랐다. 아니 정확히 말하자면 내가 놀랐고 종
호는 이미 알고 있었는지 때때로 고성을 지르는 자를 가리켜 '후보자
님'이라고 말했다. 우리끼리 스스로를 정치범 또는 시국사범이라고 점
잖게 부르지만 교도관들은 예전 버릇대로 우리를 공안수라고 불렀는

데 화가 날 때면 '빨갱이 도둑놈들'이라고도 불렀다. 네번째 사동의 이층이 공안수 및 독거수 사동이고 일층은 그냥 평범하게 병사라고 했는데 일층 긴 복도의 절반을 쇠파이프 창살로 가로막아 입구에서 절반까지는 가벼운 환자들을 수용했고 쇠창살로 막아놓은 안쪽에는 정신질환자들을 수용했다. 그래서 독거사동에 있는 사람들은 아래층 정신이상자들의 기척을 잘 알고 있었다.

'후보자님'은 무기수였다. 그는 신군부가 집권하면서 사회 정화를 명분으로 만든 '삼청교육대'에 잡혀갔다가 감시병에게 반항했다. 그는 죽지 않을 정도로 고문을 당한 뒤 일반 교도소로 이감을 왔다. 교도소로 와서는 공장에 작업을 나가서 정신착란 증세를 일으켰고 무의식중에 동료를 망치로 때려죽였다. 그는 정신착란 중에도 끊임없이 자기를 해치려는 적들에 대하여 자신의 무죄를 항변하고 연설을 했다. 환각 속에서 누군가 찾아오는지 토론을 벌이다가는 저녁마다 정견 발표를 하곤 했다. 한밤중에 그가 질러대는 비명소리는 처절했다. 사동 사방에서 제발 잠 좀 자게 해달라고 외치는 수인들의 고함소리와 교도관들의 호령 소리로 새벽의 전 옥사가 떠들썩해지곤 했다.

우리가 밭에 물을 주고 있으면 가끔씩 느닷없이 그가 외치기 시작했다. 국민 여러분 제 말 좀 들어보시오, 하며 시작되는 그의 정견 발표였다. 저를 국회의원으로 뽑아달라고 하는 것이 마지막 인사였는데 그러고 나서 전두환 대통령의 이름을 부르며 그를 타도하자고 구호를 외쳤다. 처음에는 길길이 뛰며 그의 외침을 막던 교도관들도 으레 그러려니 하며 그냥 내버려두었다. 증상이 악화되고 신경이 날카로워지면 한동안 조용해졌다가 오물을 식기에 담아서 시찰을 도는 과장이나 계장에게 느닷없이 뿌리기도 했다. 그를 '후보자님'이라고 부르는 것은 그가 벌이는 사건이 일상에 지나지 않는다는 조소인 셈이었다.

우리가 상추밭에 물을 주다가 고개를 들면 가끔 화장실 창 앞에 서 있는 그의 얼굴이 보이기도 했다. 그는 먼 곳을 응시하는지 우리가 보이지 않는 듯한 표정이었다. 끼니때마다 밥을 넣어주면 대개는 먹는데 그냥 방바닥에 버리거나 사방에 오물을 발라놓는 날이 많아서 사흘에 한 번씩 씻기고 청소하고 빨래해주는 소지 아이들이 진저리를 쳤다. 그는 한동안 정신병원 시설이 있는 교도소로 갔다가 조금은 얌전해져서 되돌아오곤 했다. 그는 한 삼 년쯤 그렇게 오락가락하다가 다시는 되돌아오지 않았다. 내가 언젠가 그의 얘기를 꺼냈더니 교도관이 픽 웃으며 중얼거렸다. 아마, 나갔을 거요. 내가 무기라는데 어떻게 나갔느냐, 가족이 데려갔냐, 우리나라 법은 정신병자도 감옥에 가두냐고 연달아 물었더니 그러니까 죽어서 나갔겠죠, 라고 그가 아무렇지도 않게 말했다.

'전봇대'라는 다른 젊은이가 있었다. 그는 이십대 초반이었는데 내가 누구인지 죄명이 무엇인지 정확하게 알고 있었고 내게 책을 빌려달라고까지 할 정도로 멀쩡했다. 그는 일층의 쇠창살 안쪽이 아닌 바깥쪽 방에 갇혀 있었다. 그러니까 약간 이상하지만 중증은 아니었다는 것이다. 농구선수처럼 훤칠하니 키가 커서 소내 체육대회가 열렸을 때엔 누구나 저 녀석이 정신만 바르다면 최우수 선수가 될 거라고 아까워했다. 다만 소장이나 감사반이나 하여튼 높은 사람들이 시찰을 나오면 소동을 벌였다. 그들이 줄줄이 서서 들여다보면 그는 침을 뱉거나 쌍욕을 하는 것이었다. 문을 발로 차고 길길이 뛰는 그를 진정시키려고 교도관 서너 명이 들어가 사지를 붙들어 가죽띠와 포승줄로 묶고 입에 방성구를 채우고 기진맥진해서 나오면 이번에는 문짝을 발로 차대는 것이다. 전봇대는 역시 육 개월마다 병동이 있는 교도소를 내왕하더니 차츰 말수가 적어졌다. 그의 쾌활함은 침묵으로 바뀌고 몸은 깡말라버렸다. 눈에 가득찼던 젊음의 활기도 사라졌다. 인상은 이미 중년 남자였다. 나는 운동시간에 모포를 널러 나온 그들 일행을 보면서 운동 담당 교도관에게 물었다.

　─저 친구 많이 변했는데, 아주 기가 팍 죽었어요.

　─많이 나았다구 하던데. 이젠 헛소리를 안 하잖아요?

　그러나 내 생각은 달랐다. 나는 그가 다시 돌아오지 못할 딴 세상으로 가버렸다고 여겼다. 두어 해 동안에 공주교도소와 병동 교도소를 세 번쯤 왕복하고 나서 그의 육신은 완전히 빈집이 되어버린 듯했다. 그는 나를 아예 기억조차 하지 못했다. 어쨌든 그는 육 년의 형기를 채우고 사라졌다.

　어느 누구든 경계선을 넘으면 안 되었다. 밖에서나 안에서나. 징역에는 누구에게나 고비가 있게 마련이다. 처음에 형을 받고 출발할 때, 그리고 교도소에서 독방에 갇혀 삼 년에서 사 년을 넘길 무렵, 다시 구 년에서 십 년째 접어들 때, 마누라가 떠날 때, 가족들, 그중에서도 어머니가 세상을 떠난 후, 아이가 아프거나 무슨 일을 당했을 때, 증오하던 담당이 다시 배치되었을 때, 억울하게 징벌을 먹었을 때, 뒷수갑 차고 족쇄 묶여 창도 없는 캄캄한 먹방에서 엎드려 입으로 개밥을 먹을 때, 그런 때에 그는 삶의 이쪽 경계를 넘어간다. 도저히 못 견딘 혼이

몸이라는 공간을 떠나 혼자만의 새로운 세상을 만든다.

　모든 수감자에게 고비가 온다는 삼 년 육 개월이 지날 무렵부터는 교도소 당국의 나에 대한 관리가 비교적 너그러워졌다. 교도소 당국은 일정 형기를 무사히 치른 일반수들에게 급수를 올려주거나 작업장을 바꿔주는 식으로 처우를 개선해주었는데, 정치범은 처음부터 시작이 징벌 수준으로 엄격했다가 적응이 되어가는 때가 되면 모범수급으로 풀어주었다. 물론 감사 기간이 되면 엄중 수준으로 관리 규정이 잠시 바뀌곤 했다. 정치범이 적응이 되어간다는 판단은 어디까지나 교도소 당국에 의해 결정되었다. 예전에는 정치범의 사상 또는 정치의식의 변화 여부를 유일한 판단 기준으로 삼았지만, 세월이 가면서 무엇보다도 바깥 현실정치권의 변화에 따른 교도소장의 주관적 판단이 더욱 영향력이 있게 되었다. 그렇기는 해도 이른바 '민주인사'의 생각이 하루아침에 바뀔 리는 없겠지만 그가 교도소 당국에 대해 너무 투쟁적이지 않고 타협점을 찾아 논의할 수 있는 정도만 되어도 처우는 차츰 개선될 가능성이 있었다. 나는 그런 면에서 마치 제대 말년의 병장들처럼 소내 규칙에서 약간 비켜나서 열외로 지내려고 했다. 돈 많고 권력 있는 수감자를 '범털'이라 부르고 그 반대를 '개털'이라고 부르는 것처럼 징역 말년의 고참을 '범치기(규칙을 범하다)'라고 부르고 그 반대를 '또바기(또박또박 지키다)'라고 하는데, 말하자면 나는 이맘때쯤 또바기에서 범치기로 넘어가고 있었다. 범털이니 개털이니 하는 말은 밖에서 들여온 사제 담요를 덮고 자는 사람과 낡은 관제 군용 담요를 덮고 자는 사람을 구분해 지칭하는 데서 유래했다고 하는데, 군용 담요 때문은 아니지만 내게는 군대나 감옥이나 정서적으로는 크게 다르지 않은 것 같다. 군대는 죄가 있건 없건 대한민국의 건장한 청년이라면 무조건 의무적으로 가야 한다는 점이 다르겠지만 규율과 통제 속에서 일정 기간 보내야 한다는 면에서 본다면 그 역시 아름다운 청춘을 유폐시키는 감옥이다. 수인이 입감되는 날부터 출소 날만 기다리듯 군대에서는 날짜를 지워가며 제대 날만 기다린다. 긍정적으로 얘기하자면, 그 기간을 잘만 견뎌내면 감옥에서 반성하고 개과천선하는 경우가 있듯이 천방지축이던 풋내기가 산전수전을 겪고 그야말로 진짜 어른 사내가 된다(이것은 남자들이 지긋지긋했던 삼 년여의 군생활을 자부하기 위해 스스로 만든 이미지일 수도 있다). 중요한 것은 여기서든 저기서든 잘 견뎌내야 한다는 것이다.

파병

1966~69

진해에서 전반기 팔 주와 상남에서 보병이 되는 사 주의 훈련을 받고 나면 거칠고 사나운 '바다의 싸나이'가 되기 마련이다. 그곳에서의 생활은 겉모양은 미 해병대의 교육 방법을 그대로 본떴지만 내무반 속을 들여다보면 일제 육전대식의 가혹한 기합과 '빳다'가 거의 일상이었다. 철통같은 일체감을 주기 위해서 동기생에 대한 전우애를 강조하고 타군을 오합지졸로 보라는 식의 교육이 하사관들에 의해 거의 날마다 주입된다.

내무반 곳곳에는 그럴듯한 표어가 붙어 있다. 예를 들면 '한번 해병은 영원한 해병이다'는 이미 고전이 되었고, '전우여 오늘도 말없이 수고했소'라든가, '귀신 잡는 해병' 또는 '무적 해병'이라고 붉은 바탕에 노란 페인트로 곳곳마다 쓰여 있다. 두 달이 못 가서 장정들은 어느새 삼군의 최강부대 해병대임을 목청이 터지도록 고함지르며 강렬한 소속감과 연대의식을 지니게 된다.

내가 방북하고 나서 귀국하지 못하고 독일과 미국을 떠돌던 때에 미국에서 겪은 일이다. 앞집 세탁소 아저씨가 찾아오더니 여기도 해병전우회 지부가 있어 모이는데 나와서 '좋은 얘기' 좀 해달란다. 그래서 온 세상이 다 아는 대로 내가 북한에 다녀온 불온한 사람인데 괜찮겠느냐고 물었더니 그의 대답이 걸작이었다. '한번 해병은 영원한 해병이고, 해병대엔 불순분자가 있을 수 없다'는 간단한 결론이었다.

전후반기 훈련 마치고 병과를 정하는 날에 훈련병들 중에서 먼저 '골병대 삼대'를 뽑는다. 그것은 헌병대, 의장대, 군악대를 뽑는 순서였다. 키 큰 순서대로 몇 명씩 세워놓고 제식교련을 시키면서 한두 명씩 가려내어 접견을 했다. 헌병대와 의장대야 중키 이상 되고 얼굴이 어글어글 사내답게 생겨먹고 시키는 대로 머리만 좀 돌아가면 되겠지만, 군악대를 음악의 소질 여부에 관계없이 이들과 같은 조건으로 가려 뽑는 게 이해가 되질 않았다. 그러나 어느 선임자가 대수롭지 않게 말한 적이 있었다. "나팔은 누구나 불 수 있다구. 해병대 군기로 안 되는 일이 있냐? 빳다 맞아봐라, 콩나물 대가리 읽을 줄 모르는 놈도 근사하게 불어제낀다." 그러니 그럴듯한 연주자가 되기 위한 과정이 얼마나 피눈물이 나겠는가. 의장대 역시 총 한번 잘못 떨어뜨리면 전 소대가 한숨도 못 자고 온밤을 들볶이고 당사자는 순서대로 선임자들에게 기수 빳다를 맞고 그러다보면 그야말로 총 돌리는 기계로 변한다는 얘기였다. 그래서 골병이 든다는 거다.

거리를 순찰중이거나 네거리에서 교통정리를 하는 헌병의 복장과 몸가짐을 보고 군인답고 멋지다고 생각하는 건 당연하다. 그러나 그 뒤에는 얼마나 눈물겨운 내무생활이 있는지 누가 알랴. 이를테면 아침마다 이루어지는 복장 검사 때 구두코에 얼굴이 비치지 않으면 밑창을 핥아야 한다. 허리에 지르는 탄띠의 금빛 버클도 광택약을 사다가 날마다 광을 내어 볼록거울처럼 둥그렇게 제 얼굴이 비쳐야 한다. 바지 주름을 잡기 위해서 두터운 서지 바지의 안쪽에 밥풀을 발라 다리미로 다려서 줄이 풀어지지 않게 만든다. 이 모든 일을 고참들은 하지 않는다.

내가 위탁교육까지 마치고 거의 일 년을 교육으로만 보낸 뒤에 본대로 가니까 당연히 제일 졸병이었다. 바로 아래 신병이 올라오기 전까지는 선임들의 복장은 모두 내 책임이었다. 나는 새벽 네시가 되면 저절로 눈이 떠졌다. 그때부터 선임자들의 구두와 탄띠 닦기, 군복 다림질이 시작되었는데 그들이 아침에 일어나 구두를 신으려다가 광택이 신통치 않으면 가까이 오라고 하여 그 자리에서 구두창을 핥게 하고는 '꼬라박아'를 시켰다. 머리를 땅에 박고 두 손은 뒷짐지고 거꾸로 엎드리는 자세를 해병대에서는 '원산폭격'이라고 하는데, "폭격 실시!" 하는 명이 떨어지면 즉각 "실시!" 하고 복창하며 꼬라박는다.

기합 받아본 중에 제일 기발했던 것은 '침상 배치 붙기'라는 것과 '나이롱 취침' 그리고 '모기 회식'이었다. '침상 배치 붙기'는 주로 면회를 다녀온 날 실시를 하기 마련인데, 전반기가 끝날 무렵부터 훈련병의 가족 면회가 허가된다. 나에게도 어머니가 누나와 함께 고기붙이를 장만해가지고 면회를 왔었다. 가족을 만나면 고기는 물론이려니와 전에는 쳐다보지도 않던 떡이나 빵 종류처럼 배부르고 부피 큰 먹거리들을 찾게 된다. 가족들과 눈인사를 나눌 겨를도 없이 보따리를 풀자마자 아구아구 먹는데 돌아올 때는 구령과 군가가 건성으로 나올 정도로 군기도 빠지고 배가 잔뜩 불러서 구보도 못할 지경이 된다. 하사관들은 이런 사정을 잘 알고 있어서 밤에 자다가 급체로 사고가 나는 경우도 종종 있는지라 내무반에 돌아오자마자 뱃속에 가득찬 것들을 반납시키기로 작정한다. 면회에서 돌아온 녀석들을 세워놓고 일장훈시를 한 뒤에 '침상 배치 붙기'를 실시한다. 이층 철침대의 모서리에 군홧발을 올리고 엎드려뻗친 자세를 취하는데 삼 분이 못 가서 명치 너머까지 가득찼던 음식물들이 몰려나오기 시작한다. 오물을 치우고 일주일 변소 청소의 서약까지 받아낸 다음에 잠을 재운다. 곁에서 직접 목격한 일인데, 어느 병사는 면회 나가서 건빵을 다섯 봉지나 바짓가랑이에 숨겨 들어와 밤중에 침낭 속에다 까넣고 물도 없이 우적대며 밤새껏 씹어 삼키다가 속에서 건빵이 불어 급체로 죽은 채 발견되었다.

'나이롱 취침'은 사지를 허공으로 번쩍 쳐들고 겨우 궁둥이 꼬리뼈만을 땅에 붙인 동작으로 자장가를 부르게 하는 기합인데 두 다리가 땅에 닿거나 뒤통수가 뒤로 떨어지면 그대로 '군기봉'의 타작이 떨어진다. '모기 회식'은 팬티 바람에 선착순을 시키고는 풀밭 한가운데에 팔다리를 벌린 채 세워두는 동작이다. 어둠 속에서 모기들이 신나게 달려들어 마음대로 피를 빤다. 온몸이 가려워서 미칠 지경이지만 움직이면 몽둥이 타작이 기다리고 있는지라 이를 악물고 참는다. 정신없이 쫓기면서 온갖 일을 당하고도 돌아서서 키들키들 몇 번 웃다보면 세월이 간다.

드디어 신병이 두 명쯤 올라오면 종살이는 끝나지만 다시 아침저녁 출퇴근시간 때에 번화가에서 교통정리를 하게 된다. 복장 검사 때마다 곤욕을 치르고 동작이 나쁘다고 몇 시간씩 팔 벌리고 섰거나 꼬라박고 하는 곤경을 치르고 나서 겨우 현장에 나가게 된다. 무엇보다도 주요 군용차의 번호를 일일이 외워야 한다. 주요 부처의 해군 해병 장교들의 차에 신경을 쓰지 않고 정지시키거나 경례를 놓쳤다가는 점심 굶고 저녁 퇴근시간 때까지 동작 연습을 계속해야 한다.

몇 달이 지나고 나서 처음으로 제법 괜찮은 군대생활이 시작되었다. 진해 해군통제부 사령부의 문 근무가 시작된 것이다. 정문 말고는 측면에 나 있는 문들이 한가해서 차량도 인근 독립부대의 트럭이나 스리쿼터 정도가 가끔씩 오갈 뿐이었다. 우리는 이런 근무처를 '휴양소'라고 불렀는데 근무자는 하사관 한 명에 사병 세 사람 정도였다. 하사관과 고참이 주로 낮 근무를 하고 두 졸병들은 야간 교대근무를 했다.

우리는 아침나절에 주로 반찬값과 담뱃값 벌이를 했는데 고참이 요령을 알려주었다. 트럭이 나갈 때 기름통에 작은 돌을 한 개 던져 소리를 들어보면 만땅인지 아닌지 대번에 알게 된다는 거였다. 만땅 넣고 나가서 비우고 돌아올 때 통행세를 받는 셈이었다. 우리는 그런 푼돈으로 문밖의 구멍가게에 나가 반찬을 조달했다.

하루는 초저녁에 자고 열두시쯤에 일어나 교대해서 새벽 근무를 서는데 그야말로 아닌 밤중에 전화가 걸려왔다.

"야 황수병이냐?" 목소리가 초소장 하사관이었다. 옛, 일병 아무개, 하면서 기합 들게 외치는데 그가 다시 보통 때와는 다른 다정한 목소리로 속삭였다. 새벽 두시쯤에 트럭 한 대가 나갈 거라면서 차량번호를 알려주며 번호 확인하면 그대로 통과시키라는 지시였다. 나는 눈치로 그게 무슨 꿍꿍이속인지를 알고 있었다. 장교들도 뒤늦게 퇴근시간이 지나서 나갈 때면 무엇인가 부대에서 물건을 차량에 싣고 나가는 일이 종종 있었다. 모두 가난하던 시절이라 가족들을 거느린 가장들은 고기나 쌀, 아니면 생필품이 될 만한 것들과 기계류의 부속에서부터 구리 전선에 이르기까지 별의별 단속품들을 싣고 나가는 것이다. 그중 휘발유나 경유는 크게 해먹는 건수에 속했다.

얼마 안 있어 부옇게 전조등을 켠 트럭이 다가왔다. 나는 바리케이드 앞으로 나가 차량의 번호를 확인하고 뒤로 돌아가 포장을 들추고 슬쩍 화물칸 너머를 넘겨다보았다. 역시 드럼통 몇 개가 실려 있었다. 냄새만으로도 배에 쓸 경유라는 걸 알 수 있었다.

"야 뭘 꾸물거리냐, 연락받았지?"

나는 내키지 않는 동작으로 붉은 신호봉을 휘저어 보였다. 트럭은 조용히 초소 앞을 지나 시내 쪽을 향해 어둠 속으로 사라졌다.

그뒤에는 아예 인적이 끊기고 새벽까지는 차량 통행도 없을 게 분명한 터라 의자를 젖히고 바가지도 벗고 군홧발을 책상 위에 올려놓은 채로 한숨 푹 잤다. 신나게 자고 있는데 뭔가 인기척이 들린 것 같았다. 시계를 보니 다섯시가 조금 넘었다. 부연 어둠 속에 초소 전방 저 만치에 택시 한 대가 섰다. 누군가 택시에서 내려 부지런히 초소 쪽으로 걸어오는 게 전조등의 역광 속으로 보였다. 초소 안으로 들어서는 것은 아까 전화했던 초소장인 하사관이었다. 나는 잠이 번쩍 깼다.

"앉어, 앉어. 야 이거 너 해라." 그가 내 앞에 마주앉으며 주머니에서 꺼낸 양담배 한 갑을 책상 위에 던졌다. 그러고는 영문을 모르는 내게 새 담뱃갑을 뜯어 한 대 내밀고는 라이터로 불까지 붙여주었다. 이럴 경우에 군대에서 하급자는 그야말로 상관을 조심해야 한다. 초소장은 한숨을 푹 쉬더니 내 앞으로 다가앉았다. "야 황수병, 한 번만 봐주라. 딱 한 번 해봤는데 용코로 걸렸다."

기름통을 싣고 나간 트럭이 물건을 내리다가 감찰반에 걸린 것이다. 방첩대와 헌병대가 서로 감시를 하는데 얼마 동안의 화해 기간이 지나고 새 부서장이 오거나 알력이 생기면 서로 봐주지 않고 가차없이 입건했다. 희생자가 나온 뒤에 다시 조정 기간을 가졌다가 화해하고 평화가 오게 된다. 그때는 아마도 긴장 기간이었던 모양이다.

"내달에 애가 나오는데, 야야 나는 말뚝 아니냐. 구속은 둘째 치고 옷 벗게 생겼지 뭐냐. 너야 제대하면 그뿐인데 한 번만 봐주라." 초소장이 졸병인 나에게 자꾸만 봐달라는 말을 하는 게 처음에는 이해되질 않았다. "야간근무중에 잠깐 졸았다고 하면 졸병들은 대강 봐준다. 그러니 니가 잠들어서 몰랐다고 하면 간단하게 끝날 거다." 그가 처음으로 기가 죽어서 사정하는 바람에 나는 딱하기도 하고 으스대는 마음도 생겨서 까짓거 뭐 그렇게 하자고 말해버렸다.

초소장은 출근시간에 다시 나타나기로 하고 자리를 떴다. 아나나 다를까 야간조와 주간조가 교대하는 여덟시경이 되자 검은 지프차가 나타났다. 그들은 나에게 몇시부터 근무했느냐를 묻고 다짜고짜 귀싸대기 한 대를 올려붙이고는 자대 수사반으로 끌고 갔다. 물론 나는 약속대로 깜빡 잠들어서 무슨 트럭이 언제 나갔는지 모르겠다고 버텼다.

집으로 돌아가지 못하고 부근 가게에서 조마조마하며 감찰반 출두를 기다렸을 초소장이 때맞춰 출두했고 그는 간밤에 퇴근한 뒤로는 집에 있어서 아무것도 모른다는 듯이 어리둥절한 얼굴로 답했다. 침대

각목으로 궁둥이를 이십여 대 맞았지만 나는 뭐라 말할 처지가 아니었다. 최종 조치는 초병의 근무 태만으로 처벌은 중영창이었다. 자대 영창이고 모두들 동료들이라 높은 사람들이 출근하는 낮에는 영창에 들어가 앉았다가 퇴근하면 나와서 빈둥대는 나날이 이 주쯤 계속되었다. 초소장이 부대 앞 식당에 돈을 내고 부탁을 해두었는지 저녁마다 순댓국이며 설렁탕이 들어왔다.

드디어 구금이 풀리는 날이 되어 전속 명령이 떨어졌다. 포항 상륙사단으로 가라는 것이다. 그까짓 '골병대'와도 작별이었다. 나는 '따블백'을 메고 전속 명령서를 지니고 부산을 거쳐서 포항으로 떠났다. 내가 떨어진 대대가 월남 증파부대로 정해진 것은 까맣게 모른 채로. 가자마자 상륙훈련이 시작되어 완전무장을 꾸려서 LST를 타고 동해를 떠돌기도 하고 그맘때에 강원도에 자주 출몰하기 시작한 북한 무장 게릴라를 토벌한다고 산을 오르내리다가 다시 이듬해 8월을 맞았다.

우리 대대는 전원이 정글전 특수학교에 입교하도록 결정이 났다. 모두들 훈련이 끝난 뒤에 우리가 어디로 향하게 될지를 알게 되었다. 나는 중대 화기반의 로켓포 사수를 맡았다. 중대장이 해군사관학교 출신이었는데 훈련중이던 휴식시간에 『사상계』에 발표했던 단편소설 얘기가 나와서 그게 내 작품이라고 말해버렸고 그는 약간 감동을 받은 모양이었다.

화기반이라고 다 편한 것은 아니고 이를테면 기관총 사수와 부사수라도 걸리거나 박격포 조에 걸리면 다른 소총수들보다 훨씬 고생이 심했다. 그래서 그런 직무는 보통 덩치 크고 어깨가 떡 벌어진 힘꾼들을 지명했다. 기관총의 총신을 메고 어깨에 실탄을 감고 뛰는 것도 힘겹고 쇳덩이 총좌와 실탄통도 보통 무거운 게 아니다. 박격포 조도 포신과 포 받침과 포탄을 운반해야 한다. 그러나 로켓포는 두 사람이 연통 모양의 가벼운 조립식 알루미늄 포신을 둘로 나누어 한쪽 어깨에 메고 슬슬 대열의 뒤를 따라가면 되었다. 고지 공격이나 보전협동으로 다른 병사들이 헐떡이며 뛰어오르고 탱크 뒤를 뭣 빠지게 쫓아다니는 동안에 그늘에 포신을 거치하고 앉아서 적당히 쉬면 된다. 참관 장교가 지나가면서 너희는 뭐냐고 물으면 "예, 로켓포 거치하고 사격 준비중입니다"라고 한마디하면 끝이었다. 중대장이 봐준 덕분이었다.

하루는 오전에 전투사격 훈련을 하러 가는 길에 트럭을 타고 상륙사단 남문을 지나 오천 읍내를 가로질러가는데 신작로 삼거리가 갈리는 길목에 웬 아주머니가 서 있었다. 트럭들은 줄지어 천천히 돌아나갔고 나는 뒤늦게야 한복 차림의 아낙이 어머니임을 알아보았다. 나중에 들으니 어머니는 면회 신청을 했다가 저녁에 과업이 끝난 뒤에야 가능하다는 걸 알고는 먼발치서나마 혹시라도 자식을 볼 수 있을까 하여 길에 나선 참이라고 했다. 나는 트럭에서 상반신을 내밀고 어머니를 향해 외쳤다. "어머니, 여기예요!" 어머니는 차를 향해 몇 걸음 뛰면서 손을 흔들었다. 승차 책임자석의 장교가 보기에 딱했는지 차를 잠깐 멈추었고 나는 다시 외쳤다. "저녁에 돌아옵니다. 저기 초소에 가서 신청을 하세요." "그래, 알구 있다. 어서 다녀오너라."

눈시울이 화끈했다. 그렇다, 어머니에게는 이 변변찮은 아들이 결혼을 해서 가정을 이룰 때까지, 이를테면 내가 당신의 연인이었던 셈이다. 그녀는 고해와 같은 세상 속으로 내던져진 나를 찾아서 곳곳을 헤매고 다녔다. 아무런 힘도 남아 있지 않은 것 같은 때도 그녀는 언제나 어느 곳에나 나를 찾아서 먼길을 오곤 했다. 나날이 늙어가는 어머니의 좁은 어깨를 보면서 나는 돌아서서 혼잣말로 중얼거리며 자신을 욕하곤 했다. 에라 이 몹쓸 놈아.

그날 저녁 어머니와 함께 오천 읍내의 여인숙에서 가정식 백반이 차려진 밥상을 사이에 두고 마주앉았다. 그녀는 언제나처럼 소금구이 꽁치 살을 발라주며 말했다. "전쟁터에 가면 꼭 하나님께 기도해라. 나두 할 거다. 네 머리카락 하나 다치지 않도록 주님께서 보호해주실 거야."

어머니는 내게 포켓판 성경책을 건네주고 돌아갔는데, 그녀가 내게 노골적으로 신앙을 권유한 것은 그때가 처음이었다. 말년의 어머니는 더욱 신앙에 기댔다.

나와 로켓포 사수 부사수로 짝이 되었던 녀석은 '추장'이라는 별명의 얼굴이 새까맣고 코가 매부리코인 같은 기수의 병사였는데 집이 전주 인근 농촌이었다. 그는 나중에 베트남 바탕간 작전에서 부비트랩이 터져 양팔이 날아갔다. 언제나 낙천적이던 그가 판초우의 위에 피투성이가 되어 헬기로 실려가면서 고통스런 비명을 끊임없이 질러대던 생각이 난다.

추장을 생각하면 언제나 함께 떠오르는 인물이 있다. 나에게 우스개 얘기 한마디해달라고 휴식시간이 되면 보채던 키 작고 영리한 인수라는 통신병이 있었는데 그는 나보다 한 계급 높은 상병이었다. 베트남 가는 수송선 안에서도 어떻게 '긴바이(군수품 훔치기)'를 해왔는지 밤중에 배의 취사장에서 식빵과 햄 등속을 슬쩍해다가 야참을 먹기도 했다. 인수는 베트남에서 매복을 나가다가 뒤에 따라오던 병사가 졸음 때문에 유탄발사기의 방아쇠를 당겨 유탄이 공중으로 치솟았다가 떨어지는 바람에 온몸이 파편에 찢겨서 숨졌다. 베트남 파견을 앞둔 정글전 훈련 기간 내내 우리 셋은 단짝패가 되었다. 우리가 함께했던 몇 개월의 시간을 어찌 잊을 수 있으랴.

추장과 내가 가까워진 것은 야간전투 훈련장에서였다. 그는 이인용 텐트를 나와 함께 썼던 것이다. 우리는 언제나 배가 고팠고, 밤마다 나란히 드러누워 사회에서 먹던 음식 얘기를 늘어놓곤 했다. 추장은 주계병(취사병)인지라 무슨 음식이든지 얘기만 나오면 처음부터 차근차근 입으로 요리해나갔다. 그의 얘기에 빨려들면 드디어 그럴듯한 요리가 나오는 장면에 이르러 우리는 거의 환장할 지경이었다. 그는 보급병과인데다 사회에서 갖가지 고생을 해본 친구라, 맨손 가지고도 입을 달랠 뛰어난 재주를 가지고 있었다.

우리는 야간전투 훈련장에서 나머지 사흘을 영계백숙으로 포식했다. 추장이 십여 리나 되는 주변 마을의 양계장으로 원정을 가서 여섯 마리의 닭을 산 채로 사냥해왔던 것이다. 그는 그것을 우리 분대의 비밀 보급창에다 숨겨두었다. 작은 소나무 사이에 구두끈으로 닭의 발목을 매어놓고 우의를 덮어놓고서, 분대원들에게는 무차별 급식을 해준다는 약속을 하고 교대로 감시를 시켰다. 우리는 한밤중에 일어나 철모에다 닭을 튀겨 먹곤 했다. 밤에 독도법 훈련이며 야간매복 훈련을 나갔다가 돌아오면 추장이 먹을 것을 닥치는 대로 보급해왔다. 팔뚝만한 무, 설익은 수박, 햇고구마 따위였다. 추장은 늘 전우의 영양상태를 걱정했다.

하루는 폭우가 쏟아지는 밤인데 추장이 나를 깨웠다. 그는 무릎에까지 치렁치렁 내려오는 판초우의를 걸치고 있었다. "한잔 빨러 가자."
그는 우의를 슬쩍 쳐들어 보였다. 흙 한 번 묻히지 않은 새 군화가 세
켤레나 주렁주렁 매달려 있었다. 나는 반듯하게 각이 진 군화의 뒤창
모서리를 만져보면서, 추장이 사단 보급창을 거덜내는 게 아닌가 놀랐
다. "오늘 통신대에 워커 보급이 있더라." 통신대는 특수교육대와 길
하나 사이였다. 추장이 내무반의 혼잡 속으로 들어가 새로 지급받은
그들의 군화를 슬쩍 걷어온 모양이었다. "침상 널빤지 밑에 감춰뒀는
데, 들킬까봐 하루 내내 밥도 못 먹었다." 추장이 널빤지를 깔고 누워
환자 시늉을 한 것이 그 밑에 들어 있던 군화 때문이었다는 것을 뒤늦
게 알았다.

우리는 비가 퍼붓는 특교대 연병장을 나란히 구보했다. 버젓하게 뛰
어가야 동초가 아무 말 없다는 게 그의 주장이었다. 우리는 철조망을
무사히 통과했다. 개구리 소리에 귀가 멍멍했다. 논두렁을 지나면 한
길이 나오게 되어 있었다.

몰개월에는 전기가 들어오지 않았다. 특교대가 생겨나자 서너 채의
초가가 있던 외진 곳에 하나둘씩 주막이 들어섰는데, 거의가 슬레이
트 지붕에 흙벽돌이나 블록으로 지은 바라크들이었다. 비슷한 꼴의 나
지막한 집 이십여 채가 울퉁불퉁한 자갈길 양쪽에 늘어서 있었다. 원
래의 몰개월 마을은 이 킬로쯤 더 가야 있었으나 이곳을 모두 몰개월
이라 불렀는데 바다가 바로 그 뒤편에서 철썩이고 있었다. 어디서 흘
러왔는지도 모를 작부들이 집마다 두세 명씩 기거했다. 낮에는 모두들
깊이 자는지, 과외 출장을 나가는 때에 몇 번 지나가보았으나 모래 먼
지만 뽀얗게 일어나고 있었다.

특수교육대 훈련장은 여러 곳으로 분산되어 있었지만 본대 막사는 언제나 한곳에 있어서 우리는 대개 훈련이 끝나면 돌아와서 머물렀다. 이제 곧 전선으로 떠날 병사들이라 철조망을 넘어 인근 마을로 넘나드는 것을 상부에서도 모른 척하고 있었다. 나는 그들과 함께했던 몰개월의 시간을 나중에 단편소설 「몰개월의 새」에서 그려냈다.

바닷가에 어둠이 내리면 안개가 기슭에서부터 안쪽으로 스멀스멀 기어들기 시작한다. 그 철조망 너머 몰개월 마을의 물기에 젖은 듯한 불빛을 나는 잊을 수 없다. 특교대 병사들이 전쟁터로 가기 전에 마시던 소주와 막걸리와 젓가락 장단의 갖가지 유행가들을. 날이 저물어 밤이 되면 남한의 산자락 들판 또는 물가에 가난하고 작은 마을들이 불을 켜고 오순도순 모여서 타향으로 떠나간 식구들을 이야기하는 것 같았다. 몰개월은 세상의 막장 끝까지 몰린 사내와 계집들이 함께 무너져가다가 되살아나는 그런 동네였다.

몰개월의 이를테면 '갈매기집'이나 '포구집' 등에 판잣집 쪽방을 얻어 전쟁터로 떠나갈 병사들을 받던 작부들은 모두들 나름대로 애인 하나씩 골라서는 베트남으로 보내는 편지를 썼다. 애란이, 정자, 향자, 백화, 갖가지 이름의 작부들 중에 가끔 술에 만취하여 꺼이꺼이 우는 아이도 있었는데 아마도 전사 통보라도 다른 전우에게서 받았던 모양이었다. 주인 여자의 푸념이 귀에 들리는 듯하다. ……이 쓸개 빠진 년들이 모두들 애인 하나씩 골라서는 편지질을 하는데, 어떤 년들은 열 사람 스무 사람에게 쓴다우. 한 달에 한 명씩 골라잡아두 열 달이면 열 명이 꽉 찬다구. 미자 년이나 옆집 애란이나 가끔 술 처먹구 지랄을 하는데, 아마 상대편이 죽었다는 소식이 들리는 모양이지. 그뿐야? 제대하구 가면서 몰개월에 다시 찾아와 들여다보는 놈은 한 번두 못 봤다니까. 자 이래놓으면, 오늘 비가 오니 다행이지만 손님 못 받지, 내일 조시 나빠서 장사에 지장 있지, 심란하니까 노래도 안 나오지. 이년들을 그저 정신 바짝 차리게 해줘야지.

부산항에서 승선하자마자 출전 축하식이 벌어졌다. 늘 하던 식으로 장교들과 하사관 몇 사람이 대표로 부두에 내려가 열을 지어 섰고 관료와 각계 인사들이 나와서 연설을 하면 여고생들이 태극기를 흔들고 군악대가 우렁차게 군가들을 연주하는 순서였다. 나는 배 안에 지정된 침상에 올라가 누워 있었다. 다른 병사들은 오륙도와 부산항이 수평선 너머로 사라질 때까지 갑판에 나가서 뱃전에 매달려 있었다.

우리는 대부분 자기가 무엇 때문에 전장으로 가는지 잘 알지 못했다. 대개는 그저 고생스럽던 내무반을 벗어나 새로운 곳으로 탈출하는 것이라 여겼을 테고 또는 월남에 가면 돈도 많이 벌 수 있다던데, 하는 기대도 있었을 터이다. 일반 부대에서는 언제나 콩나물 소금국에 납작보리 섞인 밥에다 무짠지가 전부였지만 파병되는 특교대에서는 꽁치를 넣고 끓인 콩나물국에 그야말로 '통닭'이 나왔다. 끼니마다 나오던 달걀 한 개를 병사들이 자조적으로 그렇게 불렀다. 그래도 그게 어디냐. 엄혹하던 규율도 화기애애하게 달래는 식으로 변했고 훈련받느라고 몸이 좀 고되어서 그렇지 마음은 사회에서보다 더 편했다. 그러나 그들은 만신창이가 되어 돌아올 때까지, 아니 오랜 뒤에 늙은 예비역이 되어서도 자기가 '붉은 무리 무찔러 자유 지키러 얼룩무늬 번쩍이며 정글을 갔다'고 부르던 노래에 담긴 생각을 바꾸지 못했다. 초라한 귀국 박스에 C레이션 깡통과 녹음기 따위의 전자제품 몇 점을 넣어 작은 마을로 돌아갔을 때, 절름발이가 되어 돌아온 병사에게 그의 아버지가 술 취한 목소리로 '남쪽 나라 십자성'을 부르다가 푸념을 한다. 대동아전쟁 때 내가 일본 놈들에게 남양군도로 끌려갔던 것과 무에 다르더냐?

나는 한 다리 건너 친구의 친구였던 그를 기억한다. 그의 이름은 잊어버렸지만 임철이라고 해두자. 철이는 어느 대학 영문과 학생이었는데 가끔 민이가 데리고 우리들 술자리에 끼워주곤 했다. 나도 두어 번 그와 동석을 했던 적이 있었다. 그가 조지 오웰의 스페인 내전 참전에 대한 얘기를 했던 것 같다. 우리는 그 무렵에 헤밍웨이 원작의 영화 〈누구를 위하여 종은 울리나〉를 보았던 얘기까지 곁들였다. 그러다가 상득이가 문득 말했다. "스페인에서라면 물론 반파쇼 전선에 가담해야 할 테고…… 가만있어봐, 태평양전쟁 때의 학병이라면 탈출하든지 적극적으로는 연합군측에 가담하는 게 원칙일 테지. 그러면 베트남에서는?"

모두들 입을 다물었지만 속으로는 일제 때와 같잖아, 하는 생각을 했을 것이다. 학병 나가라고 적극 권유하던 식민지 지식인들 가운데서 이광수의 얘기도 나왔고 그는 정말로 일본을 중심으로 한 대동아적 세계관을 적극적 신념으로 가졌었다고도 말했다. 그때 철이가 끝에 했던 몇 마디가 기억난다. 어느 상황에서나 감당할 만한 한계가 있는 법이다. 상황은 같지만 우리는 북과 분단되어 있으므로 전선을 선택할 때에 스페인 식으로는 안 될 것이다. 그러면서 그가 덧붙인 말은 이랬다. "소극적이긴 하지만 베트남에 가서는 절대로 안 될 것 같아요."

내가 그를 기억하는 것은 그의 죽음 때문이다. 그를 다시 본 것은 증파대대로 전속을 간 직후였다. 일요일 오전에 남들은 거의 시내로 외출을 나가고 나는 남아서 빨래를 하고 편지도 쓰다가 길 건너편 매점에 가서 군납 막걸리라도 한 병 사 마시겠다고 길을 건너던 참이었다. 사분의 삼 톤 차량이 지나다가 멈추더니 누군가가 나를 불렀다. "어, 거기 황형 아니요?"

나는 군복 입은 그를 처음에는 못 알아보았다. 그가 자기 이름과 민이 이름을 대서 그제야 가까스로 그를 기억해냈다. 그는 당시에 베트남에 증파된 해병대 병력의 충원 방식으로 새로 채택된 징집제도로 입대했다. 영어를 하니까 다행히 사단 내의 미 해병 파견부대에 배속되었던 것이다. 그의 근무지는 사단 동문 근처의 미 고문단 막사였다. 나는 주말에 그의 부대로 놀러가곤 했다. 배식도 좋았을 뿐만 아니라 그가 근무하는 사무실이 널찍하고 조용했기 때문이다. 그러니 밖에서 보다 그와 나는 군대에서 훨씬 많이 만난 셈이다. 내가 놀러갈 때마다 그는 에프엠 라디오를 낮게 틀어두고 독서를 왕성하게 하고 있었다. 특교대에 입대한 뒤에는 어쩌다가 한두 번 보았고 베트남으로 가면서는 곧 잊어버렸다.

쭐라이 전선에서 호이안으로 이동한 뒤에 여단본부 구역에서 어느 행정병을 만났다. 그는 임철의 후배 기수로 고문단실에 근무했던 병사였다. 내가 그에게 내 친구는 잘 있냐고 물었는데 그가 목소리를 낮추어 말했다. "모르고 있었어요? 임수병님 특교대 입교했다가 죽었어요."

역시 영어가 문제였던 모양으로 특기병을 차출하라는 상부의 지시가 떨어져 임철은 월남 파병에 지원하라는 명령을 받게 된다. 그는 특교대에서 훈련을 받아야 했고 야간 전투사격의 며칠 동안에 결심을 했던 모양이었다. 그는 사격장에서 M1 실탄 한 개를 꼬불쳤을 것이다. 실탄을 잘 보관하다가 출동 명령이 떨어진 그날 몰개월에 내려가 술을 잔뜩 먹고는 운동장 맞은편 끝에 있는 변소로 가서 안으로 문을 잠그고 M1 총구를 입에 물었겠지. 방아쇠에 나무막대를 걸어 두 발로 당겼다고 한다. "부대에서 쉬쉬하며 보안 지킨다고 분위기 냉랭했어요. 오발 사고루 처리했을걸요."

나는 정신없이 상황에 떠밀려가면서 당연하게 베트남을 내 군대생활의 특수한 부임지의 하나로 치부해버리지 않았던가. 임철의 소식을 들은 뒤 내 마음 한구석에서는 잔잔한 파문이 번져나가기 시작했다. 얼마 뒤에 나는 보병에서 빠져 다낭 수사대로 나가면서 전쟁의 진면목 속에서 철이를 재발견하게 된다.

수송선에서는 캘리포니아 검은 도장이 찍힌 주먹만한 오렌지의 기막히던 맛과 아이스크림을 통째로 훔쳐다가 선실에 둘러앉아 퍼먹던 일이 생각난다. 한국전쟁 이래로 미제 물건은 그야말로 천국에서 떨어진 희한한 특산품들이었다. 승선 수당으로 처음 미군 군표를 받아 매점에서 양담배를 사서 피우던 것이며, 좌식 변기에 익숙지 않은 병사들이 그 위에 아슬아슬하게 올라앉아 일을 보는 바람에 변기 가장자리가 언제나 군화 자국으로 더럽혀져 있던 게 떠오른다. 필리핀인 선원들이 서커스 같다고 휘파람을 불며 조롱했다.

수송선은 중부 베트남의 항구도시인 다낭에 도착했고 우리는 이틀

날 LST로 바꾸어 타고 쭐라이로 갔다. 이곳에는 미군의 육해공군과 해병대의 혼성 지원기지가 있었고 외곽에는 미 육군 아메리칼 사단이 주둔했다. 이 사단은 나중에 캘리 중위가 지휘한 소대 병력이 '밀라이 학살 사건'을 저지른 부대다. 우리는 제일 먼저 열대지방의 후끈한 대기와 짙푸른 초록의 음산한 정글과 마주쳤다.

미군 기지는 해안을 따라서 모래밭 위에 엄청난 대도시를 형성하고 있었다. 내가 처음 LST로부터 상륙했을 때 모래 먼지가 일고 있는 광대한 벌판 위에서 경이의 눈으로 바라보았던 것은 산처럼 쌓인 거대한 고철 더미였다. 포탄 껍데기와 부서진 중장비들과 레이션 깡통들이 벌겋게 녹슨 채로 곳곳에 쌓여 있었고, 주위에는 야전변소의 인분과 식량 찌꺼기를 태우는 기름연기가 검게 올라가고 있었다.

이 대륙에서의 첫 밤을 함상에서 새웠을 때, 검고 짙은 어둠 저 너머로 아시아의 또다른 불빛들이 명멸하고 있었는데, 집들의 창문에서 새어나오는 빛이 아니라 탐조등과 조명탄과 작렬하는 포탄, 그리고 끊임없이 오르내리는 헬리콥터의 불빛이었다. 그때 나는 상갑판의 쇠줄 난간에 그네를 타듯 걸터앉아서, 약간의 기대와 설레는 가슴을 진정하며 파도를 타고 내게로 전해오는 저 미지의 대륙의 아우성과 고통을 감지하고 있었던 듯하다. 새벽이 되어 낯선 태양이 바닷속으로부터 솟아올랐을 때, 불어오기 시작한 바람 속에서 내가 제일 처음 맡은 냄새는 소금 냄새나 대지와 숲의 냄새도 아닌 가솔린 냄새였다. 이때의 강렬한 인상은 단편소설 「탑」에 형상화된다.

*

쫄라이 군항에서 기지 영내를 지나 해병 여단 사령부까지 가는 길은 베트남 국도 '1번 도로'였다. 이것은 남북으로 길게 뻗은 베트남 반도를 남의 사이공에서 북의 하노이까지 잇는 멀고 긴 도로다. 길 양편에는 짙은 밀림이었고 중간중간에 작은 마을과 큰 읍내와 도시가 서로 연결되고 있었다.

앞뒤로 무장 호송차가 뿌얀 먼지를 일으키며 달리는 가운데 우리 트럭에 탄 병력들도 실탄을 장전하고 총구를 양옆의 정글 쪽으로 겨누고 있었다. 우리가 여단본부 영내의 대기 막사에서 군장을 풀던 날, 가까운 곳에서 귀청을 찢을 듯이 쏘아대던 포성과 외곽에서 끊임없이 들려오던 자동화기의 사격 소리 때문에 전혀 눈을 붙일 수가 없었다.

전쟁과 가난한 마을은 내게는 어릴 적부터 낯익은 세계였다. 아마도 내 또래의 한국군 병사들도 마찬가지였을 것이다. 그들이 떠나온 지방의 농촌 마을들은 베트남의 밀림 사이에 틀어박힌 작은 마을과 다를 바 없었으며 무엇보다도 곳곳에 널린 논밭과 모내기와 추수를 하는 들녘의 광경은 고향 사람들을 생각나게 했을 터였다. 신병들은 각 대대로 배속되어나갔고 다시 대대에서 중대와 소대로 편성되었다. 소문에 의하면 신병이 삼 개월을 무사히 넘기면 대개는 육 개월을 넘어서서 선두첨병을 설 정도의 고참이 된다고 했다. 어느 부대에서나 팔 개월 이상 전선에 두지는 않는다고 했다. 늦어도 십 개월이면 나머지 두 달은 본부중대 방석(진지)이나 대대본부에서 지내도록 해주었다. 그러나 신병의 대부분이 석 달 안에 죽거나 후송되는 경우가 많아서 모두들 '백 날만 넘기면 살아남는다'는 미신에 사로잡혔다.

어쨌거나 군대에서 상관이 뭔가 할 수 있느냐고 물으면 무조건 "옛,
잘할 수 있습니닷!" 해두는 것이 유리하다는 점을 늘 잊지 말아야 한
다. 막상 잘하지 못해서 나중에 단단히 기합을 받게 된다 해도 그것은
나중 일이기 때문이다. 내일 걱정은 그때 가서 하면 된다.

수용중대에서 차례로 배속을 받는데 신원서류를 뽑아낸 어느 부서
의 장교가 와서 이름을 불렀다. 알고 보니 대학을 다니다 입대한 병사
들을 불러모았던 것인데, 내 차례가 되어 하사관과 장교가 나란히 앉
은 책상 앞에 가서 섰다. 그들은 내 주소지와 학력에 대해서 자세히 묻
고는 끝으로 다지듯 물었다. "영어를 잘할 수 있나?" "옛, 잘할 수 있
습니닷!"

그는 서류에 뭔가 적고는 턱짓으로 나가보라는 시늉을 했다. 밖에
나오니 이미 면접을 끝낸 병사들이 줄지어 선 채로 수군거리고 있었
다. 지금 차출된 사람들은 아마도 미군측으로 파견을 나가거나 본부나
전투부대에서도 미군 병사와 협동근무를 하는 자리로 나갈 거라고 했
다. 미군 통신병과 함께 포 지원에서 헬기 요청에 이르기까지 협력을
하거나, 한국군을 지원하는 외곽의 미군 부대로 파견근무를 나가거나,
아니면 아예 미군에 배속될 거라는 것이다. 그런 임무에는 보병에서부
터 운전병이나 위생병에 이르기까지 다양해서 운이 좋으면 아예 귀국
할 때까지 한국군과는 다시 만나지 않게 될지도 모른다고 했다.

내가 쭐라이 기지에 파견 나간다고 했을 때 기간병들은 모두들 중간
운은 된다고 말했다. 제일 나쁜 데가 한국군 중대에 파견 나온 미군 통
신병의 보조자가 되는 일이었고, 가장 좋은 자리가 직접 전투와 부딪

196

치지 않는 미 공군이나 해군 부대에 배속되는 일이었다.

순찰병의 명을 받고 파견대를 찾아가던 중 길을 잃었던 일은 잊을 수가 없다. 나는 하역작업이 한창인 부둣가에서 갈 곳을 몰라 방황하고 있었다. 아직 위장무늬가 선명한 새 정글복을 입고 있었으며, 그곳에서는 이미 구식이 된 지 오래인 2차대전 때의 보병 무기였던 M1 소총을 느슨히 걸쳐메고 한쪽 어깨에는 내가 지급받은 보급물로 가득찬 촌스러운 더플백을 땅에 질질 끌듯이 짊어지고 있었다. 나는 냉동창고가 있는 A레이션 창고 앞의 상자들 사이를 두리번거리며 오르내렸다. 철모에 눌린 이마와 관자놀이에서 땀이 철철 흘러내렸고, 어깨에서 자꾸 미끄러지는 의낭의 끈과 소총의 멜빵을 번갈아 치켜올려야만 했다.

나를 지켜보던 미군 위병 근무자가 다가와서 도와줄까? 하고 물었다. 내 소속과 찾아가려는 부대 이름을 더듬더듬 말했더니 그는 웃으면서, 여기가 보급창이고 파견대는 아주 멀리 떨어져 있다고 했다. 주위에는 벌써 곳곳에 불이 켜지고 캔틴 컵과 프라이팬을 든 병사들이 식당을 찾아가고 있었다. 그는 친절하게도 여러 차례 애를 쓰면서 전화를 걸었고 드디어 나를 데리러 오는 차가 출발한다는 연락을 받아냈다.

그동안 위병은 체크포인트 안에서 나를 쉬도록 해주었다. 차를 기다리며 앉아 있는 동안에 어쩐지 나는 다시는 집에 돌아갈 수 없게 될지도 모른다는 생각이 들어서 막막했던 기억이 난다. 내가 여기 온 지 사흘 되었다고 말했더니 그는 나직하게 휘파람 소리를 냈다. 밤색 머리털의 앳된 미군 병사는 내가 작년 이맘때의 자기와 같다고 말했다.

나의 임무는 미군 도로 순찰대의 보조였다. 순찰대의 한국군 책임자는 하사관이었는데 제일 졸병이었던 나를 포함하여 1개 분대 병력의 절반도 안 되는 여섯 명을 거느리고 있었다. 모두들 교대로 기지 외곽의 도로를 기동순찰하거나 작전차량을 안내하거나 도로 주변에 있는 초소들이며 교량의 안전 여부를 매 시간마다 체크했다. 내가 맡게 된 지역은 제일 위험하고 기동 거리가 멀다는 1번 도로 주변이었다. 날마다 쭐라이 기지에서 해병 여단본부를 지나 꽝응아이까지 이어진 도로를 왕복했다. 먼지 속에서 코끝까지 내리덮이는 플라스틱 고글을 쓰고 쉴새없이 오가는 중장비들의 행렬과 장갑차, 탱크, 호송 행렬 들을 안전한 도로로 안내했다. 우리는 언제나 아침 일찍 지뢰탐지기를 등에 걸머진 1개 분대의 수색조와 함께 천천히 작전도로를 탐사했고 맞은편에서 다가오는 다른 조와 마주치면 서로 엇갈려가서 도로를 개통했다. 오후에는 개통된 도로를 따라 두 명의 미군 순찰병과 함께 뒷자리의 30밀리 기관총좌에 앉아서 1번 도로를 왕래했다. 우리는 촌락을 순찰중인 수색대로부터 포로를 인계받기도 하고 군사정보대로 가는 베트남 민간인 정보원을 호송하거나 도로에 매설된 부비트랩을 발견해서 도로를 봉쇄하고 공병대에 연락하기도 했다.

저녁에 귀대할 즈음에는 내 드러난 팔과 목덜미와 고글 아래편의 턱 언저리와 뺨에 두터운 붉은 흙의 켜가 덮여 있었다. 한번은 얼마쯤 되나 하고 긁어모았더니 호두알만한 흙덩이가 되었다. 그러나 나는 본대의 대원들과 전투원들을 생각했고, 가끔 마음의 갈등이 있을 때는 내일은 꼭 작전에 나가리라, 가리라, 결심하곤 했다.

전쟁터를 제 발로 찾아갔으니 죽을 고비는 언제나 내 주위에 있었다. 나중에 드디어 작전에 나가게 되어서는 더욱 생생하게 죽음과 대면

했지만 1번 도로 주변에서도 거의 날마다 우연과 행운의 연속이었다.

순찰중에 빈손 마을 부근에 이르면 갈증도 달래고 먼지구덩이의 더위도 잠깐 피할 겸하여 들러서 콜라 한 병씩 마시던 작은 가게가 있었다. 그날도 그곳에서 물수건을 달라 하여 얼굴도 훔치고 시원하게 얼음통에 채워둔 콜라도 마시고는 자리를 떴는데 빈손 마을의 중심가를 다 벗어나기도 전에 뒤에서 폭발음이 들려서 돌아보니 가게에서 검은 연기가 오르고 있었다. 우리 일행은 조심스럽게 차를 돌려서 멀찍이 세우고 개인화기를 겨누고 다가갔다. 집의 절반쯤이 날아갔고 사방에 시체가 나뒹굴어 있었다. 부상자들이 꿈틀거리며 고함을 질렀다. 어디선가 근접거리에서 로켓포로 딱 한 방 갈기고 내뺀 것이다. 미군 병사들이 규칙적으로 드나드는 가게를 백주에 노린 게 틀림없었다.

나중에 미군들 사이에서 '두 발로 걸어다니는 모든 베트남 민간인을 적으로 간주하라'는 말이 생긴 것은 이 전쟁에 대한 속수무책의 패배를 진작에 인정했음을 의미한다. 웨스트모얼랜드 미군 사령관의 공식 지침에 의하여 베트남 전 국토가 '자유발포지역'으로 선포된 것도 그 무렵의 일이다.

어느 날에는 바로 앞에서 질주하던 수송트럭이 불길과 함께 공중으로 치솟는 것도 보았다. 대전차지뢰를 매설했다가 역시 가까운 곳에서 전선 접촉으로 폭파시켰을 것이다. 이런 작은 작전들은 주로 농촌 지역의 지방 게릴라들이 수행하는 임무였다.

미군 순찰조의 운전자는 대개 두 종류였는데 울퉁불퉁한 비포장도로를 전속력으로 질주하는 녀석이거나 아니면 머리를 움츠리고 어깨에 잔뜩 힘을 넣고는 조심스럽게 서행을 하는 녀석이었다. 빨리 가든 천천히 가든 도로에 부비트랩이 있다면 터져 죽기는 매일반이다. 그렇기는 해도 밀림에서 저격을 해오는 경우나 접선으로 매설된 폭탄을 터뜨리는 때에도 전속력으로 통과하면 모면할 가능성이 많은 것도 사실이었다. 그래서 우리는 천천히 차를 모는 녀석이 걸리면 말다툼을 하거나 중간에 내려서 다른 차를 갈아타기도 했다.

가슴에 뭔가 무거운 것이 얹힌 듯한 날에 나를 찾아들었던 불면의 밤이 있었다. 고향에서 좋지 않은 소식을 받았을 때, 또는 포로수용소에서 여자 포로나 소년병들을 보았을 때, 대량 살육의 흔적이 남은 밀림 속의 협로를 순찰했을 때라든가, 순찰차 위에 저격받은 아군 시체를 싣고 올 때. 그리고 가장 나를 괴롭혔던 것은 파견대의 책임조장인 하사와 나 사이에 있었던 알력이었다. 그는 내게 미군 PX에서 위조 카드로 수없이 냉장고와 텔레비전 따위를 사오기를 명했고, 모종의 '구멍 뚫기'를 재촉했다. '구멍'이란 보급병들과의 접촉을 의미했다. 그는 우리에게 본때를 보인다며 아침마다 모래펄 위를 기어가게 했고, 우리들로 하여금 미군 녀석들의 활기 있는 사기 속에서 깊은 열등감을 느끼도록 만들었다. 나는 장교가 되지 못한 것과 작전에 지원하지 않은 것을 날마다 후회했다.
　기동순찰중대는 기지 경내와 외곽을 순찰하고 주변 작전도로의 안전 여부를 점검하는 일이 주요 임무였지만 한국군과 베트남군과의 작전 협동을 연결하는 임무도 맡고 있어서 우리가 미군에 배속된 셈이었다. 그러므로 베트남군 순찰병들도 우리와 함께 파견되어 있었다. 이들은 주로 기지 주변에 있는 여러 촌락들의 순찰에 미군들과 동행했다. 침투가 쉽지 않은 해변가에 비행장이 있었고 비행장 안쪽에 우리의 숙소가 있었으며 경비 병력이 철조망과 감시탑이 서 있는 외곽에서 방어를 했다. 다시 외곽 지역에는 작전부대 단위로 독립 방어구역이 있어서 날마다 매복과 수색정찰을 계속했다. 그래도 산을 넘어 정글을 통과한 북베트남 정규군과 지방 게릴라들이 촌락과 작전구역에 날마다 침투했다.

우기 공세가 계속되던 어느 날 대대적인 적의 침입이 빈손 읍내와 기지 남쪽의 땀끼 마을에서 벌어졌다. 나는 그날 1번 도로가 아닌 촌락 순찰에 나갔는데 오후에 기동순찰 차량이 공공연하게 빈손 읍내의 길 한복판에서 저격을 받은 것은 처음 있는 일이었다. 빈손에는 군청과 포로수용소가 있었으며 베트남 경비중대와 한국군 경비중대가, 외곽에는 미군이 방어선을 치고 있었다.

빈손 순찰을 마치고 돌아온 조원이 보고하기를, 읍내에서 시장 앞을 지나는데 베트남 민간인들이 떠들썩하게 모여 있더라고 했다. 차를 세워두고 세 사람이 개인화기를 들고 사람들 쪽으로 다가가니 베트남 방위병 한 사람이 여러 청년들에게 맞고 있었다. 방위병들은 남베트남의 정규군은 아니고 일정 기간 훈련을 시킨 뒤에 치안 유지나 교량의 초소 경비 등 일종의 지역 민병대 임무를 맡긴 사람들인데 미군이나 우리나 그들을 별로 믿지 않았다. 매복 초소를 지키라고 하면 제멋대로 철수하거나 밤에는 달아나기 일쑤였다. 그래도 민간인들이 그들을 구타하는 것은 문제였기 때문에 순찰병들은 때리는 젊은이들을 말리고 나서 그중 하나를 연행하려고 했다. 그들은 무기를 든 미군도 무서워하지 않고 대들다가 뿌리치고 달아나기 시작했고 순찰병들은 그들 뒤를 쫓아갔는데 화가 난 미군 병사가 공포를 쏘았던 모양이다. 그들이 시장의 광장 모퉁이에 이르자 어느 틈에 민간인들은 사방으로 흩어져 숨었고 어느 집 지붕 위에선가 AK47 자동소총이 발사되었다. 앞장서서 뛰어가던 미군 병사가 총탄에 맞았다. 순찰병들은 부상당한 동료를 떠메고 마주 사격하면서 간신히 시장을 빠져나왔다. 뭔가 조짐이 이상하다 싶더니 그날 자정에 이미 읍내의 여러 민가로 침투해 있던 게릴라들이 공격하는 혼잡중에 정규군이 들어와 포로수용소와 군청을 점령했다. 몇몇 한국군 토치카는 점령당하지 않고 밤새껏 사격하면서 버텼고 경비중대는 방어선을 안쪽으로 후퇴시키면서 전멸을 모면했다. 다만 "내 머리 위에 포격하라"고 좌표를 불러주던 해병 중대장은 전사했다.

나는 같은 날 땀끼로 순찰을 나갔다. 응우옌이라는 베트남군 하사관이 우리와 동행이었는데 근무지마다 첩이 있다고 놀림을 받던 자였다. 응우옌은 그의 단짝인 까오와는 달리 덩치도 크고 활달해서 미군들과 곧잘 농담을 주고받았다. 나는 그보다는 까오를 더욱 신뢰하는 편이었다.

땀끼는 한국에서도 흔히 볼 수 있던 미군 기지촌이었다. 길 양쪽으로 기지에서 흘러나온 시멘트 블록이나 판자로 지은 바라크들이 줄지어 있었고 식당이며 음료수집, 기념품 가게, 바, 사창가 들이 있었다. 그것은 일 킬로도 못 되는 짧은 다운타운에 불과했지만 집집마다 암거래로 흘러나온 담배며 레이션, 캔맥주, 콜라 등이 흔전했다. 땀끼는 기지 서쪽 가녘에 붙어 있었고 길 건너편에는 대대 방어지역이 있어서 침투하기가 쉽지 않은 곳이었다. 다만 땀끼가 점령되면 비행장이 로켓포의 사정거리에 들어가기 때문에 어두워지면 읍내의 남북 양쪽 도로에 바리케이드를 쳐서 마을을 봉쇄했다.

천천히 읍내 앞 한길을 왕래하며 동정을 살피고 적당한 곳에 차를 정차해두고는 다시 마을 곳곳을 둘러보는 것이 우리의 일상적인 순찰이었다. 베트남 하사관 응우옌과 미군 두 사람, 그리고 한국군인 나와 미군 두 사람이었으니 2개 순찰조가 촌락 순찰에 동원된 셈이었다.

응우옌이 앞장서서 어느 바에 들어갔는데 실내는 한산했다. 근무중이라 그냥 소다수만 한 캔씩 마셨는데, 응우옌이 안에 들어갔다가 나오더니 어리둥절한 표정으로 주인아줌마에게 뭐라고 물었다. 얘기를 나눈 뒤에 응우옌은 우리에게도 주고받은 내용을 말해주었다. 여자애들이 보이지 않아서 주인에게 물었더니 모두들 이웃 읍내로 출장을 나갔다는데, 거기서 아마도 큰 파티가 있을 것 같다고 했다.

우리가 슬슬 한길 쪽으로 나오니 응우옌은 길을 건너 맞은편 집에도 들어가보고는 어쩐지 이상하다며 온 동네가 한산하다고 고개를 갸웃거렸다. 그때 웬 다른 집 아줌마가 웃으면서 그에게 손짓을 했다. 응우옌이 그녀를 따라 안으로 들어간 후 우리는 차에 올라앉아 한참이나 기다렸지만 소식이 없어서 그와 동행이었던 미군 조원이 그 가게로 들어갔다가 혼자 나왔다. 그는 웃으면서 쌍소리를 섞어 말했다. 응우옌이 예전 파트너를 만나 땀끼에서 하룻밤 묵게 되었다는 거였다. 우리는 그냥 건성으로 웃으면서 응우옌을 남겨두고 땀끼를 떠났다.

그날 저녁에 땀끼 주변에서 밤새껏 전투가 벌어졌다. 아침에 연락이 와서 순찰조는 네 팀이나 완전무장을 하고 땀끼로 나갔다. 이미 마을은 미군 보병들에 의해 장악되어 있었다. 읍내 곳곳이 박격포의 포격을 맞아 부서지고 우기라서 비가 부슬부슬 내리고 있었는데도 연기를 올리며 불타는 중이었다. 거리 곳곳에 시체가 널브러져 있었고 대대 방어 지역으로 침투하려던 게릴라들의 시체 삼십여 구를 마을 어귀에 모아 놓고 전시하는 중이었다. 땀끼 마을에 침투했던 게릴라들은 모두 농민들처럼 검은 파자마에 타이어 고무로 만든 '호찌민 샌들'을 신고 있었다. 무기와 탄띠들은 보병들이 모두 회수해가서 맨손인 시체들은 갖가지 모양으로 죽어 있었다. 두 다리가 없어져버린 것들, 팔과 머리가 날아간 것들, 그냥 총탄만 맞은 비교적 깨끗한 시신들, 무엇인지 알아보지 못할 정도로 으깨진 고깃덩이일 뿐인 잔해들, 상반신이 검게 불타버린 것들, 몬순으로 밤새도록 내린 비에 벌써 검푸르게 부패가 시작되어 팅팅 불어터질 듯한 배와 다리들. 이것은 내가 나중에 민간인이 되었을 때 내 악몽의 단골 소재들이 되었다. 뒤늦게야 깨달은 점은 당시에 나는 놀랍게도 그들에게 인간으로서 연민의 정조차 느끼지 못했다는 사실이다. 그것은 그저 모양이 이상한 물체일 뿐이었다.

그 젊은이들이 나와 똑같은 아시아 사람이면서 그들에게도 가족과 친구들이 있고 그리고 무엇보다 나와 마찬가지로 미래에 대한 꿈이 있었으리라고는 생각조차 해보지 못했다. 미군 병사들은 더했다. 특히 백인들은 그들 자신이 솔직히 인정했듯이, 제 고향에서라면 가축우리만도 못한 야자수 잎과 흙벽으로 만든 농가에서 살며 자기네 쓰레기보다도 못한 역겨운 냄새가 나는 괴상한 음식을 먹는 노란 놈들에게 무슨 영혼 따위가 있겠냐는 태도였다.

나는 나중에 미군들이 아시아인을 멸시하여 부르던 베트남인들의 별칭인 '국'이 우리에게서 비롯되었다는 사실을 알고 깜짝 놀랐다. '국'이란 말 자체가 한국전쟁 때 미군들에게서 퍼진 말로 '한구욱'에서 유래했다고 한다. 지금도 미군의 은어로 아시아인을 '국'이라고 부른다.

우리는 모두가 간밤에 땀끼에서 묵었던 응우옌의 운명에 대해서 궁금해하고 있었다. 다른 하사관인 까오가 우리와 동행했는데 그는 고개를 설레설레 저었다. 이미 색시들이 바와 사창가에서 많이 사라졌던 것이 결정적인 조짐이었을 거라고 그는 말했다.

까오가 앞장서서 그 집으로 갔는데 벌써 베트남 군인들이 와서 현장 조사를 하는 중이었다. 실내는 수류탄 몇 발이 터진 듯 유리창이 모두 깨지고 얼굴과 온몸이 잘디잔 파편 구멍과 혈흔으로 뒤덮인 시체 세 구가 시멘트 바닥에 널브러져 있었다. 아마도 밤중에 탁자 앞에 모여 앉아 술을 마시다 당한 모양이었다. 그들 모두가 현지의 베트남 경비병들이었다. 총과 방탄조끼가 바로 옆 의자에 놓여 있었지만 미처 응사할 틈도 없었을 것이다. 게릴라들은 저희 민간인들은 하나도 상해하지 않았다.

드디어 뒷문을 열고 뒷마당에 나가자 응우옌의 시신이 거기에 있었다. 응우옌은 팬티 차림이었다. 아마도 그를 벽에 돌려세우고 여럿이서 총검으로 찌른 모양이었다. 등판과 옆구리에 총검 자국이 선명했다. 이것은 내게 아직은 전장에 대한 예습에 불과했다. 나는 나중에 작전에 나가 브레이킹 소대원으로 시체처리반에서 일하게 되는데 그때에 더욱 참혹한 주검의 잔해들과 만나게 된다.

땀끼에서 나도 하룻밤을 지낼 기회가 왔다. 같은 순찰조원 중에 나보다 반년쯤 먼저 파견 나왔던 고참병이 있었는데 평택의 미군 부대에서 노무자로 일했다고 했다. 계급이 병장이던 그는 영어도 제법 잘했고 요령도 있었지만 무리한 짓은 하지 않았다. 그리고 아래 기수들에게도 친구처럼 대해서 모두 그와 함께 근무 나가기를 원했을 정도다. 하루는 이병장이 내게 속삭였다. "우리두 양키들처럼 땀끼 나가서 한번 놀아보자." "그러다 중사님한테 걸리면 어쩔려구 그래요?" "괜찮아, 그 양반 매 주말에 본대 들어가잖아. 그러구 너 잘 알아둬라. 내달에 우리들 중 몇 사람은 작전에 차출될 거야."

그의 말에 의하면 내달에 미군과의 대대적인 합동작전이 시작되는데 기지 근무자들을 원대복귀시킨다는 풍문이 돈다고 했다. 이병장과 나는 오후까지 근무를 마치고 여섯시쯤에 저녁도 먹지 않고 서문으로 나가 기다렸다. 부두의 필코 회사에서 일한다는 한국 민간인 아저씨 한 사람이 스리쿼터를 몰고 슬슬 서문 체크포인트 앞으로 다가왔다. 이병장은 평소부터 그와 잘 아는 사이였는지 손을 번쩍 들어 보였다. 귀국 기일이 가까워진 이병장은 그 모씨와 함께 스리쿼터로 귀국 준비 돈벌이를 했을 것이다.

우리는 스리쿼터를 타고 땀끼 마을로 나왔다. 원칙적으로는 야간에 땀끼 마을 출입이 금지되어 있었지만 바리케이드가 쳐지는 자정 전까지만 돌아가면 외출은 대개 허용되었다. 특별히 외출 불허 명령이 내려지지 않은 날은 허락이나 매한가지였던 것이다.

모씨가 단골인 듯한 어느 집으로 갔더니 안에서 기다리던 남자들과 주인아저씨가 나와서 부지런히 화물칸의 짐을 실어날랐다. 그것은 베트남 사람들이 더위에 제일 좋아하던 담배인 세일럼과 캔맥주 박스였다. 거래가 끝나고 나서 우리는 안쪽으로 안내되었는데 칸막이를 하여 문 대신에 커튼만 친 방이 여러 개였다.

아오자이 차림의 여자들 댓 명이 와서 우리 앞에 섰고 우리는 각자

206

의 취향대로 하나씩 지명하여 옆에 앉혔다. 우리는 계집아이들과 서투른 영어와 베트남어로 손짓 발짓 해가면서 맥주를 마셨다. 나는 지금도 처음으로 내 상대가 되었던 여자의 이름을 기억하고 있다. '상'이라고 했다. 무슨 한자말에서 온 이름이었을까. 그녀와 나는 침침한 촛불이 켜진 칸막이로 들어가서 대나무 침상 위에 나란히 누웠다.

밤이 깊어가자 어느 매복지에서 전투가 벌어졌는지 81밀리 박격포로 조명탄을 쏘아올리는 소리와 자동화기의 사격, 그리고 헬기가 날아다니는 소리들이 끊임없이 들려왔다. 이 정도면 평온한 전선의 밤이었다.

겨우 의사소통을 해보았더니 상의 남편은 어느 전선에 나간 베트남 군인이었다. 그러나 그들은 옮겨다닐 때마다 마누라를 바꿔치우기도 하고 함께 거느리기도 한다고 했다. 상에게는 갓난 딸아이가 있는데 부모가 맡아 키우고 있었다. 상은 겨우 스무 살이었다.

얼결에 일을 마치고 누웠는데 그녀는 내 얼굴 사방에 입을 맞추면서 말했다. "슬립, 슬립, 돈 워리." 내가 가까워진 사격 소리로 불안해진 눈치를 챘는지 그녀는 촛불을 훅 불어 끄고는 가슴에 얼굴을 기대고 한 손으로는 내 머리를 쓰다듬었다. 나는 어느 결에 깊이 잠들었다. 이튿날 아침에 이병장이 와서 깨울 때까지 우리는 그 자세로 잤다.

며칠 후에 병에 걸린 걸 알았지만 원망스런 마음은 들지 않았고 그녀에게 약이라도 갖다줄 수 있으면 좋겠다고 생각했다. 전선에서 이런 일이 일상이나 다름없던지라 중대에서는 일주일간 병가를 주었고, 나는 주사를 규칙적으로 맞으며 내무반에서 '해골 굴리며' 며칠을 보냈다. 순찰조장인 중사는 내 관물 검사를 한 뒤에 빳다 열 대를 선사했다. 나는 거북스러운 사타구니 때문에 궁둥이를 내밀고 어기적거리며 걸었고 동료 미군들은 휘파람을 불며 내 걸음걸이를 흉내냈다.

예상대로 네 사람이 원대복귀하여 작전에 나가게 되었다. 거의 귀국 날짜가 가까웠던 호남 출신의 얼굴이 새카만 임병장과 부산 출신의 박병장, 그리고 상등병인 신과 나였다. 우리는 꽝응아이 전선의 동쪽 해안에서 내륙으로 나가는 대대에 배치되었고 우리의 우측엔 미군이, 서편에는 베트남군이 있었다. 이것을 '바탕간 반도 작전'이라고 불렀는데, 아마도 항구도시 다낭에서 고도 호이안에 이르는 구역의 안전 확보를 위해서였을 것이다. 우리는 대대본부 인원과 함께 마지막으로 상륙하는 LST에 타고 바탕간 반도의 해안에 올라갔다. 해변 가까운 바다에는 함선 두 척이 함포사격 지원을 나와 있었다.

우리가 제일 먼저 한 일은 3개 중대 병력이 작전하고 들어간 뒤에 해안에 대대본부의 방석을 구축하는 일이었다. 내륙 쪽을 향해 교통호를 파고 전위와 후위에 PS판과 모래주머니로 벙커를 구축했다. 그곳에는 중화기들을 배치하고 전방에는 원형 철조망으로 방어선을 만든 다음 곳곳에 클레이모어 지뢰를 묻었다. 배후에도 역시 개인호들을 파고 벙커를 지었고 가장 안전한 해변가에 본부 벙커와 휴식처를 만들었다. 차례로 1개 중대 병력씩 교대하고 돌아와 본부를 방어하는 임무를 맡았다. 운좋게도 후발대로 도착한 우리는 한 달 동안 본부 방어 임무를 맡게 되었다. 그다음에야 어찌되었든 한 달의 안전한 기간이 확보된 셈이다.

우리는 밤에만 전방 참호와 벙커에 배치되어 경계매복을 했고 낮에는 초병 1개 분대만 남아 경계관측을 하고 대부분은 본부 벙커 부근의 휴식처에서 해골을 굴리면 되었다. 우리 네 사람은 같은 소대에 배치를 받았으므로 당연히 함께 지내게 되었다. 매복할 때는 모래땅을 배꼽 깊이로 파고 기둥을 세워 위에다 야자나무 잎으로 지붕을 얹고 모래 바닥에 레이션 박스와 판초우의를 깐다. 다시 그 위에 부근 민가에서 날아온 부들 돗자리를 깐 다음 군용 담요와 라이너를 깔고 덮는다.

초소 매복에서 돌아오면 우선 긴장을 풀고 시원한 해변 바람에 땀을 식히며 오전 내내 잠을 잔다. 그리고 느지막이 일어나 아침 겸 점심을 지어 먹는다. 레이션 박스를 뜯어 불쏘시개를 하고 탄통에 밥을 짓고 찌개를 끓였다. 전투식량은 미군의 레이션과 한국 군납식품인 K레이션이 함께 지급되었다. 레이션은 주로 군것질로 먹고 밥을 지어 K레이션의 김치와 꽁치 깡통을 넣거나 레이션 깡통의 햄과 소시지를 넣어서 한미합동 찌개를 끓여먹었는데, 나중에 이것이 '부대찌개'의 원조가 된 셈이다.

그 무렵 어느 날의 일이다. 그날도 느지막이 일어나 내가 식사 당번이라 탄통에 담긴 물을 따라내어 쌀과 찌개를 안치고 불을 지펴놓고는 볼일을 보기 위해 야전삽 달랑 들고 바로 지척에 있는 모래언덕 위로 올라갔다. 그곳은 장소가 높직해서 바다가 멀리까지 내다보일 뿐 아니라 바람이 시원하게 불어와서 냄새가 아래로 풍기지 않고 바람을 따라 허공으로 멀리 날아가버리기 때문에 볼일 보기에 맞춤한 장소였다.

야전삽으로 적당히 구덩이를 파놓고 쭈그리고 앉아 느긋하게 볼일을 보는데 아래를 내려다보니 탄통의 틈으로 김이 거세게 뿜어져나오고 있었다. 아뿔싸, 적당한 때에 탄통을 조금 열어두어야 하는데 저러다가 아까운 찌개가 폭발을 해버릴지도 몰랐다.

볼일을 보다 말고 급해져서 바지를 올리는 둥 마는 둥 허리춤 잡고 모래언덕을 뛰어내려오는데 귓전에 날카로운 휘파람 소리가 들려왔다. 나는 얼결에 몸을 날려 모래 바닥에 잽싸게 엎드렸다. 수백 개의 유리병이 파열되는 것 같은 쨍, 하는 날카롭고 메마른 폭음이 들리고는 등덜미에 모래 더미가 덮씌워졌다. 한참이나 얼굴을 모래에 처박고 꼼짝 못하고 엎어져 있었는데, 그동안에 축축하게 젖은 모래가 등 위에 연달아 떨어졌다. 조심스럽게 머리를 들어보니 뿌얀 화약 연기와 유황 냄새가 주위에 가득했다. 더는 아무 소리도 들리지 않았다. 처음에는 주위가 갑자기 너무 조용하다고 착각했다. 찌개를 끓이던 탄통 뚜껑이 젖혀지면서 김치 쪼가리가 사방으로 흩어지는 꼴을 보고서야 귀가 들리지 않는다는 걸 알았다.

우리 조의 임병장과 박병장이 뛰어나오는 게 보였고 그들이 뭐라고 소리를 질렀다. 나는 모래 바닥에 털썩 주저앉은 채 그제야 내가 뛰어내려왔던 언덕을 돌아다보았다. 신기하게도 그곳은 평평해져 있었고 사방으로 흩어진 모래 더미가 야자나무 둥치나 벙커 주변 곳곳을 온통 뒤덮고 있었다. 분대원들이 달려와 흔들었지만 귀가 들리지 않을 뿐 나는 말짱했다. 우리는 계속 긴장을 풀지 못하고 상반신을 낮추고는 개인호 쪽으로 달려가 엎드렸다.

한참 뒤에야 상황이 알려졌는데 작전 지원차 나와 있던 바다의 전함에서 오포를 쏘았다고 했다. 아마도 사격병이 좌표를 잘못 짚었을 것이다. 우리는 사정이 알려진 뒤에 언덕이 있던 자리에 가보았는데 깊은 구덩이가 패어 있었다. 내가 한발이라도 늦었고 그곳이 평지였다면 나는 흔적도 없이 날아갔거나 최소한 파편에 찢겼을 것이다. 부드러운 모래땅이고 높은 지대여서 폭발이 흡수되었고 파편들은 우리보다 훨씬 높은 곳에서 바다 쪽으로 흩어졌다. 한 시간쯤 지나자 내 귀도 서서히 청각을 되찾게 되었다. 우리는 그 구덩이를 쓰레기 소각장으로 활용했다.

아무리 해변가의 본부 방어진지라고는 해도 밤에는 언제 어느 쪽에서 적이 침투해 들어올지 모르기 때문에 중대 병력은 1개 분대씩 교대로 첨병과 초병을 방어선에 배치하고 전방 참호에서 밤을 새워야 했다.

두 번쯤 급습의 밤이 있었다. 맨 앞쪽 초소에 나가 있던 첨병으로부터 이상한 기미가 있다는 비상신호인 무전기의 축음이 두 번 짤막하게 들려왔고 비상은 곧장 참호에 전달되었다. 우리는 교통호를 통해 반원형으로 되어 있는 방어진지의 전방으로 이동했다. 모두들 개인화기와 중화기를 제자리에 배치하고 기다렸는데 역시 로켓포가 날아오기 시작했다. 박격포는 낮고 기분 나쁜 휘파람 소리를 내지만 로켓은 먼 데서 사격하는 소리가 들리자마자 부근에서 깡마른 소리로 터졌다. 아직 사격하는 병사는 아무도 없었다. 적의 사격이 시작되고 위치가 파악되기 전에는 기다려야 한다는 것이 초보적인 접전 수칙이기 때문이다. 그 대신에 박격포로 쏘아올리는 조명탄이 연이어 하늘에서 터져 천천히 주위를 밝히며 떨어졌다. 로켓포가 십여 발 떨어지면 사격 지점이 포착되기 마련이고 대응 포격이 시작된다. 무장 헬리콥터인 건십이 출동했다. 우리는 전방 경계를 늦추지 않고 우리측 포격이 한차례 휩쓸고 지나가기를 기다렸다. 머리 위에서 헬기의 프로펠러 소리가 들려오고 전방의 밀림에 대고 로켓포 사격과 기총소사를 하기 시작했다. 수색소대가 총검을 꽂고 참호에서 나와 방어진지 앞으로 나갔다. 그들은 분대별로 산개하여 어둠 속으로 사라졌다.

이미 접근했던 적들은 사라졌거나 어둠 속에 틀어박혀서 가끔씩 개인화기로 사격을 해왔다. 수색소대는 천천히 전진하면서 안전 지점을 확보하고 날이 새기를 기다렸다. 대개 습격의 밤은 그렇게 지나갔다. 해방전선의 지방 게릴라들은 항불전 시기부터 싸워왔던 역전의 고참병들이었다. 그들은 자신들이 유리한 때에나 정치적으로 전 세계에 전쟁의 진행을 알릴 필요가 있을 경우에만 희생을 치르면서 대대적인 공세로 나왔다. 그런 일은 일 년에 몇 번 되지 않았다.

내가 이른바 살아 있는 '적'의 모습을 먼발치서라도 직접 보게 된 것은 작전에 나가서 한낮에 수색정찰하던 중에 꼭 한 번뿐이었다. 우리 중대가 소대별로 나뉘어 각 지역으로 투입되었는데 정글을 나서자마자 벼가 푸르게 자라난 논벌이 나왔고 맞은편에 다시 짙은 밀림이 시작되고 있었다. 논두렁 가운데에서 농부가 아닌 전사 하나가 일을 보던 중이었다. 그가 농부가 아니라고 단정한 것은 검은색 파자마에 원뿔 모양 논라를 쓰고는 있었지만 탄띠와 총을 지니고 있었기 때문이다.

전 소대원이 논둑에 배치 붙어서 '엎드려쏴'를 시작하자 그는 벌떡 일어나더니 지그재그로 논 가운데를 내달렸다. 그 많은 총구가 불을 뿜었지만 그는 잽싸게 달아나 어느 틈에 밀림 속으로 사라져버렸다. 병사들은 총으로 움직이는 사람을 맞히기가 힘들더라고 두고두고 말했다. "그 녀석 밑도 못 닦았을 거야"라고 농담을 할 때 나도 따라 웃었다. 상대방은 우리에게 인간이라기보다 놓쳐버린 사냥감에 지나지 않았던 것이다.

*

나는 대대에 가서 특교대 이래 짝패가 되었던 추장과 통신병 인수를
다시 만났다. 추장과 나는 함께 상병이 되어 있었고 인수도 병장이 되
었다. 추장은 나와 해변의 대대본부 방어중대에 남았고 인수는 작전중
대에 소속되었다. 어느 날 선두를 맡았던 소대가 인원과 보급품 보충
을 받으러 본부로 돌아왔는데 판초우의에 시신 한 구를 담아가지고 왔
다. 그 피에 물든 살덩이가 바로 인수였다. 그날은 아무 전투도 없었던
평온한 날이었다. 방어진지에 거의 도착했을 때 누군가가 유탄발사기
를 멘 채로 오발을 했고, 곧추 올라갔던 유탄이 다시 지상에 떨어지면
서 인수 근처에서 터졌다는 것이다. 나머지 몇 사람은 가벼운 부상만
입었다. 전장의 우연은 그렇게 어처구니가 없었다.

한 달이 지나자 내가 배속되었던 중대가 교대로 작전에 투입되었다.
꽝응아이 시의 서쪽 외곽에서부터 동쪽 1번 도로 부근에까지 널려 있
는 자연취락과 밀림을 정리해나가면서 미군과 남베트남군의 작전을
도와주는 형국이었다. 우리는 또한 3개 중대가 제각기의 방어진지를
구축해서 인근을 장악해가는 순서를 밟고 있었다. 해병대의 작전은 육
군과 달리 몇 개 연대가 거대한 화력 지원을 받으며 광범위한 지역을
휩쓸어나가는 식이 아니라 언제나 중대 단위의 수색 기동 작전이었다.
그래서 병력의 희생도 많았고 항상 거점을 옮겨다녀야만 했다.

대개 마을 외곽에는 통행로가 될 만한 지형에 부비트랩이 묻혀 있기
마련이었다. 게릴라들은 부비트랩으로 가볍게는 수류탄에서 각종의 수
제폭탄과 아군측으로부터 노획한 각종 포탄, 크게는 대전차지뢰에 이

르기까지 다양하게 사용하고 있었다. 인계철선을 이용해서 사람의 발에 걸리면 핀이나 점화장치가 작동하게 장치하거나 밟았다가 떼면 터지게 만들어두었다.

밀림의 통행로에는 원시적으로 만든 덫과 함정도 많이 있었다. 그중에서 가장 흔한 것이 항불전쟁 시기부터 사용했다는 독을 바른 날카로운 대나무침이었는데 잘못 디디면 단단한 정글화의 밑창을 뚫고 들어와 발바닥을 꿰뚫고 발등 위로 솟아오른다. 그러면 행군을 할 수 없을 정도로 일시에 부어올랐다가 시간이 지나면서 열대의 날씨에 재빨리 썩어들어가기 시작한다. 후송되어도 운 나쁘면 발목을 잘라야 하는 경우가 많았다. 그래도 그것은 잘못 디딘 당사자에 한정되지만 대전차지뢰라도 밟으면 저 하나가 아니라 부근에 있는 거의 전 소대 병력이 살상을 입는다. 그래서 중대의 수색 행군은 언제나 좌우와 중간으로 산개하는 것이 수칙이었다. 마을이 보이면 먼저 좌우의 브레이킹 소대 중에서 지형지물이 좋은 위치의 소대가 우회하여 마을의 한쪽 퇴로를 끊고 대각선 위치에서 다른 브레이킹 소대가 후방을 차단하면 주공을 맡은 소대가 마을로 진입해들어가는 식이었다.

물론 소대끼리는 통신병들의 무전기로 연결을 유지한다. 각개 소대의 진격도 비슷한 형식인데 먼저 경험 많은 선두첨병이 앞으로 나아가고 그를 커버할 두어 명의 첨병이 일정한 거리로 뒤를 따른다. 소대가 분대별로 나뉘어 이동하면서 뒤에는 다시 후위첨병을 세웠다. 전선과 후방이 따로 없으니 어디에서 저격이 시작될지 모르기 때문이다.

선두첨병의 일차적인 임무는 통행로의 지형지물을 관찰하면서 부비트랩이 없는가를 확인하는 일이었다. 부비트랩이 발견되면 첨병은 손을 들어 행군을 정지시키고 보조자와 함께 제거에 나선다. 또는 전방에 매복이 있는 기미도 알아차려야 한다. 선두첨병은 부비트랩의 위험에 제일 먼저 노출되어 있지만 적이 전방에 있을 때는 오히려 덜 위험했다. 적들은 보통 본대의 행군이 접근할 때까지 기다려 선두첨병을 통과시키는 경우가 많았다. 선두첨병이 부비트랩을 자신의 통행로에서 발견하지 못했다 할지라도 부근의 몇 걸음 떨어진 곳에서 서투른 병사가 다른 부비트랩에 접촉하는 경우도 많았다.

드디어 부비트랩이 터진다. 폭음과 비명소리와 화약 연기가 숲에 가득찬다. 모두 혼비백산하여 엎드렸다가 일어나보면 터뜨린 장본인은 찢겨져서 나무둥치나 가지에 사지가 날아가 걸려 있고 몇몇은 팔다리가 널어진 채 부들부들 떨며 고함을 지르고 널브러져 있다. 사태를 수습하려면 우선 부상자부터 응급조치하고 무선으로 헬기를 부른다. 헬기가 날아와 담가를 내려주고 거기에 부상자와 피투성이의 시체를 실어 후송을 시키고 나면 병사들 전원이 눈에 핏발이 서고 적개심으로 끓어오르게 된다. 거의 미쳐버린 상태에서 과감한 마을 진입이 시작된다.

파리에서의 평화협상 때 북베트남과 민족해방전선측은 미군을 비롯한 연합군측의 양민학살에 대하여 여러 가지 케이스별로 자료를 제시한 적이 있었다. 그러나 이는 전선이 따로 없이 농촌과 도시 곳곳에서 정규적인 군사행위와 더불어 진행된 게릴라전의 특성상 구분을 하기가 어려웠다. 1960년대 중반을 넘어서면 미군 사령부는 농촌에서 전국적으로 전략촌 사업을 벌이면서 미군이 지정한 지역 이외의 모든 숲과 논밭이며 심지어는 작전구역 안의 마을마저 '자유발포지역'으로 선포했다. 도로는 초소와 방어진지의 점으로 이루어진 끊어진 선에 불과했다.

밤이 되면 외국군 병사 그 누구든 소총을 겨누고 있는 자신의 참호 바깥 광대한 세상이 모두 적이 장악한 지역으로 변해버린다는 것을 잘 알고 있었다. 이를 미군 사령관 웨스트모얼랜드는 '표범 무늬'라는 자신의 작전 용어로 표현했다. 그것은 외국군이 무장한 병사들뿐 아니라 적대적인 베트남 민중을 적으로 하고 있으며 그들에 의하여 사방으로 포위되어 있다는 뜻이기도 했다. 모든 인민을 적으로 삼아야 하는 전쟁은 처음부터 잘못된 전쟁일 것이다.

나는 아직도 자유롭게 모든 것을 다 말할 수는 없다. 다만 당시의 미군측 보도자료에 나온 것만으로도 우리가 거기서 무엇을 했는지 분명해진다. 베트콩이라고 했지만 마을에서 죽어간 이름 없는 농부의 것인지도 알 수 없는 사람들의 귀를 잘라 말려서 끈에 꿰어 수집한 병사도 있었고, 자른 머리를 들고 사진을 찍은 어린 병사들도 있었다. 여성에 대한 강간 살해는 여러 케이스가 보이는데 수류탄을 그곳에 넣어 터뜨리거나 심지어는 뱀을 넣은 경우도 있었다. 헬기의 기관총 사수들은 들판으로 정찰을 나갔다가 논두렁을 걷는 농민들을 향해 사파리처럼 사냥 내기를 한 적도 있다.

사실은 밀라이 학살 사건도 베트남 전장에서의 일상적인 여러 가혹 행위 중의 일부에 불과했다. 이는 그대로 한국군에도 해당이 되는 얘기였다. 나는 한국전쟁 이래로 이러한 폭력이 우리에게 내면화되었고 베트남전쟁으로 심화되면서 몇 년 뒤에 광주에서 아무렇지도 않게 백주의 살육이 일어날 수 있었던 것이라고 생각한다. 특히 베트남전쟁은 우리가 아시아에서 타자에게 폭력을 가한 첫 케이스로 툭하면 일본의 과거사를 들추면서도 자신의 잘못은 돌아보지 않고 있는 부끄러운 사례다.

"모조리 요리해!"라는 말은 상대측의 저항으로 사상자가 많이 나온 마을에서 진입이 정체되면 나오는 자연스런 명령이었다. 어느 부대는 사람은 물론 소나 돼지, 심지어는 닭까지도 모든 살아 있는 것들을 남겨두지 않는 것으로 본보기를 삼기도 했다.

나는 여기서 자문하지 않을 수 없다. 목격자는 아무것도 하지 않고 보기만 했으니까 모든 도덕적 책임으로부터 자유로운가. 세계에 널린 참상의 진실을 객관적으로 목격하기만 하는 일이 과연 가능한가. 나는 선장에서 현상계에는 귀신이 없다고 굳게 믿었다. 그러나 제대하여 민간인이 되었을 때, 그리고 먼 훗날 신천학살 사건에 관한 소설 『손님』을 쓸 때 당시의 목격자들과 만나 회상을 취재하면서 귀신이 있다고 생각을 바꾸게 된다. 바로 '헛것'은 우리 자신의 내면에 잠재된 기억과 가책이면서 우리 스스로 일상에서 지워버린 또다른 역사의 얼굴이었던 것이다.

추장이 부비트랩에 날아갔다가 양팔이 떨어져나가던 순간 고통을 못 참고 내지르던 비명소리는 밀림을 뚫고 허공으로 솟구쳐올랐다. 처음에는 목청이 찢어지는 듯하다가 차츰 나약한 울음소리로 변했다. 응급조치가 끝난 다음에 다른 부상자들과 함께 그가 헬기에 실려간 뒤에 우리가 진입했던 마을에는 다행히 아무도 없었다. 누군가 있었다면 병사들은 그 누구라도 살려두지 않았을 것이다.

우리는 산개하여 먼저 마을의 지형지물에 따라 의지가 될 만한 집이나 바위 또는 무너진 담벽을 목표지점으로 정하여 달려가 확보하고 물결처럼 차례로 진입하는 식이었다. 마을 중앙에는 공회당 비슷하기도 하고 사원 같기도 한 기와를 올린 건물이 있었는데 차례로 접근하는 중에 분대장인 하사와 내가 제일 먼저 접근했다. 하사가 먼저 도착해서 입구를 커버하고 내가 어둠침침한 실내로 돌입함과 동시에 몇 발 사격하면서 안으로 뛰어들어가 엎드렸다. 나는 그 순간에 무슨 기계가 갑자기 가동되는 듯한 느낌을 받았다. 부웅, 하는 소리가 들리면서 이십여 평쯤 되어 보이던 실내가 새카만 어둠으로 변해버렸다. 허공을 가득 채운 것들은 거대한 파리떼였다. 사원의 실내에는 삼십여 구의 남녀노소 주검들이 갖가지 형체로 흐무러져가고 있는 중이었고, 그 위에 새카맣게 붙어 있던 파리떼가 인기척에 놀라서 한꺼번에 날아올랐던 것이다.

작전이 휩쓸고 지나간 다음에 브레이킹 중대가 들어가면 뒷마무리를 하게 되는데 청소는 주로 졸병들과 베트남에 갓 떨어진 신참들에게 맡겨진다. 사방에 흩어진 주검과 육괴를 주섬주섬 주워다가 포클레인으로 미리 파놓은 구덩이에 쓸어넣는다. 스콜과 열기로 부패가 급속하게 진행되어 다리 하나가 보통 때의 두어 배쯤 크기로 부풀어올라 있고, 작업중에 잘못 밟기라도 하면 물을 채운 비닐봉지가 터지는 것처럼 검붉은 액체가 쏟아져나온다. 시멘트 벽에 가서 달라붙은 순두부 같은 뇌수는 말라버린 지 오래되어 아무리 물로 씻어내도 잘 떨어지지 않는다. 작업용 목장갑 두 벌을 겹으로 껴도 손바닥에는 걸쭉한 간장 같은 물기가 축축하게 배어든다. 주검이 쌓일수록 주변은 온통 검붉은 물기로 홍건해지고 어느 틈에 사방에서 파리떼가 몰려들어 검게 꿈틀 대는 거대한 덮개가 형성된다.

"작업 끝, 휴식!" 명령이 떨어지면 파리떼가 먹이를 찾아 몰려들듯 우리도 주위에 몰려앉아 수통의 물도 마시고 레이션 깡통을 따서 햄이나 고깃덩어리를 게걸스레 먹는다. 누군가 구덩이 주위로 걸어오면 모두들 목소리를 낮추어 주의를 준다. "저쪽으로, 저쪽으로 돌아가!" 그러나 이미 늦었다. 파리떼가 날아올랐다가 다시 구덩이 속으로 내려앉기 전에 그것들은 사정없이 레이션 깡통 위로 덤벼든다. 병사들은 곧 체념하고 적응할 줄 안다. 그것이 살아남은 자의 표징인 셈이다. 그저 성가실 뿐 무심해져서 한 손으로 입 가장자리나 깡통 위로 내려앉는 파리들을 날리면서 다른 한 손으로는 부지런히 고기를 찍어 먹는다.

아시아에서 미국이 저지른 전쟁은 윌리엄 골딩의 『파리대왕』의 문명에 대한 은유보다 더욱 직접적이고 즉물적인 지옥이었다. 파리떼와 땡볕은 베트남전쟁의 내용이자 형식이었다. 바로 그곳에 비한다면 휴머니티란 '민간인'들의 사치스러운 관념일 뿐이었다.

어느 새벽녘에 참호 속에서 눈을 뜨고 전방을 바라보면 축축한 안개가 방금 떠오른 태양의 열기로 흩어지고 시야가 천천히 열려갈 때, 그 어슴푸레한 속에서 주검들이 보인다. 덩치 큰 들쥐와 도마뱀들이 주검의 허물어진 구멍 안팎으로 들락거린다. 그러한 초현실주의적인 실경을 목도한 자는 꿈에서도 그것을 다시 재현할 수 없다. 그것은 무의식이 아니라 또렷한 감각 속에서 받아들여졌다가, 스스로 보통 때의 일상을 살아나가기 위하여 기억을 지우고 왜곡한다.

감옥에서도 무의식은 견디기 힘든 시간을 은유로 처리한다. 언제부터인지 뭔가 말하려면 얼른 튀어나오지를 않고 단어들을 자꾸 까먹는 무렵부터 꿈속에 웬 아줌마가 나타나기 시작했다. 그런데 이 아줌마는 얼굴이 보이지 않는다. 마치 사진에 검은 잉크를 칠해놓은 것처럼 얼굴이 시커먼 어둠에 가려져 있다. 그녀가 옥문 앞에 서 있다가 웃기도 하고 말도 걸면서 내 차가운 담요 속으로 들어온다. 그리고 그녀와 자고 나서 새벽녘에 소스라쳐 깨면 어쩐지 기분이 개운치를 않고 불가사의한 느낌에 사로잡힌다. 첫사랑의 여인도 아니고 옥내에 굴러다니는 잡지에 숱하게 나오는 여배우도 아닌, 하필이면 얼굴도 보이지 않는 펑퍼짐한 아줌마가 나를 찾아오는 게 오히려 보통의 꿈 같지가 않다. 찜찜한 나는 운동시간에 나가 청소를 맡은 장기수들에게 물었다. 그들은 대개 십여 년 이상의 중형을 받은 모범수들이었다.

—요즈음 꿈에 웬 아줌마가 자주 나타나. 형씨는 그런 일 없어요?

—아, 그 아주머니? 형기 삼사 년쯤 되면 나타나지.

—얼굴은 안 보이든데.

—재미 좀 보시겠군. 그거 아마 여기 터주일 거요. 장기수들은 다 알지.

나만 그런 게 아니라는 데 어쩐지 안심은 되면서도 께름직한 느낌은 더욱 심해졌다.

꿈에서 나는 감옥을 벗어나려고 애를 쓰며 수많은 방과 복도와 중간 차단문이며 철창을 지나 헤매다녔다. 그러다가 저 어두운 복도의 끝 캄캄한 층계참 아래 시외버스 터미널의 매점 같은 곳을 발견했다. 내가 그쪽으로 다가서자 얼굴 없는 그 여인이 가게 주인으로 나타났다.

여기 밖으로 나가는 문이 어디 있습니까? 내가 그렇게 묻자 여인은 너털웃음을 웃었다. 아직 멀었는데 뭘 벌써 나가려구 그래. 나하구 좀더 살다 가지, 깔깔깔.

석방되어 나온 뒤에 나는 못내 그녀의 정체가 궁금했다. 어느 날 깊은 밤에 당시의 체험과 관련된 몇 줄의 문장을 쓰다가 나는 소스라치며 깨달았다. 그녀는 무의식 속에 자리잡은 어머니였을 것이다. 오랫동안 혼자 갇혀 있던 장기수들에게 마지막으로 찾아오는 상대는 제각기 어머니일 수밖에 없다. 어릴 적에 무엇엔가 놀라거나 위기를 느끼면 무심코 엄마를 부르듯이 장기간의 소외와 고독 속에서 의지할 여인을 불러내며 무의식이 '헛것'의 얼굴을 지워버리는 것이다.

전장에서의 내면화된 상처들은 이미 정리한 물품 상자처럼 단단히 포장된 채 기억의 지층에 쌓여 있기 마련이다. 나는 지금도 푸른색으로 빛나는 통통한 몸집의 커다란 똥파리가 진저리나게 무섭다. 꿈에 그것은 거대한 커튼의 그림자처럼 햇빛을 가리고 창문가에 앉아서 웅웅댄다.

나는 원대복귀되어 어느 작은 교통 초소를 확보하고 있는 매복분대에 배속되었다. 우리 여단이 북으로 이동함으로 해서 늘어난 외곽 경비 때문에 파견된 인원의 귀대가 절대로 필요했기 때문이다. 곧 몬순이 닥쳐왔지만 적의 공세가 시작되고 있어서 우리는 주요 도시의 방어를 위해 남으로부터 북상하라는 작전명령을 받았다. 사령부가 의도하는 것은 평정된 우리 지역의 치안을 남베트남 정부군이 담당하게 하려는 것이었다. 월초부터 면밀하게 계획된 철수가 조심스럽게 시작되었고, 전 여단은 중대별로 새로운 지역에 투입되어갔다. 해병 여단이 쭐라이에서 호이안으로 이동을 시작하고 나서 후발대는 여단본부 지역을 방어하다가 남베트남 정부군에게 넘겨주기로 했는데 나는 후발대 소속이었고, 이것이 베트남에서 사실상 나의 마지막 전투 경험이 되었다. 이때의 경험은 소설 「탑」에 그대로 녹아들어 있다. 그러나 소설에서처럼 우리의 임무가 탑을 지키는 일은 아니었다. 말 그대로 1번 도로와 여단본부로 가는 작전도로가 만나는 교통지점을 확보해두었다가 남베트남군의 주력이 무사히 진입하도록 안전을 보장해주는 것이 임무였던 것이다.

우리는 이틀 동안 초소를 확보하고 있었는데 밤마다 지방 게릴라들의 침투 기도가 있었다. 첫날 밤은 그냥 근거리까지 다가와 사격하면서 집적대다가 날이 밝았고 둘째 날 자정 무렵부터 자동화기와 로켓포까지 동원한 소대 병력쯤의 적이 공격해왔다. 우리는 클레이모어 지뢰와 원형 철조망으로 방어선을 치고 말굽형으로 병력을 배치했다. 개인화기는 자동소총과 유탄발사기와 M60 기관총 2문이 있었고 여단본부에서 81밀리를 지원했다. 포대에서는 조명탄을 쏘아올려주고 우리가 불러주는 좌표에 포격을 지원했다. 근접거리까지 기어와 사격하는 적의 총소리는 울림이 없이 깡마른 소음으로 들렸다.

새벽녘 동이 틀 무렵에 적들은 우리를 우회하여 부근의 교량을 폭파하고 물러갔다. 미군 도로 정찰대가 나타나자 분대는 초소에서 여단본부로 철수했다. 초소 주위의 개인호 속에 있었지만 로켓포 두 발이 떨어지는 바람에 세 사람이 부상당했다. 우리는 트럭에 그들을 싣고 여단본부로 가서 마지막 철수 병력과 함께 헬기로 쭐라이 부두까지 갔다.

호이안 시 외곽에 자리잡은 여단의 새 방어진지에 도착했을 때에야 우리는 적의 구정 공세가 시작되었다는 걸 알았다. 아직 제대로 자리잡지 못한 방어선 안으로 날마다 적의 포탄이 시도 때도 없이 날아왔다. 포격이 시작되면 모두들 개인호 속으로 달려가 처박혔는데 스콜이 계속되어 호마다 물이 차서 그 안에 엎드리면 물이 배 위에까지 올라왔다. 상황이 계속되는 서너 시간 동안 호 속의 물에 목욕하듯이 잠겨서 끄덕이며 졸고는 했다.

각 대대와 중대 방어진지로 나가는 식량과 탄약을 보급하는 근무중대 쪽 전방에는 너른 모랫벌과 그 너머에 밀림이 있었는데 언제나 가장 치열한 포격을 당하곤 했다. 좌표를 불러주면 우리측 포대에서 105밀리 포를 엄청난 폭음을 내며 사정없이 쏘아댔다. 적측은 잠시 잠잠했다가 밀림 속에서 우리말로 방송을 해댔다. 밤에 그들은 우리 유행가를 틀어주기도 하고 호소력 있게 권유했다. "여러분 우리는 왜 몇 푼 안 되는 달러에 팔려와 양키의 용병이 되어야 하는 겁니까? 내일 당장 총을 내던지고 고향으로 돌아갑시다. 이번에는 남진의 〈울려고 내가 왔나〉를 보내드리겠습니다."

포성이 멎은 틈새의 짤막한 정적 속에서 노래가 들려오기 시작했다. 모두들 잠깐 동안 숨죽이고 노래를 들으면서 모랫벌 너머의 밀림을 내다본다. 그저 캄캄한 어둠일 뿐이다.

어느 장교가 정신을 차리고 소리를 지른다. "뭣들 하는 거냐? 좌표 불러줘라!" 좌표를 부르고 곧 이어서 포격이 시작된다. 엄청난 굉음이 계속되고 밀림에 불빛과 연기가 오르기 시작한다. 잠시 조용해졌다가 다시 스피커가 떠든다. "여러분 포를 쏘지 맙시다. 양민을 학살하지 맙시다!"

　이런 난리통 속에 호이안 시내를 북베트남 정규군이 점령했다는 소식이 들어왔고 우리가 투입된다는 명령이 떨어졌다. 나는 그때 다른 병사들과 함께 총기 손질을 하고 있었다. 헬리콥터로 투입되는 병력과 트럭을 타고 육상으로 시 외곽에 도착하여 진격할 병력으로 나뉠 예정이었다. 105밀리 포가 계속해서 강 건너편을 강타하고 있었다. 그러나 소리만 요란했고, 비어 있는 모랫벌과 철조망과 선인장숲 위에는 햇빛만이 하얗게 너울댈 뿐이었다. 물위에 뜬 조각배처럼 정글의 일부분이 드문드문 남아 있는 사이로 양쪽에 철조망과 낮은 모래주머니 벽으로 막힌 좁다란 군용도로가 여러 중대와 대대를 연결하고 있었다. 도로의 교통통제소마다 설치된 높다란 망루에서 밀림 쪽을 향해 가끔 위협사격을 퍼붓는 소리가 들려왔다. 지프차 한 대가 모래 먼지를 일으키며 우리 중대로 오는 모래주머니 방벽 사이의 좁은 통로로 달려들어왔다. 차가 중대 방어진지 안으로 들어오지 않고 철조망 앞에서 급정거를 했고, 초병이 바리케이드를 옆으로 밀어젖혔다. 먼지가 가라앉자 차에 타고 있는 사람이 보였다. 정글복 차림이 아니었다. 베트남 민간인들이 입는 검은 파자마에 차양이 넓은 버마식 특수부대 정글모를 쓰고 있었다. 운전사도 같은 차림이었는데 지프 뒷자리에 사수 없는 기관총좌가 있었고 탄창을 빼어버린 기관총이 비스듬히 매달려 흔들거렸다.

　"뭡니까?" 벙커에서 나온 중대장이 계급장도 없고 군복도 입지 않은 민간인 차림에게 물었다. 그들은 짙은 선글라스를 벗지 않았다. 경례도 붙이지 않고 민간인 차림이 서류 한 장을 건네주면서 말했다. "전

입자를 인수하러 왔소."

중대장이 서류를 재빨리 훑어보았다. 이름을 불린 나는 호 속에서 엉거주춤 일어났다. 나는 철모 자국으로 울퉁불퉁해진 머리를 두리번거리며 어리둥절한 표정으로 중대장을 향해 걸어나갔다. 나는 철모만 벗었을 뿐 빈틈없는 단독무장을 하고 있었다. 정글복의 바짓단을 잘라 군화 위로 무릎을 드러내고 있었고 꿰매어 넣지 않은 끝자락의 올들이 풀어져서 술처럼 너덜거렸다.

중대장이 서류를 흔들어대면서 말했다. "곤란한데 이거…… 고참들만 빼가면 전투는 누가 하지. 첨병을 설 만한 애들두 이젠 없는 형편이오." 중대장은 지프 위의 민간인 차림이 인사참모라도 된다는 듯 호소했다. 민간인 차림은 버마식 정글모를 벗어서 가슴에 활활 부채질하면서 말했다. "사선을 넘으면 누구나 고참이 됩니다."

내가 전선을 떠나 전장의 보다 깊숙한 국면을 보여줄 시장 속으로 전속을 가는 장면은 장편소설 『무기의 그늘』에도 상세히 묘사되어 있다. 나는 아무런 영문도 모른 채 방금 지옥을 빠져나오고 있는 중이었다. 전선에서는 그 누구도 내일 아침의 운명을 짐작할 수 없기 마련이다. 그날 오후의 호이안 탈환 시가전에서 여단이 이동한 이후 가장 많은 사상자가 나왔다. 병력이 투입되기 한 시간 전에 나는 아슬아슬하게 작전중대를 벗어났다.

나중에 갑작스런 전속 명령이 어떻게 된 일인지 알게 되었다. 어머니는 전선에서 보내온 내 편지의 겉봉에 쓰여 있던 부대 주소를 보고 내가 최전선에서 위험한 복무를 하고 있다는 눈치를 챘던 것이다. 어머니가 떠올린 것은 서해 백령도에서 중령인가 대대장인가로 근무하고 있다는 한동네 살던 청년이었다. 그녀는 일단 그 댁을 찾아가 정확한 주소지를 알아낸 다음에 인천으로 가서 그 무렵에는 한 달에 두어 번 있을까 말까 했던 부정기 연락선을 어렵사리 얻어타고 백령도로 갔다. 그는 큰매형의 고등학교 동창이기도 했고 누나들도 그를 잘 알았다.

어머니가 민간인은 함부로 오갈 수 없던 서부전선의 최전선인 백령도 부대로 그를 찾아가자 그는 놀라고 깊은 감명을 받은 모양이다. 그는 어머니에게 주월 사령부를 통하여 나의 전속을 어떻게든 주선해보마고 약속을 하게 된다. 그것이 지난해 연말이었으니 꼭 두 달 전 일이었다. 나는 쭐라이에서 미군 기지 파견근무의 경력도 있었으므로 다낭의 한미월 '합동수사대' 파견이 별로 어렵지는 않았던 듯싶다.

내가 전선에서 극한적인 인간 조건과 죽음, 그리고 폭력과 야만을 즉물적으로 보고 느낀 것에 그쳤다면, 다낭 암시장의 조사원 노릇을 하면서 비로소 미국이 벌인 전쟁의 총체적인 성격을 파악하게 된다. 2차대전 이후 미국이 비서구권에서 벌인 전쟁의 성격은 크게 세 가지로 나눌 수 있는데, 세계 속에서 미국의 패권을 유지하기 위한 전쟁, 종교적, 문화적, 인종적 편견에 의한 전쟁, 그리고 가장 중요하게는 사업, 즉 비즈니스로서의 전쟁이다.

나는 합동수사대로 가자마자 처음에는 PX를 파악하는 근무부터 시작했고, 그다음에 미군 보급창을 출입하다가 드디어 다낭 암시장을 감시하는 임무를 맡게 된다. 동료들의 말에 의하면 거대한 '도깨비시장'의 한복판에 푹 빠지게 되었다.

다낭은 북베트남군과 해방전선에 포위된 섬이었고 그 속에서 일어나는 일상적인 생활은 특수한 경제체제에 의해서 유지되고 있었다. 가장 위력 있는 재화는 달러지만 미군 사령부가 발행한 군표가 시장을 통제하고 있었다. 점령군과 그 주변의 살림살이는 미국식 소비를 흉내 내기 마련이고 PX는 사치품과 소비재의 원천이었다. 또한 보급창은 생필품인 야채와 고기에서 기호품인 차와 커피 또는 초콜릿 그리고 주류와 담배에 이르기까지 다낭 시의 생존을 쥐고 있었다.

A레이션은 조리를 하지 않은 야채, 과일과 고기 등이었고 B레이션은 일차 조리된 식품이나 양념이 되어 조리만 하면 되는 식품 등이었다. 그리고 C레이션이 완전히 통조림화되고 조리된 전투식량이었다.

시장 안에서는 적과 아군이 따로 없이 서로 거래하고 이 질서 속에서 공모할 수밖에 없었다. 가장 치밀하고 어둠에 묻혀 있는 것이 무기 거래였다. 이 모든 다양한 물품들은 시장의 먹이사슬과 연결되어 있었다. 보급부서나 PX에서 근무하는 미군 개개인이 부정을 저지르는 경우도 많지만 경제공작을 하는 재무부서도 따로 있었던 것이 분명하다. 이들은 주로 A, B레이션이나 맥주, 담배 등속의 기호품으로 물가를 조절했다.

작전이 계속해서 두어 달 진행되면 시 외곽 농촌에서 들어오는 야채와 식품의 유통이 끊기고 시장 가격이 몇 배씩 오르게 된다. 다낭 시내에 사는 이들은 군인 가족이나 군속 또는 관리와 상인들 그리고 일반 서민들이었다. 이들도 암거래에 가담해서 이익을 보고 미군이 누리는 소비의 일부분을 맛보며 살아간다. 미군은 암거래의 이유으로 현지 노무자들의 임금을 해결하고 가끔씩 군표를 바꾸어 지하로 스며든 달러를 회수하거나 말소시킨다.

　제3국의 군인과 기술자들도 암거래에 끼어든다. 남베트남 군인과 관리들은 전투식량에서 무기까지 거래하는데 상대는 물론 상인들에게서 세금을 걷는 해방전선측이다. 우기가 오면 연합군과 해방전선이 함께 깡통 C레이션을 까먹으며 전투를 한다. 이를테면 남베트남군에 새로 유탄발사기 같은 신형 무기가 지급되면 그중 몇 자루는 시장에 나와 팔려나간다. 미국의 베트남 평화정착 사업으로 '신생활촌' 건설이 진행되면서 수많은 원조물자가 시장으로 풀려나왔다. 집을 지을 시멘트나 슬레이트, 각종 곡물 가루와 사료, 식량, 그리고 마을의 민병대를 무장시킬 무기와 탄약 등속이 쏟아져나왔다. 나는 이 모든 정보를 선임자에게 인계받거나 스스로 시장 속에서 터득했다.

　나는 시장 모퉁이에서 군속처럼 계급장 없는 군복에 맨머리로 돌아다니거나 티셔츠에 면바지 차림이나 베트남 사람처럼 검은 파자마 바지에 흰 셔츠를 걸치고 시장 부근의 찻집이나 주점에 나가 앉아 있곤 했다. 마른 체형에 베트남 사람들보다 키가 큰 편인 나를 행상 아이들은 '필룩땅'이라고 부르며 쫓아다녔는데 필리핀 사람이라는 소리였다.

　어느 찻집에서 다낭 시내의 중학교 교사와 알게 되었다. 그는 내가 한국인이라는 걸 알고는 아마도 민간인 기술자로나 생각했는지 당시의 영자신문에 나온 기사를 들어 한국군을 비판했다. "왜 당신들은 베트남 농촌의 아이들을 죽이는가?" "나는 그런 일 처음 알았는데?" "며칠 전 우리 영자신문에 나왔다. 모두들 분개하고 있다." "당신은 베트콩을 지지하나?" "누구든지 양민을 죽이는 자들은 싫어한다."

　교사와 나의 대화는 그렇게 맴돌기 마련이었다. 나는 더이상 할말이 없었다. 그런 대화를 나누고 나서 본대로 돌아와 침대에 누우면 어쩐지 잠이 오질 않았다. 그리고 내가 베트남에 온 것을 잠깐씩 후회하고는 했다.

그와 나는 가끔 오후에 찻집에서 우연히 부딪치곤 했는데 서로 속을 털어놓게 되자 미군에 대해서 비판하기 시작했다. 그 편이 훨씬 견디기가 쉽다고 서로 생각했는지 모른다. 신생활촌 계획은 농민들에게서 땅을 빼앗고 살림의 터전에서 몰아내어 유력자를 새로운 지주로 만드는 일이라고 그는 말했다. 나는 시장 속에서 차츰 이 전쟁의 진면목을 알아가게 되었다. 나는 『무기의 그늘』에 이렇게 묘사했다.

PX란 무엇인가. 큰 함석 창고 안에 벌어진 디즈니랜드. 그리하여 지친 병사는 피 묻은 군표 몇 장으로 대량산업사회가 지어낸 소유의 꿈을 살 수가 있을 것이다. 오리도 토끼도 요정도 기계가 되어 뛰고 웃는다. 포장지와 상자에서는 느끼한 기름 냄새가 나고 그것은 꽃처럼 아름답다.

PX란 무엇인가. CBU(집속탄) 폭탄 한 개로 길이 일 마일, 너비 사분의 일 마일에 걸쳐서 백만 개 이상의 쇠 파편을 뿌릴 수 있고, 삼백 에이커를 단 사 분 동안에 동물과 식물이 살지 못할 고엽枯葉지대로 만들 수 있는 기술을 가진 나라의 국민들이 사용하는 일상용품을 파는 곳이다.

PX란 무엇인가. 아메리카는 세계에서 가장 크고 가장 위대한 나라입니다, 라는 표어가 적힌 방패를 들고 로마식 단검을 들고서, 성조기의 옷을 입고 낯선 고장마다 나타나는 엉클 샘의 지붕

밑 방이다. 원주민을 우스꽝스런 어릿광대로 바꾸고 환장하게 만들고 취하게 하며 모조리 내놓게 하고, 갈보와 목사와 무기 밀매업자가 사이좋게 드나들던 기병대 요새의 잡화점이다.

그리고 PX는 바나나와 한줌의 쌀만 있으면 오순도순 살아가는 아시아의 더러운 슬로프헤드들에게 문명을 가르친다. 우윳빛 비누로 세수하는 법과, 가슴을 시원하게 하는 코카콜라의 맛이며, 향수와 무지개색 과자와 드롭스와, 레이스 달린 잠옷과 고급 시계와 보석 반지를 포탄으로 곤죽이 되어버린 바라크 위에 쏟아낸다. 아시아인의 냄새나는 식탁 위에 치즈가 올라가고 소녀들의 가랑이 속에서 빠져나간 콘돔이 아이들의 여린 손가락 위에서 풍선이 되어 춤춘다. 한 번이라도 그 맛과 냄새와 감촉에 도취된 자는 결코 죽어서라도 잊을 수가 없다. 상품은 곧바로 생산자의 충복을 재생산해낸다. 아메리카의 재화에 손댄 자는 유에스 밀리터리의 낙인을 뇌리에 찍는다. 캔디와 초콜릿을 주워먹고 노래를 흥얼거리며 자라나는 아이들은 저들의 온정과 낙천주의를 신뢰한다. 시장의 왕성한 구매력과 흥청거리는 도시 경기와 골목에서의 열광과 도취는 전쟁의 열도에 비례한다. PX는 나무로 만든 말 馬이다. 또한 아메리카의 가장 강력한 신형 무기이다.

나는 다낭에서 만났던 미국인, 베트남인, 그리고 한국인들의 여러 모습을 섞어서 『무기의 그늘』 속의 등장인물들을 만들어냈다. 결국 내가 베트남에서 발견한 것은 내가 살아왔고 겪어오면서도 미처 깨닫지 못하고 있던 남한에서의 삶과 아시아인의 정체성이었다.

『무기의 그늘』은 1977년에 처음 연재가 시작되었다가 끊어지고 발표할 지면을 옮겨다니며 완성하는 데 십 년이 걸렸다. 이 작품의 시각과 입장은 처음부터 정해져 있었는데, 당시에 절제하고 은유하면서 피해갔던 문제들은 아직도 유효하다고 생각한다. 그런 점은 지금도 우리가 당시의 베트남과 비슷한 조건 속에 놓여 있기 때문인데, 예를 들면「한씨연대기」를 보더라도 1970년대 초반에 발표된 작품인데도 분단 문제는 여전히 해결되지 않은 채 현재진행형으로 지속되고 있지 않은가. 이 작품이 프랑스와 독일에서 번역 소개되었을 때 독자 하나가 '한국 사회에 일어난 본질적인 변화는 무엇인가' 하는 질문을 했는데, 나는 '형식적인 민주화'라는 소극적인 대답 이외에 할말이 별로 없었다.

나는 미군측의 용병이라는 자각이 들면서 다낭 시의 베트남 민간인들 속에 들어가면 어쩔 수 없는 자의식이 생기기 시작했다. 민간 회사의 차량으로 위장한 수사대 차를 타고 현장에 도착해서 미국인과 함께 시장 속으로 걸어들어갈 때마다 나는 새삼스럽게 유리창에 비친 내 모습을 곁눈으로 힐끔 바라보곤 했다. 나의 거울은 바로 그들 베트남인들이었던 것이다.

유신

1969~76

관례였던 일 년보다 좀 늦어진 일 년 육 개월 동안의 베트남 참전 기간을 마치고 돌아와 나는 제대했다. 나는 아주 개인적인 선택이었지만 귀국하게 되더라도 절대로 군표를 바꾼 달러나 일제 전자제품 따위를 상자에 채워서 돌아오지는 않으리라 작정했고 자신에 대한 그런 약속을 지켰다. 나는 담배 한 보루와 함께 세면도구만 작은 보스턴백에 넣어가지고 돌아왔다. 그리고 나는 어느 누구에게도 직접적인 위해를 가하지 않으리라 작심했었다. 그러나 제대해서 민간인이 된 뒤에 이것은 말장난에 지나지 않는다고 내 생각을 고쳤다. 이것이 이데올로기로 분단된 땅에서 출발했던 나의 한계투성이 자의식에 지나지 않는다는 점을 깨닫기까지는 그리 오랜 세월이 걸리지 않았던 것이다. 나를 기다리고 있던 고향은 미국의 강력한 영향권에 종속된 군사독재 아래 있었다.

제대하고 청량리역에서 내려 주소를 들고 이사 간 집을 처음 찾아가는 심경은 벅차고도 착잡했다. 어머니도 이제는 기력이 많이 빠져 노년으로 접어들고 있었고 아우는 이제 고등학교 졸업반이었다. 나는 대학에 다시 복학을 해야 되겠지만 마음놓고 학교나 다닐 가정 형편은 못 되었다. 이제 앞날에 대한 불안으로 가득찬 우울한 청춘으로 다시 돌아온 것이다.

어머니는 마지막 생존 수단으로 봉제 하청도 하고 옷장사도 하더니 가까스로 방 세 칸짜리 서민주택을 대방동에다 마련해놓았다. 새벽에 나갔다가 저녁에 돌아오면 흑백텔레비전 앞에 앉아 〈아씨〉라는 연속극을 보는 게 그녀의 유일한 낙이었다.

나는 흑석동 시장 골목보다는 훨씬 조건이 나아진 뒷방 구석에서 낮에도 커튼을 치고 한동안 잠만 잤다. 아우가 바로 옆방을 썼는데 대학 입시 준비중이라 그가 친구와 함께 밤낮으로 중얼거리며 외우는 소리가 항상 들려왔다. 나는 불면증에 시달렸다. 아우가 공부하는 소리가 들리지 않는 때는 형광등의 징, 하는 울림 소리가 두개골 속에 가득차는 느낌이었다.

제대하고 난 직후에는 친구들도 더러 만났다. 나처럼 갓 제대한 친구도 있었고, 군대에 입대하지 않은 녀석들 중에는 장가도 들고 직장인이 된 놈들도 있었다. 그들은 내가 베트남에서 돌아왔는데도 여전히 무일푼인 것이 이해가 되지 않는다는 눈치였다. 술자리에서 몇 번 겉도는 얘기를 나누다가 돌아와서는 나는 쓸데없이 나돌아다니지 않으리라 작정했다.

나는 예전보다 말수가 줄었고 멍하니 오랫동안 아무데나 혼자 앉아 있곤 했다. 공장 부근에 있는 동시상영 영화관 어둠 속에서 비 내리는 화면을 바라보다 잠들다 하면서 어두워질 때까지 꼼짝하지 않았던 날도 있고, 복덕방 노인들이나 죽치고 있는 동네 다방에서 묵은 신문을 앞 장부터 마지막 장까지 건성으로 읽으며 몇 시간씩 보내기도 했다. 아마도 어머니는 흑석동 다락에서의 기억이 떠올랐던 듯싶다. 혹시라도 내가 세상이 지겨워져서 다시 자살을 시도할까 싶었는지도 모른다.

어느 날 여전히 늦잠에 빠져 오후까지 누워 있었는데 두런두런하는 사람들 인기척이 들리더니 어머니가 뒷방 문을 조금 열고 나직한 목소리로 말했다. "얘, 잠깐 좀 나오너라." 내가 아직 잠이 덜 깬 눈을 부비며 마루로 나가자 어머니가 다시 말했다. "교회에서 심방을 나오셨는데⋯⋯" 나는 짜증을 내어 대답했다. "전 교회도 안 다니는데 왜 그러세요?" "목사님이 너 때문에 특별히 오셨단다." "저 나갔다가 올게요." 어머니는 내 손목을 그러쥐며 낮은 목소리로 위협했다. "남들은 전쟁터에 갔다 오면 굿도 한다더라. 나하구 함께 기도두 못하겠니? 너 나한테 이러기냐?"

나는 마지못해 어머니에게 이끌려 심방예배에 참석했다. 나는 목사가 무슨 얘기를 했는지는 기억하지 못하지만 그의 신통치 않은 기도는 생각이 난다. 이전에 베트남에 있을 때 여단본부에 어느 유명짜한 목사가 와서 하던 기도와 비슷했다. 작전을 나가려는 병사들에게 그는 과감히 '사탄을 물리치고 하나님 나라를 세계에 이룩하기 위하여 목숨을 걸고 싸우라'고 설교했다. 물이 배에까지 차오르는 전선 참호에 찾아와 빗속에서 철모를 쓰고 노래 부르던 한명숙과 권혜경이 그 목사

영감탱이보다 훨씬 감동적이더라고 어린 병사들은 말했다.

심방예배가 끝나갈 때 목사가 내 머리에 손을 얹고 기도를 하려고 했다. 나는 손을 들어 슬그머니 뿌리치며 일어섰다. "목사님께서 안수기도 해주신다는데……" 어머니가 그를 거들었지만 나는 그저 웃으면서 방을 나와버렸다. 나는 이렇듯 매사에 시큰둥했다. 헌책방이나 서점에 가서 읽을 만한 책들을 집어다 읽기 시작했는데 다시 글을 쓸 수 있을 것 같지는 않았다. 당시에는 모든 일에 무감각했는데 엉뚱하게도 유행가를 듣거나 연속극 따위를 보다가 저절로 눈물이 솟구쳐서 뺨 위로 주르르 흘러내리는 때도 있었다.

불면증은 걱정할 게 못 되었다. 잠이 안 오면 그냥 깨어 있으면 되니까. 그러다가 한 이틀 밤을 새우고 피곤해지면 그때엔 저절로 잠이 온다. 한데 깊은 잠이 들지 않고 옆방이나 주위의 기척을 고스란히 느끼며 온밤 내 뒤척이며 수많은 꿈에 시달린다. 대개가 악몽이었다. 안개가 자욱한 길을 따라 내가 혼자 걷고 있다. 갑자기 길 위에 사지가 찢기고 변형된 주검이 사방에 널려 있다. 길을 가는 내 발아래 주검의 손이 걸리기도 하고 머리가 차이기도 하며 나중에는 그 무리 속에 빠져서 허우적거린다. 간장을 졸이는 것 같은 단백질이 부패하는 냄새가 분명하게 풍겨온다. 선잠에서 깨어난 뒤에도 구역질이 날 정도로 역한 냄새다. 어느 때는 내가 그것들을 땅속에 묻고 있다. 그런데 아무리 흙을 덮어도 발가락이나 손가락 끝이, 또는 시커먼 머리카락이 비죽이 흙 위로 솟아오른다. 또 어느 날은 한국전쟁 때의 피난길이다. 어린 내가 가족들과 떨어져 울며불며 파괴된 도시의 중심가를 지나간다. 폐허에서 연기가 오르고 세상에는 사람 그림자마저 보이지 않는다. 갑자기 낯선 군인들이 주위를 빙 둘러싼다. 그들은 엄청나게 큰 소리로 웃으며 내게 사격하기 시작한다. 나는 돌부리에 넘어지고 또 일어나며 달려간다. 총알이 내 몸의 여러 군데를 뚫고 지나가고 포탄이 근처에서 터지며 내 팔이나 다리가 떨어져 날아간다.

비명소리에 깨어나서 나는 방안의 낯선 광경에 몸서리를 친다. 아우는 머리가 터져서 피투성이가 되어 울고 있다. 방바닥에는 깨진 화병의 사금파리와 물이 질펀하게 번져 있다. 방에 들어서는 인기척에 놀란 내가 잠결에 화병을 집어 아우의 뒤통수를 내리쳤던 것이다. 아우는 병원에 가서 터진 머리를 스무 바늘 이상이나 꿰매야 했다. 그제야 나는 자신이 정상이 아니라는 걸 스스로 인정할 수밖에 없었다.

어느 날은 오후 늦게 일어나서 세수를 하고 거울을 보다가 면도로 눈썹을 밀어버렸다. 눈썹을 밀고 나니 마치 표정도 없고 영혼도 없는 자처럼 보였다. 그래서 더욱 바깥출입을 하지 않게 되었고 밤에는 명하니 혼자 일어나 앉아 있다가 낮에 죽은듯이 열두 시간 가까이 잠자는 날이 계속되었다. 나는 완전무결하게 혼자였다. 그 누구도 의사소통할 사람이 없었다. 어머니와 아우는 내게 되도록 말을 걸지 않으려고 애썼고 내가 낮에 두터운 커튼을 친 어두운 방에서 오랫동안 잠자고 있으면 발소리를 죽이고 다가와 숨소리를 엿들어보고는 다시 조심조심 물러가곤 했다.

밤에 일어나 집안을 서성거리며 김치에 밥을 비벼 먹거나 머리맡에 쌓인 책들을 읽다가는 낡은 잡지에서 누군가가 투고하여 입선한 단편소설을 읽게 되었다. 상대가 누구인지 어디서 무엇을 하며 사는지 어떻게 생겼는지도 모르는 채로 편지를 쓰기 시작했다. 그리고 새벽에 일어나 아직 어두컴컴한 동네 한길가로 나가 우체통에 집어넣고 돌아오는 날이 계속되었다.

참으로 끔찍하게 자폐되었던 나날이었다. '자기표현'이란 것에 굶주려 지내던 때였다. 묘하게도 이 시기의 삭막한 생활을 이겨내고 다시 글을 쓰게 된 것은, 그 무렵에 주소만 알던 어떤 상대를 향하여 밤마다 써갈기던 연애편지의 힘이었다. 그리고 그 대상을 만나게 됨으로써 사랑 문제를 관념이나 극단적인 완전주의로 생각하던 것에서, 인생의 문제로 바라볼 능력이 조금 생겨난다.

그해 겨울에 나는 드디어 눈썹도 자라났고 어두운 방에서 탈출했다. 그녀는 푸근하고 따뜻했다. 몇 주 동안 썼던 단편소설 「탑」과 희곡 「환영의 돛」이 신춘문예에 당선되면서 나는 다시 글쓰기에 돌아올 수 있었다. 그녀가 자폐되었던 나와 바깥세상을 연결시켜주는 역할을 한 셈이다. 한 해 동안 나는 예전에 써두었던 작품들과 신작들을 몇 편 발표했다.

1970년 초겨울, 11월이었다. 날이 잔뜩 흐려 있었다. 나는 라디오 뉴스를 듣다가 충격을 받았다. 평화시장 노동자 전태일이 근로기준법을 지켜달라고 각계로 호소하러 다니다 좌절하자 이를 세상에 알리기 위하여 스스로 몸에 기름을 끼얹고 분신한 것이다. 뒤이어 월간지에도 그의 삶에 관한 얘기가 자세히 소개되었다. '친구여, 나를 아는 모든 나여, 나를 모르는 모든 나여'로 시작되는 그의 유서 내용과 '내게 대학생 친구가 한 명만 있었으면 좋겠다. 그래서 그가 내게 어려운 노동법에 대하여 가르쳐주었으면 좋겠다'라는 그의 독백은 많은 사람들의 가슴을 쳤다. 특히 화염에 휩싸인 그의 마지막 절규였던 '근로기준법을 준수하라, 우리는 기계가 아니다!'라는 말은 당시의 지식인들과 학생 사회에 큰 충격을 주었다. 지금도 우리 주위에서 사회운동을 하는 많은 사람들이 '전태일 충격'으로 자신의 인생이 바뀌었다고 고백할 만큼 그의 죽음은 1970~80년대 내내 노동운동과 민주화운동의 지표가 되었다고 해도 지나친 말이 아니다.

그해 11월부터 겨우내 석 달 동안 썼던 작품이 「객지」였다. 내가 1960년대에 겪었던 간척지 공사장과 함바 체험을 기본 줄거리로 삼아서 전개했는데 당시에도 남한 현실은 별다른 차이가 없어 보였다. 군사정권이 추진한 '경제개발 5개년 계획'은 먼저 노동집약적인 품팔이 노동을 공장노동으로 재편성하는 것에서 시작한다. 농촌이 와해되기 시작하면서 '새마을운동'이 뒤이어 등장해 광범위한 소작농 계층과 소토지 자작농들을 함께 뿌리 뽑아 노동력으로 전환시켰다. 도시 주변에는 곳곳마다 빈민가와 판자촌들이 늘어났다. 이것은 마치 서구 산업혁명기 초기의 공장지대 주변 슬럼가와 같은 양태를 보이고 있었다. 「객지」는 전태일의 죽음에 강한 인상과 영향을 받은 작품이었다.

작품을 마쳤을 때 처음에는 그것을 어디에 발표해야 할지 몰랐다. 마침 최민이 자신이 시를 발표한 『창작과비평』이라는 계간지를 소개하여 그곳에 작품을 보냈다. 한 달쯤 지나서 편집자에게서 만나자는 연락이 왔다. 나는 청진동으로 그를 찾아갔는데 당시 창비는 출판사 신구문화사 구석방에 얹혀서 계간지를 내던 시절이었다.

청진동은 지금도 흔적이 남아 있지만 해장국과 빈대떡에 막걸리를 파는 선술집이 많이 몰려 있는 골목이었다. 크고 작은 출판사들이 청진동의 낡은 적산가옥이나 작은 이삼층짜리 건물에 자리잡고 있었다. 당시에는 한강 남쪽의 개발은 아직 기획 단계였고 전후에 비로소 낡은 집들을 허물고 제법 모양을 낸 개인주택들이 들어서기 시작하여 변두리에도 각종 집단주택지들이 생겨나고 있었다. 여기 사는 사람들은 거실을 꾸밀 때 번쩍이는 마호가니 가구와 브라운관을 나무장에 넣어 장식한 텔레비전과 전축을 놓고 옆에는 책장을 놓아 읽지도 않는 전집류 책들을 꽂아놓는 것을 자랑거리로 여겼다. 몇몇 성공한 대형 출판사들은 주로 이 시기에 엄청난 물량의 전집물을 제작하여 할부판매로 돈을 벌었다. 동서양을 망라한 사상전집이나 문학전집류였는데 두툼한 양장본에다 금은박을 올렸다. 편집 기획과 체제에서 내용까지 거의가 일본 것들을 본떠서 만들었고 번역도 일본어를 중역한 것들이 많았다. 일본어를 아는 지식인 세대가 온 사회에 넘쳐나던 시절이라 식민지시대의 교양인들에게 책을 찢어 나누어주면 순식간에 번역원고가 쏟아져나왔다. 저작권이네 출판권이네 아무런 제약을 받지 않아서 여러 출판사들이 중역을 한 세계문학전집이나 교양서적들을 고급으로 제본하여 내고 이것들을 임시직 사원들을 동원하여 월부로 팔아치웠다.

그와는 달리 이들 청진동에 모여든 작은 출판사들은 이른바 4·19세대를 중심으로 형성된 곳들이었는데 외국문학과 사회과학을 전공한 신진 지식인들이 주축이었다. 이들은 새로운 담론을 이끌어내면서 1960년대와 1970년대에 등장하기 시작한 작가들의 작품을 계간지에 싣고 이어서 단행본으로 출간하면서 도서시장에 새바람을 일으킨다. 처음에 단행본과 시집이 나오기 시작할 때 문단과 서점들에서는 그것이 채산이 맞는 장사가 될 줄은 전혀 짐작도 못했다. 전집류와 월부 판매의 벽을 뛰어넘으리라고는 상상도 못했던 것이다. 하여튼 단행본이란 당시로서는 틈새시장에 지나지 않았다. 그리고 '전업작가'라는 것은 그 누구도 엄두도 못 내던 일이었다. 그 무렵에 누군가 창작집을 내면 그야말로 '울음이 나올 정도로' 감격스런 기적에 가까운 일이었다. 책의 인세는커녕 잡지에 발표하는 원고료마저 눈치껏 편집자가 알아서 주면 받고, 술 한잔 사는 것으로 때우면 차마 돈 달라 소리도 못하고 얼렁뚱땅 넘어가는 식이었다. 1950년대 이후 문인이란 그저 방랑하는 '룸펜'에 불과해서 다방과 주점을 오가며 아르바이트를 하듯이 잡문을 쓰거나 출판사 언저리에서 시간제 일을 했고, 학교 선생이거나 신문사에라도 나가면 그나마 행세를 하는 축에 들었다.

내가 창작과비평사에 찾아가 만난 편집자는 평론가 염무웅이었다. 그는 나보다 겨우 두 살 위였는데 어른처럼 신중하고(나중에는 제법 재미있는 농담도 하게 되었지만) 말수가 적은 편이었다. 그는 내 작품을 잡지에 실어놓고는 한편으로 긴장하고 있었다. 그 무렵에 당국은 작가보다 편집자에게 먼저 게재한 책임을 물었는데, 더구나 「객지」는 노동 문제를 정면으로 다룬 첫번째 소설이었기 때문이다.

월간중앙에 나가던 소설가 한남철이 염무웅과 함께 나를 기다리고 있었다. 인천 사람인 한남철은 시원시원하고 어딘가 기자다운 시니컬한 데가 있어서 술자리에서 그의 농담을 듣는 것은 매우 즐거운 일이었다. 앞에서 밝혔듯이 그는 내가 『사상계』 신인상 발표를 듣고 찾아갔던 편집실에서 만난 사람이다. 서울 거리를 오며 가며 몇 년에 한 번씩은 부딪치는 적이 있었고 그때마다 한남철은 내 안부며 내가 여전히 글을 쓰는가를 묻곤 했다. 그는 나를 만나자마자 어깨를 두드리며 말했다. "눈이 번쩍 뜨이게 좋은 작품이야. 내 당신 그럴 줄 알았지." 그는 당시 미국에 체류하고 있던 편집인 백낙청의 동아리 친구였다. 염무웅이 혼자 계간지를 맡아 꾸려가던 무렵이라 그가 후견인처럼 도와주고 있었다.

나는 1962년에 『사상계』 신인상을 받고 나서 몇몇 잡지에 글을 발표한 적이 있어서 문단 안팎으로 친구들이 많은 편이었다. 이미 고등학교 시절에 상급생이었던 김현을 알았고 연극하던 친구들을 통하여 김지하를 알게 되었던 터였다. 내가 고교 1학년 때 김현은 3학년생이었다. 그와 처음 대면하던 일이 생각난다. 고등학교 때 꾀꼬리 동산 아래편 교문 근처의 담장가에 특별활동실이 있었다. 등산반실은 교문 가까이에 있고 문예반실은 안쪽의 후미지고 조용한 곳에 있어서 악동들이 점심시간에 담배를 피우러 가기에 맞춤한 장소였다. 더구나 그 옆의 담장 너머로 뻗은 나뭇가지에 올라서서 아래로 소리치면 맞은편 구멍가게의 아저씨가 딱성냥 두 개와 팔말, 또는 러키스트라이크 같은 가치담배를 종이에 싸서 던져주었다.

그날도 담배를 사가지고 문예반실로 들어가서 느긋하게 피우고 있던 중인데 판자문이 벌컥 열리며 누군가 들어섰다. 나는 담배 쥔 손을 얼른 뒤로 감추었지만 허공에는 이미 연기가 자욱했다. 그는 3학년 상급생이었다. 아무리 안경잡이에 어설픈 모범생이라 할지라도 1학년인 하급생의 귀싸대기는 때릴 수 있는 처지였다. 그는 담배연기로 가득찬 실내를 둘러보고 내 명찰을 보더니 이내 알아보았다. "너 가끔 교우지에 나왔지, 문예반이냐?" "아닌데요……" 나는 경계를 늦추지 않고 연기가 오르는 담배를 여전히 뒷전에 감추고 서 있었다.

"야 그냥 피워라 피워. 나두 한 대 주라." 나는 '김광남'이라는 그의 명찰을 보고 그가 교내 신문에 썼던 산문을 기억해냈다. 오랜 뒤에도 그 글귀로 김현을 놀렸다. 제목이 '아스파라가스'였는데 첫 문장이 이랬다. "아스파라가스, 아! 얼마나 이국적인 이름이냐."

이문구와는 문협 사무실에서 처음 인사했다. 같은 해에 신춘문예로 나간 조해일과 함께 방문해달라는 연락을 받고 갔더니 원고 청탁을 했다. 이문구는 머리가 굽슬굽슬했고 큰 덩치에 줄이 쳐진 '도꾸리' 스웨터를 입고 있었다. 투박한 충청도 사투리 때문에 그는 도회적인 것과는 거리가 멀어 보였다. 이문구는 처음 보는 우리들에게 큰 소리로 농담을 해대며 행동거지에 거침이 없었다. 나중에야 그가 술자리에서나 떠들지 보통 때는 낯을 가리고 수줍어한다는 것도 알게 되었다.

한남철의 소개로 조태일과도 알게 되었는데 역시 이문구처럼 덩치가 크고 남도 사투리를 했고 술잔을 단숨에 비우곤 했다. 김승옥은 한 해쯤 지나서 이문구가 소개를 했을 것이다. 하여튼 이들 모두가 뱀띠로 나보다 두 살씩 위였다. 김지하는 그 무렵에 「오적」을 써서 중앙정보부에 연행된 뒤에 조사를 받고 수감되었다가 병보석으로 석방되었다.

청진동 일각에서는 젊은 문인들을 중심으로 뭔가 문인협회와는 별도의, 현실에 대응을 할 수 있는 조직을 꾸려야 한다는 의견이 모아지기 시작했다. 염무웅의 우이동 집에서 이호철, 한남철, 박태순 등등이 모였는데 이 자리에서 '문인공제회' 얘기가 나왔다. 그리고 범문단적으로 수유리에 야유회를 가기로 했다. 야유회 장소는 작고한 김수영

시인의 무덤이 있는 소나무숲이었는데, 부근에 그의 누이인 『현대문학』 편집장 김수명이 살았다. 첫날은 갖가지 성향과 그룹의 삼사십대 문인들이 모였으나 거의 절반 이상이 다시는 그런 모임에 나타나지 않았다.

1971년 가을, 나는 드디어 결혼을 하게 된다. 가정을 꾸리고 나니 글을 쓴답시고 언제까지고 어머니의 집에 아내와 함께 얹혀서 살 수는 없다는 생각이 들었다. 직장에 다닌다고 출판사에도 나가보았지만 하루종일 남의 글을 뒤적이며 앉아 있는 시간이 얼마나 허망한지 숨이 막히고 초조해졌다. 며칠이나 다녔을까. 나는 점심시간에 사무실을 나와 전화를 걸어 그만두겠다고 말해버렸다.

당시에 글쓰기를 전업으로 선택한다는 것은 그야말로 허황한 생각에 지나지 않는 만용이었다. 글을 싣고 원고료를 받을 만한 지면도 변변히 없었고 몇몇 월간지와 계간지가 있다고는 하지만 고료는 한 달 생활비에는 턱없이 부족했다. 설령 매월 단편소설 한 편을 발표한다 할지라도 먹고살 만한 돈이 못 되었다. 그리고 어느 누가 단편소설 한 편씩을 매달 써낼 수가 있을까. 이웃나라 일본은 그 무렵에도 단편소설 한 편을 쓰면 석 달쯤의 중산층 생활이 보장된다고 들었다. 그러니 느긋하게 일 년에 네 편을 쓰면 살아갈 수 있을 것이다. 그래서는 삼 년여에 창작집 한 권을 내면 작가로서 중간결산이 되는 셈이다. 이러한 우리네 본격문학의 형편은 현재까지도 비슷한 상황으로 수십 년이 지나도 별로 나아지지 않았다.

나중에 표현의 자유와 민주주의를 위한 문학인들의 저항이 치열해지면서 군사정권은 문예지들에 원고료 지원도 하고 문화인들의 세금 감면이며 주택 마련에, 심지어는 외유까지 주선해주는 등 여러 가지 '당근'을 제공하게 된다. 물론 그 혜택은 저들의 정책에 고분고분한 문인들 중심으로 진행되었지만.

나는 결혼 직전까지 쓰고 있었던 새로운 중편소설 「한씨연대기」를 그해 겨울에 마치고 싶었다. 내가 이 작품을 쓰게 된 것은 동서간의 데탕트 분위기와 한반도를 둘러싼 동아시아의 변화의 느낌을 감지했기 때문이었다. 키신저가 중국을 방문하고 박정희 정권은 적십자회담 등으로 북에 접촉을 제안하고 있었다.

내가 이북에서 혼자 피난 내려온 큰외삼촌이 당했던 이념적 피해와 어머니의 외로운 옥바라지에 관해서 얘기를 들은 것은 이미 중학생 때부터였다. 나는 타고난 얘기꾼이었던 어머니에게서 당시의 사건을 다시 자세히 들을 수가 있었고, 우리가 한국전쟁을 다루면서 언제나 소홀했던 평범한 민초들에 관한 일상이 이 소설의 주제라고 생각했다. 더구나 당시만 해도 이산 1세대가 거의 살아남아 있었고 그 가족들이 천만이 넘는다는 데 소설로서의 동시대성과 보편성이 있다고 보았다. 동족상잔의 싸움의 소용돌이 주변에 아무런 죄도 없는 양민의 찢겨진 삶이 있었다.

나는 시간별로 어머니의 증언을 나열하고 거기에 상상력의 살을 붙여나갔다. 나는 그 초고를 관악산 아랫녘 과천에 있던 어느 포도 과수원의 농가에서 써내려갔다. 포도밭 가운데 농기구며 비료 따위를 보관하는 창고를 개조한 방 세 칸이 있었다. 다른 두 방에는 어디나 그렇듯이 고시생들이 있었고, 내가 소설인가 뭔가 하는 정체불명의 일감을 들고 조용한 곳을 찾은 것이 그들에게는 못내 기이하고 쓰잘데없는 짓인 양 비쳤을 것이다.

드디어 초고를 마치기 직전이었던 1971년 8월 말경에 큰 사건이 터졌다. 그날 저녁부터 라디오에서 '실미도'를 탈출한 특수부대원들이 경인가도를 휩쓸고 대방동에까지 진출했다가 몰살당한 전말을 떠들기 시작했다. 나는 북한으로 보낼 특수부대원들의 훈련에서 버림받은 과정까지 상세하게 발표된 신문기사를 보면서 무엇인가 전쟁 이후 새로운 변화의 조짐이 일어나고 있다는 강렬한 인상을 받았다. 그리고 일 년 뒤인 1972년에 7·4 남북공동성명 발표에 뒤이어 유신시대가 시작되면서 미국과 중국의 실질적인 외교관계가 열리게 된다.

나는 홍희윤과 함께 어머니의 집을 나와서 일단 독립을 하기로 했지만 직장도 그만두고 소설만 써서 먹고살겠다고 작정한 일이 얼마나 무모한가를 깨닫기까지는 많은 시간이 걸리지 않았다. 우선 갈 곳이 막연했다. 전셋값은커녕 두어 달 살아갈 생활비조차도 넉넉지 않은 형편이었다. 미리 받은 중편소설의 원고료와 단편소설을 써서 받은 원고료가 전부였는데 허리끈을 졸라매야 겨우 두어 달쯤 간신히 먹고살 만했다. 그즈음에 몇몇 작가들이 전업을 선언했지만 대개는 아내가 부업을 하거나 직장이 있던 경우였다. 당시로서는 비교적 성공적인 창작집으로 거의 단행본의 선두주자가 되었던 김승옥은 이미 영화 시나리오 쓰기에 전념하고 있었다.

우리는 집을 수소문하다가 언젠가 등산길에 보아두었던 북한산 기슭의 방갈로에서 그해 겨울을 나기로 한다. 홍희윤은 첫아이를 임신하고 있었다. 우리는 그로부터 몇 해 동안 우이동 부근을 전전하며 살게 된다. 홍희윤과 나는 수유리 시장에서 몇몇 가재도구를 사고 작은 개다리소반도 하나 샀다. 이 작은 밥상에서 우리 두 식구가 밥을 먹고 치우고 나면 나는 그 앞에 웅크리고 앉아 원고를 썼다.

방갈로는 북한산 등산로에서 계곡을 건너 산비탈에 지어진 열 채 가까운 독채 집들이었다. 어느 부자의 첩으로 알려진 여자가 이 집들 몇 채를 물려받아 등산객이나 놀이객들에게 숙박업소처럼 빌려주며 살아가고 있었다. 내 기억으로는 아마도 한 달에 오천원의 월세를 내고 그 집 한 채를 빌렸던 것 같다. 집의 구조는 간단해서 문을 열자마자 부엌 겸 화장실이 딸린 좁은 마루방이 있었고 창호지 미닫이를 열면 방 한 칸이 있었다. 전기도 수도도 없고 난방은 밖에 있는 아궁이에다 장작 군불을 때야 했다. 임신한 젊은 아내가 옆에서 쪼그리고 잠들면 나는 창가에 남폿불을 켜두고 앉아 날을 새우며「한씨연대기」를 고쳐 썼다.

그해 겨울 우이동 골짜기에는 며칠에 한 번씩 함박눈이 내렸고 유난히 북풍이 차고 매섭게 불어왔다. 창가에 켜둔 남폿불의 심지는 유리 등피 안에서도 외풍에 나약하게 흔들리곤 했다. 겨울이 성큼 다가오자 바람이 지붕을 날려버릴 듯이 몰아쳤고 해가 골짜기를 비추는 시간이란 고작해야 네댓 시간 정도였으므로 제일 큰 문제는 땔감이었다. 연탄이 올라올 수도 없었고 아궁이도 애초부터 장작 군불이나 지피게 되어 있었다. 주인네는 이미 가을부터 솔방울과 낙엽과 장작을 창고 그득히 쌓아두었으므로 언제나 산장집에서는 낙엽이 타는 연기가 하얗게 솟아오르고 있었다. 한두 번 주인집에서 나무를 사다 땠지만 비싼데다 얼마 안 가서 금방 떨어져버렸다.

나는 드디어 고물상에 가서 등산용 인디언 도끼와 낫을 사왔다. 하루에 반나절만 땀을 흘리면 사나흘은 거뜬히 군불을 땔 수가 있게 되었으나 일손이 서툴러서 곧잘 다치고 나무에서 미끄러져 며칠간 운신을 못하기도 했다. 그뿐인가. 우리가 늘 길어다 먹던 계곡의 시냇물이 삽시간에 깡깡 얼어붙었고, 아침마다 두꺼운 얼음을 깨는 일은 고역이었다. 서투르게 양동이를 양손에 들고 미끄러운 비탈길을 오르다가 넘어진 적도 있었다. 물이 모두 바지 아랫도리에 흘러내려서 비 맞은 들쥐처럼 떨며 다시 물을 길어와야 했다.

홍희윤의 배가 차츰 불러오기 시작했고, 내 소설은 가끔씩 싣기가 곤란하다는 말과 함께 되돌아오기도 했다. 그 무렵 위수령이 내린 거리의 곳곳에는 착검한 군인들이 지키고 서 있었다. 탱크의 포탑은 차갑고 오만하게 시가를 내려다보고 있었다. 우리에겐 겨울이 몹시도 추웠고 지겹도록 길었다. 한밤중에 글을 쓰다가 임신한 아내를 피하여 담배 한 대를 물고 산속의 차가운 냉기에 어깨를 움츠리며 밖으로 나서면 계곡 건너편에 훤하게 불야성을 이룬 요정 선운각이 보였다. 정치인 아무개가 수표 수천만원짜리를 분실했다는 둥 거기서 무슨 밀회가 있었다는 둥 하던 곳이다.

보통 때는 당시에 한창이던 일본인들의 기생관광으로 저녁 어스름녘부터 기생들을 실어나르는 택시가 줄을 짓고 이어서 일본인 관광객을 태운 버스들이 오르내렸다. 어떤 날은 높은 사람들이 오는지 검은 승용차들이 줄지어 오르고 숲 주위에 사복경찰들의 경계가 삼엄해지곤 했다. 나는 가끔 늦은 밤 귀갓길에서 그런 관광버스나 여행사의 자동차들과 엇갈릴 때가 있었다. 카메라를 줄렁줄렁 멘 안경 쓴 일본 사내들의 무표정한 얼굴이 유리창에 퍼뜩 비치면서 흘러가곤 했다. 여럿이서 손뼉을 치며 알 수 없는 노래를 부를 때도 있었다. 통금 가까이 되어서는 이 남자들과 공주 같은 아가씨들을 쌍쌍으로 태운 택시들이 어둠을 향해서 미끄러져가곤 했다. 도시는 저 아래 아득한 밑바닥에 처박혀 있는 것 같았다.

찢겨진 우리 시대의 운명에 관하여 손가락을 호호 불며 원고지 칸에다 한 글자씩 쓰고 있노라면 건너편 선운각 계곡에서는 새벽까지 밴드 소리가 들려왔다. 나는 어렴풋이 동이 터올 때 남포의 불을 껐다. 어둠 가운데 앉아 있자니 처마끝에서 깨어난 새가 가냘프게 우짖는 소리를 들은 듯했다. 어느 깊은 산에서 날아왔을까. 어떤 떠돌이새가 이 가난한 처마밑에 둥지를 틀었나. 문득 설산에 산다는 전설 속의 새가 아닌지 엉뚱한 상상을 했다. 밤이 올 적마다 추위에 떨면서, 날이 밝으면 둥지를 짓겠다고 울다가도 정작 아침이 되면 모두 잊어버린다는 새. 무상한 몸에 집 지어 무엇하리, 하고는 밤이 오면 다시 후회한다는 한고조寒苦鳥.

그 계곡에서 겨울을 나던 때에 묘한 일을 겪었다. 바로 아래편 방갈로에 이웃이 새로 집을 빌려 들어왔는데 무당이었다. 두서너 집에 세를 들어온 이들이 있었지만 나중에는 우리와 그 무당 여인만이 겨울 골짜기를 지키고 남아 있었다. 그녀는 백일기도를 하러 들어왔다고 얘기했다. 어느 날 홍희윤이 말했다. "글쎄 저 여자가 자꾸 이상한 소리를 하는 거예요. 산신이 여기로 내려온다나, 우리네 집 주위를 빙빙 돌다가 간대요."

나는 시내에 나갔다가 밤늦게 돌아오는 날이 많아서 아내가 혼자 집을 보고 앉아 있는 밤이 걱정이었다. 그런데 무당인가 뭔가 하는 여자가 쓸데없는 얘기로 임신한 아내를 불안하게 만든다고 생각하니 화가 치밀었다. 당장에 아랫집으로 내려갔다. 여인은 안에서 나직하게 징을 두드리며 치성을 드리던 중이었다. 그녀가 손수 접어서 만든 종이 연꽃이며 조잡하게 인쇄된 무속화가 벽에 붙어 있었다. 그래도 신당이랍시고 놋촛대 한 쌍을 맞은편 벽 정면에다 나란히 세워두었고 그 앞에 향로와 물이 가득찬 흰 사기그릇이 놓였다.

나는 부엌 앞의 현관에 서서 단호하게 말했다. "거 쓸데없는 얘기는 왜 자꾸 우리 집사람한테 하는 거요? 보다시피 지금 홀몸두 아니잖아요." "아니 아니, 그게 아니라니까. 잠깐 좀 들어와보슈."

열린 현관문으로 들어온 바람에 촛불이 흔들렸다. 나는 방으로 들어가 미닫이 앞에 쭈그리고 앉았다. 무당 여인이 갑자기 목소리를 낮추어 얘기를 꺼냈다. "정말이라니까. 내가 여기 앉아서 그 집 쪽을 보고 앉아 있으면 화등잔만한 불빛 두 개가 돌아다니다가 언덕을 한 바퀴 돌고는 사라져버려." "그게 무슨…… 산신인 줄 어떻게 압니까?" "나는 그냥 알아." "북한산 산신이래요?" 나는 장난기가 동해서 표정을 풀고 물었다. "아니야, 저 먼 데서 오셔요. 황해도 구월산에서 여기까지 둘러보러 오셨다가 가신다나." "하여튼 잘 알았으니 다시는 집사람한테 그런 말 하지 마쇼." 단단히 일러두고 돌아와 아내에게도 그건 기도를 드리고 있던 그녀의 환각인 듯하다고 대충 무마해두었다.

버스에서 내려 우이동 종점에서부터 산중턱까지 오르는 길은 컴컴하고 을씨년스러운 소나무숲이었다. 도중에 천도교 교당인 고요한 한옥집이 있었고 갑자기 소나무숲이 짙어지면서 왼편은 가파른 산길이 되고, 오른편은 바위 사이로 계곡물이 흘러내렸다. 나는 술에 취해 비틀거리면서 이 호젓하고 컴컴한 길을 노래를 부르면서 걸어올라오곤 했다.

어느 날에는 산 쪽의 소나무숲에서 여자가 우는 것 같은 소리도 들었다. 간신히 울음을 삼켜가며 흐느끼는 소리가 분명했다. 숲 저 안쪽은 아무것도 보이지 않는 어둠 속이었다. 예전에 그 숲속에서 누군가가 자살을 했다는 얘기를 들었는데 환청이 아니라면 참으로 이상한 일이었다. 남녀가 약을 먹고 눈 속에서 죽었는데 남자가 여자의 몸 위에 외투를 벗어서 덮어주었더란다. 돌이켜보면 그때가 가장 음울한 겨울이었다.

눈이 강산처럼 내린 날 아침이었다. 그날따라 최민과 친구들 세 명이 우이동 골짜기의 내 거처를 찾아와 아내를 아랫목에 재운 채로 앉아서 소주를 열 병쯤 마시고 새벽녘에 쪼그리고 잠깐 잠들었던 참이었다.

"여기 나와보셔요. 얼른 나오라니까⋯⋯" 아랫집 무당 여자가 호들갑을 떨어서 아내와 내가 먼저 일어나 밖으로 나갔다. 두리번거리는 우리에게 여자가 눈이 덮인 집 주위를 손가락질해 보이면서 외쳤다. "이게, 이게 바로 산신이 다녀가신 흔적이라구."

그야말로 어른 손바닥만한 크기의 발자국이 찍혀 있었다. 소동에 놀란 친구들도 나와서 우리와 함께 두리번거렸다. 발자국은 정말 집 주위를 빙 돌아서 위편의 등성이를 향하여 계속 이어졌다. 우리는 방으로 들어가 앉아 고개를 갸웃거렸다. "짐승의 발자국은 틀림없는 거 같은데⋯⋯" "그게 개인지 늑대인지 무슨 산짐승인지 어떻게 알아." 애써 무시하려는 내 말에 최민이 고개를 흔들며 말했다. "개 발자국치곤 제법 크단 말야. 그리고 그게 한 줄로 찍혀 있잖아?" "한 줄로 찍히다니……?" "고양잇과 동물은 걸을 때 발을 하나씩 내딛거든." 그렇다면 큰 고양잇과 동물이 인가를 찾아서 맴돌다 갔다는 얘기가 되는데 무당의 산신에 관한 얘기는 터무니없는 거짓말은 아니었던 셈이다.

우리가 봄이 되어 그 골짜기를 떠난 뒤에 화가 여운이 소개하여 지금은 작고한 김기동이라는 화가가 들어와서 혼자 그림을 그리며 살았는데 그에게는 더욱 구체적인 일들이 벌어졌다고 한다. 그 집에서 김화백이 날마다 악몽에 시달린 것도 있었지만, 우리가 살던 집에서 반대편 골짜기로 내려가면 다른 줄기의 개천이 흘러내리고 있었는데 큰 바위들이 둘러싼 넓은 웅덩이가 있었다. 나도 그쪽으로 내려가 식수를 양동이에 길어다 먹고는 했는데, 계곡물이 작은 폭포처럼 바위 사이를 흘러내리고 있었다. 그 아래 너른 반석이 병풍처럼 둘러 있고 옴팍해서 사람 두엇이 들어가 앉을 만한 공간이 있었다. 그곳에 쌀이나 과일 따위며 타다 만 동강이 초 토막이 남아 있곤 했다. 누군가 와서 밤새워 치성을 드리다 간 게 틀림없었다. 김화백이 취사거리를 들고 와서 채소나 쌀을 씻어서 옆에 놓고 감자도 깎고 하다보면 어느 틈에 그것들이 사라져버리곤 했다. 나중에 그 골짜기가 경기도 일대의 무속인들이 들어와 신당을 짓고 굿과 치성을 드리는 장소로 변했는데 치성 장소에서 음식물들이 없어지는 것은 실물失物이라고 하여 민속자료에도 나오는 현상이란다.

나와 아내는 그곳에서 내려와 훨씬 아래쪽의 마을에 있는 집에 방 두 칸을 얻었고 여기서 장남 호준이 태어났다. 그리고 이듬해의 일이지만 나는 정석종 교수를 만나 장길산에 대한 자료를 접하게 된다. 『장길산』을 집필하던 십 년 동안에 내가 겪었던 기묘한 일들에 대해서는 차후로 미뤄야겠다.

두번째로 얻어든 집은 우이동 계곡물이 흘러내려가는 개천 바로 옆의 언덕에 지은 집이었다. 식구들이 사는 본채가 있었고 별채에 마루와 사랑과 뒷방이 있었는데 그 방을 우리 세 식구가 썼다. 다시 계곡이 내려다뵈는 곳에 일자집을 내달아 짓고 방 세 칸을 들였는데 첫번째 칸을 내 집필실로 빌렸다.

전쟁 때 인민군 장교로 탱크를 몰고 귀순하여 국군 중령으로 제대했다는 집주인은 목소리가 크고 기골이 장대한 남자였다. 그의 아내는 몸집도 가냘프고 어딘가 병약한 사람으로 보였고 남편에게 꼼짝도 못했다. 딸자식이 일곱이나 되었는데, 딸만 낳아서 그렇게 기가 죽어서 사는지 모를 일이었다.

주인 남자는 언제나 불호령이었다. 그는 집안에서 왕이나 다름없었다. 그들은 우이동에 놀러오는 사람들을 대상으로 식사와 주안상을 내어 생계를 꾸렸다. 본채의 너른 연회실과 안방이며 집 주위 곳곳 개천가나 소나무 아래 돗자리를 깔고 상을 차렸다. 봄가을의 주말에는 언제나 손님으로 떠들썩했지만 어쨌든 저녁에는 조용해졌고 무싯날에는 인적이 끊겨서 글쓰기에 그리 나쁜 환경은 아니었다.

거기서 단편을 몇 편 썼는데 「낙타누깔」을 쓰던 무렵의 일이다. 이 작품을 처음에는 『현대문학』의 김수명에게 갖다주었더니 편집 도중에 못 싣겠다는 연락이 왔다. 아직도 베트남전이 진행중인데다 참전의 부도덕한 점을 부각시켜서는 분명히 말썽이 날 것이라고. 몇 년 전에 남정현의 「분지」를 실었다가 편집자는 연행되었고 작가가 반공법으로 구속되고 재판까지 치른 뒤여서 편집인들이 더욱 민감하다고 양해를 구해왔다. 그리고 다시 어느 시사잡지에서도 되돌아왔고 구중서가 괜찮겠다고 하여 가톨릭에서 내는 『창조』라는 잡지에 원고를 보냈다.

아이의 분유가 떨어졌다고 해서 더욱 돈이 필요하던 날에 나는 원고료를 받으러 집을 나섰다. 마침 수유리에 살던 화가 여운이 가끔씩 집에 들르던 터라 그와 함께 나서면서 '오늘은 대포 한잔을 사겠다'고 큰소리까지 쳤던 터였다. 그를 명동 뒷골목의 허름한 막걸릿집에 앉혀두고 혼자서 터덜터덜 성당 옆의 잡지사 편집실로 찾아갔더니 어쩐지 분위기가 어수선했다. 바로 그 전호에 김지하의 연작시 「비어」가 실렸는데 그는 연행되고 잡지는 폐간되어버렸던 것이다. 나는 비운의 「낙타누깔」 원고를 찾아들고 주점으로 가서 앉자마자 절반으로 부욱 찢어버리며 푸념했다. "내 다시는 이따위 나라에서 글을 안 쓸 테다!" 찢어진 원고 뭉치를 동댕이치려니까 정 많은 여운이 내 손을 잡으며 말했다. "형님, 내가 뒷간에 갖다버릴 테니까 이리 주쇼." 여운이 원고를 쥐고 화장실에 가더니 곧 빈손이 되어 돌아왔다.

나는 그날 그가 외상으로 사주는 술을 잔뜩 얻어먹고 비틀거리며 우이동 골짜기로 돌아왔고 이튿날 술에서 깨자 대번 후회를 했다. 아, 그까짓 탄압을 받기도 전에 어떻게든 동료 문인들과 표현의 자유를 되찾을 생각은 하지 못하고 몇 날 밤을 새워서 쓴 작품을 찢어버리다니. 그야말로 작가로서 수치심과 자괴감이 가슴에 가득 차오르는 것이었다. 그날 저녁 무렵에 여운이 와서 아내에게 슬며시 원고를 되돌려주었는데 찢겼던 부분은 모두 그가 스카치테이프로 말짱하게 붙여놓은 상태였다. 나중에 이 원고를 이문구가 달라고 하여 『월간문학』에 고스란히 실을 수가 있었다. 주위에서는 조마조마했지만 매체가 별로 신통찮은 데라 당국이 미처 집어내지 못했을 거라고들 말했다.

그런 무렵에 김지하가 술 길에 내가 살던 우이동 골짜기까지 찾아온 적이 있었다. 그는 내 곁에 누워 시국 얘기며 자신의 그 무렵의 소회를 털어놓고는 새벽에 눈을 뜨니 언제 사라졌는지 이부자리가 텅 비어 있었다. 그리고 이불 밑에는 지가 무슨 일지매라고 남기고 간 지폐가 접혀 있었다. 원고료라고 몇 푼 받아봐야 아이 분윳값과 봉지쌀 사나르기도 버겁던 시절이라 시 쓰는 위인이 소설가보다 사정이 나을 리가 없건만 그의 마음씀에 콧날이 시큰해졌다.

염무웅도 그 무렵에 자신도 어려울 텐데 최민, 김현일과 협력하여 카프카 전집을 번역하면서 그 번역료의 일부로 내가 전셋집을 얻는 데 도와주었다.

*

내가 작가를 생업으로 알고 중단편소설을 열심히 써대기 시작하던 1970년대 초의 삼 년간은 박정희 군사정권이 종신집권체제를 노골화하기 시작한 숨가쁜 기간이었다. 전태일의 분신과 광주대단지 사건이 일어났고 김지하의 「오적」과 내 「객지」가 연이어 발표되었으며, 분단 이후 처음으로 판문점에서 남북 접촉이 이루어지는 것과 동시에 서울 일원에 위수령이 발동되고 대학에는 무장 군인들이 진주했고, 파월 노동자들이 KAL 빌딩 앞에서 체불노임 지불을 요구하며 소요를 일으켰다. 남북한이 공동성명을 내고 합의에 이르는 사이에 박정희는 국회를 해산하고 전국에 비상계엄을 선포하면서 10월유신에 들어갔고, 얼마 안 있어 도쿄에서의 김대중 납치 사건으로 남북 대화는 중단된다.

박정희의 유신 선언에 반대하여 장준하가 '개헌 청원 백만인 서명운동'을 제창하자 우리 문인들도 그것을 지지하고 동참하는 성명서를 명동성당 앞에서 발표하기로 하고 등사기로 인쇄물을 만들었다. 사흘 동안에 문인들 61명의 서명을 받아 명동에서 선언문을 낭독한 다음 시위에 참석했던 문인들 전원이 중부서를 거쳐서 중앙정보부로 연행되었다. 그들은 서명에 동참했던 문인들을 한 사람도 빠짐없이 조사했고, 곧이어 '문인간첩단' 사건을 조작해 소설가 이호철 등 다섯 명을 구속했다.

우리는 청진동 부근의 주점 이곳저곳에서 거의 저녁마다 연탄화덕에 생선이나 돼지갈비를 안주로 소주를 들이붓듯 마셨다. 염무웅이나 한남철은 물론이고 이문구, 조태일, 방영웅, 최민, 그리고 그 무렵에 합류한 신경림, 김윤수 등이 주로 어울렸다. 가끔 길 건너 『세대』지 주간과 편집장이던 이광훈과 권영빈이라든가 다른 계간지들의 학술 필진들도 가세했다. 그맘때 백낙청이 미국에서 돌아왔다. 그는 그야말로 얼굴이 새하얀 백면서생이었는데 동안이어서 그랬는지 모범생처럼 인상이 차갑게 보이지는 않았다. 백기완의 백범사상연구소에도 계훈제나 이부영 등등 낯익은 얼굴들이 드나들었는데 나는 백기완의 구수하고 힘있는 입담에 대번 매료되었다.

그 무렵 생각 있는 지식인들은 모여앉기만 하면 민주주의의 죽음과

독재에 대한 저항을 속삭였다. 이 무렵에 손학규를 만나게 되었고, 그와 어울려 밤새도록 통음했던 이수인과는 그뒤 수십 년 동안 호형호제하면서 지내게 된다.

손학규를 만나기 얼마 전의 일이다. 창비가 세들어 있던 청진동 신구문화사 건물에서 염무웅이 나에게 말했다. "오늘 누가 황형을 만나고 싶다고 하는데 같이 가보지 않을래요?"

그래서 무교동 어름에 있던 어느 회사 사무실에 놀러가게 되었는데 거기서 박윤배와 만나게 되었다. 그는 채현국, 백낙청 등과 대구 전시연합중학교를 함께 다닌 동창생이었다. 채현국은 한남철과 문리대 철학과 동기로 키가 작달막하고 말투가 빠르며 눈빛에 재기가 넘치는 사람이었다. 그들 주위로 같은 연배의 갖가지 직업을 가진 친구들이 모여 있었다. 내 기억에는 대학교수도 있었고 문인이거나 기자라든가 거의가 지식인이었는데 유독 박윤배만이 '협객' 출신이었다. 그 무렵에 조금 시차를 두고 백범사상연구소에서 만나게 된 백기완의 친구 방동규(별명 방배추) 역시 협객이었지만 서로의 개성이 달랐다.

지금도 궁금하게 생각하는 점인데, 그야말로 지식인의 전형인 백낙청과 그와는 전혀 다른 박윤배가 서로 속마음을 털어놓는 지기가 되었다는 사실이다. 그 점이 백낙청의 탁월한 면모이기도 했지만 박윤배쪽에서 보면 그가 백을 선택한 것도 돋보인다. 박윤배는 그들보다 두어 살 위였을 것이다. 그야말로 협객이 어떻게 경기고에 입학하게 되었는지 궁금했는데 본인의 말로는 전쟁중에 피난지 학교에서 입학했단다. 총을 가지고 학교에 오는 녀석들도 있었다니 교실 분위기가 꽤나 험악했던 모양이다. 공붓벌레만 있는 학교에서 박윤배는 다른 학교에까지 알려질 정도로 주먹에 관한 한 따를 자가 없었다고 한다.

여러 가지 인생의 우여곡절을 겪다가 박윤배는 채현국의 권유로 탄광회사에 들어가게 된다. 당시의 탄광은 거의 무법천지여서 역시 주먹이 가까운 세계라 사주 입장으로는 그가 광부들을 적당히 통솔해주기를 바랐을 것이다. 그가 도계에 내려가서 일 년쯤 있던 사이에 삼십여 명의 광부들이 죽어나갔고 유족들과의 만남을 통해서 그의 삶은 일대 전기를 맞게 된다. 그의 말대로 그 주검들 앞에서 세계관이 바뀌어버린 것이다. 그는 강원도 일대 광부들의 공동체를 꿈꾸었다.

채현국은 물론 사주가 부친이었으나 박윤배의 변화를 기꺼이 받아주었고 그를 도와주게 된다. 그 무렵에는 채와 박은 이념적으로 서로를 돕고 있던 중이었다. 『창작과비평』이라는 잡지가 4·19 이후에 이러한 친구들의 발의로 시작되었는데 채현국은 기금을 내놓았고 특히 박윤배는 어렵던 시절에 언제나 백낙청의 충고자이자 후견인이었다. 그는 짧은 머리에 눈이 부리부리하고 어디로 보더라도 책 한 권 읽지 않았을 것 같은 인상이었다.

그는 처음에 나를 만나자마자 「객지」와 「한씨연대기」에 대한 자신의 독후감을 말했다. 기억이 정확하지는 않으나 대강 이런 말이었다. "「객지」는 해방 이후 처음으로 노동하는 사람들을 소설의 전면에 내세운 점이 돋보입니다. 그런데 아쉬운 것은 쟁의가 너무 앞서가고 있는 게 아닌가 하는 점이오."

사실 나 자신도 그런 느낌을 갖고 있었다. 그뒤 1980년대에 이른바 노동 문제 소설들이 뒤를 잇게 되지만 대개가 교조적이거나 쟁의의 진행과 승리만 담고 있었다. 사실 돌이켜보면 나는 당시 작가로서 자기 세계를 이상적으로 성장시키고 있었던 셈인데, 1960년대의 함바 체험에다 전태일의 분신 사건을 엮어서 형상화했지만 나 스스로는 소설 속 등장인물들의 의식보다 훨씬 뒤처져 있었다.

"글쟁이는 자기가 글의 대상으로 삼는 세계에 적극적으로 개입하고 바꾸려는 행동도 동시에 해야 합니다. 그렇게 살면서 쓰는 게 아주 중요하겠지요."

나는 그를 믿고 따랐다. 만남이 거듭될수록 우리는 많은 얘기를 나누었다. 그는 책을 읽으려고 애썼고 제한된 책의 범위를 넘어서기 위해 일본어를 다시 공부했다. 어느 때인가 그의 집에 우연히 갔다가 서가에 가득찬 여러 분야의 책을 보고 나는 그가 어느 누구보다도 먹물이라는 걸 알았지만 겉으로는 전혀 티가 나지 않았다. 그는 채현국, 백낙청, 염무웅과 의논하여 나의 생계를 일 년여 동안 감당해주었다. 박윤배는 그뒤에 나 이외에도 이부영이나 김지하 등 많은 후배들을 챙기고 도와주었다.

그를 자주 만나던 무렵에 나는 결심하고 아내와 의논했다. 내가 노동 현장을 찾아가 일하는 동안 스스로 생계를 꾸려가기를 바랐던 것이다. 아내는 이대 앞에서 옷장사를 벌이기로 했고 우리는 여러 가구가 세들어 사는 신촌 영세민들의 동네에 방을 두 칸 얻어서 이사를 했다.

아내가 장사를 나가고 나 혼자 장남 호준이를 돌보고 있는데 느닷없이 김지하가 이문구, 조태일과 함께 들이닥쳤다. 나는 호준이를 안고 그들이 이끄는 대로 신촌시장 골목으로 나섰다. 어느 주점의 방안에 들어서니 허름한 차림의 해쓱한 청년이 기다리고 있었다. 그가 손학규였다. 우리는 방안에서 기어다니며 혼자 노는 호준이를 옆에 두고 낮

술을 마셨다.

"너 현장을 찾아가기로 했다며? 이 친구와 함께하면 서로 도움이 될 거다." 김지하는 손학규를 내게 소개하며 그렇게 말했다. 그 무렵에 나는 구로공단에 취업할 길을 찾고 있었지만 속내는 말하지 않고 서로 인사만 나누었다. 공단본부 사무실 앞에 가면 취업 공고장이 덕지덕지 붙어 있었는데, 그런 식으로 들어가봤자 일이 제대로 걸릴 것 같지도 않았고 무엇보다도 손발이 맞는 노동자 친구들을 만나기가 쉽지 않으리라고 생각했다.

대림동에서 구로동 가리봉 오거리에 이르기까지의 너른 지역이 공단과 그 주변 노동자 밀집지역이었다. 나는 허름한 작업복 차림으로 구로시장과 극장 그리고 버스 종점 부근을 배회했다. 여러 공장들이 모여 있는 공단에서 구로동 쪽으로 나오는 큰길가에 작은 주점이며 포장마차들이 다닥다닥 붙어 있었다. 나는 그중에 노동자들로 제일 붐비던 한 포장마차에 가서 죽치기로 작정했다. 중년 부부가 장사를 하고 있었는데 어묵 국물에 국수도 말아 팔고 닭똥집이나 염통 같은 꼬치안주에 엉뚱하게 인절미, 개피떡 따위도 팔았다. 밤 아홉시 전후가 제일 붐볐는데, 연장근무를 마치고 나오는 노동자들이 집에 가서 저녁 지어 먹기엔 늦은 시간이라 국수 한 그릇 시켜놓고 소주에 꼬치안주로 끼니를 때우는 것이었다. 야근 들어가면서 어묵이나 떡을 사 먹는 여공들도 있었다. 그 포장마차에 사나흘쯤 찾아가 죽치다가 내가 소주 한잔을 권했더니 주인 남자는 묻지도 않은 자기 인생 얘기를 하면서 동무로 받아들였다.

포장마차 강씨는 소농이었다. 열 마지기도 못 되는 농토에 처자식과 부모 모시고 살기가 너무 힘들었다. 게다가 고리채를 탕감해준다고 군사정부는 떠들었지만 채권자들은 인정사정이 없었다. 팔지도 못할 초가삼간은 그냥 버리고 심야에 야참 지어 먹고 서울로 줄행랑을 쳤다. 산동네로 찾아가 단칸방에 세들어 부부가 공사장에 나가 질통도 지고 허드렛일을 하며 견뎠으나 부모가 차례로 죽고 아내는 공사장에서 허리를 다쳐 비실대더니 누운 채로 일 년여 만에 또 가버렸다. 큰녀석은 군대에 나가 말뚝을 박고는 돌아오지 않았고 두 딸 중 큰년은 미용사가 된다고 나가서 소식이 없었다.

그는 엿이나 튀밥을 받아다가 고물 수집을 하러 다녔다. 현재의 처는 그런 길에 시장 골목에서 만나게 되었다. 아내가 데려온 자식이 한 놈 있고 아래로 자기 딸내미가 있으며 둘 사이에 새로 낳은 막내가 벌써 여섯 살이었다. 그들은 공단을 처음 지을 때 허드렛일을 하러 다니다가 이 동네로 흘러들게 되었다. 공단 건축이 끝난 뒤 개천을 경계로 밭이 시작되는 끝머리에 자투리땅이 길게 이어졌는데 이곳에 판잣집 동네가 들어서기 시작했다. 나는 나중에 「돼지꿈」에서 이 동네를 묘사했다.

강씨는 내가 일자리와 거처를 구한다는 소리를 듣고는 대뜸 자기네 집에 방 한 칸이 남는데 월세로 들라고 했다. 그러고는 이 포장마차에 여러 공장의 작업반장이 들르는데 그중에서 누구든 골라잡아 취직 부탁을 할 수 있다고도 했다.

나는 우선 그의 집에 가보기로 하고 통금시간이 다 되어 그들 부부를 거들어 함께 포장마차의 뒤처리를 해놓고 판자촌으로 따라갔다. 강씨가 빈 함지나 양동이, 술병 등속을 자전거에 싣고 천천히 페달을 밟으며 갔고 그의 아내는 팔다 남은 것들을 스티로폼 박스에다 얼음과 함께 채워넣고 그것을 다시 함지에 담아 머리에 이고 갔다. 나도 양손에 국물이 출렁이는 들통이며 양념병과 남은 음식물 보퉁이를 들고 그들 뒤를 좇았다.

공단구역의 담을 따라서 걷다가 휘청대는 철판 몇 장을 겹쳐놓은 가교를 건너자 어둠 속에서 희미한 불빛들이 반짝이기 시작했다. 캄캄한 유휴지 너머로 불빛들이 몇 점씩 나타나고 있었다. 나는 갑자기 전쟁 직후의 어린 시절로 돌아간 듯한 느낌이 들었다. 어둠에 익숙해지자 담뱃불의 움직임이며 웅성대는 얘기 소리와 아이들의 칭얼대는 소리, 그리고 무엇보다도 네모난 창문 가운데 따뜻하게 너울대고 있는 촛불빛이 아련한 추억을 떠오르게 했다. 그야말로 피난 시절의 동네를 재현해놓은 듯했다.

강씨네 집은 공터에 면한 첫번째 집이어서 다른 데보다 형편이 나았다. 바람이 잘 통했고 그의 아내가 파와 상추 등속의 푸성귀를 집 앞 공터에 독점적으로 심을 수가 있었던 것이다. 툇마루도 내달지 않은 채로 창호지를 바른 격자 창문이 그대로 현관이자 출입구였던 셈인데 바깥공기가 제법 싸늘했는데도 그의 아들 근호가 문을 열어둔 채로 부모를 기다리고 있었다. 그는 인기척이 들리자 창문 아래 벗어두었던 신을 꿰며 밖으로 나와서 뒷정리를 도왔다.

부엌 오른쪽에 안방과 마주보며 꼭 그만한 크기의 출입문이 달려 있었는데 거기에 그야말로 콧구멍만한 방이 하나 딸려 있었다. 근호가 쓰던 방인데 연탄가스가 새어서 한번 죽을 뻔한 뒤로 쓰지 않다가 내가 세를 드는 것을 계기로 구들을 뜯고 다시 놓게 된다.

중학교를 중퇴한 근호는 스무 살이었다. 어머니가 강씨와 결혼하기 전에는 고아원에 맡겨져 있었다. 학교를 그만두고 철공소에 다니면서 견습 선반공이 되었고 그 무렵엔 기능공이었다. 뚜렷한 직장이 있는 그는 어머니의 자랑이고 강씨도 그를 어느 정도는 존중해주고 있었다.

근호는 그 무렵의 모든 노동자들이 그러했듯이 날마다 연장근무를 했다. 정시 퇴근은 여섯시였지만 어느 회사도 퇴근시간이나 여덟 시간 노동제를 지키는 예는 없었다. 여섯시부터 연근 세 시간을 합하여 밤 아홉시가 정례적인 퇴근시간이 되어 있었다.

공단에서는 거의 모든 노동자가 일요일만 빼고는 열두 시간씩 일했다. 맞교대로 야근을 하게 되면 밤 아홉시에 출근해서 이튿날 아침 아홉시에 퇴근했다. 야간조와 주간조는 보통 일주일에 한 번씩 바뀌었다.

그날 밤에 내가 근호에게 넌지시 물었다. "일을 잡으려는데 어떤 게 좋을까?" "무슨 기술 있으세요?" "아무것도 없어." 근호가 피식 웃으며 고개를 끄덕였다. "하긴 뭐 기술이라고 있어봤자 아무 소용 없어요. 요새는 분업이 하두 잘되어 있고 기계도 작업장 사정대루 공장마다 다르구요. 툭하면 배치가 바뀌거든요."

근호의 말은 맞는 소리였다. 공단본부 건물 앞에 가면 '싸우면서 일하자'라든가 '하면 된다'라는 표어가 크게 붙어 있었고 그 아래 다시 '노동력 80프로, 기계 20프로'라고 써붙여놓은 걸 볼 수 있었다. 그만큼 구로공단의 당시 형편은 노동집약적인 일감이 대부분이었다. 그러니까 일본에서 하청받은 일감을 몸으로 때우면서 저임금으로 남겨먹는다는 얘기였다.

당시 일본은 요즈음의 우리 사정처럼 경공업이나 사람의 일손이 많이 가는 업종은 모두 한국이나 동남아에 하청을 주거나 공장을 해외로 내보내고 고부가가치가 있는 첨단기술의 일만 국내에서 해내는 중이었다. 우리네 근대화란 저임금을 유지하기 위해서 농촌의 땅 없는 농민층이 고향을 등지게 만들었고, 도시 주변으로 몰려든 값싼 노동력을 먹여 살리려면 저곡가를 유지해야 되는 악순환이었다. 부모인 농사꾼은 죽도록 농사지어 싸구려로 쌀을 팔고 도시에 나간 자식은 저임금을 받아 값싼 쌀을 사 먹고 굶주림을 면한다는 식이었다.

그 무렵 군사정권의 슬로건은 '선건설 후분배'였다. 요즈음도 하는 소리지만 '파이를 키워서 나눠먹자'는 얘기다. 그런데 그야말로 경제 순위가 세계 십 위권대에 오를 만큼 성장했다는데도 복지는 아직도 최하위에 머물러 있으니 오래된 기만이다.

우리들 사이에서는 자연스럽게 '민중'이 누구인가 하는 논의가 시작되었다. 전후에 전 국민의 팔십 퍼센트가 농민이었지만 언제부터인지 천만 노동자라는 말이 퍼져나갔다. 소작농과 소농은 몰락하고 중농만이 농촌에 남았고 각종 서비스업이나 행상에 종사하는 도시빈민이 늘어갔다. 그러니까 국민의 대다수가 노동자, 농민, 도시빈민, 그리고 일반 서민들인 셈이었다. 이들이 서로 연대하고 조직화되어야 독재정권과 싸울 수 있다는 주장은 당연해 보였다. 나중에 도시에서 집 한 칸 장만하여 밥술이나 뜨게 된 사람들은 저마다 스스로를 '중산층'이라고 착각하며 살다가 드디어 1980년대 중반기에 가서야 생각이 바뀌게 된다.

나는 근호의 충고대로 다른 업종에 비해서 어느 정도 기술이 필요하고 임금도 높은 공장에 들어가기로 결정했다. 근호는 내가 군대도 갔다 왔고 나이도 들었으니 힘은 들겠지만 육 개월만 고생하면 기술도 손에 익히고 노임도 많이 받게 되는 일터가 좋겠다고 생각한 모양이었다. 그리고 그런 일터가 분위기가 좋다며, 대개 공원들도 나이가 들었고 배운 사람들이 많은 편이라고 했다. 여기서 '배운 사람'이라는 것은 고등학교 정도는 나온 사람을 의미했다. 사람이 많고 노임도 박하고 들고 나기 쉬운 일터는 어린 사람들이 많은데다 직장에 정이 없어 서로 친해지지도 않는다고 했다.

며칠 동안 강씨네 하꼬방에서 끼어 자다가 그 주말에 강씨와 근호, 나까지 합세해서 부엌 앞방의 방구들을 모두 뜯고 온돌을 다시 놓았다. 이제 거처도 생겼고 같이 방을 쓰는 근호는 동생처럼 든든하기도 했다. 그가 채근하여 강씨가 누구인가를 내게 소개하기로 한 날이 왔다.

포장마차에 먼저 가서 기다리는데 짧은 머리에 얼굴은 새카맣게 그을고 회색빛 회사 점퍼를 걸친 사내가 들어섰다. 강씨가 반색을 하면서 그를 내게 소개했다. 웃는 얼굴은 순박해 보였지만 눈초리가 촌놈처럼 어리숙해 보이지는 않았다. 이를테면 세상을 좀 안다는 태도였다.

"여기서 이반장이 제일 고참여. 초창기 때부터 시작했으니까." 강씨가 말했고 이씨는 서슴지 않고 내게 먼저 물었다. "직장을 찾는다면서요?" "예, 제대하고 나니 일할 곳이 마땅치 않아서……"

그가 군대는 어디였냐고 묻기에 해병대로 월남 갔다 왔다고 대답하자 자기도 그렇다며 하사관으로 제대했다고 말했다. 남자들끼리야 군대 얘기 먼저 꺼내고 나면 그다음은 일사천리였다. 이반장의 고향은 강원도라는데 두어 해 농사짓다가 도저히 채산이 맞질 않아서 맨손으로 상경했다고 했다. 그도 건설공사장 막노동에서부터 안 해본 짓 없이 떠돌다가 공단에 취직했다. 지금은 자기네 공장의 생산 라인 중에서 제일 잘나간다는 연마반의 반장이 되었다. 여기서 만난 봉제공장의 여공과 결혼했고 아이가 하나 있었다. 그의 꿈은 집을 사는 것과 회사의 수출이 잘되어서 직급이 한 단계씩 올라가 나중에 공장장이라도 되는 것이었다.

그의 소개로 한창 번성중에 있는 어느 광학회사의 연마반에 취직했다. 물론 자필 이력서와 병력증명, 그리고 고교 졸업증명서 덕이었다. 만일 먼저 다녔던 명문고를 제대로 나왔다면 나는 면접에서 즉시 탄로가 났을 터였다. 어느 공고의 야간부 토목과를 나온 졸업증명서를 보고는 더이상 묻지도 않았다.

나중에 회사 그만두고 구로동 시장 부근 벌집 동네로 이사한 뒤에 형사가 찾아온 적이 있었다. 그는 내 주민증을 한참이나 들여다보고는 "신고가 들어와서"라고 한마디하고는 가버렸다. 먼 훗날 알게 되었지만, 나의 위장취업을 신고한 사람은 바로 나에게 취업을 알선했던 이 반장이었다.

연마반은 대강 세 가지 작업조로 구분되어 있었다. 동그랗게 자른 유리를 맨 처음에 초벌로 갈아내는 작업조가 있고 두번째 정밀하게 티 없이 광을 내는 작업조가 있으며 마지막으로 연마틀에 렌즈가 될 유리를 붙이는 작업조가 있었다. 연마틀은 둥근 목형 위에 콜타르를 바른 것인데 열을 가해서 표면이 눅진해지면 차례로 렌즈를 붙이고 찬물에 담가서 굳혔다. 이 틀을 차례로 빙빙 돌아가는 기계에 끼우고 한 단계씩 옮겨준다. 맨 처음에 끼웠던 틀이 마지막 단계에 도달하면 초벌 연마가 끝난 렌즈를 빼서 작업대에 쌓아두는데 이들을 모아다가 두번째 공정에서 다시 갈아낸다.

내가 맡은 일이 초벌 작업대였다. 물론 견습이라 숙련공의 보조 노릇부터 시작했다. 숙련공은 몸집이 뚱뚱하고 여드름 많고 눈이 작은 청년이었는데 이름은 생각나지 않지만 작업 내내 나훈아와 남진의 노래를 입에 달고 살았다. 돌담길 돌아서며 또 한번 보오오고 징검다리 건너갈 때 뒤돌아보며 서울로오 떠나가안 사람……

하도 구성지게 넘어가길래 나중에 야근 끝나고 일당 받은 날 선술집에서 소주 마시다가 한번 불러보랬더니 그는 질겁을 하며 손사래를 쳤다. 자기는 절대로 노래를 못 부른다나.

나는 곧 보조에서 정식으로 기계를 맡게 되었는데 이게 보기보다 쉽지 않았다. 렌즈를 붙인 목형을 틀에다 끼우면 자연스럽게 아래 볼록한 틀이 돌아가면서 연마를 하는데 조금이라도 기울어지거나 맞지 않으면 금방 유리가 깨져나갔다. 파손 처리된 렌즈는 당연히 일당에서 배상하도록 했다. 목형을 틀에다 차례로 끝까지 끼우고 나서 맨 마지막에 돌아간 것을 빼고 다시 빈자리를 채워가면서 새것을 끼우는데 한 시라도 빈틈이 있어서는 안 되었다. 기계는 사정없이 돌아가는데 한순간이라도 놓치면 렌즈가 깨져나간다. 연마틀에는 고운 분말로 된 연마제를 넣어줘야 하고 끊임없이 물속에 담갔다가 빼어 자리를 바꿔주는데 오후가 되면 불어터진 손가락이 아리고 쓰라렸다. 이렇게 똑같은 단조로운 작업을 열두 시간씩 해내고들 있었다. 연근이나 야근이 없다고 하면 나는 속으로 환성을 내지르고 싶었지만 그들은 에이, 하면서 실망하는 소리를 냈다. 그만큼 일당이 줄어들기 때문이었다.

나는 공단을 오가면서 선술집이나 포장마차에서 가끔 고참 공원들에게 그동안 쟁의 같은 것이 없었나 묻고는 했다. 이름이 알려진 어느 의류 봉제공장에서 큰 쟁의가 있었다. 그들은 작업장을 폐쇄하고 버티다가 쫓겨나자 인근 야산으로 올라가 농성을 하다가 이틀 만에 진압되었다. 전자공장 또는 식품공장에서도 산발적으로 쟁의가 있었다. 그러나 이들은 바로 뻔히 내다뵈는 다른 공장의 노동자들이 쟁의중인데도 구경만 하거나 점심시간에는 태연히 배구를 했다고 한다. 그나마 내가 같은 지역에서 일하는 공원이라서 소곤소곤 들려주는 얘기들이었다.

그 회사에서 사귄 친구들 가운데 특별히 기억에 남는 친구가 있다. 별명이 '마도로스'라고 불리던 친구였다. 전에는 본사에서 일하다가 무슨 사고를 저질러서 쫓겨왔다는데 목형에 렌즈를 붙이는 일을 하고 있었다. 내가 일이 수월하리라 여기고는 부러워했더니 그게 바로 숙련공의 일감이란다. 한 치의 오차도 없이 가지런하고 둥글게 목형에 렌즈를 붙이는 일이 그만큼 어렵다는 얘기였다. 늘 별명으로 불러서인지 그의 이름은 잊어버렸다. 그는 해군 출신이라서 늘 배를 타던 얘기만 했다. 나하고는 군대로 치면 사촌 간이라 술자리에서 할 얘기가 그만큼 많았다.

어느 날 모처럼 야근이 없어서 그를 따라 숙소까지 놀러갔다. 그는 구로동 시장 부근의 벌집 동네에서 자취를 하고 있었다. 기다란 일자집 가운데 비좁은 통로가 있고 양쪽으로 단칸방들이 줄지어 있었다. 방마다 작은 열쇠가 걸려 있고 방 앞에는 아궁이 하나와 신발을 벗을 비좁은 공간이 있었다. 통로는 연탄가스 냄새가 가득차 있고 방은 천장의 슬레이트 사이에 플라스틱을 끼워넣어 채광을 했다. 다행히 창이 있는 방이라 해도 바깥이 바로 골목길이라 도둑이 들까봐 창문에 꼭 걸쇠를 걸어놓았다. 방안에는 식기 나부랭이와 작은 나무 찬장이 하나씩 있었다. 그 좁은 공간에서 밥도 짓고 반찬도 했는데 그 친구는 석유 곤로가 있어서 창문을 열어놓고 취사를 했다. 석유 그을음 냄새가 고약했지만 그래도 통로의 아궁이 앞에 쭈그려앉아서 취사하지 않는 게 다행스런 노릇이었다.

나는 차츰 마도로스와 친해져서 연근이 끝나고 아홉시 넘어서 구로동 시장 부근의 선술집에 자주 들르곤 했다. 그날 번 일당은 물론 형편 없었지만 그래도 내가 형편이 좀 나아서 소줏값을 주로 내는 편이었다. 내 사수인 숙련공 청년은 그야말로 짠돌이였다. 우리가 공단 구내를 빠져나와 구로동 사거리 쪽으로 내려오면 그는 곧잘 얘기를 걸며 따라오다가도 술집에 들어서는 길목에서 뒤통수를 긁으며 슬슬 꽁무니를 뺐다. 내가 저 친구 술을 전혀 못해서 그러냐고 물으니 마도로스가 말했다. "무슨 소리야, 일요일에 쟤 집에 가봐, 빈 술병이 일렬로 서 있더라구." "그럼 왜 저렇게 빼는 거야?" "지가 겁나니까. 한번 얻어먹으면 다음번에 사야 하잖아. 일 끝나구 술 먹기 시작하면 일주일 내내 한이 없지." "당신은 그럼 왜 날마다 날 꼬시는데?" "쳇, 이젠 나두 기합이 빠졌어. 철없을 땐 저렇게 결심하구 살아보는 때가 있지."

술자리에서 그가 자기 얘기를 잠깐 비친 적이 있다. 그는 군대 가기 전부터 이 회사에서 근무를 했다. 제대하고는 외항선을 타고 싶어 부산이며 인천이며 찾아다녔지만 선원수첩을 구하기가 쉽지 않았고 배를 탄다는 녀석들마다 해군 출신은 왜 그렇게 많던지. 그런데 더이상

시간을 허비할 수 없는 사정이 생겼다. 지방 도시에서 작은 자전거포를 하던 아버지가 화물트럭에 치여 다리를 못 쓰고 자리에 눕게 되었다. 어떻게든 장남인 자기가 취직해서 다달이 약값이라도 보태야 할 형편이었다. 그래서 다시 회사를 찾아들어왔다. 처음부터 진작 그랬으면 시간 낭비도 안 했을 텐데 왜 그러지 않았냐고 내가 물었을 것이다.

그는 지금은 사무실로 올라간 부장이라는 자가 입사할 때에 반장이었는데 처음부터 서로 안 좋았다. 군대 가기 직전에 회식 자리에서 술 취한 척하고 그를 호되게 패준 적이 있었다. 본사에서 그를 다시 만나게 되었다. 더구나 근무 시작한 지 두 해 만에 그는 쟁의를 주동한 다섯 사람 중의 하나가 되었다. 본보기로 두 사람이 회사를 나가고 그들은 공단으로 쫓겨나왔다. 그가 말했다. "너무 서둘렀고, 동조한 사람들이 많지 않았지."

친목회에 대해 얘기한 것이 바로 그 친구였다. 일터에서 만나지만 서로 일상생활도 잘 모르는 처지에 노조 얘기를 꺼내면 모두 입 다물고 피해버린다는 것이다. 친목회 모으기도 쉽지는 않다고 했다. 모임을 만들려는 사람은 보통 때에 일터에서 공원들 사이에 성실하다는 평이 돌아야 한다는 것이다. 건달 같은 친구가 나서면 아무도 믿지 않고 호응도 없다. 그리고 일솜씨도 좋아야 한다. 취미에 따라서 음악, 낚시, 등산, 독서, 운동 다 되지만 역시 남자들과 여자들의 모임은 조금 다르다는 것이었다. 보통은 그래도 일요일에는 쉬게 되지만 욕심을 내는 작업장에서는 휴일과 일요일도 반납하고 야근과 연근을 쉬지 않고 강행하는 곳도 많았다고 했다. 요새는 차츰 교회나 종교단체의 항의가 많고 기업주나 간부들도 교인이 많아져서 일요일은 대체로 쉬게 한단다. 주위를 살펴보면 여자들은 교회 나가는 모임이나 독서, 음악감상 모임 등이 많고 남자들은 등산, 낚시, 축구, 배구 등의 모임이 있었다.

일요일에 구로동 노동자 밀집지역을 돌아보면 대개가 점심때가 가까워질 때까지 늦잠을 자거나 밀린 빨래 하고, 만화방에 가서 푼돈 내고 스포츠 중계를 보고, 아니면 저녁때 남녀가 패를 지어 인근 극장에 들어온 쇼를 보러 갔다. 친목회 모임이 공장별로 있기는 한 모양인데 별로 눈에 띄지는 않았다.

어느 주말에 내가 마도로스와 내 사수인 숙련공 청년에게 쇼를 보러 가자고 제안했다. 나는 이 부근의 문화적 분위기를 보고 싶었다. 마도로스는 "우리 나이가 몇인데……" 하면서 쑥스러워했지만 사수는 혼자 가기가 뭣해서 못 가고 있었는데 여럿이 가야 재미있다면서 여공들에게도 같이 갈 사람은 낼 저녁에 어디어디로 나오라고 광고를 했다. 구로극장에 '하춘화 쇼'가 들어왔다는 것이다.

이튿날 종점 부근에 가서 서 있노라니 사수는 밝은 베이지색 양복에 넥타이까지 매고 나타났고 다른 이십대의 남녀 공원 서너 명도 모두들 옷을 잘 빼입고 들떠서 손을 흔들며 길을 건너왔다. 쇼는 연속으로 진행중이었는데, 아마도 영등포 중심가에서부터 구로동과 시흥 또는 안양 일대의 변두리 영화관이 비슷한 쇼 프로를 내걸고 연속으로 겹치기 공연을 하는 중이었을 게다. 그래서 가수들의 순서가 뒤바뀌고 간판급 가수는 출연시간이 긴 때도 있고 아예 나타나지 못하는 막간도 있었다. 하여튼 극장 안은 초만원이었는데 거의가 공단 부근의 젊은 공원들이었다. 그들은 휘파람을 불고 탄성을 지르고 박수를 치고 울고불고

했다.

쇼가 끝나고 벌써 어둠이 깔린 거리로 나왔지만 우리는 달리 갈 데도 없었다. 젊은것들은 디스코를 추러 간다며 시장 골목으로 사라졌는데 공원들이 모이는 지하의 음악다방에서 귀청이 떨어지도록 크게 틀어주는 디스코 리듬에 몸을 털다가 맥주 몇 잔 마시고 나올 것이라고 했다. 마도로스가 말했다. "그래야 또 일주일 뼛 빠지게 야근할 거 아니냐."

젊은 공원들은 그냥 개별적으로 흩어져 있는 외로운 존재이거나 거의 빈손인 채로 아무렇게나 소비시장 한복판에 방치되어 있었다. 나는 노동자가 스스로 자각하고 모이고 실천하게 되기까지의 모든 것이 '문화적 소통'에 의하여 가능하다고 보았다. 정치적 행동은 그다음 단계의 일이 될 것이다. 이 무렵부터 생각 있는 종교인들은 산업선교를 시작했고 보다 뒤늦게 학생들의 노동자 야학들이 생겨나기 시작한다. 그리고 거의 비슷한 시기에 현장 문화운동이라는 개념과 행동이 시작되었다.

나에게 직장을 소개했던 이반장은 다른 작업장에 있어서 자주 만나기가 쉽지 않았고 어쩐지 그는 나와 일정한 거리를 두려는 것처럼 보였다. 그 대신에 나는 우리 연마반 3개 조 전체를 총괄하는 홍반장과 친해졌다. 몇 번 우연히 식당에서 마주앉아 함께 식사를 했다. 대개 점심때에는 실비로 공장 식당에서 밥을 사 먹었지만 연근이나 야근이 있는 날에는 저녁식사가 제공되고 밤 열두시 이후에 야참이 나왔다.

"뭐 좀 읽을 만한 좋은 책 없나?" 홍반장이 불쑥 그렇게 말해서 나는 어리둥절했다. "내가 책 읽을 사람으로 보입니까?" 그랬더니 홍은

빙긋 웃었다. "이거 왜 이래. 나두 세상살이에 이골이 난 사람이오. 독립운동하는 사람치곤 좀 야하구 말야. 당신 대학 나왔지?" 나는 그의 노골적인 질문에 조금 당황하면서 털어놓았다. "돈이 없어서…… 군대 갔다 와서 복학 포기했어요."

"저 친구 얘기로는 무슨 친목회 만들자구 한다며?" 홍반장은 건너편 식탁에 앉았던 마도로스를 젓가락으로 가리켰다. 식탁에 우리 두 사람밖에는 없어서 다행이긴 했지만 홍의 속마음을 모르니 어딘가 불안했다. 그래도 까짓거, 그의 선량한 웃음을 보고는 한번 내질러보았다. "노조 만듭시다. 그래야 당당하게 먹구살 거 아뇨?" 그는 다시 픽웃었다. "당신은 일 벌리고 그냥 사라지면 우리만 좆팽이 치게?" 하더니 그가 식판을 들고 일어나기 전에 한마디했다. "요번 일요일에 뭐할거요? 별일 없으면 구로 사거리 모퉁이에 있는 길다방에서 봅시다."

일요일 약속시간에 길다방에 갔더니 그는 늘 입고 다니는 회사 마크가 찍힌 곤색 점퍼가 아니라 웬 배낭에 등산복 차림이었다. 그리고 혼자가 아니라 같은 나이 또래의 삼십대 두 명이 함께였다. 내가 다가가자 그들은 더 기다릴 것도 없다는 듯이 부근의 돼지갈빗집으로 옮겨갔다. 서로 인사를 나누고 소주를 마시면서 말이 오가는 중에 그들이 인근 다른 공장의 반장급들이라는 것을 알게 되었다. 등산회였는데 일요일마다 관악산에 오르는 이들이 이십여 명 된다고 했다. 홍반장이 말했다. "모임이 생기면 말썽을 피우지 않아도 자연히 눈에 띄게 되고 발언권이 세진다구 할까. 법을 어길 필요야 없지만 우리끼리 서로 직장사정 얘기도 나누고…… 또 알아? 당신 같은 이들이 있으면 우리 대신 덤터기 쓰고 감당 좀 해주고, 좋지 않겠어?"

나는 홍반장과 함께 산에 다니기 시작했다. 그렇게 또 두어 달이 지나갔다. 나는 홍에게서 많은 것을 배웠다. "노동운동이란 거 평생 해왔다는 선배들도 많이 봤네. 이거 하루아침에 되는 일이 아냐. 인생을 바쳐야 한다구. 남들은 한 직장에 자기 목을 걸고 식구들까지 책임지구 있는데 당신 같은 사람들이야 여기서 떠나면 원래 있던 자리로 돌아가면 그뿐이겠지."

나는 근호네 집에서 나와 마도로스와 월세 나누어 내며 두어 달쯤 벌집에서 살다가 방을 따로 얻게 되었는데 그것은 손학규 때문이었다. 어느 주말에 집에 들렀더니 아내는 손아무개가 왔었다며 전화번호를 내밀었다. 손학규는 당시에 박형규 목사가 오장동 인쇄골목 공장터에 벌여놓았던 제일교회에 나갔는데 여기에는 초창기 도시산업선교회에 투신한 사람이라든가 문화운동 첫 세대라고 할 수 있는 홍세화나 김민기, 임진택 등이 드나들었다. 김지하도 이 무렵에 「금관의 예수」를 교회 언저리의 현장극 대본으로 썼다. '오 주여 이제는 여기에' 하는 인상적인 후렴이 나오는 노래를 김민기가 만들어 불렀다. 내가 이들과 합류하게 된 것은 김지하가 감옥에 간 직후의 일이다. 하여튼 손학규는 나와 함께 공장에서 일을 해보겠다는 것이었다. 그도 나와 마찬가지로 현장운동을 해야겠다는 생각이었다.

나는 근호에게 공단 안에서 어느 곳의 작업 조건이 가장 열악하고 문제가 많은지, 그리고 노동자가 어디에 몰려 있는지 알아봐달라고 했다. 우리는 일본 전자회사에서 대대적인 하청을 받고 있는 공장에 대해 기본 조사를 하고 나서 취업하기로 했다. 처음에 나에게는 얘기하지 않았지만 손학규는 몇 명의 동아리들과 함께 분산해서 취업할 작정이었다.

손학규와 나는 먼저 구로동 시장 건너편 동네에 월세방을 얻었다. 아무래도 벌집 동네에는 다양한 사람들이 몰려 있는데다 비슷한 먹물 냄새 나는 것들이 드나들기에 불편할 것 같아서였다. 골목 안에 길 쪽으로 있는 방을 얻었는데 출입구도 따로 있고 문을 열자마자 방 앞에 아궁이와 함께 부엌으로 쓰는 공간도 있었으며 전에 살다 나간 사람이 남겨둔 것 같은 찬장도 하나 부뚜막 위에 얹혀 있었다.

우리는 거처를 정하고 나서 월말의 공원 모집 기간에 전자회사에 이력서와 졸업증명서 등을 떼어서 부쳤다. 면접 날짜가 되어서 찾아가니 그야말로 지원자가 까맣게 모여들어 있었다. 우리는 그래도 나이가 많은 축이었고 남녀 지원자들은 거의가 십대이거나 이십대 초반의 젊은 이들이었다. 나는 역시 월남에 갔다 온 이력과 공고 야간부 졸업증명서가 이런 곳에 취업할 때 믿을 만한 서류가 된다는 것을 다시 확인했다. 그런데 문제는 손학규의 학력이었다. 그는 세상에 다 알려져 있듯이 경기고 삼총사의 하나다. 김근태, 조영래, 손학규는 고등학교 때부터 한일회담 반대 시위에 나서는 등으로 알 만한 선후배들은 군사정권에 대한 그들의 성향을 짐작하고 있었다. 게다가 서울대학 출신이니 그야말로 이 동네 기준으로 보자면 위장취업하기에 너무도 형편없는 학벌이 아닌가. 뒤에 그는 옥스퍼드 유학까지 하는 바람에 자신의 학력을 더욱 악화시켰다. 그는 하는 수 없이 경기중학 졸업증명서까지만 떼어서 제출했다.

면접 담당자가 내게는 아무 소리 없더니 손의 차례가 되자 아래위로 그를 쓰윽 훑어보면서 말했다. "당신 정말 여기 취직하자는 거요? 경기중학 나왔으면 경기고 갔을 테고 거기 나왔으면 서울대학 갔을 거 아냐? 당신 여기 취직하려는 목적이 뭐요?" 손은 맥없이 그 자리에서 수상한 놈 취급을 받고 딱지를 맞았다. 돌아오는 길에 그가 푸념을 했다. "에이 똥통 학교 나와가지고 취직도 안 되네!"

학벌이 안 좋아서 취직이 안 되었다는 얘기는 그후 친구들 사이에 농담거리로 자주 오르내렸다. 그래서 '경기 야간'이라는 말이 생겼고 제도권에 들어가지 않고 재야에 남은 학벌 좋은 이들은 모두가 '야간부'로 불리게 된다.

손학규가 아예 취업도 못하고 문턱에서 좌절되었으니 나 혼자 다닐 수도 없고 하여 다른 회사를 알아보기로 했는데 그도 이번에는 준비를 단단히 했다. 후배들 일이라면 언제나 발 벗고 도와주는 박윤배에게 부탁해서 그가 머물던 도계탄광 근처의 도계중학 졸업증명서를 떼어서 갖다 내기로 했다. 그리고 그에게 면접 당일에는 되도록 허름한 작업복을 구해서 입고 가자고 당부했다. 그나마 그가 안경을 쓰지 않은 게 다행이었다. 역시 도계중학 졸업증이 효력을 발휘했는지 이번에는 바로 합격이 되었다. 우리는 그 즉시 목공부에 배치되었다.

당시에는 전축이나 텔레비전 같은 가전제품이 고급 가구 취급을 받았다. 전축 자체보다도 그것을 세팅해서 박아넣을 장식장에 더욱 공을 들였다. 최고급 마호가니 나무에서 합판에 이르기까지 다양했는데 잎사귀 무늬라든가 줄무늬 등을 넣었고 텔레비전 박스도 고급 목재로 짜고 화면 앞에는 양쪽으로 여닫는 문까지 만들어 달았다. 우리 같은 초보들은 복잡한 목공예 라인에는 배치되지 않았고 주로 단순작업조에 붙여주었다. 물론 전에 다니던 공장에서처럼 숙련공의 조수 역이었다. 전축이나 텔레비전의 다리를 똑같은 규격으로 자른다든가 상자 뒤편에 붙일 합판을 자른다든가 하는 일 따위였다. 배치를 받기 전에 각 라인의 작업을 책임진 조장이 우리를 앞에 세워놓고 교육을 시켰다.

"그날 할당받은 작업량은 시간이 늦어져도 반드시 채워야 한다. 원자재를 타올 때 정해진 규격을 한 치의 오차도 없이 지키지 않으면 제품은 모두 폐품 처리가 되고 작업 당사자가 모두 물어내야 한다. 작업 중의 부주의는 그대로 산업재해와 연결된다. 물품을 기계에 넣고 뺄 때에 반드시 스위치를 밟아 기계를 꺼주어야 한다. 톱날이 연결되어 있으므로 부주의하면 손가락이 잘리고 이 또한 당사자 책임이며 회사에서는 안전 작업도구를 제공하고 교육시키는 것으로 의무를 다했다고 본다. 여러분이 작성한 취업원서에서 모두 응낙을 하고 지장을 찍은 만큼 각자 알아서 주의하기 바란다."

그러고 보면 산업재해가 자주 발생할 수 있는 작업 조건인 셈이었다. 우리는 그래도 나무토막이나 합판 조각을 자르는 일이었지만 여공들의 작업을 보니까 합판에 풀칠만 하는 조, 못만 박는 조, 구멍 뚫는 조 등등으로 모두 단조롭고 반복적인 작업이었다. 그러니 자연히 임금도 매우 박한 형편이었다. 전자부품을 직접 조립하는 부서는 아예 공장 건물이 다른 쪽에 있었다.

아침에 사수가 자재부에 가서 합판과 각목을 잔뜩 타가지고 종이쪽지에 작업할 규격을 적어가지고 오면 작업 개시였다. 가령 전축이나 텔레비전 박스의 다리를 깎으려면 나는 먼저 그 길이를 규격대로 잘라서 쌓아놓고 사수가 그것을 엇비스듬하게 위는 넓고 아래는 가늘게 다시 잘라놓는다. 이것이 다른 조로 넘어가면 동그랗게 또는 모나게 샌드페이퍼나 전기 대패로 마감질되는 것이다.

견습공은 먼저 규격대로 연필로 표시를 하고는 견본품을 만들어 톱날 옆의 작업대 위에 붙이고 그 규격에 맞추어 각목을 자르기 시작한다. 처음에는 그래도 일솜씨가 서툴고 긴장이 되니까 집중을 해서 톱날을 끄고 켜기를 반복하지만 나중에는 그냥 톱날이 돌아가는 대로 놔두고 나무를 작업대에 올리고 빼기를 반복한다. 어느 결에 마음은 이 지루한 작업장을 벗어나 지난 주말에 만났던 금순이 생각이라든가 구로극장에서 보았던 쇼 공연이며 지난주에 고향에서 온 아우의 편지 등등 온갖 곳으로 분산되어 날아다니기 시작한다. 그러다가 한눈을 팔며 저기 반장이 인상 쓰고 들어오는구나, 여공 아무개가 요즈음 이뻐졌네 어쩌구 하는 사이에 저도 모르게 각목을 톱날에 밀착시킨다는 것이 제 손을 갖다댄다. 피가 튀면서 팔목 전체를 망치로 내려치는 듯한 충격과 함께 잘린 손가락이 바닥에 떨어져 신경 때문에 팔팔 뛴다. 선반이나 주물도 마찬가지라고 한다. 근호는 그래서 견습 시절에 손가락을 세 개나 잃었다.

일당은 일주일에 한 번씩 타임카드에 의해서 계산이 되었다. 출근할 때 수위실 앞에 비치된 타임 체크기에 각자의 타임카드를 넣어 찍고 퇴근할 때 역시 찍어야 한다.

손학규도 배치된 자기 작업대에서 열심히 일했다. 우리는 이 정도면 견딜 만하다고 생각했다. 다만 언제 이들과 친해지고 상급 숙련공들에게도 인간적으로 신뢰를 받아서 조직에 대한 논의를 하게 될지 그건 그야말로 까마득한 일처럼 보였다. 손학규와 나는 작업조가 달라서 정상근무를 하는 보통 때에는 함께 퇴근해서 저녁도 짓고 청소도 했지만 납품 날짜가 빠듯해지면 교대로 연근이나 야근에 들어가야 했기 때문에 서로 출퇴근시간이 달라지고는 했다. 그런데 같이 살다보면 식구끼리도 장단점이 드러나기 마련인 것처럼 손학규의 단점은 언제부터인가 연탄불을 제대로 갈지 않아서 자주 꺼뜨리곤 하는 것이었다. 밤 아홉시가 되어 연근을 끝내고 돌아오거나 아니면 야근 뒤 아침 아홉시에 집구석이라고 들어오면 방바닥이 썰렁했다. 아궁이를 열어보면 연탄의 구멍마다 거멓게 죽어가고 있었다. 그냥 포기하고 곯아떨어지면 그뿐이겠지만 그래도 뭔가 먹어야 하니까 하다못해 라면이라도 끓이려면 연탄을 살려놓아야 한다. 그때만 해도 번개탄 따위는 아예 없었다.

보통 서민 동네에서라면 이웃집이나 건너편 셋집 아줌마에게 사정하고 불을 빌려다 쓸 수도 있겠지만 여기서는 이웃이란 없다. 모두가 같은 형편의 떠돌이인 것이다. 그래선지 부근의 구멍가게에서는 여러 개의 화덕을 길 밖으로 내놓고 불붙은 연탄을 생탄 값의 세 배로 올려 팔았다. 겨울에는 값이 더 올라갔던 것으로 기억한다.

여하튼 나는 늘 타이밍을 놓치는 손학규에게 투덜대며 불붙은 연탄을 사다가 불을 살려내곤 했다. 또 한 가지 문제가 되는 것은, 나도 밤잠이 없는 올빼미였지만 그는 나보다 더해서 새벽에 출근해야 하는 날에도 늦게까지 그 빌어먹을 놈의 책을 읽는 것이었다. 일요일에 아침부터 일어나 빨래하고 청소를 하노라면 그는 잠자리에 엎드려서 애오라지 독서중이었다. 훗날 나는 그에게 자네는 어쩔 수 없는 먹물이라고 비아냥대곤 했다.

바로 옆집은 벽 하나를 사이에 두고 방이 붙어 있었고 출입구만 우리와 반대편 골목에 나 있었는데 술집 아가씨 둘이서 자취를 하고 있었다. 우리보다도 더욱 늦은 밤이나 새벽에 돌아와서 라디오를 크게 틀어놓거나 가끔씩 기둥서방 같은 자가 찾아와서는 싸움질이었다. 우리가 참다못해 벽을 몇 번 두드리면 처음에는 잠잠해졌다가 다시 떠들어대곤 했다. 싸우는 이유가 거의 돈 때문인 것 같았다. 일숫돈이 어떻고 지난번에 가져간 돈이 얼마고 목청껏 떠드는 내용의 대부분이 그랬다. 내가 마도로스와 같이 벌집에서 살 때도 옆집의 스페어 운전사 부부는 돈 때문에 하루가 멀다 하고 싸웠다. 집에 남은 아내가 구슬백을 꿰어 납품을 해다가 반찬값이라도 들고 오면 운전사는 일당을 받아서 술 먹고 들어오기가 일쑤였다.

"예이 니미랄, 우리가 은행을 점령해서 돈을 찍어다가 뿌려주든지…… 정말 시끄러워 못살겠구나!"

그래도 친목회라고 생각이 있는 노동자들과 주말에 만나서 직장 얘기를 하다보면 우리네 앞날이 나아지리라는 희망이 생겨나기도 했다. 그야말로 공단의 작업장 전체가 연대하는 연합노조는 멀고 먼 꿈처럼 여겨졌고 단일 공장의 노조도 몇 년이 지나야 가능할지 캄캄절벽으로 보였다. 그러니 전태일이 혼자서 몸부림치다 스스로 횃불이 되었겠지.

어느 날 야근 들어갔다가 아침에 자취방에 돌아갔더니 손학규가 웬일인지 아침 출근을 하지 않고 나를 기다리고 있었다. 그는 어딘가 긴장된 얼굴이었다. "형, 내 주위에서 사고가 터진 모양인데 모두 철수하기로 했어요. 혹시 형두 찾을지 모르니까 일단 여기를 정리합시다." "뭐야, 여기서 누가 일 저질렀대?" "별건 아니고 책 읽는 모임에서 걸린 모양이오."

그를 먼저 보내놓고 그달 치 방세는 이미 나간 거니까 그냥 소리없이 방을 비우기로 작정했다. 월말에 소식이 없으면 주인이 찾아와서 세입자가 없는 것을 확인하게 될 테니까. 나도 짐을 꾸리고 세간을 정리하니 그동안 야금야금 날라다놓은 물건이 제법 큰 짐 두 개가 되었다.

이대 앞의 셋방살이 집으로 돌아가니 홍희윤은 내가 철수한 것으로 알고 반가워했다. 며칠 뒤에 손학규가 검거되었다고 주위에서 알려왔다. 나는 그와 얘기한 것도 있고 해서 당분간 서울을 떠나기로 했다. 잠잠해지려면 주위의 말처럼 두어 달은 지나야 할 것 같았다. 홍희윤에게 의논하니 그녀는 아무도 모르는 곳보다는 무슨 일이 있으면 곧연락을 해줄 수 있는 사람이 있는 데가 좋겠다고 했다. "마산에 제 친구가 있어요. 그 친구 동생도 글 쓰고 책 읽기 좋아하는 중학교 국어선생이니까 낯선 데서 지내기는 외롭지 않을 거예요."

나는 그길로 야간열차를 탔다. 군대 갔을 적에 진해에서 마산까지두어 번 외출을 나가기도 했고, 김지하가 정보부에 의해 강제로 가포요양원에 입원당했을 때는 오동동의 주점들을 훑으며 며칠을 보낸 적도 있어서 마산이 전혀 낯선 고장은 아니었다.

마산에 가서 홍희윤의 친구와 만나고 그녀의 동생과도 인사를 나누었다. 홍희윤의 대학 시절 친구였던 그녀는 나중에 우리가 광주에 내려가 살 적에도 가끔씩 왕래하며 지냈다. 항쟁이 터지고 후배들이 뿔뿔이 흩어져 수년간 도피생활을 했는데, 그중에 가장 주요 인물이었던 윤한봉을 밀항시키려고 마산에 내려보냈을 때 그녀는 기독교단체의 간부였음에도 서슴지 않고 도움을 주었다. 동생은 아마도 시를 쓰던 문청이었을 텐데 홀어머니의 뒤를 이어 중학교에서 국어 선생을 하고 있었다. 나는 당시에 영호남 일대에서 노동자들이 가장 많이 모여들었던 '마산 수출자유지역'에 취직을 해서 버틸 생각이었지만 국어 선생이 만류했다. 서울에서 무슨 사고가 생긴 모양인데 좀 시간을 두고 관망해야 하지 않겠냐는 것이었다. 그는 나보다 나이도 훨씬 아래였던 것 같은데 어른스럽고 신중했다.

마산에 내려간 지 일주일 가까이 되었을 무렵에 그가 나를 데리고 상남으로 갔다. 그곳은 내가 해병대에 입대했을 때 하반기 보병훈련을 받은 곳이었지만, 훈련장과는 거리가 제법 떨어진 곳이었는지 기억 속의 산천은 찾아볼 수가 없었다. 시외버스가 닿는 읍내가 있고 인근에 낙동강의 지류가 흘러서 곳곳에 다리와 너른 웅덩이가 있었던 게 생각난다.

국어 선생은 어느 집으로 나를 데려가 자기 또래로 보이는 청년을 소개시켜주었다. 청년은 군대 갔다 와서 집에서 농사를 거들고 있었다. 키가 크고 얼굴도 잘생긴 그는 우리를 길 건너 가게로 데려가더니 시원한 병맥주를 대접했다. 선생의 의견은 중학생인 그의 동생 숙제나 보아주며 당분간 그 집에서 지내라는 것이었다.

나는 그의 부모들과도 인사를 했고 중학생 아이와도 얼굴을 익혔다. 그리고 본채와 따로 떨어져 대문 옆에 지어진 방 두 칸짜리 집의 안쪽을 쓰기로 했다. 툇마루로 연결된 옆방은 청년이 썼고 나는 소년과 같이 지내기로 했다. 아이는 하루종일 학교에서 지내다 돌아오니 나는 혼자 방에 남아 책도 읽고 이것저것 생각나는 대로 끄적이기도 하며 지냈다. 이 기간에 나는 1960년대의 기억에다 당시의 시대적 느낌을 얹어서 「삼포 가는 길」의 구성을 메모해두었다. 그리고 당시로서는 최근 체험이었던 구로공단 판자촌의 일화들을 스케치하듯이 메모했는데 이것이 나중에 쓰게 될 「돼지꿈」이었다.

*

다시 집으로 돌아왔다. 그 무렵 홍희윤이 하던 옷장사는 거의 망해 버린 거나 다름없었고 엎친 데 덮친 격으로 점포 주인이 건물을 대폭 수리하겠다며 가게를 내놓으라고 했다. 영세민들이 모여 사는 좁다란 마당에는 아침저녁으로 밥 짓고 빨래하는 셋집 사람들로 늘 붐볐다. 나는 어쩔 수 없이 다시 원고를 부지런히 써서 생활비를 벌어야 했다. 집필실이랍시고 혼자 쓰는 방을 얻었는데 장독대 위에 간이로 지은 시멘트 블록 벽의 두어 평짜리 비좁은 방이었다. 아내와 호준이는 건너편 방에 기거했는데, 부엌 공간이 없어서 마당으로 내려가 시멘트 계단 옆에 비닐을 치고 연탄불에 밥도 하고 생선도 굽곤 했다. 거기서 「삼포 가는 길」을 썼다. 『신동아』에서 원고 청탁이 들어왔는데 마감시간까지 손을 놓고 있다가 바로 하루 전날에 담당자의 최후통첩이라는 으름장을 받고서야 저녁 일곱시부터 시작했다. 하룻밤을 꼬박 새우고 이튿날 날이 밝아 아침 일곱시가 될 무렵에 '기차가 눈발이 날리는 어두운 들판을 향해서 달려갔다'라는 마지막 문장을 쓸 수 있었다. 한 호흡으로 죽 내려썼던 것이다.

다음달에는 이어서 「돼지꿈」을 썼는데 그때는 홍희윤이 주인집에 얘기해서 마당 쪽의 아래채에 딸린 제법 너른 방을 쓰도록 해주었다. 얇은 창호지 하나 사이로 사람들이 오가니까 소음을 차단한다고 문에 두터운 담요를 쳤는데, 바람 한 점 들어오지 않는데다 찌는 듯한 더위여서 나는 팬티만 입고 벌거숭이로 앉아 원고를 썼다. 정신없이 몰입하다보면 땀이 떨어져서 원고지를 적시고는 했다.

홍희윤은 시원찮은 신인작가 주제에 사회봉사 열망이 강한 남편 때문에 하루도 마음 편한 날이 없었다. 호준이도 엄마가 벌이를 하느라 이곳저곳에 맡기고 다녀서인지 눈치꾸러기가 된 것만 같았다. 하루는 밥상머리에서 어쩌다가 물을 엎지르더니 누가 나무라지도 않았는데 어린것이 밥 먹다 말고 얼른 일어나 벽으로 가서 돌아서 있는 게 아닌가. 아마도 아이를 맡겼던 어느 집에선가 잘못하면 그런 식으로 벌을 세웠던 모양이었다. 우리는 잠시 말없이 앉아 있다가 고생스럽더라도 이전의 전업작가로 돌아가보자고 결정을 내렸다. 그러고는 다시 우이동의 그 목소리 큰 주인 남자의 집으로 찾아들어갔다.

그 무렵에 청진동에 나갈 일이 많아졌다. 이문구가 문협 사무실에서 자기 말대로 '쫓겨나' 해장국 골목에 있는 삼각형의 묘하게 생긴 건물로 이사를 와서는 『한국문학』을 창간중이었던 것이다.

이문구는 나보다 두 살 위였다. 사실 나는 초등학교 때부터 전쟁 직후라서인지 교실에 나보다 두서너 살 위인 나이배기들이 들끓었고, 동네에서도 또래보다는 손위 형들과 어울리며 자라난 터라 어지간해서는 두세 살 정도야 대충 기로 버티면서 절대 꿀리지 않았다. 그런 나의 성미를 눈치챘는지 잘 받아주다가도 가끔씩 서열을 확인하던 이들이 꼭 두 사람 있었는데, 조태일과 이문구가 그들이다.

이문구는 당시에 나와 다를 바 없는 청년이었지만 한참 손위 형처럼 의젓했다. 고색창연한 옛날식 사투리에 속담과 고사성어를 적절히 섞어서 쓰는 그의 화법은 우선 점잖고 엇구수했으며, 후배들은 물론 선배들과 동석해서도 타이르는 것처럼 들렸다. 그것은 도회지에서 자기 힘으로 '살아남은 자'의 당당한 자신감 때문이었을 것이다. 더구나 이산해, 토정 이지함 등으로 유명한 한산 이씨의 후손으로서 그의 은근한 양반 자랑은 애초부터 나 같은 '천출'로서는 감당할 길이 없었다.

이문구를 생각하면 항상 제일 먼저 떠오르는 추억이 있다. 광주항쟁 후 해직 교수가 되었던 송기숙이 문인들 몇 사람을 꼬드겨서 난데없는 바다낚시에 끌려갔던 적이 있었다. 송기숙의 장광설에 의하면 이맘때 가거도에 가면 그야말로 물 반 고기 반이라는데 초장만 가지고 가면 싱싱한 회로 아예 체질을 바꾸어올 수 있다는 것이었다. 다른 해직 교수 몇 사람도 동행하고 문인들도 이참에 바다낚시 한번 해보자고 모처럼 낚시도구 일습을 샀다. 그런데 홍도에서도 다시 배를 타고 몇 시간을 나가 가거도에 도착하여 짐을 풀었는데 공교롭게도 이튿날부터 태풍이 밀어닥쳤다. 우리는 낚시질은커녕 거친 파도에 발도 못 담가보고 보름 동안이나 손바닥만한 섬에 갇혀 지내야 했다. 일상이라고는 이문구와 조태일의 은근한 '영역 싸움'과, 섬의 최고 정상이라는 포구 뒷산 오르기, 저녁에 선창가에 있는 다방에서 소주 마시기, 부엌 아궁이 앞에 쭈그려앉아 수제비를 끓이거나 부침개 부쳐먹기가 고작이었다. 선창가의 유일한 다방은 그곳 초등학교 교장이 열어놓은 곳인데 그야말로 이 어촌의 유일한 사교장이었다. 우리는 여기 모여서 소주에 회는 고사하고 과자 부스러기나 안주 삼아 패설과 잡담으로 시간을 죽였는데, 거짓말 안 보태고 이백여 가지나 되는 내 레퍼토리의 절반에 해당하는 '원맨쇼'를 풀어놓았을 것이다.

이문구가 심심하니 송기숙을 집적거렸다. "으이구, 전남대핵교 교수라고 참 출세했지. 장흥농고 나와서 교수가 웬 말여?" 그러자 송이 불끈해서 대꾸했다. "아녀 임마, 장흥인문고등학교여." 그러고는 성이 안 찼는지 상대방의 야코를 죽인답시고 한마디했다. "얀마, 한산 이씨가 뭐 그리 대단한 양반이냐? 나두 알아주는 집안여." "어디 송가요?" "여산 송씨다, 왜?" "뭐헌 집안인디?" "인마, 이래 봬도 우리 집안은 왕비가 많이 나온 집안여." 그러자 이문구가 픽, 웃고는 대뜸 말했다. "허어, 납품업? 왕비 갖다바친 집안이구만그려."

이문구의 아버지는 시골 지주의 장손이었지만 개화된 사람으로 해방공간에서 사회주의운동을 했다. 남로당 보령군 총책으로서 인근 조직의 중심 역할을 하던 아버지와 그의 활동을 돕던 둘째 형은 전쟁 직전에 검거되어 처형되었고, 십대인 셋째 형은 시신에 돌을 매달아 대천 앞바다에 던져졌다. 이 사실에 대해 시인 고은은 격정적으로 '대천 앞바다의 생선은 이제 한 점도 먹지 않겠다'는 식으로 이문구의 한을 표현한 바 있다. 나는 그의 인생사 얘기를 심야의 청진동 한국문학 사무실에서, 아니면 부근 빈대떡집에 앉아서 소주를 나누다가 앞뒤 순서 없이 들었다.

이문구의 모친은 늙은 시아버지 모시고 하나 남은 자식 이문구와 더불어 몇 년 살다가 얼마 뒤 세상을 떠난다. 그가 어려서 친척집에 맡겨져 소 먹이는 아이로 얹혀살던 때의 이야기는 선명하게 내 기억 속에 남았다. 촌에서 겨울밤이 길건만 아홉시쯤 되면 문간방에서 뒤척이던 이문구는 언제나 배가 고팠다고 한다. 그 집 식구들이 고구마를 쪄서 동치미를 떠다가 먹는 소리가 마당을 건너 들려오는데 무쪽 씹는 소리가 그렇게 클 줄은 몰랐다나.

이문구는 아마도 몇 년 동안 할아버지 무릎에서 『소학』과 『명심보감』을 떼면서 한산 이씨 가문의 품성을 물려받았을 터이다. 누구는 이문구의 행동거지에 봉건 잔재가 짙게 묻어 있다고 하지만 나는 그것을 조선 사람의 원래 품격으로 알고 은근히 부러워했다. 그가 골수 보수주의자인 김동리의 수양아들 노릇을 했다는 것도 묘하게 생각하는 이가 많다. 나는 그에게서 김동리와의 인연에 대해서도 자세히 듣게 된다.

이문구가 농업중학을 나와 서울에 올라와서 당시만 해도 허허벌판이던 신촌 모래내 근방에서 떠돌아다니며 갖가지 일용잡부로 일한 얘기는 그의 『장한몽』이나 『관촌수필』에 몇 대목씩 나온다. 그가 글을 써서 먹고살아야겠다 생각한 것은 집안 내력도 그렇고 당시까지 연좌제가 엄연히 존재하던 사회라 다른 일로는 장사밖에는 할 일이 없어 보였기 때문이다. 그가 문인이 된 다음에도 어쩌다가 집안일이 생겨 고향에 가면 형사가 꼭 찾아와서 동향을 묻고 확인하고 가곤 했다. 그는 고민 끝에 '오냐, 문인이 되자. 소설가는 저 혼자 글 써서 먹고살 수 있을 테니까' 하고 결심했는데 그 자신의 집안 내력에 비추어보더라도 그리 천업으로 보이지는 않았다. 그래서 김동리가 교수로 있던 서라벌예대에 입학해서 소설을 썼는데 다른 이는 모두 고사성어나 충청도 사투리가 옛날 민담식으로 구사된 기다란 그의 문장이 매우 고리타분하고 난삽하다고 평했지만, 김동리만은 그의 글이 예사롭지 않은 것을 알아보았다. 해방 이후부터 우익 진영의 논객으로 철저한 보수주의자였던 김동리는 개인적으로는 이문구와 같은 처지의 후배를 감싸주었다. 그래서 그는 김동리를 부친처럼 알아 모실 수밖에 없었던 것이다.

나중에 1980년대에 김동리가 김남주를 적색분자로 몰면서 작가회의의 석방운동을 공격했을 때 회원들이 성명서도 내고 반론도 쓰면서 항의를 했는데, 이문구는 김동리와의 의리를 지키며 그들과 반목했다. 유신 시절 내내 그와 가장 가까이 있었던 박태순과도 대판 싸우고 서먹서먹해질 정도였다. 염무웅을 비롯한 당시의 작가회의측과 신문 지상에서 논쟁이 일어나고, 김동리가 교수로 나가던 중앙대학교 학생들이 퇴진운동을 벌이면서 사태가 점점 악화됐다. 이문구는 정면으로 작가회의 집행부를 공박하면서 탈퇴를 선언했다. 당시 이문구의 김동리에 대한 두둔과 분노를 이해는 하면서도 그를 대장부로 아는 오랜 동료로서 어쩐지 좀 씁쓸하고 섭섭했다. 나는 아무런 표현도 하지 않았지만 감옥에서 그가 쓴 어느 산문을 읽다가 당시의 감정이며 나의 방북 등에 대해 해학적으로 표현한 것을 보았다. 그렇지만 나는 그의 '아랫것'이라 여전히 이문구를 좋아했고 스스로의 편향에 대해서 조용히 반성했다. 모든 움직이는 사물은 균형을 지향한다고 했던가. 그가 나의 석방을 위하여 요로의 사람들을 만났다는 소식이 감옥으로 묻어들어왔을 때 내가 인사로 짤막한 편지를 보냈더니 그는 별로 한 일이 없어 미안하다며 겸양하는 답장을 보내왔다.

이야기가 나온 김에 박태순을 말하자면 그는 진정성의 사내였다. 보통 때에 보면 그는 언제나 예의바르고 겸손하다. 그러나 술 한잔이 들어가면 사람 자체가 달라진다. 말꼬리를 잡고 시니컬해지면서 갑자기 저 혼자 과격해져서 술판을 엎거나 폭력이 나오기도 하는데, 우리들 중에 그걸 제일 잘 참아주고 끝까지 감당해주는 사람이 이문구였다. 가령 염무웅 같은 이는 절대로 박태순과 어울려 음주하려 들지 않았다.

후배들 중에는 박태순이 느닷없이 후려갈기는 따귀를 얻어맞든가 엎어지는 술상머리에서 찌개를 뒤집어쓴 이들이 많았다. 그래도 술이 깬 다음날에 보면 그는 언제 그랬더냐 싶게 목소리도 조용조용하고 누구에게나 깍듯하게 존댓말로 응수한다. 당시에 박의 노래 십팔번은 '짱구 타령'이었다. 짱구 아버지 짱구, 짱구 아들 짱구, 짱구 형도 짱구, 짱구 동생 짱구, 짱구 애인 짱구, 짱구 친구 짱구…… 지식인 짱구는 그의 자의식이었을까. 나는 젊은이들의 세태를 그린 그의 등단 초기 소설을 재미있게 생각했는데, 그는 1970~80년대에 띄엄띄엄 글을 쓰면서 다분히 관념적이고 원칙적으로 바뀌었다.

시인 조태일은 내가 「객지」 발표하고 원고료 받던 날이었던가, 소설가 한남철이 나를 데리고 지금은 교보빌딩이 들어선 광화문 모퉁이에 있던 술집에 갔다가 우연히 만나서 나에게 소개했다. 죽은 연극인 박영희도 그날 합석했다.

바로 그날이 선거에서 김대중이 박정희에게 패배한 날이었고 술집마다 울분에 찬 사람들로 초만원이었다. 그때 문단에서는 민주수호국민협의회에 참가하여 부정선거를 감시하련다고 지방 현장에도 내려가고 그랬었다. 조태일은 광주에서 막 올라온 참이었는데 막걸리를 사발까지 먹으려는 것처럼 벌컥이며 들이켰다. 횟술이긴 했지만 그는 드디어 만취했다. 보통 때는 과묵했지만 역시 시인이라서 술이 들어가면 감정의 기복이 심해지곤 했다. 그는 기분이 오르면 늘 같은 노래를 불렀다. '다시 한번 그 얼굴이 보고 싶구나……' 하며 시작되는데 동료들이 노래를 청할 때면 으레껏 '다시 한번 그 얼굴' 해보라고 재촉했다.

그는 유신 막바지에 투옥된 일이 있다. 그는 시내에서 일차 이차 삼차까지 끝내고 간신히 통금 임박해서 신길동 집으로 돌아갔던 모양이다. 비틀거리며 집에 당도한 조태일은 느닷없이 담 가녁에 쌓아올린 시멘트 장독대 위로 올라갔다. 그 시간에 온 동네 사람들은 모두 잠자리에 들고 사방이 고즈넉했다. 그는 갑자기 박정희의 군사독재에 대한 성토 연설을 하며 "독재정권 물러가라!"고 외쳐대기 시작했다. 동네 개들이 온통 짖고 주위의 집들 창문에 불이 켜지고 두런두런하면서 사람들이 깨어났다. 교사이던 그의 아내가 제발 좀 그만하라고 그를 장독대에서 끌어내렸고 조태일은 여전히 마당에 내려와서도 고함을 지르다가 못 이기는 체 들어가서 곯아떨어져 잤다. 이튿날 그의 아내가 출근하기도 전에 형사들이 들이닥쳤다. 그길로 그는 '긴급조치 위반죄'로 노량진경찰서로 끌려갔다. 나중에 듣기로는 근처 길모퉁이 이발소 주인이 시시껄렁한 놈인데 아침에 신고를 했다는 것이었다. 알고 보면 별거 아닌 이해관계 때문이었는데 녀석의 가형이 지방 어느 도시의 공화당 사무실에서 근무했다던가 했다.

며칠 뒤에 고은 시인과 염무웅과 내가 그를 면회하러 갔더니 그는 형사 숙직실에서 수염이 거뭇하게 자란 모습으로 당직 형사들과 내기 장기를 두고 있었다. "조시인, 한 번만 물러주소." "아니, 공무원이 치사하게 이거 왜 이래. 일수불퇴라구. 한 번 놨으면 손 딱 떼요" 어쩌구 하면서 천연덕스럽게 판돈을 주고받는 중이었다.

그는 그래도 우리들의 말썽도 많던 문인단체 덕을 본 셈이다. 그렇지 않아도 당국은 김지하를 잡아넣고 국제적으로 몰리던 참이었다. 같은 시기에 기자들도 간혹 택시 안이나 거리에서 비슷한 호기를 부리다가 파면되거나 입건 구속되었고, 도시민에서 시골 농부에 이르기까지 그런 일로 구속된 사람들이 많았는데 오죽하면 '막걸리 반공법'이라고 불렀을까. 김지하 때문에 국제적으로 비난을 많이 얻어들었던 당국은 조태일 시인을 뒤이어 엮어넣기가 부담스러웠을 것이다.

이문구가 청진동으로 이사 와서 사무실을 열었던 초기의 어느 날 처음 시인 고은과 인사를 나누던 기억이 새롭다. 이문구가 미처 모르고 그냥 자기 일을 하고 있어서 우리는 서로 먼발치에서 눈만 가끔 마주치며 상대방이 누구인지 궁금해하고 있었다. 그때 내가 고은에게서 받았던 인상은 여학교 선생처럼 어딘가 수줍고 거세된 듯한 부드러움이었다. 흰 손가락이 가늘고 길었는데 그는 두 손을 책상에 나긋나긋하게 짚기도 하고 깍지도 꼈다가 하면서 서성거렸다. 드디어 이문구가 우리를 소개했다. 내가 악수를 하려고 그의 손을 잡았을 때 그는 맥을 놓은 채 내밀었고 나는 그 손가락 끝부분을 잡은 것 같았다. 그것은 일종의 섬세한 관능의 느낌이었달까.

그를 새로운 문학운동의 중심에 세우기 시작한 것은 바로 이문구와 박태순이었다. 비슷한 또래였던 이호철의 사내다운 인상과는 다른 어쩐지 소심한 처신에 비해서 1970년대의 고은은 그야말로 자기 싯귀를 연상시키도록 '화살처럼' 일직선으로 자신을 시대 속으로 던져 밀어붙였다.

그것이 우리들의 인연의 시작이었다. 그도 나 못지않게 찬반양론을 온 인생에 짊어지고 다닌 사람이다. 그의 비약이 그의 재간이자 덫이었던 것처럼. 그러나 저만한 예술가가 동시대에 몇이나 있으랴. 당시의 그는 아직은 어리고 순수한 전사였다. 그는 화곡동에 집이 있었지만 그건 살림하는 장소가 아니라 무숙자 고은의 수도 터였다. 나는 독신의 떠돌이였던 그가 그립다. 그의 집에서 이 방 저 방에 쓰러져 자던 해직 기자들이며 감옥에서 갓 나온 빵잽이 젊은것들이며, 그와 함께 일 벌이고 강연 다니다 돌아와 팬티 바람에 쭈그리고 앉아 찬밥 넣고 끓인 아욱죽을 후후 불어가며 먹던 생각이 난다. 다음날이면 그는 새벽부터 농부가 밭 매러 다니듯이 부지런하게 사람과 장소를 찾아다녔다.

이렇듯 무슨 『열국지』나 『수호지』에 저마다의 장기를 지닌 사람들이 모여들듯이 이문구네 청진동 사무실에는 답답증과 허기에 못 견딘 문인들이 하나둘씩 모여들었다. 청진동에 '창비(창작과비평)'와 '문지(문학과지성)' 양대 계간지에다 출판사들이 들어섰지만 역시 잡색들이 모여들기에는 이문구네 사무실이 그중 편했던 모양이다. 술 내기 바둑판도 벌어지고 원고료가 생기면 어쨌든 생계비로 모자라기는 마찬가지라 섰다판도 벌어지곤 했다.

이문구를 누군들 싫어하겠는가마는 그 무렵의 천승세는 그곳 사무실의 단골손님이었다. 1970년대 초반에 이문구의 소개로 그를 알게 되었는데, 그 당시 천승세는 한국일보에서 기자로 일하다가 잘린 탓에 늘 오가던 청진동을 지킬 겸 이문구네 사무실에 출근하다시피 했다. 그는 잡기에 능해서 섰다. 포커, 바둑은 물론이요 당구에다 바다낚시에 이르기까지 도대체 글은 언제 쓰는지 모를 정도였다. 그리고 콧수염을 기르고는 자칭 '찬손 부르튼손(찰스 브론슨을 장난스럽게 발음한 것)'이라고 으스대며 액션영화 배우 흉내를 냈다.

천승세가 한국일보에서 잘린 얘기는 쉬쉬하면서도 소문이 제법 났었는데 중구난방이었다. 누구 얘기로는 모친 박화성 여사의 후광으로 들어갔다가 잘렸다는 둥, 아니 그의 소설과 희곡에 걸친 재능으로 취직이 되었는데 상급자들과 불화가 있었다는 둥, 아니다 바람기 때문이라는 둥 말이 많았는데 당시에 그의 후배 기자로 있던 김훈이 정확한 목격담을 얘기했다.

나중에 5공 때 장관까지 지내게 된 아무개가 편집국장이었는데, 위에다는 손 부비며 아부하고 아랫사람들에게는 굵직한 가성으로 호통을 치는 통에 기자들도 눈꼴이 시어서 못 견딜 지경이었단다. 천승세가 벼르고 벼르더니 주위 후배들에게 선언을 하더란다. "내가 저놈에게 똥을 푸짐하게 먹일 날이 있을 거다."

도무지 사실인지 믿기지 않지만 기자 시절 김훈의 말에 의하면, 어느 날 천승세는 작정하고 콩나물이라든가 우거지라든가 하여튼 복잡한 것으로 저녁식사를 한 후 막걸리에 야참까지 먹고서 새벽에 편집실로 들어갔다. 그리고 곧장 편집국장의 책상에 올라앉아 엉덩이를 까고 그 거만한 가죽 회전의자에 푸짐하게 고구마를 심었다는 것이다. 일을 끝내고 그 위에다 신문지 한 장을 살짝 덮었다나. 아침 출근시간이 되자 이 사실은 기자들의 입에서 입으로 전 사내에 퍼지게 된다. 모두들 스릴러 영화를 관람하는 심정으로 조마조마하며 편집국장의 등장을 기다린다. 드디어 국장이 출근하여 실내를 한 바퀴 쓰윽 둘러보면서 회전의자에 가서 털썩 앉는다. 처음에 그는 코를 킁킁거리며 사방을 둘러보다가 아랫도리가 곤죽이 되어버린 것을 확인하고는 차마 곧장 일어서지도 못하더라고 했다. 조사가 시작되었고 수위가 새벽에 들어왔던 사람이 천아무개 기자라고 이실직고를 하여 그날로 모가지가 나갔다는 것이다. 그 일을 기억하던 사람들은 아무개가 전두환 밑에서 장관 자리를 꿰어차자 역시 천승세는 선견지명이 있었다고 수군거리게 되었다던가.

나도 신명이 나면 제법 장광설이지만 그냥 재담에 지나지 않는데 천승세의 설법은 그때그때 즉흥적으로 꾸며낸 줄거리여서 어디부터 어디까지가 사실인지 구분이 모호했다. 그래서 일찍 세상 떠난 채광석은 바로 어제 들었다며 그의 설법을 흉내내곤 했다. 그러고는 덧붙였다. "가만히 생각하면 분명히 구라인데, 그래두 어딘가 근사하잖아!"

그의 소설에는 그만의 독특한 색깔이 있었고 힘이 있었다. 「낙월도」와 특히 「신궁」을 쓰던 때가 그의 신명나던 창작의 절정기였다. 천승세는 나어린 후배들에게 다정해서 한번 정을 주면 상대방이 감당을 못할 정도로 집중적으로 애정 공세를 폈다. 일단 그에게 한번 걸렸다 하면 한동안 다른 생각을 못할 정도로 괴롭힘을 당하게 되는데, 하루에 두 차례씩 문안 전화를 올려야 하고 하루걸러 한 번쯤은 그의 방문을 각오해야 한다는 것이다.

천승세는 내가 방북하고 해외에서 떠도는 동안 작가회의 사무실에 자주 나가 젊은 후배들과 어울렸던 모양이다. 당시에 월간 『노동해방

문학』 사건으로 도망 다니던 김사인을 모친 돌아간 뒤에 장만한 김포 시골집에 데려다 숨겨주던 때의 얘기를 들은 적이 있다. 천승세는 그를 자식처럼 알면서도 푸념은 놓치지 않았다. "어이구 말 마라. 지식인 나부랭이가 원체 게으르지만, 내가 그렇게 게으른 녀석을 본 적이 없다. 내 집에 석 달 열흘 있으면서 닭모이 한 번을 안 주더라. 그렇게 노동을 싫어하는 놈이 어떻게 노동을 해방한단 말이냐."

　하루는 감옥으로 고색창연한 투로 써보낸 천승세의 편지가 배달됐다. 그래서 얼른 답장을 했더니 이후 사흘이 멀다 하고 편지가 집중적으로 날아오는데, 그때부터 우리가 잘 아는 아무개 두 사람의 과거부터 현재까지의 행적에 대한 비난과 욕으로 일관되어 있었다. 어느 면으로는 개개인의 인생이나 인간관계란 냉정하게 말하자면 여러 종류의 권력에 따라서 주거니 받거니 하는 것이다. 나는 감옥에 있으면서 인류학 전공자들이 왜들 유인원에 대해서 그렇게 관심이 많은지 이해할 것 같았다. 내 생각에 작가는 그래서 자신의 글을 집으로 삼는 수밖에 없다. 누구든 독립적이어야 자유스럽기 때문이다. 나는 외출했다가도 집으로 돌아가버리면 그뿐이며 다시 연연하지 않는다. 그에게 그런 충고를 해주고 싶었지만 나는 다른 말은 일절 하지 않고 그동안 천승세의 글을 읽었던 감동만 전달하고, 나가면 새로운 소설에 대해서 실컷 얘기하고 싶다고 소식을 전했다. 나도 그와 함께 겪어낸 1970~80년대의 기억들이 많지만 특히 당시의 젊은 후배 문인들 사이에는 천승세를 둘러싼 일화가 많아서 술자리에서 그의 이야기가 나오면 웃음이 끊이지 않았다.

　감옥에 온 후로 지난 일들을 돌아보며 추억하거나 후회하는 날들이 많아졌다. 갇힌 자의 일상이란 게 단조롭고 정체되어 있는 탓에 종종 옛 생각에 잠기곤 한다. 눈으로는 건축잡지를 보고 손으로는 석방 후 살고 싶은 집의 도면을 그리면서도 미래를 상상하기보다는 자기도 모르게 지난 시간들을 더듬으며 그리워하거나 회한으로 한숨짓는 시간이 많은 것이다.

1972년부터 1975년, 유신 초기인 긴급조치시대의 삼사 년은 어디가 앞이고 뒤인지 모를 정도로 급박하고 사연도 많았던 시절이다. 내가 구로동을 떠나 지방을 주유하다가 홍희윤과 함께 우이동 골짜기로 다시 들어갔던 무렵의 기억을 더듬다보니 이렇듯 어려운 시절의 주위 문인들 행태가 앞서거니 뒤서거니 하며 애틋하고도 짠하게 떠오른다.

1972년이었던가, 어느 날 청진동 돼지갈빗집에서였을 게다. 그 무렵 연탄불에 양념 돼지갈비를 구워주는 소줏집에 자주 드나들었는데, 당시 베트남에서 돌아와 시를 발표하기 시작한 김준태에게 소주를 사주고 버럭버럭 소리를 질러가며 호통을 치던 조태일도 그 집 단골이었다. 한남철, 염무웅과 나 셋이서 오붓하게 소주 한잔을 하다가 한남철이 말을 꺼냈다. "저 말야 황형, 내가 어떤 역사쟁이를 만났더니 말이야, 재밌는 얘기를 하더라구. 우리가 알기론 조선조 때 도적이라면 홍길동, 임꺽정 정도잖아. 헌데 그치들 찜쩌먹을 정도로 유명짜한 도적이 있었다 그런 말이야."

나는 처음에는 그저 심드렁하게 들어넘겼다. 염무웅의 말로는 그는 정서종이라는 소장파 역사학자인데 『창작과비평』 다음 호에 실릴 '홍경래란'에 대한 논문이 그럴싸하더라는 얘기였다. 그것도 그저 그러려니 듣고 있었다.

"헌데 말야, 그 인물의 성격이 독특하단 말야. 글쎄 원래 출신이 광대라나 뭐라나."

그러고 나서 며칠 지난 뒤에 우이동 집에서 새벽녘에 깨어났다. 언젠가 백범사상연구소 근처에 갔다가 백기완에게서 가슴이 서늘한 얘기를 들었던 기억이 났다. 그것은 황해도 구전 민담인 '장산곶 매'에 관한 이야기였다. 전날 밤 머리맡에 떠다놓은 자리끼 냉수를 벌컥 들이마시고 숙취로 쓰린 가슴을 쓸어내리다가 일어나 앉아 담배를 붙여 물었다.

백기완을 예전부터 알아온 많은 사람들이 이구동성으로 입을 모아 얘기하지만, 그가 나중에 민중후보로 대통령 선거에 입후보하고 현실정치에 뛰어들었던 것을 안타까워하는 이들이 많다. 백기완이 그전 모습으로 늙어갔다면 그야말로 문화운동의 태두요 거목이 되었을 거라고, 그는 민족의 광대라고 모두들 아쉬움 섞어서 말한다. 백기완의 대중강연 솜씨라든가 그 번뜩이는 상상력이나 젊었을 적의 기개는 누구도 당할 사람이 없을 것 같았다. 물론 '문화운동'이라는 용어와 개념이 정립된 뒤의 얘기이지만, 사회변혁운동에서 혁명적 전투상황이 아닌 이상은 모두가 문화를 통하여 대중과 만나기 마련이다.

예전부터 그의 백범사상연구소에는 동네 사랑방처럼 난다 긴다 하는 젊은것들이 모여들어 그의 푸짐한 객설을 들었는데, 모두들 그의 말에 대하여 이의를 제기하기는커녕 언제나 잘못을 지적받고 얻어터지거나 벌을 서곤 했다. 박태순이나 김도현이 술자리에서 어려운 말을 쓴다고 어쩌다 학술용어를 외래어로 말하자 대번에 귀싸대기를 올려

붙이고 벽을 향해 서 있도록 한 적도 있었다고 한다.

　김남주가 잘 부르던 '찾아갈 곳은 못 되더라 내 고향' 하는 유행가가 있었는데 한 구절의 가사가 '똑딱선 프로펠라 소리가 이 밤도 처량하게 들린다'였다. 아마도 작사가는 배의 스크루라는 기계를 미처 몰랐던 모양이다. 그 가사가 나가자마자 백기완이 귀싸대기를 올려붙이며 호통을 쳤다. "이놈아, 누가 외래어 쓰라구 그래서?" "아니 그럼 프로펠라를 뭐라구 합니까요?" "바, 람, 개, 비." 그다음부터는 어쩔 수 없이 '똑딱선 바람개비 소리가……'라고 고쳐서 부르게 되더란다.

　기왕에 얘기가 나온 김에, (아마 내가 해남에 내려가 있을 무렵이었던 것 같은데) 부산에서 기독교교회협의회가 현장운동을 하는 일꾼들을 불러모아다가 연수회를 열었던 때였다. 백기완과 나, 그리고 대학가에 탈춤을 보급했던 채희완도 참가자 겸 강사로 따라 내려갔다. 모임이 끝나고 경부선 열차를 타고 셋이 상경하는 길이었는데, 백기완이 흥이 났던지 우리 둘을 감화시켜야겠다고 작정했는지 장광설을 펴기 시작했다. 채희완과 나는 당시의 시쳇말로 '지방방송 라지오' 끄고 입을 헤 하니 벌리고 그의 황해도 억양 섞인 객설에 도취했다.

　"야야 문화가 머이냐. 거 따루따루 노는 거이 아니야. 거 다 사는 거 하구 한보따리에 같이 노는 거이야. 너이덜 두드리는 징은 그거이 징이 아니야. 깡통 소리하구 머 다를 거 이서. 쟁쟁쟁 하디. 저어 황해도 구월산 아래 나무리벌 어루리벌 가없는 들판 가운데 먹구살 만헌 동네들이 있디. 동네마다 대대로 수백 마지기 가진 지주집이 있기 마련이라. 너른 마당 우물가에 싸리 울타리가 있디. 그 울안 깊숙한 데 한 아름드리 놋요강이 숨게제 이서. 지주집 마누라넌 궁둥이가 쌀가마만해. 그

궁둥짝 올려놓고 천둥번개 방구 뀌고 한 자배기씩 싸제끼고 오줌 한 번을 누면 오뉴월 쏘나기가 한바탕 지나가. 아침마다 씨종년이 그 요강을 내다가 물 부어가시고선 수세미로 박박 문질러 닦아 정갈한 물 한 가득 채워선 싸리울 속에다 감춰놓는 게야. 그걸 백중날 머슴놈들이 노려. 요강을 훔쳐다가 새끼줄을 꿰선 그걸루 징을 삼는데, 한 번씩 치면 지잉 지잉 지잉 한다구. 그거이 그냥 징을 때리는 거이 아니야. 수백 년 묵은 머슴의 한이루 지주년의 살찐 볼기짝을 때리는 거이야. 지잉 지잉 징, 이거이 소리 깊은 징소리디. 한쪽에선 햇보리 베어가주구 보리타작이 시작돼. 거저 우람한 웃통 벗어제끼구 도리깨를 휘둘러 보릿짚단을 후두려 패는데, 옹헤야 옹헤야 옹헤야 소리가 절루 나오디. 기건 그냥 땅바닥을 때리는 거이 아니라 마름놈 지주놈에 해골박을 까는 신명이야. 옹헤야 옹헤야 옹헤야 이런 신명판이 어디 있가서. 비 오듯 땀이 나구 보리 까스름이 날라와 붙디. 일 끝나구 먹감으면서 냇물에 쟁여둔 항아리에 시언한 막걸리 한 사발 주욱 하디. 한켠에선 누렁이를 잡아 불에 끄슬려. 아아 기럼 그놈에 구신은 누가 먹냐?" "선생님, 구신이라뇨?" "개, 구에 신…… 거 만년필이라구 하문 알아듣가서?" "아 예에." "고걸 누가 먹을디 힘자랑으루 넘어가는 거이야. 으랏차차차 차아, 씨름판이 벌어져. 풍물을 폭풍처럼 후두려 때린다. 쟁가쟁가 쟁가쟁, 이거이 문화야, 알가서? 아 목마르다. 야 거, 홍익회 지나간다." 그러면 나와 채희완은 백기완이 라디오를 꺼버릴까봐 얼른 열차 통로로 지나가는 홍익회 행상을 불러 우선 맥주 다섯 병에 오징어 한 마리를 시킨다. 그런 식으로 그의 '장산곶 매' 전설을 들었던 기억이 났다.

나는 숙취의 새벽에 문득, 그에게서 들은 분위기의 줄거리를 엮어야겠다는 생각을 했고 우선 날이 밝자마자 정석종을 만나야겠다는 결정을 내렸다. 어떻게 전화 연락이 닿아서 정석종의 집을 찾게 되었다. 그는 아직 자리잡지 못한 대학 강사여서 나와 별다를 게 없는 가난한 셋방살이였다. 키도 자그마하고 코와 얼굴이 오종종하게 생긴 동안이 었는데 '나쁜 놈들' 얘기를 할 때면 갑자기 눈에 번쩍 빛이 나는 것 같 았다.

'조선후기 사회변동사'가 그의 주요 관심사였다. 그 무렵에 또래의 역사학자들은 이른바 식민사관이 주류이던 학계의 일각에서 자주적이 고 민중적인 사관을 세우기 위해 관심 분야를 자료의 저변으로 확대해 가던 중이었다. 그들보다는 선배이지만 김용섭이라든가 강만길이라든 가 하는 이들이 신분 변동을 밝히기 위하여 노비문서와 호적대장을 뒤 지거나 지방 향시를 중심으로 한 경제적 변화를 연구하던 중이었다. 정석종은 규장각에 산더미처럼 쌓여 있던 의금부의 공초供招 기록을 뒤지다가 간경화로 쓰러졌다고 한다(그는 평생 젊은 시절에 앓았던 간 경화의 후유증을 벗어나지 못하다가 일찍 세상을 떠났다).

의금부 공초 기록은 그 누구도 뒤져보지 못한 전인미답의 신경지였 다. 그가 나에게 좌우 포도청 등록謄錄을 뒤져볼 것을 권유했지만 나중 에 나는 자료를 모아 공부를 하면서 그와는 달리 약은 방법으로 요령 껏 해냈다. 즉 대학원생들에게 아르바이트 일감을 주어 몇 가지 자료 를 뒤져서 내가 필요로 하는 부분만 발췌해줄 것을 부탁했던 것이다. 하여튼 그가 알려주는 '장길산'의 직접 자료만 해도(왕조실록은 물론 이고, 의금부의 기록만 해도) 이백여 페이지가 되는 책 한 권 분량이었 다. 정말 어디서 어디까지 손을 대야 할지 모를 정도였다.

그가 기본 사서와 자료를 빌려주었고 나는 그것들을 소화해나가면서 방계 자료들을 모으기 시작했다. 그리고 몇 달에 한 번씩 그를 찾아가 대화를 나누었다. 그는 나의 빠른 자료 소화 능력에 매우 놀란 모양이었다. 내가 역사 공부하는 후배들과 얘기해보면 그들은 나의 상상력에 가끔씩 놀라는 반응을 보였는데, 처음에는 어처구니없어하다가도 나중에 그들이 직접 자료를 찾아보고는 나의 상상이 맞았다고 시인했다.

그 무렵 가끔씩 이문구의 부탁으로 지방으로 르포 취재를 다닐 때도 사전에 인사동 고서점 골목이나 청계천으로 자료를 찾으러 다니곤 했다. 나에게는 비싼 희귀본을 살 여유가 없어서 책방을 며칠 동안 출입하며 읽곤 하던 날이 많았다.

어느 날 염무웅이 눈치를 챘는지 한문 공부를 시작해보지 않겠느냐고 은근히 떠보았다. 그도 월당 홍진표 선생을 알고 있었다. 나는 월당 선생을 알기 전에 그의 따님인 홍정경 화백을 먼저 알았다. 홍희윤의 친구 중에 여성 화가가 있었는데 (몇 년 후에 시인 이광웅과 결혼했다) 희윤과 그녀는 혼자서 화실을 하며 살고 있던 홍화백과 가까운 사이였다. 나중에 광주항쟁 뒤에 주동자의 한 사람이던 윤한봉을 그 댁 화실에 숨겨두었다가 이광웅 부부가 방문하게 되었고, 윤한봉으로부터 광주의 진상을 알게 된 이시인은 눈물을 철철 흘리고 나서 군산에 작은 모임을 꾸렸다가 세칭 '오송회' 사건의 빌미를 만들었다. 그는 김남주와 형제처럼 징역을 함께 살고 나와서 병을 얻었고 세상을 떠나는 것도 앞서거니 뒤서거니로 사이좋게 가버린다.

홍화백의 부친 홍진표 선생은 전북 사람으로 위당 정인보와 더불어 동문수학하고 유학을 깊이 공부한 어른이다. 한때 성균관대의 명예교수를 지낸 적도 있는데, 말년에 두 부부가 큰아들 가족과 함께 수유리에 살고 있었다.

처음에는 염무웅과 그의 친구인 심리학 교수 하던 이와 셋이서 홍선생 댁에 찾아갔다. 가르쳐주십사 하고 간곡히 청하자 선생은 이제 학숙이 생겼다고 오히려 기뻐했다. 제일 처음 선택한 책이 『중용』이었고 그다음에 『장자』를 읽었다. 『중용』을 선택할 때에 오히려 『열국지』처럼 서술적이고 재미도 있는 책을 잡는 게 어떨까 물으니 선생의 대답은, 한문이란 역시 숙고하고 씹어보는 데서 문장의 얼개를 깨닫게 된다는 것이었다. 우리는 『중용』을 세 번씩 되풀이해 읽었다. 그 무렵에 미국에서 갓 돌아온 한완상과 교수 몇이 드나들면서 차츰 학숙의 분위기가 무르익었다.

그 무렵엔 유신체제가 선포된 후라서 정치 상황은 말할 것도 없고 기본적인 표현과 언론의 자유마저 공공연히 박탈되어 있었다. 그런데 어디서 들어왔는지 느닷없는 '청년문화'가 등장하게 된다. 이제 겨우 근대화를 선언했을 뿐 시작도 안 했는데 대학가 근처나 서울 번화가를 중심으로 소비생활의 초기적인 흔적들이 나타나기 시작했던 것이다.

이를테면 상업주의 언론은 청년문화의 표징으로 세 가지를 들었는데, 생맥주, 통기타, 청바지가 그것이란다. 이제 와서 확인하는 것이지만 1960년대 말에서 70년대 초반까지 미국은 문화적으로는 서구의 변방인 셈이었고 유럽에서 중대한 변화가 일어나고 있었다. 그것은 제도적 틀 안의 사상 문물 모두를 좌우 막론하고 변혁해야 한다는 거센 운동이었다. 미국에서는 이것이 베트남 반전 평화운동으로 표현되고 있었다. 히피라든가 반전 반문화를 표방한 포크송이라든가, 징집 거부라든가, 반체제를 표방하는 공동체운동이라든가, 하여튼 체제 쪽에서 본다면 불온하기 짝이 없는 현상이 일어나는 중이었다. 그래서 체제 쪽에서 이 불온한 젊은것들의 움직임을 달래고 수렴하는 과정에서 나온 말이 '그래, 그래, 너희들이 청년문화다'라는 거였다.

같은 무렵에 느닷없이 계급장이 달리고 군복처럼 만든 '밀리터리 룩'의 옷이 유행했는데 이것도 그저 패션으로 태평양을 건너왔다. 미국에서는 베트남전에 참전했던 제대병들이 야전군복 걸친 채 대학으로 또는 거리로 돌아가 반전 물결에 동참하면서 생긴 패션이었다. 그러니까 출발지의 이념적 알맹이는 태평양 바닷속에 다 빠져버리고 껍데기인 패션만 들어와서 유령처럼 떠돈 셈이었다. 유신헌법을 비판하기만 해도 수년간 감옥에 가야 하는데 무슨 청년문화? 지금도 남의 사상과 문화를 신품종 종자 들여오듯이 막바로 이식하는 현상은 예전보다 조금 세련되었달 뿐 똑같다.

한완상은 미국 유학에서 방금 돌아와 청년문화 제창에 한 목소리를 보태고 있었는데 어느 날은 그의 친구와 함께 우리들의 한문 학숙에 들렀다가 드디어 나와 말싸움이 붙었다. 나의 결론은 청년문화는 '대학생 소비문화'에 불과하다는 것이었고 그래서 한 시대의 문화가 될 수 없다는 얘기였다. 내가 1990년대에 세계의 변화를 지켜보며 밖에서 흘러다닐 적에도 국내의 그런 모양은 여전했다. 현실에서 떠난 모든 것들은 시간이 지나면 연기가 사라지듯 흔적도 남지 않게 된다.

*

　김지하는 앞서 말한 유신 반대와 개헌 청원에 동참한 문인 61인 선언이 있었을 때 우리와 함께 검거되었다가 풀려난 후 어디론가 잠적했다. 당국에서 다시 그를 찾고 있다는 소문이 들려서 우리가 그에게 피하라고 귀띔을 했던 터였다.

　그 무렵 서울대학 총학생회의 연극반 학생들이 나를 찾아왔다. 제일 처음에 온 것이 연극쟁이 김석만이었는데 뒤이어 춤꾼 이애주, 소리꾼 임진택, 가수 김민기, 탈춤꾼 채희완이며 국악쟁이 김영동, 나중에 영화감독이 된 장만철(장선우) 등이 합류하게 된다. 그들은 나에게 '강도 형님이 당신 사라지거든 석영이 형님을 찾아가서 일을 함께하라고 했다'는 것이었다. '강도'란 당시 젊은이들 사이에 알려진 김지하의 별명이었다. 나중에 이들은 이른바 문화운동 1세대로 불리게 되는데 이들이 또한 나의 별명을 지어서 전국화시키게 된다.

　내 별명은 널리 알려져 있듯이 '구라 형님'이었다. '구라'라는 것의 어원이 무엇인지는 알 수 없으나 말 잘하는 자, 또는 장광설을 펴는 자라는 뜻일 것이다. 아마도 내가 놀이판에서 약장수라든가 흘러간 옛날식의 재담으로 좌중을 웃기는 재간을 보고 그렇게들 별명을 지었던 것 같다.

　언젠가 대학 탈춤패들이 경기도 어름에서 모여 엠티를 하는 날 나도 슬그머니 젊은이들 틈에 끼어 밤을 새웠다. 토론하고 술 마시고 장기자랑도 하고, 몇몇 패거리는 준비한 탈춤의 몇 개 과장을 공연하기도 했다. 거기서 이를테면 연희패의 모가비 노릇을 하고 있던 신동수를 채희완이 나에게 소개했다. 신동수는 나중에 원혜영과 함께 그의 부친 원경선 목사의 '풀무원 공동체'에서 생각과 이름을 빌린 '풀무원' 창업에 참여한다. 신동수는 입이 무겁고 동작도 느렸지만 김근태나 윤한봉이나 이해찬처럼 내가 1970~80년대에 만났던 몇몇 확실한 일꾼들 중의 하나였다.

그 무렵에 김석만은 나의 「돼지꿈」을 창작극으로 무대에 올렸고 임진택은 그 각본을 토대로 현장 마당극을 만들어 산동네에 가서 그곳 주민들과 함께 공연했다. 특히 임진택의 현장 작업은 우리들에게 많은 것을 시사해주었다. 어느 공장 뒷마당에서 추었던 이애주의 춤은 그저 석유 횃불뿐인 조명이었는데도 힘차고 아름다웠다.

1974년에 민청학련 사건 등이 터지고 긴급조치 4호가 떨어지더니 흑산도에 숨어 지내던 김지하는 끝내 검거되었고, 김지하, 이철 등에게 사형 언도가 내려졌다. 나중에 무기로 감형되기는 했지만 대단한 서슬이었다.

바로 몇 달 전에 시작한 우리 문화운동조직 준비 모임에서도 검거된 사람들이 많았고 많은 친구들이 잠적했다. 그해 8·15 기념행사에서 영부인 육영수가 의문의 피격을 받았고 그 내막은 유신시대의 의미와 더불어 오랫동안 묻혀 있었지만 일본 언론을 통해서나 주변의 유비통신을 통해서 알려지기 시작했다. 그것은 유신 말기의 김형욱 실종 사건 때도 마찬가지였다.

되돌아보면 박정희의 유신시대는 일제 이후 그리고 전쟁을 거치면서 거의 사라졌던 지식인의 조직화와 민족적이고 민중적인 학생운동의 전국화를 가져왔고 현장의 노동자와 농민들도 전국에 걸쳐서 연대

하게 만들었다. 1974년 한 해 동안에 민청학련 사건은 전국적인 학생
운동의 지도자들을 만들어낸 셈이다. 우리가 준비했던 문인 조직은 드
디어 '자유실천문인협의회'라는 이름으로 문인 101인 선언과 함께 발
족했는데, 이는 동아일보 기자들의 자유언론실천 선언과 조선일보를
위시한 전국 신문 방송 기자들의 자유언론 선언으로 퍼져나갔다. 재야
에서는 '민주회복국민회의'가 발족되었고 맨 처음 해직 교수로 백낙청
이 문교부의 징계위 의결로 파면 조치된다. 뒤이어 동아일보 광고 탄
압 사태가 벌어졌다. 민청학련 사건 관련자가 전국적으로 백팔십여 명
이나 되었는데 나는 이들 대부분과 저 엄혹하고 서슬 퍼렇던 1970~80
년대를 기쁨과 슬픔을 함께하며 보냈다.

같은 무렵에 내 첫번째 소설집 『객지』가 창작과비평사에서 나왔다.
바야흐로 단행본 시대의 효시나 마찬가지였다. 민음사와 문학과지성
사에서도 뒤이어 창작집 단행본 발간을 시작했지만 이게 서점에 깔리
면 찾는 사람이나 있을지 전혀 가늠할 수 없던 시대였다. 그러나 내 소
설집은 학생들 사이에 빠른 속도로 퍼져나가기 시작했다.

홍희윤은 둘째를 임신한 상태였는데 살림은 거의 피질 못하여 언제
나 한 달 생활비가 모자랐다. 소설집 나올 무렵에 그녀는 만삭이었다.
글쟁이 친구들은 책이 나오고 인세를 받은 것을 알게 되자 한잔 사라
고 야단들이었다. 통금이 있던 때라 저녁 어스름 때에 시작하면 열두시
까지는 언제나 빠듯했다. 그야말로 연거푸 술잔을 돌려 재빨리 취해야
만 되었다. 열두시가 넘으면 대개는 귀가를 포기한다. 몇 번 그러다가
집에서 찍힌 자들은 주위의 야근하던 기자들을 불러 수행해달라고 통

사정하거나 청소차에 돈 좀 찔러주고 코를 막고 타고 가든가 아예 백차(경찰차)에 사정하기도 한다. 까짓거 이것저것 신세지기 귀찮고 아니꼬우면 그냥 제 발로 파출소로 찾아들어가 자수하여 유치장에서 하룻밤 자고 훈방되어 나오는 자도 있었다.

내가 여러 친구들을 겪었지만 가장 끈질긴 이는 이수성 집안의 막내인 이수억, 화가 여운, 그리고 김승옥이었다. 이수억은 아예 친구들을 술집에 인질로 잡혀놓고 술값을 직접 구하러 다니는 형이고, 여운은 끊임없이 이 집 저 집 술집을 배회하면서 동행 술꾼들의 숫자를 불려나가는 형이다. 특히 김승옥은 상대편에게 든든한 여유 자금이 있어 보이기만 하면 결코 먼저 집에 돌아가자는 말을 꺼내는 법이 없었다. 하루이틀이 지나면 그의 얼굴에는 차츰 초조함과 불안한 기색이 짙어지면서 절대로 동행자의 귀가를 허락하지 않았다.

언제나 맺고 끊는 것이 분명한 것은 역시 이문구와 조태일이었다. 방영웅이 한잔 더 하자거나 심야 바둑 한 판을 질질 끌면 그 자리에서 엎어버리고 일어섰다. 만취했을 때도 그들은 차라리 여관으로 옮겨가서 먼저 뻗어버리고는 더이상 상대하지 않았다.

하여튼 첫 창작집의 인세를 받아가지고 그날로 들어갔더라면 나는 그런대로 괜찮은 가장이었을 것이다. 악우들에게 잡혀서 받았던 인세를 다 털리며 며칠을 어울려 다니다가 청진동에서 해장하고 초췌한 얼굴로 창비 사무실에 들렀더니 백낙청이 딱하다는 듯이 핀잔을 주었다. "가서 부인 해산시키라고 어렵사리 돈 구해다주었더니 집에는 안 들어가고 어디서 오는 길이오?" 내가 약간 후회하는 심정으로 이놈 저놈 원망할 이름들을 떠올리며 앉았는데 그가 다시 물었다. "몰랐어? 부인이 지금 애 낳고 병원에 있다는데. 빨리 들어가봐야지." 그는 앞으로 찍게 될 재판 인세를 미리 준다며 다시 돈을 쥐어주었다. 그는 아무래도 마음이 안 놓이는지 마지막으로 오금을 박았다. "가다가 악의 꼬임에 빠지지 말고 집으로 직행해요."

홍희윤은 딸 여정이를 낳았다. 나는 지금도 큰아들이 어쩌다 그때 얘기를 하면 묵묵히 듣기만 한다. 호준이는 아직 세 살배기 어린것이었다. 가장은 들어오지 않는데 진통이 시작되었다. 다급해진 홍희윤은 셋집 마당에 울고 있는 녀석을 그냥 두고 주인집 아주머니와 택시를 타고 수유리 입구에 있던 산부인과로 갔다. 입원비는커녕 생활비도 거의 떨어져가던 형편이었다. 큰누이에게 전화를 했고 누이 내외가 황급히 달려왔다.

호준이는 아직도 어렴풋이 당시의 정황을 기억하고 있었다. 녀석은 엄마가 갑자기 차를 타고 사라진 뒤에 어두워질 때까지 혼자 개천가의 다리 위에서 울고 있었다고 한다. 병원에서 돌아온 주인집 아낙이 호준이를 병원으로 데려갔을 때 엄마는 이미 해산한 뒤였고, 녀석은 제 어미 옆에서 갓난 동생과 함께 며칠을 보내야 했다.

감옥에서 하루 온종일을 어두운 독방에서 지내다보면 이렇듯 돌이킬 수 없는 일들이 불쑥불쑥 떠오르곤 하는데, 이때의 일과 어머니의 임종을 지키지 못한 일은 생각할수록 마음이 아프다. 나는 처자식도 제대로 건사하지 못하면서 무엇에 홀린 듯이 전국을 떠돌아다녔고 끝내 가족 모두에게 상처만 남겼다.

그 무렵의 어느 봄날이었을 것이다. 이어령이 한두 해 전에 『문학사상』을 창간했는데 나도 단편소설 몇 편을 발표하면서 그와 인사를 하게 되었다. 이어령은 사람이 찾아가면 주위에 앉혀놓고 담론하기를 즐겼다. 그는 돌려서 나의 현실주의적 시선을 비꼬는 적도 있었지만 다른 벗들의 얘기를 들어보면 언제나 내 재간을 인정해주었다고 한다. 버릇은 없지만 잘 쓰는데 어쩌냐, 라고 했다나. 내가 선배들에게 고분고분하지는 않지만 그렇다고 위아래가 아예 없는 것 또한 아니었다.

그의 잡지에 장편소설을 연재하자는 얘기가 나와서 방문했는데 그무렵 나는 한창 장길산에 관한 자료를 모으고 그것을 익히고 있던 중이었다. 그가 내 이야기를 한참 듣더니 자기 의견을 이야기했다. "그거 중편이나 웬만한 장편으로는 소화하지 못하겠는데." 그러고는 내게는 말도 없이 한국일보에 귀띔을 해주었던 모양이었다. 얼마 후 연락이 와서 장기영 사주를 만나러 갔다.

부장과 함께 회장실로 들어가니 장기영은 큰소리를 질러대며 통화를 하고 있었다. 나는 뒷전에 말뚝처럼 뻣뻣이 섰고 부장이 말없이 인사를 하자 그는 손짓으로 앞의 소파에 앉으라고 했다. 청년기에 나는 높은 사람이건 나이든 사람이건 거의 어려워하지 않았다. 전해내려오는 말로 '후레자식'이라고 한다는데, 나는 그야말로 일찍 부친을 잃고 홀어머니 밑에서 자라났다. 성장과정이 순탄했다면 뭔가 품행방정한 척 노력하는 시늉이라도 했을 테지만 진작에 스스로 포기해버렸다. 그야말로 '싸가지'가 없었던 것인데, 나는 나다 당신은 누구냐, 하는 식의 시건방진 태도를 그대로 드러내 보였다.

장기영은 맨손으로 한국일보를 일궈냈다는데 편집부 바로 위층에 군대 야전침대를 갖다놓고 군용 담요를 덮고 자면서 일선 기자들과 야근도 함께했다고 한다. 편집부로 올라가는 계단 층계참마다 '뛰면서 생각하자'라든가 무언가 열정적인 표어 비슷한 소리들이 붙어 있었다. 당시의 한국일보는 스스로 젊고 새로운 신문이라고 주창하고 있었다.

그가 자리에 앉더니 내가 써낸 줄거리를 보았는지 대뜸 이렇게 시작했다. "의적이란 게 말이야, 그게 험한 세상살이에 속풀이를 해주거든. 이눔 저눔 사정없이 혼내주고 지 맘대루 써야지." 내가 어쩌나 보려고 물었다. "요새 검열 심한데 회장님 책임지시겠어요?" "왜, 반정부 하게?" "도둑이 부자들 족치구 왕조에 대들지요." "괜찮아 괜찮아, 너무 쎄게는 하지 말구 잡혀가면 내가 싹싹 빌구 꺼내주께. 왜정 때 조선일보에 벽초 선생이 『임꺽정』 쓸 때에 말이지, 아, 이 양반이 어찌나 펑크를 잘 내던지 소설 안 실린 날에는 신문을 화장실에다 찢어버리고 총독부 실컷 욕하구 그랬다니까. 거 역사소설이란 게 시언하구 구수하게 써야지. 그래야 남녀노소가 다 좋아하구 그럴 테지" 하고는 그가 후회할 말을 내놓고야 말았다. "내가 젊어서 이능화 선생을 좋아했는데, 이분이 신학문도 아시고 정말 옛날 전적을 모르는 것이 없어. 몇 번 술자리에 모신 적이 있는데, 저 『조선해어화사朝鮮解語花史』라구 보았나? 기생이 말을 알아듣는 꽃이라는 거여. 우리 조풍연 선생이 그분 따라갈려구 하는데 작가는 무엇보다 자료를 많이 봐야 해."

나는 기다렸다는 듯이 불쑥 말했다. "그러니 자료비를 미리 좀 많이 주시지요." 옆에서 듣고 있던 부장이 다리로 나를 건드리며 주의를 주었지만 모른 척했다. "일 년 안에 독자들 반응이 신통치 않으면 제가 다 물어내지요." 그 말에 장기영은 얼굴이 벌게지도록 웃었다. "자료비라, 그거 미처 생각 못했는데…… 얼마나 줄까?" "저는 아직 젊고 가난한 작가니까 국민주택 한 채라야 얼마 안 됩니다. 서가에 책이 가득해야 좋은 글이 나오겠지요." 장기영은 그때부터 껄껄대며 웃기 시작했다. "좋소, 좋아요. 집 한 채는 소설 써서 지가 알아서 하고, 나는 서재를 책으로 가득 채울 만큼 내지."

그 자리에서 비서실장을 시켜 수표를 끊어 내주었는데 나중에 보니 누구 말마따나 생각했던 것보다는 동그라미 하나가 더 있었다. 과장해서 집 반 채 값 정도는 되었으리라. 내달부터 당장에 시작하자는 것을 내가 육 개월 뒤로 미루자 장기영은 그것을 절반 뚝 잘라서 삼 개월로 줄였다.

내가 거액의 자료비를 받았다는 소문이 청진동 바닥에 파다하게 퍼졌다. 사실은 이문구네 한국문학 사무실에 가서 나 스스로 참지 못하고 노름판에서 한밑천 잡았다는 식으로 떠벌렸기 때문이었다. 그로부터 일주일 동안을 패거리를 바꾸어가며 퍼마셨다. 최민은 덩치도 작은 것이 어찌나 줄기차게 마시는지 최후까지 떨어지지 않고 붙어 있었다. 나중에는 며칠째 집에 못 들어가는 바람에 일행 중의 두어 사람이 인근 재래시장에 가서 속옷과 양말 등속을 사다 나누어주면 킬킬거리며 갈아입었다. 그리고 '운기조식'한다고 느지막이 점심 겸 해장하고 나서 장급 여관에 들어가 오후까지 낮잠 한숨씩 때리고, 땅거미 질 무렵에는 다시 숙취에서 깨어나 눈빛이 반짝반짝 말술이라도 마셔댈 것 같은 기세로 거리에 나서기를 며칠 몇날을 되풀이하였다. 이렇게 자료비 조로 받은 것을 거의 거덜내고 조금 남은 것은 그나마 가장의 체면은 남아 있어서 원고료랍시고 아내에게 갖다주었다. 이제부터 그야말로 자료비를 마련할 걱정이 태산처럼 짓눌러왔다. '에잇 까짓거, 생각

보다 희귀본들이 비싸더라고 해야지.'

나는 하는 수 없이 장기영을 다시 찾아갔다. 부장을 거치면 날짜도 며칠 걸릴 테고 번거로워서 그냥 무턱대고 비서실로 올라가 회장 만나러 왔다니까 마침 한가했던지 들어오라고 했다. 연재소설 준비는 잘돼가냐는 장기영의 물음에, 문인 친구들이 하나같이 호주머니가 가벼워서 자료비로 오랜만에 크게 한잔들 먹었다고 대꾸했다.

"아니, 그럼 그 돈으루 몽땅 마셨단 말인가?" 장기영은 크게 한숨을 내쉬었다. 그러고는 다시 수표 끊어서 내주고 거기에 자기 명함 한 장을 꺼내어 메모를 했다. "이번에는 꼭 자료를 사게. 이건 내 명함인데 말야, 여기 적은 게 내 단골 술집 전화번호야. 딴 데 가서 마시지 말고 친구들이랑 이 집에 가서 마시라구. 내 앞으루 달아놓구 말야."

이런 사정을 몰랐다가 나중에 듣게 된 부장은 화가 나서 펄펄 뛰었고 일반 기자들은 꽤나 재미있어하면서 내 얘기를 오랫동안 술안주로 올렸다. 그날 이후로 나는 미루었던 여러 가지 고서와 희귀본들을 사들였고 자료는 점점 불어나서 비좁은 셋방에 다리 뻗을 데도 없을 정도가 되었다. 나중에 얘기를 들어보니 장기영은 기자들에게 내가 원하는 것은 무엇이든지 도와주라고 지시를 내렸다고 했다.

내가 드디어 처음으로 신문 연재 사상 유례가 없는 일주일의 펑크를 내고 잠적했을 때, 당시 문화부의 병아리 기자였던 김훈이 나를 잡으러 온 시내를 뒤지고 다녔다. 이것이 그 우여곡절 많던 연재의 시작이었다. 그러나 장기영은 황이 하는 대로 내버려두라고, 작품이 안 나오면 펑크 냈다가 다시 쓰는 것도 작가가 할 수 있는 행동이라는 식이었다.

복사기가 아직 나오지 않았던 시절, 그가 기자들을 시켜 규장각에 가서 옛날 전적들을 모두 흑백사진으로 찍어다 스크랩해준 자료첩들은 나를 따라 여러 차례 이삿짐 속에서 굴러다녔다. 이렇게 서른두 살(1974년)에 『장길산』을 쓰기 시작하여 마흔두 살(1984년)에 끝냈으니 꼬박 십 년이 걸렸다. 시작할 때는 그렇게까지 오래 쓸 줄은 몰랐다. 훗날 친구들은 모두 한국일보 지면과 장기영이 없었다면 『장길산』은 완성할 수 없었을 거라고 얘기했다. 연재를 마치기도 전에 백상 장기영은 세상을 떠났지만 그가 선택했던 연재소설은 몇 번씩이나 중단되었다가도 그의 유훈처럼 지속되었다. '작가 사정으로 쉽니다'라는 안내문이 소설 대신 조그맣게 찍혀 있던 날이 얼마나 많았던가. 그리고 1970~80년대의 널뛰듯 하던 시국에 사방으로 돌아치던 내가 여러 현장에서 기사 쓰듯이 하여 낯선 사람들 손에 원고를 들려 보낸 적도 셀 수 없을 정도이다.

1975년이 되자 박정희 군사정권은 유신 찬반 투표를 치르면서 한편으로는 긴급조치 위반 구속자를 형집행정지로 내보냈다. 다만 민청학련 사건의 배후로 조작된 인혁당 관련자들과 일부 청년들을 제외한 채였다. 김지하는 나오자마자 자유언론실천 선언 이후 한창 편집국 분위기가 좋았던 동아일보에 「고행 1974」를 쓰면서 도피에서 체포까지의 과정과 인혁당 조작에 관한 진실들을 폭로하기 시작했다. 동아일보 기자들이 해임되는 것과 때를 맞추어서 김지하는 다시 구속되었다.

4월 초부터 학생들이 들고일어나 대대적인 시위에 들어가자 긴급조치 7호가 선포되면서 인혁당 관련자 여덟 사람을 즉각 사형에 처해버렸다. 이들이 억울하게 죽어가던 그날 지금도 잊지 못하는 것은 서울의 하늘을 온통 뒤덮었던 황사였다. 장마철이나 저녁 땅거미 질 무렵처럼 하늘이 누렇게 변하더니 짙은 황사로 주위가 어두컴컴해졌다.

며칠 뒤에 서울대 농대생 김상진이 양심선언을 하고 할복자살을 한다. 김지하는 옥중에서 몰래 썼다는 양심선언문을 밖으로 내보내고 법대 출신 조영래와 문화조직의 뒷일꾼이던 신동수가 그것을 보강하여 대학가에 퍼뜨린다. 여기에 연루된 미술평론가 김윤수와 나중에 인도주의실천의사협의회를 만든 양길승과 학생들이 구속된다.

당시 나는 우이동 버스 종점 근처에 방 두 칸짜리 옛날식 한옥을 전세로 얻어 살고 있었는데, 멀지 않은 곳에 아직은 비어 있는 덕성여대 부지가 있었다. 대문간에 양쪽으로 광과 변소가 있고 부엌이 마당 쪽으로 있으며 연이어 안방과 마루가 있고 건넌방이 있는 옛날 서울 골목 안 서민한옥 같은 집이었다.

밤 아홉시나 되었을까, 대문을 두드리는 소리가 들렸다. 내가 신을 끌고 나가서 누군가 물었더니 형님 접니다, 하는 소리가 들렸다. 문을 열자 신동수가 서 있었고 그뒤에 또 한 사람이 보따리 하나를 들고 서성거렸다. 나는 그들을 집안으로 들이고 신동수와 함께 온 사람과 인사를 나누었다. 얼굴이 창백하고 어쩐지 눈이 갈색으로 보이던 그는 바로 김근태였다. 그는 가끔씩 고교 동창이던 신동수와 접촉하면서 유신 선포 이후부터 도피중이었다. 그는 그 무렵에 선구적으로 공장에 들어가 있었고 활동 영역은 인천의 공장지대였다. 그들은 민주화를 부르짖으며 할복한 김상진 추도를 위한 시위를 준비하고 있었다. 이제 1970년대 내내 노동자 전태일과 대학생 김상진은 하나의 상징이 되어갈 것이었다.

바로 한 달 전에 베트남에서 미군이 손을 떼고 철수하자 남베트남 정부군이 일시에 궤멸하면서 사이공이 함락되었다. 베트남전쟁은 종결되었지만 이른바 '월남패망 정국'이 몰아쳤다. 유신정권은 전국적으로 총력안보 궐기대회를 개최하고 사회안전법과 민방위법, 방위세법 등을 통과시킨다. 그리고 유신헌법에 대한 비방이나 반대 또는 개정을 주장하면 엄벌하겠다는 긴급조치 9호를 선포했다. 그런데 엄포를 놓은 지 겨우 열흘도 못 되어 학생들이 들고일어난 것이다. 문학 또는 연희와 관련된 문화패 조직들이 시위를 주도적으로 벌일 예정이었다. 그날 신동수와 김근태는 나에게 심금을 울릴 만한 선언문, 즉 김상진의 추도문을 써달라고 제안했다. 그것도 그날 밤 안에 써서 우리집에서 등사해 유인물을 제작하여 현장으로 나가 전달할 예정이었다.

나는 조용히 소주를 마시는 그들 옆에 엎드려 선언문을 썼다. 되돌아보면 원고료 안 나오는 글은 편지도 안 쓰는 내가 걸리면 수년 동안 징역을 살아야 하는 그런 선언문을 1970~80년대 내내 수도 없이 썼다. 누가 죽은 뒤에 그의 저서나 약력에 올려진 글을 보면 내가 쓴 것인 경우도 적지 않았다.

밤을 꼬박 새워 제작한 유인물을 들고 그들은 새벽녘에 사라졌다. 김근태의 과묵하고 침착한 언동은 내게 깊은 인상을 남겼고 그와는 유신 막바지에 다시 며칠간 서울에서 함께 활동하게 된다. 집회 시위의 주동자는 문학평론가 채광석이었고 여기에 시인 김정환과 내가 구치소에 있던 시절에 교통사고로 세상을 떠난 평론가 김도연 등이 있었다. 김도연은 김정환과 내가 만들었던 무크지『공동체문화』를 이어받아 출판사도 했었다. 나중에 자기가 현장에서 읽었던 선언문을 내가 썼다는 걸 알고는 이렇게 투덜거렸다. "나는 누가 썼는지도 모르고 그거 읽었다가 삼 년 반 살았는데, 형님 물어내시오."

내가 공주교도소로 이감 온 뒤에 고참 교도관들이 그들 셋이 여기서 살다 나갔다며 여러 가지 추억담을 들려주었다. 인연이란 참 묘한 일이다.

유신시대에 처음인 문화패 시위는 매우 뜻이 깊었다. 문학패 외에도 탈춤패, 연극패 등이 시위의 주체가 되었는데 이들은 1970년대와 80년대 내내 스스로 조직력과 현장을 갖추면서 '문화운동'이라는 개념을 형성해나갔다. 특히 광주에서의 '씨앗 뿌리기'는 이후 항쟁의 직접적인 기폭제 노릇을 하게 된다.

문단에서는 김지하에 이어 시인 양성우가 또 구속되었다. 그는 광주의 교사직에서 해직된 뒤에 서울에 올라와 이시영과 송기원이 살던 흑석동 부근에 방을 얻어 혼자 자취했다. 새로운 한글 개정판 성서 번역을 담당하고 있던 문익환 목사가 데려다 교정 일을 주어서 겨우 생활비를 마련하고 있었다. 나는 그 무렵에 문인들보다는 주로 문화패들을 만나고 있었다. 일은 아직 자잘했지만 무엇보다도 현장감이 넘쳤고, 기독교회관의 기도회에 모여 성명서를 낭독하는 재야식 집회보다는 그쪽이 내 취향에도 맞았다.

내가 어딘가 농촌으로 내려가야겠다고 생각한 것도 그 무렵이었다. 우연히 양성우와 술집에서 만나 여럿이 함께 있다가 내가 남도 쪽으로 이사 갈 예정으로 여행을 떠난다니까, 양성우가 둘이서만 한잔 더 하자고 제안했다. 포장마차에 앉아 몇 잔 하다가 그가 긴장한 얼굴을 내 귓

전에 기울이더니 말했다. "그래 전라도로 이사 가면 내 몫까지 잘해라."
"뭐야, 죽는 것두 아니구 비장하게……" "사실 나 구속될 거야."

그는 얼마 전에 일본에서 왔던 어느 교수에게 그가 쓴 시 「노예수
첩」을 내주었다며 말했다. 내용으로 보나 해외 잡지에 실린다는 괘씸
죄로 보나 구속될 것이 뻔했던 것이다. 앞서 말했듯이 나는 훗날 1985
년에 일본에 가서 와다 하루키 교수를 비롯한 '일한연대위원회' 사람
들을 만나게 되는데 그 총무인 다카사키 소지 교수가 그의 시를 『세카
이』지에 실은 이였다. 내가 해남으로 이사 간 얼마 후에 양성우는 즉각
구속되었다.

광주
1976~85

홍희윤과 전라도로 낙향하는 문제를 의논했더니, 그렇지 않아도 친구가 많은 터에 허구한 날 사람에 둘러싸여 지내는 것이 걱정스럽던 그녀는 『장길산』의 집필을 위해서도 시골로 가는 것이 낫겠다고 동의했다. 내가 먼저 남도 쪽으로 내려가 한 바퀴 둘러보며 거처할 곳을 찾기로 했다.

먼저 광주에 들러서 몇몇 사람을 만났는데 언젠가 조태일과 강연 내려갔다가 인사를 나눴던 한학자 박석무와 시인 문병란 등과 술 한잔을 했다. 박석무는 양성우, 조태일 등과 같은 또래 친구였는데 나와도 만나자마자 대번에 말을 놓는 친구 사이가 되었다. 그는 김남주, 이강 등과 함께 『함성』지 사건에 연루되어 옥살이를 하고 나온 지 얼마 안 되었고, 무안인가 어디에서 중학교 임시교사로 아까운 세월을 죽이고 있었다. 역사와 고전에 관한 그의 박학다식과 장광설은 당대에 거의 추종을 불허할 정도로 독보적인 데가 있었다. 그리고 그의 특징은 스스로의 명강의에 도취되어 순간순간마다 흥분을 금치 못하여 연방 상대방에게 침을 튀기는 점이었다. 나는 그의 젠체하는 구라에 완전히 매료되었다. 그의 말에는 언제나 뜨거운 열정과 해학이 있었다. 그는 내게 낙향하여 살 만한 곳으로 강진과 해남을 권유했다. 말씀인즉, 어디가서 터를 잡고 임시로 얹혀서 살더라도 연유와 맥락이 닿는 곳에서지내면 얻는 것이 많다는 거였다. 남도 유배문화의 삼각 지점이 닿는곳이 강진, 해남, 제주가 아니던가.

해남에는 여운의 홀어머니가 여고 교장을 지내고 있었고, 여운의 동창생인 김동섭이 낙향해서 살고 있었다. 그들이 알선해준 집을 찾아가보았는데, 그들먹하게 지은 고풍스런 고가가 천여 평 되는 잘 꾸민 전통 정원 한가운데 있고 그 마당 안쪽으로 따로 돌담을 둘러친 백 평의공간 안에 행랑채 비슷한 방 두 칸짜리 남부형 일자 민가가 있었다. 햇빛도 잘 들고 무엇보다 마당 안에 엄청나게 자라난 느티나무 가지 사이를 지나가는 우수수, 하는 바람 소리가 좋았다. 집은 몇 년이나 방치해둔 빈집이었다. 김동섭에게 사람을 구해서 손 좀 보게 하라고 부탁하고는 그 집으로 정해버렸다.

그로부터 한 달쯤 뒤인 1976년 가을에 나는 가족들을 먼저 고속버스로 보내고 이삿짐 트럭을 타고 해남으로 내려갔다. 집을 구하느라애써준 여운이 나와 함께 동행했다. 서울에서 광주까지는 고속도로가놓였지만 광주에서 해남까지는 그때까지도 비포장도로였다. 먼지가구름처럼 일어나는 신작로에 가끔씩 팬 곳이 있어 몸이 들썩일 정도로차가 아래위로 흔들렸다. 그러나 차창 밖으로 스치는 산하는 아름다웠고 나주를 지나면서부터 들판 가운데 보이기 시작하는 월출산은 작은 금강산이라 부른다는데 그야말로 평지돌출이었다. 나는 이 길이 수백 년 전부터 있던 '남도 천릿길'이라는 얘기를 들었고 추사 김정희와 다산 정약용도 이 길을 지나 유배를 갔을 거라고 생각했다.

강진과 해남 방향의 길이 남쪽과 서쪽으로 갈리는 성전 삼거리에 트럭이 도착했고, 우리는 잠깐 내려서 소피도 보고 점포에 들러 음료수도 사 마시고 하면서 서성거렸다. 예전에는 부근이 강진 읍치 외곽의 주막 거리였는데 다산이 형님인 자산과 더불어 유배길에 올랐다가 이 길목에서 다산은 강진으로 자산은 흑산도로 가기 위해 해남 방향으로 헤어졌던 지점이라고 했다. 그의 시에도 여러 차례 나오는 바로 그 성전 삼거리이다. 그는 처음의 유배생활을 여기 어딘가에 있었던 주막집 문간방에서 시작했다. 나는 해남으로 거처를 정했을 때 한반도의 서남쪽 땅끝인 이곳이 바둑판으로 치면 모퉁이의 귀라고 생각했고 여기서 집필과 민중문화운동의 거점을 만들어가리라고 작심한 터였다. 누가 나를 이곳으로 내쫓은 것은 아니었으나 그야말로 친구들의 농담처럼 유배를 자청한 길이었다.

트럭은 다시 서남쪽을 향해 달렸고 야산과 들판과 개천이 아름다운 옥천을 지나 해남으로 넘어가는 우슬재 고갯길에 접어들었다. 트럭이 산굽이를 타고 구불거리며 숨가쁘게 고갯마루에 오르니 저 아래 아득한 곳에 해남읍이 나타났다. 마을의 지붕들이 보이고 저녁때라 발그레하게 석양이 물든 하늘로 밥 짓는 연기가 뽀얗게 피어오르고 있었다. 고향처럼 포근한 풍경에 스며들듯 우리는 둘 다 말이 없었다. 이곳이 고향인 사람이라면 객지에 나갔다가 귀로에 여기쯤 당도해서 저 풍경을 보고 대개는 눈물을 흘리게 될 것만 같았다. 해남에서 살게 된 후로 광주나 서울 출입을 자주 해야 했던 나는 바로 우슬재 고갯마루에 이르면 언제나 나를 기다리고 있을 아내와 아이들 생각을 하면서 가슴이 뿌듯해지곤 했다.

문득 고갯마루에 큰 선전물이 붙어 있는 게 눈에 띄었다. '이웃에 오신 손님, 간첩인가 다시 보자'라고 쓰여 있었는데, 석양 무렵의 아름다운 풍경에 심취해 있던 우리를 조롱하는 듯한 문장이었다. 이것을 본 여운과 나는 침묵을 깨고 킬킬거리며 웃었다. 여운은 내 옆구리를 쿡쿡 질러대며 "저건 바로 형을 말하는 거잖아?" 하고 놀렸다. 트럭은 비탈길을 덜컹대며 내려가기 시작했다.

내가 해남으로 내려가기로 작정한 데는 몇 가지 이유가 있었다. 첫째로 대하역사소설 『장길산』을 쓰면서 내가 태어나고 자란 배경이 전통적인 농촌사회와는 거리가 멀어서 조선시대 백성들의 삶을 자세히 그려나가는 데 한계가 있다고 느꼈다. 소설을 쓰면서 자료와 상상력에만 의존할 수는 없는 노릇이었다. 나는 만주의 신경에서 태어났다. 원래의 이름이 장춘인 신경은 일본이 점령하여 세운 만주국의 수도였으며 나는 기억하지 못했지만 어머니의 회고에 의하면 근대적 신도시였다. 나의 기억은 해방 이후 평양에 나와서 살던 때부터 시작되는데 그곳 역시 조선시대부터 대처였고 일본에 의하여 식민지 근대화가 이루어진 도시였다. 그리고 월남하여 서울에 와서는 또한 일제가 서울 외곽에 만든 공업지역인 영등포 중심가에서 자랐다. 그러니 내 기억에는 논밭에 개구리와 메뚜기가 뛰놀고 초가지붕을 뒤져서 참새를 잡는 그러한 농촌 체험은 없었고 어쩌다 친구의 고향 마을에 가서 며칠 지내다 온 것이 전부였다. 호미, 괭이, 고무래, 갈퀴 같은 농기구도 그림을 보고 배워서 구분할 뿐이었다. 그래서 어디엔가 전통의 흔적이 남아 있는 시골로 가리라 작정했다.

두번째로는 1970년대 초반에 정치사회적 억압이 심해지자 학생들이나 젊은 활동가들 사이에서 '전위냐 대중이냐' 하는 토론이 일어났는데, 민주 회복을 하려면 비합법적으로라도 소수정예의 투쟁 전위를 먼저 조직해서 싸워야 한다는 주장과, 민주화투쟁은 민중과 더불어 할 때에야 진정한 힘이 나오며 그러기 위해서는 노동자, 농민, 도시빈민 등의 삶의 현장으로 활동가들이 찾아들어가 대중운동을 벌여야 한다는 주장이었다. 나는 지난날 구로공단에 들어가 있다가 나온 뒤에야 작가로서의 내 소임이라든가 기능에 대하여 자각하게 되었던 터라 대중운동이 무척 중요하다고 보았다. 시인 김지하와 나는 전체 민주화운동 진영 속에 문화운동 부문을 창설하자는 논의를 했고 각 대학의 연극반과 당시에 대학가에 번지기 시작한 전통문화 동아리들을 조직하기로 했다.

1970년대의 문화운동은 대학가에서 창작극으로 시작되었고 거의 동시에 서사가면극인 탈춤이 시작되었다. 창작극과 탈춤은 일정한 거리를 두면서도 차츰 서로를 흡수해가다가 어느 시점에서 '마당극'이라는 장르를 발견하게 된다. 어쨌든 연극은 참여한 사람들의 일정한 기량 습득이 필요하고 다른 분야의 도움을 필요로 한다. 마당극이라는 판이 생기자 연출자와 배우는 물론이고 대본을 쓰는 문학패, 소리와 음악을 담당할 농악패, 민요패, 노래패가 필요하게 되고, 걸개그림 배경과 각종 소도구와 인물 탈을 만드는 미술패가 붙게 되었다. 그리고 마당극은 사전 검열이나 공연 허가 없이 시위처럼 유격적으로 학교 캠퍼스의 마당에서 석유 묻힌 횃불 조명으로도 공연이 가능했다. 마당극은 유신독재 시기의 검열과 문화독점 상황 아래서 학생, 시민, 노동자, 농민들에게 독재에 대한 비판과 저항 의식을 알리고 고취하기 위해서 공연되었다. 대학 캠퍼스를 벗어나 활동가들이 공장에 들어가거나 공장지대에서 야학을 열게 되고, 농활이라든가 현지 교회들과 연계하여 농촌에도 문화교육이 필요하게 된다. 따라서 문화활동가들은 대학가를 벗어나 현장으로 나가기 시작했다. 처음에는 공장과 농촌 지역의 천주교회와 개신교회가 문화운동의 근거지가 되었고 교육과 선교를 앞세운 노동자 농민 프로그램이 풍부해졌다.

마당극 그룹을 만드는 과정에서 일차적으로는 공연에 참가한 사람들을 자연스럽게 활동가 그룹으로 조직할 수가 있었으며 각 분야마다 다른 사람들이 모이면서 자연스럽게 장르가 통합되었다. 현장 공연을 보러 온 사람들이나 현지에서 도와준 사람들로 현지 활동가와 지원 세력이 저절로 형성되었다. 독서 모임이니 학습이니 의식화과정이니 하는 정치적 모임은 우선 장기적인 시간과 인력이 필요하고 위험한 데 비해서 효과는 제한적이고 소그룹 중심이 되어버렸다. 그러나 마당극은 준비과정과 공연 자체가 위와 같은 조직을 모으거나 대중의 의식화 효과를 단기간에 볼 수 있다는 이점이 있었다.

초기에 민주화운동권 안에서는 문화운동에 대해서 식민지시대의 '개량적 문화주의'를 떠올리고 경원하거나 낮춰 보는 경향이 강했다. 문화활동가들이 스스로를 '딴따라'라고 한 것은 자기 일에 대한 비하가 아니라 사실은 일종의 자부심이기도 했다. 1970년대 말에 들어서면서 대학과 현장의 연결이 가능했던 것은 거의 문화 그룹들이었고 각 운동 분야에 현장 문화교육은 필수적인 것이 되어버렸다. 1980년대에 접어들자 광주항쟁 전후의 문화운동권의 경험은 민주화운동 진영 전체에 확신을 심어주기에 충분했다. 우선 도시에 문화운동 거점을 만들고 공장과 농촌 현장에서는 자생적으로 조직된 각 지역의 현장 문화활동가를 지원하도록 했다. 이들은 거의가 노동자나 농민들이었다. 도시의 지원 세력인 시민들은 교사, 사무원, 종교인, 중산층 주부, 의사, 약사, 간호사 등이었고 이들이 도시 지식층들의 책 읽기 모임인 '양서조합'을 구성해 야학이나 농민학교 등의 현장 프로그램을 지원했다. 성공적인 프로그램의 사례들은 팸플릿을 만들어 다른 지역과 현장에 보급했다. '마당극'이라는 어찌 보면 허술한 매체가 계속해서 일감을 재생산해냈던 것이다. 이를테면 마당극 판에서 노래패가 생겨나자 카세트테이프의 제작이 가능해졌고, 미술패는 단기간에 찍어서 널리 퍼뜨릴 수 있는 판화 작업을 하게 되고, 이 작업이 자연스럽게 8밀리 단편영화나 현장 다큐를 찍는 비디오 작업으로 발전해나갔다. 이른바 미디어의 확산과 함께 나중에 해외동포와의 연결이 이루어지면서 현지에서도 같은 방법의 활동이 번져나갔다.

나는 『장길산』을 쓰면서 남는 시간에는 이와 같은 문화운동을 지속하기 위해서 그 현장으로 전라남도의 벽지인 해남을 택하게 된 것이다. 전라도가 다른 지역에 비해 전통적인 농촌의 모습을 간직하고 있다고 생각했던 것도 여러 가지 이유들 중 하나였다.

그러나 막상 이사를 하고 보니 해남 역시 그 무렵 전국의 농촌을 와해시키고 있던 새마을운동이 막 시작되던 참이었고 면 단위에는 빈집들이 늘어나고 있었다. 오늘날 새마을운동이 박정희의 치적으로 평가받고 있으나 모든 일에는 명암이 있기 마련이다. 현장에서 보면 박정희의 농촌 근대화 작업은 농토를 적게 가진 자작농과 소작농을 도태시키고 중농 이상의 농민이 중심이 되어 식량 증산과 특용작물 등으로 농촌 경제를 일으키자는 기획인 듯했다. 따라서 소농과 소작농은 시골집을 버리고 도시의 공장지대로 떠날 수밖에 없었고 그들의 삶의 흔적을 지워내듯 농경지 정리 사업이 곳곳마다 진행중이었다. 빈농들은 고향을 떠나 도시 변두리의 빈민이 되었고 저임금 노동자가 되었다.

내가 이사 갔던 집의 뒤쪽은 산등성이를 절개한 곳이었는데, 그 위에 있던 뒷집이 호준이의 동네 친구가 된 일랑이네 집이었다. 일랑이네 집 사정을 들여다보면 소작농의 살림이 보였다. 목수나 미장이 일을 가끔씩 다니던 남자는 이제 술에 절어 일을 못하고 아내가 남의 집 농사일을 거들어주러 다녔다. 위로 큰아들과 큰딸은 진작 도시로 나갔고 집에는 중학생 정도의 딸과 호준이 또래인 여섯 살짜리 일랑이가 남아 있었다. 물론 딸은 초등학교만 졸업하고 진학하지 못했으며 어머니를 도와 일을 나가기도 하고 나중에는 제 동생과 우리집 호준이, 여정이를 돌보기도 했다. 호준 엄마가 이웃을 도울 겸 그애에게 다달이 수고비를 주었던 것이다. 그러다가 일랑이 누나는 미용 기술을 배우겠다고 집을 떠났다. 일거리를 찾아 뿔뿔이 흩어지게 된 그 식구들은 몇년 뒤에는 모두 해남을 떠나 어느 도시의 산동네를 전전하게 되었을지도 모르겠다.

우리집은 큰 집의 담 옆에 있는 작은 오솔길로 들어오게 되어 있었고 비록 돌담은 둘러쳐져 있었지만 대문이 없었다. 행랑채처럼 보이는 우리집의 안채 같은 큰 기와집의 주인과도 인사를 나누었는데 그는 아마도 몰락한 지주의 장손이었을 것이다. 사십대 말이나 오십대 초반이었을 그 또래의 읍내 지주층들은 물려받은 가산이 없으면 어쩐지 쓸쓸하고 해가 갈수록 영락해갔다.

이사한 지 보름쯤 지나서 대문도 없는 우리집 마당으로 누군가 들어섰다. 농사꾼처럼 얼굴이 시커멓게 그을었지만 어울리지 않게 뿔테 안경을 쓴 남자였다. 그는 마루로 나선 나에게 목례를 하면서 말했다. "김남주라고 합니다."

나는 진작부터 시인 김남주의 이름을 알고 있었다. 그는 『함성』지 사건으로 박석무, 이강 등과 옥살이를 하고 나와서 몇 년 전에 『창작과비평』에 시를 발표하고 문단에 나왔다. 그는 정보부 수사관이 고문을 하다가 권총을 그의 이마에 갖다대던 순간을 시로 썼는데 나중에 나와 만나서 당시의 일을 다시 이야기했다. 자기를 겨눈 그 총구멍이 어찌나 크게 보이던지 대포알 같은 탄환이 당장 이마빡을 뚫고 들어올 것 같더라고 그는 말했다. 그의 시는 매우 현대적이고 풍자적이어서 시인이 농촌 토박이 출신이라고는 믿기지 않을 정도였다. 그가 나중에 시에도 썼듯이 그의 아버지는 부농의 머슴이었다. 아버지는 성실하고 뚝심도 좋아서 주인의 눈에 들었고 주인은 외눈박이의 딸이 있어 머슴과 자기 딸을 결혼시켰다. 장애자였던 딸과 함께 논 열 마지기를 떼어 머슴에게 맡겼던 것인데, 남주는 그들의 둘째 아들이었고 형과 아우 그리고 누이동생이 있었다. 형은 진작 도시로 나가 택시 운전사가 되었고 아우는 도시에도 농촌에도 마음을 붙이지 못하고 떠돌다가 나중에 김남주가 십오 년 형을 받아 감옥 간 뒤에 식구들을 보살피기 위해 농부로 돌아왔다.

김남주는 어릴 적부터 독서에 열중했는데 그의 아버지는 호롱불의 기름이 닳는다고 어두워지면 불을 끄고는 했다. 아버지는 늘 아들 중에서 한 놈은 산감이나 시키고 또하나는 면서기가 되면 농사군으로 세상에 무서울 게 없다고 말해왔다. 그러니까 그는 산에서 땔나무를 마음대로 해오고 각종 규제와 알 수 없는 법으로 농부를 괴롭히는 관청의 하급관리가 아들이라면 더이상 바랄 게 없다고 생각했던 모양이다. 내가 해남에 정착하는 데 많은 도움이 되었던 종합병원 집 아들 김동섭은 남주를 초등학교 때부터 알고 있어서 그가 공부를 잘하던 우수한 아이였다고 말했다. 김남주는 중학교도 우수한 성적으로 졸업하고 당시에 명문 학교로 알려진 광주일고에 합격한다. 두메산골의 촌놈이 처음으로 대도시 광주에 나가서 자취를 하며 학교를 다니게 되는데, 얼마 안 가서 그의 말로 '고등학교의 입시 위주 교육이 하도 숨이 막혀서' 때려치우게 된다. 담임선생에게 학교를 그만두겠다고 했더니 선생은 귀찮은 표정으로 "다니기 싫으면 관둬라"라고 했다면서 내게 덧붙였다. "아따 그놈 참 나쁜 선생입디다."

그는 독학으로 검정고시를 거쳐 전남대 영문과에 진학한다. 혼자 공부하는 버릇이 붙은 그는 강의실에도 잘 들어가지 않았다. 한번은 어느 교수가 셰익스피어를 강의하고 있을 때 갑자기 벌떡 일어나더니 껄껄 웃고는 나가버리더라고 그의 동급생이 내게 말해준 적이 있다. 김남주는 옥살이를 하고 나와서 쓰고 싶은 시도 쓰고 후배들도 길러낸다고 광주에서 '카프카'라는 서점을 운영했는데 박석무의 소개로 창작과비평사를 비롯한 몇몇 출판사가 보증금도 받지 않고 책을 보내주었지만 얼마 못 가서 망해먹고 만다. 주위의 후배 문인들은 그게 시작부터 망하게 되어 있었다고 입을 모았다. 서점에는 늘 네댓 명의 젊은이들이 상주하다시피 했는데 걸핏하면 술판을 벌이고 늦게 일어나 오전 내내 닫혀 있었으니 손님이 오겠느냔 것이었다. 또한 외상으로 집어간 책값을 제대로 갚는 녀석들이 없었다고 한다. 그래서 언제나 싫은 소리 할 줄 모르고 남을 원망할 줄 모르는 김남주를 '물봉'이라고 불렀다. 물봉이란 해남 사람이 촌사람들 중에서도 유독 물정에 어두워 그 고장의 특산품인 '해남 물감자'라고 불리던 것에 착안하여 물처럼 부드럽고 남에게 봉 잡히는 야물지 못한 인정주의자라는 뜻으로 붙인 별명이다. 그러나 그가 불의에 굽히지 않고 끝까지 유신독재에 맞섰던 것에서 대중은 그에게 '전사 시인'이라는 별호를 붙이게 된다.

나는 그에게 내가 낙향한 뜻을 밝히고 '민중과 더불어' 힘을 만들지 않으면 독재는 결코 무너지지 않을 것이라고 말했다. 내가 예로 든 것은 제3세계의 혁명 사례들이었을 것이다. 우리는 중국 마오쩌둥의 장정이며, 알제리 혁명에서의 프란츠 파농, 베트남 혁명에서의 호찌민과 보응우옌잡, 쿠바의 카스트로와 체 게바라 등에 관해 이야기를 나눴다. 나는 그들이 혁명을 준비하던 시기의 거의 절반 이상이 민중에 대한 선전과 의식화 작업에 할애되었으며 결정적 봉기의 시간이 오기 전까지 계속되었음을 지적했다. 최민에게서 얻었던 파농의 『검은 피부, 흰 가면』이나 마르티니크의 에메 세제르 시집, 이용악 시집 『낡은 집』, 오장환 번역의 세르게이 예세닌 시집의 필사본 등을 그에게 소개한 기억이 난다. 김남주는 영어는 전공이니 물론 잘했고 일본어를 독학했으며 나중에 독일어를 열심히 공부하더니 하이네 시들을 번역할 정도로 두뇌가 명석했다.

김남주가 우리집을 방문한 무렵에 김동섭이 누군가를 데려왔다. 나보다 대여섯 살 위인 그는 이름이 정광훈이었지만 사람들은 누구나 그를 '정집사'라고 불렀다. 언제나 허름한 작업복 차림에 부스스한 몰골이었으나 눈빛은 늘 영리하게 반짝였고 머리도 좋아서 한번 읽은 책은 금방 이해하고 오랫동안 기억했다. 그는 고등학교만 나온 뒤 군대에 가서 통신병 일을 하면서 전기기술자가 되었다. 혼자 라디오, 텔레비전, 냉장고 등의 가전제품을 분해하고 조립하기를 수없이 반복하면서 기본 회로를 익혔고 해남읍의 유일한 전자기기 기술자가 되었다. 그는 읍내의 가장 큰 교회인 해남교회에 나가고 있었는데 워낙 부지런하고 성격이 싹싹하여 교회에서는 그에게 '여러 가지 문제 연구소장'에 해당하는 집사 직임을 주어 선교에 적절히 활용하고 있었다. 그는 부모에게서 물려받은 땅뙈기도 없었고 가산도 없어서 혼자 터득한 기술로 생계를 이어나갔다.

정집사는 읍내에서 만인의 집사가 되어 '도라이바' 하나를 들고 다니면서 누가 부르면 달려가 도깨비집이나 소켓도 보아주고 라디오도 고쳐주고 공사장의 전기공사를 맡기도 했다. 나는 본능적으로 그의 인물됨을 알아보았다. 그는 타고난 조직가였다. 정광훈은 지식인의 말투를 쓰지 않았고 책을 읽으면 그것을 나름대로 쉽게 풀어서 매우 재미있는 일상의 사례를 들어가며 이야기하는 천부적인 재질이 있었다. 그의 독서량은 놀라울 정도였고 언제 어디서건 손에서 책을 놓지 않았다. 나는 김남주에게도 정광훈을 소개했다.

나중에 그는 전국농민회총연맹의 의장이 되어서 제3세계의 농민단체들과 연대하며 국제적 연대활동까지 감당해낸다. WTO의 곡물시장 개방에 저항하는 활동으로 멕시코에 다녀오기도 했는데, 2011년에 갑작스런 교통사고로 운동가의 삶을 마감한다.

해남의 이른봄은 그야말로 보리싹을 일깨우듯 포근한 봄바람이 먼저 불어와 계절이 변했다는 걸 알려주었고 따사로운 햇볕은 차갑던 목덜미를 덥혀주었다. 3월 초엔가 광주에서 박석무가 민청학련 출신의 선배급인 김상윤과 소설가 송기숙 선배를 이끌고 나를 보러 해남에 들렀다. 나는 그들과 함께 대흥사 근처로 가서 자리를 잡고 막 술잔을 들려는 참이었는데 덩치가 우람하고 거칠게 생긴 사내가 술집 입구에 들어서면서, 여기 황석영씨가 누구냐고 물었다. 내가 떨떠름하게 왜 그러느냐 물었더니 그는 좌중에 인사도 하지 않고 내게 잠깐 나오라고 했다.

밖으로 나가니 길에 검은 지프차 한 대가 서 있었다. 사내가 해남경찰서 정보과 형사라고 신분을 밝히면서 차에 타라고 했다. 어디 가느냐고 물었더니 경찰서에 잠깐 가자는 거였다. 영문도 모르고 이끌려간 곳은 정보과장실이었다. 정보과장이 내게 이사 오셨다는 말만 듣고 인사가 늦었다고 말하고 있을 때였다. 밖에서 높은 구령 소리와 함께 경례하는 소리가 들렸고 말쑥한 정장 차림의 칼칼한 인상을 한 오십대 남자가 들어섰다. 과장 이하 경찰들이 모두 부동자세로 그에게 경례했다. 그는 나를 날카로운 눈으로 한번 쳐다보고는 과장 자리에 가서 앉왔다.

"나는 이 지역의 정보부 조정관입니다. 황석영 선생이 맞지?" 그가 방안의 사람들을 둘러보며 묻자 일제히 예 그렇습니다, 하고 나 대신 대답했다. 나중에 알았지만 중앙정보부는 전국에 수사관을 파견해놓고 있었는데 이른바 조정관이라고 해서 장흥, 강진, 해남이 그의 관할이었다. 그가 중얼거렸다. "시간이 없는데, 이거 처리하려면 새벽에나 끝나겠지?" 그가 봉투에서 서류를 꺼내면서 말했고 정보과장과 형사들은 방을 비우고 물러갔다. 그는 간단하게 말했다. 서울 명동성당에서 정치인, 천주교 개신교 인사들과 재야 지식인들이 작년의 3·1절 민주구국선언의 구속자를 위한 성명서를 내면서 유신헌법 철폐를 주장했는데 서명자 중에 내 이름이 있다는 것이었다.

"문인간첩단 사건도 터졌는데 이러다 당신 간첩으로 구속되면 어떻게 하려고 그러는가?" 그의 말에 나는 비로소 사태를 짐작할 수가 있었다. 내가 벽지로 낙향은 했지만 동료들에게는 대중에게 알려진 내 이름이 필요했을 거였다. 나는 솔직하게 그 사건의 내막은 모르지만 누군가 내 이름을 넣었다면 유신 철폐에 나도 공감한다. 박정희 대통령의 종신집권체제는 민주주의 헌법 정신에 어긋나므로 당장 철폐되어야 한다고 말했다.

그는 최근 몇 년 동안의 나의 활동사항을 일일이 짚었고 해남으로 낙향하게 된 이유, 교유관계, 나의 집필 계획 등을 조사했다. 나는 서울에서는 사람 관계가 복잡하게 얽혀서 늘 나와라 들어가라 분주한데다 집중해서 집필을 할 수 없었기에 작품에 전념하기 위해서 내려왔다고 진술했다. 그는 나의 일상과 생각을 거의 단편소설 한 편 분량만큼 조서로 작성한 뒤에 종이쪽지 한 장을 내밀었다. 자기가 부르는 대로 받아쓰라는 것이었다. 일체의 시국에 대한 정치적 활동은 삼가고 오직 작품에만 전념하겠다는 일종의 자인서 형식이었다. 그리고 그는 덧붙였다. "서울에 있었으면 모두 대통령 긴급조치 위반으로 구속이오. 적어도 삼 년 이상 징역인데 이런 형식으로 기소하지 않는 것을 다행으로 아시오."

나는 그가 내 자인서를 조서 뒤에 붙여 본부로 제출하리라 짐작했다. 그가 일을 마치고 장흥으로 출발한 것은 새벽 한시 반쯤이었다. 이튿날 영문을 모르고 저희끼리 대흥사 근처 여관에서 걱정하며 밤을 지낸 박석무와 송기숙 등이 집으로 찾아와 아침 해장을 했고 박석무는 "이거 원, 황아무개와 술 한잔 마시기도 겁나네"라며 농담을 했다.

그뒤로부터 일주일에 한 번씩 씨름꾼처럼 생긴 덩치 큰 형사가 내 담당이 되어 집을 방문했는데 얌전하고 곱상한 인상의 정보계장이 따라올 때도 있었다. 그들은 내게 해남에서 사시는 동안 애로사항이 생기면 언제든지 자기들에게 알려달라고 했다. 당시는 내가 아직 삼십대여서 예비군에 소속되어 있었고 지방은 훈련이네 교육이네 서울보다 훨씬 동원이 잦아서 그들에게 말했다. 내가 예비군 훈련 나가서 농촌 사람들에게 유신체제를 비판하고 대통령 욕이나 하고 앉았으면 좋겠느냐 했더니 계장이 대뜸, 어이구 큰일날 소리를! 하면서 제발 나오시지 말라고 그랬다. 그 씨름꾼 같은 형사의 이름을 정집사를 통해 알게 되었는데, 정광훈은 그가 겉모양은 숭굴숭굴하지만 머리도 나쁘고 게으른 편이라고 일러줬다.

우리는 사람을 모으는 일은 눈사람을 만드는 과정과 같다고 생각했다. 우선 단단한 알맹이를 만들고 그것을 굴려 좀더 큰 덩이로 불리고 일정한 무게와 덩치가 생겨나면 드넓은 눈밭으로 굴려가기만 하면 커다란 눈사람의 몸체가 이루어지는 것이다. 나는 후원자 그룹과 활동가 그룹이 분리된 채로 조직되어야 한다고 생각했다. 농민 활동가와 지식인 후원자가 각각 십여 명씩 조직된다면 모임을 만들기에 충분한 조건을 갖추리라고 생각했다.

그러한 예로 내가 농민 작가 윤기현을 만나던 일이 생각난다. 당시의 농촌에는 작은 개척교회들이 들어서고 있었는데 그들 중 대다수가 기독교장로회 소속의 목회자들에 의한 것이었다. 개신교단 중에서는 민중신학의 교리를 기본으로 하는 한국신학대학 출신의 기독교장로회가 한국의 개발독재에 대해 비판적이었고, 예수님의 정신으로 돌아가는 길은 민중의 곁으로 가서 그들과 함께 살고 생각하며 가난한 사람들을 위해 실천하는 것이라고 믿었다. 기독교장로회에서는 빈민을 위하여 판자촌에 들어가고 노동자를 위해서는 공장에 산업선교회를 만들었고 이제 막 농민선교를 시작하려는 때였다. 기독교장로회 출신 교역자들 모두가 그렇지는 않았다손 치더라도 농촌을 찾아온 젊은 목회자들은 적극적 또는 소극적인 차이는 있어도 민중운동의 취지에는 모두 동감하는 편이었다.

그날은 정광훈에게서 옥천교회의 담임 교역자인 아무개 전도사가 말귀를 알아듣는다는 귀띔을 받고 우슬재를 넘어가 그 교회를 방문했다. 나는 교회당 옆에 붙은 살림집에서 전도사와 만났다. 그는 나를 반갑게 맞이하고 마침 점심때여서 함께 쌈밥을 먹자고 권했다. 나는 낯선 사람을 만나도 쉽게 말문을 트고 금방 사귈 수가 있었는데, 내가 이름이 알려진 소설가라는 이점이 있었다. 전도사는 농민선교를 적극적으로 밀어붙일 생각은 없었지만 자기 교회에 교인이 늘어나는 일에는 깊은 관심을 갖고 있었다.

교회에서는 초등학교 꼬마들이 모여서 봉사하러 나온 교인의 이야기를 듣고 있었다. 바로 옆에 딸린 방이라 점심을 먹던 중에 자연스럽게 회당에서 들려오는 그 교인의 이야기를 듣게 되었다. 작은 벌레가 똥 속에 태어나 다른 벌레들에게 온갖 구박을 받으며 자라나 껍질을 벗고 날아가게 되고 몸에서 작은 불빛을 내어서 어두운 밤하늘을 밝게 빛낸다는 이야기였다. 이야기의 기승전결이 어찌나 자연스럽고 재미가 있었던지 나는 그 교인에게 관심이 생겨났다. 그는 윤기현이라는 초등학교만 나온 소농이었는데 홀어머니를 모시고 산다고 했다. 내가 전도사에게 청하여 그와 마주앉아 인사를 나누게 되었다. 우선 아까 아이들에게 해주던 이야기를 재미있게 들었다, 그런 이야기는 어디서 읽었느냐고 물었더니 그가 쑥스러워하면서 대답했다. 집에 책도 없고 그런 얘기를 어디서 얻어들을 데도 없다. 아이들에게 뭔가 좋은 이야기를 해주고 싶어서 혼자 농사일을 하면서 생각했다, 밭 갈고 논매며 들판을 거닐면서도 이야기를 이리저리 엮어보곤 한다는 거였다.

"동화를 한번 써보지 그래요?" 했더니 윤기현은 어리둥절하며 되물었다. "동화가 뭐시라우?" 나는 어디서부터 설명해야 될지 몰라서 그냥 아이들이 읽는 이야기를 글로 쓴 것이라고 말했다. "아까 이야기했던 것을 그대로 쓰기만 하면 돼요."

윤기현은 읍내에 장 보러 나오면 내 집에도 들르게 되었고 나의 권유대로 어린이를 위한 이야기를 쓰기 시작했는데 원고지 쓰는 법은 내가 알려주었지만 홍희윤이 더욱 자상하게 맞춤법이나 띄어쓰기 등을 그에게 가르쳤다. 몇 달 만에 그는 두 편의 동화를 완성했다. 나는 동화작가이며 어린이 교육자인 이오덕에게 그를 소개했다. 윤기현은 글을 써서 잡지에 투고하여 문학상도 받고 동화작가로 등단했다. 그는 내가 빌려주는 책들을 탐독했고 지적 욕구도 왕성하여 일취월장하였다. 나중에 김민기가 그의 첫 창작동화책 『서울로 간 허수아비』를 읽고 감동을 받아 그의 「사랑의 빛」이라는 동화를 뮤지컬로 각색했다.

나는 김동섭에게 생각이 괜찮아 뵈는 읍내의 대학 출신들을 좀 소개해달라고 부탁했고, 그는 함께 수석을 수집하러 다니는 회원이나 초등학교 동창이나 읍내의 술친구들을 하나둘씩 소개해주었다. 읍내 중고등학교의 교사들도 있었고 군서기도 있었으며 약국 주인이나 수의사와 만물상 주인도 있었고 심지어 타지에 나갔다가 돌아온 주먹 출신도 있었다. 나는 직업에 따라 그들을 두셋씩 나누어 만나다가 내 책이 한 출판사에서 문고판으로 출판되었을 때 출판사에 부탁하여 수십 권을 보내라고 하고는 식당을 잡아 그들을 한꺼번에 초대했다. 그리고 서명한 책을 한 권씩 나누어주었다. 미리 말을 맞추어두었던 고등학교 선생이 기왕 이렇게 되었으니 우리도 계를 한번 해보자고 안을 꺼냈고 황아무개와 함께하는 독서 모임을 갖기로 했다.

김남주와 정광훈, 윤기현 등은 읍내를 벗어나 면 단위의 농촌을 다니며 농민들을 사귀었다. 김동섭은 정광훈과 함께 우리집에도 자주 드나들고 얘기도 나누다가 내가 그저 한량처럼 노상 술이나 마시고 돌이나 주우러 다니면서 평생을 허비할 거냐, 뭔가 생업을 가져봐야 하는 거 아니냐고 잔소리를 했더니 점포를 차리겠다고 했다. 읍내 큰길가에 자기네 소유의 점포 자리가 몇이 있는데 그중 모퉁이의 좋은 자리에 있던 가게가 임대 기한이 끝났다는 거였다. 그는 전자물품 대리점을 낼 생각이었고 정광훈을 기술 담당으로 영입하여 둘이서 꾸려보겠다고 했다. 대번에 광주의 지점과 연결이 되었고 물건이 들어왔다. 정부는 농촌에 텔레비전을 보급하는 데 적극적이었으며 매체를 통하여 유신체제 선전과 정치적 통합을 해낼 수 있다고 보았던 것 같다. 도시에는 1970년대 초반부터 흑백텔레비전이 쏟아져나왔고 냉장고가 보급되었으며 에어컨, 선풍기, 전기난로, 온열기, 다리미 등 가전제품의 종류도 다양해졌다. 이제는 전자제품의 바람이 농촌에도 밀려들어오고 있었다.

우리는 김동섭이 연 그 점포가 매우 유용하다고 보았다. 정광훈 등이 마을마다 돌아다니며 사귀었던 농민들은 오일장에 나오기 마련이었는데 만날 장소가 마땅치 않았던 터였다. 장날이면 김남주와 정광훈은 교대로 김동섭의 전자대리점에 앉아서 찾아오는 농민들을 만났다. 이러한 만남이 거듭되면서 우리는 '사랑방 농민학교'를 기획하게 된다.

우리집은 부엌과 안방이 붙어 있고 가운데 마루가 있었으며 건넌방은 누마루까지 넓혀서 내 서재로 쓰고 있었다. 책장과 책상을 방에 들이고 나니 제법 크게 보이던 방이 사람 두엇 누우면 가득할 정도로 좁아졌다. 그래서 일랑이네 이웃집의 별채로 서재를 옮기고 건넌방을 농민학교를 위한 사랑방으로 쓰기로 했다. 처음에는 장날에 정광훈과 김남주가 교대로 동섭이네 전자대리점에 나가 있으면 농민들이 하나둘씩 모여들었고 얼추 모였다 싶으면 그들을 데리고 우리집으로 왔다. 이십여 명쯤이 모두 우리집을 알게 되었고 장날이면 으레 십여 명씩 우리집에 모이기 시작했다.

처음에는 김남주와 내가 현재의 정치사회적 상황과 재벌 위주의 근대화에 대한 이야기를 하거나 박현채 교수의『민족경제론』이나 리영희 교수의『전환시대의 논리』같은 책들을 쉽게 풀어서 해설해주었다. 그러고는 정광훈의 사회로 '농민이 왜 못 사는가'라는 주제로 돌아가며 자유토론을 했다. 그들은 군청과 면사무소에서 관리에게 당한 일이라든가, 읍이나 면의 유지가 어떻게 농민을 괴롭히는지, 또한 농협은 농민 조합원의 농협이 아니라 임원들의 소유물이라는 것, 농협이 일방적으로 농산물의 수매 단가를 정하고 대출이나 상환 문제에서도 횡포가 심하다는 것을 자신이 직접 경험한 예를 들어 이야기했다. 어째서 우리가 쌀농사를 지으면 나라에서 곡물 가격을 정해버리는지, 풀빵 장수도 자기가 구워낸 빵에 스스로 가격을 붙여 파는데 왜 우리는 우리의 생산비도 모르는 남이 정해준 가격에 내 농산물을 팔아야 하는지 하는 질문은 우리가 농민들과 더불어 어디서부터 무엇을 시작해야 하는지를 대번에 알게 해주었다. 우리는 읽은 책을 해설해주는 역할만 할 게 아니라 그들에게서 사는 이야기를 듣고 배우며 찾아가서 확인하고 그들을 도와줄 길을 찾아야 한다고 결론을 냈다. 특히 그런 역할을 정광훈이 잘 알고 있어서 농민의 가까운 친구로서 말이 통했다. 말이 통한다는 것은 어떤 단어를 사용하는가의 문제가 아니라 현장에서의 생활을 잘 안다는 뜻이다.

우리가 이러한 모임을 한 달에 두세 번씩 갖는다는 것을 알고 광주에 나가 있던 이강이 찾아왔다. 이강은 전남대 법대 출신으로 김남주와 함께 『함성』지를 냈던 공범이었다. 그는 집이 해남이었지만 광주에 나가 있었고 가톨릭농민회의 일을 돕고 있었다. 천주교측에서는 이미 1960년대부터 가톨릭농촌청년회를 조직했고 1972년에 본격적인 농민운동을 위해 가톨릭농민회를 조직하여 전국화하고 있는 중이었다. 개신교측은 앞서 말한 기독교장로회와 감리교단, 성결교단 등이 민중현장 선교에 깊은 관심을 가지고 있었다. 이들은 종로5가 기독교회관에 교회연합의 사무실을 열고 이른바 에큐메니칼 운동을 실천하고 있었고 이미 노동자를 위한 산업선교회와 빈민선교회가 활발하게 진행되고 있었지만 농민선교는 준비 단계였다. 우리는 농촌 신도의 분포로 보아 가톨릭 성당보다 개신교 교회가 훨씬 많고 신도도 많다는 사실에 주목하고 있었다.

1970~80년대의 군사독재 기간에 현장 민중운동이 교회를 기반으로 진행된 데는 몇 가지 이유가 있었다. 첫째는 분단된 한반도의 남쪽에서 민중운동이란 반공법에 저촉될 위험이 너무도 많았는데 조직화하기에 교회가 비교적 안전했기 때문이다. 그러나 교회를 중심으로 시작된 조직도 실천 단계에 가면 곧잘 빨갱이 단체로 조작되어 사건화하는 일이 비일비재했다. 둘째로 가톨릭교회는 일사불란한 위계질서와 로마에까지 연결되는 국제적 역량이 있었으며 개신교회는 가톨릭보다 느슨한 대신 한국 사회에서는 불교만큼 신도가 많았고 교단마다 국제

적 연대를 다양하게 해낼 수 있었다. 셋째로 현장운동에 필요한 조직과 자금을 교회에 기대어 동원하고 모금해낼 수가 있었다.

이강이 해남에 내려온 것은 나와 정광훈, 김남주 등을 만나 본격적인 교육 프로그램을 진행하기 위해서였다. 우리는 이박 삼일의 해남 농민교육 모임을 진행하기로 정하고 장소는 옥천에 있는 기독교 기도원을 빌리기로 했다. 우리는 기왕에 나와 있는 자료들 중에서 농민들에게 먼저 알려야 할 지식들을 중심으로 이해하기 쉽게 대중적으로 다시 풀어 쓰거나 부분 발췌하는 식으로 교재 원고를 작성했다. 물론 정식 인쇄는 할 수가 없어 해남 YMCA의 후원자를 통해 등사기로 찍어서 유인물 팸플릿으로 만들었다.

나는 그 와중에도 『장길산』의 연재 원고를 날마다 서울의 한국일보에 보내야 했다. 밤이 되면 나는 뒷집으로 옮긴 서재로 건너가 밤을 새워 원고를 썼고 아침이면 정광훈이 해남의 '여러 가지 문제 연구소장' 정집사로 변모하여 그날의 원고를 들고 버스 차부로 달려갔다. 정집사는 아무나 광주 나가는 이를 붙잡고 이 원고를 광주 충장로에 있는 한국일보 지사에 전해달라고 부탁했다. 광주지사에 도착한 원고는 즉시 텔렉스(한글 발음을 영문 표기로 변환한 통신)로 서울 본사에 전송됐고 기자는 영문을 풀어 원고를 써서 연재란에 싣고는 했다. 어떤 때는 광주지사에서 서울로 보낼 마감시간이 이미 지나버려서 홍희윤이 원고를 들고 해남우체국으로 달려가기도 했다. 그녀는 우체국의 교환수에게 맡기지 않고 직접 서울 본사의 기자에게 원고를 읽어서 전달했다. 서울과 지방의 전화 사정이 좋지 않던 시절이라 언제나 감이 멀었다. 원고를 들고 큰 소리로 읽다보면 『장길산』이 의적의 이야기라서 거

칠고 사나운 말투와 욕설이 나오는 대목이 너무나 많았고 간혹은 음담
도 나오기 마련이었다.

"여보세요? 네 따옴표, 대화예요. 이놈 게 섰거라, 도망가면 당장에
잡아서 불알을 떼버릴라." "뭐를 떼요?" "불알이요, 불알!" 그러면 우
체국 교환수 아가씨들은 까르르 웃고 아내는 당황하고 서울의 여성 기
자는 차마 더 묻지 못한다. 여기자는 불러주는 대로 크게 고함치며 묻
고 받아쓰고 하다가 남성 기자들이 놀리는 바람에 몇 번 울기도 했다
고 한다. 대개는 문화부의 막내 기자가 그 궂은일을 맡기 마련이었는
데 나는 부장부터 막내 기자에 이르기까지 죽일 수도 살릴 수도 없는
웬수였다고 한다. 훗날 들은 얘기지만 어떤 기자는 내 소설의 삽화를
그리던 화단의 원로인 김기창 화가에게 뒤늦은 원고를 들고 달려갔더
니 청각장애자였던 그가 너무도 화가 나서 벼루를 집어던진 바람에 하
얀 와이셔츠 앞자락에 먹물을 뒤집어쓴 적도 있었다고 한다. 기자는
죄 없이 욕 얻어먹고 먹물도 마르지 않은 삽화를 들고 후후 불면서 신
문사로 달려가는데 하도 분해서 눈물이 나더라고 했다.

앞서도 말했지만 소설가 김훈도 한국일보 기자 출신이다. 그는 입
사하자마자 내 원고 받는 일을 담당했는데 하루는 원고를 가지고 있다
는 독자의 전화를 받았다. 군인인 그는 휴가를 나왔다가 귀대중이라면
서 원고 전달을 맡게 되었다고 했다. 그런데 신문사에 들르면 시간상
미귀로 처벌받게 된다며 자기 부대로 가지러 오라는 것이었다. 김훈은
하는 수 없이 택시를 잡아타고 국방부로 달려가 주번사령에게 사정사
정하여 내무실로 찾아갔고 이미 취침중인 병사를 깨워 간신히 원고를
받을 수가 있었다. 아마 그때 원한이 맺혀 "에이 더러워서 내가 쓰고

말지" 하는 마음으로 그가 늦은 나이에 소설을 쓰게 된 건 아니겠지.

십 년에 걸쳐 『장길산』이 완성되기까지 그에 얽힌 일화와 우여곡절은 다 열거할 수도 없다. 연재를 하던 중에도 일은 끊임없이 터져서 농성이며 시위며 선언문 발표회장을 쫓아다녀야 했는데 나는 원고와 메모한 자료 수첩만 가지고 집에서 나와 시내 여관에서 묵는 날도 많았다. 그렇다고 해서 현장활동이 내 소설에 해를 끼쳤다고는 생각하지 않는다. 나는 당대 민중들의 인물상과 일화와 생각을 조선시대 먼 옛날 조상 민초들의 삶으로 되살려낼 수 있었고 언제나 우리 시대 상황의 높낮이를 소설에 반영하려고 애썼다.

우리는 옥천 기도원에서 오십여 명의 농민들을 모아 처음으로 조직적인 교육을 실시했다. 회비를 조금씩 모았고 모자라는 부분은 김동섭을 비롯한 읍내의 독서 모임에서 성금을 내어 후원했다. 몇몇이 위험을 느끼고 빠져나가기도 했지만 남은 사람들은 계속해서 농민학교를 후원했다.

서울 경동교회의 강원용 목사가 해오던 '크리스찬아카데미' 쪽에 연락하여 강사진의 도움을 받았는데 기억에 남은 이들은 농업경제학과 수의학을 전공한 이우재 교수와 역시 경제학을 전공한 황한식 교수였다. 당시에 이들은 아직 정직을 얻지 않았고 재야에서 현장 교육을 하며 헌신하고 있었다. 이들이 요점을 추려서 짧은 시간 안에 농민에게 자신의 처지를 깨우치게 하던 쉽고 평범한 말투와 지식인의 때를 벗은 듯한 소탈한 행동거지에 나는 깊은 인상을 받았다. 나와 김남주는 몇 번이고 '책에서 벗어나야 한다'고 다짐했던 것이다.

우리는 그해 1977년 가을에 해남농민회를 결성하고 모임을 공식화하기 위해서 '농민잔치'를 열기로 했다. 이를테면 농민문화제인 셈인데 보통 해오던 대로 강연회나 조직대회를 열고 명단을 작성하고 직임을 결정하는 식이 아니라, 이미 내부에서 비공개로 역할과 분과를 정해놓았으니 공개적으로는 농민들의 '놀이판'으로 가자고 했던 것이다. 이는 이듬해에 기장교회를 중심으로 조직을 확장하여 전남기독교농민회로 나아가는 주춧돌이 되었고 광주항쟁 이후인 1982년에 한국기독교농민회총연합으로 발전하게 된다.

나는 서울에서 해오던 현장 문화운동의 시발점을 해남으로 정하고 있었고 이를 계기로 광주에 전라도 전체를 대상으로 하는 전문 문화운동의 거점을 세울 생각을 했다. 농민잔치를 앞두고 나는 서울에 올라가서 채희완 등 문화운동 기획자들과 의논했다. 우리는 전문 놀이패가 내려가서 무엇인가 공연물을 보여주는 것이 아니라, 누구나 쉽게 따라 할 수 있는 간단한 놀이를 만들고 농민들이 출연자가 되어 함께할 볼거리를 기획했다. 즉 전문 문화패는 조력자 노릇만 하고 현장의 놀이패는 농민 자신이 되어야 한다는 것이다.

우리는 일단 놀이터를 해남 군청 맞은편에 있는 YMCA 앞의 너른 마당으로 정했다. YMCA 건물은 원래 일제 때 신사가 있던 건물을 개조한 것인데 그 앞마당은 우람한 느티나무와 왕벚나무가 둘러싼 제법 넓은 터여서 마당판으로 훌륭했다. 며칠 전부터 농민들이 모여서 함께 준비를 했다. 농악대는 새마을운동을 개시하면서 정부가 모두 없애버렸지만 북, 장구, 징, 꽹과리 등의 사물은 마을 창고에 고스란히 남아 있어서 농민들이 기억을 가다듬어 풍물을 쳐보더니 삽시간에 장단이 맞아 돌아갔다. 그래도 새납이 빠져서는 안 된다고 아쉬워했는데 누군가가 자기 마을에서 새납을 기차게 불 줄 아는 노인이 있다며 그를 데려왔다. 오랜만에 신명이 난 그가 한참을 불어젖히자 간드러지는 나발 소리에 인근의 꼬마들이 까맣게 모여들었다. 읍내 사람 누군가가 저게 태평소라고 하자 노인은 통명스럽게 말했다. "새납이니 태평소니 그거 다 유식 자랑허는 한문이랑께. 우리는 날라리여, 이것이."

나는 농촌에서 누구나 경험이 있는 관혼상제의 의식을 농민의 놀이로 바꾸려는 생각을 했고 역시 남녀가 결혼하는 희극보다는 누군가 죽은 장례 절차의 비극이 '흥거운 숙연함'을 자아낼 수 있으리라 생각했다. 그것은 '상여놀이'였다. 상여놀이는 장례 절차와 상갓집이 볼거리가 되는 동시에 놀이판이 되고 행진하면 '길놀이'가 되는 것이다. 이 장례의 상징을 우리의 의도로 내세우면 그 의미는 더욱 흥행성이 커질 것이었다. 내가 사회를 보면서 농민들이 둥글게 모여앉아 누구를 보내는 장례식을 할 것인가를 의논했다. 농민들은 농산물 수매 때나 비료, 농약, 지붕 개량 등 돈 들어가는 일에 대부며 상환을 모두 농협을 통해서 하기 마련인데 어느 농촌에서나 마찬가지였지만 관리나 사무원들은 횡포가 심했다. 일차적으로 농협을 비판 대상으로 정하고 농협 장례식으로 놀이의 주제를 정했다. 농민들은 농협에 가서 자신이 겪었던 일화들을 서로 이야기했고 그중에 유형별로 서너 가지를 추려서 적었다. 이야기들은 각각의 촌극이 되었다. 맥락이 없는 장면이었지만 농민이 무력하게 당한다는 일관된 관점이 있었다. 촌극을 진행할 팀을 일화에 따라 셋으로 나누었는데 농민들은 서로 자기가 하겠다고 다투어 나섰다. 농협을 인물화하여 뚱뚱하고 심술궂게 생긴 농민이 맡기로 했는데 그가 주인공이나 마찬가지였다. 농협은 농민의 등을 쳐서 이것저것 처먹다가 배가 터져서 죽는데 풍선을 잔뜩 배에 집어넣었다가 터뜨리기로 했다. 농협 역을 맡은 농민은 농민잔치가 끝날 때까지 주위 동료들의 놀림을 받았고 끝나고 나서도 별명이 '똥배'가 되었다. 수십 년이 지난 뒤에 그의 안부를 물었더니 윤기현이 "하아, 그 똥배씨요? 지금 식당을 하는데 손자도 보고 잘 삽니다"라고 대답해서 그 별명이 평생을 따라다니는 걸 확인했다.

서울에서 채희완, 장선우, 유인택, 김봉준, 유인열 등이 대거 내려왔다. 이들은 YMCA 회관 강당에 숙소를 정한 후 농민들의 촌극을 좀더 재미있게 다듬었고 화가인 김봉준의 총지휘로 꽃상여를 만들었다. 상여의 몸체는 어느 마을에선가 빌려왔는데 오방색 천을 휘감고 종이꽃을 만들어 붙이고 농민들의 각종 요구사항을 풍자적인 글귀로 적은 만장을 만들었다. 상여꾼은 농민들과 서울 문화패가 더불어 하기로 했는데 선도자는 상엿소리의 창을 잘하는 유인열이 했을 것이다. 광주에서도 이강과 김상윤이 학생운동 출신 청년들과 전남대, 조선대 학생들을 이끌고 해남에 왔다. 여러 마을의 농민들과 읍내의 상인들은 늘 해오던 식의 행사겠거니 생각하고 왔다가 어리둥절해하기도 했다. 누구에겐가 내막을 전해들었는지 군수는 오지 않았고 대신 군수 사모가, 해남교회에서도 목사 대신 사모가 왔는데 이들 유지 사모님들은 잔치마당에 와서 자기들 자리가 정해져 있지 않은 것에 당황한 눈치였다. 둥글게 원을 그린 주위에 자유롭게 앉도록 멍석만 덜렁 깔아두었던 것이다.

일단 길놀이패가 날라리 소리도 드높게 신명나는 사물을 두드리며 읍내 중앙통을 왕복하고 돌아와 욕과 패담이 난무하는 촌극이 진행되고 나서야, 뒤늦게 사태를 파악했는지 유지들과 사모님들은 슬그머니 빠지고 그야말로 아랫것들만 가득 모여서 더욱 신명이 났다. 농협이라는 배불뚝이가 죽어서 장례를 지내는 꽃상여가 행진을 시작했다. 만장을 앞세우고 선도자의 앞소리와 상여꾼들의 뒷소리를 주고받으며 해남 읍내 중앙통을 가로질러서 장터와 주택가 등을 구석구석 휩쓸고 다니며 길놀이를 했다. 엄밀히 따지고 보면 이것은 사실상 농민 시위였다. 그러나 누구도 뭐라고 트집을 잡을 수가 없는 것이 모양새는 어디까지나 농민들의 잔치마당이며 놀이판이었기 때문이다.

이 무렵 해남에서는 처음으로 곡물 수매과정에서 정미공장측과 관리가 착복한 사실이 발각되었다. 농민들은 이것을 빌미잡아 수매 거부와 곡물 반환 요구를 하는 집단행동을 벌였고 이런 사실이 크게 번질까 우려한 군청에서는 정미공장측에 수습하도록 종용했다. 곡물을 반환받는 행사가 벌어졌는데 줄지어 서서 차례로 개인당 몇 킬로씩의 곡물을 받아 두 눈으로 확인한 농민들은 기세가 올랐다. 농민잔치 끝에 이런 일이 생기자 농민회원은 급작스레 불어났고 이러한 모임은 전남의 각 읍 단위로 퍼져가기 시작했다.

*

김상윤은 군대에 다녀온 전남대 국문과 복학생이었는데 윤한봉이 끌어들여 민청학련에 들었다. 같은 복학생이던 전남대 농대의 윤한봉은 전국의 민청학련 관련자가 모두 옥살이를 하고 사면되어 나온 뒤에 광주에서 청년 조직을 설립하려고 동분서주하다가 다시 검거되어 대구에서 옥살이중이었다. 그들은 모두 퇴학 처분을 당했다. 윤한봉의 바로 한 학년 아래 후배로서 청년운동을 활성화할 책임이 있던 김상윤은 생계를 꾸리면서 청년들도 만날 겸하여 '녹두서점'이라는 헌책방을 내고 있었다. 책방 안쪽에는 작은 쪽방 두 칸이 딸려 있었고 광주에 온 다른 지역의 활동가들은 이곳에 들러 사람을 만나거나 소식을 주고받곤 했다.

김상윤, 김남주 등과 나는 서울에서 내려온 문화패들과 함께 광주 지역의 문화운동을 일으켜보기로 논의했다. 서울의 문화운동 일꾼들은 광주에 내려와 여관을 잡아놓고 한 달씩 교대로 숙식을 하면서 전남대와 조선대의 지망자들을 불러모아 사물놀이, 탈춤, 마당극 등의 기능 훈련에서부터 이론 교육까지 실시했다. 이를 우리는 '민중문화연구소'라고 이름 지었고 김남주와 김상윤이 운영을 맡기로 하여 남주는 해남을 떠나 광주로 거처를 옮겼다. 광주 문화패를 직접 이끌어갈 사람으로 윤상원과 박효선이 나섰다. 윤상원은 전남대를 졸업하고 은행에 취직해 있었지만 때려치우고 활동가가 되기로 작정한 터였고, 박효선은 복학생으로 전남대 연극반의 회장이었다. 이들은 후배들과 어울려 서울 문화패와 함께 탈을 만들고 농악을 배우고 민요와 탈춤을 배웠다.

겨울에 윤한봉이 대구에서 석방되었다. 그는 며칠 후에 해남으로 나를 찾아왔다. 그가 석방되기 몇 달 전에 광주에서는 작은 소동이 있었다. 그를 따르던 후배 가운데 민청학련에 들었던 박형선이 있었는데 그는 협기가 있고 배짱도 두둑해서 광주일고와 전남대에 재학할 때도 모두들 그가 조직폭력배인 줄 알았다고 할 정도였다. 나는 그를 놀릴 때마다 『수호지』에 나오는 가장 거친 인물에 빗대어 '흑선풍 이규'라고 불렸다. 나중에 그는 윤한봉의 누이와 결혼했고 나에게 주례를 부탁했다. 사회자는 김남주였다. 주례와 사회자가 같이 실수를 하는 바람에 결혼식장은 폭소와 조롱으로 가득찼는데 전라도식이라고 하여 신랑의 발바닥을 때렸고 실수한 주례와 사회자도 책임을 면할 수 없다고 나도 남주와 함께 발바닥을 맞았다. 박형선은 그 두둑한 배짱이 경영 분야에 유효했는지 나중에 건설회사를 차려서 기업가가 된다.

아무튼 박형선이 사고를 저질렀다. 윤한봉이 만기가 다가오자 공안 당국에서는 그에게 반성문을 써야 내보내주겠다고 을러댔고 윤은 안 나가도 좋다고 버텼다. 박형선은 애가 달아서 그까짓 거 요식행위에 지나지 않는데 써주고 나오라고 책에다 바늘로 점 찍는 식으로 암호문을 날렸다. 내용은 간단했다. '조직의 명령이다, 써주고 나와라'였다. 책이 반입되자마자 암호문이 적발되었고 중앙정보부 대구지부가 발칵 뒤집혔다. 조직의 명령이라니, 이게 무슨 소리인가. 윤한봉은 난데없이 정보부 분실로 잡혀가서 닦달을 당했고 박형선을 비롯한 민청학련 사건 관계자들이 몽땅 광주 분실에 끌려가서 조사를 받았다.

김남주가 내게 사람을 보내어 광주로 올라와달라고 급히 연락했다. 청년들의 석방을 위한 기도회가 광주 YWCA 소회의실에서 열릴 거라고 했다. 내가 집을 나서려니 어떻게 알았는지 예의 씨름꾼 형사와 정보계장이 집 앞 골목에 버티고 서 있었다. 나는 옆집 담을 뛰어넘고 산을 넘어 우슬재까지 걸어가서 지나는 트럭을 세워 성전 삼거리까지 태워달라고 사정하여 해남을 빠져나갔다.

광주의 기독교단체 교직자들과 청년들, 나의 응원 요청을 받고 급히 서울서 내려온 자유실천문인협의회 이사인 시인 조태일과 광주에 거주하는 시인 문병란, 소설가 송기숙 등이 모였다. 우리는 함께 공안당국을 규탄하고 항의 성명서를 발표했다. 그래서인지 대구 분실에서의 신문이 순조롭게 끝났다고 나중에 윤한봉이 말했다. 사실 그가 석방되자마자 나를 찾아온 것은 그 때문에 인사를 하러 온 것만은 아니었다. 석방된 후에 그는 고향 강진의 후배인 김현장을 만났다고 했다.

김현장은 선교사 밑에서 자라나 외국어에 능통하고 재간이 많았다. 그는 박흥숙 사건을 파헤쳐서 언론의 주목을 받았다. 광주 무등산 골짜기에 무허가 판자촌이 많았는데 이농민의 아들인 박흥숙은 홀어머니와 누이동생들과 함께 골짜기 산동네에 살았다. 판자촌에 시의 철거반이 닥치자 주민들은 저항했고 박흥숙도 철거반원들과 실랑이하다가 그들이 판잣집에 불을 지르자 눈이 뒤집혀 낫으로 사람을 살해했다. 살인자 박흥숙을 언론에서는 엽기적으로 다루느라고 '무등산 타잔'이라고 불렀다. 편견과 흥밋거리의 기사만 난무했지 도시에서 밀려난 무허가 판자촌 사람들과 개발 비리의 속사정은 외면되고 있었다. 이를 김현장이 르포 기사로 써서 잡지에 발표했고 그제야 사회적 문제점이 드러나기 시작했다. (그는 이후에도 전국의 땅 투기 문제를 폭로하고 1980년 광주항쟁이 일어나자 개인적으로 취재하여 유인물을 만들어 서울과 부산 등 대도시로 발송한다. 그러고는 문부식, 김은숙 등 부산의 대학생들과 조를 짜서 부산 미문화원 방화 시위를 주동하게 된다.) 그는 농민잔치 때에 관심을 가지고 광주 청년들과 함께 해남에 왔었고 나와 만나서 이야기도 나누었다.

김현장이 그러더라며 윤한봉은 내게 찾아온 이유를 말했다. "황석영은 대중들에게 설득력이 있는 사람이라면서 보물이 전라도에 왔으니 그를 꼭 잡으라고 합디다."

윤한봉은 두 차례의 옥살이에서 운동의 안과 밖, 명과 암, 전위와 대중 등에 대해서 깊이 숙고하고 있었던 것 같다. 그는 문화운동의 중요성에 대해 나와 의견이 일치했다.

내가 해남으로 내려오던 해인 1976년에 미국 하원 국제관계위원회에서 박정희 독재정권이 재미 로비스트인 박동선을 내세워 로비 활동을 하고 자금을 의회에 뿌렸다는 추문에 대한 조사가 실시되었다. 미국에 망명하고 있던 전 중앙정보부장 김형욱도 박정희의 비리에 대해 폭로했다. 이를 '코리아게이트'라고 명명하여 미국 언론들이 대대적으로 보도했는데, 이로 인해 재야와 야당 정치인들, 대학교수와 학생들이 끊임없이 성명서를 발표하고 시위를 벌이고는 체포 구속되는 일이 일 년 넘게 계속되고 있었다. 해직된 교수들은 해직교수협의회를 결성하고 '민주교육선언'을 발표했다.

1978년 서대문구치소에 수감된 긴급조치 관련자들은 3·1절 기념 시위를 감행하고 자유실천문인협의회는 김지하 구출위원회를 결성했다. 김대중은 서울대병원에 감금되어 있었다. 6월에 서울대와 고려대 학생들은 유신 철폐를 요구하며 기습적으로 거리로 나와 유신 이래 처음으로 광화문까지 진출했다. 체육관에서 통일주체국민회의 대의원들이 선출하는 형식으로 9대 대통령에 박정희가 다시 당선됐다. 아마도 그는 죽을 때까지 이런 방법으로 종신 총통을 하게 될 것이었다.

6월 말경에 소설가 송기숙이 광주에 언제 오느냐고 연락이 왔다. 나는 짐작하는 바가 있어 광주에 갔더니 송기숙은 얼마 전에 서울에 올라가서 『창작과비평』의 편집인인 백낙청 교수와 성내운 교수 등 해직 교수들을 만나고 왔다고 말했다. 이들은 신학기가 시작되면 학생들이 또 일어날 것이며 퇴학자와 구속자가 늘어날 것이니 서울이든 지방 어디든 희생자가 발생하면 즉시 교수들이 힘을 모아 규탄 성명서를 내자고 의논을 했다. 전남대에서는 학내 시위가 발생하면 교수들에게 엄중 책임을 물었고 대학 캠퍼스 안에서 학생들이 모이는 길목마다 지켜서서 동향을 살펴 보고해야 하는 임무를 맡겼다. 말단 정보과 형사나 하는 일을 교수들이 하게 된 것이다. 그뿐만이 아니었다. 당국은 교수들에게 시내에서 재야인사들의 강연회 행사가 있으면 형사와 짝을 지어 지켜섰다가 학생들이 참가하지 못하게 막는 일까지 시켰다. 송기숙은 이러한 굴욕과 정치적 압박을 더이상 견딜 수 없으니 교수들이 학생과 함께 유신 철폐 운동에 나서기로 했다는 것이었다.

유신시대에는 일제 때의 '교육칙어'를 본뜬 '국민교육헌장'이 선포되어 초등학생부터 대학생은 물론 군인과 사무원에 이르기까지 지적을 받으면 줄줄 암송을 해야 했고, 외우지 못하거나 틀리면 군인은 기합을 받았고 사무원은 다 외울 때까지 퇴근하지 못했으며 학생들은 학점에 반영한다고 했다. 송기숙 등은 이러한 '국민교육헌장'에 반대하여 민주교육을 선언하는 민주교육지표를 발표할 작정이었다. 백낙청 교수가 작성한 선언문을 가지고 성내운 교수가 광주에 왔다. 이번 학기를 그냥 넘길 수는 없다는 것이었다. 서울에서는 오십여 명이 서명을 했지만 마지막까지 의견 일치를 이룬 것은 아니어서 일단 전남대에서 열한 명의 교수들이 서명하여 먼저 사건이 터지면 이후에 전국화하기로 했다.

그 무렵에 김남주와 나는 자유실천문인협의회 일에도 무관심할 수는 없어 광주에서 일이 터지면 내가 창립 간사 중의 한 사람으로서 서울의 박태순이나 이문구, 이시영 등에게 연락하고는 했다. 김남주는 민중문화연구소 일을 맡아보기 위해 광주로 나가 있었다. 나는 일주일에 며칠은 광주에서 그와 함께 지내곤 했는데, 다른 지역과도 연대하자고 함께 대구, 부산, 마산, 진주 등지로 싸돌아다녔다. 나의 강연과 김남주의 시 낭송으로 청중이 제법 많이 모여들었다. 그는 자신의 시 몇 편과 네루다와 하이네의 시 등을 몇 편씩 골라서 암송하고는 했다.

김남주는 김상윤과 함께 녹두서점을 거점으로 민중문화연구소를 운영하면서 학생들을 교육시킨다고 학습조를 만들어 일본어 책을 강독하고 있었다. 『파리 코뮌』의 일본어 번역판을 복사해서 같이 읽으며 해석하는 모임이었다. 어느 날 학생 중의 한 명이 가방을 분실했는데 그 속에서 유인물 몇 장과 일본어 복사판이 나왔고 경찰은 가방 임자를 잡아 신문했다. 김남주가 가르쳤다는 것이 드러나서 그는 일단 목포로 도피하게 된다. 마침 대구교도소에서 출옥한 윤한봉이 청년층과 학생들을 맡고 있을 때였다.

여하튼 전남대 교수들이 체포되면 즉시 학생들이 시위에 나서기로 되어 있었다. 민청학련 사건의 여파로 학생들이 대거 구속되었던 광주에서 또다시 피해가 커질 것을 염려하는 측도 있었지만 4·19 이후 처음으로 시도하는 가두시위라는 점에서, 그리고 재야와 학생운동권이 일시에 형성되리라는 기대로 과감하게 밀어붙이자는 의견이 대세였다.

학생 시위의 주동은 때마침 구성된 전남대와 조선대의 '문화패' 동아리가 될 수밖에 없었다.

나는 전남대 교수들이 선언서를 발표하고 중앙정보부 광주지부에 연행되자마자 윤한봉과 더불어 송기숙의 집으로 찾아갔다. 부인은 그 야말로 얌전하고 말수가 적은 분이었지만 송교수라는 양반이 워낙에 평소에도 엉뚱한 짓을 잘 저지르기로 이력이 났던 사람이라 별로 놀라지도 않은 듯 침착했다. 윤한봉은 광주의 목사, 변호사, 여성단체, 개신교, 천주교 인사들을 모으러 시내로 나갔고, 나는 송기숙의 집에서 전화로 서울 각처에 상황을 알리고 광주로 모여줄 것을 호소했다. 이틀 동안에 광주의 인사들과 서울에서 내려온 백낙청, 박태순, 백기완 등이 대책회의를 했다. 이러한 움직임이 수사당국에 압력이 되리라고 생각했고 외신에도 보도가 되기 시작하여 고문은 차마 하지 못할 것이라고 예상했다.

시내 YWCA 회관에서 대책회의가 열리고 석방 촉구문이 채택된 오후에 부인이 내게 집전화를 건네주었다. 송기숙의 목소리가 들려왔다. "조사가 끝나면 귀가를 시켜준다니 자네도 이제 그만 농성을 풀어야 쓰겠네." 그러나 송기숙은 대통령 긴급조치 위반으로 구속되어 사 년 형을 받고 청주교도소에 수감되었다. 사전 모의에 참여했던 성내운 교수를 비롯한 다른 교수들도 모두 구속되고 교육공무원법에 의하여 파면되었다. 스승의 체포에 항의하여 거리로 몰려나온 시위대는 스크럼을 짜고 구호를 외치며 금남로 대로를 달렸는데 주동자들은 시위대가 흩어진 뒤에 귀가하지 않고 즉시 도피했다. 도망친 이들 몇몇은 서울의 문화패들이 나누어 맡았다. 그들은 꼭 일 년 만인 1979년 여름에 형

집행정지로 석방되었고 도피했던 문화패 중의 몇몇 젊은이도 그 무렵에 돌아오게 된다.

내가 거의 열흘 만에 해남 집으로 내려왔는데 밤중에 느닷없이 도피 중인 김남주와 최권행이 찾아왔다. 최권행은 이해찬과 함께 민청학련의 막내 세대로서 차분하고 사려 깊은 젊은 불문학도였다. 그는 일찍이 김남주, 박형선 등과 셋이서 의형제를 맺을 정도로 가까웠고 서로를 아꼈다. 그 무렵 최권행은 이해찬과 서울에서 '한마당'이라는 사회과학 출판사를 하고 있었다. 셋이 머리를 맞대고 소주를 마시는데 김남주가 문득 말을 꺼냈다. "나는 답답해서 미치겠어라우. 이렇게 미적지근하게 해서야 언제 유신독재가 끝나요? 차라리 아무것도 안 허고 참고 살등가. 나는 화끈하게 싸우고 싶소." 그러면 너는 뭘 하자는 거냐고 내가 물었더니, "지하신문을 냅시다" 했다. "우리 셋이서? 조직이 있어야 되지 않겠나?" 내가 묻자, 남주는 당장 시작해서 일하다보면 조직은 생겨난다고 대답했다. 나는 대중운동이 이제 겨우 출발하는 중이니 조금만 기다리자, 갑갑하지만 우리도 모르는 사이에 일반 민중에게 퍼져나가게 될 거라고 말했다. "해남농민회가 전남농민회로 나아가는 과정을 보라구." 그러나 남주는 지금 번역하는 책에서 번역료가 좀 나오면 서울로 가겠다고 했다.

이튿날 그는 나와 헤어지면서 홍희윤에게 손수건에 싼 무언가를 기념품으로 주고 갔다. 그가 가고 나서 펼쳐보니 편지였다. 그것은 체 게바라가 쿠바를 떠나며 피델 카스트로에게 남긴 편지였다. '지금 이 시간 이런저런 상념들이 떠오르네. 자네를 마리아 안토니아 집에서 처음 만났던 때와 자네가 나에게 자네 그룹에 합류하기를 청했을 때, 그리고 우리의 여정을 준비하는 동안 느꼈던 팽팽한 긴장감에 대해, 우리가 자기의 죽음을 대비해 누구에게 그 소식을 전해야 할지를 미리 말했을 때, 이 가능성은 갑자기 우리 모두에게 현실로 나타났지' 하면서 시작되는 그 유명한 편지 말이다. 그리고 또 한 장은 체가 그의 사랑하는 어린 딸 일디타에게 남긴 것이었다. '오늘 너에게 편지를 쓰지만 너는 아주 나중에야 이 편지를 받아보게 되겠구나. 어쨌든 나는 너를 한 번도 잊은 적이 없다는 사실을 네가 알아주었으면 좋겠구나' 하고 시작해서는 '우리 앞에는 끝없는 투쟁이 있음을 기억하거라. 네가 어른이 되었을 때 너 역시 투쟁의 대열에 끼어야 할 것이다. 어른이 될 때까지 가장 혁명적인 사람이 되도록 준비하여라', 그리고 말미에 '엄마의 키스가 우리가 서로 만나지 못하는 시간들을 채워줄 거야'로 끝나는 애틋한 편지였다.

해남의 우리집에는 수많은 사람들이 찾아왔는데 열정적인 활동가들이며 동일방직의 해고된 여성 노동자들, 일본의 시민단체 사람들 등 일일이 나열할 수가 없을 정도다. 그중에 고려대 농대를 나온 최석진이라는 과묵한 청년이 있었다. 우리는 밤새껏 이야기했는데, 그가 이런 말을 했던 것이 기억난다. "산에 오르는 사람들은 각자의 길을 선택하게 될 겁니다. 굽잇길을 완만하게 돌아서 가는 이도 있고, 비탈길을 숨가쁘게 올라가는 이도 있고, 위험한 절벽을 오르는 사람도 있을 겁니다. 그렇지만 정상에 오르기 전에는 누가 옳다 그르다 할 수 없겠지요."

김남주는 자신이 서울로 올라가기로 결심을 굳혔음을 체의 편지를 통해 전달하려 했던 듯하다. 남주는 전남 도경의 수배를 피하여 일단 목포로 가서 은신할 작정이었다.

목포 한산촌에는 우리들의 어머니 여성숙 여사가 있었다. 그는 황해도 출신으로 의사였고 전후 시기부터 가난한 환자를 돌보며 전주와 광주에서 진료했고 1960년대에 목포로 와서 한산촌이라는 결핵 요양원을 운영했는데 가난한 낙도의 어민과 노동자들에게는 치료비를 받지 않았고 젊은 학생들에게는 최소한의 약값만을 받았다. 신학자 안병무 목사는 여성숙 선생의 평생의 동지이자 친구였다. 화가 홍성담도 한때 결핵으로 입원해서 선생의 보살핌을 받았고 나를 비롯하여 박석무, 김지하, 김남주, 윤한봉 등도 도피의 길에 모두 선생의 신세를 졌다.

김남주는 한산촌에 방을 얻어 숨어 지내며 프란츠 파농의 『대지의 저주받은 자들』을 번역했다. 그는 얼마 후에 원고를 끝냈는지 서울로 옮겨갔다.

함평 고구마 사건에 얽힌 이야기를 빠뜨릴 뻔했다. 이것은 1976년에 내가 해남으로 내려간 무렵부터 1978년 5월까지 일 년 육 개월에 걸쳐 진행되면서 1979년 경북 안동 지역 '감자 투쟁'과 같이 다른 지역의 농민운동에 크게 영향을 미친 사건이다. 함평의 농민들은 농협의 권유로 소주회사의 주정을 제조하는 데 쓰는 고구마를 대대적으로 농사지었는데, 막상 농사를 지어 출하를 하려니 건조하지 않아도 모두 받겠다던 소주회사측이 적당량만 받고는 거부해버렸다. 농민들은 출하하지 못한 고구마를 대량으로 썩혀서 내다버릴 판이었다. 가톨릭농민회를 중심으로 농협을 상대로 한 피해보상운동이 일어났고 정부에서는 경찰 정보부 등이 나서서 압력을 가하기 시작했다.

내가 해남 생활을 시작한 지 일 년 반쯤 되던 무렵일 것이다. 1978년 4월 24일, 가톨릭농민회 회원 칠백여 명이 광주 북동성당에 모여서 '농민을 위한 기도회'라는 명목으로 철야기도회를 가진 뒤 단식투쟁을 시작했다. 전국에서 농민회원들이 모였고 특히 본부나 다름없던 원주에서는 오래 알고 지낸 박제일 형이나 친구 김헌일, 정성헌 등이 농민들과 함께 왔다. 시내 YWCA 강당에서는 북동성당에서 단식중인 농민들과 연대하는 집회를 열고 있었고 거리로 나가려는 시위대를 경찰 기동대가 막고 주동자 몇 사람은 체포해버렸다.

나는 문인들과 재야인사들을 불러모으러 서울로 올라가 백기완 선생, 문익환 목사, 계훈제 선생 등 원로들과 조태일 시인, 임채정 동아투위 위원 등을 데리고 광주로 내려왔다. 북동성당은 경찰 병력으로 완전히 포위되어 있었는데 윤한봉이 기다리고 있다가 주택가 뒷골목으로 들어가 성당의 담에 닿는 지점까지 안내해주었다. 우리는 어둠 속에서 도둑처럼 성당의 높은 담벼락을 기어올라 넘어갔다. 내가 담 위에 올라앉아 손을 내밀었더니 문익환 목사는 노인이었는데도 버둥거리지 않고 사뿐하게 담을 넘었다. 내가 "목사님, 경험이 많으신 것 같습니다" 했더니, 문익환 목사는 천연덕스럽게 "내가 원래 빵잽이 아닌가. 절도들한테 많이 배웠지" 하는 것이었다.

하여튼 함평 고구마 사건은 고구마 피해보상운동이라는 작은 사건이었지만 유신 말기의 동일방직 여공들의 쟁의와 더불어 민중들의 생존권 투쟁에 불을 붙인 사건이었다. 북동성당에는 농민들과 함께 윤공희 주교와 각 지역 농민회 지도신부단이 모여 있었고 재야의 지식인들과 청년 활동가들이 있었다. 김수환 추기경은 미사를 통하여 항의 성명을 발표했다. 대통령 긴급조치로 정부에 반대하거나 비판만 해도 수년의 실형을 때리고 걸핏하면 간첩사건을 조작하여 겁주고 억압하던 철통같은 유신의 담벽에 금이 가기 시작했다. 전국 가톨릭교회가 들고 일어나자 정부에서는 농민들의 단식 일주일 만에 보상을 약속하면서 한발 물러났고 농민들은 피폐해진 모습으로 만세를 불렀다.

서울의 큰누나 집에 기거하던 어머니가 내게로 오시겠다는 전갈이 왔다. 나는 어머니를 해남에서 모시고 살기로 했다. 아내와 나는 해남에 눌러살든지 아니면 떠나든지 어쨌든 좀더 큰 집으로 옮겨야겠다고 의논하고 있었다. 어머니가 작은 짐 몇 개만 들고 해남에 왔고 나는 속으로 나의 불효를 자책하며 건넌방을 치웠다. 어머니가 오시고 며칠 뒤에 해남경찰서 정보과장에게서 좀 만나자는 전갈이 왔다. 그를 만났더니 선생 댁이 도시계획에 들어 있다는 건 알고 있느냐고 물었다. 촌구석에 무슨 도시계획이냐고 되물었더니 물론 수년 뒤의 일이지만 그 일대에 도로가 뚫리게 되어 있는데 지금 팔지 않으면 소문이 나서 앞으로 헐값이 된다고 말했다. 나는 빙긋 웃으며 그에게 물었다. "그러니까 나더러 지금 해남을 떠나라는 거요?" 정보과장은 눈을 크게 떠 보이며 황급히 손을 내저었다. "아니, 절대로 그런 게 아니라 손해 보실까봐 미리 알려드리는 겁니다. 대한민국 국민은 누구나 거주 이전의 자유가 있고요……"
나는 일부러 그를 좀 놀려주려고 말을 이었다. "사실은 어머니를 모시게 되어서 좀더 큰 집을 마련해볼까 하는데, 읍내 남쪽을 찾아보고 있어요. 해남이 좋아서 아예 말뚝 박고 살아보려구요." 과장은 그제야 엄살하는 표정이 되어 사정했다. "아이고오, 다 아시면서. 사실은 황선생 때문에 날마다 전화기에 불이 납니다. 정말 죽겠습니다. 고구만지 감잔지 때문에 일 터지고 나서 황선생 전라도를 뜨게 해얀다고 위에서 난립니다."

나는 농담하듯 말했다. "내가 복비는 넉넉히 드릴 테니 과장님이 집 좀 팔아주쇼." "무슨 말씀, 제가 당장에 조치를 할랍니다." 나는 도로가 뚫리는 게 사실이냐고 그에게 물으려다가 그만두었다.

윤한봉은 광주에 적당한 집을 찾아놓았다고 연락이 왔고, 나는 올 때처럼 어머니와 식구들을 버스로 보내고 짐을 싣고 우슬재를 넘어갔다.

*

윤한봉과 나는 광주에 사무실을 내기로 했다. 민중문화연구소는 정부에서 '민중'이란 말만 나와도 도끼눈을 뜨는 형편이니 '민중' 대신에 '현대'를 붙이자고 했다. 그래서 사무실 이름이 '현대문화연구소'가 되었다. 우선 자금이 문제였다. 광주에서 십시일반으로 모금을 하되 그냥 노골적으로 민주화운동을 위한 헌금을 해달라고 부탁해봤자 아무도 응하지 않을 것이었다. 돈을 내면 나중에 사건이 터졌을 때 동조 내지는 부화뇌동이 되기 때문이다. 실제로 도피중인 학생운동가나 활동가를 숨겨주거나 생활비를 도와주었다가 잡혀간 이가 한둘이 아니었다.

나는 다시 서울로 올라갔다. 언제나 나의 어려운 부탁을 들어주는 화가 여운에게 사정 이야기를 했다. 여운은 이른바 마당발로 알려져서 선후배 화가들은 물론이고 문인, 기자, 사업가까지 아는 사람이 많았다. 그는 처음에 화가들의 그림을 모아 주려다가 더 좋은 아이디어를 떠올렸다. 초벌구이 도자기에 유명 문인과 화가들의 글씨와 그림을 그려넣고 구워내면 의미 있는 도자기가 되니 더욱 상품가치가 있을 거라는 얘기였다. 우리는 그렇게 만든 도자기들을 광주에 싣고 내려와서 YWCA 일층 회의실에다 전시장을 꾸며놓고 전시회를 열었다. 며칠 만에 모금이 끝났고 그 돈으로 무엇을 하는지 짐작은 하겠으나 아무도 불안해하는 사람은 없었다. 몇 년 뒤 가파르던 전두환 정부 말기에 자유실천문인협의회를 민족문학작가회의로 개편하던 때도 이런 방식의 모금으로 도움을 얻은 이야기는 앞에서 이미 언급한 바 있다. 이렇듯 남 도와주기 좋아하는 화가 여운은 몇 년 전 고인이 되었다.

곁에서 돌아가는 사정을 지켜보던 홍희윤이 집 판 돈의 일부를 사무실 설립 자금에 보태라고 내놨다. 마침 김상윤의 녹두서점이 장동 로터리 앞으로 이사를 하게 되었는데, 그곳은 광주의 중앙통인 금남로와 가깝고 도청과 YWCA, YMCA 등이 도보로 몇 분 거리 안에 있는 곳이었다. 윤한봉은 녹두서점 옆 건물의 이층을 얻었다. 우리는 '현대문화연구소'라는 작은 간판을 문 앞에 걸었다. 이곳은 기왕에 있었던 천주교 또는 개신교 계통의 지원 아래서 활동하는 조직과 구성원들 이외에 시민, 청년학생들의 연락사무소 역할을 하려던 것이었다. 우선 윤한봉, 김상윤 등을 비롯한 구속자 출신 청년들은 '민주청년협의회'를 구성했다. 그리고 윤상원 등이 열었던 '들불야학', YWCA에 의탁하던 '양서조합,' 처음에는 구속자 가족협의회로 옥바라지 위주로 구성되었다가 나중에 광주 시민들의 여성회로 발전하게 된 '송백회', 그리고 문화운동을 전담하는 극단 '광대' 등이 있었다.

유신독재 전 기간을 통하여 광주는 지역운동 역량이 지속적으로 성장해왔다. 이미 1978년에 이르면 각계의 역량 분담이 능률적으로 수행되고 있었다. NCC(한국기독교교회협의회), EYC(한국기독청년협의회), JOC(한국가톨릭노동청년회), 가톨릭농민회, 기독교농민회, 가톨릭정의평화위원회, 가톨릭청년회, 기독청년회, YMCA, YWCA 등의 종교단체와 한국앰네스티 광주지부, 민주청년협의회, 현대문화연구소, 녹두서점 등의 재야 청년, 사회단체들이 겉으로는 분립된 채로 내부적으로는 한동네의 사랑방과 같이 연결된 논의 구조를 이미 확보하고 있었다. 그래서 어느 한 조직이나 단체에만 관련된 사람은 거의 없었고 보통은 두세 가지의 사회단체나 조직에서 봉사하고 있었다. 우리는 서로를 거의 다 알고 있어서 한마을 사람들처럼 연결되어 있었다.

나는 당시까지 자유실천문인협의회의 광주 일을 맡고 있어서 다른 단체들과의 연대나 성명서를 낼 일이 생기면 내게로 부탁이나 연락이 오곤 했다. 그 무렵 문인으로 시인 김지하, 시인 문익환(목사), 시인 양성우, 소설가 송기숙, 평론가 이영희 등이 구속되어 있었고 이들에 대한 석방을 요구하는 문학 집회가 지방에서도 연이어 벌어지고 있었다.

나는 서울에 올라가면 대개는 신문사에 들르거나 문인들을 만나고 가까이 지내는 출판사를 순회하기 마련이었다. 최권행의 한마당 출판사에 들렀더니 그가 가만히 말했다. "남주형이 보고 싶어하셔요."

나는 반가워서 당장 연락을 하라고 말했고 혜화동 부근에서 여전히 새카맣고 전혀 지식인 티가 나지 않는 모습의 김남주와 몇 달 만에 만났다. 계절이 지난 옷차림을 하고 있어서 내가 점퍼를 사주었고 출판사에서 받은 돈 중 일부를 그의 주머니에 넣어주었다. 그는 광주에서는 떠났지만 여전히 수배중인 상태였다. 남주는 자유실천문인협의회의 손발을 자처한 일꾼이었던 시인 이시영, 소설가 송기원 등과 나이가 엇비슷해서 서로 말을 놓는 친구 사이였는데 그들이 가끔씩 만나서 남주의 도피를 거들어주곤 했던 모양이었다. 또는 시인 최민이나 화가 오윤 등이 그의 기거를 돕기도 했다.

나는 그뒤로 서울에 올라갈 적마다 남주를 만나곤 했다. 한번은 수유리에 있는 여관을 잡아놓고 하룻밤 자고는 같이 외출을 했다. 나는 일단 출판사에 들러서 인세라도 받아다 그에게 쥐여줄 작정이었다. 점심을 먹고 헤어지려던 참이었으니 이른 오후였을 것이다. 둘러보니 마침 앞에 '대지극장'이라는 간판이 보여서 내가 말했다. "어 저기 영화관 있네. 동시상영중이니 영화 두 편 때리고 나면, 내가 일 보고 올 만한 시간이 되겠다." 남주는 간판을 찬찬히 올려다보더니 킬킬 웃으며 말했다. "앞에는 멜로물이고, 그다음 것은 무협이오. 겁나게 문무겸비로구만."

나는 남주를 동시상영관에 들여보내놓고 시내로 나갔다. 나가서 이 사람 저 사람 만나다보니 늦은 밤이 되었다. 저녁밥 때도 지나서 허둥지둥 택시를 타고 수유리 대지극장으로 달려갔더니 어둠 속에서 그가 말했다. "배고파 죽는 줄 알았소. 얼릉 오쇼." 그는 극장 매표소 앞의 계단참에 쭈그리고 앉아 있었다.

내가 자책감에 오히려 화를 냈다. "아니 왜 여기 앉아 있어? 내가 안 오면 여관방으로 돌아가서 기다릴 것이지." 그는 퉁명스럽게 대꾸했다. "그 여관이 어느 방향인지 알 수가 있어야지라" 하더니 내 뒤를 따라오며 투덜거렸다. "서울은 어디가 어딘지 당최 지리를 모르겠두만." 나는 그에게 농담삼아 한마디했다. "혁명을 한다는 놈이 서울 지리도 몰라서 되겠냐?" 그는 계속 구시렁거렸다. "에이 씨, 몰라도 괜찮아. 나중에 다 부셔버릴 거니까."

그는 이 무렵에 반체제 전위조직에 가담했던 것으로 보인다. 그는 나에게 간간이 이야기하곤 했다. 자신이 비합법투쟁조직에 들어갔으며 지금 첫 단계의 선전작업을 수행중이라고 했다. 그는 자기를 이끌었던 조직의 이름 모를 동지에 대해서도 깊은 감동을 받았던 것 같다. 그 동지의 개인 생활상에서의 근면함과 성실성은 자기 같은 얼치기 시인이 따르지 못할 정도로 모범적이라고도 했다. 그는 머리가 하얗게 센 대선배 활동가가 손수 유인물을 '가리방(등사기)'으로 긁고 찍어내는 수고를 일상적으로 해내는 것을 지켜보며 눈물이 나더라고 했다. 그러고는 속삭여 말했다. "생각은 다를 수 있어요. 좀 앞서가는 점도 있지만 독재를 타도하자는 점은 분명합니다. 저는 시방 무섭고 미치도록 떨려요. 하지만 이제야 살아 있는 것만 같소."

그들은 정회원과 준회원이 1개 조가 되어 움직였는데 정회원이 리드하고 준회원은 행동한다. 이를테면 유인물 몇 장을 거리 번화가의 공중전화 부스에 두고 나온다. 관찰해보고 안전하면 이어서 부근의 다른 공중전화 부스들에도 유인물을 배포한다. 대학교 캠퍼스에 들어가 벤치라든가 숲길에 흩뜨려놓기도 하고 빈 강의실에 들어가 책상마다 놓아두기도 한다. 길게 적은 유인물이 아니라 '박정희를 타도하자!'라든가 '박정희 종신독재 물러가라!' 같은 구호를 타자로 찍어 수백 장으로 오려내어 준비한다. 긴 코트를 입고 밤거리를 걸으며 뜯어낸 호주머니 속에서 딱지 같은 구호 삐라를 뿌리고 다닌다. 구호 삐라는 그때마다 내용이 달라진다. 김장철에 배추, 무 값이 뛰었을 때 '박정희 때문에 김치도 못 먹겠다'라고 찍은 삐라를 시장에서 몇 개 조가 뿌리고 다니기도 했다. 대중에게 타도할 주 대상은 언제나 박정희임을 알리려 했고 조직의 이름을 각인시키기 위해서 유인물과 성명서의 아래에는 '한국민주투쟁국민위원회'라고 밝혔다. 이들의 작전(남주는 작전이라고 군대 용어를 사용했다)은 1978년부터 본격화되었고 학생, 노동자, 농민 등의 투쟁위원회로 발전 확대되고 있다고 그는 말했다. (나중에 공안당국에서도 같은 무렵에 파악하기 시작했다고 밝혔다.) 그는 내게도 민투의 행동 양식을 제시하면서 일정 기간의 조직적 실천을 하고 나면 정식으로 가입이 된다고 말했다. 나는 그의 말을 빨리 이해했고 이러한 행동 양식에 대해 여러 나라 혁명운동의 사례와 책을 통하여 아는 바가 너무나 많았다. 원래 '말'과 '행동'은 다른 법이고 그것을 일치시키기란 더욱 어려운 일이다. 나는 마음 깊이 찬성할 수는 없었지만 현재의 상황으로 보아 이해하고 도와줄 수는 있다는 생각이 들었다.

얼마 후에 다시 서울에 올라갔다가 남주를 만났고 그들은 조직원을 배가하려는 강력한 의도를 가지고 있다는 느낌을 받았다. 그날 남주는 작전 위험 지구였던 연세대를 맡아서 유인물 배포를 끝낸 직후에 신촌에서 나를 만났다. 밤이 늦었고 그날은 남주가 작전을 실행한 날이어서 여관에 가지 못하고 소설가 박태순의 집으로 갔다. 박태순과 나는 어떤 이야기도 자세히 나누지 않았지만 남주가 수배중이라는 사실은 알고 있어서 묵묵히 술만 마셨다.

그 무렵에 나는 서울에서 일월서각 출판사 사장 김승균의 집에 갔다가 뜻밖에 김근태와 몇몇 젊은이들을 만났다. 김승균은 대구 출신이었고 그 나이 또래들이 모두 민청학련의 배후로 조작되어 사형당한 세칭 인혁당 사람들이었다. 김근태와 나는 스무고개 놀이를 하는 식으로 대화를 이어갔는데, 요지는 전위와 대중에 관한 내용이었다. 어두운 마당 한편에서 김근태는 내게 남주를 본 적 있느냐고 물었고 나는 몇 가지만 암시했다. 김근태는 몇 년 동안 이름이 알려지지 않은 채 인천에서 노동자 교육을 담당하고 있었는데 그도 뒤늦게 존재가 밝혀져 수배 중이었다. 나는 김근태에게 인천에 있지 말고 서울에도 오지 말라고 충고했다. 나는 김승균이 맑고 순수한 사람이라 좋아했지만 사람을 가리지 않고 교유하는 점은 마음이 놓이지 않았다.

같은 무렵에 광화문에 있는 나병식의 풀빛출판사 사무실에 들렀을 것이다. 출판사에 가니 평론가 임헌영과 교도관 출신의 영업부장 등이 보였다. 그들은 임대비를 줄이려고 세 출판사가 사무실을 함께 얻어 사용하고 있었다. 얼마 전에 허술이 긴히 할말이 있다고 하여 만났더니 내게 대뜸 예의 광화문 출판사 합동 사무실에 가보았느냐고 물었다. 며칠 전에 들렀다고 말하자 앞으로 그곳에 드나들지 말라고 주의를 주었다. 허술은 중앙일보 기자 노조의 위원장을 맡고 있었다. 그는 구한말 팔도의병대장이었던 왕산 허위의 손자인데, 아버지는 애국지사로 일제 때 감옥에서 오랫동안 옥고를 치렀다. 일제에 잡혀 죽은 시인 이육사가 그의 외삼촌이다. 대구 경북은 1970년대까지 급진 사회주의 사상가들이 많이 나왔던 반면 구미 출신인 박정희의 장기 집권으로 입신한 사람도 많았고 그래서 차츰 극우보수적 성향을 띠게 된다. 허술은 대구 경북고등학교를 거쳐 서울대학교를 중퇴하여 양쪽에 모두 친구들이 있었지만, 6·3 한일회담 반대투쟁 세대로 대학에서 퇴학 맞은 터여서 우리 쪽에 가까웠다. 그는 최근에 청와대에 들어가 있는 친구에게 들었다면서 공안당국에서 큰 조직사건을 터뜨리려고 준비중이라고 했다. 그는 짐작으로 임헌영, 김승균 등을 예로 들면서 광화문의 출판사 합동 사무실에는 출입하지 말고 그들에게도 모여 있지 말라고 귀띔하라고 충고했다. 며칠 후에 나는 그 얘기를 전하러 임헌영과 나병식을 찾아갔던 것이다. 그런 일이 있은 후 나는 곧 서울을 떠났다.

그해, 1979년 4월에 세상이 발칵 뒤집혔다. 김남주 시인과 박석률, 이학영 등이 동아건설 회장 최원석의 집에 들어가 운동자금을 마련하려다가 경비원과 비서 등의 저항으로 성공하지 못하고 달아났고 이학영은 현장에서 체포되었다는 소식이었다. 급기야 김남주가 수사선상에 떠올랐고 이제까지 형식적이었던 그의 수배 상황은 치밀하고 급박해졌다.

나는 그 무렵에 마음이 몹시 흔들리고 있었다. 아마도 『장길산』을 연재하고 있지 않았다면, 그리고 이제 막 현대문화연구소를 설립하지 않았다면 나도 남주와 같은 길로 들어섰을지도 모르겠다. 김대중, 김영삼 등 야당 정치인들도 차츰 급진적인 정치투쟁으로 들어서고 있었으며 대학생들은 구속과 체포를 두려워하지 않고 중심가로 뛰쳐나왔다. 지식인과 종교인 가릴 것 없이 구속자는 점점 늘어갔고 노동자들의 투쟁도 현장에서 치열하게 벌어지기 시작했다.

8월에는 YH무역의 여성 노동자 백팔십칠 명이 마포 신민당사 사층

강당에서 농성을 시작했다. 경찰은 이천 명의 병력을 동원하여 새벽에 당사에 진입하여 어린 여공들의 농성을 강제 해산시켰는데, 그런 와중에 김경숙이 사망했다. 경찰은 옥상에서 투신했다고 발표했지만 사실은 진압이 시작되자 옥상으로 올라갔던 여공들 중에서 김경숙이 곤봉에 맞아 사망한 것을 추락사로 꾸민 것이었다. 김경숙은 스물한 살의 봉제공으로 노조의 조직차장이었다. 김경숙이 당사 농성 전 어머니에게 쓴 편지를 보면 당시의 분위기를 짐작할 수 있다.

'보고 싶은 엄마에게. 내가 거주하고 있는 이곳 YH무역은 굉장히 큰 회사랍니다. 돈 많은 회장은 미국으로 도망가고 없고 사장들은 자기들만 잘살겠다며 지금 우리 근로자들을 버렸습니다. 회사 문을 닫겠다며 폐업 공고까지 내버렸답니다. 그러나 저희 근로자들은 비록 힘은 약하나 하나같이 똘똘 뭉쳐 투쟁하고 있습니다.

특히 엄마가 꼭 알아두어야 할 것이 하나 있습니다. 그것은 다른 게 아니고 우리 회사의 사장은 수단과 방법을 가리지 않는 나쁜 사람이어서 어떤 일을 꾸밀지 모르니 내 편지가 아니면 그 어떤 편지를 받더라도 믿지 말라는 것입니다.'

회사에서는 가족을 찾아가 당신 딸이 지금 빨갱이들의 영향을 받고 국가에 큰 죄를 저지르고 있으니 어서 그만두게 하라, 만약 그대로 놔두면 가족들도 엄한 처벌을 받게 될 것이라는 식으로 회유 협박한 것으로 알려졌다. 여공들은 회사는 물론 정부, 경찰, 정보부 등의 압박을 받고 있었다. 여당인 공화당 당사는 경계가 엄중하여 들어가지 못하고 이문영 교수, 문동환 목사, 고은 시인 등이 한 달 전에 막 취임한 김영삼 신민당 총재의 상도동 집으로 찾아가 당사에서 여공들이 농성할 수 있게 해달라고 청원했고 김영삼은 오 분 만에 금방 알아듣고 '우리가 여공들을 보호하고 지원하겠다'고 약속을 했다. 정부는 고은 등을 구속하고 김영삼 신민당 총재를 끌어내리고 의원직까지 취소시켰다. 이 사건은 유신정부의 몰락을 가져온 단초가 된다.

천주교, 개신교를 비롯한 종교계와 재야인사들은 대책위를 구성하고 정의구현사제단은 김수환 추기경이 앞장서서 시위에 들어갔으며 '국가보위에 관한 특별조치법'을 즉각 폐지할 것을 주장했다. 광주에서도 YMCA 강당에서 종교계와 재야인사들의 항의 집회가 열렸는데 나는 성명서 작성을 요청받았다. 원래는 다른 목사가 낭독하기로 되어 있었으나 그가 참석하지 못하게 되어 내가 자청하여 나가서 읽었다. 특별조치법을 명백히 위반하는 행위였지만 피할 수 없다고 생각했다. 행사가 끝나고 귀가했는데 경찰에서 찾아와 위에서 다른 지시가 있기 전에는 집을 떠나지 말라고 경고했다. 가택연금이었다. 나중에 소설가 박태순을 만났더니 내용으로는 성명서 중에서 가장 셌다고 서울에서는 황모가 구속될 줄 알았다고 말했다.

나는 하도 답답하여 김남주가 말하던 대로 민투 이름의 '작전'을 저질러버리고픈 생각까지 들었다. 고민하다가 집 근처 기독병원 옆에 사는 강신석 목사에게 가서 교회 주보를 찍어내는 등사기를 좀 빌려달라고 했다. 그는 여분이 한 대 있는데 뭐에 쓰려느냐고 물었고 나는 젊은 이들의 문집을 내려고 한다고 말했다. 등사기를 갖다놓았는데 마침 해남에서 윤기현이 올라왔다. 나는 내 생각을 말하고 원고를 작성했다. 내용은 박정희 독재와 싸우자는 일종의 궐기문이었다. 두 사람이 밤새도록 유인물을 찍어서는 벽장에 얹어두고 잠이 들었는데 아침에 윤한 봉이 찾아왔다. 그는 우리의 안색을 살피며 조심스럽게 물었다. "형님, 어제 내가 강목사님 만났더니 걱정하십디다."

강신석 목사는 광주의 교역자 중에서 청년들과 가장 마음이 통하는 사람이었고 홍희윤이 강목사 사모와 함께 송백회를 끌어가고 있어서 우리와 가까운 사이였다. 윤한봉의 말에 내가 아무 말도 하지 않았더니 그가 다시 추궁했다. "등사기 빌려왔다면서요? 머할라고 그걸 빌렸습디여?"

나는 하는 수 없이 요즈음의 내 심경을 말했고 욕스러워서 더이상 참고 견디기가 힘들다고 얘기했다. 차라리 징역 가서 감옥에 들어앉아 있는 것이 내 독자들 보기에도 떳떳할 것이라고 말했다. 그는 내가 찍어놓은 유인물을 찬찬히 훑어보고는 한숨을 푹 쉬었다. "난들 지금 맘이 편하겠소? 근디 밑에를 본께 민투 이름이 붙었네요. 남주 만났지라?" 내가 그렇다고 하자 그는 말했다. "지금 그 동네가 소문이 많이 났어요. 우리 바로 지척에서 잘 아는 사람들 이름이 오르내립디다." 나는 그제야 허술에게서 들었던 얘기를 꺼냈고 윤은 고개를 끄덕이며 "글쎄 다들 눈치채고 있는 이야기랑께요" 했다. 그는 이렇게 암흑이 짙은 것을 보니 새벽이 오려고 그런 것 같다면서 이럴 때일수록 침착해야 한다고 말했다. 그는 유인물 뭉치를 쥐고 흔들면서 말했다. "형님, 이거 다 없던 얘깁니다. 그러니 당장 태워버립시다."

광주 양림동 집은 이층이었는데 밖으로 시멘트 계단이 붙은 슬래브식 옥상이 있었고 아래로 비좁은 마당이 있었다. 윤기현이 묵묵히 앉았다가 얼른 유인물 뭉치를 윤한봉에게서 빼앗아 들고 일어나면서 말했다. "내가 내려가서 태워불라요." 윤기현은 포도나무가 담장으로 걸쳐진 화단에서 모두 태우고 재를 땅속에 묻고 올라왔다.

그 무렵에 현대문화연구소는 문을 닫아걸었다. 사복들이 언제나 주변을 배회하고 있었다. 우리집 근처에도 골목 어귀에 낯선 남자들이 서 있는 게 눈에 띄었다.

10월 9일에 내무부 발표로 '남민전(남조선민족해방전선)' 검거 사실이 발표되었다. 내용은 어마어마했고 우리가 듣고 있던 사실보다 훨씬 과장된 것이었다. 사건 제목은 아마도 수사 지휘부가 붙였을 텐데 원래는 '한국민주투쟁국민위원회'였던 것을 '남조선민족해방전선 준비위원회'라고 정한 것으로 보아 수사과정에서 '너희들의 지향점이 거기가 아니냐, 그러므로 준비위원회다'라고 틀을 짠 듯했다. 어쨌든 언론이 한번 대대적으로 보도하자 민주화운동 진영까지도 모두 '남민전 사건'이라고 따라 부르게 되었다. '남베트남 민족해방전선을 롤 모델로 삼은 자생적인 사회주의, 진보적 민족주의 성향 단체'였다는 당사자들의 주장과는 달리 정부는 '북한 공산집단의 대남 전략에 따라 국가 변란을 기도한 사건'으로 발표했다.

남민전의 주모자는 당시 45세의 이재문이었다. 그는 1964년 세계적인 혁명 고양기에 4·19 이후의 민족해방론에 따라 자주적 통일에 열정적이었으며 1차 인혁당 사건으로 옥고를 치르고 나왔다. 대구 경북 출신을 중심으로 북과 직접 연루된 통혁당 사건이 있었고 혁신계의 운동이 이어졌는데 개중에는 사형당한 이들과 중형을 받은 이들이 많이 나왔다. 군사정권의 가혹한 탄압과 연이은 실패에도 불구하고 혁신 세력은 끊임없이 혁명의 지도부인 전위조직에 대한 열망을 포기하지 않았다.

인혁당 세대는 옥고를 치르고 나온 뒤에 각자의 생업을 찾아 흩어져서는 가끔씩 만나서 시국담이나 나누었다. 그런 중에 1974년 유신독재에 반대하는 대학생들의 민청학련 사건이 터지자 중앙정보부는 이들의 배후 세력으로 인혁당 재건위원회를 지목하여 제2차 인혁당 사건을 조작했다. 이들을 재판하고 사형 언도를 내린 뒤에 이튿날 갑작스럽게 전원 처형한 일은 '사법 살인'이라고 하여 전 세계를 놀라게 했던 터였다. 이때 도피해서 살아남은 마흔 살 정도의 이재문은 겨우 일 년 만에 머리가 하얗게 세어버렸다고 한다. 그는 다짐했다. 사람이 한번 세상에 태어나서 불의 앞에 납작 엎드려 있어도 죽고 마주 싸워도 죽어야 할 운명이라면 마주 싸우는 것이 도리가 아니겠는가고. 그는 죽은 친구의 부인을 통하여 사형수 여덟 명의 가족에게서 동지들이 옥내에서 입었던 속옷을 모아 남민전의 깃발을 만들었다고 한다.

검찰은 논고문에서 '이 사건은 직접적으로나 현실적으로 김일성의 지시를 받지 못하였을 뿐 북한 공산집단의 간첩단 사건이 명백하다'고 주장했다. 그러나 공소장에는 남민전 중앙위는 '남민전은 북괴의 지시에 의한 남한의 혁명 세력이 아니고 남한 출신 인사의 자주적 혁명 단체이며, 북괴와의 접촉이 가능하면 남민전과 북괴의 대표가 대등한 입장에서 접촉한다'는 데 합의했다고 적시되어 있다. 그러므로 공안당국도 이것이 북한과 연계되지는 않았음을 인정한 것이다. 다만 그들은 박정희 군사독재를 뒤엎고 사회주의 체제를 세우려고 했다는 데 주목했다.

남민전 사건이 발표되었는데도 YH무역 사건으로 김영삼이 국회의

원직에서 제명되면서 부산 민심이 흉흉해졌다. 10월 16일 부산대 학생 오천여 명이 유신 철폐를 외치며 가두로 진출했고 부산대, 동아대 학생들과 시민들이 합세하여 파출소 등 공공건물을 파괴하자 정부는 10월 18일 부산 일원에 비상계엄령을 선포했다. 계엄령도 두려워하지 않게 된 부산 시민들은 심야까지 투쟁을 계속했다. 마산대와 경남대 학생들도 마산 시내로 몰려나와 수출자유지역의 노동자들이 합세하고 시민들이 합세하여 일어났는데 이를 '부마항쟁'이라고 부르게 되었다. 10월 20일 정부는 마산 창원 지역에도 위수령을 발동했고 24일에는 대구까지 여파가 번져 계명대 학생들이 시위에 나섰다.

남민전 사건이 터지고 얼마쯤 뒤에 윤한봉이 경찰에 끌려갔다. 그에게 모진 고문을 가하며 현대문화연구소와 남민전의 관계를 옥죄고 있다는 소식이 들려왔고, 민주청년협의회 회원들은 모두 잠적한 상태였다. 제2차 남민전 사건으로 확대하여 큰 조직사건을 만든다는 소문도 있었다. 활동가 이강을 비롯한 농민회 사람들도 남민전의 명단에 들었다고 잡혀들어갔다. 전남 전 지역에 일대 검거 선풍이 불어닥친 것이다.

나는 홍희윤과 의논하고 간단한 짐을 꾸려서 집을 떠나 영암 도갑사 근처의 하숙집에 가서 엎드려 있었다. 앞마당이 있고 좌우로 별채가 딸린 전형적인 디귿자 한옥이었는데 날마다 안채 대청마루에 놓인 라디오 뉴스를 들을 수 있었다. 부마사태는 보도가 되지 않았으니 알 리가 없었고 그래도 원고는 써서 우체국으로 가서 서울로 부치곤 했다.

어느 날, 잠결에 시끄럽고 다급한 목소리가 들리면서 장중한 음악이 계속 들려오고는 또다시 뉴스가 흘러나왔다. 더이상 잠을 잘 수가 없어서 칫솔을 물고 마당에 나섰더니 주인집 소년이 들뜬 목소리로 내게 말을 걸었다. "우리나라가 전쟁이 터지면 어떡하지요?" 나는 무슨 뜬금없는 소린가 하고 잠이 덜 깬 눈으로 물끄러미 소년을 바라보았다. "박정희 대통령이 총에 맞아 돌아가셨대요."

나는 잘못 들었나 하고 라디오 곁으로 가 앉아서 귀를 기울였다. 문공부 장관의 울먹이는 목소리는 확실하게 대통령의 유고를 말해주고 있었다. 나는 마루에 멍하니 앉았다가 소스라쳐서 얼른 방에 들어가 가방을 꾸려서 광주로 향했다.

박정희의 죽음으로 세상은 완전히 변해 있었다. 텔레비전은 하루종일 사건 보도와 애도 방송을 내보냈다. 숨어 있던 사람들이 하나둘씩 연구소 사무실로 모여들었고 윤한봉을 비롯한 긴급조치 위반자들도 곧 나오게 되리라고 기대를 했다.

유신 정국의 먹구름이 걷힌 그날 문병란 시인, 송기숙 소설가, 그리고 몇몇 청년들과 함께 무등산에서 맥주 네 상자를 해치웠던 기억이 난다. 현대문화연구소는 사무국장인 정용화가 대리하고 있었고 곧 윤한봉의 빈자리를 노동운동가인 김희택이 채웠다. 우리는 야학, 양서조합, 민주청년협의회, 송백회, 극단 광대를 두고 각 부문운동을 강화할 생각이었다. 광대는 그 무렵에 전남대에서 탈춤반, 농악반, 민요반 등을 합쳐 민속극 연구회를 만들어 창립 마당극을 공연했고 연이어 조선대에도 민속극 연구회를 꾸렸다. 이들 중에서 극단 광대의 회원이 된 학생들은 이후 광주 일원의 농촌이나 공장 같은 현장 지역으로 마당판을 벌이고 다녔다.

서울의 재야와 야권 정치인들은 신군부가 최규하 대통령 권한대행을 통일주체국민회의에서 선출하려는 기미를 알고, 대통령 직선제를 실시할 것과 유신헌법을 철폐할 것, 구속자 석방을 실시할 것, 하루빨리 정권을 민간에게 넘기는 정치 일정을 앞당길 것 등을 촉구하고 있었다. 11월 24일에 재야인사들은 위와 같은 요구 조건을 촉구하는 항의 성명을 발표하기로 했다. 그리고 계엄령 아래서 집회 및 시위가 허락되지 않는 것을 알고 명동 YWCA 강당에서 결혼식을 올린다고 공고했다. 윤보선, 함석헌 등 원로와 야당 인사, 종교인, 대학교수, 해직언론인, 문인, 청년 활동가 들이 모여서 신랑 입장과 함께 성명서를 발표했고 경찰 기동대가 들어와 무차별 구타하고 체포했다. 이들은 용산 서빙고에 있는 국군 보안사령부에 연행되어가서 갖은 고문을 당했다. 함석헌 원로는 수염이 뽑혔고 백기완은 이때 고문을 당하고 1980년대 내내 건강을 회복하지 못했다. 소설가 현기영은 해방 후 미군정 치하에서 일어났던 4·3 양민학살 사건을 주제로 쓴 「순이 삼촌」의 작가라는 게 알려져 군 수사관들에게 사정없이 맞았다. 그도 한동안 고문 후유증에 시달렸다.

광주에서도 미리 연락을 받은 상태라 나는 김희택, 정용화 등과 선언서를 작성했다. 내용은 유신헌법 철폐, 계엄령 해제, 그리고 구속자 석방과 대통령 직선제 등 민주화 일정을 앞당기자는 것이었다. 이것들은 몇 달 전까지만 해도 입 밖에 내자마자 구속될 내용들이었다. 우리는 감히 군부가 우리를 구속하지 못할 거라고 보았다. 서울과 같은 날같은 시각에 광주 YWCA 회관 로비에서 종교인, 지식인, 변호사 등 삼십여 명이 기자들을 모아놓고 선언서를 발표하기로 했다. 성명서는 내가 작성했지만 해직교수협의회의 명노근 교수가 읽기로 했다.

선언문 발표를 마치고 아무 일도 없이 각자 집으로 돌아갔는데 저녁에 경찰에서 체포하러 왔다. 나는 옷을 든든하게 입고 끌려갔다. 선언서에 서명한 모든 사람이 연행되어 와 있었다. 경찰서 유치장에서 하룻밤을 자고 이튿날 보안사령부 광주지부인 '호남공사'로 끌려갔다. 서울과는 방침이 달라졌는지 모욕은 많이 당했어도 고문당하지는 않았다. 이때 절반 이상이 목회자들이었는데 기억나는 사람들은 강신석 목사, 명노근 교수, 일제 치하의 광주학생운동 때에 참여했다는 이성학 장로, 역시 광주학생운동에 참여한 조아라 장로, 김영진(나중에 노무현 정부의 농림부 장관을 지냄) 등이 있었다. 이중에 주동자급 십여 명이 잡혀가 상무대의 군 영창에 분리 수용되었다. 우리는 계엄법 위반 등의 혐의로 기소되었다.

군 영창은 반원 모양의 건물이었다. 부채꼴의 중앙에 감시대가 있고 헌병 두 명이 1개 조가 되어 안은 넓고 입구는 좁은 사다리꼴 모양으로 칸칸이 나누어진 옥내를 감시했다. 나는 이름이 기억나지 않는 어느 깐깐한 목사와 한방에 들어갔는데 우리 두 사람만 민간인이었고 다른 사람들은 모두가 군인 죄수들이었다. 가장 많은 것이 도망병들이고 개중에는 교통사고, 절도, 강도, 상관 폭행 등도 있었다. 모두 이십대의 젊은이들이었는데 중사나 상사급들인 삼사십대도 한두 명씩 끼어 있었다. 나와 같은 방에 들어간 목사는 강진에서 목회를 하고 있었으며 박정희가 삼신개헌을 결행하자 항의한다며 서울까지 도보로 걸어올라간 사람이었다.

광주 인사들은 두세 명씩 나뉘어 각 방에 배치되었다. 각 방들은 교실이나 강의실만한 넓이여서 한 방에 삼사십여 명의 죄수가 혼거했다. 우리는 그곳에서 한 달 남짓 갇혀 있어야 했다. (이듬해에 광주항쟁이 터지자 예비검속에 걸리거나 수습위원회에 참석했다가 혹은 시위 중 붙잡혀서, 부상을 당하여, 요행히 도청에서 살아남은 수백 명의 각계각층 광주 시민들이 이곳 상무대 영창으로 잡혀와 전쟁 포로와 같은 취급을 받게 된다.) 나는 감옥 안에서 젊은 헌병들의 주목을 끌게 되었는데 그들은 군대에 오기 전에 내 책의 독자였던 경우가 대부분이었다. 특히 제대를 앞둔 고참병들은 각자 사인북을 준비하고 있어서 그곳에 한두 페이지를 내 친필로 장식하려고 서로 다투었다. 그럴듯한 좋은 글귀를 써주면 건빵 한두 봉지가 들어왔다. 저녁 먹는 시간이 일러서 취침시간인 아홉시쯤이 되면 배가 고파서 잠이 오질 않았는데, 목사와 나는 그때까지 참고 있다가 담요 안에 쏟아놓고 소리를 죽여 건빵을 나누어 먹었다. 그러나 아무리 조용히 하려 해도 바사삭거리는 소리에 방안의 모든 죄수들이 듣고 있는지 입맛을 다시거나 가까운 곳에서는 침을 꼴깍 넘기는 소리도 들려왔다.

12월 15일쯤에 나에게 잘해주는 고참병이 근무하러 들어왔다가 나를 철창 앞으로 불러냈다. 그는 지난 12일에 전두환 장군이 병력을 동원하여 총격전 끝에 정승화 계엄사령관 겸 육군참모총장을 체포 구속하고 무력을 장악했다고 알려주었다. 그것이 12·12 신군부 쿠데타였다. 어쨌든 변화가 있을 모양이었다. 나는 연말쯤에 기소유예로 석방되었다.

신군부는 대통령 권한대행으로 내세웠던 최규하를 아직도 해산하지 않은 통일주체국민회의에서 대통령으로 선출하도록 했다. 그의 취임을 계기로 과거 긴급조치 위반자들이 풀려나왔고 윤한봉을 비롯한 청년 활동가들도 다시 자유의 몸이 되었다.

우리는 신군부가 최규하를 대통령으로 내세웠으니 과도적 군사정부 체제가 박정희의 전례로 보아 적어도 일 년은 지속될 줄 알았다. 나는 윤한봉, 박효선 등과 의논하여 현대문화연구소의 활동을 보강해줄 소극장을 설립하자는 계획을 세웠다. 장동 로터리의 녹두서점과 현대문화연구소가 지적에 있는 건물 지하실을 얻었다. 우리가 장소를 얻고 공사에 들어가기 시작한 것은 1980년 4월 초였다. 나는 전세금과 공사비, 그리고 오디오, 조명기구 등의 구입 비용을 마련해야 했다. 책의 인세를 출판사에서 당겨쓰는 수밖에 도리가 없었다.

전두환은 최규하 대통령으로 하여금 자신을 중앙정보부장 서리 겸 보안사령관으로 발령하도록 했다. 이제 전두환이 최고의 권력과 무력을 쥐게 되었고 최규하를 밀어내고 집권을 하게 될 것은 누가 보더라도 뻔한 노릇이었다. 야권 정치인 김대중, 김영삼, 그리고 구집권당이던 공화당 총재 김종필은 정치인들의 사면복권에 고무되어서 정치활동을 재개했지만 언제 국면이 뒤집어질지 모르는 불안한 정국이었다. 4월부터 대학가는 수십 년간 억눌렸던 자유에의 열망이 한꺼번에 봇물처럼 터져나오는 듯했다. 19개 대학이 학생들의 시위로 휴강중이었고 철야농성중인 학교가 24개 교, 어용교수 퇴진을 요구하는 학교가 20여 개 학교였다.

나는 인세 문제로 서울에 갔다가 먼저 상경하여 일을 보던 윤한봉,

최권행, 이해찬 등과 만났다. 이해찬은 당시 서울대학교 복학생 대표가 되어 밑에서 치고 올라오는 급진적인 후배들을 달래가면서 민주화운동의 일정을 소화하고 있던 중이었다. 우리는 신군부와 민주화 세력이 부딪칠 결전의 때가 다가오고 있음을 피부로 느끼고 있었다. 윤한봉은 유신 군부가 독재의 맛을 알고 있으며 총칼을 쥐고 있으니 호락호락 정권을 민간에게 넘기지 않을 거라고 말했다. 함께 점심을 먹고 나오는데 마침 미아리 고갯마루 부근이어서 최권행이 점이나 한번 보자고 말했다. 나도 한참 불안한 미래를 얘기하던 참이라 부근에 즐비한 점집 가운데 아무데나 가까운 곳으로 찾아들어갔다.

　윤한봉이 제일 먼저 자기 앞일을 물었다. 무당은 명두 계통의 점을 쳤다. 어려서 죽은 맑은 혼과 접신해서 미래를 알려준다는 것이다. 그녀는 방울을 흔들다가 눈을 희번뜩이더니 금방 목소리가 어린 여자아이로 변했다. 점쟁이는 윤한봉의 아버지가 아들 때문에 화병으로 돌아가셨는데 옷 한 벌을 지어 산소 앞에 가서 태워드리라고 했다. 그가 민청학련 사건으로 옥중에 갇혀 있을 때 부친이 작고한 사실은 주위에서 모두 알고 있었다. 그는 당신 앞에 피가 보인다고 말했다. 피가 강물처럼 흐를 거라고 종알거렸다. 조심하고 또 조심해야 죽음을 면할 수 있다고도 말했다. 점괘가 하도 흉측해서 나와 최권행은 더이상 묻지 않고 나와버렸다. 윤한봉은 거리를 걸으며 저런 흉한 점괘가 하나도 이상할 것이 없다고 했다. 앞으로 벌어질 일들은 우리도 짐작하고 있는 게 아니냐고도 했다. 그 미아리 고갯마루의 점집 무녀가 말하던 '강물처럼 흐르는 피'는 우리에게 깊은 인상을 남겼다.

*

내가 광주로 옮기기 전 해남에서 김남주, 정광훈 등과 사랑방 농민학교를 열고 있던 때, 기독교교회협의회에서 산업선교회, 빈민선교회, 농민선교회 현장에서 일하고 있는 활동가들의 간담회를 부산에서 주최하면서 나를 연사로 부른 적이 있었다. 그곳에서 많은 현장활동가들과 알게 되었고 이철용을 만나게 되었다. 그는 중랑천변 판자촌 철거 반대투쟁 때 허병섭 목사와 만나게 되어 자기 삶의 조건에 대하여 눈뜨게 되었다고 한다. 이철용은 초등학교만 졸업했고 결핵성 관절염으로 한쪽 다리를 약간 절었다. 그런데도 깡다구가 있어서 동네에서 큰 아이들에게도 밀리지 않았다. 건달 전과가 몇 개 있었고 허병섭 목사와 만나 빈민운동에 뛰어들면서 또 전과가 생겼다. 그는 미아리 산동네에 살고 있었는데 허병섭 목사는 그 맞은편 동네인 삼양동에서 빈민 사랑방 교회를 열어놓고 있었다. 나중에 문익환 목사를 만났더니 이철용 얘기를 하면서 그가 살아오는 동안 변화해온 과정을 써서 책을 내면 민중에게 큰 도움이 될 거라고 권유했다.

이철용은 두뇌 회전이 빠르고 거침이 없었으며 옳은 일에는 지식인들과 달리 오랫동안 재지 않고 결단에 나서고는 했다. 그는 산동네의 탁월한 조직가였다. 학생이나 전도사가 빈민선교를 한다고 설문을 돌리거나 기도 모임을 갖자고 하면 산동네 사람들은 모두 엉뚱한 소리를 한다. 그들은 말만 번지르르한 신사 숙녀를 절대로 믿지 않는다. 그러나 이철용은 다른 방식으로 접근했다. 그는 외부인이 아니라 현장에 사는 이웃으로서 문제를 함께 해결하려고 애썼다. 산동네의 하수도 문제를 해결하려면 사람들을 모아 설득하여 구청에 가서 집단적으로 항의 표시를 해야 한다. 생활하수를 그대로 골목길에 내버리면 여름에는 고약한 냄새가 나고 파리도 꼬이고 겨울에는 빙판이 되어 위험해진다. 이철용은 문제 제기를 하는 방식이 남달랐다. 동네의 가장 '싸낙배기' 여편네가 집밖에 나오기를 기다렸다가 보란듯 그녀의 집 앞에 구정물을 뿌린다. 여편네가 대번에 "어떤 개새끼가 남의 집 앞에 오물을 버리는 거얏!" 하고 욕설을 퍼부으며 나서면 이철용도 지지 않고 욕설을 내뱉는다. "뭐라고? 야 이 개쌍년아, 그럼 하수도두 없는데 얻다가 버리란 말야?" 욕설이 오가다가 여편네가 하도 기가 막혀 "야 이놈아, 내가 구청장이냐? 이 동네에 하수도 없는 것이 어째서 내 탓이야?" 하면서 조금 물러난다. 이미 동네 사람들이 까맣게 모여들어 두 사람의 싸움을 구경하고 있다. 드디어 그는 제안한다. "그러면 내 탓만 하지 말고 구청에 같이 가서 따지자구." 여자도 말한다. "니놈이 앞장서. 가서 따져보자구." 이철용은 동네의 구경꾼들에게 한마디한다. "여보쇼들, 수도두 없구 하수도두 없는데 이게 사람 사는 겁니까? 우리도 세금 내고 사는데, 산동네 사람들은 시민이 아닙니까? 다들 구청으루 갑시다" 하면 남녀노소가 모두 맞다고 새삼스럽게 눈을 부릅뜨며 동네를 나서게 되는 식이었다.

1979년 6월 29일에 미국 대통령 카터가 방한하게 되었을 때의 일화도 생각난다. 재야에서는 종로 화신백화점 앞에서 카터 방한 반대 성명서를 발표하고 잠깐의 시위 끝에 연행되어갔고, 오직 종교 집회만이 허용되던 당시에 늘 모이던 대로 종로5가 기독교회관 강당에 모여 항의 기도회를 열었다. 허병섭 목사와 이철용은 카터 환영 아치를 불태우기로 했다. 광화문 동아일보 앞에서 국제극장 앞을 잇는 무지개형의 아치가 있었고 김포공항에서 서울 시내로 들어오는 길목인 제2한강교 위에도 아치가 있었다. 환영 아치에 방화한다는 것은 인명 피해의 위험도 없고 시설물만 훼손하는 대신 그 상징성은 대단히 클 거라고 보았다. 허병섭 목사가 직접 이끄는 팀이 제2한강교를 맡았고, 이철용은 두 학생(나중에 해남 YWCA 사무총장이 된 김성종과 사계절출판사를 설립하게 되는 김영종)을 데리고 광화문 환영 아치를 맡았다. 허병섭 목사 팀은 석유를 깡통에 담아가지고 갔는데 때마침 보슬비가 내리고 있었다. 아치는 안에 쇠파이프로 골조를 만들고 겉에 제법 두꺼운 합판을 붙여서 만들어놓았는데, 막상 기름을 뿌리고 불을 붙여보려 했지만 합판이 타지 않아서 실패한다. 그러나 이철용은 달랐다. 그는 라이터 기름 작은 통 두 개를 구입하여 점퍼 안주머니에 넣고 조력자를 데리고 현장에 나갔다. 어스름한 초저녁이었고 퇴근시간이라 거리에는 사람들이 제법 붐비고 있었다. 계획은 한쪽 다리가 불편한 이철용이 아치 안으로 기어올라가 라이터 기름을 뿌려놓으면 한 사람은 밑에서 행인이 접근 못하게 지켜서고 다른 하나가 올라가 불을 붙이자는 것이었다. 이철용이 재빨리 기름을 뿌리고 내려오자 성종이 지키고 영종이 기어올라가 불을 붙였는데 라이터 기름은 인화력이 출중해서 불기가 닿자마자 펑, 하면서 폭발했다. 영종이 놀라서 아래로 떨어졌고 성종은 그를 어깨로 받쳐주었다. 불길이 치솟자 길 가던 행인들이 몰렸고 성종은 차들이 오가는 광화문 네거리를 허둥지둥 횡단하여 무교동 쪽으로 달아나고 영종은 모범적으로 조선일보 쪽의 인도로만 뛰었다. 행인들 중에 충실한 시민이 있었던지 영종이를 뒤쫓아가서 뒷덜미를 잡아챘다. 김영종은 뛰어내릴 때 발목을 접질려서 계속 달릴 수가 없었다고 한다. 그동안 이철용은 바로 국제극장 앞 골목 모퉁이에 있는 제과점에 들어가 앉아서 이 모든 광경을 지켜보다가 산동네로 돌아왔다. 이철용의 집은 미아리 산동네의 꼭대기쯤에 있었고 사방이 여러 갈래 골목으로 연결되고 집들이 다닥다닥 붙어서 유사시에는 지붕을 타고 이동하기에 쉬운 지형이었다. 안정된 중산층 주택가가 아니라서 잡다한 뜨내기들이 드나들어도 누구 하나 이웃집에 신경을 쓰는 동네가 아니었다. 삼양동 허병섭 목사네 사랑방 교회에서 우리는 이철용이 전하는 그날의 이야기를 자세히 들을 수 있었다.

다음날 방송에 나오는 걸 보니 광화문 카터 환영 아치는 밤사이에 훼손된 부분을 보수해서 멀쩡했고 언론은 아무런 기사도 내지 않았다. 김영종은 달아난 김성종의 얘기만 털어놓았는지 아무런 뒤탈이 없더니, 개신교단에서 교섭하여 미국대사관측도 문제를 키우기보다는 무마하는 쪽으로 협의가 되었다고 한다. 코리아게이트 의회 청문회를 열었던 미국의 입장에서는 카터 대통령 방한의 의미가 한국 인권과 민주주의에 대한 정치 외교적 압력을 넣으려는 데 있는 것처럼 보였다.

나는 최권행이 책임편집자가 되어 수유리의 한국신학대 학생들이 이철용의 곁에 붙어서 그의 삶의 이야기를 녹음하고 받아적도록 했다. 구술을 정리한 노트와 녹음테이프가 내게 넘어왔고 나는 그것을 첨삭 재구성하여 서사를 만들었다. 그것이 한국 빈민의 수기 『어둠의 자식들』이었다. 『말콤 X』라든가 『산체스네 아이들』, 한국 노동자의 수기인 『어느 돌멩이의 외침』 등이 나오던 무렵이었다. 내가 원고를 정리하던 중에 최권행과 출판사를 같이 하던 이해찬이 남미의 빈민을 그린 논픽

션이 있는데 그 제목이 '어둠의 자식들'이라고 하여 이철용의 수기에도 같은 제목을 붙이기로 했다. 월간지에 몰아서 발표하자 그달의 잡지가 절판이 될 정도로 독자들의 반응이 좋았다. 물론 나는 나중에 인세와 저작권 모두를 그에게 넘겨주었다.

1980년 5월 초부터 박효선을 비롯한 극단 '광대' 단원들은 YMCA 회의실을 빌려 소극장 창립 공연에 올릴 연극 연습을 시작했다. 작품은 나의 중편소설 「한씨연대기」를 스스로 희곡으로 개작한 것이었다.

나는 광대 전용 소극장 공사를 하던 중에 자금을 구하러 5월 16일 금요일 오후에 상경했다. 출판사에서는 주말이라 은행 거래가 촉박하여 월요일에나 계약금을 지불할 수 있다기에 하는 수 없이 서울에서 주말을 보내게 되었다. 17일 토요일에 신촌역 부근의 주점에 앉아 있는데 알고 지내던 청년 하나가 급히 들어와 지금 이화여대에서 모였던 전국 학생회 간부들이 급습한 계엄사령부 요원들에게 체포당했다고 알려주었다. 고은, 리영희, 문익환 등 선배들에게 연락해보니 같은 시각에 모두 자택에서 연행당했다는 소식이었다. 광주 녹두서점에도 연락해보니 김상윤의 아내가 민주청년협의회 청년들과 재야인사들이 예비검속당했다고 했다.

5월 18일 오후부터 시위 소식과 광주 시외버스 공용터미널에서 사망자가 발생했다는 소식이 전해졌다. 체포를 모면한 재야인사들은 피신하거나 상경하는 중이었다. 5월 19일 월요일부터 상황은 더욱 악화되고 있었고 나는 수위 청년들과 광주로 내려가야 하는가 서울에 있어야 하는가를 논의했다. 소설가 박태순은 옛날 동학혁명에 빗대어 이것은 혁명적 상황이라며 당장 내려가야 한다고 말했고, 최권행, 신동수, 허병섭 목사 등은 내려가면 요주의 인물로 체포되기 십상이니 서울에 남아서 사람을 모아 싸워야 한다고 주장했다.

그날부터 우리는 영등포, 종로 등지에서 몇 차례 시위를 기도하다가 몇 사람이 잡혀갔고, 얼마 후에는 종로5가 기독교회관 육층에서 김의기라는 청년 활동가가 유인물을 뿌리고 투신하여 사망했다. 처음에 알기로는 그날 종로3가에서 5가 일대에 모였다가 신호를 받으면 일제히 도로 한가운데로 몰려나가기로 되어 있었다. 그런데 이철용, 허병섭 목사 등과 약속장소에 나가보니 몇몇 아는 얼굴들이 보일 뿐 학생이나 젊은이들은 별로 눈에 띄지 않고 무심한 행인들만 왕래하고 있었다. 서울 문화운동패의 책임간사 역할이던 신동수가 말쑥한 양복 차림에 넥타이까지 매고 나타났다. 웬일이냐고 물으니 평소에 별 말이 없는 그가 씩 웃으며, 자기가 착실한 월급쟁이로 보이지 않느냐고 되물었다. 한 시간 반가량 거리에서 서성거렸을 것이다. 뒤늦게 연락이 오기를 누군가 투신하는 바람에 시위가 중단되었다고 했다.

우리는 서울 시민들에게 광주의 참상을 알리기 위해 UP Underground Paper조를 조직하기로 했다. 광주에서는 무고한 사람들이 죽어가는데 계엄사의 검열로 언론에는 단 한 줄도 보도가 되지 않고 있었다. 나와 허병섭 목사는 문동환 목사의 교회 겸 공동체였던 '새벽의 집'으로 갔다. 거기에 반자동식 마스터 인쇄기가 있으며 마침 비어 있다고 허병섭 목사가 말했기 때문이다. 문동환 목사는 형 문익환 목사와 함께 한국신학대학과 기독교 장로교회에서 신학을 가르치고 민중선교를 오랫동안 해온 사람이었다. 미국인인 그의 부인은 문목사가 유학중에 미국에서 만나 결혼했다. 그녀는 한국어에도 능통했고 한국 사회와 한국인의 정서를 생활로 잘 아는 사람이었다.

우리가 그 집에 도착하여 서재에서 작업중인데 허병섭 목사가 전했는지 문목사 부인이 돌아왔다. 그녀는 남편 문동환 목사가 학회 일로 호주에 갔다가 한국에서 형과 동료들이 예비검속당했다는 말을 듣고 한국으로 귀국하지 않고 미국 뉴저지의 집으로 갔다면서 자기도 출국할 예정이라고 했다. 그녀는 미8군 도서관에 근무하고 있어서 최신 정보를 잘 알고 있었다. 부인의 말에 의하면 미국은 신군부의 광주 진압을 묵인할 것이라고 했다. 그녀는 대충 여행가방을 꾸려서 미국인 동료의 집에 가 있다가 출국할 작정이라면서 집을 떠났다.

허목사와 나는 미국이 광주 진압을 묵인하기로 했다는 소식에 맥이 빠졌다. 책상 위에는 광주에서 날아온 투사회보 등 여러 종류의 유인물이 놓여 있었다. 유인물 중에는 조선대 학생회의 이름으로 찍어낸 김현장의 목격담도 간추려져 있었다. 그 글귀들은 마치 조난자가 절해고도에서 구출해달라고 아득하게 먼 곳에서 파도 속에 띄워보낸 병 속의 편지 같았다. 나는 마음을 다잡고 되도록 대중의 감성을 건드리는 선동적인 글을 쓰려고 노력했다. 내가 격문이나 선언서를 몇 종류 써내면 허목사가 교정을 보고 나서 철필로 가리방 글씨를 긁어 썼다. 우리는 밤새도록 수백 장의 격문과 유인물을 찍어내고 동이 훤히 틀 무렵에야 소파에 쪼그려 잠들었다.

이철용과 신동수는 이삼 일 사이에 UP조를 다섯 개쯤 만들었다. 학생과 노동자를 합쳐서 열두 명쯤 되었다. 마침 박정희의 죽음 이후 최규하 대행의 과도기에 아주 잠깐 자유의 공백이 생겼을 때 그 틈에 동일방직을 비롯한 각 공장의 해직 여공들이 무교동 골목에 신용협동조합을 만들어 사무실을 낸 상태였다. 이철용은 그쪽을 통해 일곱 명의 여성 노동자를 소개받았고, 신동수가 여기저기 연락하여 학생이나 활동가 다섯 사람이 자원해왔던 것이다. 두 사람이 한 조가 되어 한 사람이 유인물을 뿌리면 다른 하나는 망을 보며 퇴로를 본다든가 아니면 택시를 잡는 것으로 작전을 짰다. 구역을 나누었는데 이철용은 자기도 나가겠다며 삼성 본사, 중앙일보, 그리고 법원이 있는 사무원 밀집지역인 서소문 구역을 맡았다. 광화문, 종로 네거리, 명동 입구, 신촌 대학가 등이 첫번째 작전구역이었다.

삼양동 산동네 허목사 집에서 준비해두었던 그날 분의 유인물을 보스턴백 두 개에 담아 들고 허목사와 나는 대지극장 옆 건물에 있는 이층 경양식집으로 갔다. 대개 오후 점심시간이 지나면 손님들이 거의 없을뿐더러 자리마다 사람 키 높이의 칸막이가 있고 룸도 있어서 비밀 회동을 하기에 안성맞춤인 장소였다. 우리는 룸을 정하고 들어가 앉았고 이삼십 분 간격으로 조원들이 들어오면 유인물을 서류봉투에 담아 내주었다. 신동수는 역시 말쑥한 곤색 양복에 넥타이 차림이었다. 행동이 끝나면 신동수가 제3의 장소에 가서 인원점검을 했다.

한번은 여성 해고 노동자 한 사람이 서울대 출신 아무개와 한 조가 되었다. 그들은 명동을 맡았는데 유인물을 지하도에 뿌릴 작정이었다. 여자가 하겠다니까 서울대 출신이 자기가 하겠다고 나섰다. 여자는 하는 수 없이 뒤에서 지켜보고 섰는데, 그가 계단 중간쯤까지 내려가서 지하도의 통행하는 사람들 쪽으로 들고 있던 유인물을 한덩어리로 휙 던져버리는 게 아닌가. 그는 너무 긴장한 나머지 아무렇게나 던지고는 뒤도 안 돌아보고 거리를 향해 내달리기 시작했다. 여성 노동자는 대담하게 계단을 뛰어내려가 종이 뭉치를 집어서 사방으로 흩뿌리고는 지하도 위로 올라왔다. 급히 택시를 잡아타고 을지로 쪽으로 가는데 밖을 내다보니 서울대 출신 남성이 머리털을 날리며 뛰어가고 있었다. 택시를 세우고 "오빠, 여기 여기!"했지만 듣지 못하고 달려가던 그가 뒤늦게 그녀를 발견하고 택시 안으로 무너지듯이 탔는데 이미 온몸이 땀으로 펑 젖어 있더라고 했다. 그뒤로 그는 약속장소에 오지 않았고 여성 노동자는 짝을 바꿔달라며 그 오빠는 이런 일이 맞지 않는다고 말했다.

같은 날 나는 이철용이 작업하는 광경을 보고 싶어서 서소문까지 따라나섰는데 그는 위치를 살펴보고 나서 나에게 말했다. "형님은 그냥 구경이나 하슈." 그는 나를 육교 바로 앞에 있는 제과점에 앉혀두고 나갔다. 내다보니 유인물 뭉치를 옆구리에 낀 이철용이 육교로 다리를 절며 느릿느릿 걸어올라가기 시작했다. 잠시 후 그는 망설이지 않고 들고 있던 것을 아래로 홀홀 뿌리고는 행인들 틈에 섞여 부지런히 계단을 내려왔다. 그러고는 태연히 유인물을 줍는 군중들 틈에 섞여 자기도 뭔지 궁금하다는 듯한 표정으로 한 장 주워가지고는 빵집으로 돌아왔다. 당시에는 전국에 비상계엄령이 내려져 신문사, 방송국, 관청마다 계엄군의 탱크가 서 있었고 대검을 꽂은 총을 멘 공수부대 병사들이 곳곳에 서 있는 삼엄한 분위기여서 지켜보던 나는 내심 감탄했다.

몇 년 후에 내가 광주 후배들과 기록을 정리한 『죽음을 넘어 시대의 어둠을 넘어』에 의하면 광주에서는 5월 17일 심야에 공수특전부대가 진입하여 각 관공서와 대학을 점령했고 특히 전남대, 조선대를 점령하는 과정에서 도서관과 학생회실에 있던 학생들을 체포했다. 5월 18일 전남대 앞에서 공수특전대와 학생들 사이에 충돌이 일어났고 이것이 도화선이 되어 학생 시위대는 시내로 진출하여 시민들과 합세하게 된다. 계엄군은 광주 시내 각처로 번져가는 시위를 막기 위해 곤봉과 총검으로 시민을 살상하기 시작했고 시민들은 방화, 투석, 화염병 투척 등으로 맞섰다. 상황은 공수부대의 과격한 폭력 진압에 대한 광주 시민의 생존권 투쟁으로 확대되었다. 이미 광주에서도 5월 17일 심야에 서울과 동시에 예비검속이 실시되어 조직적 저항을 할 만한 사람들이나 사회단체의 구성원들은 거의 모두 체포된 상태였다. 그러나 아직 무사한 문화패나 야학 등의 운동권 후배들은 연락망을 가지고 조직적인 역할 분담을 시작했다. 김태종, 전용호, 김선출 등은 시내 곳곳에서 벌어진 참상을 목격담 형식으로 유인물 작업을 하여 주택가 곳곳에 뿌리기 시작했고 이것이 '투사회보'의 시작이었다. 윤상원, 김상집은 녹두서점에서 화염병을 제작했다. 18일이 지나면서 시내 중심가인 금남로에는 계엄군의 탱크와 장갑차까지 출몰했고 광주 시내 전체가 시위 구역으로 변했다. 사방에서 수많은 학생과 시민들이 살상되고 청년들은 각목과 쇠파이프, 화염병을 들었다. 19일 오후부터 시민들의 적극적인 참여와 항거가 벌어지기 시작했다. 그것은 전날 공수부대원들의 살상과 폭력에 몸서리를 쳤기 때문이었다. 곳곳에 시민들의 바리케이드가 쳐졌고 죽음을 불사한 항쟁이 계속되었으며 특히 가톨릭센터 앞에서 벌어진 집단 살육은 시민들도 무장해야 한다는 자각을 하게 만들었다. 고등학생들은 물론 여고생들도 시위에 가담하기 시작했다.

조선대 체육관과 전남대 강당은 공수부대가 거리에서 닥치는 대로 잡아온 부상당한 시민과 학생들로 가득했다. 하늘에서는 헬리콥터가 날아다니며 선무방송과 함께 시위대의 움직임을 정찰하고 있었다. 나중에 무장 헬기에서 시위대를 향해 사격했다는 증언과 증거도 나왔다. 19일 오후 네시 오십분경에 시민들에 포위되어 있던 장갑차에서 최초의 발포가 있었다. 거리 곳곳에서 공수부대의 폭력을 목격했고 젊은 손님을 태우고 가던 중에 저지당하여 체포를 말리다가 곤봉에 맞고 부상당한 택시 운전사들은 동료들과 차량 시위를 벌일 것을 논의했다. 밤이 깊어지면서 시위대는 곳곳의 아치며 차량과 파출소 등지를 방화했다.

20일 오전 열시 이십분, 금남로3가 가톨릭센터 바로 앞이었다. 삼십여 명의 남녀가 팬티와 브래지어만 걸친 알몸으로 계엄군에 붙잡혀 기합을 받고 있었다. 거의가 이십대의 젊은이였고 몇 명의 삼십대로 보이는 사람도 있었다. 여자들의 신발은 굽 높은 하이힐이 많았다. 십여 명의 공수부대원들이 손에 곤봉을 들고 이 무리를 빙 둘러서서 지키고 있는 가운데 하사관인 듯한 군인이 줄 가운데 서서 구령을 하고 있었다. '엎드려뻗쳐, 뒤로 누워, 옆으로 누워, 다섯 번 굴러, 쭈그리고 앉아, 손을 귀에 대고 뛰어, 엎드려 기어, 한 발 들고 서' 등 갖가지 동작을 강제로 하게 했다. 만약 구령에 조금이라도 따라 하지 않거나 동작이 느릴 경우 곤봉이 가차없이 날아갔다. 특히 여성들의 곤욕스러움은 눈뜨고 볼 수가 없었다. 내가 당하고 말지 눈으로 보자니 가슴이 미어졌다. 숙녀가 팬티와 브래지어 바람으로 길 복판에서 봉변을 당하고 있다고 상상해보라. 이 광경은 많은 시민들에 의해 목격되었다.

특히 가톨릭센터 육층에 있는 천주교 광주교구 주교관에서 윤공희 대주교와 조비오 신부가 내려다보고 있었고, 교구 사무실에서는 수녀와 일반직원들이 보고 있었다. 이때 조신부는 '내가 비록 성직자이지만 옆에 총이 있었다면 쏴버리고 싶었던 심정이었다'고 군법회의 법정에서 진술했다. 당시의 정황에 대해 윤대주교는 이렇게 술회했다. "내가 그 광경을 보고 난 후 옆길을 보니까 어떤 젊은이가 두 군인에게 붙들려 수없이 맞고 있었어요. 머리는 무엇으로 찍어버렸는지 모르지만 피가 낭자했어요. 내가 보기에 그대로 놔두면 죽게 될지도 모른다는 생각이 들었어요. 그러나 나 자신 무서움이 들어 감히 쫓아내려가 만류하지 못했어요. 그뒤 그 사람의 생사가 궁금했지만 왜 내가 내려가 만류하지 못했을까. 성직자로서 지금도 가슴 아프고 또 두고두고 가슴이 메게 하는 광경이었지요. 나는 그때의 일을 두고 수없이 참회하고 하느님께 용서를 빌었습니다."

— 김영택, 『10일간의 취재 수첩』(사계절, 1988) 중에서

20일 오후가 되자 3개 여단 10개 대대 공수부대 병력이 총동원돼 합동으로 진압작전을 펼칠 준비를 마쳤다. 곳곳에서 시위대와 공수부대의 산발적인 충돌이 시작됐다. 오후 세시가 지나자 시민들은 변두리에서 금남로로 몰려들기 시작했다. 최루탄이 터지면 잠시 물러났다가 다시 몰려오기를 몇 차례 반복하면서 군중들 숫자는 수만 명으로 불어나 인산인해가 되었다. 공수대원들이 벌떼처럼 몰려와 무자비하게 진압봉을 휘둘렀다. 농성장은 일시에 피투성이가 되었으나 사람들의 숫자는 점점 많아졌다. 청년학생들이 중심이 되어 금남로와 중앙로의 교

차로와 지하상가 공사장 부근에 주저앉아 농성을 시작했다. 시민 한 사람이 일어나 스피커를 사기 위한 모금을 호소하자 일시에 돈이 모여 스피커와 마이크를 사왔다. 한 사람이 스피커를 잡고 또 한 사람은 배터리를 들고, 다른 사람은 마이크로 투쟁을 독려하기 시작했다. "우리 모두 이 자리에서 먼저 가신 임들과 같이 죽읍시다!" 시위대의 사기가 한꺼번에 고양되면서 투석전이 치열해졌다. 시민들은 도청 앞 광장으로 통하는 여섯 갈래 방향의 도로를 따라서 물결처럼 밀어닥쳤다. 시위대는 맨 앞줄에 드럼통이나 대형 화분을 눕혀놓고 공수대의 저지선을 향하여 굴리면서 한 걸음씩 나아갔다. 도청을 중심으로 여섯 갈래의 도로에는 겹겹이 군경 저지선이 쳐지고, 총검을 든 군 병력이 긴장 속에서 시위 군중과 대치했다.

저녁 일곱시경에 버스와 택시 운전기사들은 동료의 죽음과 시내에서 본 갖가지 참경에 분노하여 대형 버스와 트럭을 앞세우고 수백 대의 택시 부대를 이루어 일시에 금남로로 몰려왔다. 금남로를 가득 메운 이들의 경적과 헤드라이트 불빛은 시위대에게 새로운 활력과 용기를 불어넣어주었다. 잔인한 폭력으로 움츠러들었던 패배감이 강한 연대의식과 자신감으로 전환되어 계엄군을 몰아내고 광주를 해방시키는 중요한 계기가 되었다. 시위는 밤까지 계속되었고 그 과정에서 왜곡 방송을 되풀이하던 MBC, KBS, 노동청, 세무서 등이 불탔다. 도청 주변과 광주역 앞에서 치열한 접전을 벌인 시위대와 선무방송차를 따라 곳곳을 돌아다니는 시위대로 광주는 전쟁터가 되어버렸다. 광주역 앞에서 시위대를 향한 발포가 있었고 이삼십여 명의 사상자가 발생했다. 도청과 광주역을 제외한 전 지역이 분노한 시민의 손에 장악되었고,

이날 밤으로 시외전화가 두절된다. 시내 곳곳에서 저지하던 계엄군은 방어선이 무너지자 발포를 시작했고 밤 열한시경에 도청 앞에서도 발포가 시작되었다. 시위 군중은 도청을 중심으로 이삼만 명이 포위하고 있었다. 시민들은 곳곳에서 철야 시위를 계속했다.

21일 아침이 밝았다. 광주역에서 옮겨온 시위대와 아침부터 모여든 시민들로 금남로 일대는 군중으로 가득찼다. 많은 희생자를 냈던 지난 밤의 충돌로 시민들은 무장의 필요성을 절실하게 느끼고 아세아자동차 공장으로 달려가 장갑차와 군용 트럭 등 많은 차량을 끌고 왔다. 이렇게 동원된 차량들은 외곽 지역을 돌며 시민들을 중심가로 수송해오기도 하고, 시외로 진출하여 소식을 알리는 등 기동성을 발휘했다. 이 때부터 본격적인 차량 시위가 전개되었다. 시위 소식은 더욱 빠르게 퍼져나갔고 시민들 사이에는 이미 강한 연대의식이 형성되어 가는 곳마다 시위대에게 주먹밥, 김밥, 음료수를 제공했다. 도청 앞에서 계엄군과 팽팽히 맞선 시위 군중은 자신들의 대표를 선정하여 계엄군의 철수를 요구하는 협상을 벌였다. 그러나 계엄사가 도지사를 내세워 기만적인 협상을 벌이던 바로 그 시각에 도청에서는 헬기를 이용해 시체와 기밀문서를 빼돌리는 한편, 계엄군에게 실탄이 지급되었다. 중심가에서 좀 떨어진 전남대 쪽에서 시위대를 향해 발포가 시작됐고 도청 앞에서는 열두시 조금 넘은 시각에 장갑차를 몰고 돌진하던 청년을 사격하여 쓰러뜨리는 것과 함께 일제사격이 시작되어 금남로에서 도청을 향해 진격하던 시위대들이 피를 흘리며 쓰러졌다. 계엄군 저격수는 도청과 인근 빌딩 옥상에서 부상자를 구하기 위해 기어가던 시민들에게까지 조준사격을 했다.

광주시 곳곳에서 계엄군의 발포가 시작된 오후에 화순, 해남, 나주 등 시외 지역으로 진출했던 시위대는 지역 주민들에게 광주의 참상을 알리고 지서, 경찰서, 군부대 등을 털어 다량의 총기를 탈취해 돌아왔다. 이 무기들이 이날 오후 세시경부터 시민들에게 지급되어 총과 실탄으로 무장한 '시민군'이 등장했다. 시민군은 자신들의 손으로 광주를 지키기 위해 목숨을 건 혈전을 벌였다. 최신식 무기로 무장한 정예부대와 비조직적인 시민군의 싸움이었다. 이날 도청 앞 전투에서는 광주항쟁 기간중 가장 많은 사망자와 부상자가 발생했다. 시내 병원 앞에는 헌혈을 하기 위해 몰려든 시민들이 줄을 섰으며, 계엄군의 무차별 학살에 저항하기 위한 시민들의 무기 탈취는 계속되었다. 동시에 자발적인 전투 지도부가 형성되어 무질서하게 돌아다니는 차량과 무기 소지자를 통제하는 한편 총기 조작법과 간단한 군사교육 후 사격에 능한 제대자나 예비군 시민들로 특공대를 조직하기도 했다. 무장한 시민군의 등장과 총격전, 전남대 부속병원 옥상에 거치한 LMG 기관총의 위력에 눌려 계엄군은 퇴각을 서두르게 된다.

이날 다섯시경부터 도청을 비롯해 전남대, 조선대 등지에 주둔하던 계엄군은 시 외곽으로 철수하여 광주시 봉쇄에 들어갔다. 즉 21일 저녁부터 광주는 시민들에 의해 장악되었고 이후 27일 도청이 계엄군에 의해 진압될 때까지 칠 일간의 '해방 기간'을 갖게 된다. 그러나 외곽에서는 광주를 방어하는 시민군과 계엄군 사이에 간헐적인 전투가 계속되었다. 수습대책위원회가 조직되었고 무기 반납을 하자는 수습파와 계엄령의 취소와 시민에 대한 사과 등이 없다면 끝까지 싸워야 한다는 항쟁파로 갈라져 협의는 난항을 겪는다. 도청에서 시민군의 항쟁

지도부가 조직되었는데 명칭은 '민주투쟁위원회'였다. 도청 앞 광장에서는 항쟁 지도부 소속 선전부가 날마다 시민궐기대회를 진행하는 한편 기동타격대가 시내 전역을 순찰했다. 5월 27일 새벽, 계엄군의 광주 진압작전이 개시되어 광주공원, YWCA, YMCA 등에 배치되어 있던 시민군을 제압하고 마지막으로 도청을 사수하고 있던 항쟁 지도부의 청년들을 사살 또는 체포함으로써 항쟁은 완전히 진압되었다.

나는 항쟁이 진압된 뒤에도 광주에 내려가지 못하고 서울에 남아 연락을 받으며 광주를 빠져나온 남녀 젊은이들을 나누어 도피 은신시키는 뒷작업을 해야 했다. 윤한봉 등은 일단 미아리 산동네의 이철용 집을 거쳐서 다른 곳으로 피신했고 여성들은 수녀원에 숨기기도 했으며 개별적으로 친지들의 집에 나누어 피신시켰다. 그러던 중 나는 간신히 부근에 사는 송백회의 간사 김은경을 통하여 아내 홍희윤과 전화로 연락할 수 있었다(앞에서도 말했듯이 당시 우리집에는 전화가 없었다). 광주항쟁 기간 동안 홍희윤은 시민궐기대회에 나가서 투쟁 동참을 호소하는 연설을 하고 도청을 장악한 시민군을 도와 취사를 하는 등 많은 일을 몸소 겪어냈다. 전화기 너머에서 그녀가 들불야학의 윤상원, 박용준 등이 죽었다고 울먹였다. 그리고 17일 밤에 합동수사반이 나를 잡으러 집에 왔었다고 말했다. 어머니가 신발을 벗으라고 그들에게 외쳤는데 그들은 이층까지 샅샅이 뒤지고 돌아갔다고 했다. 그리고 그녀는 나에게 사태가 안정될 때까지 적어도 한 달쯤은 광주에 오지 말라고 당부했다.

그동안 서울에 도피한 윤한봉, 박효선 등 주요 수배자는 최권행이 연락하고 관리했다. 6월 중순이 되어서야 광주에 돌아가니 아는 사람들은 죽거나 도피하거나 체포 구금되어 있었다. 마치 전쟁이 휩쓸고 지나간 듯했다. 어머니는 그해 겨울 눈이 쌓인 날 외출을 했다가 낙상하여 몸져누운 채 일어나지 못했다.

　어느 날 고등학교 이후 만나지 못했던 동창생이 느닷없이 우리집을 방문했다. 그는 영관급 군 법무관으로 '광주사태'를 조사하기 위해 내려온 것이었는데, 나에 대한 두툼한 조서와 정보보고서를 자기가 모두 빼버렸다고 은근히 공치사를 하고 나서 나에게 당분간 광주를 떠나 있을 것을 권유했다. 자신이 사건을 모두 종결하고 갈 때까지 삼 개월쯤 걸릴 거라고 했다. 그는 처음에는 나에게 광주를 떠나 이사를 가라고 말했다. 원래 서울 사람이 뭣 하러 이런 지역에 와서 사느냐고도 했다. 어머니가 병환으로 누워 계셔서 당분간 이사를 할 수 없다고 하자, 그는 온 식구가 이사 갈 수 없다면 최소한 나만이라도 나가 있으라고 말했다. 그는 이제 전국 일원의 계엄령이 부분 해제된다며 제주 지역은 관광지구이니 그리로 나가 있는 게 좋겠다고 했다. 나는 홍희윤과 의논하여 광주항쟁 이후 연재가 중단되었던 『장길산』도 쓸 겸 제주도로 떠났다.

　거기 가서도 나는 오래전부터 알고 지내던 김상철, 문무병 등의 후배들과 함께 문화패 '수눌음'과 '제주문제연구소'를 꾸리고 제주대 학생들과 교사들을 모아 '수눌음 극단'을 설립하고 광주에서 준비했던 조명기재 등을 옮겨와 소극장을 만들었다. 제주도에서 체류하는 동안에 어머니가 돌아가셨다. 태풍 때문에 뒤늦게 장례식에 참석한 나는 어머니의 임종도 지키지 못한 불효자가 되었다.

*

　광주의 참상이 있은 지 어느새 이 년째 접어들었다. 1981년 전두환이 대통령에 취임하고 나서 8·15 사면으로 김대중을 비롯한 5·18 구속자가 사면 석방될 때 '광대'의 단원들도 하나둘씩 수배가 풀리거나 석방되었고, 나도 어머니 장례식을 치른 후 다시 제주도로 갔다가 1981년 가을에 광주로 돌아왔다. 그 무렵에는 이미 1980년 5월에 광주를 취재했던 외신 기자들의 기사나 비디오 영상이 종교계를 통하여 한국으로 들어오고 있었다. 항쟁이 끝난 직후부터 광주의 진상을 알리기 위한 '기록물'이 절실하게 필요하다는 것을 느끼고 여러 팀이 작업을 시작한 터라 나도 후배들과 더불어 자료를 모으는 한편 광주 문화패를 모아서 다양한 방법으로 광주항쟁을 알리는 작업을 모색했다.

　당시에 광주의 희생자들은 대부분 망월동 공동묘지에 묻혔는데 당국에서는 시민들의 행사는 물론 유족들이 묘지에 모이는 것조차 강압적으로 막고 있었다. 우리는 광주 도청에서 항쟁 지도부의 일원으로 사망한 윤상원과 공장에 취업하여 활동하다가 항쟁 직전에 사망한 박기순의 유족과 협의하여 그들의 '영혼 결혼식'을 추진하기로 했다. 그것은 유족들이 모이는 일종의 집회 형식이 되었다. 이를 계기로 나는 '넋풀이'라는 노래극을 구성하기로 했다. 어차피 대중을 모아놓고 공개 공연을 할 수 없는 상황이어서 카세트테이프로 녹음하여 보급하기로 했던 것이다.

　광주 운암동의 우리집은 언덕 꼭대기의 막다른 집이었고 주위는 숲으로 둘러싸여 있었다. 전용호가 녹음에 참여할 사람들을 선정해서 데려왔다. 이층 거실에 커튼을 치고 창문을 꼭꼭 걸어잠그고 녹음을 했다. 가수 김종률이 내가 보낸 구성 각본에 맞추어 작곡을 해가지고 악보를 그려왔다. 나는 현장 마당극을 만들 때처럼 여러 사람이 참여하는 공동창작의 방식을 고집했는데 그 이유는 어느 한 사람의 사유물이 아니라 되도록 많은 사람들이 자신의 일처럼 여겨주기를 바랐기 때문이었다. 그래서 가사 역시 여러 사람의 것을 사용하기로 했고 공동작업의 특성상 가사는 허락 없이 고치고 빼고 첨삭했다. 문병란의 시를 부분 낭송으로 집어넣었고 김준태의 시를 역시 부분 활용하여 가사를 만들었으며 이 노래극의 주제곡이라 할 수 있는 〈임을 위한 행진곡〉은 백기완의 시 일부를 인용하여 살을 붙였다. '넋풀이'는 청춘의 아름다움과 죽음, 살아남은 자들의 상처에 대한 치유, 광주의 어머니, 공동체의 결집, 그리고 자유를 위한 행진 등으로 구성되었다.

우리는 김종률의 연주에 따라 먼저 노래를 학습했고 오후 무렵에야 리허설을 해볼 수 있었다. 그리고 녹음에 들어갔다. 우리는 세 차례의 녹음을 했고 그중에서 잘된 것 하나를 골랐는데 흠이라면 마당의 우리집 개가 짖는 소리가 들어간 것이다. 누구는 멀리 지나가는 디젤 기관차의 경적 소리도 들어간 것 같다고 했다. 그러나 마지막 절정의 '임을 위한 행진곡' 합창이 잘되어 있어서 내가 그 부분을 고집했다. 바깥의 소리가 약간 들어가 있으니 오히려 상황의 긴박감이나 비전문적인 노래꾼들의 열정을 생활적으로 전달해줄 수 있다고 나는 말했다. 결국 그 녹음으로 결정되었다. 나와 전용호는 테이프 세 개를 만들어 하나는 우리가 보관하고 두 개는 보급과 제작을 맡을 서울의 기독교회관에 있는 한국기독청년협의회 사무국에 보내기로 했다. 사무국의 활동가는 그 테이프를 오백여 개 만들어 국내의 각 대학과 노동 농민 현장과 해외로 퍼뜨렸다. 이후 〈임을 위한 행진곡〉은 광주만이 아니라 대학가와 노동 현장의 투쟁가가 되었다. 또한 오랜 세월이 지난 뒤에 일본, 대만, 필리핀, 태국, 중국, 베트남, 인도네시아 등의 노동운동단체나 시민단체 등에서 자기네 말로 바꾸거나 편곡하여 부르게 되었고, 억압과 불평등이 있는 아시아의 그 어느 곳에서나 민중의 자유의 노래로 자리잡게 된다.

1982년 늦가을의 어느 날 밤, 갑자기 홍희윤이 도경 대공분실로 끌려가는 일이 발생했다. 그녀는 연행당하면서 서울에 연락하라고 귀띔을 했고 나는 서울로 전화를 해보고 나서야 급박한 상황을 파악하게 되었다. 연락책인 최권행은 물론 윤한봉을 숨겨준 홍정경 화가와 산동네에 여럿을 숨겨주었던 이철용 등이 모두 저 유명한 이근안의 남영동 치안본부 대공분실로 끌려간 것이었다.

나는 자세한 내막을 묻지는 않았지만 광주항쟁의 마지막 수배자였던 윤한봉의 망명을 진행하는 데 홍희윤이 관련되어 있다는 것을 짐작하고 있던 터였다. 당시 그녀는 광주 여성회인 송백회 회장을 맡고 있었다. 우리는 언젠가부터 서로가 관련된 활동에 대해서는 자세히 묻지 않는 것이 부부간의 예의처럼 되어 있었다.

밤새 뜬눈으로 지새우던 나는 한 가지 묘안을 떠올렸다. 나는 화가 홍성담에게 아이들을 맡겨놓고 광주 미문화원에서 근무하는 나의 오랜 독자의 도움으로 미문화원장을 만났다. 원장은 쾌활한 인상의 중년 여성이었는데, 나는 그녀가 윤공희 대주교를 도와 광주의 진상을 미국

정부에 전달했다는 사실도 얼핏 들은 적이 있었다.

1981년 1월에 비상계엄령을 해제하면서 전두환은 미국의 압력에 의해 김대중을 사형에서 무기로 감형했고, 레이건 미 대통령은 그 대가로 전두환의 미국 방문을 허가함으로써 사실상 그를 대한민국의 통치자로 인정한 셈이 되었다. 그 무렵에 있은 청년학생들의 부산 미문화원과 광주 미문화원 방화는 광주의 학살을 묵인 또는 지원한 미국의 정책에 대한 항의라는 점을 그들도 알고 있었다. 광주항쟁 이후로 학생운동권이나 재야권에서 반미감정이 한껏 고조되고 있는 것도 미국에게는 부담일 것이었다. 사정이 그렇다보니 정통성 없는 신군부는 계속해서 미국의 정치적 압력 아래 있을 터였다.

그러한 점들을 염두에 두고 문화원장을 만난 나는 윤한봉이 미국에 망명하여 케네디 인권센터측의 신변 보호를 받고 있는데 그를 도피시킨 연유로 여러 사람이 체포되었다는 것을 알리고, 만약 이대로 가면 나는 여러 매체에 글을 써서 대중에게 이러한 사실을 떠들썩하게 알리겠다고 말했다. 그녀는 이것이 난처한 정치적 문제임을 이해했다. 그날 저녁에 미문화원장이 다시 만나자고 하여 나갔더니 말쑥하게 정장을 차려입은 미국 남자 두 사람이 함께 나와 있었다. 그들의 명함에는 미국대사관 정치부라고 되어 있었다. 나는 저간의 사정을 다시 설명했다. 그들은 정치적으로 미묘한 문제라며 서로 눈짓을 주고받더니 잘 처리하겠다며 돌아갔다. 그날 밤 열두시가 다 되어서 나는 광주의 치안본부 안가에서 신병 인수를 하라는 연락을 받았다. 아이들 엄마는 초췌한 모습으로 귀가했는데, 최권행 등 서울에서 연행되어 조사받던 사람들도 모두 나왔다고 전화가 왔다. 그러나 먼저 구속되어 조사를 받고 있던 군산 전주 일대의 교사들은 그대로 송치되었고 좌경혁명을 준비하던 '오송회'를 조직했다는 등 얼토당토않은 내용이 신문에 크게 실렸다.

오송회 사건은 군산제일고등학교 교사 다섯 명이 학교 뒷산에 올라가 4·19 기념식과 5·18 기념식을 열고 시국토론을 한 것을 이적단체 혐의로 몰아 중형을 선고한 사건이다. 앞에서도 말했지만 그 교사들 중에는 우리 부부와 잘 알고 지내던 이광웅 시인이 있었는데 윤한봉이 은신처를 옮겨다니며 숨어 지내던 중에 이광웅 부부의 도움도 받았을 것이다. 경찰은 이광웅이 윤한봉의 도피에 관련된 사실을 파악하고는 이 사건을 군산, 전주와 광주를 엮는 '고정간첩단 사건'으로 조작하기 위해 서울의 치안본부 대공분실과 함께 확대하던 중이었다. 그런데 광주 사람들이 풀려나고 이광웅을 비롯한 교사 다섯 사람만 남게 되자 사건 제목으로 다섯 명의 교사가 소나무 아래 모였다고 '오송회'라고 이름 붙인 전두환 시절의 대표적인 용공조작 사건이다. 어처구니가 없는 노릇이었지만 나로서는 미국측의 도움을 받아 아이들 엄마와 광주의 벗들을 구해낸 셈이었다.

'넋풀이'의 제작 배포 이후 우리는 이 일을 계기로 '자유 광주의 소리'라는 지하매체를 만들기로 했다. 전용호가 전적으로 그 일을 맡았으며 충장로 주점 악사들의 녹음실을 빌려서 녹음한 테이프를 대량으로 복사해냈다. 시장 뒷골목에 있는 작은 방을 빌려 전남대 대학원생 김영정이 하루종일 지켜앉아서 수동식으로 한 번 작동하면 서너 개의 테이프를 녹음하는 방식으로 수백 개의 카세트테이프를 제작하여 전국으로 보급했다.

이후 1983년부터 홍성담, 전용호, 김태종, 윤만식, 김정희 등 문화패로 다시 활동을 재개한 사람들을 모아서 문화운동 기획팀 '일과 놀이'를 조직했다. 우선 상설 공연장인 소극장을 만들었고 전용호, 김태종이 운영 책임을 맡았다. 강신석 목사와 내가 논의하여 운영비의 절반을 독일 개신교단에서 지원받기로 하면서 문화 프로그램을 일상적으로 진행할 수가 있었다. 소극장 외에도 비정기간행물인 무크지 『일과 놀이』를 화가 홍성담과 미술평론가 최열이 맡았다. 홍성담은 다른 화가들과 더불어 광주를 주제로 한 판화와 걸개그림, 사진 작업 등을 했고 '일과 놀이' 소극장은 다른 지역에 마당극 팀을 만들고 마당극 대본을 공급하면서 공동창작과 조직의 경험들을 전파했다. 대략 일 년여의 기간 동안에 우리는 제주 이외에도 목포, 전주, 진주, 마산, 부산 등의 문화패 설립에도 관여하고 교유하게 된다. 서울에서도 채희완, 임진택을 비롯한 문화운동 기획자들이 수도권 지역은 물론 전국을 연결하여 1984년 현장 문화운동권의 전국 조직을 창설할 무렵에는 전국에 33개 조직의 문화패가 설립되어 있었다. 이를 계기로 각 장르들이 서로 넘나들면서 미디어 매체 운동으로 확산되었다. 이제는 문학, 미술, 사진, 영화, 연극, 음악 등이 함께 협동하지 않으면 안 되었고 무엇보다도 전파력이 있는 매체로 집중되기 마련이었다. 1980년대 중반까지 가장 대중적인 전파력이 있던 것은 노래패와 음악 부문의 카세트테이프 작업과 8밀리 영화패의 현장 다큐들이었고 이어서 곧 비디오카메라가 등장했다. 그러나 아직까지는 일단 '마당극' 판이 모든 실험의 출발점이었다.

1984년에 우리는 전국을 망라하는 '민중문화운동협의회'를 설립했고 나는 공동위원장을 맡았다. 앞서 언급했듯이 우리는 광주의 진상을 국내외에 알리는 일이 살아남은 자들의 책무라고 생각하고 있었다. 광주항쟁이 진압된 직후부터 광주에서는 여러 팀이 자료를 모으고 서로 목격담이나 경험담을 물으며 기록하는 작업을 진행해왔으나 당국의 감시를 피해야 하는 일이라 공개적으로 진행할 수가 없어서 생각보다 시간이 걸렸다. 언론은 계엄 치하에서 철저한 검열을 당했고 많은 언론인들이 해고당했다. 그리고 팀원들은 작업을 하다가도 일이 터지면 수배당하거나 도피를 하거나 체포되어 몇 년간 활동을 중단해야 했다. 그러한 상황에서 나는 1974년부터 신문에 연재를 시작했으나 중단한 상태였던 『장길산』을 마무리지어야 하는 형편이었다. 우여곡절 끝에 드디어 십 년 만인 1984년 여름에 『장길산』을 끝냈다.

그해 초겨울이었을 것이다. 도청에서 마지막 새벽에 살아남아 체포되었던 정상용과 정용화가 찾아왔다. 윤한봉이 망명한 뒤부터 현대문화연구소 소장 직임을 감당하게 된 정용화는 광주항쟁 기록의 제작 책임도 맡고 있었다. 홍희윤은 그를 통해 광주에 대한 기록이며 자료를 모아 내게 보여준 다음 숨겨놓고는 했다. 두 정씨가 나를 찾아온 것은 광주항쟁 기록에 대해 의논하기 위해서였다. 정상용은 기록을 책임질 사람을 몇 사람 만나보았으나 모두들 발표된 뒤에 체포 구속될 것이 뻔하니 거절했다고 말했다. 나는 광주에서 죽은 사람들에 대한 부채의식을 지니고 있었다. 내가 공교롭게도 항쟁 직전에 상경하여 그 현장에서 함께하지 못했다는 점이 광주 사람들에게 늘 미안했다. 나는 뒤늦게나마 작가로서 할 수 있는 역할이 주어진 것을 흔쾌히 받아들이

기로 했다. 다만 원고를 정리하는 데 시간이 필요하다고 했더니, 정용화는 몇 사람이 작업을 하여 내년 봄이면 초고가 완성될 텐데 모두 자료에 근거한 사실이고 창작이 아니니 퇴고 정리만 해주면 된다고 말했다. 나는 대번에 알아들었다. 그것은 대중적으로 신뢰를 주기 위해 국내외에 알려진 작가로서 내 이름이 필요하다는 것이며, 기록에 대한 최종 책임을 내가 져달라는 것이었다.

이듬해 봄부터 부분적으로 원고가 넘어왔고 조봉훈은 항쟁의 전개 과정을 보여주는 약도를 그려왔다. 나는 나중에 이재의, 소준섭 등의 기록자가 있음을 알게 되었지만, 당시에는 원고에 대해 정상용, 정용화, 전용호 이외에 관련된 사람들을 알 수가 없었다. 정용화는 간단하게 말했다. "모든 일은 형님 책임입니다. 그러니 아실 필요도 없습니다." 나는 그의 말뜻을 이해했다. 하도 엄혹한 세월이라 만일 문제가 발생할 경우를 위해 우리는 그런 식으로 대비하곤 했다. 일종의 꼬리 자르기로, 내가 구속되더라도 나조차 다른 조직원을 모르니 줄줄이 엮여들어갈 위험을 미연에 방지할 수 있는 것이다.

풀빛출판사 나병식 사장이 광주항쟁 기록을 출판하겠다고 응낙을 했다. 우리는 청년학생들에게 영향력 있는 시민사회의 활동가들 몇 사람을 모아 항쟁 기록의 보급 계획과 책이 출판된 뒤의 탄압에 대한 대책을 논의했다. 김근태, 신동수, 채광석, 나병식, 정상용 등이 항쟁 기록을 위한 최종 회의에 참석했다.

1985년 4월 중순에 나는 항쟁 기록을 모은 원고를 싸들고 홍희윤과 어린 두 아이를 광주에 남겨두고 집을 나섰다. 홍희윤이 지친 기색을 감추고 염려스런 얼굴로 나를 배웅했다. 광주항쟁 기록인『죽음을 넘어 시대의 어둠을 넘어』가 출판되면 구속될 게 뻔하므로 당분간 도피 생활을 하기로 해서 언제 집으로 돌아오게 될지 알 수가 없었다.

지난 세월에도 그녀는 내가 떠나고 없는 적막했을 시간에 혼자서 병든 어머니를 봉양하고, 임종을 지키고, 아이들을 돌봤다. 내가 집에 있을 때는 식객들이 끊이지 않았는데, 많을 때는 백여 명까지도 밥을 해먹이는 수고를 마다하지 않으면서 묵묵히 제자리를 지켰다. 그러나 그녀는 항쟁 당시의 생생한 기억들과 더불어 여전히 '도청'에 머물러 있었다. 나는 그런 그녀를 위로하고 든든한 버팀목이 되어주기보다는 부담스러워했는데, 광주에 대한 부채의식과 중요한 순간에 가족들 곁을 지키지 못했다는 가책에서 벗어나고 싶었기 때문이었다. 어쨌든 이런저런 이유로 나는 늘 떠나는 데 익숙해 있었다.

서울행 밤기차가 광주를 벗어나 어둠 속을 달리기 시작했다. 돌아오지 못할 기약 없는 긴 여정이 나를 기다리고 있었다.

감옥 6

　계절이 바뀌어 어느새 다시 지긋지긋한 추위가 시작되었다. 나는 소
지와 함께 가을걷이를 하여 월동 준비로 배추를 신문지에 싸서 단도리
해두고 긴긴 겨울나기 채비를 했다. 수감된 후 네번째 맞는 크리스마
스가 다가오고 있을 무렵에 김명수의 편지를 받았다. 일 년이 넘도록
『장길산』 인세 문제로 갈등이 깊어지면서부터는 내가 편지를 쓰지 않
으면 저쪽에서, 저쪽에서 소식이 없으면 이쪽에서 서로 잡고 있던 줄
을 놔버린 게 아닌가 확인이라도 하듯 간헐적인 편지가 오고갔다. 마
음이 엎치락뒤치락 갈피를 잡지 못하여 다 집어치우고 싶다가도 내 업
보려니 하고 생각하면 타국 땅에 남겨두고 온 두 모자에 대한 미안함
과 연민으로 스스로를 질책하곤 했다. 나는 알아보기 힘든 글씨체로
갈겨쓴 김명수의 편지 내용 중 호섭이와 관련된 부분을 다시 찬찬히
읽어보았다.

'풀빛출판사에서 『장길산』 만화 스무 권을 며칠 전에 받았는데 호섭이가 무척 좋아해요. 잠자기 전에 소리내서 읽어보면서 혼자 낄낄거리고 웃기도 하고 이름에 대해서 묻기도 한답니다. 아빠가 크리스마스 안에 만날 거라고 했는데 어떻게 된 거냐고 자꾸 물어요. (……) 담임 선생님 말씀이 아빠에 대해서 이제는 자주 이야기한대요. 남자 선생님인데 무척 좋아한답니다. 얼마 전까지는 무슨 생각 하냐고 물으면 아무것도 아니라고 했는데, 이제는 아빠 생각 해요, 하고 명랑하게 대답한답니다. 이제는 친한 친구들이 있어서 가끔 초대하기도 하고 초대받기도 해요. 특히 음악에 취미가 있어서 내년에는 드디어 오케스트라 '코넷' 멤버로 들어간답니다. 친구 따라 강남 간다고 친구 아빠가 메트로폴리탄 오페라에 있는데 그 친구랑 친하니까 같이 하겠다는 거예요. 물론 호섭이 학교에서 매주 화요일 방과후에 한 시간씩 하는데 오디션에 통과됐답니다.'

나는 코넷을 연주하는 아이의 모습을 상상해보았다. 다섯 살 이후로 자라는 과정을 보지 못했으니 지금의 얼굴이 그려지지 않았다. 보내온 사진을 아무리 들여다보아도 기억 속의 마지막 모습만 떠오르고 현재의 모습이 낯설기만 한 것이다. 나는 내 자식들에게 한 번도 안락하고 따뜻한 가정을 만들어주지 못했다. 아이들은 이번에도 제각각 아빠 없는 크리스마스를 보내겠지. 호준이 여정이야 다 커버렸지만, 호섭이는 아직도 산타를 믿을까? 나는 한 번도 아이들의 산타가 되어주지 못했다.

크리스마스 다음날인 1996년 12월 26일에 신한국당이 안기부법과 노동법 개정안을 날치기로 통과시키는 사건이 발생했다. 신한국당 의원들은 25일 저녁부터 총무단으로부터 전화 통보를 받았고, 다음날 새벽 서울 마포의 가든호텔 등 네 개 호텔에 나뉘어 모였다가 관광버스를 타고 국회에 잠입했다. 이들은 본회의장으로 들어가 새벽 여섯시에 개회하여 일사천리로 열한 개 법안을 통과시켰는데, 법안이 통과되는 데 걸린 시간은 칠 분이 채 되지 않았다고 한다. 당연히 야당의 반발은 거세었고 고무찬양죄에 대한 안기부의 수사권이 부활되어 창작과 표현의 자유를 옥죄는 족쇄로 악용될 수 있다는 점에서 재야 예술단체들이 반발하고 나섰다. 영화와 음반 사전심의에 대해 위헌 판결은 났지만 안기부법 개정으로 창작활동 전반에 대한 감시가 더 큰 틀에서 부활된 셈이었다. 어디서 어느 선까지가 고무찬양죄가 되는 것인지 뚜렷한 기준이 없이 코에 걸면 코걸이 식의 공안당국 자의에 의한 판단으로 수사하고 기소할 수 있다면, 이는 북한을 핑계로 언제든지 마음에 들지 않는 비판적인 출판과 예술 창작물을 입건할 수 있게 되며 작가들의 상상력을 제약해 예술가들 대부분이 '정신적 감옥살이'를 하게 되는 부작용을 불러올 것이라고 문화예술인들은 우려를 나타냈다. 이것은 박홍 신부 등 몇몇 인사가 주사파 소동을 일으킨 뒤에 찾아온 공안정국의 영향이었다.

공주교도소에 수감된 시위 학생들과 활동가들 아홉 명과 함께 나도 전국적인 '양심수위원회'의 결정에 따라 투쟁에 들어갔다. 단식과 동시에 아침저녁으로 샤우팅, 성명 발표, 옥내생활의 규율 거부 등 불복종운동을 시작한 지 일주일 만에 끝을 냈지만 그 후유증으로 종호 학생과 전도사가 이감을 갔다. 나는 그들이 공안수 사동에서 끌려나가며 구호를 외치는 소리를 먼발치에서 무력하게 들어야 했다.

전국적인 옥중투쟁이 끝났지만 이제 장기적인 개혁은 바깥의 시민 사회와 정치권의 몫이 되었다. 소장과 보안과장이 공안수들 가운데 좌장 격인 나와 면담을 요청했다. 교도소측은 이제까지 서로 쌓인 감정을 풀고 함께 타협하면서 잘 지내자는 것이었고 나는 재소자들과 논의하여 타협안을 내놓겠다고 답했다.

일반수들의 애로사항은 주로 먹는 것과 서신 검열에 대한 것이었고 정치범들에게는 금서 목록 폐지, 서신 검열 폐지, 도서실 이용 및 시청각 교육 실시 등이었는데, 앞서 말했듯이 징역의 절반 이상이 먹는 문제여서 전 재소자가 납득할 수 있도록 옥내생활 개선안을 내기로 했다. 서신 검열은 아예 폐지할 수 없다면 발신 수신 금지의 이유를 본인에게 통보해주고 문제가 된 부분을 본인에게 알려 수정한 뒤에 정상 처리해주도록 했다. 금서 목록은 정확하게 민간정부가 들어서면서 폐지할 것을 공지했으니 한국에서 저작 번역된 출판물은 어떤 책이든지 반입되어야 한다는 것, 기왕에 교무과에서 운영하는 도서실이 있으니 학생들이 조력하여 도서 목록을 작성하고 누구든지 사동에서 신청하여 빌려볼 수 있도록 하며, 일반수가 종교 집회에 참여하는 것처럼 공안수도 도서실에서 독서할 수 있도록 해달라는 등의 안건을 냈다.

나는 재소자가 구매하여 읽고 나서 영치하고 석방되면서 남겨두고 간 도서들을 기증 형식으로 도서실 목록에 포함시키도록 하는 한편 팔리지 않고 반품된 책들을 기증해달라고 출판사에 편지를 보냈다. 얼마쯤 후 내 편지를 받은 몇몇 출판사에서 수백 권의 도서를 보내주었다.

일반수들은 한 달에 한 번씩 사동별로 돌아가며 영화 관람을 하고 있었는데 아직 시설 미비로 공표 이후 실시하지 못하고 있는 재소자의 텔레비전 시청 문제도 있었다. 나는 공안수들도 일주일에 한 번씩 영화 비디오를 볼 수 있게 해달라고 요구했다. 이제 무엇보다도 중요한 먹는 문제를 해결해야 했는데 이것은 일반수 중에서 장기 투옥자와 만나서 의논을 했다. 그들은 수십 년 동안 살아와서 교도소의 내밀한 문제를 많이 알고 있었다. 공주교도소는 재소자 인원 천 명으로 대도시의 큰 교도소에 비해서 식품 구매 예산이 적기 때문에 다양한 식품을 취사에 반영하기가 힘들다고 했다. 그러나 문제는 납품처와 교도소 간의 오랜 유착으로 저질의 식품이 비싼 가격으로 들어오는 데 있었다. 우리는 계절별로 취사장의 식단을 미리 발표하고 재료비, 연료비 등을 명시하여 사동의 벽에 공지하도록 했고, 계절별 식단을 짜는 데도 각 사동에서 재소자 한 사람씩 선출해서 의견을 반영해주도록 요구했다. 매점의 구매 물품 역시 품목 변경에 재소자의 의견이 반영되도록 요구했고, 구매한 물건의 질이 떨어지는 경우에는 구입처를 바꾸도록 했다. 잡다한 것 같지만 이제까지 실시되지 않았던 것이 오히려 이상할 정도로 너무나 당연한 요구였다.

교도소 당국은 우리의 요구를 모두 들어주었지만 사안에 따라서는 시간이 지나면서 차츰 제대로 지켜지지 않고 유야무야되었다. 당시의 교도소장은 간부 시험을 거치지 않고 말단 교도로 시작하여 계장 과장을 거치고 올라온 입지전적인 사람으로 정년을 앞두고 있었다. 그래서 너그럽기도 했지만 산전수전을 겪은 능구렁이였다. 그는 일상이 무섭다는 것을 잘 아는 경험 많은 교도관이었던 것이다.

어쨌든 정치범들의 생활에는 여유가 많이 생겼다. 우리는 운동시간 뒤에 텃밭도 가꾸고 도서실에도 가고 매주 정해진 날에 교도관이 읍내에 나가 빌려온 최신 영화 비디오를 시청하기도 했다. 취역수들의 운동회 상품으로 기증받았던 우동이나 라면, 소면, 밀가루 등을 우리에게도 배정해주어서 이것을 전담반에 맡겨두었다가 독거사동의 세면장에서 요리하여 점심 회식을 했다.

조선대 학생이 군대에서 취사장에 있었다더니 수제비를 잘 만들었다. 그는 회식 전날 밀가루를 반죽하여 하루 동안 창틀에 놓아 숙성시킬 줄도 알았고 취사장에서 얻어온 멸치와 다시마로 국물을 내어 김치를 잘게 썰어넣고 얼큰하게 수제비를 끓여냈다. 일반수들은 상반기 하반기에 대운동장이나 강당에서 가족들과의 특별면회를 실시했는데 그것은 마치 군대 훈련소의 가족 면회처럼 큰 잔치마당이었다. 어느 가족들은 큰 솥과 냄비 등속을 가져와서 즉석요리를 하여 옥고를 치르는 식구를 배가 터지도록 먹였고, 이들 방문 가족이 남기고 간 음식이 사동에도 들어와 나도 떡을 몇 조각 얻어먹은 적이 있을 정도였다. 내가 매점과 취사장 참견을 좀 했더니 전담반에서는 공안수들에게도 가족면회를 할 때 국물이 없는 음식이라면 가족이 지참하고 들어올 수 있도록 조처했다. 김밥, 떡, 만두, 찬합에 담은 육류와 전붙이 등은 정문과 내문을 통과할 적에 교도관들이 못 본 척했다. 그래서 시국사범 젊은이들은 앞다투어 가족들에게 편지했고 두어 달에 한 번씩 가족들이 장만해온 음식으로 영양 보충을 했다.

일반수들 중에서 사회에서부터 종교를 믿고 있었거나 관심이 있는 사람들은 정기적으로 열리는 기독교, 천주교, 불교 등의 종교 집회에 참여하도록 권유받았다. 이들은 감방 안에서 무료한 시간을 정렬하고 앉아 있거나 취역수로 공장에서 똑같은 작업을 하루종일 하고 있다가 종교행사를 알리면 열성적으로 몰려갔다. 목사, 신부, 스님 들이 봉사하는 여신도들과 함께 음식을 장만해서 오기 때문이다. 교도소 당국에서는 특히 죄질이 나쁜 수인이나 말썽꾼들을 그들에게 미리 알려주었고 교역자와 신도들은 유념하여 특별히 그들을 담당 관리했다. 신도들은 대개 나이가 지긋한 중년 부인들이 많았고 수인들은 어머니나 누이처럼 대해주는 그들에게 감화를 입기도 했다. 성경, 불경 등을 선물로 받고 편지도 받으면서 새삼스럽게 종교에 대한 관심을 갖게 된다. 이들 중 일부는 더러 독실한 신도가 되기도 하는데 그러다보면 사회에 나가서도 교회나 절에 나가게 된다는 것이다. 그러나 절반 이상이 건성으로 감옥의 종교 집회에 참여하는데 음식이나 좀 얻어먹고 '징역을 깨려고' 나가는 수인들을 옥내에서는 '기천불교인'이라 불렀다. 기독교 천주교 불교를 모두 믿는다는 뜻이었다. 종교마다 신도들이 갖고 오는 음식이 다른데 기독교는 대개 제과점 빵이나 케이크, 초콜릿 등 단것들이나 햄버거, 핫도그 같은 먹을거리를 가져오고, 천주교는 과일, 통닭, 순대, 떡볶이 등속을 준비해오고, 불교 쪽은 떡, 김밥, 한과 등을 가져왔다. 나도 옆방 수인들이 넘겨준 절편을 맛있게 얻어먹었다.

옥내생활과 관련된 이런 일들은 대개 교무과에서 하는 업무였는데 민간정부가 들어선 이후에는 교무과와 공안수가 직접 부딪치는 일이 줄어들었다. 금서 목록이라든가 서신 검열이나 사상 파악 또는 전향공작 따위의 업무가 표면적으로는 폐지되었기 때문이었다. '표면적'이라는 것은 각 교도소 소장의 재량이나 수감된 정치범의 투쟁 여하에 따라서 상황이 달라지기 때문이었다. 특히 전향공작이니 사상 파악이니 하는 업무는 일제 때의 치안유지법이 뿌리였고 이를 계승한 국가보안법 아래에서 전쟁을 치르고 군사정권으로 이어지면서 최근까지 실행되고 있었다. 세계 최장기간 수감이라는 비전향 장기수 문제도 문민정부가 들어서면서 뒤늦게 새로운 검토가 시작되고 있었다. 사상 파악과 전향공작은 민주주의와 인본주의에 반하는 '머릿속의 생각을 처벌'하는 조치라는 데 시민사회와 많은 지식인들이 공감하고 있었다. 유엔과 앰네스티가 오래전부터 한국의 사상전향 문제에 대하여 문제를 삼아왔다. 나는 그 잔재가 조금 다르게 변형된 채로 교무과의 업무로 남아서 시행되는 것을 보았다.

종호가 이감 가기 전의 일이다. 그와 둘이서 운동 끝나고 텃밭을 매고 있는데 교무계장이 철망 밖 통로를 지나다가 우리에게 말을 걸었다. 오후에 교무과에서 학생들을 호출하겠다는 것이었다. 내가 무슨 일인가 물었더니 춘계 교양강좌가 있는데 일반수들에게도 실시하고 있어서 공안수도 따로 실시하기로 했다는 것이다. 나도 가보면 안 되겠느냐 했더니 그는 반색을 하면서 학생들과 함께 오라고 말했다. 노동운동으로 홍성교도소에서 살다가 이감 온 친구가 교양강좌를 받아본 적이 있다고 알은체를 했다. 옛날 좌익수들에게 전향공작을 하던 제도가 지금은 반정부운동을 하는 시국사범들을 순화시키는 식으로 변해 있다는 거였다. 그러고는 덧붙이기를, 좀 지루하긴 하지만 강의 시작 전에 회식을 시켜주니까 그런 기대로 참여를 한다고 말했다.

교무계장은 우리가 도서실을 이용하러 갈 때마다 봉사원을 불러서

'교무다방'에 있는 다양한 메뉴를 읊어보라고 했고, 교무과 소지는 전통차로 녹차, 인삼차, 유자차, 둥굴레차, 율무차가 있으며 커피, 홍차에다 음료수로는 콜라, 사이다에 박카스, 원비디까지 있다고 노래하듯이 주워섬겼다. 구매부와 외부 봉사단체의 지원이라고 했다. 교무계장은 우리에게 차를 돌리고는 자신의 지난 어려웠던 시절을 이야기했다. 그는 아래로 동생들 여섯 명이 올망졸망했는데 아버지가 병들어 있었고 어머니는 행상을 다녀서 장남이라고 그 혼자 겨우 고등학교까지 마쳤다. 대학 진학은 꿈도 꾸지 못할 처지라 주위 사람의 권유에 따라 교도관 시험을 봤다. 그때는 고등학교만 나오고 법률 상식만 대충 맞히면 합격이 되었다. 그래도 공무원이 되었으니 그게 어딘가. 너희 대학생들은 배가 부르고 등이 따뜻하니까 하라는 공부는 안 하고 데모나 했지만 우리네는 정말 민초다. 나 솔직히 너희 같은 놈들에게 원한이 많았다. 유신 시절에는 우리도 고생이 많았다. 그냥 서서 밤새우는 게 야간근무 수칙이었다. 전에는 복도에 난로도 없었고 아예 근무자 책상이나 의자도 없었다. 사동 복도에서 추위에 와들와들 떨며 느이들 방을 들여다보면 차라리 재소자 신세가 부럽더라. 담요 속에 대가리 박고 정신없이 자는 꼴을 보면 옥문 따고 들어가 같이 드러눕고 싶더라. 서서 졸다가 자빠져 코 깨질까 무서워서 우리들끼리 짜낸 꾀가 갈고리를 만드는 거였다. 철사를 에스 자로 구부려 혁대에다 차고 근무를 나왔다. 졸리면 복도 쪽 철창에다 갈고리를 걸거든. 그러고 창살에 기대서서 무조건 자는 거다. 순시자가 나타나는 발걸음 소리가 들리면 얼른 갈고리를 빼내고 잠을 깨려고 왔다갔다하는 거지. 근무하다보니까 여기 교무과의 사복 근무가 그렇게 부러울 수가 없더라. 야근이 있나 점검이 있나, 그리고 민간인들이랑 자주 만나고 일반 회사나 다름없더라. 빨갱이들 순화하는 직함이라고 하니 애국하는 보람도 느끼고. 전에는 사상에는 사상이다 하여 교무과 직원은 거의가 기독교인 우선이었지. 내가 그래서 통신강의록으로 신학교를 나왔다. 주임 승진시험도 보았고. 내가 시방 신학대학원 다니면서 강의도 나간다. 나도 저쪽 비판서를 신물이 나도록 읽었으니까, 앞으로는 내 앞에서 문자 쓸 생각들은 하지 마라.

교무계장은 학생들 틈에 서 있던 나를 자기 방으로 따로 부르더니 은근히 말했다. 오늘 강좌에 나오실 목사님은 교정계에서 유명한 분이라는 것과 학생들이 소감문을 잘 쓰도록 황선생이 곁에서 어떻게 좀 지도해달라는 것이었다.

—이거 동향 보고하고 적당히 업무 실적을 올리겠다는 행사 아뇨?

내가 시큰둥하게 묻자 계장은, 위에서 실시하는 즉시 결과 보고하라고 들볶는데, 사실 이게 시대에 뒤떨어진 일인 줄 일선에서는 잘 알지만 높은 분들은 그렇게 생각하지 않으니 답답하다고 하소연했다. 내가 혀를 차며 아마도 학생들은 소감문에다 욕만 잔뜩 늘어놓을 거라고 했더니 계장이 그건 상관없다고 우리가 고치면 된다고 말하고는 아무렇지도 않게 당부했다.

—기왕에 참관하러 오셨으니 목사님 면전에서는 그냥 듣는 시늉이라도 잘해주쇼.

내가 계장과의 접견을 끝내고 나오자 이번에는 활동가 한 사람과 학생이 불려들어갔다. 그들도 같은 당부의 말을 들었을 것이다. 우리들 열 명의 정치범들은 시간이 되어 특별접견실로 끌려갔는데 팔걸이 달린 푹신한 의자에 회의용 탁자가 있고 위에는 음식이 한 상 차려져 있었다. 종이접시 위에 젊은이들이 좋아할 만한 양념통닭과 피자도 몇 판 준비되어 있었고 바람떡에 절편에 인절미에 과일까지 그득하게 차려놓았다. 먼저 와서 기다리던 노인이 앉은 채로 손을 쳐들며 어서들 오시라고 인사를 건넸다. 계장이 목사를 우리에게 소개하고 나서 우리를 일일이 그에게 한 사람씩 소개하며 국가보안법과 집회 및 시위에 관한 법률 등에 대한 위반 내용과 형량, 그리고 잔여 형기를 말해주었다. 그러고 나서 계장은 고작해야 연사와 청중을 합쳐 열한 명밖에 되지 않는데도 전혀 쑥스러워하지 않고 두 손을 모으고 일어서서 개회사를 하려 들었다.

—에, 그러면 지금부터 추계 정기 교양강좌를 시작하겠습니다. 목사님은 일찍이 전후 시절부터 우리 교정계에서 교화공작 사업에 오랫동안 봉직해오시면서 수많은 공안수들을 인간적으로 돌아서게 하셨던 공로자이며 피도 눈물도 없는 공산주의자들을 따뜻한 피가 도는 선량한 국민으로 가르치고 참회하게 만든 애국자이십니다.

목사가 그만하라며 계장을 말리고 시장할 텐데 우선 음식을 들도록 하자고 말했다. 무슨 강좌라기보다는 서로 허심탄회하게 마음을 터놓고 담화를 나누는 게 좋겠다는 거였다. 계장이 나가자마자 종호가 얼른 인절미 한 개를 홀랑 입안에 넣고 우물거리기 시작했다. 홍성에서 이감 온 친구가 종호의 팔을 툭 치는 시늉을 하자 목사가 괜찮다면서 음식을 먹기 전에 간단히 기도를 하자고 말했다.

—하나님 아버지, 오늘 우리가 주의 은총으로 내려주신 맛있는 음식을 놓고 이 자리에 모인 것은 아버지께서 이르신 가족의 소중함을

확인코자 함입네다. 이들은 한때의 혈기와 판단 잘못으로 사탄의 시험에 들었으나 오늘에 와서는 자기가 속았다는 것을 알고 회개할 준비가 되어 있는 사람들입네다. 이들이 속은 것은 이들의 잘못이 아니라 주의 십자군들에 대적한 사탄의 마수에 빠진 것이니 이 형제들을 잘 인도해주옵소서. 그리고 이 음식을 먹고 지금도 집에서 따스한 밥상을 마련하고 빈자리를 바라보며 애타게 집 나간 아들을 기다릴 가족의 정을 깨닫게 하소서. 그래서 하나님의 은총 아래 나라와 부모의 은혜를 뼈저리게 느끼도록 해주시고 하나님 믿음의 자식으로 다시 태어나게 하소서.

기도가 끝나고 어서 들라는 목사의 말이 떨어지자마자 젊은이들은 양념통닭을 집어들었고 나도 뒤질세라 닭다리 하나를 집어들고 뜯기 시작했다. 피자와 떡이 순식간에 없어지고 과일만 남았을 때 다시 목사가 말했다.

—음식을 들면서 얘기나 해봅세다. 여러분은 종교에 대해서 어떤 생각을 개지구 있습니까?

남총련으로 들어온 학생이 말했다.

—네, 지금은 고맙게 생각하고 있습니다.

—지금 고맙게 생각하다니?

—이렇게 좋은 음식을 준비해오셔서요.

목사가 나를 바라보며 말했다.

—공산주의 사상을 어드렇게 생각합네까?

나는 인절미 한 개를 입안에 막 집어넣은 참이라 우물거리느라 미처 대답할 겨를이 없었고 곁에 앉았던 전도사가 대신 말했다.

─우리는 잘 모릅니다. 목사님이 가르쳐주셔야지요.

　─아, 전도사라구 하든데 기독교인이 공산주의를 따르면 됩니까?

　전도사가 화도 내지 않고 간단히 대꾸했다.

　─저는 공산주의가 아니라 예수님의 가르침을 따라 가난한 노동자들을 도와주다 들어왔습니다.

　경북대 학생이 바람떡을 먹으면서 유쾌한 목소리로 받았다.

　─여기에 목사님이 생각하시는 빨갱이는 한 명도 없습니더. 다 조작인 기라예.

　─그러면 더욱 쉬운 일이 아니오? 생각을 바꾸겠다고 하문 당장 집에 보내줄 텐데.

　─놓아주지도 않고예, 무조건 때려놓고 맞은 잘못을 시인하라는 소리 아닌교?

　─아까 들어보니 자네두 국보법이두만. 하여간 북괴가 호시탐탐하구 있는데 국론을 분열시킨 잘못이야 있갔디.

　인하대 학생이 나섰다.

　─정상회담 한다, 대학가에 주사파가 많다, 멋대로 이랬다저랬다 한 것은 정부가 그랬구요. 우리는 남북 대화하라고 의사 표현을 했을 뿐입니다. 북한 핑계대고 독재하지 말자 그 얘깁니다.

　이제 탁자 위에 음식은 남아 있지 않았다. 목사는 어디서 많이 들어본 것 같은 북에서의 고행과 탄압에 대해서 이야기했고 안동대 학생이 중간에 끼어들었다.

　─남의 집 얘기는 마 고만하이소. 우리는 아무껏도 모른다 아입니꺼. 그쪽을 욕하고 자바도 머 아는 기 없는 기라. 인자부터 자세히 알

아볼 끼구마는.

내가 교무계장과 약속한 바도 있어서 나서기로 하였다.

—목사님, 이담에 밖에 나가게 되면 꼭 목사님의 교회에 나가서 순수한 예배 자리의 기도를 올리게 될지도 모릅니다. 귀한 음식은 정말 고마웠습니다. 우리는 이제 각자의 방으로 돌아가서 성경을 읽을 작정인데요, 작별 기도나 해주시지요.

이런 식의 만남은 두어 달에 한 번씩 계속되었고, 처음에는 말대꾸를 던지던 젊은이들도 논쟁을 하는 데 싫증이 나서 음식을 먹으며 참을성 있게 교양강좌를 들어넘겼다고 한다.

전담반에서 이주희 주임이 나를 불렀다. 그는 다른 주임들처럼 잎사귀 두 개짜리 말단 교도에서 시작한 사람으로 자신의 말처럼 '미관말직'에 있지만 성실하고 정직한 공무원이었다. 나는 처음에는 고지식한 그를 답답하게 여겼지만 서로 이해하기 시작하면서 어려운 일이 닥치면 의논해서 넘어가곤 했다. 우리는 서로의 가족에 대해서도 많은 이야기를 나누었다. 이주임은 내가 장기 단식을 할 때는 독방으로 찾아와 눈물을 흘리면서 만류한 적도 있었다. 그는 아들이 둘 있었는데 큰아들이 공부를 잘해서 내가 석방되던 해에 서울대학교에 입학했다. 작은아이는 기술자가 되기로 했다고 들었다. 석방된 뒤에 나는 그를 만나러 공주교도소로 찾아간 적도 있었고 내가 서울을 떠나 충청도 덕산에 집 짓고 내려가 살던 때는 그가 토종꿀 한 병을 들고 내 집에 찾아온 적도 있었다. 그는 무궁화 두 개짜리 교감으로 정년을 마쳤다. 그렇게 가끔씩 소식을 주고받으며 지내다가 하루는 자기가 암에 걸렸다고 지금 병원에 있다는 전화가 걸려왔다. 몇 달 뒤에 내가 해외 행사로 나가 있었는데 휴대전화에 문자메시지로 그의 부고가 전송되어왔고 나는 그의 장례식에 가지 못했다.

이주임은 내일 나에게 좀 특별한 방문자가 찾아올 것이라고 말했다. 누구냐고 물었더니, 그쪽에서 미리 알려주지 말라고 했지만 이쪽의 의사가 더 중요한 게 아니냐면서 안기부 대전지부에서 두 사람이 온다고 했다. 나는 픽 웃었다. 혹시나 석방 소식이라면 법무부에서 내려올 테고 안기부와는 피차에 다 끝난 상황인데 무슨 부탁이 있는 게 아니냐고 내가 말하자, 이주임은 고개를 끄덕이며 만나기 싫으면 거절해도 된다고 했다. 나는 무슨 소리를 하려는지 궁금해서 만나보겠다고 대답했다.

이튿날 오후, 정장에 넥타이 차림의 중년 사내 두 사람이 전담반에서 나를 기다리고 있었다. 나를 대하는 그들의 태도는 정중하지 않았고 대화중에 가끔씩 반말을 섞기도 했다. 그들은 수인을 찾아온 상급 부서 공무원의 태도를 견지했다. 처음에 건강이며 수감생활에 대하여 묻기에 나는 그들을 면회 온 지인 정도로 자연스럽게 대하려고 애썼다. 그들 중 한 사람이 말했다.

—이제 형량의 반 좀 넘게 살았나? 문목사보다 더 오래 사시겠어.

나는 태연하게 대꾸했다.

—그러니까 좀 내보내주쇼. 작가가 글을 못 쓰니 괴롭구만.

옆에 있던 다른 일행이 기다렸다는 듯 말했다.

—우리가 그래서 당신을 도우려고 온 거요.

그들은 본론으로 들어갔다. 여기 온 것은 다름이 아니라 부탁을 하

러 왔다. 김대중이란 사람이 정치계에서 은퇴한다고 그랬다가 정치활
동을 재개하려고 한다. 그래가지고 나라가 발전할 수 있겠느냐. 사회
통합을 위해서라도 그 사람이 다시 정치계로 나와서는 안 된다. 당신
은 그에 대해서 잘 알고 있으니 김대중에 대한 비판적인 책을 써준다
면 가까운 시일 안에 사면을 해주겠다. 필요하다면 우리가 확보하고
있는 그에 대한 모든 자료를 수집해줄 것이며 여기 말고 환경이 훨씬
좋은 장소에서 마음놓고 글을 쓸 수 있도록 해주겠다는 요지였다.

　나는 그들의 순진한 제안에 대놓고 큰 소리로 웃었다. 내가 민주화
운동을 하고 방북도 했던 것은 무슨 정치를 하려고 그랬던 게 아니다.
나는 문학을 내 인생의 업으로 선택한 사람이다. 나의 창작 이외의 활
동은 지식인으로서 사회에 봉사하고자 한 것이며 그 또한 내 문학의
소중한 일부였다. 내가 쓰고자 하는 작품 이외의 글을 정치적 목적을
가지고 쓰라고 강요하는 것은 북한 사회와 똑같은 짓이다. 그래서 나
는 당신들이 생각하는 식의 모든 정치사회적 제도를 바꾸고자 투쟁하
고 있는 거다, 라고 말하고 싶었지만 간결하게 말했다.

　―그런 글은 쓸 수 없어요.

　두 사내는 서로의 얼굴을 바라보았고 그중 하나가 정색을 하고 툭 던
졌다.

　―그렇다면 칠 년 꼬박 살아야겠네.

　다른 하나가 덧붙였다.

　―여기 옥살이가 괜찮은 모양이군.

　나는 욱하고 치밀어오르는 성질을 참고 일부러 능청스럽게 말하려
애썼다.

418

—여보쇼, 누가 시켜서 왔는지 모르지만 사람 잘못 봤어. 사면 얘기하려면 재작년쯤에 진작 오시지. 살 만큼 살고 이제야 징역살이 재미를 알아가는데, 다 늦게 찾아와서 이게 간 보는 거요 뭐요?

　그들은 더이상 말이 필요없겠다는 듯 벌떡 일어나서 사무실을 나갔다. 옆에 앉아서 기록하는 시늉을 하고 있던 이주임이 말했다.

　—내 속이 다 시원하네.

　우리는 두고두고 그때의 일을 얘기했다.

　정치범들은 매주 목요일에 목욕하는 날을 정해주었는데 운동하고 오후에 하느냐 운동 빼먹고 오전에 하느냐를 두고 논의가 많았다. 아무래도 오전에 해야 욕탕의 물도 깨끗하고 온기도 식지 않아서 좋겠다고 생각해서 우리는 오전 목욕을 택하고 그날의 운동을 포기했다. 그대신 오후에 텃밭을 돌보게 해달라고 요구했다. 어쨌든 일주일에 한번씩이라도 더운물 목욕을 하는 것은 즐거운 일이었다. 나는 취역수들이 일하러 나간 텅 빈 사동에 혼자 남아 넓은 세면장에서 겨울에도 냉수욕을 계속했다. 다만 빨래만은 더운물에 빨아야 때도 깨끗하게 빠지고 냄새도 가시는 것 같았다. 우리는 목욕하러 가서 주어진 한 시간의 절반은 목욕을 하고 나머지는 밀린 빨래를 했다. 가끔씩 보일러와 욕탕을 관리하는 장기수가 들여다보고 빨래하지 말라고 잔소리를 해댔는데 그건 사실 온수를 절약하고 연료비를 아끼려는 교도소의 당연한 처사였다. 그래서 우리는 그에게 가끔씩 '와이로'를 썼는데 밖에서 들어온 털양말이나 내의나 아니면 특별면회 때 얻어온 밑반찬류를 주기도 했다. 그는 목욕시간을 삼십 분쯤 늘려주기도 했고, 나중에는 특별히 보일러실 옆에 있는 (근무자들이 사용하는) 세탁실에서 세탁기를 사용하도록 해주었다. 그는 징역 십 년을 받은 고참이었는데 성씨도 이름도 잊어버렸다. 죄명만은 '특수강도'라고 기억하고 있었다. 정치범들끼리는 그를 '특깡'씨라고 불렀다.

목욕탕은 늦가을에서 겨울을 나고 이듬해 3월경까지 열었는데 언젠가부터 그가 보이지 않았다. 사동에 정기적으로 찾아오는 이발부의 '깍새'들이 복도에 재소자를 몇 명씩 앉혀놓고 머리를 깎았는데 워낙 시간이 빠듯하고 인원도 많아서 공들여 깎는 것은 불가능했다. 전에는 정치범들만 머리를 길렀고 일반수들은 모두 삭발이었지만 민간정부가 되면서 모든 재소자가 머리를 기르게 되었다. 나는 관구에 통고하여 취역수들의 공장구역으로 건너가서 머리를 깎았는데 대운동장 모퉁이에 온실반, 악대반 같은 모두가 부러워하는 특별반과 이발부가 있었다. 이발사는 거의가 장기수들이었고 비록 옥내에서 기술을 익혔지만 각종 이용대회에 나가서 수상을 했을 정도로 솜씨가 뛰어났다.

내 머리를 주로 깎아주던 이는 열차 특수강도로 십오 년 형을 받은 어깨가 떡 벌어진 친구였는데 입담도 재미있고 성격도 좋아서 이발을 하면서 그의 재담을 듣다보면 시간 가는 줄을 몰랐다. 하루는 문득 생각이 나서 목욕탕의 보일러실 친구가 보이지 않던데 석방되어 나갔느냐고 물었더니, 그가 빗과 가위를 든 채 돌아서서 잠깐 서 있었다. 거울 속으로 보니 그가 눈물을 흘리다가 가운 소맷자락으로 닦는 모양이 보였다. 그 친구 죽었다고 그가 말했다. 나는 '특깡'과 이발부의 '어깨'가 공범인 것을 그제야 알았다. 좌우간 그의 슬픔과는 달리 특깡의 죽음에 대한 이야기는 어쩐지 우스꽝스럽게 들렸다. 그는 늘 비염에 시달렸는데 그래서인지 코를 몹시 골았다. 누구든 감방에서 코를 곤다는 것은 그의 옥살이가 매우 험난할 것임을 말해줄 뿐만 아니라 합방한 다른 재소자들의 수면의 질도 형편없게 만드는 일이다. 코를 고는 자가 잠결에 누군가 던진 물병이나 목침에 맞아 면상이 터지고 코가 주저앉았다는 얘기가 감방에서는 흔하다. 그러니 '특깡'은 수감 초창기에 험난한 이감을 거듭했을 터였다. 그래서 일찍부터 독거방에 갈 수 있었고 보일러실에 배정받을 수 있었을 것이다. 그는 혼자 취침해서는 안 되는 '수면 무호흡증'이 있었지만 타인의 수면을 방해하지 않기 위해 그런 위험은 스스로 감당해야 했다. 특깡은 그렇게 잠을 자다가 숨이 막혀서 심장마비로 사망했던 것이다. 담당의 말에 의하면 입감하고 밥 먹고 점호 받고 잤는데 이튿날 기상 점호를 하니까 죽어 있더란다. 그의 시신은 며칠 동안 교도소 내에 안치되어 있다가 이발부 어깨와 몇몇 동료들과 교도관들이 참관하는 가운데 공인 화장터에서 화장되었다. 그는 오래전에 가족들과의 연락이 끊겨 혈혈단신의 처지였다. 어깨가 눈물을 보인 것은 동료가 불쌍해서이기도 했지만 자신도 똑같은 처지였기 때문일 것이다. 그 역시 아내와 어린 아들이 있었지만 연락이 끊긴 지 오래였다. 어깨는 내가 석방 통지를 받고 마지막 이발을 하러 갔을 때 정성들여 내 머리를 깎아주고는 점심을 함께 먹자고 했다. 그가 투박한 손으로 비벼준 고추장 비빔국수는 몇 년 만에 먹어보는 부드럽고 가는 면발의 소면이어서 씹을 새도 없이 미끄러지듯 목구멍을 타고 넘어갔다. 소면 국수는 출역수들이 외부에서 얻어온 특식이라고 이발부의 수인들은 자랑했다. 그가 맛있게 먹고 있는 나와 눈길이 마주치자 한마디했다.

—작가 선생이야 낼모레 사회에 나가면 뭐든지 잡숫겠지만 말요, 이게 다 기념이지요.

　미국에 있는 김명수가 5월에 분단과 가족의 단절을 그린 작품을 안무하여 '망명자의 폐허, 그리고 재생'이라는 제목으로 뉴욕 베시 쉰베르크 극장에서 공연했다는 편지를 보내왔다. 그리고 곧 감옥에서 다섯 번째 맞는 여름(1997년)이 어김없이 찾아왔다. 나는 처음으로 외부 출입을 하게 되었다. 악성 중이염으로 이비인후과 병원이 있는 시내 종합병원에 나가야 했기 때문이다. 바가지로 물을 퍼서 머리부터 끼얹는 냉수욕 탓이었을 것이다. 귀에 물이 들어갔는지 머리를 두드리면 머릿속 한가운데서 목탁을 치는 듯 맑고 투명한 소리가 들려왔다. 그러려니 하고 넘겼다가 한 시간이 넘게 그 지경이라 답답해서 가느다란 나뭇가지로 뚫어보겠다고 몇 차례 쑤신 것이 덧난 모양이었다. 아침에 깨어나는데 귀 언저리에 열이 나고 볼때기까지 부어오른 상태로 통증이 심했다. 처음에는 가볍게 욱신거리는 정도였다가 통증이 깊어지면서 욱신거림이 맥박처럼 빨라졌다. 못 견딜 정도가 되어 의무실에 가서 호소했더니 귓구멍 근처에 소독약을 대충 발라주고 항생제 몇 알 주는 것이 치료의 전부였다. 그날 밤은 그야말로 긴 악몽의 연속이었다. 이틀 밤을 그렇게 보내고 나서야 외부 진료의 허가가 떨어졌다.

　밖으로 나가기 전에 먼저 내가 이송 오던 날 입감 수속을 했던 방에 가서 벌거벗고 몸수색을 받은 다음에 푸른 기결수복을 벗고 회색 이송복으로 갈아입었다. 발에는 뒤축을 잘라낸 검은 고무신을 신는다. 수갑을 차고 그 위에 포승줄을 묶고 연이어 두 팔뚝이 옆구리에 꼭 붙도록 묶은 다음에 뒤로 늘어뜨린 줄을 두 명이 1개 조가 된 호송 교도관 중 한 사람이 잡는다. 점심은 소내에서 먹고 나가는 일정이니 밖에서 뭘 얻어먹을 생각은 하지 말아야 한다. 나는 그때 주임과 교사가 사복을 입은 모습을 처음 보았다. 모자도 벗고 계급장도 없는 맨머리에 점퍼와 양복 차림을 한 교도관들은 갑자기 정겨운 이웃 사람들처럼 보였다.

지프 한 대가 정문을 향해 서서 시동을 건 채로 우리를 기다리고 있었다. 나와 교사가 차례로 올라 뒷자리에 앉았고 운전기사 옆의 승차 책임자석에는 주임이 앉았다. 지프는 기적처럼 활짝 열린 거대한 철제 정문을 아무런 제지도 받지 않고 죽 빠져나갔다. 곁에 앉은 교사가 껌 두 개를 꺼내어 하나는 벗겨서 제 입에 넣고, 다시 한 개를 더 벗겨서 내 입술 끝에 갖다댔다. 포승줄에 묶여 움직일 수 없는 나는 넙죽 입을 벌렸고 껌이 입안으로 쑥 들어왔다.

다리를 건너갔다. 한여름 장마철이라 다리 아래로는 흙탕물이 되어 버린 강이 둑을 타넘을 듯 연신 찰랑대고 있었다. 날은 잔뜩 흐렸지만 비는 내리지 않았다. 나는 곁으로 지나치는 새로운 모양의 자동차들이며 그 안에 타고 있는 사람들을 고개를 젖히며 돌아볼 정도로 유심히 관찰했다. 아무도 이쪽을 마주 바라보는 사람은 없었다. 그들은 앞자리에 나란히 앉아 뭔가 이야기를 주고받으며 웃거나 그냥 혼자서 정면을 무심하게 보고 있을 뿐이었다.

차가 병원에서 백 미터쯤 떨어진 곳에 있는 일반 주차장에 섰다. 옆에 앉았던 교사가 내 등뒤의 포승줄을 한쪽 손에 몇 번이고 감아서 움켜쥐고 내 등을 밀어냈다. 길에 내려서자 주임이 내 옆에 바짝 붙어 섰고 교사는 줄을 꼭 쥐고 내 뒤에서 따라왔다. 사복을 입은 두 사람에게 둘러싸인 채 묶여서 걷는 나의 몰골이 다른 사람들 눈에는 어떻게 비칠까 하는 생각이 들었다. 무슨 흉악범이라도 되는 줄 알겠지. 저 앞쪽에 넓은 유리문이 달린 병원 정문이 보였다. 부근의 점포에서 부인이 어린아이의 손목을 잡고 나왔다. 아이는 칭얼대며 따라왔는데 두 사람은 우리 일행과 보도 가운데서 정면으로 부딪치게 되어 있었다. 아이의 찡그린 얼굴은 나를 보자마자 얼빠진 표정으로 변했다. 부인도 나를 쳐다보고 있었다. 내 발뒤꿈치에서는 뒤축을 잘라낸 고무신 바닥이 철떡이며 부딪는 소리를 냈다. 나는 신발이 미끄러져 벗겨지지 않도록 보폭을 좁혀서 천천히 걸음을 옮겼다. 아이가 제 엄마의 손을 잡고 흔들면서 묻는 소리가 들렸다.

— 엄마, 저 사람 누구야?

여자는 대답 없이 아이의 손을 한번 잡아채고는 걸음을 빨리해서 우리 곁을 지나갔다. 나는 참지 못하고 나도 모르게 뒤를 돌아보았다. 그랬더니 그들 모자는 가다 말고 아예 그 자리에 나란히 서서 나를 바라보고 있었다. 내가 억지로 웃어 보였더니 여자가 다시 아이의 손목을 잡아끌며 바삐 걸어갔다.

병원 안으로 들어섰을 때 대기실에는 디근자로 배치된 소파가 있었고 접수창구를 향해 일렬로 놓인 의자들이 보였다. 주임이 약속된 의사를 만나러 가고 나는 교사의 계호에 따라 안쪽의 소파로 가서 앉았다. 의자마다 사람들이 앉아 있었는데 그들은 나의 등장에 하나같이 애써 무심한 듯한 얼굴을 했다. 나와 시선이 마주치기라도 할까봐 무표정하게 정면을 응시하고 있지만 분명히 나를 의식하고 있었다. 나와 교사가 자리잡은 디근자형의 소파에 앉은 사람들도 같은 표정이었다.

듬성듬성 빈자리가 있었지만 우리 쪽의 소파는 더이상 채워지지 않았다. 십대의 두 여학생들이 정문에서부터 뭔가 재깔대며 열심히 이야기를 나누며 들어섰다. 나는 무심코 그들의 움직임을 관찰하고 있었다. 아이들은 저희 이야기에 정신이 팔려서 접수실 앞을 돌아 비어 있는 소파를 향해 걸어왔다. 우리 앞의 네댓 발짝 앞에 와서야 그네들이 멈췄다. 그러고는 흠칫하더니 표정과 고갯짓을 주고받았다. 어머, 저거 뭐지? 얘, 딴 데루 가자.

나는 마음속으로 되풀이해서 중얼거린다. 나는 비도덕적인 국가권력에 저항한 것일 뿐 죄인이 아니다. 나는 쫓겨난 자가 아니다. 거부하고 스스로 나온 자다. 그러나 갈아입은 호송복에는 아무런 표식도 붙어 있지 않아서 1306번으로마저도 나는 인식되지 않는다. 나를 인식해줄 대상들에 의해서 부정된 나는 여기 없다. 그야말로 말살되었다.

나는 외출을 다녀온 뒤에 좀 우울해졌다. 석방이 되어 나간다 한들 혹시나 세상이 변하지 않는다면 나는 여전히 거기에 부재할 것이다. 이제야 사회 속에서의 내 본모습을 알게 되었다.

출판사 창비의 주간인 시인 이시영은 문단 후배라기보다는 친아우처럼 내 옥바라지를 해주었다. 알다시피 그는 내가 독일 망명중에 보낸 북한 방문기 원고를 받아서 『창작과비평』에 실었다는 죄로 국가보안법에 걸려 옥고를 치렀다. 그런데도 보통 사람 같으면 원망을 할 법도 하건만 감옥에서 나오자마자 두어 달에 한 번씩 내게 면회를 왔다. 당국에서 집필을 허용하지 않아서 내심 괴롭고 옥살이가 지루하던 차인데 그와 평론가 최원식이 면회를 왔다가 내 사정이 딱했던지 『삼국지』번역이나 해보는 게 어떻겠냐고 넌지시 권했다. 우리 세대는 서양 학생들이 라틴어 배우듯이 초등학교와 중고등학교 과정에서 한문을 배울 수 있었고 대학 교재에도 한문이 섞여 있었다. 게다가 나는 『장길산』을 준비하던 시기에 월당 홍진표 선생의 사숙에서 강독 공부를 한 적도 있으니 한번 시도해봄직하다고 여겨졌다.

1950년대에 나온 정음사판 『삼국지』가 내가 초등학교 시절에 읽었던 것이라 구할 수 있겠느냐 물었더니 최원식이 보내주었다. 이미 나온 번역본 몇 종을 모아놓고 꼼꼼히 읽어보며 장단점을 따지는 동안 흥미도 붙고 감옥에서 시간 보내기에 맞춤한 일감이라는 생각이 들었다.

나는 전담반의 이주희 주임에게 법무부에 보고하고 검열을 받아야 하는 창작소설은 쓰지 않겠지만, 한국인이라면 어른부터 아이까지 누구나 내용을 알고 있는 『삼국지』를 번역하겠다고 말했다. 옥살이의 지루함을 해결해줄 뿐만 아니라 한문 공부와 문장 수련을 겸하여 무엇이든 써야겠다는 생각이었다. 한한대사전 두 종류를 구입했고 국어사전과 우리말 갈래사전을 들여놓았다. 우선 구한말에서 일제강점기까지 조선의 대중들에게 읽혔던 영창서관 발행의 『현토 삼국지懸吐 三國志』가 있는데 원문 문장에다 읽기 쉽게 '하나니' '이거늘' 식의 토를 단 판본이었다. 이것들을 보면서 『장길산』을 쓰던 시절 이래 오랫동안 한문 서적을 보지 않아서 잊고 있던 문장 독해의 감이 자연스럽게 되살아났다. 최원식이 보내준 대만 삼민서국三民書局 출판사의 『삼국연의三國演義』가 종래 우리나라에서 나온 모든 『삼국지』 번역본의 원본이 되어 있던 것이라 일단 번역을 시작했는데, '예로부터 이르기를 천하대세란 나누어진 지 오래면 반드시 합쳐지고, 합쳐진 지 오래면 또 반드시 나누어지는 법이라 했으니……' 하는 것이 첫 문장이다. (옥중에서 쉬엄쉬엄 두 권 분량을 번역했고 나중에 석방된 후 오 년이 지나서야 이 작업은 끝이 났다.) 이주희 주임은 목공부에 부탁하여 원목 널판자로 튼튼하게 짠 앉은뱅이책상을 마련해주었고 노트며 볼펜, 사인펜, 색연필 등 필기도구를 사다주었다. 법무부측에서는 내가 드디어 옥내에서 집필권을 행사할 수가 있게 되었다고 밖에다 떳떳이 말할 수 있게 된 셈이었고, 나로서도 타협은 했지만 별 불만은 없었다. 내가 번역을 하겠다니까 교도소측도 반색을 하면서 방을 조용한 곳으로 옮겨주었기 때문이다.

옮겨간 곳은 미결수 옥사였다. 교도소는 두 겹 담장을 두르고 있었고 모든 기결수는 내벽 담장 밖으로 나갈 수 없었다. 내벽을 나가면 교도소 각 부서의 행정사무실, 직원식당, 면회실, 만기실, 미결수 옥사가 두 채 있었다. 말하자면 미결수 옥사는 외벽과 내벽 사이에 있는 셈이다. 아직 재판중이라 죄인으로 결정된 것도 아니고 그렇다고 완전히 자유롭지도 않은 신분에 걸맞은 위치에 미결수 옥사가 있었다. 내가 입감된 방은 나란히 서 있는 두 채의 건물 중 안쪽 건물에 있었는데 아래층 전부가 미결수 감방이고 이층은 모두 비워져 있었다. 옥사에 비해서는 미결수가 많지 않다는 뜻이다. 내 방은 이층의 가운데쯤에 있었는데 보통 이런 방은 일고여덟 명에서 많을 때는 열 명이 넘게 기거하는 혼거방이었다. 원래 기거하던 독방의 두 배가 훨씬 넘는 넓이였고 무엇보다도 남향으로 창문이 나 있었으며 창가에 서면 담장 너머로 교도소 정문 앞 가로수 길과 멀리 공주 시내가 보이고 산과 숲이 보였다. 이층에는 밤이든 낮이든 나 혼자 있어서 순시자도 올라오지 않았다.

한 가지 아쉬운 점이라면 이곳으로 온 뒤에는 안에 있을 때처럼 여러 젊은이들과 텃밭을 가꾸고 운동도 함께하며 때때로 특식을 해 먹는 재미가 사라진 것이었다. 그 대신 나를 도와주는 소지와 둘이서 운동도 하고 텃밭도 맸다. 이미 소지 이야기에서 언급했었는데, 그는 음주운전으로 인명사고를 저지르고 들어온 전직 자동차 딜러로 삼 년 육개월 형을 받아 이제 거의 만기가 되어가는 중이었다. 별명이 '딸코'인 그는 나가면 다시는 술을 마시지 않겠다고 내 앞에서 몇 번이나 다짐했는데, 나는 속으로 얼마나 술 생각이 나면 자꾸 저럴까 하는 의심이 들었다. 우리는 사동 건물 뒷마당의 담 밑에 텃밭을 만들었다. 전에 해오던 것처럼 교도관이 사다주는 씨앗과 모종을 심어 상추 케일 쑥갓 고추 등속을 길러 먹었다.

운동시간도 학생들과 함께하지 못하게 되어 이주임이 마련해준 배드민턴 채를 가지고 미결사동의 작은 앞마당에서 딸코와 배드민턴을 쳤다. 학생들과 운동은 함께하지 못했지만 그래도 전담반에 오며 가며 얼굴을 보았고 일주일에 한 번씩 목욕하는 날과 시청각 교육 하는 날에 만났다.

한 달쯤 지나서 우연히 나를 계호하러 온 교사에게서 내 방의 내력을 들었다. 문목사가 방북하기 전에 다른 사건으로 들어왔을 때 이 방에서 지냈었다고 그가 일러주었다. 문목사에게도 이곳이 조용하긴 했지만 역시 운동이 문제였던 모양이다. 이곳의 좁은 앞마당에서 뒤로 걷기 운동을 했다나. 처음에는 서툴러서 천천히 걷더니 곧 익숙하게 되어 뒤로 뛰기까지 했단다. 평소에 쓰지 않는 뒷다리 근육을 단련시키는 데 좋다는 말을 들어서 나도 몇 번 시도해보다가 지루해서 그만 두었다.

이전에 기결수 사동에 있을 때는 건성으로 보고 지내다가 일단 내 벽 밖으로 나온 뒤에 며칠 만에 안으로 들어가면 모든 것이 낯설고 새로워 보였다. 아마 전에도 붙어 있었을 텐데 이제야 통로의 곳곳에 가로글씨로 써붙인 표어가 눈에 들어왔다. 나는 새삼스럽게 글씨들을 소리내어 읽어보았다. '눈물 젖은 빵을 먹어보지 않은 사람은 인생을 논하지 말라.' '쫓기지 말고 앞서서 행하라.' '오늘 나는 가족을 위해 무슨 선행을 하였는가.' '어머니 당신의 아들은 다시 태어납니다.'

사동 복도에 난로가 철거된 여름철이라 미결사동 소지와 찌개를 끓여먹으러 만기실 쪽으로 건너가본 적이 있었다. 만기실은 창에도 창살이 붙어 있지 않았고 거실과 부엌이 있는 방 네 칸짜리 주택이었다. 그때는 입실자가 없었는지 집은 비어 있었다. 우리는 조용히 현관문을 열고 들어가 부엌 싱크대 위에 놓인 전열기에 찌개 냄비를 올려놓고 끓였다. 큰방 문을 열고 들어가 이리저리 둘러보는데 벽에 까맣게 낙서가 보였다. 자세히 보니 석방 날짜와 이름과 한 줄짜리 감상이었다. 그런 문장들이 눈높이의 벽에 깨알 같은 글씨로 적혀 있었다. 저들은 여기에 무슨 인간적인 흔적을 남기고 싶었던 것일까. '숙아, 내일 나는 네게로 간다.' '피눈물의 십삼 년.' '돌아가신 아버님, 아들은 집으로 갑니다.' '교사 박일동 평생 해처먹어라, 너는 나에 철천지원수다.' '흘러간 내 청춘이여.' '후배들아, 절대로 죄짓지 마라.' '여기는 인간 쓰레기통.' '돈이 웬수다.'

옛 전설에 나오듯이 저승과 이승 사이에는 망각의 강이나 방이 있어서 그곳을 거쳐 속세로 나오면 모든 지난 일을 잊는다는 얘기처럼, 아니면 바다 밑 깊숙이 잠수하는 이들은 수압과 산소에 의한 신체 변화를 조절하기 위해 물 밖으로 나오기 전에 중간 대기실에 머문다는 것처럼 일반수들은 대개 이곳에서 사흘이나 적어도 이틀은 지내게 된다. 여기는 이미 교도소의 안쪽 담을 벗어난 곳이라서 반쯤은 정신과 몸을 담장 밖으로 내놓고 지내는 셈이다. 그 몇 밤 사이에 석방자는 교도소에서의 모든 일을 잊고 끊겼던 몇 년 전의 자신의 과거와 현재를 연결할 준비를 한다. 그러나 막상 바깥세상과 부딪쳤을 때 수형생활이 길었던 사람은 세상이 자신만을 남겨두고 저 갈 데로 유유히 흘러가고 있는 것에 당혹감을 느낄지도 모른다. 발 빠르게 그 물속에 뛰어들어 함께 흐르지 않으면 영영 낙오자가 될 수도 있다.

밖에서는 12월에 있을 대통령 선거의 열풍이 거세지고 있었다. 여당 후보는 이회창, 야당 후보로는 해외에 나갔던 김대중이 정계은퇴를 번복하고 다시 나섰다. 선거 열풍 속에서도 나를 위한 석방운동이 계속되고 있었는데, 관련 기사가 몇몇 신문에 실렸다. 여름부터 정치권에서 내란죄로 수감된 전직 대통령 전두환, 노태우의 사면이 논의되고 있는 것에 때맞추어 문인과 지식인 등이 나의 석방 사면을 요구하는 서명운동을 벌이고 있었다. 요지는 '법으로 죄과가 확인된 전두환, 노태우 두 전 대통령이 사면된다면 그들에 저항하다 옥에 갇힌 사람들도 명예를 회복하고 자유의 몸이 되어야 한다'는 것이었다.

12월 18일이 대선 날짜였고 초겨울 날씨는 포근했다. 교도소에서는 아직 텔레비전 시청은 미루고 있었지만 저녁시간의 라디오 청취는 시행되고 있었다. 특별히 주요한 운동경기가 있는 날에는 경기가 끝나는 늦은 시간까지 중계방송을 틀어주곤 했다. 아마 대선 개표 실황도 중계해주고 있었을 것이다. 미결사동 쪽은 신문 구독은 허용이 되었어도 방송시설은 안 되어 있었는데, 거의 날마다 가족 면회와 변호사 접견이 이루어지고 있어서 새로운 소식이 금방 알려지기 마련이었다.

나는 미결사동에서 이번 선거가 야당에게 유리할 거라는 소문을 들었다. 이번 선거 결과에 따라 나의 징역생활도 머지않아 종지부를 찍게 될지 말지 판가름날 것이기 때문에 나는 밤늦게까지 잠을 이룰 수가 없었다. 자정쯤 되었을까, 담 너머 기결사동에서 마치 축구경기에서 골이 들어갔을 때처럼 '와아!' 하는 함성이 일시에 일어났다. 그들은 라디오를 듣고 있었을 것이다. 재소자들이 일시에 내지르는 환성에 나는 벌떡 몸을 일으켰다. 아래층에서 근무하던 교도관이 올라와 나에게 외쳤다.

—김대중씨가 당선 확정되었어요. 작가 선생, 이제 나가시겠네!

광주 양민학살과 쿠데타를 통하여 집권했던 전두환, 노태우 전 대통령이 성탄절 특사로 석방된다는 소식을 듣고 전국 교도소의 양심수들은 12월 24일부터 일제히 항의 단식을 시작했다. 보통 때는 단식투쟁을 해도 운동시간에 문을 열어주고 기결사동의 학생들을 만나러 가는 일도 막지 않았는데, 그날은 교사 한 사람이 나 혼자 있는 이층 사동에 올라와 옥문도 열어주지 않고 저녁 점호 때까지 수직을 했다. 공주교도소에 무슨 일이 있었는지 나중에 신문기사를 보고 뒤늦게 알게 되었다.

동료 문인들이 그날 공주교도소로 몰려와 오 년째 복역중인 나의 석방을 정부와 김대중 대통령 당선자에게 촉구하는 '황석영의 자유를 위한 작가들의 행동선언'을 발표했던 것이다. 송기숙, 이문구, 박태순, 윤흥길, 조정래, 최인석, 방현석, 임철우, 최수철, 김인숙, 신경숙, 은희경 등 오십여 명의 문인들은 서울, 광주, 대전 등지에서 나를 면회하러 왔다가 저지당하자 면회 불가 방침에 항의하는 약식 집회를 가졌다. 이들은 '황석영의 자유를 위한 작가들의 행동선언'을 낭독했다. '황석영의 방북은 작가적 상상력마저 원천적으로 불구화시켜온 분단을 넘어서기 위한 작가로서의 책임감에서 비롯된 고통스럽고 외로운 실험이었습니다. 우리는 정치가도 혁명가도 아닌 작가 황석영의 그 실험에 대한 법적 제재를 이 시점에서 즉각 중지할 것을 작가라는 이름을 걸고 결연히 요청합니다.'

작가들은 곧이어 '영치금 차입투쟁'에 들어갔는데 재소자에게 허락된 영치금 하루 총액이 삼만원이었다. 먼길을 달려 면회하러 온 작가들 모두의 마음을 전달하고자 한 사람당 오백원씩으로 금액을 제한했고 영치금 한정액을 맞추려고 개중에는 백원을 차입하여 삼만원을 채웠다고 한다. 오후 네시에 작가들은 수고한 교도관과 그때까지도 정문 안쪽에 버티고 섰던 스무 명가량의 경비 교도대원들에게 웃으며 인사말을 던지고 서울행 버스에 올랐다. 그 버스는 이순원씨가 소설가다운 상상력으로 말한 바에 따르면 '황석영 선배를 함께 태우고 올라가야 할 버스'였다고 신문기사는 쓰고 있었고 '시골 회갑 잔칫집 마당처럼 화사한 햇살이 내리쬐고 있음에도 교도소의 담벼락은 여전히 높기만 했다'고 했다.

연말에 터진 IMF 위기로 바깥세상이 뒤숭숭한 가운데 새해가 되었다. 몇 통의 연하장과 편지를 받았다. 대구 사는 염무웅에게서도 새해 첫날에 쓰인 편지가 왔다.

어느덧 1998년 새해가 됐습니다. 참으로 눈코 뜰 새 없이 세월이 갑니다. 내가 시간을 주체적으로 살아가는 것이 아니라 시간이 나를 어디론가 마구 끌고 간다는 느낌이 점점 더 심해집니다.

연말연시를 보내면서 그곳, 내가 중고등학교 시절 육 년을 살았던 공주의 황형을 여러 번 생각했습니다. 그리고 이십오 년 전 수유리에서 지낸 겨울날의 새벽 등산도 떠올렸지요.

건강은 어떠신지요. 아무래도 나이가 이제 오십대 중반이니—끔찍해라, 오십대 중반이라니!—예전 같을 수 없겠지요. 나도 십 년 가까이 당뇨가 계속되면서 체력과 정신력이 공히 많이 쇠퇴하는 걸 매일 느낍니다. 내가 제어할 수 없는 어떤 막강한 힘에 떠밀려 산 아래로 굴러가는 듯한 무력감을 느낍니다. 거기 있는 황형께는 배부른 타령처럼 들릴지 모르겠습니다만.

한동안 '세계화' '정보화' 소리가 요란하더니, 아시겠지만, 최근 들어 IMF가 또 요란을 떱니다. 아마 금년은 6·25 이후 최대의 시련이 들이닥칠 거라고 합니다. 자업자득이지요.

금년 봄이 되기 전에 이 바깥에서 황형을 만나게 될 거라고 확신합니다. 지난 오 년이 황형의 문학에 새로운(제2의) 거름이 될 것입니다.

무엇보다 건강에 유념하시기 바랍니다.

귀심歸心은 화살과 같다는 표현이 있지만, 반대로 시간은 더디게 흘러갔고 봄도 느릿느릿 다가오고 있었다. 1998년 3월 13일, 드디어 나에 대한 김대중 대통령의 특별사면이 시행되었다.

원래 만기석방의 경우에는 전날 자정이 넘으면 무조건 석방을 하게 되어 있었지만, 특별사면은 집행장이 당일 오전에 발표된 뒤에 법무부에서 지방 교도소로 내려오니까 좀 늦게 되었다. 전담반 이주희 주임은 다른 교도소로 전근을 갔고 초창기 옥살이 때 나와 갈등이 심했던 박주임이 밖에서 며칠 전에 부쳐온 와이셔츠와 양복과 구두를 내주었다.

나는 껍질을 벗듯이 수의를 벗기 시작했다. 먼저 중공군 옷이라고 정치범들끼리 서로 웃던, 솜으로 누빈 투박한 상의를 벗고 허리띠 없이 손가락만한 끈으로 앞자락을 여미던 바지를 벗었다. 무릎이 튀어나온 털실로 짠 내의를 벗고 이제는 그야말로 러닝셔츠와 팬티 차림이 되었는데도 나는 이른봄의 추위를 느끼지 못했다. 나는 셔츠와 양복을 입고 마지막으로 구두를 신었다. 옆에서 박주임이, 선생 옷걸이가 좋다고 농담을 했다.

영치실로 가서 플라스틱 바구니에 담아온 영치품을 수령했다. 돌아가시기 전에 찍은 어머니의 사진, 미국에서 보내온 호섭이의 사진, 그리고 호준이 여정이의 어릴 적 사진들, 다 바래고 쭈글쭈글해진 갈색 지갑이 있었다. 나는 계절이 바뀔 때마다 사제 모포를 반납하거나 겨울 옷가지를 찾으러 영치품 창고에 가본 적이 있어서 내 물건이 잠들어 있던 곳을 잘 알고 있었다. 구멍 뚫린 알루미늄 패널이 책장같이 칸칸이 얹혀 있고 거기 수인번호표가 붙어 있는 공간에 수감된 주인의 삶과 육신의 내음이 묻은 물건들이 분류되어 얹혀 있었다. 뒤축의 한 부분이 기우뚱하게 닳아버린 낡은 구두는 그 주인이 거쳐온 낯선 거리와 골목의 흙을 묻히고 있었다. 또는 막걸리 자국이 그대로 남은 물 빠진 작업복 상의와 안경집, 걸레처럼 삭아버린 여름옷들, 망으로 된 한여름의 최신 유행 슬리퍼 구두, 투박한 등산화, 또는 각종 모자들, 반지, 목걸이, 시계 따위의 장신구들, 그것들은 주인이 체포되었던 그날의 시각에 정지된 채로 죽은 자의 추억처럼 노끈에 묶여 놓여 있었다.

소장과 보안과장 등은 전날 작별 면담 자리를 가졌으므로 박주임은 교도소를 대표하여 나를 상대하고 있었다. 그가 석방증을 내게 주었고 내가 아직은 가석방 상태이며 보안관찰 대상자이므로 귀가하고 일주일 이내에 관할 경찰서에 신고해야 한다고 일러주었다. 그가 내게 악수를 청하며 말했다.

—석방을 축하합니다. 충실한 사회인이 되기를 바랍니다.

그가 경례를 했고 나는 허리를 숙여 마주 인사했다. 이때 어쩐지 그에 대한 섭섭했던 마음이 씻은듯이 사라졌음을 알고 나는 조금 놀랐다. 우리는 정문을 향해 걸어갔다. 초소 옆의 작은 문 앞에 이르러 주임이 걸음을 멈추며 내게 말했다.

—자아, 여기서부터 속세입니다. 나가서 잘 사세요.

나는 목례를 하고 문을 나섰다.

고은과 현기영 등 동료 문인과 기자들 수십 명이 나를 기다리고 있었다. 앞쪽에 서 있던 장남 호준이와 딸 여정이가 나를 반겼다. 나는 기다리고 있던 기자들에게 '1980년 광주항쟁 이후 떠났던 긴 여행을 끝낸 느낌'이라고 말했다.

문인들은 전세버스 편으로 서울로 올라갔고 나는 처가에서 준비한

승용차를 타고 길을 떠났다. 언제부터인지 하늘에서는 싸락눈이 흩날리기 시작했고 고속도로에 접어들며 눈보라가 쳐서 차창에 쌓일 정도로 봄눈이 내렸다. 그러나 그것도 잠시, 눈은 이내 자취도 없이 녹아서 사라졌다. 차가 고속도로를 달리는 중에 귀가 차츰 먹먹해지더니 소음이 멀어져갔다. 마치 나 혼자 깊은 산속에 있고 저 산 아래 아득한 곳에서 들려오는 먼 도시의 소리 같았다. 속도감도 느껴지지 않았다. 오랜 세월 독방에서 지내왔던 몸이 자기방어를 하는 듯했다. 감옥에서의 현실이 벌써부터 먼 옛날인 것처럼 아득한 느낌이었다. 술이 덜 깬 새벽의 기분과도 같다고나 할까.

까무룩하게 잠이 든 것 같았는데 차가 멈춰서자 저절로 잠이 깼다. 서울로 들어서는 톨게이트를 지나고 있었다. 나는 어둠 속으로 흘러가는 낯선 거리를 물끄러미 내다보았다.

에필로그

2016년 12월 3일, 날씨는 매섭게 차갑고 추웠다. 옷을 든든하게 입고 지하철을 타고 경복궁역까지 갔다. 일산에서부터 벌써 승객이 많아서 앉을 자리가 없었고 경복궁 지하철역 구내는 계단을 오르려고 몰려선 채 대기중인 사람들로 가득차 있었다. 사람들은 서두르지 않았고 차례를 기다렸다. 광화문 광장으로 모이는 다섯 군데의 도로가 사방에서 몰려드는 사람들로 메워져 있었다. 우리는 11월 12일 3차 집회에는 길거리에서 컵에 끼운 촛불을 샀고 4차 때부터 전등이 달린 플라스틱 촛대를 준비해갔다. 아내가 배낭에 담요와 깔개를 넣어갔지만 우리는 광장에 줄지어 앉은 사람들 틈에 감히 끼어들 생각을 못하고 가녘에 서 있었다. 행진이 시작되기도 전에 이곳저곳을 배회하며 구경하고 다녔는데 저마다 다른 그룹들이 군데군데 모여서 자기들 방식으로 부분 집회를 열고 있었다. 남녀 학생들, 원불교 신도들, 영화인들, 농민회원들, 노조, 천주교인들, 여성운동가들, 그리고 개별적으로 나온 사람들 중에는 노부부도 많았고, 유모차를 끄는 엄마들, 어린것들의 손을 잡고 엄마 아빠 온 식구가 총출동한 가족들, 피켓을 만들어 나눠주고 있는 삼사십대 직장인 등 각양각색이었다. 주부들 그룹도 많았는데 휴대 전화로 서로의 위치를 알려주고 한편에서는 이게 얼마 만이냐며 손을 맞잡고 팔짝팔짝 뛰는 모습도 심심치 않게 눈에 띄어 입가에 절로 미소가 번졌다. 나도 움직일 때마다 수십 년 만에 처음 만나는 사람들과 여러 번 부딪쳤다. 예전에는 자주 만나고 친했던 사람들이 서로 사는 도시나 일의 영역이 달라서 그저 어디서 잘 살겠거니 하면서 잊지는 않고 있던 사람들 말이다. 그것은 축제였고 잔치마당이었다.

많은 젊은이들이 집회 진행을 위해 자원봉사를 하고 있었는데 플라스틱 양동이를 들고 진행비 모금을 하러 군중들 사이를 돌아다니면 사람들은 기꺼이 지갑을 열었다. 광장의 찬바람도 촛불의 열기와 사람들의 체온으로 견딜 만했다. 이날 광장과 주변 거리 그리고 각 지방의 도시에서 이백삼십이만의 사람들이 촛불집회에 나섰다. 역대 최고의 군중이 모여든 것은 엿새 후에 국회에서 대통령 탄핵소추안 표결이 있을 예정이었기 때문이다. 시민들은 '촛불은 바람 불면 꺼진다'는 험한 소리를 들은데다 행여 탄핵이 부결될까봐 나 한 사람이라도 나가서 머릿수를 보태야지 하는 마음으로 서로 불러내어 모여들었던 것이다. 집에서 텔레비전을 보고 있다가 참지 못하고 밤늦게 도심지로 뛰쳐나온 사람들도 많았다.

사람들은 경찰의 차벽을 마주치면 돌을 던지는 게 아니라 경찰 버스에 꽃 스티커를 붙였는데, 심야가 되자 청소를 자원한 남녀 젊은이들은 거리의 쓰레기를 치우고 경찰차의 꽃 스티커도 떼어냈다. 또래의 의경들이 나중에 스티커 떼느라 고생할 것을 염려해서였다.

나는 중고등학생 때 통학로였던 적선동 골목을 지나 효자동으로 오르는 행렬을 따라가보았다. 효자동 주민센터 앞에 차벽이 있었고 그곳이 청와대와 가장 가까운 지점이어서 많은 군중이 모여 있었다. 거의가 이삼십대의 혈기왕성한 젊은이들이었다. 구호를 외치면 함성이 되어 바로 지척인 청와대의 박대통령에게 들릴 거리였다. 그 정도 접근하기 위해서 집행부가 매 주말마다 집회신고를 하면 경찰이 불허하고 법원에 행정소원을 하면 판사가 허가하는 일이 반복되고 있었다. 1980년대 군사독재 시절에 시위 좀 해봤다는 중년층들은 이런 점잖고 단정한 시위 방식이 성에 차지 않았는지, 이래가지고 물러나겠느냐며 화염병 들고 청와대로 쳐들어가야 혁명이 될 거라고 주점에서 외치는 사람들도 더러 있었다. 그러나 비폭력은 촛불집회의 기본적 행동강령이었다.

집회를 추진해나가는 이들은 각 시민사회단체의 경험 많은 문화진행자들이었다. 이들은 절대로 명망가나 정치인들에게 함부로 마이크를 넘겨주지 않았다. 공연하러 온 가수나 밴드 말고는 어떤 유명인도 발언권을 제 마음대로 얻을 수가 없었다. 이름 없는 서민이나 노인이나 중학생이나 하여튼 억울해서 못 견디는 사회적 약자들이 단상에 올라가 소박한 자기 경험을 토대로 견해를 이야기했다. 차벽 앞에서 누군가 결기를 이기지 못하고 가로막은 버스로 올라가면 모두들 목청을 합쳐 외쳤다. "내려와, 내려와! 비폭력, 비폭력!" 이렇게 달래면 그는 사람들의 부축을 받아 다시 내려오곤 했다. 강인하지만 지혜롭고, 분노하고 있지만 공공성을 지키며, 각자가 개인이면서 서로를 배려하는 모습은 한데 모인 촛불만큼이나 아름다웠다. 나는 광장에서 새로운 나라, 이전과 전혀 다른 공동체를 경험했다. 나는 국민이라는 말을 쓰기 싫어하지만 그야말로 새로운 국민이 나타난 것이다.

이날 나는 새벽까지 돌아다니다가 집에 돌아왔고 그대로 몸져누웠다. 으슬으슬 춥고 열이 나는 게 독감에 걸린 모양이었다. 가을에 노년층에게 무료로 접종해주는 감기 백신을 맞기는 했는데 예방 효과가 없는 신통치 않은 것이었던 모양이다. 신문에 나온 걸 보니까 역시 품질이 형편없는 엉터리 백신을 왕창 들여왔다고 했다. 관에서 하는 일이 다 그렇지, 구시렁대며 병원에 가기는 싫어서 집에 있던 약이나 먹고 푹 쉬면 나으려니 했는데 좀처럼 감기가 나가질 않았다. 앓으면서 박근혜 대통령 탄핵결의안이 국회에서 가결되는 광경을 방송으로 지켜보았다. 사방에서 축하 문자가 날아왔다. 아아, 드디어 어둡고 길었던 박정희 개발독재시대의 터널이 끝나가고 있었다. 그의 딸 박근혜가 아버지의 역사적 업보를 쓸어담아가지고 이제 곧 퇴장해야 하는 것이다. 옛사람들 말투를 빌려 말하자면 '대장부 한평생이 걸렸구나!' 하고 탄식이 절로 나온다. 5·16 군사 쿠데타 때 내 나이 19세였는데 이제 75세가 되었으니 말이다.

2013년에 출범한 박근혜 정부의 정책은 퇴영적 유신독재의 회귀라는 점에서 새로운 세기에 대응하지 못하는 것들이었다. 한국은 여전히 세계체제 안에서 분단되어 있으며 선진사회에 비해서 종속적 위치에 있고, 선진사회가 주도하는 외적인 변화에 취약하다. 독재 상태에서 근대화를 추진했기 때문에 다양한 견해를 조정하고 사회적 약자를 돌보는 데 미숙하다. 또한 자본의 힘은 전보다 더욱 막강해졌고 정치적 조종술은 더욱 교묘해졌다. 근년에 자살률을 비롯해서 비정규직, 산업재해, 노동시간, 청년실업 등을 비롯한 부정적인 통계수치들이 OECD 국가들 중 최상위권이라는 점이 객관적 징표일 것이다. 이명박, 박근혜에 걸친 두 보수정부는 북한과 적대하고 냉전화함으로써 한반도 위기관리의 주도권을 외세에 내주었고 휴전체제를 평화체제로 바꾸려던 우리의 오랜 노력들을 물거품으로 만들었으며, 국가안보는 일촉즉발의 전쟁 위기로 빠져들게 하였다.

근년에 이런저런 행사에서 만나게 된 지각 있는 인사들 대부분은 한반도가 국내외적으로 심각한 위기라는 데 동의하고 있었다. 그것은 정치, 경제, 외교 전반에 걸친 위기여서 정치사회적 견해가 서로 다른 사람들이 힘을 합쳐도 가까스로 극복할까 말까 할 정도로 절박한 상황이라고 입을 모았다. 결국 직접적인 어려움은 민초들이 감당하게 되고 외환위기 때보다 훨씬 깊은 상흔을 우리 사회에 남길 것이라는 우려와 함께, 뒤늦었지만 이제라도 방향을 제대로 잡고 우리 공동체가 살아나갈 길을 모색해야 한다는 생각이 널리 퍼져 있었다.

1961년 군사 쿠데타로 집권한 박정희가 개발독재를 통하여 근대화를 추진했고 그 잔재가 현재까지도 계속되어온 것은 우리가 민주주의라는 세련된 겉옷을 걸치고 있으나 몸체는 분단된 안보국가라는 본질적 결함을 벗어나지 못하고 있었기 때문이다. 두 차례의 민주정부가 있었지만 과거의 잔재는 역사적 반동이 되어 이명박, 박근혜 정부를 출범시켰다. 독재자 박정희의 딸 박근혜는 개발독재시대의 폐단이었던 정부와 재벌의 정경유착을 다시 불러왔다. 모든 사회제도가 과거로 회귀하면서 획일적인 사상 검증이 시작됐고 문화예술계와 학계에 대한 감시와 검열은 더욱 교묘하게 진행되었다.

내 경험에 의하면 정부에 대한 비판을 자제해달라는 은근한 협박과 친정부단체의 직임을 맡으라는 회유가 있었고, 해마다 정기적으로 은행거래 내역을 조사하고 그 사실을 본인에게 통보하는 식이었다. 또한 극우단체의 회원들이 내가 방북했던 당시 국가안전기획부의 일방적인 기소 내용을 왜곡하여 SNS를 통해서 나를 공산주의자 또는 간첩이라며 대중들에게 전파했다.

이렇듯 교묘한 방식의 억압과 제재가 은밀하게 진행되다가 '세월호' 침몰 사건 직후부터 본격화된 것을 보면 세월호의 침몰은 이미 박근혜 정권의 붕괴를 예고한 것이라는 생각이 든다. 세월호 사건에 대한 정부의 무능하고도 납득할 수 없는 대처를 비판하고 진상 규명을 요구하는 목소리가 커지자 이들을 국가안보를 위협하는 불순분자나 좌파 세력으로 간주하고 명단을 짜서 관리해온 사실이 구체적으로 드러났다. 나 같은 사람은 그렇다 치더라도 젊은 문인이나 각종 문화예술계 종사자들이 얼마나 불이익을 당했을지 짐작하고도 남음이 있다. 그러나 어떠한 억압과 고난이 따른다 해도 예술가의 사회적 기능은 비판적 관점에서 출발한다는 나의 생각에는 변함이 없다. 정부와 문화예술의 관계는 '지원은 하되 간섭하지 않는 것'이라야 한다. 예술가가 비판적 기능을 상실하고 권력에 굴종하는 사회는 민주주의의 퇴행을 초래하기 때문이다.

나는 연말까지 출판사에 원고를 넘기겠다던 약속을 지킬 수가 없었다. 시난고난하며 기력이 없고 으쓱으쓱한 감기 기운을 달고 살았다. 2017년으로 해를 넘기고도 그 모양이더니 이제는 오른쪽 어깨에 통증이 시작되면서 차츰 팔을 못 쓰게 되었다. 나는 젊은 시절에 손으로 원고를 수만 장 썼던 터라 오십대 초반 베를린 망명 시절에 오십견을 호되게 앓은 적이 있었다. 그뒤로 나이들면서 간헐적으로 오른쪽 어깨를 앓았는데 그때마다 별 신통한 치료법은 없었고 작업을 중지하고 얼마간 쉬면 저절로 나았다. 그런데 이번에는 달랐다. 어릴 때 수영하다 중이염이 걸려서 며칠을 잠 못 자고 울며 앓았던 적이 있었는데, 이번 통증은 그보다 훨씬 더했다. 어른이 밤마다 울 수도 없고 뜬눈으로 침대에 누워 소리를 내며 앓았다. '욱씬 욱씬' 하는 통증의 느낌이 그대로 박자를 맞춘 소리가 되어 귀에 들려오는 것 같았다. 나중에는 수저를 집어들 수도 없어서 아내가 밥을 먹여줘야 할 지경이었다. 드디어 전문병원을 찾았는데 의사가 검진해보더니 독감 끝에 폐렴이 지나간 것 같다고 했다. 그래서 이미 연골이 닳아 없어진 상태의 어깨를 악화시켜 관절이 염증으로 가득찼다고 했다. 어깨에서 물을 빼내고 약물치료와 물리치료를 병행하며 겨우내 병원에 다녔다.

나는 원래 왼손잡이로 태어났다. 미국 역대 대통령이 왼손으로 사인하는 모습을 화면에서 몇 번 보았으니 서양에서는 왼손 오른손을 별로 차별하지 않는 것 같다. 그러나 동양에서는 밥 먹는 것과 글씨 쓰는 것은 꼭 오른손으로 해야 한다는 엄정한 법칙 같은 풍속이 있다. 내가 어렸을 때 왼손으로 수저를 집든가 연필을 쥐고 뭔가 쓰려고 하면 어머니가 손을 때리거나 야단을 쳤다. 오른손은 '바른손'이라는 윤리적인 암시까지 내포하고 있었다. 그렇다면 왼손은 그른 손일까.

나는 훈련과 교육에 의하여 능숙하게 오른손으로 밥 먹고 글씨를 썼다. 그러나 공을 던질 때라든가 화가 나서 주먹을 날릴 때, 청년이 되어 사랑을 할 때 여자를 안으려면 왼손이 먼저 나갔다. 내 피는 왼손을 부르지만 거북한 적이 많았다. 세상은 온통 오른손잡이를 위한 물건과 장치들로 가득차 있었기 때문이다. 가령 군대에 가서도 구식 M1 총의 활대가 오른쪽에 달려 있어서 왼손잡이인 나는 총을 쏘지 못하고 기합을 받았다. 이들 오른손잡이를 위한 물건들과의 불화를 통해서 나는 세상과 사물을 다르게 보는 방식을 가지게 된다. 작가로서 남들과 달리 보는 방식은 나쁘지 않은 것 같았다. 그런데 이 오랜 불화가 이처럼 결정적인 때에 몸으로 찾아왔다. 내가 오른손을 쓸 수 없게 된 것은 그쪽으로는 사용하지 말라는 것일까, 아니면 사용할 자격이 없다는 뜻일까.

오 년간의 수형생활을 마치고 석방된 지도 무려 이십 년째 접어들었다. 돌이켜보면 한 해도 편안했던 적이 없지만 망명과 투옥의 기간은 수년 전에 고희를 넘긴 생애 속에서 그저 잠깐에 지나지 않은 것처럼 보이기도 한다.

감옥에서 나와보니 한국 사회는 외환위기로 경제대란이었다. 철도역과 지하철 부근에는 노숙자들이 무리를 지어 다녔고, 부도를 맞은 기업들이 무너졌고, 구조조정으로 나날이 실직자가 늘어갔다. 전 세계는 냉전 이후 신자유주의 세계체제로 재편성되고 있었다. 나로서는 무엇보다 다시 글을 써서 먹고살아야 하는 것이 큰 과제였다. 문단에서는 몇몇 동료들이 황석영은 이제 글 쓰기 힘들 거라고 수군거렸다.

우선 어느 대학병원에 입원해서 건강진단을 받았다. 다행히 큰 병은 없었지만 눈이 많이 나빠졌고 특히 전부 들떠버린 잇몸 때문에 어금니의 대부분을 새로 해 넣어야 할 지경이었다. 스트레스와 영양부족이 원인일 거라고 했다. 불면증이나 공간공포증, 타인과의 접촉과 대화를 기피하는 증세가 나타난다는데, 가벼우면 삼사 개월 동안 그러한 증세가 지속되다가 서서히 없어지고 심하면 일 년 이상 갈 수도 있다고 했다. 그후 조금씩 나아졌지만 지하철을 타면 어지럼증과 가슴이 두근거리는 증상이 나타났고, 사람이 많은 쇼핑몰 같은 데에 가면 숨이 막혀서 모퉁이에 한참씩 섰다가 이동하곤 했다. 이런 것이 모두 독방에 오래 갇혀 있었던 탓이라고 했다. 그러나 나는 『오래된 정원』과 『손님』을 쓰면서 감옥 후유증을 극복하고 일상을 회복할 수 있었다.

지난 이십여 년의 기간 동안에도 개인적으로든 나라 안팎으로든 크고 작은 풍파가 적지 않았다. 그러나 석방 후의 이야기들은 뒤에 남겨놓으려 한다. 내 안에서 삭일 시간이 필요한 때문이다.

'자전'은 원래 내가 하고 싶지 않았던 작업이었다. 나는 소설 이외의 글은 되도록 쓰지 않는다는 원칙이 있었고 더구나 나 개인에 관한 얘기를 늘어놓기가 싫었다. 2004년 런던 체류 시절에 중앙일보의 간곡한 권유로 계약금을 받고 연재하다가 중단하고 말았던 것도 그런 심적 거부감이 쓰는 내내 작용했기 때문이었다. 유년 시절과 청소년기, 청년기를 지나서 점점 현재 시점에 가까워올수록 그 부담은 커져만 갔다.

현재와 가까울수록 스스로를 객관화하기가 어려워졌고, 나도 모르게 주인공 의식에 사로잡혀 자신을 미화하거나 엄살을 부리고 어떤 일에 휘말려 오해 또는 상처받았거나 상처를 주었던 일들에 대해서 구차한 변명을 늘어놓고 있는 자신을 발견하게 되는 것은 즐겁지 않은 경험이었다. 나는 좀더 거리를 두고 나를 바라볼 시간이 필요했다. 출판사와의 계약만 아니라면 피하고 싶은 일이었다. 차일피일 미루며 십여 년의 세월이 흘렀고 판권이 다른 출판사로 넘어가자 계약금이든 원고든 내놓으라고 독촉이 심해졌다. 늘 새 작품을 쓰느라 쫓기는 상태여서 나는 마지못해 빚 갚는 심정으로 연재하다 중단한 원고를 그대로 대충 엮어서 넘겨주었다. 당시의 원고는 내가 『장길산』을 집필하기 위해 해남으로 내려가는 장면에서 끝났기 때문에 뒷부분은 대담 형식으로 정리해서 덧붙였다. 이 사실을 알게 된 강태형이 정색을 하고 내게 충고했다. 그것은 내 개인의 인생이 아니라 한국문학의 중요한 자산이라면서 왜 그런 것을 함부로 하느냐고 그는 화를 냈다. 그가 거액의 계약금을 물어주고 판권을 찾아왔고 삼 년을 기다려주었다.

나는 십 년 넘게 묵혀두었던 옛날 원고를 찬찬히 들여다보며 하마터면 큰일날 뻔했다는 생각이 들었고 등에 진땀이 났다. 마음을 다잡고 처음부터 새로 쓰기 시작했다. 자전을 문학작품이 아니라고 소홀히 여긴 탓에 얼마나 어리석은 실수를 범할 뻔했는지 스스로를 꾸짖으며 이 작업에 매달렸다. 지난 한 해 동안 온전히 나 자신을 돌아보며 성찰하는 시간을 갖게 된 것은 늘그막에 값진 경험이었다.

나는 젊은 나이에 일찍 이름을 얻어 많은 사람들의 관심을 받았고, 항상 누군가 곁에서 챙겨주거나 아껴주는 이들이 있었다. 재간둥이란 참으로 싸가지 없는 존재여서 그것을 믿고 이기적인 자신을 잘 알아채지 못할 때가 많다. 또한 나는 늘 어딘가 목적지를 정해놓고 앞으로 달려가기에 바빴다. 어딘가에 당도하면 또 다른 곳으로, 그리고 낯선 사람과 장소에 정들고 익숙해지면 돌아보지 않고 다시 떠나곤 했다. 작품을 쓰다가도 중후반에 접어들면 마음이 이미 다음 작품으로 이동하는 바람에 쓰고 있던 작품의 마무리를 서둘러 하는 버릇이 있었다. 그러니 인간관계에서는 얼마나 서툴고 미흡한 것투성이겠는가.

파리에 체류할 적에 가족이 산책을 나갔다가 귀가하는 길이었다. 성년이 된 딸의 손을 잡고 미라보 다리를 건너던 일이 생각난다. 강바람이 시원하게 불어왔고 유람선이 다리 아래를 지나는데 여행 나온 딸은 한껏 들뜬 모양이었다. 서로 잡은 손바닥에 땀이 고였다. 나는 걷기가 좀 불편해져서 무심코 딸의 손을 뿌리치듯 놓아버렸다. 그애가 나를 힐끗 쳐다보며 말했다. "아버지가 늘 그렇지 뭐." 나는 그런 순간의 심사를 스스로 자책할 때도 있지만 대개는 무심하게 지나쳐버린다. 그러고는 뒤늦은 회한에 잠기곤 한다. 그러나 상대방 입장에서는 내가 이미 화살처럼 전방을 향해 멀리 날아가버린 상태라 수습할 도리가 없다. 이렇듯 나는 주위에 얼마나 많은 상처를 남겼던 것일까. 수많은 정다운 사람들을 뒤로하고 무엇을 향해서 그토록 내달려온 것일까. 어려웠던 시기에 나를 도와주었던 많은 국내외의 벗들이 이렇게 그리워본 적이 없다. 내가 얼마나 많은 사람들의 사랑을 받았는지, 내가 얼마나 운이 좋은 사람이었는지 늦게나마 마음속으로 한 사람 한 사람의 이름을 호명하며 감사의 마음을 전한다.

공교롭게도 광주항쟁의 기록인 『죽음을 넘어 시대의 어둠을 넘어』도 개정판이 나오게 되었고 이들 원고를 손보는 동안에 '촛불혁명'이 우리의 가슴에 불을 붙이고 지나갔다. 이래저래 무리한 탓인지 봄이 유난히 더디게 오는 것 같았다. 어깨 통증도 그만큼 더디게, 서서히 회복되어갔다.

3월 10일 드디어 박근혜의 탄핵 심판이 인용되었다. '대통령 박근혜를 파면한다'는 헌법재판관의 선고의 말은 우리가 우여곡절은 있었을지언정 이런 정도의 사회에는 도달했음을 상징하고 있었다. 탄핵 인용이 되던 날 내다본 내 집 앞마당에는 매화가 하얗게 만개해 있었다. 이제는 어깨도 많이 나아져서 전보다 더욱 유연하고 힘차게 움직인다. 앓고 나서 나는 이제야 내가 양손잡이였던 것을 깨닫는다. 이제는 양손을 벌려 포옹할 수 있게 되었다. 노환 끝에 철이 드는 모양이다.

다시 말하지만 이 자전은 강태형에 의해 새롭게 태어났다. 출판을 맡아 애써준 염현숙 대표, 이상술 팀장과 문학동네 편집부 직원들 모두가 다시 한번 나의 진정한 석방을 위해 애써주었다.

그리고 늘 곁에서 나를 격려하고 원고를 수십 번씩 읽고 정리하며 분신처럼 함께 밤을 지새운 아내 김길화가 없었다면, 나는 아직도 과거의 어디쯤에서 감옥살이하듯 헤어나오지 못하고 있을 것이다.

시간의 감옥, 언어의 감옥, 냉전의 박물관과도 같은 분단된 한반도라는 감옥에서 작가로서 살아온 내가 갈망했던 자유란 얼마나 위태로운 것이었던가.

이 책의 제목이 '수인囚人'이 된 이유가 그것이다.

2017년 6월에

감사의 말

지난 시대, 나의 망명과 투옥의 시기에 도움을 주었던 해외의 벗들에게 늦게나마 감사의 인사를 전하고픈 마음에 한 사람 한 사람 이름을 적어본다. 내가 미처 기억하지 못하여 빠뜨리는 분들도 많을 것이며, 국내의 선후배 동료들은 지금까지 같은 길을 걸으며 함께 살아오고 살아갈 것이므로 작고한 벗들만 기록하기로 한다. 해외 인사들 가운데도 이미 고인이 된 분들이 많으니 때늦은 나의 감사 인사가 송구할 뿐이다. 석방운동 해외 서명자 명단은 일부 소실되어 아쉽다.

윤한봉(사회활동가, 작고), 김근태(정치인, 작고), 나병식(출판인, 작고), 김남주(시인, 작고), 문익환(목사, 작고), 최승칠(소설가, 작고), 김용태(전 민예총 이사장, 작고), 여운(화가, 작고), 김영중(조각가, 작고), 이문구(소설가, 작고), 이주희(전 교도관, 작고), 윤이상(작곡가, 작고), 이수자

(윤이상의 부인), 최영숙(전 유럽 민협 대표), 어수갑(전 유럽 민협 총무), 요헨 힐트만Jochen Hiltmann(조각가, 전 함부르크 예술대 교수), 송현숙(화가), 요아힘 사르토리우스Joachim Sartorius(전 괴테 인스티투트 사무총장), 바르바라 리히터Barbara Richter(전 DAAD 사무국장), 발터 옌스Walter Jens(소설가, 전 베를린예술원 회장, 작고), 귄터 그라스Günter Grass(소설가, 작고), 루이제 린저Luise Rinser(소설가, 작고), 리하르트 폰 바이츠제커Richard von Weizsäcker(전 독일 대통령, 작고), 한스 디트리히 겐셔Hans Dietrich-Genscher(전 독일 외무부장관, 작고), 오에 겐자부로大江健三郎(소설가), 이토 나리히코伊藤成彦(문학평론가), 와다 하루키和田春樹(도쿄대 명예교수, 전 일한연대위원회 위원장), 야스에 료스케安江良介(전 이와나미쇼텐 사장, 작고), 도이 다카코土井多賀子(전 일본 사회당 위원장, 작고), 고토 마사코五島昌子(전 일본 사회당 위원장 비서), 도미야마 다에코富山妙子(화가), 미야타 히로토宮田浩人(전 아사히신문 기자, 작고), 오카모토 아쓰시岡本厚(이와나미쇼텐 사장), 오다 마코토小田実(소설가, 작고), 노마 히로시野間宏(소설가, 작고), 하라다 시게오原田重雄(기업가, 작고), 다카사키 소지高崎宗司(쓰다주쿠 대학 명예교수, 전 일한연대위원회 사무총장), 니미 다카시新美隆(인권변호사, 작고), 정경모(평론가), 서승(리쓰메이칸 대학 교수, 인권운동가), 캐런 케널리Karen Kennerly(전 미국펜클럽 사무국장), 아서 밀러Arthur Miller(극작가, 전 미국펜클럽 회장, 작고), 래리 맥머트리Larry McMurtry(소설가, 전 미국펜클럽 회장), 수전 손택Susan Sontag(소설가, 전 미국펜클럽 회장, 작고), 에드워드 베이커Edward Baker(전 하버드대 옌칭연구소 부소장, 아시아워치 자문위원), 지창보(롱아일랜드 대학 명예교수), 심재호(동아일보 해직기자), 전진호(극작가, 작고), 유진 슐긴Eugene

Schoulgin(전 스웨덴펜클럽 회장, 투옥작가위원회 위원장), 아비드 후세인
(전 유엔 인권위원회 특별보고관)

'소설가 황석영' 석방운동 해외 서명자 명단 (일부는 소실되었음)

A. 덴돌라르트A. den Doolaard(국제펜클럽 투옥작가위원회), 알렉상
드르 블로크Alexandre Blokh(영국, 국제펜클럽 투옥작가위원회), 애나 콘
Anna Kohn(온타리오 공예협회), 안드레아 폰트Andrea Pont, 아서 밀러
Arthur Miller(국제펜클럽 투옥작가위원회), 아르투르 미엥지제츠키Artur
Międzyrzecki(국제펜클럽 투옥작가위원회), 버나드 모리슨Bernard Morrison,
보이드 스타셰프스키Boyd Staszewski(캐나다), C. 더흐로프C. de Groof(네
덜란드, 국제앰네스티), 찰스 B. 데이비슨Charles B. Davison(캐나다), 크
리스티나 & 레네 마데르Christina and rene mader, 드네Deney(프랑스,
그린피스), 디르크 질르베르Dirk Gillebert(벨기에, 국제앰네스티), 셰르
스틴 아네르Dr. Kerstin Aner(스웨덴, 국제앰네스티), 엘리너 파밀Eleanor
Parmele, 페이스 세일Faith Saile(미국, 저술자유위원회), 프랜시스 킹Francis
King CBE(국제펜클럽 투옥작가위원회), 조르주 E. 클랑시에Georges E.
Clancier(국제펜클럽 투옥작가위원회), 글레닌 포드Glenin Ford, 죄르지 콘
라드György Konrád(국제펜클럽 투옥작가위원회), 한스 가벨Hans Gabel(독
일), 힐데 카테안Hilde Cattean(벨기에, 국제앰네스티), 오자키 호쓰키尾崎
秀樹(일본, 일본펜클럽), I. L. 페테르손I. L. Pettersson(스웨덴), J. 제퍼슨
J. Jefferson, J. 워커J. Walker(국제앰네스티), 이쿠시마 지로生島治郎(일본,

일본펜클럽), 조앤 리덤 애커먼Joanne Leedom-Ackerman(영국, 국제펜클럽 투옥작가위원회), 요한 모엔센Johan Mogensen(스웨덴, 국제앰네스티), 요한 페르스트라텐Johan Verstraeten(벨기에, 국제앰네스티), K. 존스턴K. Johnston, K. J. 먼로K. J. Munro, 캐런 케널리Karen Kennerly(미국, 미국펜클럽), 킴 카터Kim Carter(미국, 국제앰네스티), 크리스타 반 호프Krista Van Hoof(벨기에, 국제앰네스티), 라샤 로시Lasha Roche, 레오폴 세다르 상고르Leopold Sedar Senghor(국제펜클럽 투옥작가위원회), 레슬리 코파스Leslie Kopas, 루이스 베글리Louis Begley(미국, 미국펜클럽), M. 콜웰M. Colwell, M. 밀른M. Milne, 마리오 바르가스 요사Mario Vargas Llosa(국제펜클럽 투옥작가위원회), 마이클 스캠멜Michael Scammell(국제펜클럽 투옥작가위원회), 미커 콘벤츠Mieke Convents(벨기에, 국제앰네스티), 켄턴 킬머Mr. and Mrs Kenton Kilmer(미국), 조제프 살로몽MR. Joseph Salomon(프랑스), D. 트린들Mrs. D. Trindall(영국, 국제앰네스티), 헬가 람브레히트Mrs. Helga Lambrecht, M, Ed(캐나다), 네이디아 모리슨Nadia Morrison, 네이딘 고디머Nadine Gordimer(국제펜클럽 투옥작가위원회), 낸시 잉Nancy Ing(국제펜클럽 투옥작가위원회), 낸시 모자헤드Nancy Mojahed, 오딜 푸아소니에 Odile POISSONNIER(프랑스, 국제앰네스티), 폴 모리스Paul Morris(미국), 페르 베스트베리Per Wästberg(국제펜클럽 투옥작가위원회), 피터 엘스토브 Peter Elstob(국제펜클럽 투옥작가위원회), 피터 에반스Peter Evans(영국), 프레드라그 마트베예비치Predrag Matvejević(국제펜클럽 투옥작가위원회), 르네 샤베르Professor René Chabert(프랑스), R. 골츠먼R. Goltzman, 리게티 마르그리트Righetti Marguerite(프랑스, 국제앰네스티), 로빈 컨Robbin Cirrn, 로널드 하우드Ronald Harwood(영국, 국제펜클럽 투옥작가위원회), 로즈

스타이런Rose Styron(미국펜클럽), 로리 먼고번Rory Mungoven(영국, 국제 앰네스티), 로이 J. 홀젤Roy J. Hoelzel(미국), S. 아지먼 멘사S. Agyeman-Mensah(영국), S. 피터스S. Peters, S. 스토웰S. Stowell, 세라 화이어트Sara Whyatt(영국, 국제펜클럽 투옥작가위원회), 숀 W. 스미스Sean W. Smith(미국), 샤론 와이스먼Sharon Weisman(미국), 빅터 프리쳇Sir Victor Pritchett CBE(국제펜클럽 투옥작가위원회), 슈테판 헤름린Stephan Hermlin(국제펜클럽 투옥작가위원회), 수전 손택Susan Sontag(미국펜클럽), T. 틱탄T. Ticktin(미국), 탈리아 셀즈Thalia Selz(미국), 토마스 폰 베게사크Thomas von Vegesack(국제펜클럽 투옥작가위원회), 페르헤이던 바르트Verheyden Bart(벨기에), 윌리엄 F. 월베서William F. Walbesser(미국), 가브리엘 가르시아 마르케스Gabriel Garcia Marquez, 토니 모리슨Toni Morrison, 오에 겐자부로大江健三郎

연보

1943년   만주 장춘長春에서 출생.

1945년   해방과 함께 모친의 고향인 평양 외가로 나옴.

1947년   월남하여 영등포에 정착.

1950년   영등포국민학교에 입학했으나 한국전쟁 발발로 피란지를 전전함.

1956년   경복중학교 입학.

1959년   경복고등학교 입학. 경복중고교 교지『학원學苑』에 수필「나의 하루」, 시「구름」, 단편「의식」「부활 이전」등을 발표함. 청소년 잡지『학원學園』의 학원문학상에 단편소설「팔자령八字嶺」이 당선.

1960년   당시 국회의사당이던 부민관 앞과 시청 앞에서 4·19를 맞음. 함께 있던 안종길 군이 경찰의 총탄에 희생됨. 그의 유고시집『봄·밤·별』을 친구들과 함께 편집 발간.

1961년   전국고교문예 현상공모에「출옥하는 날」당선. 봄에 경복고를 휴학하고 가출하여 남도 지방을 방랑하다 그해 가을에 돌아옴.

1962년   11월 단편「입석 부근」으로『사상계思想界』신인문학상 수상.

1964년   한일회담 반대시위에 참가. 노량진경찰서 유치장에서 만난 제2한강교 건설노동자와 남도로 내려감. 신탄진 연초공장 공사장에서 일용노동. 그후 청주 마산 진주 등지를 떠돌며 여러 가지 일을 하다가 칠북의 장춘사長春寺에서 입산. 동래 범어사를 거쳐 금강원에서 행자 노릇을 하다가 모친과 상봉하여 상경함.

1966년   8월 해병대에 입대하여 이듬해 청룡부대 제2진으로 베트남전 참전.

1969년   5월 군에서 제대함.

1970년   조선일보 신춘문예에 단편「탑」이 당선.「돌아온 사람」발표. 동국대학교 철학과 중퇴.

1971년   단편「가화假花」「줄자」, 중편「객지客地」발표.

1972년   단편「아우를 위하여」「낙타누깔」「밀살」「기념사진」「이웃 사람」, 중편「한씨연대기」발표.

1973년   구로공단 연합노조 준비위를 구성하여 공장 취업. 단편「잡초」「삼포 가는 길」「야근」「북망, 멀고도 고적한 곳」「섬섬옥수」, 중편「돼지꿈」, 르포「구로공단의 노동실태」를 발표함.

1974년   단편「장사의 꿈」, 사북탄광에 대한 르포「벽지의 하늘」, 공단 여성 노동자의 삶을 취재한「잃어버린 순이」발표. 4월 첫 창작집『객지』(창작과비평사) 발간. 7월부터 이후 1984년 7월까지 10년 동안 한국일보에 대하소설『장길산』연재. 군사정권의 유신체제에 대한 저항운동 치열해짐. '자유실천문인협의회' 창설과 현장 문화운동 조직위에 참여.

1975년   단편「가객」, 희곡「산국山菊」발표. 소설집『북망, 멀고도 고적한 곳』(동서문화원), 소설선『삼포 가는 길』(삼중당) 발간.「심판의 집」서울신문에 연재.

1976년   단편「몰개월의 새」「한등」「철길」, 르포「장돌림」발표. 가을에 전남 해남으로 이주.

1977년   단편「종노種奴」발표.『무기의 그늘』의 기초가 된「난장亂場」을

11월부터 다음해 7월까지 『한국문학』에 연재. 『심판의 집』(열화당) 발간. 해남에서 '사랑방 농민학교' 시작. 호남을 중심으로 한 현장 문화운동 시작.

1978년   소설집 『가객歌客』(백제) 발간. 문화패 '광대' 창설. '민중문화연구소' 설립. 광주로 이주.

1979년   위 연구소를 확대 개편한 '현대문화연구소'의 선전·야학·양서조합 등의 문화운동 부문에 참여. 계엄법 위반으로 검거되었으나 기소유예 처분됨.

1980년   광주항쟁 일어남. 조직에 함께 참여했던 젊은 동료들 수십여명 사상.

1981년   그동안 현장에서 썼던 희곡들을 정리하여 희곡집 『장산곶매』(심설당) 발간. 소설선 『돼지꿈』(민음사) 발간. 시나리오 「날랑죽겅 펄에나 묻엉」 발표. '광주사태 수사당국'의 권유로 제주도로 이주. 제주에서 문화패 '수눌음'과 소극장 창립. 4·3항쟁 연구모임인 '제주문제연구소'에 참여.

1982년   광주로 돌아와 '자유 광주의 소리' 시작. 〈임을 위한 행진곡〉이 담긴 첫번째 지하 녹음테이프 '넋풀이' 제작 배포.

1983년   광주항쟁의 진상을 알리기 위한 문화기획팀 '일과 놀이'에 참가. 산문 「일과 삶의 조건—문학에 뜻을 둔 아우에게」 발표. 1월부터 이듬해 3월까지 『월간조선』에 「무기의 그늘」 1부 연재.

1984년   대하소설 『장길산』(현암사) 전10권으로 완간. '민중문화운동협의회' 창설. 공동대표 역임.

1985년   광주항쟁 기록 『죽음을 넘어 시대의 어둠을 넘어』(풀빛) 지하출판됨. 산문집 『객지에서 고향으로』(형성사) 발간. 서독 베를린에서 열린 '제3세계 문화제'에 아시아 대표로 참가함. 유럽,

미국, 일본에서 '통일굿' 공연. 미국에서 문화패 '비나리' 창립.
일본에서 문화패 '한우리'와 '우리문화연구소' 창립.

1986년 10월부터 이듬해 8월까지 중앙일보에 「백두산」 연재. 6월항쟁
의 시국 변화로 중단.

1987년 단편 「골짜기」 발표. 소설선 『골짜기』(인동) 『아우를 위하여』
(심지) 발간. 9월부터 이듬해 3월까지 『월간조선』에 「무기의
그늘」 2부 연재.

1988년 단편 「열애」, 산문 「항쟁 이후의 문학」(『창작과비평』) 발표. 장
편소설 『무기의 그늘』(형성사) 발간. 9월부터 이듬해 2월까지
『신동아』에 「평야平野」 연재. '한국민족예술인총연합' 창립.

1989년 소설선 『열애』(나남) 발간. 3월 북한의 '조선문학예술총동맹'
초청으로 방북. 이후 귀국하지 못하고 독일예술원 초청 작가로
1991년 11월까지 베를린 체류. 북한 방문기 「사람이 살고 있었
네」를 『신동아』와 『창작과비평』에 분재. 『무기의 그늘』로 만해
문학상 수상. 베를린 장벽 무너짐.

1990년 2월부터 7월까지 한겨레신문에 「흐르지 않는 강」 연재. 8월
에 평양에서 열린 제1차 범민족대회에 참가하면서 연재 중단.
남·북·해외동포가 망라된 '조국통일범민족연합' 창립에 주도
적으로 참여, 대변인 역임. 소련과 동구 사회주의권의 붕괴를
목격함.

1991년 베를린 '남·북·해외 3자 회담'에 참가. 회의에 의해 '공동사무
국' 창설을 위하여 뉴욕으로 이주할 것이 결정됨. 11월 미국 롱
아일랜드 대학 문화예술 프로그램에 초청받아 미국 체류. 이후
귀국할 때까지 뉴욕 체류.

1992년 뉴욕에서 아시아인 1.5세, 2세들과 함께 '동아시아문화연구소'

창립. 부정기간행물『어머니 대나무*Mother Bamboo*』발간.

1993년	4월 귀국하여 방북 사건으로 징역 7년 형을 선고받음.『사람이 살고 있었네』(황석영석방공동대책위) 발간.
1998년	3월 석방.
1999년	1월부터 이듬해 2월까지 동아일보에 장편소설『오래된 정원』연재.
2000년	5월『오래된 정원』(창작과비평사) 출간.『오래된 정원』으로 단재상, 이산문학상 수상.
2001년	6월 장편소설『손님』(창작과비평사) 출간.『손님』으로 대산문학상 수상.
2002년	10월부터 이듬해 10월까지 한국일보에『심청, 연꽃의 길』연재.
2003년	6월『삼국지』(창비) 전10권 번역 출간. 12월 장편소설『심청』(문학동네) 출간.
2004년	2월부터 2006년 2월까지 '한국민족예술인총연합' 이사장 역임. 4월부터 2007년 11월까지 런던 대학과 파리7대학 초청으로 런던과 파리 거주.『심청』으로 올해의예술상 수상. 만해대상 수상.
2007년	1월부터 6월까지 한겨레신문에『바리데기』연재. 7월 장편소설『바리데기』(창비) 출간.
2008년	2월부터 7월까지 인터넷 포털사이트 네이버에『개밥바라기별』연재. 8월 장편소설『개밥바라기별』(문학동네) 출간.
2009년	9월부터 이듬해 4월까지 인터넷서점 인터파크에『강남몽』연재.
2010년	6월 장편소설『강남몽』(창비) 출간.
2011년	5월 장편소설『낯익은 세상』(문학동네) 출간. 11월부터 2014년 11월까지 문학동네 네이버 카페에 '황석영의 한국 명단편 101'

연재.

2012년	4월부터 10월까지 한국일보에 『여울물 소리』 연재, 11월 장편소설 『여울물 소리』(자음과모음) 출간.
2015년	1월 『황석영의 한국 명단편 101』(문학동네) 전10권 출간. 11월 장편소설 『해질 무렵』(문학동네) 출간.
2016년	단편 「만각 스님」 발표.
2017년	6월 자전 『수인』(문학동네) 전2권 출간.
2019년	4월부터 2020년 3월까지 인터넷서점 예스24에 「마터 2-10」 연재.
2020년	6월 장편소설 『철도원 삼대』(창비) 출간. 현재까지 아시아, 유럽, 미주, 남미 등 세계 28개국에서 87종의 저서가 번역 출판됨.

황석영

1943년 만주 장춘에서 태어났다. 고교 재학중 단편소설 「입석 부근」으로 『사상계』 신인문학상을 수상했고, 1970년 조선일보 신춘문예에 단편소설 「탑」이 당선되면서 본격적인 작품활동을 시작했다. 『무기의 그늘』로 만해문학상을, 『오래된 정원』으로 단재상과 이산문학상을, 『손님』으로 대산문학상을 수상했다. 주요 작품으로 『객지』 『가객』 『삼포 가는 길』 『한씨연대기』 『무기의 그늘』 『장길산』 『오래된 정원』 『손님』 『모랫말 아이들』 『심청, 연꽃의 길』 『바리데기』 『개밥바라기별』 『강남몽』 『낯익은 세상』 『여울물 소리』 『해질 무렵』 『철도원 삼대』 등이 있다. 프랑스, 미국, 독일, 이탈리아, 스페인, 일본, 스웨덴 등 세계 각지에서 『오래된 정원』 『객지』 『손님』 『무기의 그늘』 『한씨연대기』 『심청, 연꽃의 길』 『바리데기』 『낯익은 세상』 등이 번역 출간되었다.

수인 2—불꽃 속으로
ⓒ 황석영 2017

1판 1쇄 2017년 6월 10일
1판 6쇄 2021년 4월 23일

지은이 황석영
책임편집 이상술 | 편집 정은진 김내리 이성근 황예인 강태형
디자인 윤종윤 유현아 | 마케팅 정민호 이숙재 우상욱 정경주
홍보 김희숙 김상만 함유지 김현지 이소정 이미희 박지원
제작 강신은 김동욱 임현식 | 제작처 영신사

펴낸곳 (주)문학동네 | 펴낸이 염현숙
출판등록 1993년 10월 22일 제406-2003-000045호
주소 10881 경기도 파주시 회동길 210
전자우편 editor@munhak.com | 대표전화 031) 955-8888 | 팩스 031) 955-8855
문의전화 031) 955-3578(마케팅) 031) 955-8864(편집)
문학동네카페 http://cafe.naver.com/mhdn | 트위터 @munhakdongne

ISBN 978-89-546-4578-2 04810
      978-89-546-4576-8 (세트)

www.munhak.com